台灣清治時期散文的文化軌跡

林淑慧 著

國立編譯館◎主編

臺灣學生書局印行

二〇〇七年十一月出版

自序

泛覽台灣文學與文化相關書籍，逐漸感知自我存在的意義，感知孕育我成長的這塊土地上的故事，以及個人在歷史時間軸上的位置。從圖書館或民間收藏室裡，發掘這些恆溫空調下珍藏的善本書、或遭蛀蟲啃蝕的斑駁手稿；也在現代學者的科際整合學術論文中，喜獲研究靈感。面對長達 212 年台灣清治時期文獻，發現這是個亟待耕耘的學術領域。從埋首龐雜史料與未註解的文集，到尋找研究議題及撰寫論文的過程中，深刻體驗研究路途的百般滋味。電腦檔案無數個反覆修改的大綱，歷歷浮現當初架構博士論文時的思路痕跡。執教台灣文學與文化相關課程後，再三增修此冊散文與文化主題對話的專著，猶如是生命經驗的反芻。

有句台灣諺語提到「翁某若同心，黑土就變成金。」就讀博士班期間，曾在寒冬凌晨四點多，請夫婿靖弘載我到師大圖書館前排隊申請長期研究室。我能無後顧之憂於圖書館研究室撰寫論文，多得助於他的體貼、包容與成全；且當遇及電腦棘手的問題，也幸得他專業的指點。曾經，女兒沁揚與兒子沁元分別在我就讀碩、博士班時，各因重感冒轉成急性肺炎而住院；我則趁孩子在醫院熟睡的空檔閱讀資料，準備當週課堂上的討論。曾經，帶著女兒到故宮博物院參觀「十七世紀的台灣——福爾摩沙特展」，導覽員見我應答如流，於是請我解說一系列的「番社采風圖」，這是女兒首次看我向大眾分享研究心得。朋友對她說：「長大後可以幫媽媽找資料。」那時只當作是句玩笑話，沒想到幾年後女兒果真跟著我蒐羅及影印研究素材。曾經，我們全家環島參觀古蹟，並訪問文人施瓊芳的後代宗親，女兒也順路收集寒假作業的資料，這份榮獲首獎的書面報告，保存了旅遊的甘甜回憶。

回顧所來徑，感謝指導教授莊萬壽老師適時解惑與嚴格審查，以及長期的鼓勵與期許，使我在遼闊浩瀚的學海中堅定航行。博士班修習莊老師在國文所博士班講授的「台灣文化思想研討」課程，並旁聽他在台文所的「台灣文化研究導論」，因而每週得以從課堂上獲得思想的啟迪。從研究方向、主題醞釀、結構安排，到每章與老師的互動討論，進而一再修改，也彷如是新生命由孕育到誕生的過程。謝謝莊老師的推介，鼓勵我先後請教施懿琳老師、許俊雅老師、張炎憲老師、陳滿銘老師、黃美娥老師、廖炳惠老師，感謝他們在百忙中對論文方向所提供的寶貴意見。感謝台師大多位老師的關心與指教，使我這位「媽媽學生」常保有積極的求知慾。也感謝台北市文獻會、曹永和老師、鄭欽仁老師、台南施氏宗親會，以及台南市文化局接受訪問或惠贈圖書。博士論文匿名初審制度，使我得以參考三位書面審查老師的寶貴意見而及時修改。也感謝清大台文所陳萬益老師在博士論文發表會上，專程前來擔任講評人。陳老師肯定我在台灣古典文學的研究領域裡，從清治時期台灣散文史研究尚處於「一片渾沌」的狀態，嘗試「披荊斬棘」所下的功夫。博士論文口試會上受到五位老師詳實的指正，以及殷切的期許，而體會學無止境的深刻意涵，並有助於延伸未來研究的面向。學術研究是條漫漫長路，當整理本書附錄一「台灣清治時期文集一覽表」以及附錄二「台灣清治時期散文發展繫年表」時，發覺有關此時期的年鑑、年表等基礎文化工程，猶待投入之處尚多。若要建構台灣文學史或文化史，不能忽略十七到十九世紀台灣古典文學與文化的發展。

猶記 2003 年有幸參與台灣文化及語言文學研究所的揭牌儀式，並在「台灣文化講座」中，感受到姚榮松老師邀請劉翠溶等多位講者，鼓勵年輕學子擴大視野的風範。曾因研究方向的相關性，旁聽師大台文所曹永和老師「台灣文獻研究與導讀」，以及廖炳惠老師「當代西方文化理論導讀」等課程。這些文學與文化課程的饗宴，散發出古典與現代兼容並蓄的能量，使我受到科際整合研究趨向的洗禮。又曾每週到金門街許洋主老師所組的佛學文獻讀書會，學習日文閱讀及翻譯的方法，感謝她義務教學的熱忱與直率針砭的苦心。當我迎著晨曦到師大，於研究室埋首潛沉一天後，才搭先生的車披星戴月回家。我從閱讀中得到靈感，然後又找尋更多相關的書籍來參看；也在翻閱學術期刊、報紙雜誌中，摸索學術研究論文的切入點。這樣自在泛覽，使我逐漸掌握到台灣歷史脈絡。這段自由穿梭古今、遨遊書海或遍覽各網路資料庫的經驗，為日後學術研究紮下些許根基。猶記 2004 年 10 月 6 日師大總圖邀請中研院台史所共同舉辦「台灣歷史文化地圖系統說明會」，會後各系所師生熱烈提問，我也因而有機會與該所專案助理合作，繪製編修「黃叔璥巡台主要路線推測圖」。此圖及文字解說通過台史所審查，成為 G.I.S.系統中的「主題圖」之一，公開讓學界參考運用。這幾年來，不僅參加台師大的學術活動，並參與中研院台史所、文哲所，國史館、林本源文教基金會、清大台文所、清大當代中國研究中心、台灣歷史學會、台教會、台灣心會、中山醫學大學、國立台北大學、彰師大台文所、政大跨文化中心等單位所主辦的學術研討會。也因修習課程、聽演講或發表論文，深覺長期從台灣人文學界所汲取的養分，已悄悄內化為從事研究工作的源頭活水。並且因緣際會認識了一些朋友；在互相交流與激盪中，感覺到自己在人文學術研究的路上其實並不孤單。至國立台東大學任教後，與學生課堂上的互動討論，或至校外採錄台灣閩南諺語、訪談當地耆老，更使我感受到學以致用的薪傳意義。

於台灣古典文學領域耕耘的成果，幸運受到學術界的青睞。博士論文完稿後，於 2005 年九月獲得國立台灣圖書館「補助學位論文研究台灣文獻獎」外審的肯定。2006 年十一月又通過彭明敏文教基金會的外審，榮獲該會主辦 2003～2006 年「台灣研究最佳博士論文獎」。體會多位審查委員的鼓勵與督促的意義，激發我於台灣學學術研究再接再厲的動力。在大型合作研究計畫方面，得助於國家台灣文學館「全臺賦」，以及「全台詩」蒐編校勘出版計畫，而得以積累參與相關領域的實務經驗。又幸獲國科會人文處的補助，得以主持〈十九世紀台灣在地文人散文之文化論述〉二年期專題研究計畫，深知此為一種學術責任，期望未來能以具體的研究成果與學界交流。本書得助於國立編譯館的初審、複審等多位學者的寶貴意見，提供多面向的修改參考；使我重新省視論著主軸、文本詮釋及資料的增補，並對此書各章節再三刪修增補。古典文學史書寫涵攝台灣歷史深度與厚度，為亟待耕耘的學術領域，期望此論著能引發更多人關懷台灣古早的文學與文化的故事。本書得以順利出版，應感謝國立編譯館鼓勵學術著作的制度，與臺灣學生書局經理及編輯群的協助，以及莊萬壽老師百忙中撥冗為此書封面題字。

最後，想 beh 用一段白話字來踏話尾。台灣俗語講了有夠好：「雙手抱孩兒，chiah 知父母時。」「父母疼囝長流水，囝想父母樹尾風。」家己結婚生囝飼囝了後，chiah 體會往早父母是偌仔呢用心晟養這个長女。In 疼惜這个自細漢就愛讀冊 ê 查某囝，mā 體諒我足無閒；有支持我 ê 父母，實在是真福氣。當初準備考師大國文所博士班 ê 時陣，朋友聽著我講起研究計畫，攏勸我考慮換一个 kap 台灣無關係 ê 題目，按呢可能 khah-bē 遇著麻煩。彼當時，我直接講出心內的話：「感謝你 ê 好意。m̄-koh 我已經潦落去了，台灣文學 kap 文化就是我足想 beh 研究 ê 議題。」好佳哉，這十幾年來親像 kā 天公借膽，一直堅持家己 ê 志願，這本冊 m̄-chiah 會寫出來。如今，轉來母校台文所服務，會當 kā 研究 kap 教學做結合，是一件真幸運 ê 代誌。我會繼續一步一腳印足頂真做研究，mā 期望藉這本冊，kah 世間 ê 知音結緣。

淑慧寫佇 2007 年 10 月 26 早
台北梘尾厝內

台灣清治時期散文的文化軌跡

目　次

自　序……………………………………………………………… I

第一章　緒　論…………………………………………………… 1

第一節　台灣散文與文化的主題對話………………………… 1

一、本書架構……………………………………………… 1

二、散文與文化研究成果的參照………………………… 6

第二節　散文與文化的義界及文本蒐羅……………………… 15

一、台灣古典散文與文化的義界………………………… 15

二、文本的蒐羅…………………………………………… 22

第三節　散文發展的文化分期與科際整合…………………… 31

一、台灣古典散文發展的文化分期……………………… 31

二、科際整合的重要性…………………………………… 35

第二章　台灣清治時期散文的發展條件………………………… 55

第一節　台灣清治時期的政經環境…………………………… 55

一、治臺政策的制定與調整 …………………………… 55
二、農業拓墾與商業發展 …………………………… 61
第二節　台灣清治時期的科舉文教 …………………… 66
一、科舉文教機構的設立 …………………………… 66
二、傳統教學方式與散文書寫 ……………………… 73
第三節　方志藝文志典律與文學生產 ……………… 76
一、方志藝文志輯錄散文的典律作用 ……………… 76
二、散文的刊刻與生產 ……………………………… 81
第三章　清治前期散文的旅遊巡視書寫 …………… 89
第一節　清治前期散文發展大勢 …………………… 89
一、清治以前的散文概況 …………………………… 89
二、清治前期方志藝文志中的散文發展 …………… 93
三、清治前期文集的發展 …………………………… 97
第二節　旅遊筆記的風土書寫與想像 ……………… 103
一、遊宦文人對台灣的風土認知與書寫 …………… 104
二、異文化接觸的書寫與想像 ……………………… 110
第三節　郁永河的採硫遊歷 ………………………… 117
一、旅遊動機與作者的心態投射 …………………… 117
二、郁永河的西台灣旅程 …………………………… 120
三、民情風俗的參照 ………………………………… 123
四、異地記憶與情感反應 …………………………… 126
第四節　旅遊巡視書寫中的帝國之眼 ……………… 130
一、藍鼎元與黃叔璥的旅遊巡行散文 ……………… 131

二、朱士玠《小琉球漫誌》的南台灣書寫 147
第五節　旅遊巡視散文的文化功能 152
一、透顯中心與邊陲的關係 152
二、原住民文化的想像與再現 157
三、風土書寫的承襲與影響 162
第四章　清治中期散文的社會教化書寫 167
第一節　清治中期散文發展大勢 167
一、清治中期在地文人的文集 167
二、清治中期遊宦文人的文集 172
第二節　文人有關社會教化的參與及記錄 178
一、文人講學的記錄 179
二、參與公共建設及方志編纂 188
三、宣揚社會救濟的意義 196
第三節　散文中的械鬥書寫主題 203
一、在地文人的械鬥書寫 203
二、遊宦文人的械鬥書寫 211
三、碑文中的械鬥書寫及其文化意涵 221
第四節　林豪《東瀛紀事》民變書寫的敘事特性 226
一、情節編織的安排 228
二、人物形象的塑造 233
三、講述觀點的呈現 238
四、內在意義的傳達 241
第五節　社會教化書寫與文化變遷 244

一、文人參與文化活動的意義…………………………… 244
二、政教合一的文化策略…………………………………… 247
三、散文中的儒化規訓與儀式書寫…………………… 249
第五章　清治後期散文的議論時事書寫……………………… 257
第一節　清治後期散文發展大勢…………………………… 257
一、清治後期文集的題材特色………………………… 257
二、史論散文的餘緒……………………………………… 261
第二節　清治後期文人對時事的評論……………………… 269
一、吳子光《一肚皮集》中的台灣紀事……………… 270
二、李春生與西洋文化的交會………………………… 279
第三節　遊宦官員議論時事的書寫………………………… 294
一、防務的闕失及其改革………………………………… 295
二、新政的推行及其侷限………………………………… 300
三、文教措施的改革……………………………………… 306
第四節　經世理念的傳達與議論時事的書寫……………… 309
一、洪棄生《寄鶴齋文集》的經世觀………………… 310
二、蔣師轍《臺游日記》中有關文教的評論………… 317
三、池志澂《全臺遊記》的觀察與議論……………… 322
四、史久龍《憶臺雜記》的時事評論………………… 327
第五節　議論時事的書寫與文化變遷……………………… 332
一、政治教化的論述……………………………………… 332
二、經濟民生的論述……………………………………… 335
第六章　散文主題與形式的表現策略………………………… 341

第一節　主題與藝術性 341
一、主旨與意象 341
二、內容結構的意涵 353
三、言說的藝術效果 365
第二節　形式的表達功能 374
一、散文分類的功能 374
二、詩文對話 385
三、民間傳說、諺語的運用 391
第三節　風格的比較 396
一、旅遊巡視書寫風格的比較 397
二、社會教化書寫風格的比較 403
三、議論時事書寫風格的比較 406

第七章　結　論 411

附　錄 429

附錄一　台灣清治時期文集一覽表 429
附錄二　台灣清治時期散文發展繫年表 438
附錄三　台灣古典文學博士學位論文一覽表 457
附錄四　台灣古典散文碩士論文一覽表 459

參考文獻 463

索　引 503

第一章 緒 論

第一節　台灣散文與文化的主題對話

台灣文學與文化史的建構，是確立台灣主體性學術工程之一；而涵攝歷史深度與厚度的台灣古典散文，更是其中亟待耕耘的學術領域。台灣清治時期散文的題材多敘述文化現象或社會議題，呈現出文學與文化之間的密切關聯；如此看來，將散文發展與文化變遷作一互文性的分析，實有其重要性。本書以探討台灣清治時期散文與文化的關聯與交集，作為主題對話的核心。首節先就本書架構，以及散文與文化研究成果的參照加以探討。

一、本書架構

泛覽台灣這塊土地上的文學作品時，常思考作者所娓娓道來古老的、現代的、甚至想像未來台灣的故事裡，所蘊含豐盈的時代意義。尤其閱讀具有歷史縱深的台灣古典文學作品之際，一方面好奇作者撰寫這些文本的因緣，另一方面也欲瞭解浩瀚書海中的多元意涵。再走進台灣文學研究的園地，發覺在眾人長期的耕耘下，已積累了一些具體成果，並且開啟與各領域對話的可能。然而，其中台灣古典文學的研究，以往多專注於語言凝鍊的詩歌領域，而較忽略散文多采面貌的探究。這些綜論史事、評議政策、記錄風土民情或敘寫心志的古典散文，亟待研究者細加賞析與詮釋，以探討其在文學史上的地位，並賦予文本新的生命。因此，若要研究台灣清治時期古典散文發展的概況，不僅需大量閱讀龐多有待整理的文本，也將面臨缺乏台灣古典散文史或文化史之類參考書籍，以及鮮少單篇學術論文可供依循的景況。

台灣清治時期散文有別於抒寫情志的詩歌，而多是歷史文化的書寫記錄。這些散文的特殊處在於以應用性的作品為主，與傳統四部中的集部所收錄文論、義理或抒情的內容，並講究文采的散文有所差異。散文與文化的研究，所牽涉的議題廣闊，目前仍有多處的學術空白，值得投入開拓。藉由探索這些文本中的史論與文學的特質，將發掘文人如何描繪真實的生活與想像的世界，或是觀察在這塊土地上的人群間互動關係。雖然探究散文與文化的議題將會面臨複雜糾葛的情況，但在台灣古典文學的研究領域裡，卻是一個另闢蹊徑的嘗試。從爬梳文本中，去理解當時文人如何去思考這塊土地上居民的處境，此議題亦是課堂上學生時常詢問的焦點；透過教學相長的經驗，更激發了對這個議題探討的動力。目前學界有關台灣史的論著漸多，提供了研究者對於歷史背景上的認知；但是有關文化變遷綜論性主題的探討，成果依舊不多。在古典散文史研究尚待耕耘之際，在坊間少見台灣文化史相關書籍之時，以散文與文化的對話作為主題學研究，應具有其時代意義。

台灣從拓墾社會到十九世紀文風漸盛的過程中，一些在地文人不僅具有民間領導階層的關鍵地位，且其推廣文教的貢獻亦深具文化意義。有些文人的論述常呈現經世致用的理念，以及欲改造社會的意圖，文學結構和社會結構的對應關係也易顯現於作品中。散文因此成為一種作者有意識的論述形式，或藉此表達對社會面貌的描繪，或顯現當時知識份子的時代心境，以及蘊含個人應世的態度。這些作品中有關文化論述的題材亦顯多元，流露民眾在環境中的共同處境，實有深入探討的學術價值。

當散文的內容與歷史文化議題有關時，需將文本置於時代脈絡中加以深度詮釋，並以科際整合的方式，始能發掘古籍的現代意義。當然，也難以忽略各種文化變遷的現象，於作品中所留下的斑斑痕跡，或是帝國體制下的種種影響歷程。台灣在十七世紀面臨了不同政權更替統治，荷蘭、鄭氏、清帝國曾先後在此地交鋒。1683年（康熙二十二年）清廷率兵攻佔台灣，並將臺灣納入版圖，直到十九世紀末葉 1895 年（光緒二十一年）台灣成為日本在東亞的殖民地之一。其中清帝國是這些政權中統治期間最長的，在這 212 年的漫漫歷史長流中，文人是如何觀看台灣？他們又是以哪些思考模式想像台灣？另一方面，散文作品中透露出文人實際參與台灣社會事務的哪些面向？他們記錄了那些文化變遷下的社會面貌？文人對於局勢的變動採取何種方式來因應？在台灣清治後期現代化嘗試期間，又激盪出哪些論述？

這些問題意識的初胚，是從廣泛的閱讀中蘊育而生的。在蒐集本書相關資料的階段，除了大量購買臺灣文獻叢刊、台灣方志的套書外，也在台灣師範大學圖書館地毯式博覽文人的作品集，或是從翻閱早期《臺北文物》、《台灣文獻》、《臺南文化》等期刊中尋找文人作品集佚的蛛絲馬跡。另外，在中央研究院台灣史研究所、民族所圖書館尋得相關主題的國外學術論文；並且在南天書局尚未出版《李春生著作集》之前，已先從中研院中國文哲研究所圖書館影印《主津新集》日本靜嘉堂文庫版本的微捲。也曾在國立台灣圖書館（前國立中央圖書館台灣分館）申請翻拍台灣清治時期的線裝書；在台北市文獻會書架角落處，翻閱尚未完成建檔的台灣古典文學資料。同時也到台灣大學圖書館台灣研究資料特藏室申請微捲複印，又向吳三連史料基金會、台南的國家台灣文學館的館員探尋館藏資料。更特別的經驗是，在曹永和老師家的偌大書庫旁的書桌，於老師的指導下解讀曹家族譜，並在台文所朋友協助下，抄錄約兩百年前在地文人曹敬的詩文手稿。這些基礎的研讀工作，耗費了許多時間與心力，但也從蒐集與閱讀文本當中，逐漸掌握到台灣古典散文的大體面貌。對於勾勒台灣清治時期古典散文的發展大勢，以及散文主題與文化的對話，儲備了若干基礎研究的能量。

考量散文史的書寫需奠基在文本與史料的出土與廣泛蒐羅上，以及更多單篇散文史論述的積累，故先僅以清治時期的散文與文化的主題對話作為本書主軸。至於跨越各時代的台灣散文發展史書寫，留待日後撰寫台灣散文史綱等相關論文時再加以增補。本書在分散各處的龐雜散文作品中，先找尋與文化相關聯的交集處，例如：瀏覽台灣清治時期的旅遊書寫時，將發現這些作品的內容多不侷限於自然景物的描摹，而是兼涉對異文化的觀察。眾多來台官員的旅行巡視散文，究竟顯現出何種文化意涵？這些作者暫時離開家園，到陌生地旅遊的緣由為何？他們在旅程中觀察了哪些風土民情？這些作者究竟選擇以何種方式來觀看異地？並如何將所見所聞化為文字？又觀察清治中期在地文人的崛起現象時，這些文人與各地的文教圈有何關聯？他們的家世、學養及社會參與度又是怎樣的情形？此期遊宦文人與在地文人曾經對社會現象表達出哪些人道關懷？當文人面對民變及械鬥頻繁的時代裡，又曾對這些事件有何見解？此外，研讀清治後期台灣文獻及檔案之際，可感受到 1860 年（咸豐十年）通商港口陸續開放以後，經濟貿易已經不限於東亞一帶，各國商船絡繹來到台灣，台灣跟世界的關係也更加複雜的情形。尤其 1874 年（同治十三年）牡丹社事件以後，清廷調整治臺政策，並且推行了一連串的洋務運動，對於台灣的社會文化發展也產生了某種程度的影響。從這些閱讀經驗又引發了幾個思考面向，例如：文人面對當時政治經濟活動以及社會變遷現象，他們曾經提出哪些看法？這些論述又呈現出何種價值觀？這些思想又具有什麼樣的特色呢？

為了釐清這些思考面向的脈絡，筆者將問題意識歸納為以下幾點：

1.台灣清治時期散文與文化關聯的主題有哪些？

2.這些書寫主題在各時期的演變中，又具有何種特色？

3.文人對於文化現象或社會面貌有哪些思考？

4.這些散文又呈現出何種文化意涵？

5.作者藉由那些表現策略呈現散文形式與主題的關係？

為了論述這些議題，所以將本書分成七章。除了緒論、結論外，第二章為散文的發展條件，第三、四、五章則分析各期的旅遊書寫、社會教化書寫以及議論時事書寫。第六章為散文主題與形式的表現策略。又為了更清楚呈現架構，再將本書架構整理成圖 1-1：

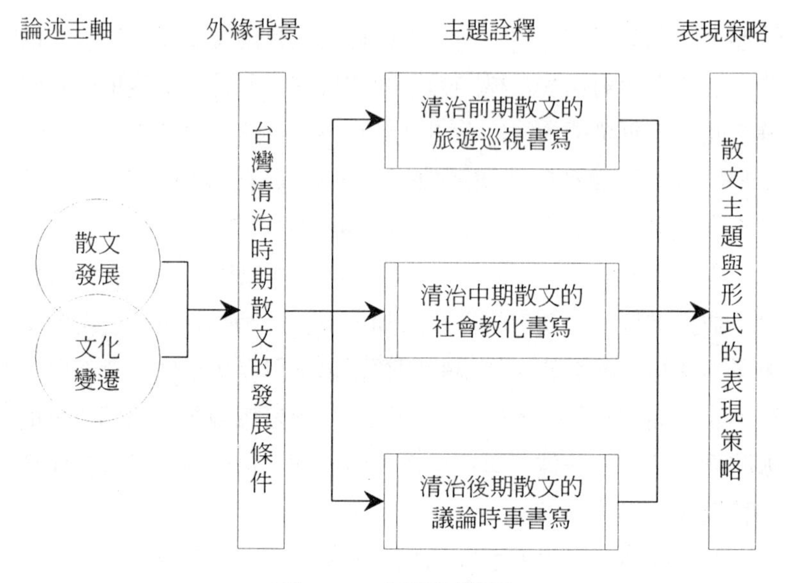

圖 1-1　本書架構圖

本書的架構是以台灣清治時期散文發展為主軸，探討作品與台灣文化之間交疊與對話的情形。先分析散文發展的外緣條件，再依散文發展時間的先後，評論清治前期、清治中期、清治後期散文書寫文化題材的特色。最後再分析作者是以何種形式來呼應他所要表達的主題，增強對文化感受與理念的文字張力。

二、散文與文化研究成果的參照

以往有關台灣清治時期文學的研究，多偏重於區域文學或詩歌的分析，對於散文所蘊含的社會意義較少涉及。歷來有關臺灣清治時期之研究，則多著重於拓墾開發史、社會結構、族群關係及治臺政策等方面之論題。然對於散文之文化論述，仍存有許多糾葛尚待釐清。此外，若發掘民間所珍藏的家族資料，及在地文人後代所留存的手稿，能補充各時期散文作品與文化的關聯性的論述。至於目前【臺灣文獻叢刊】、各類詩文集中，所錄單篇散文所蘊含的主題，或散文與政教風俗等糾葛的關係，及如何表現主題的書寫策略，亦有多處學術空白尚待開拓。

回顧台灣文學與文化相關領域的研究成果，有助於了解本書所處的學術位置。關於古典散文發展的研究方面，台灣各縣市政府、文化中心、文化局所編纂的方志體，具有廣蒐文獻資料之功。如洪波浪、吳新榮《臺南縣志》（1980）的〈藝文志〉及〈文化志〉中，收錄當地史前考古的研究報告、歷史遺址的珍貴資料、寺廟中的碑文等，以及文學或藝術的作品與活動的記錄。茲將目前區域文學史書寫的成果，整理成表 1-1。

表 1-1　台灣區域文學史編纂一覽表

主編者	書　名	出版年
施懿琳、許俊雅、楊翠	《台中縣文學發展史》	1995
施懿琳、楊翠	《彰化縣文學發展史》	1997
江寶釵	《嘉義地區古典文學發展史》	1998
龔顯宗	《安平文學史》	1998
陳明台	《台中市文學史初編》	1999
莫瑜、王幼華	《苗栗縣文學史》	2000
葉連鵬	《澎湖文學發展之研究》	2001
龔顯宗、許獻平	《台南縣文學史》	2004

從表 1-1 可見 1995 年率先出版的文學史著作為施懿琳、許俊雅、楊翠合著的《台中縣文學發展史》以及《台中縣文學發展史田野調查報告書》。從這幾部文學史書寫所提及的古典散文作品，可窺見區域散文的發展概況。❶這些台灣區域文學史的編纂，多上溯敘述台灣原住民的神話、傳說等口傳文學的菁華，並扼要評析鄭氏時期、清治時期的文學史料與作品。從這幾部文學史書寫所提及的古典散文作品，得見區域散文的發展概況。台灣各文化中心、文獻會所編通志體中的〈藝文志〉所蒐羅一些古典文學作品，也可作為研究區域文學史的參考。此外，施懿琳《從沈光文到賴和——台灣古典文學的發展與特色》（2000）一書，及〈從《臺灣府志》〈藝文志〉看清領前期台灣散文正典的生成〉等單篇論文，皆是有關台灣古典文學史的研究成果。

另從台灣文學的學位論文數量上來觀察，多可見有關新文學的研究日漸熱絡。❷這幾年雖陸續有碩士論文以台灣古典文學為主題，並已積累了一些具體的研究成果，但在數量上的成長幅度頗為有限。就博士學位論文方面而言，2007 年以前專注於台灣古典文學研究的博士論文共有十二部，研究成果涵蓋了清治到戰後的文學史、作家論、作品論、以及文學活動或文化意義的研究。（參見本

---

❶ 龔顯宗與許獻平合著《台南縣文學史》2004 年完成的初稿，存於台南縣政府文化局圖書室（圖書編號：673.29/129.4　8242）。承蒙台南縣政府文化局圖書資訊課申國艷小姐，慨允惠贈此尚待出版的珍貴資料，以俾利學術研究之用，謹致謝忱。

❷ 方美芬，〈有關台灣文學研究的博碩士論文分類目錄（1960-2000）〉，《文訊月刊》185 期（2001 年 3 月），頁 53-66。

書附錄三「台灣古典文學博士學位論文一覽表」）

其中針對清治時期文學為研究範疇，用力甚深的代表作為施懿琳《清代台灣詩所反映的漢人社會》、以及黃美娥《清代台灣竹塹地區傳統文學研究》。若檢視與台灣古典散文相關的各領域研究的碩士論文，則涵括以文人及其作品為中心的研究，或是各時期的遊記、碑文、賦等次文類的分析，另有以地域為範疇，或是探討文學社團、作品中的思想特徵、以及主題式的研究等成果。（參見附錄四「台灣古典散文相關研究的碩士論文一覽表」）

此外，許俊雅主編《FORMOSA：台灣古典文學評論合集》於2004 年出版，彙編了相當多的研究成果、相關資料目錄及評介，為有志研究台灣古典文學者提供許多寶貴資料。其中許俊雅〈九〇年代台灣古典文學研究現況評介與反思〉，原發表於 2000 年 6 月香港大學主辦《九十年代兩岸三地文學現象國際學術研討會論文集》❸，此文整理九〇年代台灣古典文學研究的各種面向並加以分析評論。2006 年 11 月又於《漢學研究》25 卷 4 期發表〈一種逝去的文學？——台灣古典文學研究的回顧與前瞻〉，從多重角度層層論證，說明台灣古典文學絕非是一種逝去的文學。文中除回顧近年的研究成果外，更指出多種重構古典文學研究範式，若以空間論述、文化差異、身體觀等論點切入，或是藉由比較研究、美學、心理分析方法和地域文學和家族研究法、後殖民論述、場域等研究方

---

❸ 收入許俊雅主編《講座 FORMOSA——台灣古典文學評論合集》（臺北：萬卷樓圖書公司，2004 年 11 月初版），頁 611-669。

法，皆提供開發更多可能的研究趨向。❹

關於在地文人及其作品的探討，以新竹鄭用錫、鄭用鑑家族為例來說明，張炎憲〈臺灣新竹鄭氏家族的發展型態〉（1986）、❺蔡淵絜〈清代臺灣的望族——新竹北郭園鄭家〉（1987）等文中，❻或以方志、族譜及家族所提供的資料為依據，或從社會流動的角度切入，呈現鄭家所發揮的社會地位及家族特色。在移墾社會時期陸續來到台灣的人所建立的家庭，透過對家族史的研究，可具體看出當時台灣社會的樣貌。❼又如謝志賜的碩士論文《道咸同時期淡水廳文人及其詩文研究——以鄭用錫、陳維英、林占梅為對象》（1993）則以析論三位文人家族及其作品為主。此外，程玉凰《洪棄生及其作品考述》（1997）則針對作者及家族史做了詳實的考證；陳光瑩《洪棄生詩歌研究》（2002）著重在詩歌的成就，至於其散文作品所蘊含的社會文化意涵的探討則較少涉及。

若就主題研究而言，目前所見有關探討台灣旅遊書寫的學位論文，以 Teng, Emma Jinhua 於 1997 年哈佛大學東亞語言及文明系以英文發表的博士論文《旅遊書寫與殖民蒐集：十七到十九世紀來

❹ 許俊雅：〈一種逝去的文學？——台灣古典文學研究的回顧與前瞻〉，《漢學研究》25 卷 4 期（2006 年 11 月），頁 33-46。

❺ 張炎憲：〈臺灣新竹鄭氏家族的發展型態〉，收錄於《中國海洋發展史論文集》（台北：中研院三民主義研究所，1986 年 12 月），頁 199-217。

❻ 蔡淵絜，〈清代臺灣的望族——新竹北郭園鄭家〉，收於國學文獻館編：《第三屆亞洲族譜學研討會會議記錄》（臺北：國學文獻館，1987 年），頁 545-546。

❼ 曹永和於「台灣史料評析講座」所言，收錄於張炎憲：《臺灣史與臺灣史料》（二）（台北：吳三連台灣史料基金會，1995 年 9 月），頁 344-345。

台的中國旅者》（*Travel Writing and Colonial Collecting: Chinese Travel Accounts of Taiwan from the Seventeenth through Nineteenth Centuries*）頗具代表性。此論文藉由分析十七到十九世紀陳第、藍鼎元、黃叔璥、池志澂等人的旅遊書寫，作為比較文學與文化的詮釋文本，並探索遊宦文人或官員的寫作策略。❽此論文後來改寫為"*Taiwan's imagined geography: Chinese colonial travel writing and pictures, 1683-1895*"於 2004 年由哈佛大學出版社所出版。此書探討的範疇跨越三世紀，論述頗具深度且富創意；但若將焦點集中於清治前期，將發現十七世紀末到十八世紀中葉眾多的台灣旅遊書寫，仍有多層的文學史及文化意義尚待考掘。近年來有關探討旅遊書寫的期刊論文，如《中外文學》曾於 1997、1998 年的兩期旅遊專輯，收錄數篇評介近代、現代各國的旅遊書寫，提供研究者多元的參考。❾另外，在相關的研討會方面，東海大學中文系曾舉辦以「旅遊文學」為主題的研討會，會後並出版《旅遊文學論文集》（1999）。其中有關台灣旅遊書寫的探討多以當代及日治時期為主，而古典文學的部分則主要分析「宦遊詩」，對於古典遊記只以極短的篇幅約略概述。❿關

---

❽ Teng, Emma Jinhua, *Travel Writing and Colonial Collecting: Chinese Travel Accounts of Taiwan from the Seventeenth through Nineteenth Centuries*, a thesis presented to the Department of East Asia Languages and Civilizations of Harvard University for the degree of doctor of philosophy, Massachusetts: Harvard University. 1997.

❾ 詳見《中外文學》26 卷 4 期（1997 年 9 月）、及 27 卷 5 期（1998 年 10 月）的旅遊文學專輯。

❿ 可參見此會議論文集收錄數篇論文所透顯的研究趨向。東海大學中文系編：《旅遊文學論文集》（台北：文津出版社，2000 年 1 月）。

於探討郁永河《裨海紀遊》、黃叔璥《臺海使槎錄》等台灣古典文獻雖已有若干成果，然若以旅遊文學與文化的角度作為論述主軸，則仍具有多處值得開拓的研究空間。

散文在社會教化書寫的內容，涵括了民變、械鬥、社會教化的理念與成效以及社會救濟等方面。在其他領域與此主題相關的論文，如羅士傑〈試探清代漢人地方菁英與地方社會——以同治年間戴潮春事件為中心〉（2001）、許達然〈械鬥和清朝台灣社會〉（1996）、溫振華《清代台北盆地經濟社會的演變》（1978）、陳其南《傳統制度與社會意識的結構：歷史與人類學的探索》（1998）、或是漢學研究中心編《寺廟與民間文化研討會論文集》（1995）等論著，都提供了詮釋散文與文化關聯的參考。至於《臺北文物》曾登載 1953 年 5 月 11 日所舉辦的〈大龍峒耆宿座談會〉紀錄，談及大龍峒文風興盛的情形，以及《臺北文獻》登載〈士林區耆老個別訪問記〉，⓫可說是當地居民的口述歷史資料。

歷史學界對於清治後期的研究，如戴維生（James W. Davidson）《臺灣之過去與現在》（1972）、中央研究院近代史研究所編《清季自強運動研討會論文集》（1988）以及林滿紅《茶、糖、樟腦業與臺灣之社會經濟變遷》（1997）等文，皆探討台灣十九世紀後半葉的政經局勢。在思想探討方面，如李明輝編《李春生的思想與時代》（1995）、賴建誠〈西洋經濟思想對晚清經濟思潮的影響〉（1991）、霍布斯邦（Eric J. Hobsbawm）《帝國的年代：1875-1914》

⓫ 此座談會全文登載於《臺北文物》2 卷 2 期，1953 年 8 月。〈士林區耆老個別訪問記〉登於《臺北文獻》77 期，1986 年，頁 19-20。

（1997），則提供探討作家及作品思想層面的參考。關於文學的賞析方面，何金蘭《文學社會學》（1898）、Terry Eagleton《文學理論導讀》（1993）、Douwe Fokkema、Elrud Ibsch《二十世紀文學理論》（1987）等書，評介許多基礎文學理論。在古典散文的鑑賞方面，如施懿琳《國民文選・傳統漢文卷》（2004）、陳滿銘《章法學新裁》（2001）、《章法學論粹》（2002）、《章法學綜論》（2003）、馮永敏《散文鑑賞藝術探微》（1998）等，提供了鑑賞散文方法的參考。而在文化研究方面，早期如 1928 年由東京刀江書院出版的伊能嘉矩《台灣文化志》以及增田福太郎《東亞法秩序序說——民族信仰を中心として》等書；或如清水純 1988〈平埔族の漢化〉東京《文化人類學》第 5 期等研究文獻。有關台灣古典散文的英文翻譯及研究文獻，執教於美國南加大的 Thompson Laurence G.教授，曾翻譯一系列台灣文獻，如黃叔璥的〈番俗六考〉（"Formosan Aborigines in the early Eighteenth Century: Huang Shu-Ching's FAN-SU LIU-K'AO", *Monumenta Serica*, No. 28, University of Southern California.）等書，並附加簡注及導論。當代學者莊萬壽《台灣文化論》（2003）、廖炳惠《另類現代情》（2001）等書中多篇科際整合的論述，都呈現詮釋作品文化層面的多元視野。

鑑於以往有關台灣清治時期文學的研究，多偏重區域文學或詩歌的分析，對於散文及其文本所蘊含的社會意義較少涉及。歷來有關臺灣清治時期之研究，則多著重於拓墾開發史、社會結構、族群關係及治臺政策等方面之論題。然對於文化之形成、發展與變遷之特色，仍存有許多糾葛尚待釐清。所以本書即將焦點集中在探討散文的題材及其文化意涵的關聯，藉以初探台灣清治時期散文與文化發展的特色；在解讀文本的過程中，嘗試應用各領域的研究成果，以加深文本詮釋的內涵。

除了本書所論及的清治時期散文與文化的對話外，目前與日治時期古典散文有關的研究成果，更可作為未來延伸研究範疇的參考。舉例而言，回顧日治時期古典文學的研究，關於文人的認同研究方面，如施懿琳〈由反抗到傾斜——日治時期彰化文人吳德功身分認同之分析〉（1997），黃美娥〈帝國魅影——櫟社詩人王石鵬的國家認同〉（2003）等文，皆以認同問題為論述主軸。有關作家經歷與社會的關聯方面，林瑞明〈賴和「獄中日記」及其晚年情境〉（1991）、許雪姬〈林獻堂著「環球日記」研究〉（1998）、以及筆者發表於第四期《台灣文學研究學報》〈世變下的書寫——吳德功散文的文化論述〉（2007）等文，則以文學作品與史料互相對話。廖振富〈林幼春研究〉（2000）、田啟文〈洪棄生山水散文的藝術表現：以「遊珠潭記」、「遊關嶺記」二文進行觀察〉（2003）則專就作家的文學表現手法加以分析。關於傳統文社的探討，則有施懿琳〈日治中晚期台灣漢儒所面臨的危機及其因應之道——以「崇文社」為例〉等文。專著方面，如施懿琳《從沈光文到賴和——台灣古典文學的發展與特色》（2000）、黃美娥《重層現代性鏡象》（2005）等書，這些學術論述皆積累了古典散文研究的成果。

日治時期古典散文與文化的相關文本的蒐羅，包括從「臺灣文獻叢刊」、「台灣先賢詩文集彙刊」及各地文化中心所出版日治時期作家的作品集，都是文本的來源。另外，一些跨越時代作家如李春生、洪棄生、吳德功、連橫等人的作品全集也已經出版。除了這些文集、或是珍藏於民間的手稿外，在《台灣日日新報》的漢文欄或《台灣民報》等報所載的小品文，以及《台灣文藝叢誌》或日治時期《台灣青年》等雜誌中所錄的古典散文，也蘊藏了許多研究的素材。如果能善加蒐羅這些文本，並參酌日治時期各領域的研究成果，則可豐富研究的內涵。例如林獻堂遊記的多重面向，王敏川作品中對台灣文化的論述，蔣渭水作品的寄託諷喻手法，賴和作品中的抵殖民精神等。至於彰化「崇文社」、以及林資修（幼春）與蔡惠如等人共組的「台灣文社」等文藝團體，或各報紙雜誌的編輯選稿的原則與策略，都有值得再加以探討的空間。台灣文學與文化的研究，不是自然原始的存在，而是經由逐步踏實積累的結晶。從文本的爬梳及歷史脈絡的對話，能增進對台灣文學與文化關聯的理解，同時藉由主體性的詮釋，以加深對這塊土地的認同情感。

第二節　散文與文化的義界及文本蒐羅

一、台灣古典散文與文化的義界

本書所討論的作品，是以與文化意涵有關聯的散文為主；除了題材的相關性外，也考量作品的文學性。關於散文的義界雖有範圍的廣狹，本書則採取廣義的解釋，以較不講究平仄聲律，基本特徵為散行單句的作品為探討的文本。若將散文與詩歌相比較來看，散文的主要特色是形式較不受押韻的約束。亦即，古典散文的內涵是與韻文、駢文相對而言，指不押韻、句法參差不齊的文章，詩、詞、曲等純韻文以外，凡不押韻、不重排偶的散體單行的文章，都概稱為廣義的散文。⓬大體而言，漢語詩歌表達的內容重在言志與抒情；而散文重在記言、敘事和說理。就文采來說，散文崇尚樸質平易，不以排偶為主要句式，通篇長短自由。由於賦介於詩與文之間，且涵括的議題廣闊，本書將暫不予分析。

因台灣清治時期抒情或純文學性的散文不多，目前所留存的作品多具實用功能性。梁朝蕭統《文選·序》中提到：「讚論之綜輯辭采，序述之錯比文華；事出於沉思，義歸乎翰藻。」⓭可見此書是以講究對文字的美學處理為選文的重要標準。雖然，能激起美感經驗的文學形式為散文的特殊質性，但考量如今台灣清治時期所留存的散文，其內涵多敘述文化現象與社會性，所以本書不專僅就散文的形式美加以分析。也因為此期散文的題材與文化變遷的議題常有所聯結，所以本書特別針對當時書寫現象的特色，來詮釋台灣清治時期散文發展與文化變遷的議題。再就清代姚鼐《古文辭類纂》來看，此古典散文選集的代表作將散文分成十三類，分別為論辨、序跋、奏議、書說、贈序、詔令、傳狀、碑志、雜記、箴銘、頌贊、辭賦、哀祭等，可見姚鼐是以散文的實用功能作為分類依據。而西洋有些文學成分很高的傳記、回憶錄、日記、書信等，也通常都是用廣義的散文（prose）所寫成的。⓮

⓬ 馮永敏：《散文鑑賞藝術探微》（台北：文史哲出版社，1998年2月），頁30-32。

⓭ 〔梁〕蕭統編，〔唐〕李善注：《文選》新校胡刻宋本（台北：華正書局，1987年9月），〈序〉，頁2。

⓮ 董崇選：《西洋散文的面貌》（台北：中央文物供應社，1983年4月），頁9-10。

至於「文化」一詞所涵蓋的範疇更為廣闊，在許多不同的知識領域，以及殊異的思想體系裡，文化都是其中重要的概念。社會理論中的文化概念、及後來各學派對文化所作不同取徑的研究方式，都顯現出這個知識範疇的可觀資源。若就「文化」詞義的演變來看，在英文早期的用法是與動物、農作物的培育（cultivation）有關。後來文化理解方式結合了兩種看法：一是源於十九世紀的觀念論哲學和浪漫主義哲學，將文化視為非物質性的觀點；所指涉的是個人、群體或社會的智識精神，也泛指各種藝術活動或產物。另一種則是人類學的文化研究取徑中，所採取的反精英主義、價值中立和相對主義（relativism）觀點；此處「文化」所指涉的是一個民族、群體，或者社會的整體生活、活動、信仰和習俗。此外，當代文化研究對於文化的理解方式與以往有所差異，可說是文化理論本身所發展的產物，突顯文化是抽象的、組織的觀念系統，而與經驗的行為與習俗區隔開來。⓯正因為文化具有抽象與觀念的特性，所以也被視為是由價值觀、象徵、符號和論述所構成的領域。

有些文化人類家將文化的構成分成四大系統：一、經濟系統，包括生態、生產、科學技術、分配方式等。二、社會系統，包括階級、群體、親屬制度、政治、制度、法律、教育、風俗習慣。三、觀念系統，包括宇宙觀、宗教、巫術、民間信仰、藝術創造、價值觀等。四、語言系統，包括音系學、字彙學、語法學、語義學等。語言是直接反應文化的現實，不了解語言當中的社會文化，誰也無

⓯ Philip Smith 著、林宗德譯：《文化理論的面貌》（台北：韋伯文化，2004年1月），頁1-6。

法真正掌握語言。文字是書寫的語言，不懂文化無法掌握語言，不懂語言也無法了解文學或文化。語言與文化的關係密切，透過文化人類學家所說的文化四大系統中的語言系統，來思考文化當中的經濟、社會、觀念系統，亦是一個值得投入的研究方向。關於文化變遷的研究範疇，人類學文化生態學派的史徒華（Julian H. Steward）曾在《文化變遷的理論》（*Theory of Culture Change*）中主張生態壓力的調適，會直接影響社會結構的核心元素。又提到在實際層面上與經濟活動有密切關聯的社會、政治與宗教模式皆包括在文化核心（cultural core）之內。⓰這個觀點引起後來學者對於文化生態學理論作更多的省思，因而突破了此種生態適應理論與以往功能論的侷限。⓱例如文化的創造性和生態調節間的關係，不是單純地視為可能性的限制，而應是雙向的互動模式。文化必須與人類生物性的稟賦、人類的心理、社會過程等互動，才能產生適存於某特定環境的行為模式。變遷的方式，除了發生於環境的適應外，也能發生於社會體系之內。若將社會及其文化視為圓滿的整合和完美的適應，勢必忽略遍存在其結構中的矛盾現象。文化的變遷不一定是由於逐漸的演化而成的，而可能是由意識的高漲和集體權力的伸張所造成

⓰ 此書論及氣候的季節性、水源的便利性、土地的肥沃度等因素，可以決定聚落的大小、聚落的持久性、聚落分佈的情形、以及聚落人口如何組織其生產活動等。這些社會結構上的影響經由文化加以分化，促成那些跟生態並無直接關係的領域的變遷，如宇宙論的觀念、政治繼承模式、藝術……等。Julian H. Steward（史徒華）著，張恭啟譯：《文化變遷的理論》（台北：遠流出版公司，1989 年 2 月），頁 15-48。

⓱ 有關此派學說所引起的反省，可參看 Julian H. Steward（史徒華）著、張恭啟譯：《文化變遷的理論》，〈導言〉，頁 1-17。

的。如今應檢視的是對過程和發展的研究，而不只是靜態地重建想像中過去的均衡世界。⓲本書即是採取廣義的文化意涵，並以台灣清治時期有關政經教化的變遷為探討的重點，將重心置於文化變遷的過程中，與散文發展之間的對話。

廣義的文化意涵雖然眾說紛紜，但主要議題多談論到三大範疇：一是克服自然並藉以獲得生存所需而產生的衣、食、住、行等「技術文化」，二是因社會生活而產生的，社會規範、典章制度、倫理道德、律法等「社群文化」，三是因克服自我心中之鬼而產生，包括文學、音樂、戲劇、藝術與宗教信仰等「表達文化」。⓳此外，還有文化內在的深層文法，或是常與反映文化現實有關的語言文化系統。一些研討會論文集或書名以「文化變遷」作為主題，綜觀其內容則是包羅萬象，涵蓋面極廣。這些有關政經環境的變革、認同議題、學術思潮等層面的論述，都顯現在一段時間內各層面變遷的複雜面貌。⓴如今學界所論的文化變遷現象與社會機制有所關聯，舉凡經濟、政治、意識形態等都是影響文化變遷的範疇。雖然台灣清治時期散文的題材，也論及生產方式的改變、稅賦制度

⓲ R. Keesing（基辛）著，張恭啟、于嘉雲合譯：《文化人類學》（台北：巨流圖書公司，1989 年 9 月），頁 143-168。

⓳ 李亦園：《田野圖象》（臺北：立緒文化，1999 年），頁 72-74。

⓴ 在台灣召開與文化變遷的主題有關的研討會，計有「台灣社會與文化變遷國際學術研討會」（中央研究院民族學研究所，1986 年）、「五四文學與文化變遷」（中國古典文學研究會，1989 年）、「當前台灣社會與文化變遷學術研討會」（中央大學通識中心，1997 年）、「世紀之交——觀念動向與文化變遷」（淡江大學中文系，1999 年）、「文化、認同、社會變遷——戰後五十年台灣文學國際學術研討會」（台灣大學，1999 年）等。

對居民的衝擊、社商或通事的擾民行徑，但這些議題較無法完全符合現代對於經濟等文化變遷的結構系統。正因為受限於古時散文研究素料的侷限性，所以本論文的架構較無法湊合出現代文化變遷系統的整體面貌。又因文化變遷的範疇是如此廣闊，所以本書僅將焦點集中於台灣清治時期散文題材所涉及文化變遷現象的部分，包括文人有關台灣自然意象與人文意象的寫作策略、科舉文教對時代思潮的影響、以及對現代化嘗試的省思等。

從台灣清治時期的散文中，除了有些是作者個人抒情性靈小品的表現外，許多文本透顯出清帝國在此地政教措施的影響痕跡，這也是本文為何將散文發展與文化變遷交互對話的其中一項原因。另一方面，台灣所處的自然環境位於東亞海域，又處在季風洋流國際航道上，在地理位置及自然生態上頗具特色。雖然居民來台時間有先有後，但經由長久在台灣這塊土地上的具體生活經驗，逐漸激發出家園意識。從文化的表象層面來看，生活在台灣土地上的居民，無論從技術文化、社群文化、或是表達文化等層面都顯現出生活經驗的積累。又關於文化的深層結構方面，則牽涉到價值體系及抽象觀念等內涵。所以本書也試圖從在地文人或遊宦文人現存的散文作品中，尋找各階段的文化特質。

文化史學強調「命運共感」與「歷史理解」，透過歷史事件產生共感，在這基礎上形成「歷史理解」，所謂「理解」是基於連結彼我的紐帶；而歷史的理解，是指於現在之中發現過去，在過去之中找到現在。作為歷史認識的主體，我們向命運索求自身與歷史對象之間內在的深奧紐帶。因為這紐帶，因而能喚起與種種歷史事項之間的深切關聯，或與之一致的感覺。㉑若欲探討關於文化的深層結構，不是循著過去的歷史事象作平面的探究便能直觀的發現，而應垂直潛入歷史事象的核心，突破其存在的底殼才能洞察大體面貌。透過科舉的漢字表象系統，不只外在的文化形式產生明顯的變遷，對價值觀等內在文化信仰也有莫大的影響。㉒而論述所塑造出的文化差異，如對散文中的種族偏見（認為原住民較怠惰或較低劣等觀念）是以敘述體去探討漢人如何以「故事」發明，進而合法化土地政策與剝削現實。帝國是由論述組構出來的，而且以「許多故事的形式」不斷傳遞、延綿、擴散。一方面由敘事者道出「真相」，另一方面則透過他去理解「再現」（representation）的侷限，與本身生命陷入敘事再現活動中的難分難解處。㉓探討人如何將此客觀的現象概念化（conceptualize）、又如何系統的了解從過去到現在的變遷

㉑ 石田一良著、王勇譯：《文化史學：理論與方法》（台北：淑馨出版社，1994年7月，世界文化叢書30），頁89-91。

㉒ 班迪亞克·安德遜（Benedict Anderson）在《想像的共同體》中提到：「回教共同體、佛教信仰圈及儒教等神聖文化，都創造文字符號，藉助於某種和超越塵世的權力秩序相連結的神聖語言的中介，把自己設想為位居宇宙的中心。」本體論上的真實只能透過一個單一的，擁有特權地位的表象系統，如教會拉丁文的真理語言、可蘭經的阿拉伯文或科舉的中文，才能理解。而且作為所謂「真理語言」，這些表象系統內部帶有一種對民族主義而言相當陌生的衝動，也就是朝向「改宗」（conversion）的衝動。所謂改宗，指的不是使人接受特定的宗教信條，而是如鍊金術般的將之吸收融合之意，如蠻夷化為「中國」。Benedict Anderson, *Imagined Communities: Reflections on the Origin and Spread of Nationalism*, New York: Verso, 1991, p.112。

㉓ 蔡振興：〈典律／權力／知識〉，收錄於陳東榮、陳長房主編：《典律與文學教學》（台北：書林出版有限公司，1995年4月），頁60-62。

過程（transition），因此實際上是強調有關思想的層面。同時，台灣清治時期知識階層的散文書寫中，常透顯出對居民處境的人文關懷，在文本中也留下十七到十九世紀文人所觀察到的台灣文化變遷的軌跡。所以為了探討散文與文化變遷現象間的互動，本書將著重於台灣當時的表達文化與內在深層價值系統的探討。

二、文本的蒐羅

在蒐集台灣清治時期文學資料的過程中，需感謝許多台灣文史前輩及文人後代曾用心的輯佚或保存台灣古典文獻資料，方使得研究素材不虞匱乏。綜觀臺灣各大圖書館珍藏有關古典文獻數量頗豐，台灣在此研究資源上可謂得天獨厚，實有待後人善加運用。本節將以清治時期（1683-1895）台灣散文為主，分項探討文本蒐羅的面向。

㈠ 【臺灣文獻叢刊】

周憲文主持台灣銀行經濟研究室之際，在匯集眾人之力編成【臺灣文獻叢刊】309 種後，曾發表心中感言：「在這動亂的時代，這一叢刊居然能夠出版，且能延續到今天而接近完成的階段，則任何艱辛都已有代價。」[24]當初參與編輯的主事人員，在旁人譏評「浪費公帑」的熱諷冷嘲下，仍日積月累埋首文獻的整理，終於使一些台灣文化史上的珍貴文本得以保存。

這套叢刊中有關台灣方志部份，較為史學界所熟知。當初台灣

---

[24] 吳幅員〈刊印「臺灣文獻叢刊提要」贅言〉，收錄於臺灣銀行經濟研究室編：《臺灣文獻史料叢刊 309 種提要》，頁 2。

方志編纂的緣起，除了延續中國方志傳統外，更具時代意義之處在於：清廷為了熟諳各地特殊的山川形勢、風土民情，也為增進中央與地方之聯繫與統治，明令各地必須按時編纂方志。㉕台灣方志編纂即始於清治時期，其種類依纂輯範圍之異，可分為「府志」、「縣志」、「廳志」及「縣內采訪冊」等類別。尤其每隔數年即有續修、重修，反映出特定歷史脈絡下之情境，保存頗多研究素材。㉖各地人物、史事、及藝文之蒐集與記載，不僅蘊含政治、經濟、軍事、社會及風俗等資料；且從方志的書寫策略看來，多寓含教化的目的。㉗方志藝文志中收錄的公牘政論、碑文、傳、記、風土詩，皆為官員收集地方資訊，以供為政者施政的參考；又因編纂者多為官員或文士，故可見清廷治臺政策及實行教化之論點。其中藝文志所錄金石碑記、口傳文學、文人的詩歌或議論，多與當地歷史

㉕ 「康熙二十五年春正月甲申條」載有：「江南道御史嚴魯疏言：『近禮部奉命開館纂修《一統志》，適臺灣、金門、廈門等已屬內地，設立郡縣文武官員：請敕禮部增入《通志》之內。』」由於該疏的提議，使清廷漸關注對台灣方志的纂修。《清聖祖實錄選輯》（臺北：大通書局，1987年），頁7。

㉖ 如曹永和曾以台灣方志文獻所記載災害之發生，及清廷救災、賑濟之情形，歸納統計出臺灣於清治時期歷年水災及風災之情形。曹永和：《臺灣早期歷史研究》（臺北：聯經出版事業公司，1979年），頁399-476。

㉗ 有關方志教化作用的論述，可參閱章學誠：《文史通義》（臺北：漢聲影印吳興劉氏嘉業堂刊本，1973年），頁308。

有密切關聯。㉘若能善加運用台灣清治時期方志每隔數年即有續修、重修的特質，及其所累積當時文化記錄，可藉此比較各時期的文化變遷。又從臺灣清治時期方志中，則可統計行政機構及教育體制設置的數量及演變情形。如方志中的〈學校志〉、〈規制志〉載有臺灣府、縣儒學及書院、社學、義學等各級教育體制的數量。而這些機構所設立的時間、地點，或是區域的分佈狀況及歷年的演變，多呈現文教發展的情形。

來臺官員公牘、文稿、筆記的彙錄，或文人的文集、遊記等古典文獻，常表達出對政教風俗的議論與見解，或對時局的觀察與態度。就清治前期來說，《裨海紀遊》為郁永河於 1697 年（康熙三十六年）來臺採硫的遊記，詳載臺灣風土民情及作者之政論。1721 年（康熙六十年）統帥藍廷珍來臺處理朱一貴事件，《東征集》為其弟藍鼎元運籌帷幄時所著，而後再由藍廷珍加以彙編付印成書。此書內容多為公檄、書稾、及記錄原住民各社風俗。黃叔璥所著《臺海使槎錄》，為作者擔任巡台御史期間對臺灣政教的觀察成果，也呈現他對平埔族、漢移民社會面貌及文化特色的看法。滿族巡台御史六十七《番社采風圖考》記載清廷如何描繪台灣原住族群之圖像，及其社群生活、與漢人交易等資料。此外，陳璸《陳清端公文選》、朱士玠《小琉球漫誌》、朱景英《海東札記》、鄭兼才《六

㉘ 有關描寫百姓所受勞役苦累之詩歌，如〈大甲婦〉、〈竹塹〉、〈沙轆行〉即為寫實之刻劃；而《彰化縣志》載有〈開埔裏社議〉，亦記錄「通事」對平埔族之剝削，及官吏擾民之情形。因原住民與漢人言語不通，故由「通事」翻譯以助溝通。通事收管社租、發給餉食及辦差役，並掌理一般社務。周璽：《彰化縣志》（臺北：臺灣銀行經濟研究室，1962 年），頁 408。

亭文集》、姚瑩《東槎紀略》與《東溟奏稿》、林豪《東瀛紀事》、周凱《內自訟齋文集》、徐宗幹《斯未信齋文集》、丁曰健《治臺必告錄》、沈葆楨《福建臺灣奏摺》、羅大春《臺灣海防並開山日記》、劉璈《巡臺退思錄》、劉銘傳《劉壯肅公奏議》、唐贊袞《臺陽見聞錄》、蔣師轍《臺游日記》、胡傳《臺灣日記與稟啟》等書，亦為值得細加爬梳的古典文獻。

㈡ 台灣清治時期檔案及碑文

台灣清治時期的檔案，於時間的分佈上具有從康熙至光緒歷朝的連續性；主要性質則以官員奏議、皇帝諭示等官方檔案資料為主。內容涵蓋內政、外交，及械鬥、民變等事件，為研究政教風俗之重要資料。中央研究院歷史語言研究所出版《明清史料》與清《實錄》，原為清代內閣大庫所藏明清檔案，可提供探究時代背景時的參考。台北故宮博物院出版《清代宮中檔》，則主要為地方官奏摺或夾片，並由清代歷朝君主親手批發，從中可見官員之治臺理念。如欲研究清治時期三大民變：歷經二月始平定之 1721 年（康熙六十年）朱一貴事件、歷時一年又三月 1786 年（乾隆五十一年）林爽文事件、及歷經三年之 1862 年（同治元年）戴潮春事件的始末，除可運用《清聖祖實錄選輯》、《清高宗實錄選輯》、《清穆宗實錄選輯》，得知清廷與官員對事件的觀點與應變情形外；也可查閱台北故宮善本書室博物院圖書文獻館善本書庫蒐藏的《清代軍機檔》，得見與臺灣有關的武備及軍務。來臺遊宦文士常論及政教風俗，亦可從台北故宮博物院圖書文獻館善本書庫所收藏清史館各朝「傳稿」、「傳包」；或由哈佛燕京學社《三十三種清代傳記綜合引得》尋得其生平經歷之資料。㉙有關清廷治臺的典章制度，如渡海禁令的變革情形，可查閱《清會典臺灣事例》；欲瞭解臺灣史上重大事件的發生緣由與經過，除參考清治時期留存的文獻外，更可向上擴展到荷治時期（1624-1662），及鄭氏時期（1662-1683）的史料，或是向下延伸到日治時期（1895-1945）台灣總督府、舊慣習俗調查委員會等檔案資料。

歷史學者史威廉（William M. Speidel）與王世慶曾於美國亞洲學會（Association for Asian Studies, U.S.A.）研討會中提到民間古文書、及族譜的利用研究價值外，又特別論及碑文的史料價值。㉚台灣清治時期的碑文不僅是實用性的散文，並具有史料與文化意義。石材因具有堅硬不易腐朽的特性，所以常用於銘刻紀事，或作為宣告示眾的功用。台灣碑碣持續的記錄、整理與刊載，首推清治時期的方志。尤其清治後期采訪冊收錄數量頗豐、題材較多元的碑文，如陳朝龍《新竹縣采訪冊》即有六十二篇，詳備方志所略的立碑地點、落款年代、尺寸大小、捐題情形與作者職銜，提供更多有關碑文的背景資料。這些方志藝文志中的碑文，因其頗富文采、並具有史料及教化功能，所以為方志的編纂者加以採錄。日治時期成立「台灣史料調查室」，並進行有關石碑及拓片的研究，而其成果多見於《南方土俗》所登載松本盛長的〈台灣史料調查室報告〉。個人的研究則有石阪莊作《北臺灣の古碑》，山中樵〈台南州官田庄の同文古

㉙ 房兆楹等編：《三十三種清代傳記綜合引得》燕京大學圖書館編纂處出版，1932年。

㉚ 史威廉（William M. Speidel）、王世慶：〈台灣民間和田野所存清代史料及其價值〉，《臺北文獻》55-56期，1981年6月，頁123-152。

碑〉等。戰後台灣省文獻委員會陳漢光、蕭宗岱、林淑達等人曾採拓碑文；台南市文獻委員會與台南縣文獻委員會也採錄該地清治時期碑文，並陸續發表於《臺南文化》與《臺南縣志》。以專書形式呈現調查成果者，以劉枝萬所彙編的《台灣中部碑文集成》為代表。其後，黃典權綜合各家，彙編成《台灣南部碑文集成》；邱秀堂綜合方志所載與采訪所見，匯集成《台灣北部碑文集成》。此外，台南市政府也曾出版《台南市南門碑林圖誌》。[31] 1990 年（民國七十九年）七月國立中央圖書館台灣分館與國立成功大學歷史學系合作，由何培夫執行「採拓整理臺灣地區現存碑碣計畫」，於 1999 年（民國八十八年）六月完成，共採集碑碣拓本 2091 件，並編印《台灣地區現存碑碣圖誌》十七冊。此外，何培夫所編的《南瀛古碑志》，也於 2001 年（民國九十年）由台南縣文化局出版。這些辛勤採拓收集的原始資料，為碑文的研究紮下厚實的基礎。

㈢ 臺灣先賢詩文集與作家手稿

早期刊印台灣古典文學作品最具代表性為王國璠、高志彬主編「台灣先賢詩文集彙刊」（台北：龍文出版社，2001 年 6 月）。此套書陸續蒐羅了鄭用錫《北郭園全集》、施瓊芳《石蘭山館遺稿》、吳子光《一肚皮集》、《芸閣山人集》等文人的作品。這些版本多為原刊本或作家手稿的影印，具有保存原始資料的價值。如吳子光的著作是依 1875 年（光緒元年）吳氏雙峰草堂自刊本、抄本影印。此外，有關李春生的著作，中央研究院中國文哲研究所圖書館收藏購

[31] 有關台灣碑碣的調查及研究成果，可參閱王世慶、陳文達：〈台灣碑碣專著論文資料目錄初編〉，《史聯雜誌》二十期，1992 年 6 月，頁 235-250。

自日本「靜嘉堂文庫」的《主津新集》微卷。目前尚存的李春生多本作品今收錄於「李春生著作集」(台北:南天書局,2004 年 8 月)並重新標點、排版。這些作品的重新出版皆有助於研究的進行。㉜

台灣清治時期刻書不易,詩文作品刊刻出版的數量極為有限。尤其在地文人的作品,能像鄭用錫《北郭園全集》不惜自家耗資出版,更如鳳毛鱗爪。當時在地文人的作品,除少數收錄於官方主修的台灣方志,或《瀛洲校士錄》等科舉習作集的傳刻本中,絕大多數作品早已湮沒不傳。所幸,有些在地文人的手稿,目前尚珍藏在後世族人中;倘若與家族中的其他相關文獻參看,將可豐盈研究的內涵。㉝如台灣清治中期的在地文人曹敬,為陳維英的得意門生,一生多奉獻於淡北文教圈,對當地文教的推展功不可沒。陳鐓厚曾將曹家提供的曹敬部分詩文作品刊載於《臺北文獻》直字十五、十六期(1971 年 6 月),並題為〈曹敬詩文略集〉。但對照現存的曹敬手稿,發現此集於排版時有若干錯簡及誤植的情形;在作品的數量

㉜ 《台灣通志稿·學藝志·哲學篇》收錄曾天從評介李春生的十二種著作,內容涵蓋有關時事世務、禮教民俗,及基督教教理的闡釋等。南天書局出版的「李春生著作集」尚收錄:《東遊六十四日隨筆》(1896)、《民教冤獄解》(1903)、《民教冤獄解續編》(1903)、《民教冤獄解補遺》(1906)、《耶蘇教聖讖闡釋備考》(1906)、《天演論書後》(1907)、《東西哲衡》(1908)、《宗教五德備考》(1910)、《哲衡續編》(1911)、《聖經闡要講義》(1914)。

㉝ 有關曹敬詩、賦、散文等文學創作,及易學象數派的筆記手稿,現仍珍藏於中央研究院曹永和院士家中,筆者於 2004 年 1 月 5、13、15 日採訪曹老師時曾目睹手稿,並抄錄若干作品。林淑慧:〈台灣清治後期淡北文人曹敬及其手稿的詮釋〉,《臺北文獻》2005 年 6 月。

上，亦與原手稿有所差距。[34]現存曹敬手稿有兩種，一為墨色深淺有別的《原稿本》，另一為字跡端正的《重抄本》。曹敬二兄之孫曹賜瑩曾將曹敬的《重抄本》，與其他詩人的作品以線裝方式合成兩大帙。就兩種手稿而言，《原稿本》因保留其師陳維英批閱後的評語，故能呈現原句與修改句的差異。然而，現存《原稿本》篇數或有遺佚，又不似《重抄本》清晰，故需兩相對照較能呈現曹敬作品的原貌。

㈣ 線裝刻本及微卷特藏

國立台灣圖書館所蒐藏的台灣早期的線裝書，多已拍攝成微捲供讀者調閱。[35]如曾於 1649 年（永曆三年）至 1662 年（永曆十六年）擔任延平王鄭成功的部下的楊英，所著《從征實錄》為鄭氏時期的史傳文學，國立台灣圖書館將刻本已拍攝成微捲（微捲號 239AAAO）。有些未收錄於【臺灣文獻叢刊】中的文集，如《瀛洲校士錄》原為「咸豐辛亥夏鐫，海東書院藏版」，此 1851 年（咸豐

---

[34] 如〈裁詩十法〉及〈賦得西風吹妾妾憂夫〉原非曹敬作品，而誤入〈曹敬詩文略集〉中。未收錄於此集的詩作，包括「賦得本立而道生」、「賦得二月春風似剪刀」、「賦得春日路旁情」、「賦得應是雨催詩」、「賦得五月鳴蜩」、「東暝觀日出歌」、「五妃墓」、「安平紅毛城」、「螺杯」等詩作，及〈海月賦〉、〈淮陰背水出奇兵賦〉、〈日月增光試奏凌雲之賦〉、〈王景畧談時務賦〉等。且此略集所錄以作品為主，對於陳維英的評語常記載「此詩迂谷先生有評語」，多未刊載具體評語內容。曹敬二兄之孫曹賜瑩曾將曹敬的重謄稿，與其他詩人的作品以線裝方式合成兩大帙，故需留意再與原手稿核對，始能確定為曹敬的作品。

[35] 今將更名的「國立台灣圖書館」，原為中央圖書館台灣分館，其前身為 1914 年創建的「台灣總督府圖書館」。

元年）的科舉文集，也已拍攝成微捲（微捲號 239AQ）。又如國立台灣圖書館所藏的章甫《半崧集》（微捲號 239y），為大正六年（1917）據嘉慶二十一年（1816）謄錄的抄本。對照【臺灣文獻叢刊】第 201 種《半崧集簡編》，得知簡編本只選錄章甫若干篇章，未若《半崧集》收錄完整。而姚瑩《東溟文集》清刻本三冊，亦較文叢本收錄更多姚瑩的作品。國立台灣圖書館也蒐藏史久龍《憶臺雜記》的抄錄本，原為台灣文獻研究者方豪，抄錄約三萬字的線裝書而能流傳至今。關於李春生的著作，中央研究院中國文哲研究所圖書館藏有《主津新集》日本靜嘉堂文庫版本的微捲，可與南天書局出版的《李春生著作集》（2004）相對照。中央研究院傅斯年圖書館線裝書室、文哲所、台史所，或是國家圖書館善本書室，以及台灣各大學圖書館，多有一些台灣古典文學的特藏，皆為基礎的研究素材。

此外，中國廈門大學出版社及北京的九州出版社於 2004 年出版【臺灣文獻匯刊】，此大套叢書彙集眾多人力，蒐編台灣古典文學的罕見資料，可供台灣古典文學研究之用。如其中第四輯「臺灣相關詩文集」第 2 冊中，收錄 1684-1688 年（康熙 23-27 年）來台擔負首任諸羅縣知縣的季麒光所撰的《東寧政事集》。又此輯的第 13-14 冊中，謝金鑾《二勿齋文集》則收錄 1804 年（嘉慶九年）來台任嘉義縣教諭的謝金鑾有關在台事蹟的記載。這些皆是台灣銀行經濟研究室出版的【臺灣文獻叢刊】未收錄的文本，可作為台灣散文版本蒐羅與異文對照的參考。

第三節　散文發展的文化分期與科際整合

一、台灣古典散文發展的文化分期

探討台灣古典散文的發展，需考量此一文類在歷時（diachronic）過程中的變遷，也須關注於與社會及文化現象的並時（synchronic）互動。為了歸納整體性的圖像而進行文學發展的分期，但必有一些作品無法於統合的框架中加以解讀。雖然如此，整體框架若不存在，詮釋的活動失去了座標，也無以為其它的作品找到定位。法國文學評論家傑哈·簡奈特（Gerard Genette）於《辭格Ⅲ》一書論及文學史第一個難題，也是一般史學的難題，如時期劃分、根據流派或層次而區分的韻律差異、可變性與不變性之間複雜和困難、相關性的建立等問題。㊱台灣文學史包括遠古時期、荷治時期、鄭氏時期、清治時期、日治時期、現當代等歷史時期。而各時期作品的體裁，則包含了口傳文學、古典文學與現代文學。其中的文學形式又有歌謠、神話、傳說、民間故事、諺語、詩、賦、散文、小說、及劇本等類型。㊲

本書為了呈顯台灣早期散文與文化的關聯性，所以在空間的論述上，以台灣為地理範圍；而在時間的斷限上，則以1683年（康熙二十二年）到1895年（光緒二十一年）清治時期為核心。台灣十七世

㊱　〔法〕傑哈·簡奈特（Gérard Genette）、廖素珊、楊恩祖譯，《辭格Ⅲ》（*Figures Ⅲ*）（臺北：時報出版，2003年1月），頁13-14。

㊲　林淑慧：〈資料庫於台灣文學教學與研究的應用〉，《國立台北大學學報》第二期（2007年3月），頁209-244。

紀到十九世紀，經歷了鄭氏時期、清治時期以及日治時期，然而即使政權有所轉變，文人的生命歷程卻是連續的，散文的創作也不因而中斷。以 1895 年（光緒二十一年）為時間斷限，主要考量政權交替下社會局勢變動的幅度頗大，文人在面對 1895 年以後的日治時期，內心有多重的轉折。1895 年以後的古典文學作品，與文化變遷有關的議題，牽涉到文學史上的新舊文學論爭運動、日本殖民統治及教化的影響、甚至認同的情感糾葛等層面。這些範疇值得探討的主題相當繁雜，非本論文所能容納，所以留待日後再細加分別詳述。

黃得時在 1943 年（昭和十八年）七月發表〈台灣文學史序說〉中，將台灣文學史分為「鄭氏時代」、「康熙雍正時代」、「乾隆嘉慶時代」、「道光咸豐時代」、「同治光緒時代」，並略談及「改隸以後」的文壇概況。他對於清治時期台灣文學發展分為四期，並分別列舉若干來台官吏與文人的作品，以及本土文人的作品為代表來說明。如此的文學史寫法，葉石濤《台灣文學史綱》加以沿用，他將清治時期分成 1684-1735 年（康雍）、1735-1820 年（乾嘉）、1821-1861 年（道咸）、1862-1895 年（同光）四階段。目前有關台灣古典詩歌史分期仍未有一定的依據，如廖雪蘭《台灣詩史》分為 1684-1735 年（康雍）、1735-1820 年（乾嘉）、1821-1874 年（道咸同）、1875-1895 年（光緒）四個時期。施懿琳《清代台灣詩所反映的漢人社會》則採取與黃得時相同的四階段分期方式。江寶釵《台灣古典詩面面觀》一書中，前期包含 1684-1735 年（康熙二十三年到雍正十三年）為初期、1735-1840 年（乾隆元年到道光二十年）為中期，1840-1895 年（道光二十年至光緒二十一年）為晚期。

本書參考黃得時等人對於台灣文學史、及台灣詩歌史的劃分法；但為了兼顧散文發展及文化變遷的特色，所以另採取以散文發展與歷史事件的相關性作為分期的主要考量。雖然文人的創作及文化活動，常跨越各時期，但在題材或議題的選擇上，卻有相同的趨勢。所以本書集中於散文主題的分析，將清治時期長達 212 年的散文發展與文化變遷的關係分為三期加以論述，分期的時間斷限及原因如下：

㈠ 前期的斷限為乾隆末年，即 1683 年－1795 年（康熙二十二年－乾隆六十年）。

因考量在清治前期階段，清廷初將台灣納入版圖，許多文人懷著想像與好奇的心態，對台灣這個新的「邊陲」之地，多以旅遊書寫的形式來表現，所以藉由分析此階段大量出現的旅遊巡視題材，來呈顯清治前期的特色。又因巡台御史為清治前期旅行巡視書寫的作者群之一，此巡台御史的制度始於 1722 年（康熙六十一年）朱一貴事件之後，終止於 1787 年（乾隆五十三年）。㊳巡台御史設立長達六十六年之久，共派了四十七位監察御史來台。巡察官員本為視需要才派遣，但因台灣地理因素及特殊歷史背景使然，巡台御史成為一種常設的組織型態，與閩省的總督、巡撫、布政及按察兩司之間，維持一種微妙的權力關係。至 1746 年（乾隆十二年）時，中國的巡

㊳ 馮爾康：《雍正傳》（北京：人民出版社，1985 年），頁 153-154。湯熙勇：〈清代巡台御史的養廉銀及其相關問題〉，《人文及社會科學集刊》3 卷 1 期（台北：中央研究院中山人文社會科學研究所，1990 年 11 月），頁 72-73。巡台御史的制度為仿照明清兩代所實施的督、府、按察之制，使其職掌有所重覆，但亦彼此互相牽制。

察官員皆已停派，但因大學士及閩浙督撫認為有其存在的意義和價值，所以唯有巡台御史仍然持續其職務。後來乾隆末年停派御史的原因，一為減輕經濟負擔；另一為視台灣的發展與中國無大差異，所以主張以常任的行政官員來取代特派官員。本書即考量此期散文書寫風土圖像的相關性，所以將康熙、雍正、乾隆三朝歸為清治前期。

㈡ 中期則以戴潮春事件後的民變書寫為此階段的分期依據，即 1796 年－1866 年（嘉慶元年－同治五年）。

在清治中期階段因在地士紳參與講學及社會救濟的情形已漸普遍；又因民變、械鬥的頻繁，散文的題材也觸及對這些社會議題的探討，所以就社會教化的層面來詮釋此期散文的文化意涵。中期除考量在地文人與遊宦文人參與文化活動的影響層面外，更因此期械鬥及民變等社會問題在數量上增多，且在文化變遷的意義上值得探討。尤其戴潮春事件為清治時期的三大民變之一，又因起事者為文人，再加上書寫此事件的散文數量也頗多，故在散文史及文化史上都具有特殊的意義。所以本文即以林豪《東瀛紀事》這部專門書寫及詮釋此事件的文集成書的 1866 年（同治五年），來作為清治中期的斷限。

㈢ 後期則以馬關條約的簽定為斷限，即 1867 年－1895 年（同治六年－光緒二十一年）。

清治後期階段通商港埠陸續開放後，各國商船絡繹往來，台灣與世界的關係又愈趨複雜。此期文人多直率發表對政經局勢的評論，及對文化變遷的省思，所以專就議論時事的散文題材，分析這些論述的文化意義。此期曾發生一些國際紛爭，如 1867 年（同治六年）美國船羅發號（Rover），經台灣海峽南端時觸礁，致使船體嚴重受損。後來船上十四人駕艇在琅嶠因遭原住民襲擊而發生船難事件，引發美國出兵臺灣；又因李仙得（Le Gendre）的介入，更牽扯出數年後日軍侵臺。[39]而牡丹社事件後台灣也實施洋務運動的現代化改革，這些社會文化的變遷也使得散文多以議論時事書寫為題材，並與時代脈動相呼應。

二、科際整合的重要性

文學與文化的對話，是一種跨領域科技整合的研究方向。本書期望能為較少注目的台灣古典散文研究開拓一扇窗，擴展此學術研究領域的內涵參考近年相關學者的研究成果。同時，再配合文學與文化關聯分析、歷史經驗與脈絡的理解，並適當運用敘事（narrative）、典律（canon）、場域（field）、旅行書寫（travel writing）、論述（discourse）等理論概念，以深度詮釋散文作品。至於田野調查的運用方面，如藉由訪問文人的宗親後代，以加深對在地文人家族的瞭解；或訪查臺灣各地所留存的歷史遺跡及禮儀風俗，以探究作品的象徵意義。而在說解歷史脈絡時，也應用中央研究院台灣史研究所的「台灣歷史文化地圖系統」（http://thcts.ascc.net），以圖來輔助說明文學與文化的空間感。除了分析散文的發展軌跡外，並探討書寫策略的觀點，論及散文中蘊含對於環境的感受與互動、族群關係、社會參與及評論等議題的記錄與思考，並且詮釋他們如

[39] 臺灣銀行經濟研究室輯：《臺灣對外關係史料》（臺北：文海出版社，近代中國史料叢刊續編第五十一輯），頁16-17。

何書寫出這些作品。

㈠ 文學與文化關聯分析

綜觀清治時期散文多為士紳階層的語言，作者常受到有關台灣時事及前人寫作的影響。有些作品所描寫的台灣，是理念和利益在帝國邊陲下運作的結果，所以不只是一種照相式的文學反映而已。一些文學理論家曾論及文學與文化的關係最普遍的原則，就是將文學當作社會文獻或是社會現實的寫照來研究，主張文學原為風俗的寶庫，一本文化史的資料書。[40]關於文學與文化間的相互關係，前題是需在認識到所分析的文學作品所用的藝術手法，而且足以具體說明為何那些寫照與社會現實有關時，這些類別的研究才能顯出意義。也就是說，如何適切解釋作品，將是掌握文學與文化關聯的重要關鍵。當代文化理論學者薩依德（Edward W. Said）提到在分析文學作品時，「需將文本敘述的結構和其依恃的理念、概念、經驗連結起來。」[41]如此則有助於理解文本與文化間的關聯程度。

馬凌諾斯（Bronislaw Malinowski）基在《文化論》談到文化所涵蓋的領域，論及在物質設備方面，如器物、房屋、船隻、工具，以及武器等；或是在精神文化方面，如道德、精神、經濟上的價值體系，包括社會組織的方式及語言等。此外，又申論在語言文化系統的特性，認為研究實際應用中的語言時，顯示一字的意義並不是神秘地包含在一字的本身之內，而只是包含在一種情境的局面中

---

[40] Rene Wellek, Austin Warren，梁伯傑譯：《文學理論》（臺北：大林出版社，1981 年），頁 140-142。

[41] Edward W. Said 著、蔡源林譯：《文化與帝國主義》（台北：立緒文化，2001 年 1 月），頁 138-140。

（context of situation），由發音所引起效果。發音是一種動作，是人類協和動作方式中所不能少的部份。這是一種行為的方式，和使用一工具、揮舞一武器、舉行一儀式、訂定一契約完全一樣。事實上，字詞的應用是和人類一切動作相關聯，而為身體上的行為所不能缺少的配合物。一字的意義，就是它在協和動作中所獲得的成就，是人為了直接應對他人的動作而間接運用環境的效果。因此，說話是一種人體的習慣，是精神文化的一部分，和其他風俗的方式在性質上是相同的。語言的學習是在產生一約制反射作用的體系，而這些以受約制的反射作用，有時就成了約制下的刺激。禮貌客套、命令口號、法律措詞等社會性的辭彙，是慢慢地由他加入了社會組織及擔負了社會責任時逐漸獲得的。最後他對於宗教及道德價值的經驗增加後，獲得了文化及倫理的方式。語言知識的成熟實就等於他在社會中及文化中地位的成熟。[42]所以，歸納而言，語言是文化整體中的一部分，但是它並不是一個工具的體系，而是一套發音的風俗及精神文化的一部分。因語言系統為文化的特性之一，故研究語文的書寫即能探討文學與文化之間密切的關聯。

關於台灣文學史的撰寫，觸及到文學的發展與文化環境的關聯。早在 1943 年七月黃得時所發表的〈台灣文學史序說〉，受到法人泰納（Hippolyte A. Taine, 1828-1893）《英國文學史》序言的影響，

---

[42] 〔英〕馬凌諾斯基著，費孝通譯，《文化論》（北京：華夏出版社，2001 年 12 月），頁 4-9。

認為文學史的撰寫應重視種族、環境及歷史三個因素。[43]黃得時的台灣文學史論述雖然尚未完成，但他所提到的台灣文學史特殊性，卻留給後人一些啟示：如文學史的書寫必須經過對作家及作品的考察，來進行材料的選擇，目的是要突顯文學演變過程中，所展現出來的獨特性格，且又能兼顧台灣多變的時空背景。做為一名文學史家，在面對紛雜並陳的文學作品時，除了細心排比各種客觀可見的資料外，仍必須充分體認到文學史書寫的目的，能否透過這些作品以及文獻資料，建構出文學史的獨特面貌。[44]目前台灣區域文學史的撰寫，在田野調查的基礎上，不僅發掘和整理新史料，彌補過去相關著作的不少缺漏；並能新舊兼顧，且增加民間文學的敘述。[45]這些點滴積累的研究成果，將成為撰寫台灣文學史的重要依據。

若就文學與社會結構的關係而言，其間所牽涉的議題頗為複雜。台灣文學與社會文化關聯的研究，仍有多處值得開拓的多元面向。但是一些文化研究者對作品的脈絡及文化傳承有時不加以理會，因此閱讀活動變成是一種政治性的權力關係解剖，而不是關心作品本身對於文化傳承，及其內容結構的細部分析。一般文化研究學者常忽略作品本身是否能夠表達出其中的觀點，或是這些觀點能

---

[43] 黃得時原作以日文發表於《台灣文學》第3卷第3號，1943年7月。葉石濤譯文錄於《台灣文學集 1——日文作品選集》（高雄：春暉出版社，1996年8月），頁3-19。

[44] 林瑞明：〈兩種文學史——台灣 vs.中國〉，頁2-3，發表於「台灣文學史書寫國際學術研討會」，2002年11月22日舉辦。

[45] 見陳萬益〈現階段區域文學史撰寫的意義和問題〉，收於何寄澎主編《文化、認同、社會變遷——戰後五十年台灣文學國際學術研討會論文集》。會議時間為1999年11月（台北：文建會，2000年6月初版），頁301。

否透過一些文本的設計來達成其一貫性，並引導讀者對於正在形成中的文本歷史產生一種共識的過程。文化研究者所重視的是意識形態的立場（positions），而不是其中的論點（points），特別是一些哲學或是文本的論點。[46]然而，許多文本當中的論述策略及作者的價值觀，常與時代思潮有關，值得細加探討。所以本論文釐析台灣清治時期散文發展與社會文化糾葛的情況，以呈現散文中豐富的文化意涵。

(二) 作品爬梳詮釋與相關理論的應用

當各類台灣清治時期檔案資料、台灣方志、台灣古典文獻及善本書籍開放供學界研究後，有助於進一步探索史料的現代意義。對台灣早期歷史文化的理解，往往必須透過知識份子書寫的文辭字句，去觀照民眾生活，在他者代言且零散隱微的隻字片語間，試圖探索居民在當時的處境。這樣的狀況是難題，卻也讓研究者無可迴避地須面對並思索社會實況與書寫者／發聲者理念之間的互動與分際。一個時代只要持續出現穩定共居的人群，就會有社會活動，也會出現相關的言說。蒐羅前人對政體運作及其作用，或在日常生活的策略與效果的描述、分析、解釋與批判的言說資料，有助於對思想史的瞭解。欲探究台灣的政經思想，可從文人的論述辨識其中的智識語境（intellectual contexts）及言說架構（frameworks of discourse），以

---

[46] 廖炳惠：〈文學研究與學術倫理：千禧年的文學前景〉，收錄於《另類現代情》（台北：允晨文化，2001年5月），頁394-397。

理解他們所欲表達的理念。[47]文人的論述是研究思想史的線索之一，探索其言說的條件，並分析他們如何思考眾人處境的價值觀，為研究政經思想的核心議題。所以本文也將著重台灣政經思想的概念及價值觀的分析，討論產生這些概念的歷史文化因素，並了解當時人為什麼會提出那些意見。作意是作者主觀的意圖，內涵則是具體成品所表現的意蘊。讀者對於作品內涵的詮釋，主要是解讀出作者在字裡行間所傳達的意旨，與其所設法完成的目標。從這種角度所解讀的作品內涵，其實是以作者的作意為中心，仔細檢視與分析作者所實際傳達的主旨及其意義。在解讀的過程中，須注意作者諸多意圖之間的關係、以及作者自覺的意圖與實際作品之間的落差等問題。

作品涵意的來源當然是作者和作品本身；但讀者在閱讀作品時，也必須執行有創造性的（creative）填補空隙任務。換句話說，在一部作品涵意的顯現過程中，讀者是積極的參與者，而不是被動的旁觀者。涵義不只存在書面上，而是讀者與作品之間所起的互動（interaction）；涵義不是靜止的，而是一個事件的發生（an event）。從讀者反應的角度來欣賞文學，每閱讀一篇作品就是一個活生生的

---

[47] 此即強調文本的表現性（performativity）及交互文本（intertextually）的方法。陳瑞崇：〈論政治思想史的用處：序言〉，《東吳政治學報》17 期（2003 年 9 月），頁 170-171。

經驗。[48]若由讀者參與閱讀過程以及影響的啟發，本文在詮釋作品時，也嘗試探討作品所帶給讀者的感受。

再就台灣古典文學與文化的研究而言，一些十七到十九世紀的文本常充斥著霸權語言。爬梳及詮釋這些作品時，需審思作品本身所隱含的視角及意識形態，才能不囿於作者書寫文字的表面意義。例如關於原住民的書寫，時可見不計其數被壓迫、或被迫遷徙的歷史，也包括了土地侵占史、種族主義的制度化、以及強制推行某一文化以消滅另一文化的歷史。後殖民文化批判就是要重新檢視這段歷史，尤其是從那些受殖民之苦的人的角度來檢視，同時也要釐清它對當代社會和文化的衝擊。這就是為什麼後殖民的理論往往混合了過去與現在，為何它需要藉著掌握過去來研究現在各式各樣主動性的轉變（active transformation）。[49]台灣平埔文化在清治時期快速趨於隱沒，清帝國的政策制度，結合漢文化的衝擊，即是錯綜複雜的影響原因之一。回顧這段歷史，不僅如今值得我們細加省思，更提醒讀者在閱讀古典文學時也應採取文化批判的方法。

至於文學理論中有關典律（canon）的議題，亦是觀照流傳至今的文獻的存在意義。典律的背後意味著某些文類或作品，比另一些文類或作品更值得被重視，且應保存為歷史文化的一部分，故其取

---

[48] 王靖宇在〈怎樣閱讀中國敘事文——從《左傳》文藝欣賞談起〉主張運用 Iser 與 Fish 讀者反應批評家所強調對閱讀過程描述和分析的方法，有助於我們能捕捉文學所展現的經驗。王靖宇：《中國早期敘事文論集》（台北：中央研究院中國文哲研究所籌備處，1999 年 4 月），頁 91-112。

[49] Robert J. C. Young 著，周素鳳、陳巨擘譯：《後殖民主義——歷史的導引》（台北：巨流圖書公司，2006 年 1 月），頁 4-5。

捨也必含有價值取向。[50]以《臺灣府志·藝文志》為例，選錄的原則多以與政事有關的文章為主，並具有諷諭及勵俗的作用，足以垂世久遠的作品。從五種《臺灣府志》的原刻本、到續修、重修所增補的作品，可見十七世紀末期至十八世紀中葉古典散文的發展與納入典律的過程。藉由有關典律的議題，可比較台灣早期的文學發展概況，或是典律對教化的影響。

清治時期各具特色的筆記文集，若以旅遊書寫（Travel Writing）的理論加以詮釋，可探討文化接觸的深刻意涵。[51]如《裨海紀遊》為郁永河於康熙三十六年（1697）來臺採硫的遊記，詳載其歷險的經過及對臺灣風土民情的觀察。康熙六十年（1721）來台的藍鼎元，所著《東征集》內容多為公檄、書稟、及記錄原住民各社風俗。滿族巡台御史六十七《番社采風圖考》記載清廷如何描繪臺灣原住民族群之圖像，及其社群生活、與漢人交易等資料。又如陳璸《陳清端公文選》、朱士玠在《小琉球漫誌》等書，亦為官員表達對政教風俗的見解，或對時局的觀察與議論。亦可參照十七到十九世紀各國探險旅遊書寫，比較作者的敘述立場（narrative positioning）。不同類型的遊記表達出對帝國不同的觀感，即使在同

---

[50] 所謂「正典」或「典律」（canon）原指標準書目，後來廣泛地運用於可供後人作為行為、道德、信仰、主體建立的準則。若將此定義運用於文學範圍來討論，可指一種普遍可以接受，具有一定程度的權威性與公信力的閱讀標準。蔡振興，〈典律／權力／知識〉，收錄於陳東榮、陳長房主編，《典律與文學教學》（台北：書林出版有限公司，1995年4月），頁55。

[51] 有關台灣十七世紀末到十八世紀中期旅遊書寫的評論，請參看林淑慧，〈臺灣清治前期旅遊書寫的文化義蘊〉，《中國學術年刊》27期（臺北：國立臺灣師範大學國文學系，2005年3月），頁245-280。

一作品中也可能會出現相互矛盾的聲音，以及遊記書寫所透露出的多元化特質。這些各具特色的筆記文集，若以旅遊書寫的理論加以詮釋，可探討文化接觸的深刻意涵。[52]亦可參照十七到十九世紀各國探險旅遊書寫，比較作者的敘述立場（narrative positioning）。普拉特（Mary Louise Pratt）在《帝國之眼：旅行書寫與文化匯流》（*Imperial Eyes: Travel Writing and Transculturation*），認為都會與殖民地由於旅行與文化的交流，已經產生一個接觸界（contact zone），在此接觸界中，原本臣屬或邊緣的團體，可以接觸來自於都會的文化，並且從中加以選擇與重新發明，利用這個方式來進行重新的整合。[53]

近年來，文學研究已轉向文學書寫與當時社會環境、權力結構彼此交錯互動關係的探討。散文發展的種種痕跡，常散置於各式各樣的文集中，難以從表面看出系統。要想觀察文學發展的意義，除了從作家作品的探討之外，必須配合文學背景、文學活動與文學評論同時並行，互相參看，並對文學現象提出解釋。許多台灣清治時期的散文是特定社會及文化的產物，作者於所處的環境及歷史條件，也受到當時社會及意識形態的模塑。法國學者布爾迪厄（Bourdieu）提到：文化產品多為兩組歷史交匯而成的，其一是文化場域中某一特定「位置」的歷史；其二是造成創作者所呈現的「習

---

[52] 有關台灣十七世紀末到十八世紀中期旅遊書寫的評論，請參看林淑慧，〈臺灣清治前期旅遊書寫的文化義蘊〉，《中國學術年刊》27 期（臺北：國立臺灣師範大學國文學系，2005 年 3 月），頁 245-280。

[53] 廖炳惠，《關鍵詞 200：文學與批評研究的通用辭彙編》（台北：麥田出版，2003 年 9 月），頁 260-261。

性、氣質、傾向」的生涯歷程。[54]關於來臺官員當時在文化場域裡所佔的特殊位置，與臺灣清治時期社會文化的發展息息相關；探討作家的寫作特質有助於對文本的了解。

探討權力和意義如何寫入地景（landscape）紀念碑和建築物可能會怎樣被用來凝聚人群，強化共同利益，促進群體的團結。[55]地理學和文學都是有關地方與空間的書寫，兩者都是表意作用（signification）過程，也就是在社會媒介中賦予地方意義的過程。在地士紳擔任書院講席，或參與公共建設、編纂方志，或社會救濟的情形漸普遍。這些在地的科舉社群除了撰寫制藝之文外，也以散文記錄士紳參與社會活動的情形，並表達個人居住在這塊土地上真實體驗的生命感受。

㈢ 歷史脈絡的理解與田野訪談的應用

台灣清治時期文學與文化的研究，一方面需參考社會科學的理論與分析方法；另一方面對於實證主義的考訂工作，及研究的累積仍有必要。Shoshana Felman（費修珊）、Dori Laub（勞德瑞）在《見證的危機——文學、歷史與心理分析》一書提到：「歷史與作品是相互的投射或重現，也是經由作品重新銘刻、翻譯、全面再思、完全重塑的過程。為了認識整體環境對作品的影響，經驗不僅需要被了解，更需要連同作品本身被解讀。不但作品需要依常用的分析手法來作為『上下文』（context）觀照，同時也要用不尋常的方式將

---

[54] Bourdieu Pierre (1993), *The Field of Cultural Production*, Columbia University Press. pp.1-8.

[55] Mike Crang 著、王志弘、余佳玲、方淑惠譯，《文化地理學》（台北：巨流圖書公司，2003 年 3 月），頁 4-7。

背景資料作為『文本』（text）來閱讀。這種往返穿梭的解讀，利用上下文與文本間的張力，來刺激新的視野，觀照政治、歷史，及傳記現實，因為這些現實正是作品積極參與、獨特刻劃的原動力。」[56]文學史的研究者須嘗試展露塵封已久的智識資料，令人能重新省思這些資產，這也是一種由博返約的過程。當然，也得參考歷史學界對於史實的考掘、史料的考證及史識追求的精神。並避免在引用歷史文獻時，忽略文獻背後的意義，以及疏於把文獻放在時代脈絡中而誤用。本論文除了賞析文學外在美感外，也詮釋作品的主題內容，並期盼台灣古典文學與文化的研究有更多人的參與，積累深厚的研究成果，評論者間的對話方能更加熱絡。

例如文人以當時民變、械鬥等社會議題作為散文的題材，而為了瞭解這些民變、械鬥的背景，需將事件置於歷史脈絡（historical context）中，始能窺見事件發生的情境。就鄭用錫與曹敬兩位淡水廳文人所書寫的械鬥議題，以及姚瑩、丁曰健等遊宦文人有關械鬥的論述，皆須對於當時歷史脈絡有所理解，始能詮釋其作品的內在意涵。又如林豪《東瀛紀事》以長篇敘事文的代表作，呈現出作者欲再現（represent）戴潮春事件的意圖。若就敘事文所蘊含的情節、人物、觀點和意義的特性，分項加以詮釋，則將發現敘事書寫的多元意義。新歷史主義者認為歷史總是後來者對於過去事件的敘事（narrative），如果借傅柯（Michel Foucault）的話來說，歷史敘事本身就是一種論述（discourse）；而論述在形成的過程中，總是會選擇、

---

[56] Shoshana Felman（費修珊）、Dori Laub（勞德瑞），劉裘蒂譯：《見證的危機——文學、歷史與心理分析》（台北：麥田出版，1997年8月），頁23。

抬高某些歷史因素（或歷史事件），同時也壓制和貶低某些因素或事件。在歷史的撰寫中，就如懷特（White Hayden）將歷史敘事看做是「擴展了的隱喻」，這是一種象徵的寫作技巧；而作為一個象徵結構的歷史敘事，已無法再生產（reproduce）。其所形容的事件，「它只告訴我們對這些事件應該朝什麼方向去思考，並在我們的思想裡充入不同的感情價值。歷史敘事並不『想像』它所指涉的事情；它使事情的形象浮現在人們的腦海裡，如同隱喻的功能一樣。」[57]本文即以台灣清治時期散文為探究範圍，擬採多元的批評模式，期望能探究個別作家與文本間的關係，以及文學與文化間的深邃意涵。

歷史敘述必然包含兩種時間，即指明的主題時間與書寫時間。一方面因為遺跡、史料的現在性也是它存在的一部分，這也肯定了讀者、史家能夠以現在的語境來進行理解的釋義行為；另一方面，史料因是過去流傳下來的，所以他的主題時間也蘊含著它的當時性。史料從過去存在到現在，結合原初的情境與現在的情境，而呈現歲月的痕跡，不僅通向過去，且聯結到現在。[58]英國史學家愛德華·卡爾（Edward H. Carr）在《什麼是歷史》（*What is History*）一書中的名言：「歷史是現在與過去之間無終止的對話」，以及「歷史家和事實之間不斷交互作用的過程。」[59]如此的說法，已欲照應寫作

---

[57] White, Hayden.〈作為文學虛構的歷史文本〉，收入張京媛編譯《新歷史主義與文學批評》（北京：北京大學，1993 年），頁 163-171。

[58] 李紀祥：《時間·歷史·敘事：史學傳統與歷史理論再思》（台北：麥田出版社，2001 年 9 月），頁 21-41。

[59] 愛德華·卡爾（Edward Carr）、王任光譯：《歷史論集》（*What is History*）（台北：幼獅文化公司，1988 年），頁 23。

者觀點與史實客觀性的議題，並兼含過去性與現在性。古典文學與歷史經驗在流傳與回溯中，更顯出其時代意義與新的生命。

至於田野調查的配合運用，如訪查臺灣各古蹟所留存的碑文及刻石，廟宇、學堂的匾額及題辭，可見建物沿革及政教史料；並藉此與文獻資料相映證，進而得知建物的演變軌跡及聚落的文化活動。當筆者帶著相機到古蹟拍照時，發覺將這些建築物或活動置於歷史情境下解說，或是納入文化變遷的脈絡下系統化地思考，是一件極有意義的事。從台東的考古遺址、台南的熱蘭遮城、到台北大龍峒、大稻埕，都訴說著古早的故事。蒐集論文資料的過程中，曾多次訪問曹永和老師，詢問淡北文人曹敬的相關事蹟，並目睹許多曹家珍藏的族譜、手稿，使筆者對淡北文教圈有了初步的研究成果。又當得知「施瓊芳進士墓」已列為台南市的市定古蹟，2005年2月5日至台南施氏祠堂得助於施氏宗親會施義修先生、施鴻博先生接受筆者訪問，並惠賜臨濮施氏宗親會編：《施氏世界》第一輯（1993年10月）、第三輯（2001年10月）等宗族相關資料，亦加深了對施氏家族的瞭解。並得知施瓊芳、施士洁的部分手稿作品，現仍由施氏後人所保存。[60]這些田野調查或口述歷史的訪談，都是我走出圖書館、書房的另類研究方法的嘗試。

---

[60] 從網路得知台南市文化局曾與施氏宗親會合作，在清明節於施瓊芳墓前舉行紀念儀式的訊息，於是詢問台南市文化局相關事宜。承蒙傅清琪先生告知，使得筆者得以至台南施氏宗親會訪問施義修、施鴻博兩位先生。又曾詢問鄭欽仁教授有關新竹鄭用錫家族文獻保存的情形；也曾向台北陳維英後人詢問老師府古宅的修護情形。謹此向這幾位鼎力協助論文的受訪者致謝。

㈣ 運用資料庫蒐尋文學史料

若能善用與台灣文學史相關的資料庫，當有助於文學史研究材料的搜尋。雖然目前尚未有【全台文】資料庫的建置，但早在中央研究院執行「漢籍電子文獻」計畫時，已將臺灣銀行經濟研究室出版的【臺灣文獻叢刊】309 種，包含「台灣方志」、「臺灣檔案」、「臺灣文獻」，並增添出土的《臺灣府志》一書，共近六百冊、四千八百多萬字全文建檔。此為目前使用率頗高的台灣文獻資料庫，為臺灣人文研究提供一條便捷的搜尋管道。[61]以下即舉幾個應用的例子加以說明，如：⑴分期文學發展的研究：若善加運用臺灣清治時期方志每隔數年即有續修、重修的特質，及〈藝文志〉所收錄當時文學作品，可藉此比較各時期的文學發展概況，例如從五種《臺灣府志》的原刻本、到續修、重修所增補的作品，可見十七世紀末期至十八世紀中葉古典散文的發展與納入典律的過程。⑵個別文集的研究：如《裨海紀遊》為郁永河於康熙三十六年（1697）來臺採硫的遊記，詳載其歷險的經過及對臺灣風土民情的觀察。康熙六十年（1721）來台的藍鼎元，所著《東征集》內容多為公檄、書稾、及記錄原住民各社風俗。滿族巡台御史六十七《番社采風圖考》記載清廷如何描繪台灣原住族群之圖像，及其社群生活、與漢人交易等資料。又如陳瑸《陳清端公文選》、朱士玠在《小琉球漫誌》等書，亦為官員表達對政教風俗的見解，或對時局的觀察與議

---

[61] 民間另開發此叢刊「大通書局版」掃描後的全文影像版，並製作標題索引建置而成資料庫。此私人開發的漢珍版需付費使用，可進行全文檢索，及參照原書影像加以校對。

論。

(3)在作者的研究方面：清廷於朱一貴事件後，設有「巡視台灣監察御史」的官職。若於資料庫中鍵入首任巡台御史黃叔璥的著作名稱《臺海使槎錄》，可得知這部台灣文獻史上的經典之作對後來方志及文獻影響的情形。若欲研究其他有關台灣清治時期「巡台御史」作家群的文學成就時，鍵入檢索條件即可蒐羅到相關資料及文學作品；再將這些蒐羅來的傳記資料，依時間先後順序加以分類，又可作為建構這些巡台御史年譜簡表的基礎。(4)在主題的應用方面：散文在社會教化書寫的內容，涵括了社會教化的理念與成效、社會救濟、以及民變、械鬥等方面。舉例而言，「械鬥」為台灣十八到十九世紀的重大社會現象，1853 年（咸豐三年）因漳、泉械鬥擴大，鄭用錫鑑於五月撰〈勸和論〉，此文顯現作者對於當時閩、粵分類械鬥次數頻繁，所以欲藉文傳達勸導居民和睦相處的要旨。作者藉由宣揚「一體同仁，斯內患不生，外禍不至」的理念，提醒居住在寶島上的民眾，須有同舟共濟的精神，此為營造命運共同體集體意識的重要基石。除了此篇收錄於《淡水廳志》的散文外，從資料庫另可大量搜尋出各時期文學作品中有關械鬥的題材，如姚瑩的數部著作、丁曰健《治臺必告錄》、丁紹儀《東瀛識略》等官員對械鬥發生的原因、防制、影響的各種論述。

有關碑拓資料庫的應用方面：若欲研究台灣各地碑文，可運用「碑碣拓片資料庫」檢索系統中，依空間位置查詢台灣各縣市碑文分布位置，並可統計各地碑文的數量及種類。亦可就各種主題來研究碑文的內容，以詮釋此類散文所書寫的題材特色及文化意涵。在「記事碑」的應用方面：(1)學府廟宇：論析各級學校及書院等創始理念與後續修建情形，如〈大觀義學碑記〉記載同治十二年（1873）民間籌建板橋大觀書社的經過，及義學的人文意涵。就廟宇而言，詮釋關帝廟、天后宮、文廟、武廟、龍山寺等廟宇的籌建經過及宗教功能。⑵歷史事件：記錄民變事件的碑文如乾隆五十三年（1788）台灣林爽文事件後，乾隆帝將御製文五篇發交台灣、廈門兩地建立石碑。[62]⑶社會救濟：同治九年（1870）〈艋舺新建育嬰堂碑記〉提到淡水同知陳培桂鑑於艋舺未有「育嬰堂」，故倡建此社會救濟的機構，以達育幼撫孤的功效。⑷津渡交通：至於〈淡水廳城碑記〉、〈永濟義渡碑記〉等文，亦具有書寫廳城、義渡等建物的歷史沿革與文化意涵的用途。

在「示禁碑」的應用方面，如⑴治安管理：乾隆二十四年（1759）〈嚴禁勒買番穀碑記〉及同治 6 年（1867）〈嚴禁汛口私抽勒索碑記〉，皆是由官方立碑禁止官兵藉公務之便而擾民的記錄。⑵教化規範：嘉慶二十五年（1820）鳳山縣儒學的「臥碑」、道光五年（1835）彰化縣儒學的「臥碑」、同治七年（1868）台灣府儒學的「臥碑」、光緒七年（1881）宜蘭縣儒學的「臥碑」，碑文內容皆是用以規範生員的品行與操守。⑶族群關係：咸豐八年（1858）

---

[62] 林爽文事件之後，乾隆帝將御製文五篇發交台灣、廈門兩地建立石碑。包括〈御製剿滅臺灣逆賊生擒林爽文紀事語〉、〈御製平定台灣二十功臣像贊序〉、〈御製福康安奏報生擒莊大田紀事語〉、〈御製平定臺灣告成熱河文廟碑文〉、〈命於臺灣建福康安等功臣生祠詩以誌事〉，前四篇以滿、漢文字各一通，最後一篇則以滿、漢文字合璧的御碑立於平亂有功的諸羅縣治以外，其餘立於府城新建的福康安生祠。日治時期生祠傾毀，戰後將九通御碑移立赤嵌樓畔成碑林。何培夫，〈台灣碑碣概覽（上）〉，《國立中央圖書館台灣分館館刊》8 卷 2 期（2002 年 6 月），頁 77-78。

〈漳泉無分氣類士諭碑記〉[63]同年，大甲也立了〈漳泉械鬥諭示碑〉記載七月十二日由數位鄉紳以勸導民眾「無分氣類」為主題，請淡水同知恩煜示諭立碑。[64]這些都是台灣清治時期官方或民間對於械鬥的見解，以碑文呈現的另類書寫形式。若善用此資料庫的搜尋功能，則將有助於詮釋這些碑文多重的文學與文化意義。

目前台灣古典文學研究領域上，古典詩成果較為人所注目。不僅在選集的編纂、全集的校勘、注釋與賞析，或是期刊論文、學位論文皆呈現眾人長期耕耘的成果。臺灣古典詩研究素材的來源包含方志藝文志、官方或個人出資的刊印本、以及民間未出版的古典詩手稿。有鑒於古典詩在台灣文學史上的重要性，古典詩史料的蒐集、編纂與校勘是基礎且迫切的文化工程。2001 年起成功大學施懿琳教授受文建會文化資產保存中心委託，擔任【全臺詩】編纂計畫主持人，原為十年的計畫，預計完成蒐羅編校從鄭氏時期到日治時期的詩作。前五年的編纂成果約八十萬字已先集結成書，涵蓋從鄭氏時期到清咸豐元年（1661-1850）以前的詩作。此叢書的編輯採取「以人繫詩」的原則，作品的來源包含詩人別集、選集、報章雜誌的刊錄；或刊本、或手稿，數量甚為可觀。所有編輯細節，都經過小組成員、審查委員以及顧問群反覆討論、思考之後，方才定

[63] 何培夫編，《臺灣地區現存碑碣圖誌·臺中縣市、花蓮縣篇》（臺北：中央圖書館臺灣分館，1991 年），頁 274。

[64] 此碑現仍存大甲鎮貞節坊內，高 160 公分、寬 55 公分，為砂岩的質材。下端字跡剝泐殆盡，上端有以楷書寫的「奉憲漳泉牌記」六大字。劉枝萬編，《台灣中部碑文集成》（台北：台灣銀行經濟研究室，1962 年 9 月），臺灣文獻叢刊 151 種，頁 106-107。

調。[65]國家台灣文學館【全臺詩電子文庫】將此五冊書全文輸入資料庫，目錄是依作者生年之順序排列，並可照作者的姓氏筆劃，依序找到作者的姓氏及其全名，點選作者名稱之後，即可直接閱讀該作者的詩作內文。亦可參酌以全臺詩蒐編、校勘的成果所建置的【智慧型全臺詩知識庫】，此資料庫的架構包含：全臺詩全文索引區、全臺詩檢索區、台灣詩社資料庫、時空資訊系統。若查詢作者資料，可利用以年代起訖的欄位，搜尋此段特定時期的作者群資料；並可依姓名、性別、籍貫、生卒年、出卒地、活動地區、個人簡介、專長、師友、及第年、官宦經歷、參與團體、編著作品等欄位設定檢索條件，並取得相關資料。

除了以詩文相互對照外，亦可參酌中央研究院台灣史研究所【台灣歷史文化地圖】、中央研究院歷史語言研究所【明清檔案工作室】等資料庫，蒐羅相關文學史料。[66]茲將台灣古典文學研究相關資料庫羅列於表 1-2：

---

[65] 施懿琳等編，【全臺詩】第壹冊（台南：國家台灣文學館，2004 年 2 月），編序頁 10-11。全臺詩工作團隊擬於 2007 年提出第二次出版計畫，原則上將咸豐元年以後至光緒元年以前（1851-1875）的詩人作品編輯出版（以作者出生年在 1850 年以前為範圍）。預計約 120 多萬字，收錄百餘位文人詩作，編為七冊。

[66] 有關資料庫的應用議題，請參考林淑慧：〈資料庫於「台灣文學史專題」課程的應用〉，「第三屆文學與資訊學術研討會」，教育部、國立台北大學中國語文學系主辦，2006 年 10 月，頁 121-143。〈資料庫於台灣文學史教學與研究之應用〉，《台北大學中文學報，第 2 期，2007 年 3 月，頁 209-244。

表 1-2　台灣古典文學研究相關資料庫一覽表

資料庫名稱	網　址	建置單位
漢籍電子資料庫【臺灣文獻叢刊】	http://www.sinica.edu.tw/~tdbproj/handy1/	臺史所史籍自動化室
台灣記憶——碑碣拓片資料庫	http://memory.ncl.edu.tw/tm_cgi/hypage.cgi?HYPAGE=about_tm.hpg	國家圖書館
全臺詩電子文庫	http://www.wordpedia.com/twpoem/	文建會文化資產保存中心、智慧藏學習科技股份有限公司
智慧型全臺詩知識庫	http://cls.admin.yzu.edu.tw/TWP/index.htm	國家台灣文學館
閩南語俗曲唱本「歌仔冊」全文資料庫	http://www.sinica.edu.tw/~tdbproj/handy1/	中央研究院計算中心
國家文化資料庫	http://nrch.cca.gov.tw/cca/	行政院文化建設委員會
台灣大百科	http://www.cca.gov.tw/	行政院文化建設委員會
台灣文學辭典	http://taipedia.literature.tw:8090/	國家台灣文學館
明清檔案工作室	http://archive.ihp.sinica.edu.tw/mct/	中央研究院歷史語言研究所「明清檔案工作室」
淡新檔案	http://libftp.lib.ntu.edu.tw/project/database1/index.htm	國立台灣大學圖書館「台灣文獻文物典藏數位化計劃」
平埔族古文書資料庫	http://www.tchcc.gov.tw/pingpu/index.htm	台中縣立文化中心
台灣歷史文化地圖	http://thcts.ascc.net	中央研究院計算中心、台灣史研究所
台灣漢人村莊社會文化傳統資料庫	http://twstudy.iis.sinica.edu.tw/han/	中央研究院民族學研究所、資訊科學研究所

兩千年中西曆轉換	http://www.sinica.edu.tw/~tdbproj/sinocal/luso.html	中央研究院計算機中心

第二章
台灣清治時期散文的發展條件

第一節　台灣清治時期的政經環境

散文為文學中的一種體裁，若將文學創作視為整個社會活動的一環時，將發現散文常受到與政治、經濟等層面的影響。台灣清治時期散文流變的生發與外緣因素關係密切，所以本章分從台灣清治時期政經環境、科舉文教、及方志藝文志的典律作用與文學生產等方面，來分析散文的時代背景。以下先從治臺政策的制定與調整、農業拓墾與商業發展兩層面加以探討。

一、治臺政策的制定與調整

1683 年（康熙二十二年）清廷派靖海將軍施琅率兵攻佔臺灣，鄭成功之孫鄭克塽向滿清投降，鄭氏治臺時期乃告終結。清廷對領有台灣一事，起初態度並不積極，曾一度打算只保留澎湖，引發所謂的「台灣棄留爭議」。後來經中央與群臣商議結果，初擬以防台而治臺為原則，於 1684 年（康熙二十三年）設置台灣府及台灣縣、鳳山縣、諸羅縣等行政機構，此為台灣清治時期設官之始。❶從清治時期赴台官員之任用方法、資格、任期等規定與限制，亦多見治臺之權宜措施。❷清廷為加速對台灣全面的掌控，一方面將鄭氏官民遣回中國。影響所及可從施琅在 1684 年（康熙二十三年）〈壤地初闢疏〉所述，窺知部分原已開闢的土地又見荒蕪的景象。❸另一方面，則對渡海來台的移民有諸多限制。當時中國大陸東南沿海已面臨人口飽和之壓力，居民謀生不易，因台灣距中國大陸僅海峽之隔，遂成為閩粵人民主要移居地點之一。清廷面對此移民風潮，於統治台灣初期屢頒布渡台禁令，試圖在最少阻力的情況之下，徹底控制此一剛入版圖的海島，並藉以掌控沿海治安管理。

綜觀台灣清治時期移墾社會形成之際，民變發生之次數頗為頻繁，其導因多與吏治不良、台政之廢弛有密切關係。❹如清治時期的三大民變，為 1721 年（康熙六十年）朱一貴事件，1786 年（乾隆五十一年）林爽文事件，及 1862 年（同治元年）的戴潮春事件。其中歷時一年又三月的林爽文事件，清廷數度調派大批軍隊來台鎮壓，事

---

❶ 蔣毓英：《臺灣府志》（臺北：臺灣省文獻委員會，1993 年 6 月，臺灣歷史文獻叢刊），頁 105。

❷ 《宮中檔乾隆朝奏摺》，第四十六輯（臺北：故宮博物院，1976 年），頁 437-438。

❸ 施琅〈壤地初闢疏〉提到：「自臣去歲奉旨蕩平偽籍，偽文武官員、丁卒與各省難民，相率還籍，近有其半。人去業荒，勢所必有。」施琅：《靖海紀事》（臺北：臺灣銀行經濟研究室，1958 年 2 月），臺灣文獻叢刊 13 種，頁 20。

❹ 戴炎輝：《清代臺灣之鄉治》（臺北：聯經出版事業公司，1979 年），頁 293-295。

件之初先後調往台灣的兵員約有三萬餘人；後福康安率領渡台者，又有九千人。以及原駐台的一萬餘兵員，合計兵力有六萬之眾。加上臨時在台募集的民兵數萬名，其總兵力當在十萬以上，動員的情況極為龐大。事件後雖對數位官員彈劾貪污或瀆職，並嚴厲整肅、處刑，但因統治結構及制度未有大幅改善，台灣居民的生活依舊受到諸多牽制。❺至於清治時期所發生的數起分類械鬥，其成因或由於爭墾地、水利等利益衝突，或由於地緣、風俗習慣相異而有所爭執，對社會造成的影響層面亦甚為寬廣。當時所實施之賦稅制、及土地政策，對漢移民與平埔族之日常生活也產生莫大衝擊。又清廷為鞏固政權，亦著重武備、加強海防，以應海盜侵擾及列強壓境之威脅。除採班兵之輪調制，以守備沿海及陸路治安之措施外，更將吏治之整頓視為治臺要務。❻

許多閩粵沿海移民於十九世紀以前即揹「公媽牌」來台，族譜也記載開台祖攜帶父母骨骸來台的事例，顯示這些移民來台時即有定居的打算。❼當渡台禁令取消後，移民來台的數量已漸增加。據學者陳紹馨的估計台灣人口的改變自鄭氏時期二十萬人（1680年），至十九世紀初已增加至二百萬人（1810 年）。❽而台灣與世界

---

❺ 彭賢林：〈林爽文事件後的清廷治臺措施〉，《台灣文獻》27 卷 3 期（1976 年 9 月），頁 183-199。

❻ 許雪姬：《清代臺灣的綠營》（臺北：中研院近史所專刊 54 期，1986 年），頁 109-110。

❼ 盛清沂，〈國學文獻館藏臺灣族譜所見本島開闢史料〉，《臺灣地區開闢史料學術座談會》（台北：聯經出版事業公司，1985 年，頁 27-28。

❽ 陳紹馨：《台灣的人口與社會變遷》（台北：聯經出版社，1992 年），頁 18。

的關係，到了十九世紀中葉時，台灣面臨更複雜的國際環境的改變。1841 年（道光二十年）九月英國軍艦納爾不達號（Nerbudda）進犯基隆港，向二沙灣砲台轟擊。艋舺營參將邱鎮功及淡水廳同知曹謹，立即指揮還擊，英船退港時觸礁破損，而遭清軍俘虜的有 133 人。1842 年（道光二十二年）三月後英艦二度犯台，阿恩號（Ann）窺伺梧棲外洋，又遭擊退。❾

如 1867 年（同治六年）三月九日美國船羅發號（Rover），經台灣海峽南端時觸礁，而致船體嚴重受損。後來船上十四人駕艇在琅嶠因遭原住民襲擊而發生船難事件，而引發美國出兵台灣；又因李仙得（Le Gendre）的介入，更牽扯出數年後日軍侵台。❿ 1871 年（同治十年）屬琉球宮古島民六十九名，遇颶風漂到臺灣東海岸八瑤灣，登岸誤闖入牡丹社部落，其中有 54 人遭殺害，倖存的 12 人得到保力莊莊民楊友旺等人護送至鳳山縣衙，翌年返回琉球。⓫日本以此事件為由，於 1874 年（同治十三年）五月首次派兵在台灣南部登陸，與牡丹等社戰於石門。日軍於六月二日分三路進攻，焚牡丹等社，於龜山設營作長久駐兵的計畫，即史上所稱的「牡丹社事件」。

後來清廷派沈葆楨擔任「欽差辦理臺灣等處海防兼理各國事務

---

❾ 寶鋆等纂修：《籌辦夷務始末選集》，頁 45-63。

❿ 臺灣銀行經濟研究室輯：《臺灣對外關係史料》（臺北：文海出版社，近代中國史料叢刊續編第五十一輯），頁 16-17。

⓫ 伊能嘉矩、江慶林等譯：《台灣文化志》中冊（臺中：臺灣省文獻委員會，1985 年），頁 77。

大臣」，他於六月十七日抵台，二十一日會晤日官員商議退兵之事；然日方未肯撤兵，於是台灣開始積極籌畫設防之事。後來日本特派大臣至北京談判不成，各國駐華公使及時出面調停。當時犯台日軍因疫癘流行，病逝五百多人；又自知尚無力與歐美爭衡，遂與清廷簽專約，獲五十萬兩銀子的補償，並同意撤兵。⓬日本的犯台事件引起清廷對台灣的重視，並展開了一連串的改革。從沈葆楨到丁日昌、劉銘傳承繼於後，對臺灣的建設有了新的規劃。至於法國的侵擾則源於 1884 年（光緒十年）三月，法軍巡洋艦由香港驟然至台灣北部海面，意圖強行進入基隆購辦食物煤炭，因而發生爭執。1884 年到 1885 年間（光緒十、十一年）法軍侵臺，劉銘傳等率兵迎擊，直到中法和議成立，戰事始告一段落。⓭在一連串受到列強的侵襲後，清廷對台治理策略也有若干調整，並由官員提出推動新政的計畫。台灣清治後期新政的施行，經沈葆楨、丁日昌、岑毓英、劉璈、劉銘傳、邵友濂等人的改革，雖有若干闕失；然整體而言，其現代化的成果遠較同時期的中國顯著。⓮中國在十九世紀中葉有所謂的「自強運動」或「洋務運動」，然民間地方士紳呼籲改革的聲音，撼動不了王朝官僚的勢力，顯示當時的改革運動，已遭遇到

⓬ 曹永和：〈清季在臺灣之自強活動〉，《臺灣早期歷史研究》（臺北：聯經出版事業公司，1979 年），頁 482-490。

⓭ 劉銘傳：《劉壯肅公奏議》（臺北：臺灣銀行經濟研究室，1977 年），臺灣文獻叢刊 27 種，頁 168-172。

⓮ 蕭一山：《清代通史》（三）（臺北：商務印書館，1963 年），頁 964。

若干困境。⓯

沈葆楨為防日軍窺伺東部，於是有所謂「開山撫番」的措施，如廢除 1722 年（康熙六十一年）以來所實施的封山政策，並藉開鑿東西聯絡道路，以突破長期臺灣東部的孤立狀態。綜觀臺灣清治後期所大規模推行的新政，在籌防政策上以海防與山防並重、武器的更新為主。在交通方面，沈葆楨、丁日昌時已架設電報線路，劉銘傳更加設海底電線及辦理郵政；鐵路方面則有 1891 年（光緒十七年）台北至基隆線六十里鐵路通車。1893 年（光緒十九年）五月台北至新竹 125 里亦完成，合計共 185 里長。1886 年（光緒十二年）劉銘傳在大嵙崁（今大溪鎮）設全臺撫墾總局，並於東勢角、埔裏社、叭哩沙（今宜蘭三星）、林圮埔（今南投竹山）、蕃薯寮（旗山）、恆春等地設撫墾局，各局之下設有分局。撫墾局除設有行政人員外，並設有通事、醫生、教讀、教耕、剃頭匠等專業人員。這些致力於軍需、工礦、交通，以至增置郡縣、部分民生事業的建立，可說為現代化（Modernization）的前驅。雖然諸多新政成效有限，但就臺灣清治末期各官員從事各項行政規劃來看，清治後期的治臺政策已有大幅調整的轉變。

⓯ 從道光、咸豐以後至清末的社會思潮已與乾嘉學派有所不同。清末的洋務官僚包括奕訢、桂良、文祥等滿清貴族，另外有地方督撫官員，如曾國藩、左宗棠、李鴻章、劉坤一、張之洞等人。在知識份子階層中，也有一批主張洋務論者，如薛福成、郭嵩燾、王韜等人，這些洋務論者從「洞悉夷情」、「師夷長技」、「變通自強」再到「開立源以求富」、「變學局以育才」，並非從文化思想本源上作徹底改革。因此「中體西用」多堅持固有的綱常與君主專制上，引進西方科學工藝技術，但終禁不起現實的考驗。縱有改革之士，如林則徐、魏源之建議，但未能為清廷所採納。

台灣清治時期民變械鬥頻仍，社會環境的改變，常會衝擊到文學生態；同時，也影響到散文題材的轉變，而呈現外在社會條件與文學互動的結果。例如散文作者對治臺政策的制定與調整的看法，表現出作者對台灣早期歷史的心態與觀點。清治前期由於許多遊宦文人初抵台灣，有機會遊歷平埔族聚落，故多以獵奇的心態，將記錄平埔風俗作為書寫的主要題材，並對清治前期的諸多政策也提出相關的檢討。到了清治中期，散文進入多元的開拓期，在地文人成為士紳階層，有關參與地方事務的題材亦漸增多。清治後期因文人面臨現代化情境，散文的題材多轉向為士人對世變衝擊的思考等議題。

二、農業拓墾與商業發展

台灣在拓墾史上因生態環境及開發時序的不同，各地也有所差異。例如南部於鄭氏時期多已開墾，花蓮、台東地區則要遲至1870 年（同治九年）以後，各地域的社會發展亦呈現不一致的情況。如果未注意此前提，則無法理解台灣各地域社會史的個性。渡台禁令的屢次調整，雖對漢人大量來台墾拓有若干的影響，然大體而言，移民活動範圍仍日益擴展。從台灣西部肥沃之平原，漸至各地丘陵、山區。從台南府城附近延伸到琅嶠（今恆春）下淡水（今屏東萬丹鄉）一帶，往北則到雞籠（今基隆）淡水。土地的開墾以台灣縣為中心，分向南、北兩路延伸。北路由嘉南平原、斗六門入山一帶、濁水溪以南的荒野鹿場、彰化平原，而漸往北部平原、丘陵地區，甚至到宜蘭平原等地開墾。而南路的下淡水溪流域，最南端的平地亦漸次開發。這些新開發地區，初期由於缺乏充足的水源，不適合種植水稻，僅能以甘蔗、番薯及花生等旱作，農業生產以粗放經營為主。但是隨著水利的興築，各地水利系統逐漸形成，促進土地利用與農耕型態的轉變。據日本學者森明田的研究，自 1692 年（康熙三十一年）到 1717 年（康熙五十六年），諸羅縣共修築 75 個水利設施。⑯部分地區的水田漸取代旱地，稻作成為主要的耕作方式，稻米即成為台灣最重要的農產品。另外，甘蔗的種植使「沙土相兼」的旱地得到充分的利用，使蔗糖成為僅次於稻米的產物。

再就商業貿易與散文發展的關係來看，清治前期、中期，台灣經濟以種植米、糖為主。1860 年（咸豐十年）至 1863 年（同治二年）間台灣在天津條約及其附約的規定下，正式對外開放了淡水、基隆、打狗、安平等通商口岸。⑰開港以後，臺灣的貿易對象擴大到世界多國，貿易品則由米、糖轉而以茶、糖、樟腦為首要輸出品。其中茶市場以美國為主，糖市場則以中國大陸、日本為主，1870 年（同治九年）至 1886 年（光緒十二年）間更遍及歐洲、美洲、澳洲等地；樟腦市場則以德國、美國、英國、法國、印度為主。出口量則以糖最多、茶次之、再次為樟腦。但因茶價、樟腦價高於糖價，造成茶出口值最大，糖次之，樟腦又次之。⑱茶產銷影響城鎮的繁

---

⑯ 森田明：〈清代台灣中部の水利開發について〉，《福岡大學研究所報》18 期（1973 年），頁 2-5。

⑰ 天津條約原只規定開放臺灣（即安平）一港，但在 1860、1861、1863 等年的該約附款中，相繼追加淡水、基隆、打狗各港。James W. Davidson、蔡啟恆譯：《臺灣之過去與現在》（臺北：臺灣銀行經濟研究室，1972 年），臺灣研究叢刊第 107 種，頁 119-125。

⑱ 林滿紅：《茶、糖、樟腦業與臺灣之社會經濟變遷》（臺北：聯經出版事業公司，1997），頁 19-50。

興，如大稻埕（約今台北市延平區）原為小城，後因北台灣最主要的產品——茶葉在此加工、集散，其他產品亦跟著在此集散，資本匯集於此，而成為台灣開港以後所塑造的典型通商口岸都市。若以相關的報告數據為例，可觀察到茶於淡水港出口的情形，大體呈逐年上升趨勢。歷年茶的出口平均值為 53.49%，約佔各產業出口總值的一半，可知為台灣清治後期最主要的出口品。⑲在 1868 年（同治七年）到 1894 年（光緒二十年）間，茶、糖、樟腦的出口值分別佔此時期臺灣出口總值的 54%、36%、4%，對外貿易地區也擴展到全球。根據海關的報告，1868 年（同治七年）至 1894 年（光緒二十年）貿易總值年平均成長率為 7.99%，而同時期中國貿易總值年平均成長率為 3.43%，可見臺灣貿易發展較中國快速。⑳就傳統經濟秩序的變化而言，茶、糖、樟腦為因應外國需要而生產的產品，與西方經濟力量接觸最為直接，可看出開港之後臺灣對經濟環境的影響。

清廷鑑於鴉片戰爭以後西方武力的侵擾，不僅在實業建設及籌防練兵有改革的措施，更在財政、外交、吏治等方面有若干的因應。臺灣清治後期於軍事、經濟等層面社會風俗也受到西方文化的衝擊。如當時民眾流行吸食鴉片的惡習，即是英國將毒品大量傾銷

---

⑲ 北部有些不適合種植水稻的地方，原以生產甘藷、靛藍、黃麻為主的土地，轉而為茶園。茶園經營所需的人力，吸引了外地人口的匯集。

⑳ 林滿紅：〈清末臺灣的貿易與社會經濟變遷（1860-1895）〉，收入張炎憲主編《歷史文化與臺灣》上冊，臺灣風物出版社，1988 年，頁 192-193。此外，在"*Maritime Customs Annual Returns and Reports of Taiwan, 1867-1895*"（臺北：中央研究院臺灣史研究所籌備處，1997 年）也收錄許多有關清末臺灣海關歷年資料。

的結果；在 1880 年（光緒六年）海關貿易輸入總額 358 萬兩，鴉片就佔了 60%左右。㉑毒品對人的生理與精神上造成重大傷害，也使社會財富大量流失，其負面的影響不可小覷。台灣民間起初受到西力擴展，一時處於無法與洋米競爭的困境，但民眾對樟腦、茶、蔗糖、煤等積極增產，有能力抵抗鴉片等輸入，貿易尚可維持出超。而且又曾自動引進新式製糖機器等進行產業革新，這些民間商人的活力，為台灣企業精神的寫照。

又由於新政的諸多闕失，亦產生一些經濟問題。如中法戰爭後，劉銘傳因傾力於臺灣建設，無暇整頓吏治，故屢有用人不當之處。以清賦政策為例，當時清丈因基層工作人員素質參差不齊，及對臺灣情況陌生，而常發生不應有的錯誤；且測量方式不完備，清丈亦不甚徹底。所以雖較舊額增加 2.1 倍，所增稅收用於支援臺灣的現代化建設，然實質上是加重賦稅，因此遭致民怨。㉒ 1891 年（光緒十七年）日本領事館上野專一，將其奉外務大臣密令至臺灣視察的經歷，整理成《臺灣視察復命書》。此書也提到劉銘傳因施行「土地改良政策」，而致「行政費用節節攀升，為了彌補歲收，不得不向住民課繁重的地租和雜稅。……例如凡是通過釐金局的貨

㉑ 東嘉生著，周憲文譯：《臺灣經濟史概說》（臺北：帕米爾書店，1985 年），頁 202-204。

㉒ 許雪姬：〈邵友濂與臺灣的自強新政〉，《清季自強運動研討會論文集》（臺北：中央研究院近代史研究所，1988 年），頁 430-433。

物，甚至一匹棉布也不能免於課稅。」㉓且由於執行的稅吏處理方式的不當，多激起群眾的憤慨。又由於當時興辦眾多新事業，而時有資金人才短缺的現象。

農業拓墾與經濟發展，亦為影響散文流變的因素。例如台灣清治前期在地文人文學創作的風氣尚未興盛，多數移民忙於生計，較無閒暇的時間與心情從事文學活動。而到了十八世紀後半，拓墾活動漸興盛的當際，許多漢人漸重視文教的發展。他們延聘文人至私塾或自家學堂來教育子弟，期望他們能在接受傳統漢文化教育後，走上仕宦之路，而能進入統治階層。有些民眾則將子弟送至官方或民間所辦的義學、社學，或是儒學、縣學等文教機構。台灣許多在地的士紳階級的經濟活動漸蓬勃後，對文教也有更進一步的資助。農業拓墾與商業發展，都是提供散文寫作的物質基礎。又如清治時期泛稱「淡北」的範圍約為今新竹市以北，包括今基隆縣、台北縣市、桃園縣、新竹縣北部一部分。「淡南」則為新竹市以南到大甲溪以北，包含今新竹縣南部、苗栗縣、及台中縣北部一帶。淡北在清治後期的發展與漢人大量的移墾、水利設施的修建、街莊聚落組織、商業的繁榮有關，尤其文教設施的倡建，更促進此地文教圈的形成。

㉓ 上野專一：〈與劉銘傳、林維源對談——臺灣視察手記〉，楊南郡譯註：《臺灣百年花火——清末日初臺灣探險踏查實錄》（臺北：玉山社，2002年），頁56-57。

第二節　台灣清治時期的科舉文教

一、科舉文教機構的設立

台灣在鄭氏時期 1666 年（明永曆二十年）正月設立儒學，並取進生員。到了清治時期各地設立了數種文教機構，除了以基礎教育為主的社學、義學及私塾外，並有主要目的是以準備科舉的府、縣學，另有官方與民間籌辦的書院。「府儒學」屬於知府，受學政的監督，由教授主持，訓導副之；「縣儒學」屬於知縣，由教諭主持，訓導副之。儒學多培育科考人才，通過入學考試者即成為生員，與科舉制度關係密切。至於各地方儒學的名額方面，以淡水廳為例，初始未專設儒學，學額附於彰化縣儒學。1817 年（嘉慶二十二年）竹塹始設立儒學，翌年開考，歲科兩試取文童六名，武童二名，之後儒學入學定額陸續有所增加。淡北儒學設立的時間晚，直到 1879 年（光緒五年）才有淡水縣學、1880 年（光緒六年）始有台北府學儒學機構的出現。總計清治時期共有府儒學三所，縣儒學十所，共十三所。[24]

台灣清治前期書院的性質多類似義學，如 1683 年（康熙二十二年）施琅於台灣府治（今台南市）首建西定坊書院，1690 年（康熙二十九年）蔣毓英建鎮北坊書院等，皆是義學性質。直到 1704 年（康熙

---

[24] 有關台灣清治時期考選的資料或研究，可參閱莊金德編：《清代台灣教育史料彙編》（台中：台灣省文獻會，1973 年）；楊紹旦《清代考選制度》（台北：考選部，1991 年）。

四十三年）建立了「崇文書院」，才較具書院的實質。清治前期在臺的居民，初始對於科考並不熱衷，也不重視子弟的就學。《諸羅縣志·學校志》提到：「諸羅建學三十年，掇科多內地寄籍者。庠序之士，泉、漳居半，興、福次之，土著寥寥矣。」㉕在台灣其他各地亦有這種「冒籍」的情形。而後府學、縣儒學，及書院、社學、義學文教機構紛紛於各地設立，對教化的工作有推波助瀾的效用。尤其科舉制度經清廷積極鼓倡，使臺灣科舉社群數量日多。㉖眾多著名義學，如：淡水廳芝蘭一堡（今士林）芝山巖、文昌祠，以及板橋林家捐建之擺接堡枋橋街（今板橋）大觀義學，亦具提振地方文化及移風易俗之貢獻。當時來臺官員多以文教為宦績，即使武將如臺灣北路營參將阮蔡文等官員，及位於臺灣南端之恆春知縣、塾師，亦具教化民眾的使命感。㉗清治後期並有本土士人或於學府任教、或擔任幕僚、或編纂方志，參與基層政教事務之機會漸增。1746 年（乾隆十一年）在淡水廳最繁榮的新莊街（台北縣新莊市）

㉕ 周鍾瑄主編：《諸羅縣志·學校志》（臺北：臺灣銀行經濟研究室，1962年），頁 134。

㉖ 尹章義《臺灣開發史》（臺北：聯經出版事業公司，1989 年），頁 545-548。

㉗ 阮蔡文不僅於整修諸羅縣儒學時，捐俸一百兩；於北路防務巡哨時，亦曾「召社學番童與之語，能背誦《四書》者輒旌以銀布；為之講解君臣父子之大義，反覆不倦。」周鍾瑄主編：《諸羅縣志》，頁 134；又如恆春縣義塾定學規，即詳列一日作息及各課程之讀法等細目，知縣並親自考核學生學習成果。屠繼善主編：《恆春縣志》（臺北：臺灣銀行經濟研究室，1963年），頁 212-215。

設義學一所。㉘ 1755 年（乾隆二十年）諸羅縣士紳所立的〈嚴禁冒籍應考條例碑〉，可說是台灣科舉社群合力抵制「冒籍應考」最具代表性的宣言，茲節錄如下：

> 憤冒籍之縱橫，於甲戌春，僉稟縣主徐批：查定例，入籍三十年，有廬墓、眷產者，方准考試。台地土著者少，流寓者多，冒籍之弊，致難稽察。得諸生從公細查納卷，不惟弊可永杜，所選皆諸山之彥矣。……是以前歲取士，悉署本邑，冒籍伎倆，源將絕矣。㉙

碑文還顯示冒籍、冒姓最常見的手法是「過繼」；除了內地考生外，台灣府轄下的考生也有「過縣」冒籍的情形。這些科舉文人對於冒籍應考事件的反應，呈現其在地意識；但這種實施多年的科舉制度，同時也加強了台灣社會的儒化現象。清廷曾為籌措龐大軍費，訂出每捐銀三十萬兩增文、武鄉式定額一名。1853 年（咸豐三年）太平軍入南京，「各州紳民守城、禦賊及團練捐輸出力者，往往增額」㉚，即是呈現以學額來增強協力統治者的策略。再將台灣府、及各縣學、廳學的儒學入學定額數例，列於表 2-1。

㉘ 尹章義：《台灣開發史研究》（台北：聯經出版事業公司，1989 年 12 月），頁 537。

㉙ 《台灣南部碑文集成》（台北：台灣銀行經濟研究室，臺灣文獻叢刊 28 種），頁 384-385。

㉚ 《大清會典事例》卷 370〈學額門・小序〉。

表2-1　1686年（康熙二十五年）到1858年（咸豐八年）台灣學額表

	台灣府學	台灣縣學	鳳山縣學	諸羅縣學	彰化縣學	淡水廳學	噶瑪蘭廳學	合計
1686（康熙25年）	20	12	12	12				56
1723（雍正元年）	20	12	12	12	8			64
1727（雍正5年）	28	12	12	12	8			72
1791（乾隆56年）	28	12	12	12	12			76
1807（嘉慶12年）	30	13	13	13	13			82
1817（嘉慶22年）	30	13	13	13	13	6		88
1828（道光8年）	32	15	15	15	15	6		98
1841（道光21年）	32	15	15	15	15	8	3	100
1858（咸豐8年）	43	17	17	17	18	8	5	125

資料來源：（以下索引版本頁數根據「臺灣文獻叢刊」）

1. 周鍾瑄主編：《諸羅縣志・學校志》「學宮・生員」，頁77-78。
2. 陳文達主編：《臺灣縣志・建置志》「學校・生員額數」，頁79。
3. 范咸主編：《重修臺灣府志・學校志》「學宮・入學定額」，頁157-158。
4. 王必昌主編：《重修臺灣縣志・學校志》「學宮・入學定額」，頁77-78。
5. 余文儀主編：《續修臺灣府志・學校志》「學宮・入學定額」，頁340-342。
6. 周璽主編：《彰化縣志・學校志》「學宮・泮額」，頁141。
7. 陳淑均主編：《噶瑪蘭廳志・學校志》「應試」，頁153-159。
8. 陳培桂主編：《淡水廳志・學校志》「學宮・廳儒學・學額」，頁135-136。

由表 2-1 可看出 1686 年（康熙二十五年）全臺文生員每次錄取名額為 56 名，至 1858 年（咸豐八年）文生員增為 125 名。若再從《欽定大清會典事例》觀察所增加的學額發現，1878 年（光緒四年）文生員增為 141 名，至 1888 年（光緒十四年）文生員名額又增為 156 名。由清治時期台灣文生員錄取名額增加趨勢看來，可知 1817 年（嘉慶二十二年）以後文生員名額增加快速，其中尤以 1841 年（道光二十一年）以後激增最快，可知此時期基礎科考發展的概況。台灣清治時期在地文人背景多屬科舉社群，除少數是以捐納的異途方式取得功名外，大多數文人多從正途獲有進士、舉人、貢生、生員等科名，可見科舉士子為在地文人的基礎組成份子。

若就淡水廳為例，淡水廳於 1723 年（雍正元年）設治，初未專設儒學，學額附於彰化縣儒學。直到 1817 年（嘉慶二十二年）淡水廳設立儒學，翌年開考，歲科兩試取文童六名，武童二名。後儒學入學定額陸續有所增加。竹塹文人獲致功名的時期肇於嘉慶中葉以後，至清治後期趨盛，顯示此區文學主力群活躍的時期集中於這個階段。觀察清治時期北台灣約包含今台北、桃園、新竹、宜蘭、苗栗等地士人文科功名的情形，將發現新竹因佔有廳治地利，形成人文薈萃之區，其科舉考試出身的士紳所佔人數居北台之冠。[31]此亦呈現台灣北部文人日漸熱衷參與科舉的情況。淡北儒學設立的時間晚，直到 1879 年（光緒五年）才有淡水縣學、1880 年（光緒六年）始

---

[31] 蔡淵絜：《清代台灣的社會領導階層（1684-1895）》，台灣師範大學歷史研究所碩士論文，1980 年，頁 132、138；黃美娥：《清代台灣竹塹地區傳統文學研究》，輔仁大學中文研究所博士論文，1998 年，頁 50-53。

有台北府學儒學機構的出現。如淡水廳最早成立的明志書院，初為義學，後擴建為書院。㉜又於 1781 年（乾隆四十六年）移建至竹塹，原書院所在地即成為義塾。至於位於艋舺西南方的「學海書院」，原名「文甲書院」，為 1837 年（光緒十七年）淡水廳同知婁雲所議建。又於 1843 年（道光二十三年）由同知曹謹續成，1847 年（道光二十七年）閩浙總督劉韻珂巡台時易名為「學海書院」，並由當時的同知曹士桂出任書院院長。㉝因書院設於艋舺泉人分佈區內，多限於分類械鬥的關係，漳人子弟來此就讀者少。

有關書院制度的沿革及其意義，日本學者有多篇研究成果。㉞書院在臺灣清治時期由移墾社會邁向文治社會的過程中，肩負培育地方人才的功能。清治時期臺灣各地書院共約有四十五所，其性質

㉜ 清治時期台灣各地書院可彌補政府學校教育不足，其性質介於官學與鄉學之間。如淡水廳最早成立的明志書院，原設於淡水廳興直堡興直莊山腳下（今泰山鄉明志村），為 1763 年（乾隆 28 年）汀州貢生胡焯猷呈請後所設，初為義學，後經台灣府北路淡防同知印務彰化縣胡邦翰奏請建為書院。1764 年（乾隆 29 年）閩浙總督楊廷璋始命名為「明志書院」。《台灣教育碑記》臺灣文獻叢刊 54 種（臺北：台灣銀行經濟研究室，1959 年 10 月），頁 26、59。

㉝ 陳培桂主編：《淡水廳志》，頁 139。

㉞ 如《近世アジア教育史研究》收錄有：林友春〈書院(一)書院と學校の性格上の關連〉、大久保英子〈書院(二)——清代の書院と社會〉。另外，在《近世東アジア教育史研究》則收錄〈中國における書院の推移〉、大久保英子〈清代江浙地方の書院と社會〉參見多賀秋五郎編《近世アジア教育史研究》（東京：文理學院，昭和 41 年）及《近世東アジア教育史研究》（東京：學術書出版會，昭和 45 年）。此外，多賀秋五郎〈近代學制の成立の過程〉則收錄於《近代アジア教育史研究》（東京：岩崎學術出版會，1969 年），這些著述雖有就一地域的書院加以探討，然未曾論及台灣的書院。

介於官學與鄉學之間。地方書院可彌補政府學校教育不足，所以講席（又稱山長、院長、主講、掌教）或從學者的資格，都必須有一定的標準。《淡水廳志・學校志》提到：「負笈生徒，必則鄉裏秀異，沈潛學問者，肄業其中。其恃才放誕，佻達不羈之士，不得濫入書院中。」[35]顯示書院之中人才的養成的教學目標及規範。清治時期的學制為府縣（廳）各於所治立儒學，又稱學宮，是地方最高教育機構。就書院講學而言，臺灣早期書院大多設在儒學成立之後，介於官學與書房間，以補儒學的不足。舉例來說，竹塹明志書院比淡水廳儒學早五十年設立，承擔大甲溪以北興學立教的重任。早期竹塹未設儒學，1818 年（嘉慶二十三年）林璽、鄭用錫等捐建，此座費錢二萬餘兩，歷時八年的學宮顯示出：嘉慶、道光時期，竹塹無論在社會經濟或文化教育方面，均已蓬勃發展，亟需開科考、立學官，也呈現出地方人士對教育的重視。一些所謂的「科舉社群」所指的是經由傳統官學或私學教育方式，參加科舉考試的讀書人。科舉社群對文風的推廣，是促進散文發展的重要因素。又如白沙書院的山長，除前幾任外，自道光末年多由在地文人所擔任。如廖春波（鹿港人，道光末年任職）、施士洁（台灣縣人，光緒二、三年至光緒八、九年間任職）、丁壽泉（鹿港人，光緒十年至十三、四年間任職）、蔡德芳（鹿港人，光緒十三、四年間任職）、蔡壽星（鹿港人，約在光緒十八年至二十一年任職）。[36]在地文人的崛起，有助於文化的推展。尤其鹿港當

---

[35] 陳培桂主編：《淡水廳志》，頁 121。

[36] 林文龍：〈彰化白沙書院興廢考〉，《台灣史蹟叢論》（下冊）（國彰出版社，1987 年 9 月），頁 6。

時為中部商業大港，全台第二大都市，又因文開書院的創設，使人才輩出。關於澎湖所設書院的書寫，如胡建偉〈捐創澎湖書院序〉提到：

> 僅捐俸廉百金，以為諸君倡。念我澎賢，夙稱好義，衿耆士庶與夫客廛斯土者，其各踴躍樂捐，以襄斯舉；俾翟飛鳥革，以翼我士林。藩歲中脩脯之需、膏火之費，均有賴焉，則幸甚也。[37]

此文呈現了士人對於籌建書院的事宜，常以「興學為先，懃懃懇懇」的態度，不僅自掏薪俸贊助，也為文號召當地居民踴躍樂捐。

二、傳統教學方式與散文書寫

散文的書寫環境與科舉考試有密切的關係。若想要至官方所屬機構工作，就需自幼熟讀經典，以便應付科舉考試，所以士人平日要多鍛鍊古文書寫的技能。台灣清治時期私塾普遍，屬民間私學性質。一般童生多先入私塾，或為獲得讀書、識字的能力而能應付生活需要；或使就學學生，學習科舉考試所需知識，以為科舉考試作準備。私塾上課的方式，多採先朗讀、背誦、默寫；而後就字義加以解釋，或教以文章結構及作法。並逐漸指導學生從練習作對句，到學習寫作文章及詩賦。所用的教科書以《三字經》、《千家

---

[37] 胡建偉主編：《澎湖紀略》（台北：台銀經濟研究室，1961 年 7 月），臺灣文獻叢刊 109 種，頁 260。

詩》、《聲律啟蒙》、《唐詩和解》、及四書五經，或是讀《起講八式》、《童子問路》、《初學引機》，以及《試帖詩》等，以作為科舉考試的準備。

官方則於各縣、州、府設立「儒學」，以便招收欲深造之士；但因嚮往者眾，「學額」有限，於是有賴考試以取捨。清治時期稱這種由知縣主持的縣試、知府主持的府試為「小考」。最後錄取的決定權則操諸「學政」主持的「院試」。院試通過，才得入府、縣、廳儒學，稱為「進學」或「入泮」，俗稱「中秀才」。入學後需受儒學教官的月課及季考外，並參加以評定學業優劣，黜陟「生員」的歲考。至於書院則可補官學的不足，1811 年（嘉慶十六年）楊桂森制定的白沙書院學規九條，收錄於《彰化縣志》，其中第七條詳列學生一日作息與課程所進行的情況：

> 次早仍照前功背誦。既背後，請先生命題，須將題義細求其所以然，尋其層次，尋其虛實，然後布一篇之局，分前後、淺深、開合而成篇，務須即日交卷。交卷後散學，仍夜讀如前功。凡單日講書，凡雙日作文，此方有效。㊳

此學規不同於 1740 年（乾隆五年）台灣分巡兵備道劉良璧所訂海東書院學規，及歷年來各書院沿襲的深奧寫法，而改以明白的文字。不僅記載當時書院如何教導散文的寫作，如閱讀、及朗誦熟詠「漢

㊳ 楊桂森：〈白沙書院學規〉，收錄於周璽主編：《彰化縣志》（臺北：臺灣銀行經濟研究室，1962 年 11 月），頁 145。

文」的課程，與老師講解疑義後需「抄大家古文」；更於隔天採命題作文的方式，嚴格訓練學生動筆，培養習作的能力。[39]這種教導學子如何學習八股文的寫作，在用詞造句、布局謀篇、立意構思等方面的訓練，可為散文的寫作打下一定的基礎。但埋首於場屋之文，常使文章大都嚴謹有餘，而缺少神氣情韻。又因文章內容要用儒家的觀點解說《四書》的義理，並且要模仿古人口吻為文，在內容、形式及字數上的種種限制，束縛了作者的思想表達與創作空間。

除了科舉制度對台灣清治時期散文的發展產生一定的影響外，台灣散文的表現方式及作品風格也受到傳統漢語散文書寫模式的影響。從漢語古典散文史來看，先秦、兩漢散文蓬勃發展，大抵朝向題材多樣化、形式活潑化的趨勢，除司馬遷的《史記》在散文上的成就外，賈誼〈治安策〉、〈過秦論〉，鼂錯的〈賢良對策〉、〈論貴粟疏〉，內容分析社會興亡，討論成敗得失，文句流暢，語氣激昂。歷史記事文方面，有〈新序〉、〈說苑〉等代表作，以史實、傳說、寓言為題材，作通俗生動、耐人尋味的描述，文學價值亦極高。漢語古典散文的書寫傳統如先秦《左傳》、《國語》，漢代的《史記》、《漢書》等已積累可觀的史傳文學成果。殆至唐宋八大家的策論、寫景等散文，更受到後世的推崇與肯定。而清代顧炎武等學術意味濃厚的散文、及桐城派的古文創作，或是龔自珍、魏源等改革家之文，多顯現出古典散文與時代學術思潮的密切關聯。台灣清治時期古典散文雖承襲漢語歷代散文的書寫形式、及文

---

[39] 周璽主編：《彰化縣志》，頁145。

章風格，然而因政經環境、社會背景、風土習俗等等的差異，來臺官員及在地文士的經歷不同，而使得散文發展各具特色。

第三節　方志藝文志典律與文學生產

一、方志藝文志輯錄散文的典律作用

方志本以記載風土民俗的功能為主，而後藝文的收錄亦成為各類方志中的重要體例。紀昀主編《欽定四庫全書總目》中提到：

> 古之方志，載方域、山川、風俗、物產而已，其書今不可見。然《禹貢》、《周禮·職方氏》其大較矣。《元和郡縣志》頗涉古蹟，蓋用《山海經》例。《太平寰宇記》增以人物，又偶及藝文，於是為州縣志書之濫觴。元明以後，體例相沿，列傳侔乎家牒，藝文溢於總集，末大於本，而輿圖反若附錄。[40]

原為史部地理類的方志，不但臚列詩、文、賦等文學作品的目錄，也大量收錄作品全文。台灣清治時期的方志種類，包括府志、廳志、縣志、采訪冊多達三十幾種，蘊含了特定時空下的文化素材。就台灣清治時期的方志中的〈藝文志〉而言，若以全志的頁數與藝

---

[40] 紀昀主編：《欽定四庫全書總目》（台北：台灣商務印書館影印四庫全書本），卷六十八，史部地理類序，冊二，頁450。

文頁數比例來觀察收錄文學作品的現象，周元文主編《重修臺灣府志》32.14%、余文儀主編《續修臺灣府志》30.1%、謝金鑾主編《續修台灣縣志》37.96%，這些方志所收錄的藝文作品，多約達全書三分之一的頁數。此外，藝文志頁數約占全書四分之一左右的則有：高拱乾主編《臺灣府志》佔 24.83%、范咸主編《重修臺灣府志》佔 27.16%、林豪主編《澎湖廳志》佔 25.53%等，比例皆可謂頗高。㊶

台灣清治時期方志中的〈藝文志〉，收錄許多宦遊士人與在地文士的作品，這樣由官方主修的採錄方式，促進散文正典化（canonization）的形成。㊷所謂「正典」或「典律」（canon）原指標準書目，早期多為教父用來指稱經由教會所接納，且內容具有基督教信仰準則的作品；後來廣泛地運用於可供後人作為行為、道德、信仰、主體建立的準則。若將此定義運用於文學範圍來討論，可指一種普遍可以接受，具有一定程度的權威性與公信力的閱讀標準。典律的取捨必含有價值取向，包含著特定的國家觀、社會觀、種族觀、文學觀等。如今研究者須盡可能追溯作品典律化的歷史：在何種時空背景裡它被納入典律？並且是以何種理由或閱讀策略而納入？在不同的時空背景裡，在不同的典律觀裡，它如何能維持在典

㊶ 統計頁數以台灣銀行經濟研究室的臺灣文獻叢刊本作比較。參考陳捷先：《清代台灣方志研究》（台北：學生書局，1996 年 8 月），頁 197-198。

㊷ 施懿琳：〈從《臺灣府志》〈藝文志〉看清領前期台灣散文正典的生成〉，《台灣文學學報》第四期（台北：政治大學中國文學系，2003 年 8 月），頁 1-36。

律的地位？[43]從中也引發對當時文學典律相關議題的探討，例如為何這些散文作品成為所謂的典律？典律的形成過程為何？這些問題的釐清，有助於對當時文學場域的形成與變遷的互動關係有所了解。

首部具有〈藝文志〉體例的台灣方志為高拱乾主編《臺灣府志》。此志在凡例中曾提及有關藝文的取錄標準：

> 志載藝文，務關治理。苟有裨於斯郡，宜無美而不收。然考獻徵文，前此遠在殊域；掞天華國，十年生聚方新。今惟先集所見，上自宸章，下逮新詠，後有作者，當俟之踵事增華。[44]

明白揭示其選載原則為「務關治理」的實用文學觀，甚至連皇帝諭告、御製之文的「宸翰」皆載入，呈現選文與政治之間的密切關聯。此志作為選錄藝文的濫觴，編纂者在言談之中，頗流露出所收錄藝文的典律地位，並富有啟發後世作者「踵事增華」之功。此書〈藝文志〉的序言開首即引用曹丕《典論·論文》「文章經國之大業，不朽之盛事。」以作為此書的採錄藝文的經世價值。接著提到選錄文章體裁涵括「章疏、移會、銘傳、詩篇，有關世教，例得採

[43] 蔡振興：〈典律／權力／知識〉，收錄於陳東榮、陳長房主編：《典律與文學教學》（台北：書林出版有限公司，1995年4月），頁55。及同書所收錄許經田：〈典律、共同論述與多元社會〉，頁23-24。

[44] 高拱乾主編：《臺灣府志》（台北：台灣銀行經濟研究室，1960年2月），頁16。

取。」㊺選錄的原則多以與政事有關的文章為主，具有諷諭及勵俗的作用，足以垂世久遠的作品，皆在蒐羅之列。此志的編纂多賴由在地文士負責蒐集文獻、田野訪談所得，再交付來台的知府、知縣，以及府縣學教授、教諭負責校訂、審查，並由福建分巡臺廈道兼理學政高拱乾負責總纂。㊻此外，周璽主編《彰化縣志·藝文志》更明確地說明收錄的內容：

> 以知此土吏治民風，而因以鏡其得失耳。……今就郡志諸志中，采其文之有關於彰邑者，彙而錄之。旁及故老之流傳，仕宦之唱和，都人之咏歌；下逮碑碣所垂，案牘所載，凡屬此邦之典要，悉收而識之。㊼

此文首句即提到：「道之顯者謂之文，文所以載道也。」呈顯在採錄耆老口中的傳說、文人的吟詠、碑碣或書面文字的多樣化之外，其選刊的原則仍以教化的實用功能為主要考量。以下即羅列論述範圍涵蓋較廣的府志類志書為例，統計各書藝文志所收錄的散文篇數。

㊺ 高拱乾主編：《臺灣府志》，頁227。

㊻ 編纂的文士包括台灣府儒學教授張士昊、台灣縣儒學教諭林宸書、鳳山縣儒學教諭黃式度、諸羅縣儒學教諭謝汝霖等人。在此志列名「分訂」的在地文士有舉人王璋，貢生王弼、陳逸、黃巍、馬廷對，監生馮士煌、生員張銓、陳文達、鄭萼達、金繼美、張紹茂、柯廷樹、張僊客、盧賢、洪成度等人。

㊼ 周璽主編：《彰化縣志·藝文志》，頁391。

表 2-2　府志藝文志所收錄散文篇數一覽表

府志名稱	編纂時間	宸翰	奏疏	公移	序	傳	記	合計篇數
高拱乾主編《臺灣府志》	1696 年（康熙25年）	5	3	11	2	4	5	30
周元文主編《重修臺灣府志》	1712 年（康熙51年）	6	6	21	2	11	27	73
劉良璧主編《重修福建臺灣府志》	1741 年（乾隆 6 年）	0	5	6	5	1	17	34
范咸主編《重修臺灣府志》	1744 年（乾隆 9 年）	0	9	12	11	5	27	64
余文儀主編《續修臺灣府志》	1763 年（乾隆28年）	0	11	12	12	6	41	82

資料來源：筆者以臺灣文獻叢刊方志資料統計而得。

以官方的需求所編纂的方志，所篩選出來的所謂「散文正典」，很難純粹是文學面向的考量，其背後所透顯的價值判斷，頗值得深究。編纂者有時藉由方志的選文，傳達統治者的赫赫聲威。從高拱乾《臺灣府志》選文的特色，可看出清治前期如何在台灣這個屬於帝國的邊陲宣揚政令；並經由行政機構的設立，加強治安的管理，及致力於移風易俗的文教推行。不過，因在地文人參與分訂，早期刊刻作品不易的情況下，一些在地文人的作品也因而得以保存。文本是一種書寫，讀者、批評家可依文本之中的複雜性及歷史性呈現新的詮釋方式。又典律和權力兩者之間的關係是相輔相成的：典律的整合需靠權力來維持，並實踐其理想；權力有了典律當作制度，則權力的運用就更加穩固。[48]

二、散文的刊刻與生產

台灣清治時期圖書散佚的情形嚴重，少數現存的散文作品多是幸運能獲得刊刻的機會，或是由於方志藝文志的採錄而留存。但方志編纂者在收錄作品之際，常感到「代遠年湮，傳聞各異；而且屢遭兵燹，諸多剝蝕。不獨仕宦寓賢，其文多磨滅而不傳，即此邦之奇人傑士，其著作亦罕有存者」[49]不免發出「將欲網羅放失，搜輯舊聞，以勒為成書，不期難哉！」的深切感嘆。有些書籍因避開水災、地震、蟲害等天然災害，及兵災、戰事等的破壞；或是作品手稿能獲後人妥善保存，而能留存至今。台灣早期著名的刻書店為「松雲軒」，以「精刻」的品質樹立台灣刻書的品牌，此店地點約在今台南市永福路陳氏家廟左方，主要的出版品以「印刷各款善書經文」為大宗，其他猶有科考範文、輿圖、詩集、童蒙讀本、譜牒籤詩等。[50]然而台灣清治時期傳統木板刻印書籍，多數尚需仰賴泉

---

[48] 蔡振興：〈典律／權力／知識〉，收錄於陳東榮、陳長房主編：《典律與文學教學》（台北：書林出版有限公司，1995年4月），頁60-65。

[49] 周璽主編：《彰化縣志·藝文志》，頁391。

[50] 台南府城的出版業，密度蔚為全台之冠。台南刻書及藏板所在，還有下列多處：「成泰書莊」、「香樹山房」、「源成號」、「博文堂」、「昌仁堂」、「德善堂」、「德化堂」、「王源順書坊」，安平「化善堂」，西來庵「意誠堂、啟善堂」，天壇「敬聖局、經文社」，紅毛樓「大士殿」，大關帝廟前「東壁齋」，抽籤巷「善誘堂」、「金萬泉堂」、「陳成興碗鋪」，下帆寮街「經文齋」，西門街「同善堂」，城西正心社「共善堂」，大西外宮後街「泉記」，東門外關帝廟「花園社」，大東門外「金泉發」、

州、廈門各地供應。尤其福州在清代的官刻及私刻為中國最發達之處。[51]到了清光緒年間以後，由西方傳入的新法印刷（包括石印與鉛印），則以上海為主要出版地。[52]台南進士施瓊芳在《增輯敬信錄・序》曾言：「台地工料頗昂，所有風世諸書，多從內郡刷來。」[53]清治時期出書不易的情況下，許多個人的文學作品僅能以抄本、稿本流傳，甚至常有散失亡佚的情況。

台灣清治初期刻工難求，有關詩文作品的刊印亦少見，除了掌有權力的官員，方較有輯錄作品出版的機會，這使得散文的保存與流傳受到限制。官員為了指導科舉習文的教學需求，或為了達到學子觀摩的效果，常將制舉之文集結出版。如陳瑸《陳清端公文選》錄有他於清治前期為《臺廈試牘》的題序：「臺自置郡建學，生聚

「志發號」。楊永智：《明清臺南刻書研究》（台中：東海大學中國文學研究所碩士論文，2002年），頁227。

[51] 謝水順、李珽：《福建古代刻書》（福建：福建人民出版社，1997年6月），頁383-423。

[52] 林文龍：〈台灣早期詩文作品編印述略（1684-1945）〉，收錄於《台灣古典文學與文獻》，1999年1月，頁86-117。台灣第一臺新式印刷機來自英國基督教長老教會，由派往台灣傳教的第五位傳教士巴克禮（Rre Thomas Barclay，1849-1935）募得，於1881年前後運抵台灣。1884年5月，巴克里設立了台灣第一家新式印刷機構——聚珍堂（俗稱新樓書房）。聚珍堂採用活字印刷、字體採用台語白話字羅馬拼音。1885年7月12日由巴克禮策劃、台灣教會主辦的《台灣府城教會報》（月刊）正式創刊，此為台灣出版最早的兩份雜誌之一。辛廣傳：《台灣出版史》（石家庄：河北教育出版社，2000年12月），頁1-2。

[53] 施瓊芳：《石蘭山館遺稿（上）》，《台灣先賢詩文集彙刊》第一輯（台北：龍文出版社，1992年3月），頁7。

而教訓之，近三紀矣。……予備兵茲土，兼有校士責。庚寅、辛卯歲科試，見佳文美不勝收，……爰梓其尤雅者若干篇，示諸生，題曰：《海外人文》。」[54]雍正年間巡台御史兼學政夏之芳輯刊的《海天玉尺編》初集、二集，序中提到：「茲因歲試告竣，擇其文尤雅馴者付之梓，益使台之人知錄其文者之非徒以文示也。」[55]《二集》序又再言明：「歲試既竣，則其文之拔前茅者錄付剞劂，亦為海隅人士作其氣而導之先路也。」[56]此文也論及：「臺士之文多曠放，各寫胸臆，不能悉就準繩。其間雲垂海立，鰲掣鯨吞者，應得山水奇氣，又或幽巖峭壁、翠竹蒼藤，雅有塵外高致，其一瓣、一香、一波、一皺，清音古響以發自然，則又得曲島孤嶼之零烟滴翠也。海天景氣絕殊，故發之於文，頗能各逞瑰異。至垂紳搢笏、廟堂黼黻之器，則往往鮮焉。」[57]文中提到士人處在不同的自然環境，各逞其才而各具瑰麗獨特的風格。張湄編纂《珊枝集》也是承續輯錄課藝習作的用意。台灣兵備道徐宗幹（1796-1868）亦編輯《瀛洲校士錄》共三集。[58] 1851 年（咸豐元年）徐宗幹為此書所

---

[54] 陳瑸：《陳清端公文選》（台北：台灣銀行經濟研究室，1961 年 3 月），臺灣文獻叢刊 116 種，頁 27。

[55] 劉良璧主編：《重修福建臺灣府志》（台北：台灣銀行經濟研究室，1961 年 3 月），頁 533。

[56] 夏之芳：〈海天玉尺編二集序〉，劉良璧主編：《重修福建臺灣府志》，頁 534。

[57] 劉良璧主編：《重修福建臺灣府志》，頁 534。

[58] 台灣分館藏有《瀛洲校士錄》第三集上卷，封面載有「咸豐辛亥夏鐫，海東書院藏版」。目錄共七頁，最末行刊「授業吳敦禮校授業吳敦禮校」木記。鈐「守屋善兵衛氏在臺記念寄附」、「台灣總督府圖書館藏」、「台灣省立

撰〈序〉文，提到編纂的目的：「校士即以牖民，觀風所以訓俗，制治清濁之原，實在於此。必黜浮崇實，勿任期真贗混淆，而又有以鼓舞而振厲之，庶幾其勃然興乎！」59說明其欲檢閱士子的程度，並觀摩作品、互相較量，兼具啟發、開導民智的社會功能。至於觀察民間風俗，更有教化百姓的作用；且特別強調「黜浮崇實」的審文標準。此序又說：「俾庠塾子弟有所觀感，而則傚焉為誘掖獎勵之助，藉以鼓舞而振厲之。」60徐宗幹任內主持歲試後，曾集生徒於海東書院傳授科舉要訣。又如台南進士施士洁（1856-1922）受台灣道唐景崧的聘請，主講海東書院。他曾於《臺澎海東書院課選·序》提到此課藝是由他主持選文，再交給翁景藩校訂後出版。這些藉由選取範文，當作學校教學之用的教材，有時亦具有文學典律的作用。61

六十七、范咸主編《重修臺灣府志》在修志過程中所蒐集的大量資料，有些是志書的篇幅所不能容納的部分。六十七對於這些資料不忍捨棄，所以他又將編竣後陸續新發現的詩文，並附上他自己

台北圖書館藏書」、「台灣省立台北圖書館藏書章」朱印四方，分成上卷論文 27 篇，下卷詩賦 91 首。

59 徐宗幹：《斯未信齋文編》（臺北：臺灣銀行經濟研究室，1960 年），臺灣文獻叢刊 87 種，頁 120-121。

60 徐宗幹：《斯未信齋文編》，頁 121。台灣兵備道常兼理「提督學政」之職，主持教化事宜。

61 學校用的文學教材（Guillory），包括被研讀的文學作品以及文學史或文學概論等，所提到並推薦的作品、作家，有時亦具有與文學典律的作用。許經田：〈典律、共同論述與多元社會〉，陳東榮、陳長房主編：《典律與文學教學》，頁 23-24。

的作品，另刻《使署閒情》這部作品選集。此外，鄭兼才原編有《六亭文集》二集六卷。1835 年（道光十五年）台灣道姚瑩囑海東書院山長左石橋編其雜著為六卷，兩集共十二卷，在臺「梓以傳焉」。此書共分訂四冊，書名頁未列刊刻資料，而於第十二卷最末一行列有「福省王源興在台灣刻」等字樣。通常著錄本書，都將其列為臺郡松雲軒的出版品，但以此資料看來，卻可能是由海東書院自福建聘請木匠在臺刻成，而由松雲宣刷印成書。[62]

1866 年（同治五年）呂炳南斥資興建的「筱雲山莊」，購置書籍數萬卷，經史子集皆包羅在列。[63]自 1878 年（光緒四年）吳子光受聘於「筱雲山莊」以教導呂家子弟。呂家因得名師，又加上豐富的藏書，使更多文人慕名而來，因而建立與其他士紳間的關係網絡。[64]而吳子光《一肚皮集》得以出版亦與呂家有關。此書為光緒元年刻本，書名頁署「銕梅老子自題、雙峰草堂藏板」，其出版經過為：

> 是編蒐輯粗就，已經數年，惟刻資無所措，賴呂子以全力肩其責，工繁而費鉅，非靈山會上香火緣深者，不足以語此也。邑上舍楊君春華聞呂子有此舉，欣然出館穀金佐之，恰

---

[62] 林文龍：〈台灣早期詩文作品編印述略（1684-1945）〉，收錄於《台灣古典文學與文獻》，1999 年 1 月，頁 92-93。

[63] 吳子光：〈候補訓導邑庠生呂公傳〉，《一肚皮集》（二）（臺北：龍文出版社），頁 250-251。

[64] 有關「筱雲山莊」的研究，可參考陳珮羚：《清代台灣中部「筱雲山莊」呂家的發展》（台中：東海大學歷史研究所碩士論文，2003 年）。

> 符大衍之數，遂合以授梓人焉。楊君家貧，以筆硯代耕，終日除讀書外，尤痂嗜余文，謂近今得未曾有，是楊君不惟莊士，是韻士，而豈陽山區冊之匹哉！[65]

吳子光任教三角仔莊呂氏筱雲山莊，1883 年（光緒九年）呂汝玉、呂汝修、呂汝誠兄弟，為吳子光《一肚皮集》十八卷進行刻版印書的工作，由於經費龐大，後獲廩生楊春華的資助才順利印製。不過，書成之前，吳子光已離開人間。[66]

吳子光的弟子中，最令人矚目的當屬呂家兄弟。神岡三角仔呂耀初有四子：長子汝玉，自庚虞，號縵卿，廩生；次子汝修，字賡年，光緒十四年舉人；三子汝成，字鶴巢，號錫圭，庠生；四子汝濤，字松年，號耕雲，畫家。四兄弟中唯汝濤以畫聞名，其餘三人皆以能文見稱於當時，吳子光稱譽他們為「海東三鳳」。[67] 1889 年（光緒十五年）呂汝玉兄弟合著《海東三鳳集》四卷，由許南英、丘逢甲為之作序，汝成之子伯先擔任校刻，惜未見當年刊於北京之完整傳本。台灣史蹟研究中心重新編印的《海東三鳳集》，大多為呂氏兄弟學習制藝之作，其中有彰化舉人陳肇興為他們修改過的作

---

[65] 吳子光：《一肚皮集》（1875 年原刊，雙峰草堂藏板）目錄附識語。

[66] 鄭喜夫：〈吳芸閣先生年譜初稿〉（五），《台灣風物》32 卷 2 期，1982 年 6 月，頁 72。

[67] 《台中縣志·藝文志》（台中：台中縣立文化中心，1989 年 9 月），頁 3-5。

品，也有嘉應舉人吳子光為之修改並加眉批之作。[68]吳子光的姪子吳茂郎，字心泉，號師廉，幼年跟從其叔吳子光讀書，光緒初年生員。所著有《草廬居文稿》，[69]收錄科舉制藝之詩文習作，並附有吳子光之眉批。

1892 年（光緒十八年）閏五月十一日蔣師轍《臺游日記》提到：「海外荒陋，私家著述，不能盈卷。聞學海書院藏書頗富，歷朝頒發學宮典籍亦當具存，擬仿同治《上江志》例編目彙載，以視嚮學之士，俾無書可讀者知所就資焉。」[70]可想見當時台北學海書院具有蒐藏圖書之功。散文遺佚不傳的原因，除了由於當時台灣刊刻未能普遍，蔣師轍《臺游日記》又提及地震對檔案書籍的影響，如書中錄唐景崧所言：「同治十二年地大震，署宇半圮，文牘皆沒於泥塗，百不存一矣。」[71]許多散文作品就因種種外在因素而難存於世。在碑文的保存方面，《台南縣志・文化志》提到當地的原有的石碑遠超過現存的數量。其不存的原因，一為管理人私賣或改製，以及石舖盜竊；二是遭遇火災而焚毀，三是石質本身容易風化。其

---

[68] 《海東三鳳集》為 1981 年（民國七十年）台灣史蹟研究中心將蒐集的呂氏兄弟殘稿集為一帙，包括光緒年間呂汝玉所撰的《璞山詩卷》、呂汝修所撰的《餐霞子遺稿》。其後並附有光緒七年呂氏兄弟和丘逢甲、傅子亦等人同遊臺南時的唱和之作《竹溪唱和集》，又稱《同人集》，為目前了解呂氏兄弟文學活動的作品。施懿琳、許俊雅、楊翠：《台中縣文學發展史》（台中：台中縣立文化中心，1995 年 6 月），頁 54。

[69] 《台中縣志・藝文志》（台中：台中縣立文化中心，1989 年 9 月），頁 5。

[70] 蔣師轍：《臺游日記》（臺北：臺灣銀行經濟研究室，1957 年），臺灣文獻叢刊 6 種，頁 94-95。

[71] 蔣師轍：《臺游日記》，頁 85。

中尤其以第一種人為的因素影響最大。[72]可見就連碑文也常遇及不利保存的各種客觀因素。

台灣清治時期的散文絕不是一般所謂的古典文學作品而已，而是某特定社會及文化的產物。人常在無法決定的條件下創造歷史，一方面似乎自由地創造自己所要的藝術、文化；但另一方面卻受制於所處的環境及歷史條件，因當時的社會及意識形態的模塑，而難以脫離社會化形成的過程。歷史環境已經改變，使得作品表達的理念也隨之改變。如列強勢力的侵擾後對文化衝擊等題材的關注，是清治前期所沒有的條件。因此，這些作品多受到時代的塑造及影響，而無法將它和文化歷史條件，以及作者對歷史文化的認同感分開來談。由於此類文本與歷史及文化有相當密切的關聯，故藉由描繪散文創作的背景，以展現某些層面的社會生活內容；進而對本期散文有相應的了解，與進一步的詮釋。

---

[72] 洪波浪、吳新榮主修：《臺南縣志·文化志》（台南：台南縣政府，1980 年6月），頁34。

第三章
清治前期散文的旅遊巡視書寫

第一節　清治前期散文發展大勢

一、清治以前的散文概況

早在荷蘭人到台灣建立政權以前，就有從唐山來台的能文之士，以漢語散文書寫在這塊土地上的見聞，可惜目前卻無足夠的文獻留存，而供詳盡考證。❶就近代來說，最具代表性的應屬元代汪大淵《島夷誌略》裡所提到的流求，以及明代陳第於 1602 年（萬曆三十一年）所寫的《東番記》。兩文中對臺灣商業活動、地名的詳細記載與平埔族文化的內容，多顯現出史志筆記散文的實證風格。

---

❶ 一些史書所提到的臺灣，不僅在地理上無法明確定位，有時也常以簡要概約性的海島描述，或類似《山海經》或神話志怪筆記般的書寫模式記載風土民俗。如《臨海水土志》裡記載三國孫吳所征的夷州，或是《隋書·流求國傳》裡的流求，至《諸番志》、《文獻通考》裡的流求與毗舍耶，都被後來研究臺灣史的學者，認為可能是現在的臺灣而引起辯論。曹永和：《臺灣早期歷史研究》，1979 年，頁 72-101。

尤其《東番記》因為是陳第到臺灣西南部的親身觀察，影響後世散文中有關平埔族文化的書寫方式。如 1617 年（萬曆四十五年）張燮《東西洋考》中的〈雞籠淡水〉一目，即參考了《東番記》的記錄。鄭氏時期楊英《從征實錄》、清治時期林謙光《台灣紀略》、郁永河《裨海紀遊》、黃叔璥《臺海使槎錄》等多部筆記文集與方志的記載，也多受到此書的影響。散文是生活上的文字，與精鍊的詩歌有所不同，在日常用以記錄事物的機會極高。鄭氏政權基本上是以漳、泉人為主，不論在公文書或民間的交流上，亦多以散文為溝通的工具，可以說台灣的散文史應始於鄭氏時期。這些鄭氏時期書寫台灣的文獻，多為東寧王朝所留下的檔案或書籍，後來並為清治初期的官員所引用。如台灣最早的方志為 1686 年（康熙二十五年）台灣知府蔣毓英所主編的《臺灣府志》，因時代相近而採錄許多有關鄭氏時期的文獻，以引證制度或建物的沿革。高拱乾主編《臺灣府志·藝文志》中收錄有陳元圖〈明寧靖王傳〉，即是以史傳筆法刻劃了來台定居的寧靖王朱術桂，記錄一生的經歷與行事志節。❷

《從征實錄》的作者為楊英（?-1680），曾於 1649 年（永曆三年）至 1662 年（永曆十六年）擔任延平王鄭成功的部下，並參與及目睹大小征戰，且任經理糧餉的職務。書中所載搜括民間的米糧與其取償損失，在鄭氏引以為諱的部分，此書卻加以直錄。楊英在鄭經執政時任戶官，六官案卷調取甚易，因而獲取許多史書所不及的史

---

❷ 〈明寧靖王傳〉作者為明末遺臣陳元圖，曾參與沈光文與諸羅縣令季麒光等人所發起的「東吟社」。

料。❸如有關鄭氏墾殖政策方面，此書曾錄 1661 年（永曆十五年）五月十八日的告諭，諭文包括「各處地方，或田或地，文武各官隨意選擇，創置庄屋，盡其力量，永為世業；但不許紛爭及混圈土民及百姓現耕田地。」❹鄭氏將台灣作為根據地，首先面對糧食的問題，於是以兵農合一的政策來屯墾。又從「嚴禁混搶。沿海地方，多係効順百姓，官兵登岸之時，不准混搶，致玉石俱焚，需明聽號令。如有未令，敢有擅動民間一草一木者，本犯梟示，大小將領連罪不貸。」❺得知鄭氏軍令嚴明的情形。此禁約還包括若有士兵「姦淫掠擄婦女」或強行「借坐給牌商船」等作為時，多直接以嚴厲軍令施予懲誡。此書也記載 1661 年（永曆十五年）正月召集將領密議出征台灣及其後登岸、屯墾的經過。楊英《從征實錄》不僅為治史者所取資，文字也有法有序。如 1653 年（永曆七年）五月六日死守海澄，鄭成功親自督師，背水一戰，盡殲清兵，令讀者動容。從此書可見楊英的散文書寫，講究信達雅潔，筆端並帶有感情。❻

至於阮旻錫《海上見聞錄》亦是記錄鄭氏時期的文集。阮旻錫，又號「鷺島道人」、「夢庵」，為鄭成功的部屬。《海上見聞錄》頗多直筆，如鄭成功弒其族兄鄭聯之事，直書而不避諱；此事之表現手法，與楊英《從征實錄》之「諱而不言」、「巧而傷直」

---

❸ 楊英：《從征實錄》（臺北：台灣銀行經濟研究室，1958 年 11 月，臺灣文獻叢刊 32 種），頁 1-3。

❹ 楊英：《從征實錄》，頁 189。

❺ 楊英：《從征實錄》，頁 128。

❻ 龔顯宗、許獻平：《台南縣文學史》（臺南：台南縣政府文化局，2004 年），頁 28-29。

迥然有異。《海上見聞錄》撰於清初，然稱鄭成功為「賜姓」，稱其子經為「世藩」，稱南明諸王及台灣鄭氏曰「海上」，稱鄭氏抗清之師為「海兵」，絕不用「偽」、「逆」等形容詞，故此書在清代終無刊本於世流傳。❼

此外，有許多鄭氏時期的流寓文人如徐孚遠（1599-1665）、王忠孝（1593-1666）、辜朝薦（1599-1668）、沈佺期、李茂春等人多有詩作，但這些文人的散文作品，留存至今的卻不多。❽今存有詩文集的如鄭成功與鄭經的《延平二王遺集》、鄭經又有《東壁樓集》、王忠孝《王忠孝公集》、徐孚遠《釣璜堂存稿》。此外，盧若騰（1600-1663）為明崇禎十三年進士，他的詩文作品今人集佚彙編成《留庵文集》，書中多錄記述史事的散文。❾另一位跨越鄭氏時期與清治時期的文人沈光文（1612-1688），他的文學作品在質量上頗為可觀。1651 年（順治八年）因遇颶風而到台灣，曾在平埔聚落目加溜灣社（今台南善化）授徒，並懸壺行醫。又於 1685 年（康熙二十四年）與季麒光等人倡組台灣第一個詩社「東吟社」，所撰〈東吟社序〉記載詩社成立的緣由、社員名單及聚會的時間及地點。文中流露他在台灣難遇知音的孤寂情境，曾自言：

---

❼ 阮旻錫：《海上見聞錄》，文叢 24 種（台北：台灣銀行經濟研究室，1958 年 8 月），頁 1-2。

❽ 高拱乾：《臺灣府志・人物志・流寓》（臺北：台灣銀行經濟研究室，1960 年 2 月，臺灣文獻叢刊 65 種），頁 211-212。

❾ 《重修福建臺灣府志・人物志・流寓》，頁 450。盧若騰的著作有《留庵文集》十八卷、《留庵詩集》二卷、《島噫詩》一卷，然多已散佚。陳漢光選錄方志等文獻中盧若騰所撰的序、書、疏、露布、傳，共計 42 篇，題為《留庵文選》。

雖流覽怡情、詠歌寄意，而同志乏儔、才人罕遇，徒寂處於荒埜窮鄉之中，混跡於雕題黑齒之社。何期癸、甲之年，頓通聲氣；至止者人盡蕭騷，落紙者文皆佳妙。使余四十餘年怫抑未舒之氣、鬱結欲發之胸，勃勃焉不能自已。❿

沈光文感嘆詩社成立之時，明亡後的鬱結心情，終因文友間的吟詠而得以抒發。他共居台三十餘年，著有《文開文集》、《文開詩集》、《台灣輿圖考》、《流寓考》、《草木雜記》、〈台灣賦〉等。⓫雖然部分作品已散佚，但就所存的內容看來，不僅吐露了流寓文人內在細微的情感，並廣泛記錄了台灣自然山川、物產資源及風土習俗等多元面向，呈現早期來台文人觀看台灣的視角。

二、清治前期方志藝文志中的散文發展

1683 年（康熙二十二年）清廷初將台灣納入帝國版圖，陸續有一些文人渡海來台，並出現許多書寫台灣的作品。其中以散文體裁所描繪的台灣，已由傳聞中的海上仙島，一變為具體而實在的「邊

❿ 沈光文：〈東吟社序〉，收錄於范咸《重修臺灣府志》（臺北：台灣銀行經濟研究室，1961 年 11 月，臺灣文獻叢刊 105 種），頁 661。

⓫ 盛成曾註解〈東吟社序〉，並以為此文或遭范咸等人酌改，其目的為保存沈光文的遺著，不使銷毀失傳。盛成此文收錄於侯中一編：《沈光文斯菴先生專集》（台北：寧波同鄉會月刊社，1977 年 3 月），頁 112-126。彭國棟亦推斷此文為後人偽託。龔顯宗：《沈光文全集及其研究資料彙編》（臺南：臺南縣立文化中心，1998 年），頁 157。台南縣立文化中心委託龔顯宗所編的《沈光文全集及其研究資料彙編》一書，蒐羅詩 103 首、古文 1 篇、駢文 3 篇、雜記 6 則。

陲」之地。在這清治前期（1683-1772）康、雍、乾年間，遊宦或在地文人的散文作品，多因刊刻不易等問題而未能廣為流傳於後世。目前所留存的除了一些輯錄的文獻或個人文集之外，許多清治前期的作品多賴方志藝文志而得以保存。這些志書所收錄的文章，包括告示、奏議等公文書，記事或政令宣導的碑記，以及序跋、祭文等應用文。此類沿襲傳統寫作模式的散文，多是來台文人基於職務上的需要而作。雖然此期藝文志有時也收錄一些文人閒適之情、或宦海感懷等抒情的小品文，但數量不及詩歌中的抒情之作。藝文志以有助於治理及教化為取材文章的主要標準，使得目前所見清治前期的個人筆記文集及藝文志中的單篇散文，也呈現著重實用功能的文學思潮。至於此期在地文人如陳輝等人所留存的作品則多以詩歌為主，除方志藝文志所收錄數篇詩歌創作外，散文作品多亡佚。唯有章甫的詩文幸由門人刊印為《半崧集》，收錄有〈遊鯽魚潭記〉等短篇遊記及〈哭翔兒文〉等抒情文及一些應用文。⓬

若就此期藝文志所收錄的散文來看，公文書是主要的取材來源之一。如施琅〈陳台灣棄留利害疏〉不僅為多本藝文志所收錄，⓭後來也出現在他的文集《靖海紀事》中。1696 年（康熙三十五年）高拱乾主編的《臺灣府志・藝文志》收錄高氏的數篇告示文，如〈初至台灣曉諭兵民示〉、〈禁止對支兵米示〉、〈禁重利剝民示〉、

⓬ 章甫原為福建泉州人，三十二歲遷居臺南。臺灣文獻叢刊第 201 種的章甫《半崧集簡編》未錄有〈哭翔兒文〉。國立台灣圖書館館線裝書室藏有《半崧集》，並已作成微捲，以資補充研究章甫詩文之用。

⓭ 此文收錄於范咸《重修臺灣府志》、余文儀《續修臺灣府志》、謝金鑾《續修台灣縣志》的藝文志中。

〈禁苦累土番等弊示〉、〈勸埋枯骨示〉、〈禁飭插蔗并力種田示〉等，這些都是有關初期治臺政策、族群關係、社會救濟以及經濟措施的官方文章。又如1712年（康熙五十一年）周元文主編的《重修臺灣府志·藝文志》收錄其〈詳請緩徵帶徵稿〉、〈詳請蠲台灣五十年正供粟石稿〉、〈詳請臺屬修理戰船捐俸就省修造以甦民困文稿〉等多篇，則是有關緩徵或蠲免農人及平埔族稅收，或是減輕民眾勞役等呈請的文章。此外，在教化理念的呈顯方面，周昌〈詳請開科考試文〉收錄於高拱乾《臺灣府志》中，此文是宣揚科舉考試在治臺上的效用。而覺羅滿保〈題義民效力議疏〉、〈題報生番歸化疏〉、〈請設鹿港理番同知疏〉等文皆是立於統治者觀點的論述。有關序跋類的散文，如雍正年間巡台御史兼學政夏之芳輯刊的《海天玉尺編》初集、二集，[14]以及張湄編纂《珊枝集》，兩位編纂者都為這些書題序，並在序中闡明輯錄課藝習作的用意。六十七、范咸也在編纂《番社采風圖》後，題序表達編輯這本關於平埔族的風俗圖的內在意涵。

再就藝文志所收錄的碑文及碑記而言，「記事碑」所具有的記錄歷史沿革功能，包括廟宇學府、津渡交通、歷史事件等層面。如廟宇類的碑文多記載興建緣由與經過，或是傳聞中的神明顯靈事蹟，並條列籌建者或捐助者的姓名。1714年（康熙五十三年）擔任諸羅知縣的周鍾瑄，在其所編《諸羅縣志》中載錄有自作的〈諸羅縣城隍廟碑記〉，此類碑文蘊含著官員常藉由民眾對敬神祭典等信

---

[14] 劉良璧：《重修福建臺灣府志》（台北：台灣銀行經濟研究室，1961年3月），頁533。

仰，來維持社會治安的寫作目的。許多古蹟在歷經時間流動的焠煉下，建物本身已多傾頹荒廢而保存不易；有些幸存於世，然已多經重修改造。如台南孔子廟保存歷代重修碑記，可以勾勒規模演變與沿革興替。1702-1703 年（康熙四十一－四十二年）任台灣知縣、1710-1714 年（康熙四十九－五十三年）又轉任分巡台灣道，1717 年（康熙五十六年）轉任福建巡撫巡臺的陳璸曾撰寫許多有關文教的碑記，如〈臺邑明倫堂碑記〉、〈重修府學碑記〉、〈新建朱文公祠碑記〉、〈新建文昌閣碑記〉、〈重修台灣縣學碑記〉等篇，展現他籌建文教機構的理念。如〈新建朱文公祠碑記〉中，以蘇軾的〈潮州韓文公廟碑〉作對照，言潮州人對韓愈「獨信之深、思之至」故立廟祭祀。陳璸則以自己長期潛沉玩味朱子之書的親身經歷，亦產生對朱子「信之深、思之至」的感受，作者運用此種表現手法，以突顯碑文在陳述廟宇特徵對照類比的意義。文中提到：

> 讀其書者，亦惟是信之深、思之至，切己精察，實力躬行，勿稍游移墮落俗邊去，自能希賢、希聖，與文公有神明之契矣。予所期望於海外學者如此，而謂斯祠之建無說乎？……無動公帑，無役民夫，一切需費，悉出予任內養廉餘羨。[15]

陳璸不僅捐出職務所得的養廉薪給籌建朱文公祠，又慮及祠內香火

---

[15] 范咸《重修臺灣府志》（臺北：台灣銀行經濟研究室，1961 年 11 月，臺灣文獻叢刊 105 種），頁 683-684。此文又稱為〈新建台灣朱子祠記〉，並收錄於《陳清端公文選》，頁 31-32。

及肄業師生脩脯、油燈的費用是否欠缺，所以又撥郡學莊田租粟以維持長久的支出。這些即是他將朱子學的孺慕之情，化為建祠以廣為傳播理學的具體作為。此外，在澎湖、金門亦多載有書院的興建沿革，如 1766 年（乾隆三十一年）任澎湖通判的胡建偉〈續修文石書院記〉，即詳細記載了澎湖文石書院的歷史沿革。

在「示禁碑」方面，若以治安管理、教化規範、族群關係、社會救濟等層面來看，這類碑文多具有官方示禁諭告的功能。莊金德曾將台灣省文獻會所採藏的碑碣拓本七百五十種作歸納，其中「官衙示諭」類有一〇九件，約佔 14.53%。《台灣中部碑文集成》中，示禁碑佔 37.38%；《台灣南部碑文集成》中，示禁碑佔 21.35%、《台灣北部碑文集成》中，示禁碑佔 28.44%。⓰此類示禁碑文蘊含社會史料，並多立於人煙稠密的地方，如寺廟、官署、學校、河邊、或交通要道等，而能達到立碑的效果。台灣對清廷而言為新附領地，而且被視為難治的區域，所以官員常將示禁政令以刻石寫定，以達宣導或遏阻作用。

三、清治前期文集的發展

清治前期來台官員將奏疏刊刻彙編成書，最具代表性的是施琅《靖海紀事》的文集。⓱早在 1683 年（康熙二十二年）十二月二十二日即在〈恭陳台灣棄留利害疏〉一文，以資源、軍事及治安為考

⓰ 曾國棟：《清代台灣示禁碑之研究》，成功大學歷史語言研究所碩士論文，1996。

⓱ 有關《靖海紀事》的各種版本，可參閱施琅：《靖海紀事》（臺北：臺灣銀行經濟研究室，1958 年 2 月），臺灣文獻叢刊 13 種，頁 99-101。

量，建議將台灣納入清朝版圖。又在 1684 年（康熙二十三年）九月二十九日〈壤地初闢疏〉裡，描繪部分原已開闢的土地又見荒蕪的景象。⓲在 1685 年（康熙二十四年）三月十三日所作〈海疆底定疏〉及〈收用人才疏〉，提到海防制度建立的主要原則，並奏請應善用鄭氏遺臣人才。這些實用散文的彙編，呈現了官員面對甫從鄭氏時期過渡到清治時期的思考面向。

在方志藝文志所收錄種類駁雜的散文外，另有一類專門彙編科舉文章的散文集於清治前期產生。當時官員常將制舉之文集結出版，如陳璸《陳清端公文選》中提到曾將《臺廈試牘》題序為《海外人文》。⓳雍正年間巡台御史兼學政夏之芳則輯刊《海天玉尺編》初集與二集。⓴另一位也具有巡台御史兼學政身分的張湄，所編纂《珊枝集》即是承續輯錄課藝習作的用意。

除了這些制藝文集的彙編外，清治前期更有許多具有個人風格的散文作品，如季麒光於 1684-1688 年（康熙二十三－二十七年）來台擔負首任諸羅縣知縣。著有《臺灣雜記》一卷、《台灣郡志稿》六卷、《山川考略》一卷、《海外集》一卷及《蓉洲文稿》、《東寧政事集》。㉑其中《台灣郡志稿》今疑佚，首任太守蔣毓英後來攜

⓲ 施琅，《靖海紀事》，頁 20。

⓳ 陳璸：《陳清端公文選》（台北：台灣銀行經濟研究室，1961 年 3 月），臺灣文獻叢刊 116 種，頁 27。

⓴ 劉良壁：《重修福建臺灣府志》（台北：台灣銀行經濟研究室，1961 年 3 月），頁 533。

㉑ 季麒光所撰的《東寧政事集》，今收錄於【臺灣文獻匯刊】第四輯「臺灣相關詩文集」第 2 冊中，廈門大學出版社、北京的九州出版社，2004 年出版。

帶副稿返回內地，經其子校刻，即為現所稱首部《臺灣府志》，此書亦為高拱乾主編《臺灣府志》的重要底稿來源。至於【臺灣文獻匯刊】第四輯「臺灣相關詩文集」第 2 冊《東寧政事集》則收錄季麒光擔任諸羅知縣的公文，載〈詳請北路添兵文〉、〈詳議發兵征番文〉、〈詳禁撥用土番文〉、〈詳陳營盤田園文〉、〈詳覆鹿皮缺額文〉、〈詳免襍稅文〉、〈諭社商黃玉帖〉、〈禁結盟示〉、〈禁賭博示〉、〈安輯民番示〉、〈禁諭盜賊示〉等，涵括當時土地、田園等各種雜稅的具體資料，也記錄鄭氏時期官佃情形、跨海貿易，並批判社商、重稅制度、以及勞累平埔族群等行政措施。同時，對於賭博、結盟、竊盜、販賣人口等社會現象，亦多以禁令等公文表達個人看法，並透露十七世紀末期軍事、經濟、教化等帝國統治的面向。

陳璸前後在台約九年的時間，除了曾撰寫許多碑文外，也寫了許多有關台灣的散文，如擔任台灣縣知縣期間所作〈臺邑問民疾苦示〉、〈條陳臺灣縣事宜〉等文，或是在後來的分巡台廈兵備道任職期間所作〈臺廈條陳利弊四事〉、〈條陳經理海疆北路事宜〉、〈臺廈道禁酷刑濫派示〉等文，多為檢閱政事、察訪民情後的觀察報告。其中一篇〈臺廈道革除官莊詳稿〉為陳璸陳述官莊「利在官而害在民」的種種弊病，其議經福建當局核可，官莊的名目始除去。㉒這些文教的倡興、風俗的觀察、經濟民生的措施、及治安吏

㉒ 清治初期台灣在民田之外，有所謂「官莊」，其租賃收入歸文武官員所有。陳璸身為分巡台廈兵備道，按例應得銀三萬兩，這對道員的年俸僅六十二兩零四分四釐的陳璸來說，實為一筆極大的收入。但他仍指出官莊的十種害處，並建議革除此名目。陳璸：《陳清端公文選》，頁 19-20。

政的改革等，都是散文題材的來源。

清治前期具有特色的散文作品，應屬眾多以旅遊書寫形式來表現的筆記文集。所以本章將藉由分析、詮釋此階段大量出現的旅遊巡視題材，來呈顯清治前期散文的特色。台灣於十七世紀末進入清治時期，這些遊宦官員及流寓文人陸續將來台所見的山水景物，或人文風俗，寫成一篇篇各具風格的旅遊巡視散文。他們的旅行巡視書寫，多不侷限於自然景物的描摹，而是兼涉對異文化的觀察，且蘊含多面向的文化內涵。各遊記作者因職務的差異，及寫作年代背景的不同，於字裡行間顯現敘事者對異地的認知，並透露與觀察對象的權力關係。如季麒光《臺灣雜記》、徐懷祖《台灣隨筆》、郁永河《裨海紀遊》以及吳桭臣《閩遊偶記》等作品，都具有深入詮釋的價值。

其次，再從旅行巡視書寫中帝國之眼的觀點，分析藍鼎元《東征集》、《平臺紀略》，及黃叔璥《南征記程》、《臺海使槎錄》所透顯敘事者與觀察對象的關係、及理想情境的外顯等方面的意義。藉由法國學者布爾迪厄（Bourdieu）在文化場域的理論，分析兩人在當時的文化場域裡所佔的特殊位置，實與台灣清治初期的政策息息相關。探究兩人渡海來台的目的與任務，當更能對他們的寫作習性（habitus）有所掌握。正因黃叔璥身為巡台御史的職責所在，所以常留心民眾的生活狀況；此與藍鼎元所負職責有異，因而觀察的重心亦有些許不同。至於朱士玠《小琉球漫誌》則具有書寫南台灣的特色。

此外，數本乾隆年間記載台灣風土的筆記文集，如 1746-1750 年（乾隆十一年－十五年）擔任彰化教諭的董天工所著《臺海見聞錄》。此書於 1753 年（乾隆十八年）刊行，書中的〈漢俗〉一目特別標記「內地習見者不錄」㉓，以呈顯在台觀察風土的特色。又如 1792-1805 年（乾隆五十七年－嘉慶十年）調任「北路理番同知」的翟灝，所撰《臺陽筆記》以數篇筆記體連綴而成書。此書內容涵括〈粵莊義民記〉、〈漳泉義民論〉、〈生番歸化記〉等族群問題，或是〈嘉義縣火山記〉、〈倭硫磺花記〉、〈玉山記〉、〈蛤仔爛記〉、〈珊瑚樹記〉等台灣特殊的自然生態。也有〈全臺論〉、〈濁水記〉、〈鴉片煙論〉、〈弭盜論〉等評論風土民情的文章。另一本為朱景英所著《海東札記》，㉔作者在 1772 年（乾隆三十七年）十月一日書首的〈自識〉中提到：

> 於貳守海東，逾三歲，南北路遍焉。凡所聽睹，拾紙雜然記之，日積已多，遂析為八類，鈔存四卷。隨筆件繫，藉備遺忘，要無當余郡邑志體，故挂漏不免，覽者諒之。㉕

㉓ 董天工：《臺海見聞錄》（臺北：臺灣銀行經濟研究室，1961 年 10 月），臺灣文獻叢刊 129 種，頁 29。

㉔ 有關朱景英的傳記，方志中有所記載：「生平雅愛文學士。士有通十三經者，既親加獎賞，復先容於學道憲而拔之，不引嫌自避。人亦不以越俎相疑。公餘之暇，圖籍紛披，以博雅自喜。善八分書，蒼勁入古。所著有《畬經堂詩集》、《海東札記》。」《續修台灣縣志．政志》（臺北：臺灣銀行經濟研究室，1962 年 6 月），臺灣文獻叢刊 140 種，頁 140-141；周璽：《彰化縣志．官秩志》提到朱景英乾隆三十九年八月轉任「北路理番同知」，頁 72。

㉕ 朱景英：《海東札記》（臺北：臺灣銀行經濟研究室，1958 年 5 月），臺灣文獻叢刊 19 種，頁 1。

因朱景英在 1769（乾隆三十四年）四月到 1772 年（乾隆三十七年）十二月任台灣海防同知，掌管海口商船出入；在此書中卷一、卷二分成方隅、巖壑、洋澳、政紀等項目，卷三、卷四分成氣習、土物、叢瑣、社屬等目，多呈現他的致用思想及其對風土的重視。此書底稿後來經刻版及印刷完成，可能已至 1774 年（乾隆三十九年）了。㉖朱景英又於 1774（乾隆三十九年）八月調北路理番同知，直到 1777（乾隆四十二年）十一月才去職。這些乾隆年間的筆記文集，多承襲黃叔璥《臺海使槎錄》與朱士玠《小琉球漫誌》的寫作模式，並抄錄部分有關風土的記載之餘，也有多處補充作者新的觀察所得。

陳倫炯《海國聞見錄》為一本圖文並陳的文集。㉗此書〈自序〉作於 1730 年（雍正八年），詳述個人經歷及寫作目的。此序為作者憶及其父因自幼孤貧，所以學習商賈貿易，經常往來外洋之間。陳倫炯因得助於父親長期航海經驗的傳授，又得獲康熙帝所贈「沿海外國全圖」，所以將觀察所得彙編成書。他曾到過日本遊歷考察，也對與外洋各地風土民情甚感興趣，因而促成此書的撰作。

㉖ 盛清沂：〈朱景英與海東札記〉，《台灣文獻》25 卷 4 期，1974 年 12 月，頁 54-68。

㉗ 陳倫炯，字次安，號資齋；福建同安人。他的父親為陳昂，常於航海通商；因往來東西洋，盡識其風潮、土俗及地形險易。1683 年（康熙二十二年）施琅攻澎湖，旁求習於海道者；昂入見，指畫形勢，進參機密。後奉命出入東西洋，招訪鄭氏遺逸，共計五年之久。後敘功授職，歷官至廣東副都統。陳倫炯由諸生得蔭，充當侍衛。1721 年（康熙六十年）朱一貴事件時，奏陳獻策；事件平定後，受台灣南路參將。雍正年間，晉升為澎湖副將，移安平水師協鎮；旋補台灣總兵。陳倫炯：《海國聞見錄．自序》（臺北：臺灣銀行經濟研究室，1958 年 9 月），臺灣文獻叢刊 26 種，頁 1-2。

關於其寫作目的為：「蓋所以志聖祖仁皇帝暨先公之教於不忘，又使任海疆者知防禦搜捕之扼塞，經商者知備風潮、警寇略，亦所以廣我皇上保民恤商之德意也。」㉘全書共有文八篇，依次為〈天下沿海形勢錄〉、〈東洋記〉、〈東南洋記〉、〈南洋記〉、〈小西洋記〉、〈大西洋記〉、〈崑崙〉及〈南澳氣〉。並附有〈四海總圖〉、〈沿海全圖〉、〈台灣圖〉、〈台灣後山圖〉、〈澎湖圖〉及〈瓊洲圖〉等六圖。其中〈東南洋記〉專記作者對台灣的地理局勢及歷史觀。此書的完成是參酌前人的文獻並親歷詢考，並按照中國沿海形勢、外洋諸國疆域相錯、民風物產、商賈貿遷之地而備為圖誌，並呈現作者的空間概念。

以下各節即就清治前期散文中的旅行巡視書寫，分析此類古典遊記散文的多重內涵意義，並詮釋文本中的文化變遷現象。

第二節　旅遊筆記的風土書寫與想像

當代旅遊書寫激起讀者的閱讀風潮，不僅呈現人類對旅遊的高度興趣，更指出文本所顯現世界複雜多元的變遷流動。若將時間往前回溯至十六至十八世紀，將發現在大航海時代的遊記作品，潛藏長期積累而成的文化義蘊，及帝國在不同時空的影響歷程。所以對於前現代的古典遊記，須以複雜多元的評論模式閱讀，方能探究旅行文學與文化間的深邃意涵。十七世紀歐洲的航海報告、商人貿易的記錄、傳教士的見聞、博物家的日誌，登載了各國海外商業活動

㉘　陳倫炯：《海國聞見錄·自序》，頁1-2。

或殖民情況。台灣在荷蘭、西班牙統治時期的相關檔案及文獻，也留存許多珍貴資料供後人研究。十七世紀初期描寫台灣的漢語遊記散文，則以 1603 年（萬曆三十一年）明代隨軍東渡的陳第〈東番記〉最具代表性。此文為作者親身於台灣西南部沿海平原行旅之際，將所見西拉雅（Siraya）平埔族的社會結構、居處環境、生活習性、外貌衣飾、婚喪禮儀、生產方式及器用等文化特徵記錄下來，成為漢語散文描述平埔族的早期作品。這篇不到兩千字的實地記錄，已對臺灣商業活動及地名加以詳盡描述。㉙這樣的書寫方式，與十七世紀以前有關台灣的漢語文獻，書中作者多未親歷台灣，而以輾轉鈔錄或浮光掠影的想像來描寫地理與風土人情，呈現迥然不同的風格。清帝國將台灣納入版圖後，來台官員的旅遊巡視散文，多是具有官職身分的遊宦文人，且出生地以華南一帶為主。作者抵達台灣的時間不一，居住的時間也不同。因郁永河所著《裨海紀遊》為長篇遊記，將另於第三節詳加探析。本節將先分論朱一貴事件前的旅遊巡視書寫所透顯的文化意涵。

一、遊宦文人對台灣的風土認知與書寫

上古漢語文學描繪山水自然景觀，多仍是以敬畏膜拜或比附道德的階段。中古六朝文人則在仕隱進退之際，藉山水寄情抒懷；此時作品與文人的行蹤及心志有關，然內容依舊不脫道德人格成分。《昭明文選》所錄謝朓、鮑照在赴任或返鄉兼程趕路的「行旅

㉙ 陳第：〈東番記〉，錄於沈有容：《閩海贈言》（臺北：臺灣銀行經濟研究室，1959 年），頁 26-27。

詩」，及謝靈運、江淹到任所後的輕裝出遊、或乘輿之遊的「遊覽詩」，皆透露因仕隱掙扎的喟嘆。其中的山水，一方面以懷鄉為底色，一方面又映照著詩人浮沉宦海的道德投影。到了明代的徐霞客則擺脫傳統文人的鬱結，以三十四年的歲月，長途跋涉探訪群山萬壑，縱身遨遊山水天地之間，並留下富有田野調查意義的《徐霞客遊記》。㉚這種著重考證精神的學術風潮，影響到清代遊記亦多專注於對外在客觀景物及事件的描述。再將時代場景的焦點置於台灣清治時期，可觀察到當時來台文人的旅遊書寫，在表現模式上與漢語傳統遊記多有雷同之處；但在作品整體的風格上，則顯現些許差異。劉良璧主編《重修福建臺灣府志·藝文志》序言中的一段話，頗能描摹當時情景：

> 山水至臺觀止矣！當其一葦南來，煙波萬狀；三十六島隱躍舟前、九十九峯參差目下，殆邈焉不知身之在於何境也。及其當我心胸，發言為論，滔滔滾滾，更當何極！㉛

因作者有感於海島型自然生態的環境，與大陸型氣候生態明顯不同；又因民情風俗的差別及文化的變遷，而使作品各有特色。

當時遊宦文人來台首先需面對渡海的挑戰，許多作者常於作品中描繪親身體驗暗潮洶湧的渡海經歷，及諸多海洋奇景。如季麒光

㉚ 王文進，〈中國自然山水文學的三部曲——以南朝「山水詩」到「徐霞客遊記」的觀察〉，《中外文學》26卷6期，1997年11月，頁78-80。

㉛ 劉良璧主編：《重修福建臺灣府志·藝文志》，頁509。

(1635-1702) 於 1684 年 (康熙二十三年) 來台擔負首任諸羅知縣的職務，[32]他所撰《臺灣雜記》風格近於《山海經》，而文字較雅麗。季麒光曾在此書中記載黑水溝的特徵：

> 黑水溝，在澎湖之東北，乃海水橫流處。其深無底，水皆紅、黃、青、綠色，重疊連接，而黑色一溝為險，舟行必藉風而過。水中有蛇，皆長數丈，通身花色，尾有梢向上，如花瓣六、七出，紅而尖；觸之即死。舟過溝，水多腥臭，蓋毒氣所蒸也。[33]

書中描繪船一行經黑水溝，遇到大渦而迷失航道，可能漂向遠方而身陷險境。再加上海蛇藏匿其中，又有毒氣蒸發，遊客不僅需與巨浪搏鬥，也須挑戰黑水溝下暗藏的諸多危機。

又如徐懷祖於 1695-1696 年 (康熙三十四年－三十五年) 來台，所著《台灣隨筆》多將焦點集中於作者個人的渡海經驗。此篇開首曾提及他的旅遊行蹤：「竊思廿載萍蹤，若燕、齊、秦、晉、魏、趙、吳、越、楚、粵、滇、黔之間所遊歷者多矣；詎意復有台灣之

---

[32] 上海圖書館藏有季麒光的著作《蓉洲詩稿》七卷、《蓉洲文稿》四卷、《三國史論》一卷、《東寧政事》一卷。

[33] 季麒光：〈臺灣雜記〉，收錄於台灣銀行經濟研究室編：《台灣輿地彙鈔》(台北：台灣銀行經濟研究室，1965 年 9 月)，臺灣文獻叢刊 216 種，頁 2。

行。」㉞徐懷祖有橫越大江南北的旅行經驗，但卻未曾嘗試過長途的跨海之旅，所以他於文中說道：「然觀海亦吾素志，慨然往焉。」在體驗過浩瀚汪洋中航行的百般況味後，他便將此趟旅程記錄成文：

> 大海之中，波濤洶湧之狀，筆不能盡。惟是四顧無山，水與天際；仰觀重霄，飛翔絕影，蓋鳥亦不能渡海也。……一遇島嶼可以泊舟，則尤兢兢焉；蓋海嶼雖卑而水中尚多巖巒、又有積沙如隄阜，皆能敗舟；且山上迴飆，亦能噓噏其舟而膠之。即已泊之後，猶恐潮汐往來及戕風猝至，故灣中有必不可藏舟之處。㉟

像這樣成小舟越渡海洋，對於長期居住在陸地的文人，是難得的體驗之旅。而文末記錄離台之際的經歷：「余在台灣一載，乃復從海道歸。既登舟，止於鹿耳門十日。鹿耳門為台灣門戶，其水中沙石纍纍環瀠，出入危險；舟行畏之。」㊱即是以第一人稱的敘事觀點，描述鹿耳門地理形勢的特色。此外，徐懷祖〈台灣隨筆〉以筆記體的散文形式，略述有關台灣這個歷史舞台，從原住民居住於此，歷經荷治時期、鄭氏時期，至清廷剛將台灣納入版圖的事蹟

㉞ 徐懷祖：〈台灣隨筆〉，收錄於台灣銀行經濟研究室編：《台灣輿地彙鈔》（台北：台灣銀行經濟研究室，1965 年 9 月），臺灣文獻叢刊 216 種，頁 3。

㉟ 徐懷祖：〈台灣隨筆〉，收錄於《台灣輿地彙鈔》，頁 5。

㊱ 徐懷祖：〈台灣隨筆〉，收錄於《台灣輿地彙鈔》，頁 7。

外；同時又記錄台灣在海洋的方位、居民的生活概況及特殊物產等訊息。徐懷祖此部旅遊散文寫於郁永河來台之前，呈現清治初期文人渡台的個人感受。

另一位流寓文人吳振臣則於 1713 年（康熙五十二年）春季，隨台灣知府馮協一渡海來台，所著《閩遊偶記》一方面敘述自己的旅程，另一方面記述各地風土人情，書寫模式多與方志相仿。此書亦曾載渡海經驗：

> 及舟近鹿耳門，浪高如山，一湧而退。如此者三，又忽颶風大作、天氣昏黑，無從下椗……午間，進鹿耳門。兩邊有沙似鹿耳，水極淺；水底有鐵板沙線，中如溝，溝底約寬二丈許。水面汪洋，莫識其下；略一偏側，船粘鐵線，不能行動，需用熟悉土人以小艇引之而入。[37]

此段記載鹿耳門沙線的情形，這些遊記題材一方面描寫渡海驚險之狀，同時也表現出遼闊的海洋意象。此外，散文中亦有許多關於山林的描繪，季麒光《臺灣雜記》先敘台灣的山景，如雞籠山後的金山、北路的火山、奇嶺社的奇冷山及玉山。[38]他形容玉山：「山最高，人不能上。月夜望之，則玉色璘璘。其上有芋一棵，根盤樹

[37] 吳振臣：〈閩遊偶記〉，收錄於台灣銀行經濟研究室編：《台灣輿地彙鈔》（台北：台灣銀行經濟研究室，1965 年 9 月），臺灣文獻叢刊 216 種，頁 14-15。

[38] 徐懷祖，於（康熙三十四年）初至福建漳州，後有台灣之行，在台灣一年後始回鄉。

間，葉已成林，有鳥巢其上，羽毛五色，大於鸛鶴，土人俱指為鳳。」[39]藉由在月夜遙望玉山的情景及民間傳說的記錄，想像台灣第一高山的神秘。曾三度來台的陳夢林，第一次於 1716 年（康熙五十五年）應諸羅知縣周鍾瑄的聘請，來台纂修《諸羅縣志》；第二次於 1721 年（康熙六十年），擔任負責鎮壓朱一貴事件藍廷珍的幕僚；後來又於 1723 年（雍正元年）遊歷台灣數月。陳夢林也曾撰有〈望玉山記〉，開首即以「不可以有意遇之」表現類似陶淵明式的「悠然見南山」的賞景心境。遠觀山峰上雲飛雲流，作者於文末又以「可望而不可即也」[40]呈現首尾呼應，並將此高山加以神聖化。台灣清治時期的旅遊書寫，除海洋、高山等地理環境的刻畫外，有時也出現對於颱風等氣象變化、或是河川湍急等自然景觀的描寫。

就清治初期季麒光《臺灣雜記》所描寫的景觀而言，有些是作者僅根據傳聞，而未就內容加以證實的揣測之詞。例如關於「暗洋」的敘述，後來為 1763 年（乾隆二十八年）來台的朱士玠批評為「似涉荒唐」。朱氏從閱讀近代科學書籍而得知：「地近北極者，夏至日晝愈長、夜愈短，有全十二時為晝、三十日為晝、六十日為晝、六月為晝者，亦或有其事。」[41]所以朱氏再進一步推斷，台灣與海東諸國都距離北極甚遠，《臺灣雜記》既言「暗洋」在台灣東北方附近，所以季麒光所記載的這件傳聞難以使人信服。嘉慶年間

---

[39] 季麒光：〈臺灣雜記〉，收錄於《台灣輿地彙鈔》，頁 2。

[40] 周鍾瑄：《諸羅縣志．藝文志》（臺北：臺灣銀行經濟研究室，1962 年 12 月），頁 259-260。

[41] 朱仕玠：《小琉球漫誌》（臺北：臺灣銀行經濟研究室，1957 年 12 月），臺灣文獻叢刊 3 種，頁 24。

印行的瞿灝撰《臺陽筆記》，篇首載有吳錫麒所寫的序，曾對清治初期的旅遊書寫有所評論：

> 台灣自本朝康熙間始入版圖，又孤懸海外，詞人學士，涉歷者少；間有著為書者，如季麒光《台灣紀略》、徐懷祖《台灣隨筆》，往往傳聞不實，簡略失詳。[42]

《臺灣雜記》、《台灣隨筆》若與後期的旅遊書寫相比較，前二書在史志資料缺乏的時期，所能參考的資料較為有限。再加上作者未能離開台南府城至台灣各地探訪，所記多較為簡略；對於傳聞資料也常未就內容細加核對證實。

二、異文化接觸的書寫與想像

清治時期在地文士或來台的官員、文人的遊記，除了自然風土的記載外，對於台灣的風俗文化的書寫，一方面承襲陳第《東番記》實地見聞的地理誌寫作方式；另一方面，仍不免受到漢籍對邊陲的記載方式所影響，多以類似志怪描寫的手法及記錄傳說的方式寫作。並且對於有關原住民風俗文化的書寫，常陷入複製土著無知、野蠻的固定描寫模式（stereotype）。1687 年（康熙二十六年）來台的林謙光《台灣紀略》有一段關於原住民的描寫：「其人頑蠢，無姓氏，無祖先祭祀。自父母而外，無伯叔甥舅之禾爾，不知歷日，

---

[42] 瞿灝：《臺陽筆記》（台北：台灣銀行經濟研究室，1958 年），吳序，頁 1。

亦不自知其庚甲。」㊸這種以漢人為中心的觀察法，忽略了其他族群原有的社會結構與文化特色。就平埔族而言，原已普遍存有祖先觀念，有些以祭祖為中心的祭儀今尚殘存。㊹黃叔璥《臺海使槎錄》採錄許多古老的平埔歌謠中，亦多有關「祭祖」、「頌祖」的內容。林謙光在《台灣紀略》中所載原住民「無祖先祭祀」的話語，即未能切實反映族群原有的習俗。至於文中「頑蠢」等詞彙，更是主觀刻板的形容手法。雖然台灣高山族、平埔族多屬南島語族，但是族群的衣、食、住、行等物質文化，或是婚姻制度、社會組織等社群文化，及口傳文學、音樂、舞蹈、宗教信仰等精神文化多有差異。然而類似《台灣紀略》等散文中對原住民風俗的記載，多無視於各族群的獨特性。這種以固定化、模式化的風俗內容書寫模式，與污名化、概念化的修辭技巧，亦為清治前期的方志及遊記所普遍使用。例如閱覽 1694 年（康熙三十三年）高拱乾主編的《臺灣府志》中的〈風俗志〉，即發現其內容多處與林謙光《台灣紀略》雷同。這些浮光掠影的旅行筆記，不經意地在字裡行間流露作者的文化觀。

當代文化理論家薩依德（Edward W. Said）在《文化與帝國主義》（*Culture and Imperialism*）提出文化產品與帝國之間的關係，以為「作者置身於社會的歷史中，在不同程度上被其歷史與社會經驗所形塑，這些作者也同時形塑了後者。」並強調交叉閱讀社會文本

㊸ 林謙光：〈台灣紀略〉，收錄於《叢書集成簡編》（台北：台灣商務印書館，據龍威祕書本排印，1966 年），第 797 冊，頁 7。

㊹ 李亦園：《臺灣土著民族的社會與文化》（臺北：聯經出版事業公司，1982 年），頁 45-46。

（social text）與文學作品（literary text），找尋文學作品與社會脈絡之間關聯的研究取徑。㊺若閱讀台灣清治前期的散文，亦處處可見文學與社會文化的關聯。當時台灣西半部平原到處可見平埔族聚落，從來台文人的旅遊書寫中，常見作者對於平埔族居民處境的描繪。例如流寓文人吳桭臣於 1713 年（康熙五十二年）春季，隨台灣知府馮協一渡海來台，所著《閩遊偶記》一方面敘述自己的旅程，另一方面記述各地風土人情，其書寫模式多與方志相仿。㊻《閩遊偶記》曾記錄他在 1713-1715 年（康熙五十二－五十四年）的所見所聞：

> 通事一到社中，番戶皆來謁見，餽送；隨到各家細查人口、天地並牛羊豬犬雞鵝等物，悉登細帳。至秋收時，除糧食實用之外，餘與通事平分；冬時，畋獵所獲野獸如豹皮、鹿皮、鹿茸、鹿角之類，通事得大分。即雞鵝所生之蛋，亦必記事分得。社中諸事，無不在其掌握。甚至夜間欲令婦女伴宿，無敢違者。更有各衙門花紅、紙張，私派雜項等費。遇官府下鄉，其轎扛人夫、車牛及每日食用俱出於番社；稍不如意，鞭撻隨之：番人甚為苦累。馮公下車，即革除前弊，

㊺ 薩伊德（Edward W. Said）、蔡源林譯：《文化與帝國主義》（台北：立緒文化事業有限公司，2001 年 1 月），頁 10-22。

㊻ 吳桭臣：《閩遊偶記》，收錄於台灣銀行經濟研究室編：《台灣輿地彙鈔》（台北：台灣銀行經濟研究室，1965 年 9 月），臺灣文獻叢刊 216 種，頁 14-15。

並勒石永禁；番人咸德之。[47]

此文不僅只是抽象形容居民「甚為苦累」，更具體對官僚及通事的壓榨作為，指證歷歷。作者吳桭臣因是台灣知府馮協一的幕友，不免對於馮氏革除陋規舊習的作為，藉文大肆頌揚。然而從眾多史料看來，實際上這種遏阻的成效頗為有限。從清治時期的文獻中仍俯拾可見帝國下的官僚制度，對原住民生活上的干擾與壓迫，「勒石永禁」的碑文雖時而可見，卻未能完全發揮預期的作用。

閱覽台灣清治初期的旅遊巡視書寫，常見文學系統與文化系統交互涵攝，呈顯清帝國治理台灣的態度。如陳璸曾於 1702-1703（康熙四十一－四十二年）、1710-1714（康熙四十九－五十三年）及 1717（康熙五十六年）三度來台。[48]當他任台灣縣知縣時所寫的〈臺邑問民疾苦示〉，顯現他初抵台灣時的使命感：

> 甚哉！壅蔽之為害，民情之不易上達也。台灣為附郭首邑，密邇各憲衙門，不時察訪，加意撫恤。……恐有一事冤沉、一情抑鬱，亦未可定。本縣蒞任伊始，如入暗室，欲務周知，相應亟行採詢。[49]

---

[47] 吳桭臣：〈閩遊偶記〉，收錄於台灣銀行經濟研究室編：《台灣輿地彙鈔》（台北：台灣銀行經濟研究室，1965 年 9 月），臺灣文獻叢刊 216 種，頁 22。

[48] 陳璸在〈重修台灣縣學文廟碑記〉提到他於 1702 年（康熙四十一年）調任台灣知縣後，主張以修建廟學「為政第一事，不可或後」。

[49] 陳璸：《陳清端公文選》，頁 15-16。

文中更以連續問句昭告公眾，凡是有關財政徵收、橋路津樑是否公正？地方上是否有豪強盤踞、奸棍把持的情形？衙門是否有積蠹生事、詐騙的情形發生？胥役是否蓄意勒索等相關的事情，「不妨隨其所見，暢所欲言。」鼓勵民眾切實陳述，以針對問題來解決弊端。後來在 1710-1714（康熙四十九－五十三年）[50]二度來台擔任分巡台廈兵備道四年多的期間，兼負按察使銜、學政，以掌理高等裁判的司法事務及科舉教育，同時又分掌布政使事務，以經理台灣財政。所作〈台廈條陳利弊四事〉，包括招墾荒田以盡地利、嚴禁科派以甦民困、弛鐵禁以利農用、置農田以興教化等事的改革。而且他的勘查不僅在南部，還因實地到北部察訪而寫了〈條陳經理海疆北路事宜〉一文。他形容當時北部狀況為：「北路諸羅山一帶，當郡右臂，延袤二千餘里，田地肥美，畜牧蕃庶，實為心腹隱患，是不可不亟謀經理之也。……但有土番三十六社，錯居不諳稼穡，專以捕鹿為生。餬口、輸課咸藉於斯，艱難堪憫。」也曾具體描述官僚對於任意勞役民眾的情形，諸如縣官及通事時常要求平埔居民：「搬運竹木，層層搜括，剝膚及髓，甚為土番苦累。」又親身觀察到北路從府治起到淡水社共有二千餘里，往來俱用牛車，官吏常煩勞役在旁伺候；且官府文書皆由年輕的平埔族男子沿路傳遞。陳璸接著又詳以文字記錄平埔族被迫勞役的處境：

> 雨夜不辭，寒暑不避。若遇公差，深溪大澤，使番先下試水；長坡曠野，使番終日引路。番之急公，亦云至矣。而猶

---

[50] 陳璸：《陳清端公文選》，頁 15。

> 不恤饑渴，不念勞苦，強拉車牛，迫勒抬轎，奴僕隸役，鞭箠加之，彼獨非天朝之赤子乎？何為輕賤蹂躪之至此極也！[51]

陳璸更具體訂規條：若借用牛車，需每十里給車腳錢二十文；役使民眾肩背行李，每名給飯錢五十文，並不准迫勒居民抬轎。他也提到有關原住民的生計問題：

> 且各社毗連，各有界址，是番與番不容相越，豈容外來人民侵佔？誠恐有勢豪之家，貪圖膏腴，混冒請墾，縣官朦朧給照，致滋多事，實起釁端，應將請墾番地，永行禁止，庶番得保有常業，而無失業之嘆。[52]

陳璸認為原住民繳納稅賦給官方，「每年既有額餉輸將，則該社尺土皆屬番產，或藝雜籽，或資牧放，或留充鹿場，應任其自為管業。」，所以應具有土地所有權，其財產權理當受到官方保障。這種劃定「土牛番界」及保護原住民墾地的主張，為清治前期的隔離政策。他也令屬下將這些告示刊刻於木牌並置於各要路廣加宣導。在文末又強調：「以上數條，皆本道身在地方，採訪甚確，近奉憲令，有搜捕之役，親履其境，更目覩情形，細詢疾苦，乃敢謬陳管見。」[53]這些記錄皆是強調官吏田野訪查的實況顯影。正因旅行中

---

[51] 陳璸：《陳清端公文選》，頁 15-16。

[52] 陳璸：《陳清端公文選》，頁 16。

[53] 陳璸：《陳清端公文選》，頁 17。

的「異地」提供另一種空間，旅者在觀看與被觀看間涉及差異性價值觀的互動。來台旅行也令陳璸思考異文化的接觸後所衍生的問題，當目睹台灣居民的種種處境後，使他極力呼籲需調整官僚體系的統治心態。

又如陳倫炯於 1721 年（康熙六十年）朱一貴事件時奏陳謀略，事件後因而獲授台灣南路參將。雍正間升為澎湖副將，移安平水師協鎮，旋補台灣總兵。所著《海國聞見錄》共有文八篇[54]，其中〈東南洋記〉不僅敘述台灣的地理形勢，也略述對台灣原住民的印象：「附近輸賦應傜者，名曰『平埔』土番。其山重疊，野番穴處，難以種數。……性好殺，以人顱為寶。」[55]仍是刻板修辭手法的呈現。又言荷治時期居民的生活情形：「教習土番耕作，令習西洋文字，取鹿皮以通日本；役使勞瘁，民不聊生。」[56]即於遊記中批判荷蘭對台灣殖民統治的情況。這些清治前期的旅遊書寫篇幅甚為簡短，且多以地誌筆記的形式呈現，與郁永河《裨海紀遊》長篇的遊記相較，後者更具有散文的美感特質。以下即專就郁永河《裨海紀遊》一書為例，探析此遊記散文的多重意涵。

---

[54] 陳倫炯《海國聞見錄·自序》作於雍正八年，據謂承先人諄告並親歷詢考，按中國沿海形勢、外洋諸國疆域相錯、民風物產、商賈貿遷之所，備為圖誌。全書依次為〈天下沿海形勢錄〉、〈東洋記〉、〈東南洋記〉、〈南洋記〉、〈小西洋記〉、〈大西洋記〉、〈崑崙〉及〈南澳記〉。附圖六為〈四海總圖〉、〈沿海全圖〉、〈台灣圖〉、〈台灣後山圖〉、〈澎湖圖〉及〈瓊洲圖〉。

[55] 陳倫炯：《海國聞見錄》（台北：台灣銀行經濟研究室，1958 年 9 月），臺灣文獻叢刊 26 種，頁 11。

[56] 陳倫炯：《海國聞見錄》，頁 11。

第三節　郁永河的採硫遊歷

一、旅遊動機與作者的心態投射

《裨海紀遊》堪稱台灣清治前期遊記代表作。此書作者郁永河當時來台的緣由，即因 1696 年（康熙三十五年）冬天福建的榕城火藥庫發生爆炸，致使五十餘萬斤的製造火藥的硫磺盡遭焚毀，清廷責令福建當局自行補足庫藏火藥。福建不生產硫磺，因而缺乏這製造火藥的主要原料；官府本可向日本訂購，但又負擔不了高額的費用。後因得知台灣北部雞籠、淡水蘊藏硫磺，於是有人建議派員到台灣採集，郁永河當時即表示願意擔任來台採硫的任務。從書中自述「探其攬勝者，毋畏惡趣，遊不險不奇，趣不惡不快。」[57]可知他天生喜好探險的個性。尤其是位在海外的台灣，對於熱愛探奇的他，是個頗具吸引力的地方，曾言：「余性耽遠遊，不避阻險，常謂台灣已入版圖，乃不得一覽其概，以為未慊。」[58]於是趁此趟採硫任務，以探索海外邊陲之地。1697 年（康熙三十六年）春天，他帶領王雲森與隨行僕役數人，從福建廈門出發，經金門大膽島、料羅灣、澎湖，於當年二月二十五日由鹿耳門抵達台南府城，直到同年十月四日採硫事務告一段落後才離台。當時原計畫由海路北上，並已購大、小兩艘船，但因來臺已久的浙江同鄉顧敷告知：乘船北上

---

[57] 郁永河自從 1691 年應聘擔任福建府幕客以後，已遍遊福建八個府。郁永河：《裨海紀遊》（臺北：臺灣銀行經濟研究室，1959 年 4 月），臺灣文獻叢刊 44 種，頁 27。

[58] 郁永河：《裨海紀遊》，頁 1。

到淡水、基隆，得航行於台灣西部海岸線的沙洲之間，如遇大風無港可避，可能將遇到擱淺沙洲、或觸礁沉沒的危難。郁永河接受他的建議，改行陸路，因而免除同行的王雲森乘船北上所遇到的海難。更由於選擇此路線，而有縱走台灣西部海岸平原的機緣，並留下《裨海紀遊》這本十七世紀末的台灣行旅文學。

郁永河於農曆四月七日率領一行共五十六人從台南出發，乘坐牛車沿西部海岸平原北上，經過無數原住民聚落，渡過各式溪流。因大甲溪河水暴漲，困居牛罵社（今清水鎮）十餘日，抵台北已是五月二日。當他好不容易將展開煉硫的任務，卻在採硫工作進行兩個月後，許多工人感染瘴癘，一一倒臥在床；後來連廚師也病倒，所以連伙食的供應都成問題。七月的颱風又將工寮吹垮，洪水沖毀一切。郁永河只好派船將病倒的工匠遣回福州，中秋節過後福建才又派新成員搭船來台接續煮硫的工作。直到十月初才煉成五十萬斤硫，當時已在台北滯留五個多月。他曾描述此趟旅程是「在在危機，刻刻死亡」，總計在台灣雖只有九個多月的旅程，[59]卻以流暢的文筆記錄他此趟生命之旅，及對台灣清治前期的種種論述。

日記體遊記一方面是作者對自然景觀的探索歷程，另一方面是旅遊生活的記敘。不僅刻劃了探險家的人物形象，也表現作者情緒的百感交集。作者對台灣的地理想像或人文想像的成分濃厚，因此，研究者需關注實像與心像間的差異。看出兩種文化、性格、生活方式的差異，將許多觀察記錄與社會史形成一種託喻的關係，在

---

[59] 《裨海紀遊》是以農曆紀事，1697 年（康熙三十六年）為閏三月，所以郁永河來台時間約有九個多月。

比擬文化差異上形成對照景觀，提供蒐藏記憶與歷史的瞭解。遊記式的章法結構，多由紀遊的動機、背景寫起，而至寫景、興情、悟理。所寫包含當地自然景觀的描述，社會民生的反映，亦有創作者的心態投射。台灣清治時期遊記亦流露出作者羈旅在外的感懷或孤獨感，有時宣揚王朝的「德威」，有時則透露心中所感到的失落，或是文化心理上遠離中心的感受。想像家鄉的景觀，藉心理機制的再現方式，找回心中的理想情境。縱使異地的自然、人文景觀是如此奇特，但是郁永河《裨海紀遊》於文末提到：

> 余向慕海外遊，謂弱水可掬、三山可即，今既目極蒼茫，足窮幽險，而所謂神仙者，不過裸體文身之類而已！縱有苑蓬瀛，不若吾鄉激灩空濛處簫鼓畫船、雨奇晴好，足繫吾思也。[60]

當初為了滿足生性好奇的「旅行慾」，極盼望能至想像中的「神仙」之島一遊，絲毫不憂慮臺灣之旅將經歷種種挑戰；而如今竟已轉成「不若吾鄉」的懷鄉書寫。日記體遊記以獨白的形式，呈現作者所經歷的旅程，讀者則透過文本的閱讀而在旁參與。遊記中的作者隨著深入未知領域冒險的同時，也走進內心的自我世界中。從旅行物化、欲求與自我理解的面向，郁永河離鄉的愁緒，及其文化觀，不經意的透露在文字敘述之中。

---

[60] 郁永河：《裨海紀遊》，頁42。

二、郁永河的西台灣旅程

遊記的作者多兼具旅客及紙上導遊的身分，如遍遊群山萬壑，探訪奇景勝地時，常明確記錄參訪時間、當地氣候、路線規劃或行程安排，如此巨細靡遺的書寫風格，能使讀者在欣賞作品所描繪的自然景觀時，更有歷歷在目的實際感受。遊記作者也因親身經歷，故以第一人稱口吻陳述，且記事書寫模式與傳統的方志及筆記文集相仿。郁永河《裨海記遊》以時間先後為敘述順序，書中的情節安排亦隨人物在台灣的行程而鋪敘展開。由台南到台北北投的過程中，一些未先預想到的場景與事件，隨著作者的回憶記錄，一一映入讀者眼簾。作者以傳統遊記的書寫模式，一方面客觀記錄日期、經過的村社、沿途路徑、及同行的友人；另一方面使景物呈現出流動的狀態，作者的探險過程與經歷也得以再現。景象歷歷、宛如目前；人物在異地的冒險遊歷，處處充滿了許多未知的可能。

郁永河這趟旅程的空間書寫亦以事件發生的先後而轉換。四月初七、初八日首先約從今台南市經台南縣到嘉義縣市，途經大洲溪（鹽水溪）、新港社（新市）、嘉溜灣社（善化）、麻豆社（麻豆）、鐵線橋、佳里興，渡茅港尾溪、鐵線橋溪，黃昏時才到達倒咯國社（東山）。連夜又渡急水、八掌溪，快天亮時才抵達諸羅山（嘉義）。這一帶平埔族聚落中的新港、嘉溜灣、蕭壟、麻豆，號稱鄭氏時期的四大社，荷治時期到清治初期，因近台江內海，與外界接觸較早，文化變遷較為迅速。新港早在荷治時期即設有荷蘭人籌建的教堂與學校，並以羅馬字母拼寫新港社平埔語，俗稱「新港文字」。善化也有荷蘭東印度公司設立的「荷語傳習所」。鄭氏時期四大社的子弟能就鄉塾讀書，即具有減除服繇役的待遇。當時郁永河已見他們居處禮讓，勤勞稼穡的情景。四月八日又約從今日的嘉義進入彰化縣境，先渡牛跳溪、山疊溪，經打貓社（民雄）、他里務社（斗南）、到柴里社（柴里），共行走兩晝夜。四月十日渡虎尾溪、西螺溪、東螺溪，到大武郡社（社頭）。十一日、十二日抵達半線社與啞東社（彰化），又到大肚社，郁永河形容此段旅程是「林莽荒穢，宿草沒肩」及溪澗頗多的景象。

到達彰化以後，郁永河選擇沿海岸線行走，約從今日的台中縣、苗栗縣到新竹縣市。途經大肚社（大肚），十三日過沙轆社（沙鹿）、到牛罵社（清水）。經雙寮社（大安溪北岸）、崩山、大甲社（大甲）、苑里社（苑里）、吞霄社（吞霄）、新港社（新港）、後壠社（後龍）、中港社（竹南），抵達竹塹社（新竹）。此路線有多處急流、及茂密的叢林；又遇到大甲溪暴漲，困而不能前行。停滯十天後，又強渡溪河，「濡水而出」、「僅免沒溺」。到後龍見王雲森的船難遭遇，隔天即至海邊沙灘巡碎片，才又再度出發。

後又沿西海岸到達南崁社（桃園縣南崁），無人煙，郁永河描寫到「自竹塹迄南崁，八、九十里，不見一人一屋，求一樹蔭不得。掘土窟，置瓦釜為炊，就烈日下，以澗水沃之，各飽一餐。」他又描寫路上遇到各種鹿類在草原中成群而行。到南崁更是「入深箐中，披荊度莽」，使得衣帽都毀損，以為「直狐狢之窟，非人類所宜至也。」[61]之後他們又緊沿著海岸線，繞過林口，抵達八里坌社（八里）。欲渡淡水河時被成群的飛蟲襲擊，只好繞過雞心礁，駛

---

[61] 郁永河：《裨海紀遊》，頁22。

向淡水港。五月二日在張大的引領下，溯淡水河進入台北盆地，在關渡平原見到大湖遼闊，無邊無際的景象。

到達北投後，曾越過山巔，探勘硫穴，在原住民的嚮導下，見高丈餘的芒草茅棘，故以側體如蛇般匍伏前進。就在郁永河一行人歷經重重險阻後，好不容易可進行煉硫的工作，沒料到眾人又遭風土病的侵襲。此時作者禁不住發出心裡的感慨：

> 人言此地水土害人，染疾多殆，臺郡諸公言之審矣。余初未之信；居無何，奴子病矣，諸給役者十且病九矣！乃至庖人亦病，執爨無人。而王君水底餘生，復染危痢，水漿不入；晝夜七八十行，漸至流溢枕席間。余一榻之側，病者環繞，但聞呻吟與寒噤聲，若唱和不輟，恨無越人術，安得遍藥之？[62]

這些歷經千辛萬苦的旅行經歷，正可提供人們思考：為何要離開原來安定的居處，而舟車勞頓、風塵僕僕地到異地旅遊呢？從早期游仙想像而遠遊求道的旅遊，到近代著重異地的具體描述，旅遊書寫的風格已有明顯轉變。旅遊者暫時離開了自己原有的社會階位，經由旅途重新體驗生活，重新觀察世界，而獲得新的生命感受、新的體悟，也如游仙者一樣，獲得生命轉化的意義。旅遊者熱中於探險，向體能極限挑戰，或向人類所不知去冒險，本身即表現了超越的精神。許多遊記作者喜好奇特的景觀，例如郁永河在硫穴附近的

---

[62] 郁永河：《稗海紀遊》，頁 26。

描寫，通過追求「奇」，表現美感聯想力。

三、民情風俗的參照

遊記作者對於異文化的記錄，不僅映照各種觀察角度，並參雜若干主觀想像。十七世紀末期來台的郁永河在描寫北上行程中所見的民情風俗，並記錄當時分布西部平原平埔聚落的文化面貌，多以比較參照的方式，考察異地的風土人情。一方面指出原住民文化的獨特性，另一方面也對於官吏的統治採取含混的愛恨交加態度。《裨海紀遊》提到：

> 社有小大，戶口有眾寡，皆推一二人為土官。其居室、飲食、力作，皆與眾等，無一毫加於眾番；不似滇廣土官，徵賦稅，操殺奪，擁兵自衛者比。其先不知有君長，自紅毛始踞時，平地土番悉受約束，力役輸賦不敢違，犯法殺人者，勦滅無孑遺。鄭氏繼至，立法尤嚴，誅夷不遺赤子，併田疇廬舍廢之。[63]

上文批判荷蘭、鄭氏時期的統治對原住民的衝擊，對身為清治時期遊宦文人的郁永河而言，旅行並非帶給他身為統治階層一員的成就感，而是令他思考異文化的接觸問題。在未有事先計畫的旅程中，經由歷史與現在的對話，或竹枝詞的吟詠、及常民生活方式的記錄，在遊記中呈現異地記憶。在好奇之餘，也流露出文化批判與比

---

[63] 郁永河：《裨海紀遊》，頁36。

較研究的距離。如《裨海紀遊》四月七日記載：

> 歷新港社、嘉溜灣社、麻豆社，雖皆番居，然嘉木陰森，屋宇完潔，不減內地村落。

此段在讚嘆平埔族新港社、嘉溜灣社、麻豆社的居處環境之後，卻又接著批評鄭氏時期所謂的四大社：「然觀四社男婦，被髮猶沿舊習，殊可鄙。」[64]對於屬平埔族中的 Siraya（西拉雅族）的新港、嘉溜灣、毆王、麻豆等社，郁永河仍以異於漢族衣飾的打扮為標準，稱四社衣著為鄙陋。他又提到：

> 乃以其異類且歧視之；見其無衣，曰：「是不知寒」；見其雨行露宿，曰：「彼不致疾」；見其負重馳遠，曰：「若本耐勞」。噫！若亦人也！其肢體皮骨，何莫非人？而云若是乎？馬不宿馳，牛無偏駕，否且致疾；牛馬且然，而況人乎？……彼苟免力役，亦暇且逸矣，奔走負載於社棍之室胡為哉？夫樂保暖而苦飢寒，厭勞役而安逸豫，人之性也；異其人，何必異其性？[65]

此即是評論世人以主觀的眼光描繪居住平地的原住民，而忽略他們的真實感受。雖然郁永河重新審視觀看的角度，正視原住民人性基

---

[64] 郁永河：《裨海紀遊》，頁 17-18。

[65] 郁永河：《裨海紀遊》，頁 38。

本生存的需求，然對於高山族原住民仍以想像的筆調，加以異類化。《裨海紀遊》曾描寫：

> 野番在深山中，疊嶂如屏，連峯插漢，深林密箐，仰不見天，棘刺藤蘿，舉足觸礙，蓋自洪荒以來，斧斤所未入，野番生其中，巢居穴處，血飲毛茹者，種類實繁，其升高陟巔，越箐度莽之捷，可以追驚猿，逐駭獸，平地諸番恒畏之，無敢入其境者。而野番恃其獷悍，時出剽掠，焚廬殺人，已復歸其巢，莫能向邇。……不知向化，真禽獸耳！[66]

可見對居住於高山上的原住民，多以刻板的記錄方式來呈現。Teng, Emma Jinhua 研究台灣清治時期遊記時，常見遊宦文人將原住民視為與時空脫節的一群，可是其中又混雜著既貶又褒的措辭。作者同時常將原住民描述「高貴的野蠻人」（noble savage），所採取兩種完全不同的歷史觀點，一是認為原住民文化為人類歷史演化的早期階段代表。二是採用文化產生退化的過程。所謂：「錯置的時空帶出的雙重比喻，使清朝文人既能表達出對台灣原住民的欽羨，也表達對台灣原住民的恐懼。」[67]此外，當郁永河至北投採硫時，

---

[66] 郁永河：《裨海紀遊》，頁32-33。

[67] Teng, Emma Jinhua, *Travel Writing and Colonial Collecting: Chinese Travel Accounts of Taiwan from the Seventeenth through Nineteenth Centuries*, a thesis presented to the Department of East Asia Languages and Civilizations of Harvard University for the degree of doctor of philosophy, Massachusetts: Harvard University. 1997, pp.220-226.

同行的人因水土不服大多得病，郁氏於是挑起指揮調度工作人員的任務。但「余既不識侏離語，予人言，人又不解余旨，口耳並廢，直同聾啞。」語言的隔閡，再加上颱風、瘴氣等，皆是此行與所面臨的挑戰。於是郁氏感嘆地說：「柳子厚云：『播州非人所居』，令子厚知有此境，視播州天上矣。」[68]終於在十月中旬，完成採硫的工作時，文末發出感嘆之詞：「種種幻妄，皆鬼物也，人之居此，寧不病且殆乎？」[69]他以比較古典文學中的異地描繪，或由風土論而藉以抒發旅行的感受，並表達對異地的認知及對文化差異的感受。

四、異地記憶與情感反應

在臺灣清治時期的古典散文作品中，「遊記」類的文體具有呈現文人對異地的記憶，並透露作者個人文化背景與偏好的特質。這些旅行見聞多以華夏本位的觀點，隨筆記錄旅遊地的自然景觀或人文風俗。旅行者以既有文化經驗，與遊歷地點相比較。如描寫生態皆以台灣與中國相映：

> 檳榔形似羊棗，力薄，殊遜滇粵……西瓜盛於冬月，台人元旦多啖之；皮薄瓜紅，可與常州並驅，但遜泉之傅霖耳。郡治無樹，惟綠竹最多，一望不減渭濱之盛。惜僅止一種，輒數十竿為一叢，生不出叢外，每於叢中排而出。枝大於竿，

---

[68] 郁永河：《裨海紀遊》，頁 27。

[69] 郁永河：《裨海紀遊》，頁 40。

> 又節節生刺，人入竹下，往往牽髮毀肌，莫不委頓；世有嵇、阮，難共入林。……草花有番茉莉，一花十瓣，望之似菊，既放可得三日觀，不似內地茉莉暮開晨落，然香亦少遜焉。[70]

又說台灣的街市「髣髴京師大街」，但卻「隘陋」許多；台灣的漢人女子絕少弓足，因此「裙下不足流盼」。然有時則以另類視角讚賞異地種種，如寫農作物，「秋成納稼倍內地」。抵新港、嘉溜灣、麻豆社時，見「嘉木陰陰，屋宇完潔，不減內地」。提到社會制度時，又言平埔族的土官不論在居室、飲食、勞役，都與眾人相當，不任意將繁雜勞役加在居民身上。「不似滇廣土官，徵賦稅，操殺奪，擁兵自衛者比。」遊記不只是記載個人旅遊行程或經歷，也呈顯作者對選擇旅行見聞的材料、及組構有所反省。而遊記研究的重點多放在空間的疏離與移動，探究敘事者的文化主體性、歷史意識、批判距離等面向上的變動與多元位置，藉此呈現旅行事件及其過程的見聞與衝擊。為瞭解遊記文本的內在意涵，則需關注於敘事者的修辭、背景、職業、權力、資源及其限制，才不致於將文化與歷史的差異性抹煞。[71]若就台灣清治時期的遊記而言，多不侷限於自然景物的描摹，而是兼涉對異文化的觀察，且蘊含多面向的文化內涵。如郁永河在《裨海紀遊》中常夾議夾敘，闡述台灣戰略與

---

[70] 郁永河：《裨海紀遊》，頁 12。

[71] 廖炳惠，〈異國記憶與另類現代性：試探吳濁流的《南京雜感》〉，收錄於《另類現代情》（臺北：允晨文化，2000 年），頁 10-41。

經濟地位的重要；又在觀察原住民風俗文化之際，提出各種教化的藍圖。

至於遊記中的情感或情緒（sentiment），即旅遊所引發的反應。如對於當地文明或宗教信仰有於心戚戚焉的道德救贖感（redemption），而另一個面向是不想征服、變化當地的風土人情（anti-conquest）。如郁永河在遊歷了新港社、嘉溜灣社、麻豆社的平埔聚落後，便自問「余曰：『孰為番人陋？人言寧足信乎？』」[72]具體描繪的場景破除了早期漢語文獻對臺灣原住民半人半獸的描述；並藉著兩句簡短的問句，郁永河質疑了過去臺灣論述刻板的形式及內容，改變了道聽塗說的描述風格及野人怪物的意象。他一方面希望重整平埔族的生活方式，希望用更現代、更文明的方式將中國的儒學或精神傳統，加在當地的文化之上，賦予他們某種意義。另一方面也希望透過保留（conservation）的方式，能將人間淨土、自然純樸的異地保留其原始的風貌。如郁永河在描寫平埔族的生活景況時，雖多以想像之詞，與漢文化崇尚自然的人物相類比。如書中所形容：「若夫平地近番，冬夏一布，粗糲一飽，不識不知，無求無欲，自遊於葛天、無懷之世，有擊壤、鼓腹之遺風。」[73]但這種上古日出而作、日落而息，擊壤而歌，及《莊子》「鼓腹而遊」的逍遙境界，也是內在心理對烏托邦樂園的嚮往。在與漢人官吏或「社棍」相對比映襯下，更顯出此種保存淳樸古風的意識。這兩種情感混雜交織，呈現郁氏對十七世紀末葉來到台灣旅遊的內在情感

---

[72] 郁永河：《裨海紀遊》，頁 17。
[73] 郁永河：《裨海紀遊》，頁 33。

反應。

郁永河於四月十二日過啞東社，至大肚社，他形容「林莽荒穢，宿草沒肩」(74)寫出三百年前台灣的自然景觀，這種觀察生態的旅行記錄，具有不可回溯的特質。四月十三日到牛罵社（今清水），正當大雨過後，「緣梯而登，雖無門欄，喜其高潔。」(75)點出平埔族居住環境的特色。後來又因連日的大雨，溪水暴漲，郁永河一行人只好繼續留在牛罵社。四月十七日郁永河想要趁機至附近探險，這時有人提醒他：「野番常伏林中射鹿，見人則矢鏃立至，慎毋往。」但生性好冒險探奇的郁永河仍決定一覽這充滿無限生機與想像的森林：

> 余頷之，乃策杖批荊拂草而登。既陟巔，荊莽樛結，不可置足。林木如蝟毛，聯枝累葉，陰翳晝暝，仰視太虛，如井底窺天，時見一規而已。雖前山近在目前，而密樹障之，都不得見。惟有野猿跳躑上下，向人作聲，若老人欬；又有老猿，如五尺童子，箕踞怒視。風度林杪，作簌簌聲，肌骨欲寒。瀑流潺潺，尋之不得；而修蛇乃出踝下，覺心怖，遂返。(76)

在他「批荊拂草」的登山過程中，映入眼簾的是原始林相的面貌。

---

(74) 郁永河：《裨海紀遊》，頁 19。
(75) 郁永河：《裨海紀遊》，頁 19。
(76) 郁永河：《裨海紀遊》，頁 19-20。

樹枝緊密偎倚，樹葉層層遮天，彷彿從井底窺望天際一般，只見眼中的小圓狀。這種井底窺天的形象描寫，隱喻作者處在人跡罕至的自然造化中，感受到人所知的事物極為有限。郁永河以對比映襯的修辭法表達覽物之情的差異，而且也貼切描繪出人在自然界中情感變化和心理的活動。如「余榻面山，霾霧障之凡五日，苦不得一覩其麓；忽見開朗，殊快。」他所下榻的地方恰好面山，數日為雨氣雲霧所障蔽，正苦不得一睹山麓的真面目，五日後終於稍微放晴。這種「殊快」感，正是因氣候的變化而引起的心理反應。

第四節　旅遊巡視書寫中的帝國之眼

普拉特（Mary Louise Pratt）在《帝國之眼：旅行書寫與文化匯流》一書裡，將旅行書寫視為文藝復興以降，締建歐洲帝國史料的一環。他以為十九世紀旅行書寫的修辭策略，常呈現以勢力宰制景致的慾望，並在探險拓殖的文本中突顯敘述立場（narrative positioning）。[77]普拉特以為帝國意識是個恆久存在（already always there）、無須證明的事實，不管作品中呈現出多少對他者的包容與關懷，均被普拉特置於帝國主義的框架內。如此的觀點曾受到其他學者質疑，因為將所有的遊記限於此框架中，可能忽略在不同的作品表達出對帝國不同的觀感。即使在同一作品中也可能會出現相互

---

[77] Pratt, Mary Louise. "*Imperial Eyes: Travel Writing and Transculturation*", New York: Routledge, 1992, pp.1-3.

矛盾的聲音，以及遊記書寫所透露出的多元化特質。[78]縱使此書所歸納的修辭策略，並非適用於詮釋各種旅行文本，然而從書中所探討 1750 年以來不同類型的旅行書寫，及這些作品所編織出文字帝國的圖像，仍對旅行書寫的研究提出另一種視角。以下即就清治前期來台官員的旅遊巡行書寫，來分析文本中的帝國之眼，及其所蘊含的多元化特質。

一、藍鼎元與黃叔璥的旅遊巡行散文

清廷對於台灣這塊新納入版圖的「蕞爾之地」，初期的施政除了陸續建立行政機構，並以防範為主要治理原則。防範這個曾是鄭氏治理的小島再次聚集反清勢力，或成為動亂的根源；也以渡台禁令來防範成為犯罪者渡海逋逃的所在。尤其在 1721 年（康熙六十年）朱一貴民變事件後，清廷治臺政策更做了若干調整。藍鼎元與黃叔璥皆是為處理朱一貴事件而抵台，從兩人在台灣旅遊巡行散文，不僅具有史實與文學的特質，更可藉此觀察到作者的書寫策略。本節即以藍鼎元《東征集》、《平臺紀略》，及黃叔璥《南征記程》、《臺海使槎錄》為探討的主軸，分析文本所透顯的文學與文化意涵。

---

[78] 如英國作家璀洛普（Anthony Trollope, 1815-1882）的數本遊記中，即有多重聲音並存，包括把英國對外拓張視為英國的榮耀、並以自己的英國性（Englishness）自豪等支持大英帝國的聲音；此外，另有惋惜帝國衰頹的聲音，以及當他參訪過美國及南非後，於文中出現了反對帝國的聲音。賴維菁〈帝國與遊記——以三部維多利亞時期作品為例〉，《中外文學》26 卷 4 期，1997 年 9 月，頁 70-82。

㈠ 文化場域的位置

藍鼎元與黃叔璥在當時的文化場域裡所佔的特殊位置，與台灣清治初期的政策息息相關。包括清政府如何處理朱一貴事件，如何檢討當時的政治與經濟的諸多缺失，如何更進一步了解台灣的民俗風情，即作者所呈現的是維繫統治政權的種種機制下的文化現象。從藍鼎元與黃叔璥來台的經歷及作品，正可增進對台灣清治前期文化場域的了解。若探究兩人渡海來台的目的與任務，當更能對他們的寫作習性（habitus）有所掌握。

為探討藍鼎元、黃叔璥寫作習性與作品風格的淵源，故先從兩人生平經歷談起。藍鼎元，出生於 1680 年（康熙十九年）八月十七日，卒於 1733 年（雍正十一年）。十歲時其父文庵先生逝，多賴母親許氏日課女紅及鬻賣蕃薯、種菜維持家族的生計。藍鼎元曾隨族伯唐民先生於閩南著名的灶山讀書，因家離此山頗遠，故每年只於歸省及祭祀時回鄉一次。在書館中遍覽群書，並深究「諸子百家之書、禮樂名物、韜略行陣」等經世之學。又因家貧，「月攜白鹽一罐，無他蔬，同學或揶揄之，府君怡然，作白鹽賦以自勵。」[79]刻苦勤學的情形可見一般。也由於這段紮實的求學經歷，奠定藍鼎元日後為文論事的深厚基礎。十七歲返鄉後，曾於廈門觀海，並乘舟遊歷全閩島嶼，又至舟山群島，乘風南下，直到近廣東海面的南澳列島。所以他對於東南沿海的島嶼、港灣和形勢，有相當的認識，此趟遊歷更豐富了他的識見。1703 年（康熙四十二年）漳浦知縣陳汝

---

[79] 藍鼎元，〈行述〉，錄於《平臺紀略》（台北：台灣經濟研究室，1958 年 4 月），頁 5。

咸集紳士講經，並月課制藝詩歌古文辭，藍鼎元本好經濟之學，又喜古文辭，藉此得以論難請益，學問日有長進。陳汝咸極賞識藍鼎元，提拔他為縣試第一名。當年冬季又受知於督學歸安沈公，復提拔為第一。1706 年（康熙四十五年）時年二十八歲，曾於福州鰲峰書院參與纂訂先儒諸書，福建巡撫張伯行稱讚藍鼎元「確然有守，毅然有為，經世之良材，吾道之羽翼也。」[80]後以親老侍養，辭歸故里，沉潛玩味於宋儒之書。[81]

1721 年（康熙六十年）朱一貴事件時，其兄藍廷珍當時為南澳總兵，奉命出師台灣。藍鼎元跟隨其兄來台，並參與戎幕，對施政多所籌畫，軍中的文移書札皆出其手。藍廷珍曾於〈東征集舊序〉提到：「予胸中每有算畫，玉霖奮筆疾書，能達吾意。又深諳全台地理情形，調遣指揮，並中要害，決勝擒賊，手到功成。當羽檄交馳，案牘山積，裁決如流，倚馬立辦。猶且篝火，連宵不寐，而籌民瘼。」[82]《四庫全書提要》亦言：「《東征集》六卷皆進討時公牘書檄，雖廷珍署名，而其文則皆鼎元作。」[83]可見《東征集》多是藍鼎元所作有關治臺機要的文書合輯。藍鼎元回鄉後，並於 1728 年（雍正六年）條奏〈經理台灣疏〉等六事，及撰作〈陳治臺十事〉。早在 1719 年（康熙五十八年）代族兄藍廷珍所撰的〈論鎮守

[80] 藍鼎元，《平臺紀略·行述》，頁 6。

[81] 藍鼎元，《平臺紀略·行述》，頁 7。

[82] 藍廷珍，《東征集·舊序》，臺灣文獻叢刊第 12 種（臺北：臺灣銀行經濟研究室，1951 年 2 月）頁 4。

[83] 《四庫全書·平臺紀略》「附東征集提要」（台北：商務印書館景印，1986 年 3 月），頁 369-558。

南澳事宜書〉一文中，已反映藍鼎元思考海疆事務的議題。他不僅曾於台灣實地探查，更將其見聞以文字紀錄下來，輯成《平臺紀略》與《東征集》兩書。[84]此外，其一生著作尚有《鹿洲初集》、《女學》、《棉陽學準》、《鹿洲公案》、《修史試筆》等書。

另一位因處理朱一貴事件來台的官員黃叔璥，[85]於二十歲時通過順天鄉試。黃家兄弟皆為舉人，並得任於公職。[86]黃叔璥於少時所立下為學及處世的根基，應與淵源於手足間相互砥礪的家風有關。從三十歲中進士後，先擔任太常博士的職位，又任戶部雲南司主事。後調吏部文選司，又經薦擢而成為湖廣道御史。[87]湖廣地區有苗族、侗族、壯族、瑤族等不同種族散居各處[88]，這種經歷使黃

---

[84] 北京圖書館古籍善本書庫所藏藍鼎元《平臺紀略》為清雍正十年刻本，版式為九行十九字，白口左右雙邊。

[85] 李元度：《清朝先正事略·名臣》（臺北：明文書局，1985 年），頁 381-383。黃叔璥家族的相關事蹟，可參見顧鎮：《清初黃崑圃先生叔琳年譜》，頁 1-6、76-77；徐世昌：《大清畿輔先哲傳·名臣傳》（臺北：大通書局，1968 年），頁 291。有關黃叔璥的生平經歷可參見林淑慧：《台灣文化采風：黃叔璥及其臺海使槎錄》（台北：萬卷樓出版社，2004 年 5 月），頁 17-64。

[86] 叔璥與二兄叔琬，兩人於 1709 年（康熙四十八年）同登進士。朱保炯、謝沛霖編：《明清進士題名碑錄索引》（臺北：文海出版社，1981 年 2 月），頁 2679。

[87] 魏一鰲輯、尹會一等續補：《北學編》，收錄於《續修四庫全書·史部·傳記類》（上海：上海古籍出版社，1997 年）515 冊，頁 113。又可參見周家楣、繆荃孫編纂：《光緒順天府志》，收錄於《續修四庫全書·史部·職官類》（上海：上海古籍出版社，1997 年）751 冊，頁 316。

[88] 樊開印：《中國境內各民族細說》（臺北：唐山出版社，1993 年 1 月），頁 591-593。

叔璥抵臺巡察各地原住民聚落時，能特別注意到各族風土民情的特色。由黃叔璥擔任御史不懼權貴勢力，就事論事、客觀彈劾的為政作風，可知其耿介剛直的個性。[89]又從黃叔璥現存於世的《南征紀程》、《臺海使槎錄》、《廣字義》、《中州金石考》、《近思錄集朱》等學術著作來看，或記錄親身見聞，或廣為輯錄資料，可見其為學兼涉歷史、地理、義理、金石目錄學、文學等領域。

台灣發生朱一貴事件時，閩浙總督滿保等人曾於事件後議請增添兵員，康熙帝卻以為「添兵無用」，並在此十月五日諭旨中明令：「每年自京城出御史一員，前往臺灣巡查。此御史往來行走，彼處一切信息可得速聞。凡有應條奏事宜亦可條奏，而彼處之人皆知畏懼。至地方事務，御史不必管理也。」[90]關於如何監督官員處理事務、民間疾苦如何探悉、及各地事務如何迅速稟報，及防汛兵員的增添與佈防等，都是當時急需解決的問題，所以才有首任巡台御史的設立。[91]一方面既要負責稽察官吏，監督朝廷政令的推行；另一方面，又需安撫百姓，反應地方虞情。巡台御史設立之初，由於滿漢巡察長年駐台，加上清帝的信任倚重，朝廷較可直接、迅速掌握臺灣動態。藍鼎元曾提到：「朝廷以臺疆僻處天外，民間疾

---

[89] 至於他任御史期間巡視東城時的事蹟，最為人所稱道。唐鑑：《學案小識》，收錄於周駿富輯：《清代傳記叢刊》第二冊（臺北：明文書局，1985年），頁604。

[90] 《清聖祖實錄選輯》，康熙六十年十月初五條（臺北：大通書局，1987年），頁175。

[91] 清監察御史的職掌本具有：「巡省風俗，釐察行弊，考覈稽違，凡地方興革事宜，及吏治民情，皆以實採訪而入。」的功能，參見《清朝通典》（臺北：華文書局，1963年），頁2178。

苦，無由上達，特命滿漢御史各一員，歲奉差到臺巡視」[92]，可見初期巡台御史的設立，不僅具有對臺民心穩定的政治目的，亦增強統治者對台灣訊息的掌握。每年由都察院請旨派遣滿、漢御史各一員前往台灣巡察，並駐在台灣府城，其用意在藉御史的往來台灣，一方面轉達朝廷旨意，一方面直接奏聞台灣民情。黃叔璥與吳達禮獲選為首任巡視臺灣御史，於 1722 年（康熙六十一年）六月初二抵達台灣任職，當時叔璥四十二歲，兩人並於一年任期屆滿後，又多留任一年。[93]

從《臺海使槎錄》得知黃叔璥一行人多在臺灣西半部平原巡視。他們從台南府城出發，先至朱一貴事件的原發據點，即位於附近東郊的羅漢門（今高雄內門）巡視。再沿北路而行，仲冬時經過斗六門社（約於今雲林斗六），後來到達沙轆社（台中沙鹿）後，才又回到台南府城。1722 年（康熙六十一年）十一月經過斗六門時曾寫下詩句，描寫台地植物在和煦溫暖的氣候下仍旺盛生長的情景。至半線社（今彰化市附近）則寫一詩描繪貓霧拺（Babuza）族女子盛裝赤足歌舞，而男子則在鼓聲中奪旗賽跑的場景。到位於今台中沙鹿附近的沙轆社後，則另稱此地為「迴馬社」以紀念北巡至此而迴，並詳加描繪巴布拉（Papora）族的表演藝術。至於南路則主要巡視武洛社，又到搭樓社（兩社約處今屏東里港）及上澹水社、下澹水社（兩社約處今

---

[92] 藍鼎元：《平臺紀略》，頁 26。

[93] 雍正元年一月十六日黃叔璥上書給雍正的奏摺，雍正的批文提到「爾等在海疆實心效力，上甚屬可嘉，今已另派人來更換，爾等候新任到來，可將爾等數年經歷民情土俗一切地方事務，皆備細令新任知曉。」《宮中檔雍正朝奏摺》（臺北：國立故宮博物院，1977 年 12 月），第二輯，頁 59。

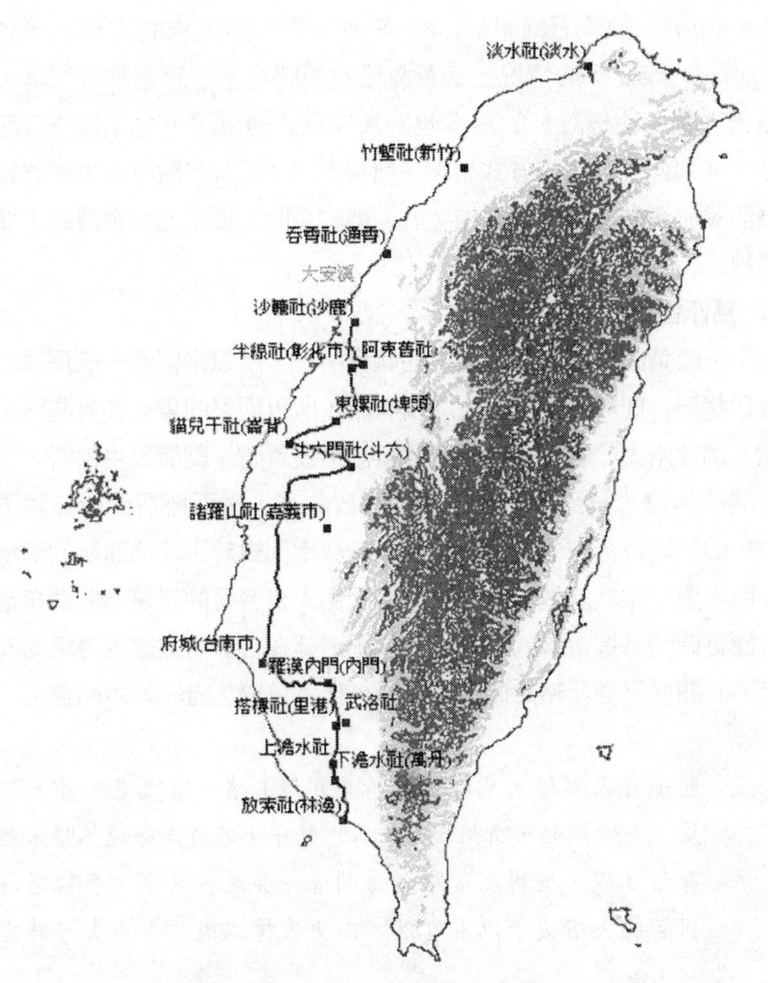

圖片出處：此圖以中央研究院台灣史研究所「台灣歷史文化地圖系統」所提供的底圖，再加以編製而成。

圖 3-1　黃叔璥巡台主要路線推測圖

屏東萬丹）、放索社（屏東林邊）等地，考察西拉雅的支族馬卡道（Makato）族社學的情況。當黃叔璥巡視時沿途必經過許多聚落，但因《臺海使槎錄》的寫作體例為條目式的筆記，而非以按日記載、詳列巡行地名的方式呈現，所以圖 3-1「黃叔璥巡台主要路線推測圖」僅先據書中所載作者於各地的見聞，標出巡行台灣的主要路線。

㈡ 寫作習性

正因黃叔璥身為巡台御史的職責所在，所以常留心一般民眾的生活狀況。此與藍鼎元所負職責有異，所以觀察的重心亦有些許不同。例如兩人於著作中多提到評議吏治及軍防、調節民生供需、土地開發論述、及鼓勵移風易俗等行政改革，然而藍鼎元所存論述中，關於維持治安的層面的較多；黃叔璥則對於平埔族面臨的困境多所著墨。雖然論述重心有異，但因兩人來台目的皆是為協助統治者能更確切掌握台灣的政教，以鞏固清廷在台勢力並維護邊境的安全。有關《平臺紀略》的寫作因緣，作者曾於〈自序〉中明言：

> 藍子自東寧歸，見有市「靖臺實錄」者，喜之甚，讀不終篇，而愀然起，喟然嘆也。曰：嗟乎！此有志著述，惜未經身歷目覩，徒得之道路之傳聞者。其地、其事，多謬誤舛錯。將天下後世以為實然，而史氏據以徵信，為害可勝言哉！[94]

---

[94] 藍鼎元：《東征集·自序》，頁 3。

可見他不僅實際參與許多軍事策劃，更期許自己能將於台灣所見所聞筆之於書，一方面可作為對經世濟民的實務參考守則，另一方面亦可作為重要的歷史見證。藍鼎元書中所一再主張的開發論述，其考量點是基於安定人民生活、增加國家財政收入、防止抗清集團再起等因素。此外，他又曾在《東征集》提到：「邇時台地各官，多以五日京兆，不肯盡心竭力。」[95]並觀察到官吏的治理態度影響臺政甚鉅，在書中的各種治理上的觀點，常為後來的台灣方志及各種文集的書寫者所引用。

1745 年（乾隆十年）范咸主編《重修臺灣府志》提到：「臺郡初闢，中土士大夫至此者，類各有著述以紀異，然多散在四方，島嶼固鮮藏書之府也。范侍御奉命巡方，自京師攜黃玉圃先生《使槎錄》以行。」[96]由此可知，《臺海使槎錄》不僅具有匯集眾書菁華的功用，更成為清代來臺官員就任前重要的參考書籍。嘉慶年間印行的瞿灝撰《臺陽筆記》，篇首載有吳錫麒撰的序，亦提到《平臺紀略》、《臺海使槎錄》的特色：

> 台灣自本朝康熙間始入版圖，又孤懸海外，詞人學士，涉歷者少；間有著為書者，如季麒光《台灣紀略》、徐懷祖《台灣隨筆》，往往傳聞不實，簡略失詳。唯藍鹿洲太守《平臺紀略》、黃崑圃先生《臺海使槎錄》，實皆親歷其地，故於

---

[95] 藍鼎元：《東征集》，頁 73。

[96] 范咸主編：《重修臺灣府志》（臺北：臺灣銀行經濟研究室，1961 年），序言。

山川、風土、民俗、物產言之為可徵信。[97]

《臺海使槎錄》雖可作為理解早期來臺漢人移民與原住民生活風貌的輔助參考，但其反映作為直接史料的主要價值，應在於對清代官僚文人「台灣觀」內涵與特徵的研究。[98]

藍鼎元《東征集》受到統治者的青睞，不但作為官吏施政的借鑑，甚至成為來台文士寫作時的參考資料，並廣為台灣各方志藝文志所採擇選錄，可說是台灣古典文學上的典律作品。乾隆五十二年（1787）五月林爽文事件發生後，清帝命閩浙總督李侍堯等人參考藍鼎元的〈治臺條陳〉，曾言：「朕披閱藍鼎元所著《東征集》，係康熙年間台灣逆匪朱一貴滋事、官兵攻剿時，伊在其兄藍廷珍幕中，所論台灣形勢及經理事宜，其言大有可採。……藍鼎元之語，適與朕意相合。常青於整齊兵力進勦時，不妨先將此意出示曉諭，使被脅良民，即從賊夥黨，得以畏罪投誠，亦解散賊黨。先聲奪人之一法。此外書內所列各條尚多可採者。藍鼎元籍隸漳浦，所著《東征集》，閩省通行者必多；著常青、李侍堯即行購取詳閱，於辦理善後時將該處情形細加察覈；如其書內所論各條與現在事宜確中利弊竅要者，不妨參酌採擇，俾經理海疆，事事悉歸盡善，以為

---

[97] 翟灝：《臺陽筆記》（台北：台灣銀行經濟研究室，1958 年），吳序，頁1。

[98] 張隆志：〈臺灣平埔族的歷史重建與文化理解——讀《景印解說番社采風圖》〉，《古今論衡》第二期，1999 年，頁 25。

一勞永逸之計。」[99]典律作品本規範著典律化的詮釋，典律與典律化的閱讀成為一體的兩面：作品因其「典律性」（canonicity）夠資格納入典律的價值而納入典律；閱讀則因作品典律作品而認定其具有典律性並闡明之。這種存在於典律作品與典律化閱讀的循環關係（circularity）最清楚的呈現了典律的權威性與規範性。[100]

(三) 敘事者與觀察對象的關係

各遊記作者因職務的差異，或旅行動機與各時期背景的不同，而於字裡行間顯現敘事者對異地的認知，並透露與觀察對象的權力關係。藍鼎元、黃叔璥來臺時間點皆與朱一貴事件有關，然兩人所負責職務的重心有別。藍鼎元隨軍來台鎮壓朱一貴事件，擔任其兄總兵藍廷珍的機要參謀兼機要秘書。朱一貴事件在大量清軍至台鎮壓後，一個多月即已平定；然其後續追捕餘黨的工作卻持續超過一年的時間。藍廷珍所策劃的許多軍事及治臺方針，多出自藍鼎元的手筆。

長期以來，漢語族的優越心態，視異民族多如同野獸，且由中央集權的帝王掌握征伐生殺大權。[101]官方看待原住民的視角，可從藍鼎元《東征集．復呂府軍論生番書》透露些許訊息：

---

[99] 《大清高宗純皇帝實錄》第七冊（北京：中華書局，1986年），卷1281，頁172-174。

[100] 許經田：〈典律、共同論述與多元社會〉，收於陳東榮、陳長房主編：《典律與文學教學》（台北：書林出版有限公司，1995年），頁23-25。

[101] 有關上古漢籍所載的霸權思想，可參閱莊萬壽：〈中國上古霸權主義思想〉，《國文學報》24期，1995年6月，頁183。

> 生番殺人，台中常事。此輩雖有人形，全無人理，穿林飛箐，如鳥獸猿猴，撫之不能，剿之不忍，則亦未如之何矣。……然則將何以治之？曰：以殺止殺，以番和番；征之使畏，撫之使順。闢其土而聚我民焉，害將自息。久之生番化熟，又久之為戶口貢賦之區矣。[102]

此種開發論或擴張論的想法，其實是賦予某種特定意義與價值評斷的過程。意義與價值在這個建構過程中，強加於被統治的原住民之上，即脫去其原有的脈絡。[103]文明／落後的論述，正為了賦予官方對臺灣原住民統治的正當性。

如今閱覽臺灣清治時期的遊記、私人日記、官方文書、歷史紀錄等散文，多可見作者透過文字塑造原住民負面的形象。此外，在許多散文的敘事中，作者常刻意以統治的立場來形容漢移民的性格，以「不馴」、「喜亂」等詞句將之「污名化」。藍鼎元《東征集・論擒獲奸匪便宜書》篇首提到：「臺民喜亂，如撲燈之蛾，死者在前，投者不已，其亦可憐甚矣。」[104]這種以「喜亂」概括論斷台灣各地住民性格的書寫策略，無非是為官僚階層尋找各種統治手段的藉口。多以霸權論述來建構「落後的台灣原住民文化」對照

---

[102] 藍鼎元，《東征集》（臺北：臺灣銀行經濟研究室，1951 年 2 月），臺灣文獻叢刊第 12 種，頁 59-60。

[103] Teng, Emma Jinhua, *Travel Writing and Colonial Collecting: Chinese Travel Accounts of Taiwan from the Seventeenth through Nineteenth Centuries, 1997*, pp.219-220.

[104] 藍鼎元，《東征集》，頁 75。

「文明的漢文化」的觀念，所刻意製造出來的文化位階上的落差，正是文化霸權主義擴張的理論基礎。

然而有另外一股論述聲音抵制著主宰論述，這種聲音起源於作者對「真實」的追求。就像在《臺海使槎錄》所反覆陳言的，作者一方面大量蒐集相關資訊，另一方面也盡量說真話、做公允的評斷——嘗試改寫對原住民負面的看法。這些記錄衝擊著主宰論述，顯示出帝國主義論述中的裂縫與矛盾，但整體而言，主宰論述也常吸納這些偶而出現的另一種聲音。例如對於刻劃平埔族人適應生活的變遷及內心感受的記錄，黃叔璥因其巡台御史的身份，特別留意傾聽民眾的心聲，體會人性普遍的基本欲求。[105]但是由作者的傳記、生平事蹟以及其他作品，得知作者身為典型的官僚體制成員的位置，多少影響文本寫作與論述觀點。藍鼎元與黃叔璥的散文具有實用的寫作目的，希望將台灣這塊「邊陲」之地的治績報告給皇帝，或傳達旅台見聞供技術官僚作治理的參考。文中並反映出當時學術思潮中的經世思想，及作者所觀察的台灣風土，透露出個人的文化論述。

㈣ 理想情境的外顯

藍鼎元與黃叔璥的遊記呈現官員擴展自我的知識和心志疆域。旅行記遊即是一個烏托邦的藍圖，在許多寫景的段落，揉合外在景緻（landscape）和內心觀照（mindscape）。在旅途中接觸異域的人和事，寫下的文字均為心志的反映，而不僅是單純的寫景。他們在版圖的邊陲旅行，記錄見聞，並將旅行書寫轉化為議論，評斷帝國的

---

[105] 《臺海使槎錄》，頁166。

現狀與籌謀帝國的未來。藍鼎元曾對清治前期的文教現象，提出個人看法：「臺灣之患，不在富而在教。興學校，重師儒，自郡邑以至鄉村，多設義學，延有品行者為師，朔望宣講《聖諭十六條》，多方開導，家喻戶曉，以『孝弟忠信禮義廉恥』八字轉移世習民風，斯又今日之急務也。」[106]藍鼎元提議於每月初一、十五日對民眾宣講皇帝所頒布的教條，即是藉由許多士人常於各級學校、或民間公共場合從事推廣儒教義理。儒教在民間的傳播方式，經由若干的教化儀式，使教理易於通曉而普及，進而影響一般民眾的認知。黃叔璥也曾提到設立學校的宗旨為「建學明倫，所以正人心、厚風俗。」[107]他強調在學校教育當中，應重視「明人倫」的觀念，便是希望能夠深入人心，成為內化的價值規範，進而有助於人倫關係的穩定，與社會風俗的良善，這就是所謂的「明人倫以善風俗」的旨意。[108]這種重視綱常的倫理觀，實蘊含有「尊卑」的差序關係，易使統治者利用來作為鞏固政權的穩定性，以達到強化尊君的政治目的。臺灣縣、鳳山縣、諸羅縣及彰化縣皆有社學。為使教化能落實，亦於平埔各社建立「社學」，而教材多以儒家經典為主。清初來臺官員多抱持著重「實學」的理念，以教化來安撫異族的文化觀。藍鼎元與黃叔璥對未來的願景，是立基於他們的教化使命（civilizing mission）。

綜觀藍鼎元所作散文多是經世文章，只有在《東征集》的數篇

---

[106] 藍鼎元：《東征集》，頁39。

[107] 黃叔璥：《臺海使槎錄》，頁44。

[108] 如〈番俗雜詠〉第二十四首「漢塾」，透露黃叔璥的文化優越感：「紅毛舊習篆成蝸，漢塾今聞近社皆；譯說飛鴞難可化，泮林已見好音懷。」

遊記中，包括〈紀十八重溪示諸將弁〉、〈紀虎尾溪〉、〈紀水沙連〉、〈紀竹塹埔〉、〈紀火山〉、〈紀荷包嶼〉、〈紀台灣山後崇爻八社〉等篇，流露出作者對自然景物的感受。如〈紀虎尾溪〉為藍鼎元於 1722 年（康熙六十一年）秋天巡視斗六門及其北部，將到半縣虎尾溪岸時所作。描繪虎尾溪時，先與「多江泥翻波，其水赤」的黃河作比較，「虎尾則粉沙漾流，水色如葭灰，中間螺紋旋繞，細膩明晰，甚可愛，大類澎湖文石然。」[109]一方面鑑賞溪水秀雅的樣貌；另一方面也描繪溪水漲高時，「水半馬腹，車牛皆騰躍而過」的情景。然而在刻劃景物之餘，文末結尾卻又歸結到治臺政策上，以為「虎尾溪天然劃塹」，所以大書諸羅縣以北，應以虎尾溪為界，在半線添設一縣的建議。他主張「自虎尾以上至淡水、大雞籠，山後七八百里歸半縣新縣管轄。然後北路不至空虛，無地廣兵單之患。吏治民生，大有裨補。不知當局可有同心否？跂予望之！」[110]半縣添設新縣之議，最先始於《諸羅縣志》總纂陳夢林，他在此書〈兵防志〉總論敘述控制北路的方策。[111]清廷對臺灣的行政劃分，原沿襲鄭氏時期的一府三縣；然而，不斷湧入的移民，使行政區無法和開拓地並行發展。藍鼎元也以地方治安的維持為理

---

[109] 藍鼎元：《東征集》，頁 84。

[110] 藍鼎元：《東征集》，頁 85。

[111] 陳夢林提到：「宜割半線以上別為一縣，聽民開墾自如，而半線即今安營之地，周原肥美，居中扼要。宜改置為縣治，張官吏，立學校，以聲明文物之盛，徐化鄙陋頑梗之習；嚴保甲之法，以驅雞鳴狗盜之徒。」周鍾瑄：《諸羅縣志·兵防志·總論》（臺北：臺灣銀行經濟研究室，1962 年 12 月），頁 112。

由，建議若將虎尾溪以上至淡水、大雞籠，山後七八百里歸新縣管轄，則北路不致於造成因地方廣闊，而兵卻單薄空虛的情況。[112]這些提議受到黃叔璥與吳達禮的採納，[113]於 1723 年（雍正元年）諸羅縣半線（今彰化市）分設知縣一員、典史一員，並因淡水為海岸要口，形勢遼闊，故奏請增設捕盜同知一員。經兵部議覆，將新設縣定名為彰化，南至虎尾，北至大甲。[114]經清廷獲准而大幅調整行政區域的劃分，新設彰化縣及淡水廳，另將澎湖也升格為廳。

藍鼎元所著風土遊記中，〈紀水沙連〉結尾時提到：「武陵人悞入桃源，余曩者嘗疑其誕；以水沙連觀之，信彭澤之非欺我也。但番人服教未深，必時挾軍士以來遊，於情弗暢，且恐山靈笑我。所望當局諸君子，修德化以淪浹其肌膚，使人人皆得宴遊焉，則不獨余知幸也已。」[115]藍鼎元能欣賞到水沙連清新脫俗的自然景色，並比擬為陶淵明所勾勒出來的桃花源，表露其具有自然美感的眼光。然細觀藍鼎元與中古時期的陶淵明，於文中所透顯內心的企盼有所差異。陶淵明記敘當初為避秦之壓迫，而至桃花源長居的人，希望誤入此地的武陵漁夫，在離開後不向他人告知此隔世之地入境的所在。彷如冥冥中注定，後來漁夫再也尋覓不回當初的旅行路徑。反觀藍鼎元因對「教化未深」的原住民存有些許防備，所以到

---

[112] 藍鼎元：《東征集》，頁 84。

[113] 「雍正元年，巡察吳達禮，黃叔璥摺奏：割諸羅虎尾溪以北增設縣一；奉旨應允，賜名曰彰化。」劉良璧：《重修福建臺灣府志》（臺灣銀行經濟研究室，1961 年 3 月），頁 40。

[114] 《清實錄——臺灣史資料專輯》（福建人民出版社，1993 年），頁 96。

[115] 藍鼎元：《東征集》，頁 86。

水沙連一遊時，身旁猶帶著一群軍士前往。即使是抒情、繪景的數篇遊記，藍鼎元於文末總不免藉當地景物來表達其經世濟民、移風易俗的寄望。

二、朱士玠《小琉球漫誌》的南台灣書寫

在考據學風的影響下，文人旅遊書寫內容也多著重於對山川港口、昆蟲草木、居民風俗習慣及當地傳說的詳加檢驗。1763 年（乾隆二十八年）來台的朱士玠所著《小琉球漫誌》，為作者在擔任台灣鳳山縣學教諭期間，將采風所得筆之於書。朱士玠生於清康熙末年，壯年時曾遊太學，越渡黃河、歷經吳、楚、越、宋、衛、齊、魯各地旅遊，有助於詩風開拓，所著《筠園詩稿》頗得沈德潛、黃叔琳讚揚。四十餘歲時，始以例官德化教諭；受順天朱石君推薦於台灣道憲覺羅四明，所以於 1763 年（乾隆二十八年）調任鳳山縣學教諭。在台灣共約停留一年之久，後因母喪而離職回鄉。[116]所著《小琉球漫誌》為其在鳳山縣擔任教諭期間，參考方志所載資料，及個人所見聞的風土民情編纂而成。[117]書末的〈跋〉為作者的女婿徐家泰所作，此文詮釋朱仕玠寫作的用意，並將其與傳統的遊記相媲美。[118]《小琉球漫誌》中的〈泛海紀程〉及〈海東紀勝〉為標舉日

---

[116] 有關朱士玠生平參考《清史列傳選》，臺灣文獻叢刊 274 種。光緒版《台灣通志稿》，臺灣文獻叢刊 130 種。

[117] 全書六編：泛海紀程、海東紀勝、瀛涯漁唱、海東賸語、海東月令、下淡水社寄語。

[118] 徐家泰的跋語為：「與退之潮州諸詩、子厚永柳諸記即東坡海外文字何異？則先生斯誌，豈猶是星槎、瀛涯、勝覽諸小說稗編，僅供觀聽也哉。」朱仕

期的遊記體，且為以南部為主要活動範圍的旅遊書寫。

1763 年（乾隆二十八年）四月十九日從家鄉福建建寧啟程，二十六日抵達榕城，五月十日再從榕城渡陽崎江（烏龍江）至方口，十一日以後經漁溪、江口橋、抵達涵江。又經興化府、楓亭驛、塗嶺，到達惠安縣。渡洛陽橋（萬安渡）、至泉州府、過五通渡、抵廈門。又從小擔嶼出口後，始望見澎湖島。渡過驚險的黑水溝及鹿耳門後，終於抵達台灣府。至安平鎮，見鹿耳門稅館、赤嵌城，並登上道署內的澄臺、遊澄臺附近的斐亭、宜亭、朝天臺。又在五烈墓悼念寧靖王的妃子袁氏、王氏及秀姑、梅姑、荷姑；在鯽魚潭讚嘆池中鰱魚的碩大體型。朱仕玠由台南府治小南門出發到鳳山縣署，於六月十二日抵達任職所在地。途經二濫、大湖、竿蓁林（鴉公店），十三日至小店仔，最後到達縣治。抵達縣署的第二天，朱氏本想至小琉球探訪，但是因險峻海道的阻隔而未能前往。

《小琉球漫誌》記錄朱士玠在台灣一年期間的觀察所得，主要活動範圍包括台灣府治及鳳山縣治，所觀察及描寫的對象也以這個區域為主。他曾提到當初抵達學署的感受：「至臺既數月，諸生罕至者，深懼尸位，辜公德意，日悒悒不樂。」[119]描述他對初抵鳳山縣數月後，因官學教育機構猶未能有效運作的情況而抑鬱不樂。至於他對平埔各社教化的觀察，在〈番社考試〉中曾記載歸化後的原

玠：《小琉球漫誌》（臺北：臺灣銀行經濟研究室，1957 年 12 月），臺灣文獻叢刊 3 種，頁 102。

[119] 在〈初至鳳山學署有感〉詩中的數句也提到作者當時的心情：「循例張科條，諸生無一至。空抱素餐慚，深辜設官意。」朱仕玠：《小琉球漫誌》，頁 83-84。

住民各社都設有「番學社」，多由來台的文士擔任督導及教化的工作。此文並詳言考核學童學習的情形：

> 每歲仲春，巡行所屬番社，以課番童勤惰。凡歲科試，番童亦與試。自縣、府及道試，止令錄聖諭廣訓二條，擇其嫻儀則、字畫端楷者，充樂舞生。間有能為帖括者，通計四縣番童，不過十餘人。道試止取一名，給與頂帶，與五學新進童生一體簪掛。初，熟番有名無姓，既准與試，以無姓不可列榜，某巡臺掌學政，就番字加水三點為潘字，命姓潘。故諸番多潘姓，後別自認姓，有趙、李諸姓。[120]

平埔族年輕學子為了參加考試，紛紛改姓為潘，或趙、李等漢姓。又藉由甄選知曉〈聖諭廣訓〉中所載禮儀規範，並能書寫字體的學童，充當樂舞生。通過道試後的學童，則與其他漢學童具有同等資格。學童從入學到參加歲考、科考，在經過長期的耳濡目染下，常會受到漢文化的影響。

探險應該不是單純的走過很多表面上的距離，而應該是一種深入的研究：一件一閃即逝的小插曲，一片風景的片面，或是一句偶然旁聽到的話，可能就是了解及解釋整個區域的唯一關鍵所在，如果缺少那個關鍵，整個區域可能就一直不具任何意義。[121]朱士玠

---

[120] 朱仕玠：《小琉球漫誌》，頁 80。

[121] Claude Levi-Strauss（李維史托），王志明譯：《憂鬱的熱帶》（台北：聯經出版事業公司，1989 年 5 月），頁 46。

《小琉球漫誌》撰寫於 1763 年（乾隆二十八年），然成書已至 1765 年（乾隆三十年），他在《小琉球漫誌・海東賸語》中提到：

> 二十八年。予在鳳山學，值行鄉飲酒禮之候，有下淡水社樂舞生趙工孕者，年幾七十，甚誠樸，頗解為帖括。左右隣里呈學保舉鄉賓，予嘉其意，牒縣。時邑令為無錫王公瑛，曾給以匾額。額有「社樂舞生」等字，復呈學求去「社」字；同於齊民之意，以見國家文德之涵濡深且遠矣。[122]

鳳山淡水社樂舞生要求縣令將所贈匾額上「社樂舞生」等字中的「社」字去除，彷彿欲去原住民的特殊稱名，而與漢人無異的心理企求，可看出其價值觀已有所改變。在〈番鄉賓〉一文提到禮俗變遷的情形：「番社從無鄉賓。邇年來漸摩禮教，亦求舉行。但不行飲酒禮，不詳府道，指就本學牒縣，給以匾額，以示激勵。初，番俗愛少惡老，皆拔去髭鬚，名曰心力。其峨峨番人頭，至白不留一鬚。近亦多有留鬚髯者。既知尚齒之典，則陋俗自除矣。」[123]然而對照 C.E.S.所著《被遺誤的臺灣》一書記載荷蘭人觀察平埔族各部落有一個議會，叫做"Quaty"，是由十二個人組成的，議會裡的議員做了兩年之後，就把前額附近的頭髮拔掉，表示他們曾經做過議

---

[122] 朱仕玠：《小琉球漫誌》（臺北：臺灣銀行經濟研究室，1957 年 12 月），臺灣文獻叢刊 3 種，頁 83。

[123] 朱仕玠：《小琉球漫誌》，頁 83-84。

員，已經退職了。[124]相較於此處荷蘭人對平埔族的觀察記錄，朱士玠指摘原住民「陋俗」的說法則較為含糊且主觀。

清治初期來台官員或文人在旅行、移動於異文化之間，透過翻譯、轉移的功夫，將另一種文化移植至島上。作者沉浸於儒家文化圈中，作跨越時空的旅行；而文化中心主義及詞彙，一直是統治者用來行使其征服的修辭與掩飾。遊記作者對當時臺灣的文教觀察，又是如何描寫的呢？且看《小琉球漫誌》曾描寫文化變遷的情形，例如在物質文化方面，朱仕玠描寫有關衣飾的變化，「熟番自歸版圖後，女始著衣裙，裹雙脛；男用鹿皮或卓戈紋青布圍腰下，名曰抄陰。惟土官有著衣履者。邇年來漸被聲教，男婦俱製短衫，與漢人無異。土官則衣裘帛。」[125]朱士玠已經觀察到有些平埔族男女皆穿著短衫褲，與漢人的衣飾無多大的差異。此外，在生產方式也有所改變，原以獵鹿為主已改為「邇來鹿場悉開墾為田，鹿亦漸少。唯於內山捕之。」[126]漢移民在社群文化方面，就婚姻制度的改變而言，「熟番初歸化時，不擇婚，不倩媒妁。男皆出贅，生女則喜，以男出贅女招夫也。……邇日亦有學漢人娶女，不以男出贅者。」[127]亦呈現作者所觀察到台灣南部社會結構的變化。

另外三本乾隆年間記載台灣風土的筆記文集，一為 1746-1750 年（乾隆十一年－十五年）擔任彰化教諭的董天工所著《臺海見聞

[124] 參見 C.E.S.（1675）：《被遺誤之臺灣》，收錄於周學普譯《臺灣經濟史三集》（臺北：臺灣銀行經濟研究室，1956 年），頁 39-40。

[125] 朱仕玠：《小琉球漫誌》，頁 82。

[126] 朱仕玠：《小琉球漫誌》，頁 88。

[127] 朱仕玠：《小琉球漫誌》，頁 83。

錄》；二為 1772 年（乾隆三十七年）調任「北路理番同知」的翟灝所撰《臺陽筆記》。三為朱景英《海東札記》這三本書承襲黃叔璥《臺海使槎錄》與朱士玠《小琉球漫誌》的寫作模式，並抄錄部分有關風土的記載之餘，也有多處補充作者新的觀察所得。如董天工《臺海見聞錄》1753 年（乾隆十八年）刊行，書中的〈漢俗〉一目特別標記「內地習見者不錄」。[128]朱景英則曾在《海東札記》中提到：「南路番婦竟有纏足者。」[129]平埔族婦女纏足的現象，多是受到漢文化抑制女性身體權的影響，[130]此種記錄也透露出平埔族文化變遷的現象。此外，台灣清治時期政教措施影響社會發展，從以拓墾為主，至文風漸盛之情形；以及漢移民風俗由閩之獨特性或沿續、或消失之具體面貌，從這些風土記錄的散文中也透露一些端倪。

第五節　旅遊巡視散文的文化功能

一、透顯中心與邊陲的關係

十九世紀帝國主義的思想瀰漫於英國，因此「帝國」就成為小

---

[128] 董天工：《臺海見聞錄》（臺北：臺灣銀行經濟研究室，1961 年 10 月），臺灣文獻叢刊 129 種，頁 29。

[129] 朱景英：《海東札記》（臺北：臺灣銀行經濟研究室，1958 年 5 月），臺灣文獻叢刊 19 種，頁 59。朱景英曾於 1769 年（乾隆三十四年）擔任「台灣府海防同知」，又於 1772 年（乾隆三十七年）調任「北路理番同知」。

[130] 林淑慧：〈日治時期臺灣婦女解纏足運動及其文化意義〉，《國立中央圖書館臺灣分館館刊》10 卷 2 期，2004 年 6 月，頁 76-93。

說中的當然符碼（a codified presence）。[131]若就遊記文體而言，此種書寫與帝國關係更為密切。在討論文化認同以及旅行的過程時，不能忽略文化想像是在具體、而且是在歷史的脈絡之中，彼此互相透過旅行、翻譯跟互動的方式，展現出來各個地區非常不一樣的面貌。也就是說旅行是在時空以及種種文化實踐的差距下而開展的。特別是台灣長期的兩種輻輳力量，來自南島以及華人地區的文化衝擊，整個文化的旅行與其留下的軌跡，皆是可進一步探討的。[132]

航海技術的精進促使人類嘗試長時間的冒險或遊歷，臺灣也不再是傳聞中的無名仙島，而已在地圖上佔有一個確定位置。尤其清廷將臺灣劃入版圖後，常欲對版圖內各地風土人情、及山川資源有進一步的了解，以利於全面的掌控與統治。「臺灣」已成為來台文人閱讀或想像的「邊陲」，作者有時以閱讀、記憶交互指涉的方式，去參照所見與所讀的異同。在外來政權的統治方面，郁永河《裨海紀遊》記錄平埔族的衣食住行等物質生活習俗，並描繪若干來台官員對平埔族的壓迫，及通事對平埔族的欺詐行為。至於在遊記題材中的教化論述方面，清治前期來台官員或文人在旅行、移動於異文化之間，透過翻譯、轉移的功夫，將另一種文化移植至島上。

---

[131] 文化評論家薩依德（Edward W. Said）以為「帝國主義」意指統治偏遠領土的主控宗主國中心的實踐理論與態度。他在《文化與帝國主義》（*Culture and Imperialism*）一書中強調文學作品與產生的時代背景之間複雜的關聯性，並特別關注帝國主義在文化中的呈現。薩伊德（Edward W. Said）、蔡源林譯：《文化與帝國主義》，頁41-49。

[132] 廖炳惠：《另類現代情》，頁38-39。

漢語古典文獻如《莊子》、《列子》的哲理散文，或是如《樊梨花》民間故事等蘊含文學想像的題材，常透過鳥及能飛天的神仙，表達昇天、昇華的象徵，透露內心遠遊的意念。《莊子·逍遙遊》中的「大鵬摶扶搖而上者九萬里」，即是離開此世而到另一遼闊的天際。西方的遊記則描繪早期能有機會至異地旅遊者，如至遠地朝聖者或是對外宣揚宗教的神職人員，多是能克服空間距離的象徵型權威人物。Mary W. Helms 所著"*Ulysses' Sail: an ethnographic odyssey of power, knowledge, and geographical*"一書中以民族誌學的角度觀察長期冒險旅行的書寫，分析其中所蘊含的權力、知識與地理學的距離等議題。例如從地圖未發明前的時代，沒有公里、海哩等細微計量單位，空間距離的記載極不明確。到後來有關海上航行的故事，已轉變為巨細靡遺的記錄幾天後到小島，小島上有何風俗；並明確計算距離、方向，詳盡記錄地名、動植物種類、及刻劃周遭環境。這些都是探討遊記從抽象的距離描寫，到具體圖象（Cartography）書寫風格的演變情形。因航海技術的發達，商業探險旅遊盛行；再加上考古、人類學及自然科學的興起，遊記呈現帝國對海外其他環境的好奇心與征服的權力關係。[133]台灣在納入清帝國的「邊陲」，此時的遊記也蘊含有關權力關係、教化論述、及文化變遷等議題。

陳璸在〈新建朱文公祠碑記〉、〈新建文昌閣碑記〉中，以朱

---

[133] 有關遊記的文化意義論述，參閱 Mary W. Helms, "*Ulysses' Sail: an ethnographic odyssey of power, knowledge, and geographical*", New Jersey: Princeton University Press, 1988。

子學導正文昌信仰的功利色彩和科名觀念；然而其階級分明的主張，及倡導「三綱」的理念，透過儒化的規訓使權威更制度化。除祭孔大典外，陳璸則在臺灣府城以台灣最高教育首長的身分，興建臺灣首座朱文公祠。於 1713 年（康熙五十二年）撰寫〈新建朱文公祠記〉，記錄了清治時期朱子學從福建播遷於台灣的經過。朱子所重的儒家階級分明、倫理綱常亦有助於政教合一的統治策略，故廣為統治階層所倡導。

清治前期旅行巡視書寫的作者中，巡台御史是一特殊的身分。這個稱為「滿漢監察御史巡察臺灣」是清朝十五道監察御史的一個部門。其地位獨立於督、撫節制以外，在道員之上，監督文武各官，且有不經由總督而行直奏之權，可見其權力頗大。[134]又巡台御史依其權任和派遣方式，可分為 1721 年（康熙六十年）到 1726 年（雍正四年）「初設巡察」時期、1727 年（雍正五年）以後「兼理學政」期，巡台御史此時又兼主歲、科兩試，前兩期可說是權大位重時期。而自 1752 年（乾隆十七年）後的「三年一巡」期、改成「三年一蒞，半歲則回」，且以批閱公牘、查盤倉庫、閱視軍伍，周巡南北疆圉為主，巡台御史已漸淪為例行性巡差，難以深入發掘問題。1765 年（乾隆三十年）再改為「因時酌遣」，更無法發揮往昔功能，所以後來即取消此制度。[135]除了本章所論的黃叔璥以外，後來

---

[134] 湯熙勇：〈清代巡台御史的養廉銀及其相關問題〉，《人文及社會科學集刊》，頁 53-79。

[135] 莊金德：〈巡台御史的設立與廢止〉，《臺灣文獻》16 卷 1 期，1965 年 3 月，頁 53-54。何孟興：《清初巡台御史制度之研究》（臺中：東海大學歷史語言研究所碩士論文，1989 年 5 月），頁 207-208。

的巡台御史亦曾擔負兼辦學政的事務，對於文教的影響更為具體。如 1728 年（雍正六年）來台任巡台御史夏之芳，督辦台灣學政之時，曾取歲試之文，輯刊《海天玉尺編》初集，翌年科試，又刊二集。[136]夏之芳著有〈巡行詩〉十二首，並另一位也具有巡台御史兼學政身分的張湄，所編纂《珊枝集》即是承續輯錄課藝習作的用意。巡台御史亦曾擔負兼辦學政的事務，對於文教的影響更為具體。如雍正年間夏之芳則輯刊《海天玉尺編》初集與二集。[137]另一位也具有巡台御史兼學政身分的張湄，所編纂《珊枝集》即是承續輯錄課藝習作的用意。

六十七與范咸亦對於台灣風土民情多有描述。曾任戶部給事中的六十七，於 1744 年（乾隆十年）擔任滿籍巡台御史，並留任兩年。任職期間與范咸主編《重修臺灣府志》，並作《臺海采風圖》、《番社采風圖考》。[138]另一位漢籍巡台御史范咸，在其〈海東選蒐圖序〉提到：「我國家武備修舉；台灣僻處海外，兵制尤嚴整。每歲之冬，巡方兩侍御合而閱之，以揚天子之威，以靜鯨鯢之暴，數軍實而施慶賞，甚盛典也。黃門六公蒞事之明年，乃命工繪為圖。」[139]呈現出巡台御史不僅是巡行采錄風俗，並負有檢閱軍隊

---

[136] 劉良璧：《重修福建臺灣府志》（台北：台灣銀行經濟研究室，1961 年 3 月），頁 533。

[137] 劉良璧：《重修福建臺灣府志》（台北：台灣銀行經濟研究室，1961 年 3 月），頁 533。

[138] 1747 年（乾隆十二年）六十七又集自己與他人作品編成《使署閑情》，全書收賦二篇、詩 250 餘首、雜著 40 篇。

[139] 范咸：〈海東選蒐圖序〉，收錄於余文儀：《續修臺灣府志》（臺北：臺灣銀行經濟研究室，1962 年 4 月），臺灣文獻叢刊 121 種，頁 782。

的任務。再從六十七《臺海采風圖·自序》所言：

> 乾隆癸亥冬，余奉天子命，來巡斯土，烟波縹緲，蛟蜃洸漾之區，有大都會焉。林林總總，莫不蒸然向化，仰見聖治昭宣，無遠不屆。小臣不才，惟有勤宣朝廷愛養德意，夙夜不敢自遑；間及採方問俗，物產之異，種種怪特，多中土所未見者。始信區宇之廣，期間何所不有。[140]

如此帝國式的修辭語氣，透顯在地理位置、及書寫者與被觀察者之間，皆處於中心與邊陲的相對關係；然而，另一方面也因巡台御史的親歷台灣西半部各地，因而對於風土民俗有特殊體會與感受，並以文字或圖象中留下這些台灣印象。

二、原住民文化的想像與再現

綜觀歐洲的旅遊記聞，在文藝復興時期仍不脫中古傳奇的框架，內容多為怪譚虛構。到了十八世紀，隨著啟蒙運動的腳步，旅行文學亦轉而強調實證經驗，要求旅行書寫兼具知識和怡情的雙重功能，並逐漸形成一個通俗的敘事文類。[141] 1991 年又有波特

---

[140] 六十七：〈臺海采風圖序〉，錄於范咸：《重修臺灣府志》（臺北：臺灣銀行經濟研究室，1961 年 11 月），臺灣文獻叢刊 105 種，頁 671。

[141] 倍騰（Charles L. Batten, Jr.）在 1978 年出版《寓教於樂：十八世紀旅行文學的形式與成規》（*Pleasurable Instruction: Form and Convention in Eighteenth-Century Travel Literature*），首開研究此一文類的風氣，並強調不同的旅行書寫之間的系譜傳承。如艾迪生（Joseph Addison）於 1699 年夏天遊歷義大利

（Dennis Porter）出版《心念之旅：歐洲旅行書寫的欲求與踰越》（*Haunted Journeys: Desire and Transgression in European Travel Writing*），捨棄文類的形式與目的論，轉而突顯旅行書的論述性質。波特以為旅行書除了記錄旅途的經驗表象，更重要的是建構作者的自我主體（subjectivity）以及和「他者」（other）之間的對話交鋒（a dialogic encounter）。旅行者離家在外，跨入「他者」的地理與文化版圖，產生一種追尋烏托邦的欲求。雖然旅行書寫以記錄實證經驗自詡，但是潛藏在旅行者心中的欲求卻促使自我主體持續藉由外在世界的刺激而生內省，思考「我」與「他者」的定義，以及兩者之間的關係。由於旅行記遊幾乎都是以日記或書信體寫成的敘事體（narrative），旅行書寫暗伏或直陳論述的企圖，絕非單純的報導見聞。[142]

台灣清治前期的旅遊巡視散文中，有關原住民書寫為此類作品主要題材之一。當時遊宦文人初到台灣這塊「異地」，常以獵奇的心態捕捉對原住民風俗的印象，並將所見所聞化為一段段文字速寫。其中，也包括許多僵化的傳聞，或衍生出的想像之辭。如郁永河旅行時未深入高山，所以少與高山族居民有接觸的機會，《裨海

與歐陸其他國家，回到英國之後寫成《遊義大利觀感》（*Remarks on Several Parts of Italy*）（1705），此書一出，風行全歐，在十八世紀結束之前總計有十三種不同的版本在市面銷售，英文原版之外尚有法文和荷蘭文翻譯本。之後的其他旅行者，在他們的旅行書中，引述艾迪生在各個旅遊點的觀感，使得不同時代的不同讀者在閱讀時也能進入一個文類傳統中。

[142] 宋美華：〈自我主體、階級認同與國族建構：論狄福、菲爾定和包士威爾的旅行書〉，《中外文學》26卷4期，1997年9月，頁4-28。

紀遊》提到：「其深山野番，不與外通，外人不能入，無由知其概。」〈土番竹枝詞〉第二十四首自注：「深山野番，種類實繁，舉傀儡番以概其餘。」在對高山原住民訊息阻隔的情況下，以概括的象徵手法，泯除了各原住民之間的文化差異。郁永河又在〈番境補遺〉提到：「斗尾龍岸番皆偉岸多力，既盡文身，復盡文面，窮奇極怪，狀同魔鬼。常出外焚掠殺人，土番聞其出，皆號哭遠避。」《裨海紀遊》初八日也提到：「所見御車番兒，皆遍體雕青：為鳥翼盤旋；自肩至臍，斜銳為網罟纓絡；兩臂各為人首形，斷猙獰可怖。」且在四月十二日到大肚社，以「番人狀貌轉陋」形容所見原住民的外貌。到了二十三日，自渡溪後，「御車番人貌益陋，變胸背雕青為豹文」，這些描述多顯現出作者在觀察原住民物質文化中的衣飾層面，多是以漢本位的審美觀為中心。

郁永河在《裨海紀遊》中不僅記錄平埔族的衣食住行等物質生活習俗，書中並描繪若干來台官員對平埔族的壓迫，及通事對平埔族的欺詐行為的論述：

> 此輩正利番人之愚，又甚欲番人之貧：愚則不識不知，攫奪惟意；貧則易於迫挾，力不敢抗。匪特不教之，且時時誘陷之。即有以冤訴者，而番語侏離，不能達情，聽訟者仍問之通事，通事顛倒是非以對，番人反受呵譴；通事又告之曰：「縣官以爾違通事夥長言，故怒責爾。」於是番人益畏社棍，事之不啻帝天。[143]

[143] 郁永河：《裨海紀遊》，頁37。

書中所呈現的清治初期社會面貌及居民生活的困境，多具史料價值。《裨海紀遊》雖無「人」與「非人」二元對立的敘述，然仍將原住民視為異類。所謂「夫樂飽暖而苦飢寒，厭勞役而安逸豫，人之性也；異其人，何必異其性？」[144]所以他提到統治的方法，不外是：「與東番約其夾擊，剿撫並施，烈澤焚山，夷其險阻，則數年之後，未必不變荊棘為坦途，而化噤瓠為良民也。」[145]透顯大量的移民及漢語對原住民文化的壓迫及不均衡的權力關係，使得弱勢族群停留在邊緣且貧困的情況。有時統治階層甚至聯合原住民以武力侵境，達成收編的目的。郁永河《裨海紀遊》記載新港、嘉溜灣、毆王、麻豆四大社，於鄭氏時期教化的情形；又提到教化原住民的主張：「余謂欲化番人，必如周之分封同姓及世卿采地，子孫世守；或如唐韋皐、宋張詠之治蜀，久任數十年，不責旦暮之效然後可。」[146]以為統治原住民須長期積累教化，方能見其潛移默化的影響力。

若瀏覽清治時期各志書、采訪冊中有關平埔族風俗志的記載，年代愈早，內容愈詳細豐富，其真實度也較高；年代愈晚，內容益少，且直接從前人著作抄錄的情形也愈多，這點可能表示的意義是：編纂的人或許已經不太容易判斷、觀察平埔族人的存在與其獨特的文化了。[147]從清治時期的散文、詩歌的題材，也可看到類似的

---

[144] 郁永河：《裨海紀遊》，頁 38。

[145] 郁永河：《裨海紀遊》，頁 33。

[146] 郁永河：《裨海紀遊》，頁 37。

[147] 詹素娟：〈從中文文獻資料談平埔族研究〉，收入《臺灣平埔族研究書目彙編》（中央研究院民族所，1988 年 6 月），頁 7。

趨向。歷史是人時空三個因素互動，交織形成的結構、事態和事件。台灣這個島嶼上，在不同的時間段落內，因為國際情勢的變化、生產方式的相異、活動人群的複雜、經濟交流項目的替換，而呈現各時期不同的社會特徵。如果未考慮到台灣是一個獨立的歷史舞台，從史前時代起，便有許多不同種族、語言、文化的人群在其中活動，它們所創造的歷史，都是這個島的歷史，則台灣歷史的研究便難以超越政治化的限制。[148]如歷經荷蘭、西班牙及清廷之統治，台灣原住民社會受到外力影響頗大，尤其居住於平原、山丘之平埔族社會首當其衝。從台灣清治時期古典文獻等研究資料顯示平埔族之漢化實為一苦痛之歷程。[149]而平埔族禮俗之改變、語言傳承衰微等風俗之轉變過程，多為短期內由外力衝擊與改造所形成。從台灣清治時期遊記所記載十七到十九世紀原住民外在物質樣態、或采錄社會風俗的特色；或是呈現世居台灣的平埔族經外來政權的統治，為適應文化變遷所面臨的困境，都是值得今日研究者再深入探討的議題。

---

[148] 曹永和，〈台灣史研究的另一個途徑「台灣島史」概念〉，《台灣早期歷史研究續集》（台北：聯經，2000年10月），頁445-447。

[149] 如噶瑪蘭三十六社居民，以漁海營生，不知耕作，「所有餘埔，漢人斗酒尺布即騙得一紙瞨字。又不識漢字，所有瞨約即係漢人自書，但以指頭點墨為識，其偽莫辨。」陳淑均：《噶瑪蘭廳志》（臺北：臺灣銀行經濟研究室，1963年），頁232。又因漢移民大量湧入，犁耕墾作使鹿之生存環境受到威脅，平埔族傳統狩獵與粗作農業日漸衰微，故學習漢人從事水田稻作。漢移民透過承租、借貸等方式取得平埔族土地之開墾使用權。或因承租期長達二、三十年者，或貨幣之借貸無法償還，地權逐漸轉移至漢人之手，且漢人亦有以非法手段侵占等情形。

三、風土書寫的承襲與影響

不論是想像虛構和記實非虛構的旅行作家，皆常摘錄援引參證早期旅人的文本。巴恩斯（Trevor J. Barnes）與鄧肯（James S. Duncan）合編的論文集《書寫世界：風景再現的論述、文本與譬喻》提到：「地點是互文的場域，因為以早期文本為基礎所完成的不同文本與論述的模式，指涉的是他們對風景與體制深刻的銘記。」[150]歷史掌故、他者生命之路的重繪，以及追蹤早期旅人記述的指證，在在點名疊複痕跡的文本世界。無論是地理和旅行文學的書寫形式，多應視為文化表異的模式，而非複製參證指涉的成品。[151]旅行經歷的書寫，不僅是個人的體驗，也受到閱讀他人相關的作品、聆聽相關見聞的影響。如郁永河《裨海紀遊》二月二十五日的日記提到：

> 復取台灣郡志，究其形勢，共相參考。蓋在八閩東南，隔海水千餘里，前代未嘗與中國通，中國人曾不知有此地，即輿圖、一統志諸書，附載外夷甚悉，亦無臺灣之名。[152]

清治時期來台文人，通常多先透過方志資料，以建構對台灣的認知。

遊記作者是如何認識、傳達他所見的台灣風土人情？觀看的眼

---

[150] Barnes, Trevor J., and James S. Duncan: *Writing Worlds: Discourse, Text and Metaphor in the Representation of Landscape*, New York: Routledge, 1992, p.8.

[151] Barnes, Trevor J., and James S. Duncan: *Writing Worlds: Discourse, Text and Metaphor in the Representation of Landscape*, pp.5-8.

[152] 郁永河：《裨海紀遊》，頁9。

睛並不是天生具有的，對台灣風土的認知，有如社會文化的累積過程，經過許多人共同參與、互相影響而來。作者身處他鄉的回憶敘事，在個人與集體、過去與現在、蠻荒與文明間糾纏交錯。遊記是作者個人心路歷程及其觀察的筆記，到原本陌生的環境去旅行，常形成比較、翻譯、個人心路歷程的轉變。清治前期的旅臺筆記，為台灣古典文獻做了先導的鋪路工作，影響後來旅臺者的文化觀察。如季麒光《臺灣雜記》承襲類似《山海經》詭異誇飾的風格、將寫實與想像並陳的寫作手法，或是如志怪體般浪漫恢奇的文字表達。此作品雖然只是片段的筆記體形式，但對於往後對於台灣山林的想像、原住民的神話傳說、民間風俗的表現方式，仍具有若干的影響。又如朱士玠記錄渡海經歷曾引用《臺灣雜記》對黑水溝的描寫；在敘及台灣早期歷史時，亦引用《臺灣雜記》一大段文字。周鍾瑄《諸羅縣志》、黃叔璥的《臺海使槎錄》亦大量引用《裨海紀遊》等，皆可見前書影響的痕跡。

清治後期池志澂《全臺遊記》提到「閱讀」激起他遊覽台灣的動機。[153]

> 於少時讀藍鹿洲《平臺紀略》、魏默深《戡定臺灣記》諸書，謂臺灣土沃產阜，耕一餘三，可富可強，可戰可守，輒

---

[153] 台灣銀行經濟研究室所印的《全臺遊記》收錄清治末期到日治初期的四篇遊記，其中第一本即為池志澂的著作。但此書封面作者名，及《臺灣文獻叢刊提要》皆誤為池志澂，今據此書跋語後所錄惜硯樓叢刊，稱池志澂為臥廬先生。又據中央研究院中國文哲研究所藏有惜硯樓叢刊，及池志澂另一本著作《滬遊夢影》，而推斷《全臺遊記》的作者應為池志澂。

慕然作海外之想。[154]

又如蔣師轍因受聘台灣通志局總纂約，所作《臺游日記》常提到他曾閱讀郁永河、藍鼎元、黃叔璥等的旅遊書寫。許多遊記的作者對於台灣風土的認知，常常受到清治前期旅行巡視書寫的影響。若從此觀點來看，台灣清治前期旅行巡視書寫，在台灣古典散文史中，具有文化傳承的功能。

有關旅行的論述若從科技（Science）層面加以探討，則可發現因為交通工具（means of transportation）不同的選擇，所看到的景觀以及激發的記憶也都會有所轉變。[155]若以清治前期的郁永河《裨海紀遊》，與清治後期池志澂《全臺遊記》相比較，郁永河於 1697 年（康熙三十六年）從台南北上時，陸上交通工具多以牛車，或步行為主，沿途所見多以平埔族人的聚落，漢移民的數量仍有限；至竹塹一帶，有時甚至只見荒蕪的景象。而同伴王雲森亦以簡陋的船，驚險地在沿海沙洲、礁石間穿梭，隨時皆有遇難的危險。而到了池志澂《全臺遊記》所描述的景象，則可見陸上已有火車，減省許多路途花費的時間及危險性。且當時海上已有「斯美輪船」等現代交通工具，更得以悠閒欣賞澎湖本島附近「大小列島星羅棋布煙波浩渺之中」的景觀。

展現歷史的文獻需考慮其時空背景，方可顯現其實用價值。池

---

[154] 池志澂：《全臺遊記》（臺北：臺灣銀行經濟研究室，1960 年），臺灣文獻叢刊 89 種，頁 3。

[155] 此一分析概念得助於廖炳惠：〈旅行、記憶與認同〉，《當代》175 期，2002 年 3 月，頁 86-91。

志澂比郁永河晚到台灣將近195年，這期間台灣土地的開闢、社會文化，已有明顯的變遷，正可用作歷史地理比較研究之用。《裨海紀遊》記錄1697年（康熙三十六年）四月二十五日的旅途見聞：

> 自竹塹迄南崁八九十里，不見一人一屋，求一樹就蔭不得；掘土窟，置瓦釜為炊，就烈日下，以澗水沃之，各飽一餐。途中遇麋、鹿、麞逐隊行，甚夥，驅獫猲獲三鹿。[156]

如此居住人口稀少的自然草原景象，經過二十多年後，藍鼎元於1721年（康熙六十年）所見竹塹人口仍尚少，但以為此地頗具開發的價值。而到了清治後期池志澂《全臺遊記》則提到：

> 境內土地肥饒，人民沃衍，藍鼎元《東征集》所謂台北民生之利無如竹塹，而二百年後竟著其盛焉。[157]

竹塹民生的變遷極為明顯可見，約一百七十年後，該地顯然已成北臺重鎮。在1860年至1863年間臺灣在天津條約及其附約的規定下，正式對外開放了淡水、基隆、打狗、安平等通商口岸。[158]開港

---

[156] 郁永河：《裨海紀遊》，頁22。

[157] 池志澂：《全臺遊記》，頁7。

[158] 天津條約原只規定開放臺灣（即安平）一港，但在1860、1861、1863等年的該約附款中，相繼追加淡水、基隆、打狗各港。James W. Davidson、蔡啟恆譯：《臺灣之過去與現在》（臺北：臺灣銀行經濟研究室，1972年），臺灣研究叢刊第107種，頁119-125。

以後，台灣的貿易對象擴大到世界多國，通商口岸的城鎮亦多有新貌。又如黃叔璥《臺海使槎錄》中描述羅漢門（約位於高雄縣內門鄉附近）及附近深山的情景：

> 外此羊腸鳥道，觸處可通；峻嶺深谷，叢奸最易。土人運炭稻，牛車往來，徑路逼狹，不容並軌；惟約晝則自內而外，夜則自外而內，因以無阻。夏秋水漲，阬塹皆平，則迷津莫渡，與諸邑聲息隔絕。[159]

朱景英《海東札記》除了記錄羅漢門附近的自然地勢外，同時也描寫：「曩以地逼野番；且易叢奸匪，故邊界有禁，而運以時；近則墾闢漸廣，往來如織矣。」[160]兩相對照，可知此地從茀草遍地的荒野景象，到後來墾拓的人群聚集越來越多，已呈現一片往來如織的明顯變遷。

---

[159] 黃叔璥：《臺海使槎錄》，頁 109。

[160] 朱景英：《海東札記》，頁 5-6。

第四章
清治中期散文的社會教化書寫

第一節　清治中期散文發展大勢

一、清治中期在地文人的文集

台灣清治中期（1796-1870）在地科舉社群的人數漸增，可惜許多文人的作品已散佚難見。幸運留存的散文除了少數由方志藝文志所收錄外，後來單獨編纂出版的如新竹鄭用錫（1788-1858）《北郭園全集》保存其部分的散文作品，有些則另收錄於《淡水廳志稿》、《浯江鄭氏家乘》及《淡水廳築城案卷》等文獻中。這些散文涵括記敘、說理、實用等類別及多種題材。而鄭用鑑的散文今收錄於《靜遠堂詩文鈔》，書中多是讀書心得的論述，如〈刑期於無刑論〉、〈地理說〉等篇，為據事說理類的散文。鄭用鑑尤善論史，他常選擇典型事例，以對比或襯托的手法強化人物性格。如〈孫策有兼併之志議〉、〈劉備取蜀議〉、〈王導請元帝引江南之望議〉等篇，皆可見受到傳統史學著重對人物褒貶及其在歷史進程中的影響；至於〈讀杜子美集題後〉則表現他好詠名家之詩，並深入品評的寫作習性。

而在淡水同知陳培桂主編的《淡水廳志》中，亦可見當時有許多在地文人參與採訪工作，如張書紳、林維讓、陳霞林、蘇袞榮、鄭如梁、林英、李聯英、鄭化南、鄭秉經、林紹唐、林維源、林汝梅、李騰芳、陳經、黃中理、蘇章榮、陳鷟升、傅以揚、高廷琛、潘永清等。這些科舉社群包括舉人、廩生及生員，對於北台實地的採訪及史傳散文的撰寫，貢獻不少心力。

淡水廳在地文人的崛起多集中於此期，當地文學創作風氣之日益蓬勃，除了前所提竹塹鄭用錫、鄭用鑑外，又有竹塹林占梅❶，大龍峒陳維英，枋橋林維讓、林維源等家族及門人所引領風騷。但因多位文人皆以曹敬與黃敬為陳維英的兩位得意門生，兩人一生多奉獻於淡北文教圈，對當地文教的推展功不可沒，故有「淡北二敬」的稱號。士林曹敬為陳維英的得意門生❷，文學作品今輯成《曹慤民先生詩文集》，此詩文集多保存作者對詩、賦、散文各體

---

❶ 竹塹林占梅以詩著稱，有些歌行體的長詩前面有序，如〈地震歌〉的序文提到：「道光戊申仲冬，臺地大震；吾淡幸全。而嘉、彰一帶城屋傾圮，人畜喪斃至折肢破額者，又不可勝計矣。傷心慘目，殊難名狀。今歲暮春，復大震二次。驚悼之餘，乃成七古一篇，歌以當哭。」這段寫於 1853 年（咸豐元年）三月初八日的序，即呈現詩人所書寫的台灣自然意象。林占梅：《潛園琴餘草簡編》，臺灣文獻叢刊 202 種，頁 8。

❷ 曹謹於 1841-1846 年（道光二十一－二十六年）任淡水同知，曾捐俸與大龍峒紳士陳遜言倡建淡北艋舺學海書院，寒士賴以成業者頗多。陳培桂主編，《淡水廳志》，頁 261。徐宗幹於 1848-1853 年（道光二十八－咸豐三年）間任分巡台灣兵備道兼提督學政，修書院、興義學，且致力釐革考試情弊，對學政有責者引為矩矱。伊能嘉矩著、江慶林等譯，《台灣文化志》中卷（南投：台灣省文獻會，1985 年），頁 45。

文學創作的嘗試。就現存曹敬兩種手稿而言，初稿因保留曹敬潤飾文句的資料，而能呈現原句與修改句的差異，且保留陳維英批閱後的評語，故更具史料價值。不過，現存初稿的數量不全，且不似重謄稿般清晰，故需兩相對照較能呈現曹敬作品的原貌。若將作者初次創作的原稿與老師的評語、批改的詞句對照看，可見曹敬再次潤飾自己作品時多受到陳維英的啟發與影響。修改後的作品呈現文氣較原稿通暢，用詞亦多貼切明朗的寫作風格。這些描繪景物古蹟、記載風俗民情、及勸學勵志等題材，表現了曹敬作品或清新、或鋪敘、或剴切的抒情及議論的風格。

出生於台南的施瓊芳，雖有進士功名，然一生淡於仕途，勤事著作；可惜清治後期的兵災，精心之作大多散佚，只留下《春秋節要》及《石蘭山館遺稿》等二部書。《石蘭山館遺稿》有文鈔、詩鈔、試帖共二十二卷，多篇散文為壽序、祭文、誄文、墓誌銘、祝文、贊等應酬文。有些則為當地的文化記錄，如〈臺郡加廣學額中額志略〉、〈奎樓送字紙外海祝文〉、〈祀文昌朱子合祝文〉、〈茅港尾北陂車橋募引〉、〈臺郡募修北條水道序〉等，內容涵蓋了學額的增廣、敬字信仰、文昌信仰以及公共建設等；而〈育嬰堂給示呈詞〉則呼籲鄉親共同響應籌建育嬰堂的善行，並宣揚尊重生命的意義。

澎湖文士蔡廷蘭幼年聰穎，十三歲即中秀才。1832 年（道光十二年）澎湖鬧饑荒，周凱勘查賑災情形時，蔡廷蘭上〈請急賑歌〉以表達知識份子對民生的關懷。❸他曾於 1834 年（道光十四年）擔任

---

❸　後科考登進士，澎湖科舉自此更興盛。四十四歲分發至中國大陸江西任知

引心書院的主講，也曾任台南崇文書院、澎湖文石書院的講席。1835 年（道光十五年）秋天參加科考，由廈門渡海欲回澎湖的歸程中，遇颱風而漂流至越南；隔年夏天才返家，所著《海南雜著》三篇即記載當時見聞。其中〈滄溟紀險〉敘遭風歷險十晝夜抵達越南的情景，〈炎荒紀程〉篇為按日記載於越南及歸途的經過，〈越南紀略〉篇記述越南史事及其典章衣物與風土人情。這些描繪越南人文景觀及社會風俗的觀察，起因於他漂流異地的有感而發，所謂：

> 廷蘭以風濤之厄，身履異域，雖譯語不能盡詳，幸遇同鄉流寓者眾，得隨地訪聞其事；益知我聲教所被，能使窮荒海壤，向化中外一家，贈資得歸鄉土。❹

書中多呈現蔡廷蘭當年受到越南地方官殷勤招待的經過，也透露儒學於境外發展的情況。他在越南遇到許多閩、粵的移民，並從以漢語交談的居民口中了解越南的習俗；也見到越南境內有幾處與中國有關的古蹟，並聽聞地方的傳說。這些記載多呈現文人想像越南政教風俗受漢文化影響的程度。❺

縣，四十九歲補峽江知縣，後歷官至同知。得年五十九歲。林豪，《澎湖廳志》（臺北：臺灣銀行經濟研究室，1963 年 6 月），臺灣文獻叢刊 164 種，頁 237-239。

❹ 蔡廷蘭：《海南雜著》（臺北：臺灣銀行經濟研究室，1959 年 6 月），臺灣文獻叢刊 42 種，頁 41。

❺ 越南是一個極端模式化的民族主義移轉過程，1802 年嘉隆帝登基時，原希望將王國稱為「南越」，並遣使徵詢北京的同意。然而清朝的嘉慶皇帝卻堅持應該稱為「越南」。因越南意指「越地之南」，亦即十七世紀之前被漢朝征

金門人林豪（1831-1918）於 1862 年（同治元年）秋天來到台灣，戴潮春起事時，林占梅奉檄辦理團練事宜，當林占梅首次見到林豪時，即十分禮遇並延請他到竹塹潛園。戴潮春事件告一段落後，林豪曾撰寫《東瀛紀事》，他自述編纂過程：

> 凡載繼之文，宜實事求是，無偏無飾。是以野叟之傳聞，質於當軸之封事；老兵之偶語，確於大帥之文移。某嘗往復郡垣，輒與田夫、老卒縱談兵燹亂離之故，隨手劄記，得數百楬；比歸，發篋編次，以成此書，蓋易稿者屢矣。❻

從這段自述中，可知林豪將當時見聞及田野訪查所得，參酌相關檔案文獻，以敘事文的手法撰成《東瀛紀事》，此書為清治中期長篇歷史散文的代表作之一。林豪曾在 1868 年（同治七年）主講於「文石書院」，一生的著作豐富，包括未刊的《淡水廳志》、以及已刊的《淡水廳志訂謬》、《澎湖廳志》、《誦清堂詩集》、《誦清堂文集》、《海東隨筆》、《瀛海客談》等書，多呈現他對於史學與文學的見解。

服的地域，這個地域如眾所周知的，包括今天中國的廣東和廣西以及紅河流域。而嘉隆帝的「南越」卻意指「南部的越地」，而這實際上是主張對其古王國擁有支配權。Benedict Anderson, *Imagined Communities: Reflections on the Origin and Spread of Nationalism*, (New York: Verso, 1991), pp.157-158。

❻ 吳希潛序、林豪：《東瀛紀事》（臺北：臺灣銀行經濟研究室，1957 年 12 月），臺灣文獻叢刊 8 種，頁 3。

二、清治中期遊宦文人的文集

清治中期遊宦文人的散文作品集結成書者頗多，如歷任台灣海防同知、台灣知府及噶瑪蘭通判的楊廷理，所著《東瀛紀事》、《噶瑪蘭記略》記載林爽文民變等史事，及當地歷史沿革。《臺陽筆記》為 1793 年（乾隆五十八年）到 1805 年（嘉慶十年）曾任彰化、南投縣丞等職的翟灝所撰。1804 年（嘉慶九年）來台任嘉義縣教諭的謝金鑾（1757-1820）與也是嘉慶年間來台擔任台灣縣學教諭的鄭兼才，因參與編纂《續修台灣縣志》而相識。謝金鑾著有彙集宜蘭沿革歷史的〈蛤仔難紀略〉及數篇人物傳記；其文集名為《二勿齋文集》，彙集散文、詩歌、像贊、題辭等，並錄有關台灣的事蹟。鄭兼才的《六亭文選》則收錄公文奏議、書信序跋等雜文，此書因作者職務的關係，對於教化的題材多有著墨。1819 年（嘉慶二十四年）以後曾來台三次的姚瑩，為桐城派中頗具史才者，他也是此期著作最豐碩的官員。

在臺近十年的鄧傳安是在 1822 年（道光二年）擔任台灣「北路理番同知」，並就見聞參酌志書及多種文獻而編撰成《蠡測彙鈔》。書名冠以「蠡測」是因：「非敢謂蠡測可以知海，亦欲來者知區區濫觴，尚非無本之學云爾」。書中收錄了〈台灣番社紀略〉、〈水沙連紀程〉、〈番社近古說〉等關於原住民的題材，也錄有考史事如「海外寓賢考」、「明魯王渡臺辨」、「文開書院從祀議示鹿仔港紳士」等篇，及其他題材的序跋碑記等文。

1833 年（道光十三年）任「北路理番同知」兼鹿港海防的陳盛韶，曾在所著《問俗錄》的〈自序〉中言此書寫作動機：

> 邑令於民間風俗不能周知，勢必動輒乖違，又何能興利除弊耶？爰是每宰一邑，輕車下鄉，與紳耆士庶接見，悉心咨訪，雖不能周知，亦偶知其一二，又恐久而遺忘也，謹記之為《問俗錄》。❼

陳盛韶在此書中記錄建陽縣等六個任職之地的風俗，其中有關鹿港廳的包括「螟兒」、「頭家」、「分類械鬥」等。《內自訟齋文選》則為 1833-1836 年（道光十三－十六年）任台灣兵備道的周凱的散文選集，此書除錄日常應用文外，也收錄一篇有關張丙事件之文。

1847 年（道光二十七年）來台任鹿港同知的曹士桂，所著《宦海日記》原有四本，現僅殘存一本。❽今存的日記起自 1847 年（道光二十七年）正月一日，止於同年二月二十九日。其中除二月十一日缺記外，共計日記五十八天。第一部分先記錄赴任來台前的行事，再簡要記述巡視鹿港及水沙連的見聞。第二部分為〈閩浙制軍大司馬劉公查勘投誠獻地，籲請開墾水沙連六社番地番情日記〉，此為記錄水沙連附近原住民生活及風俗的情形。第三部分為〈擬稟稿〉與雜記。1826 年（道光二十六年）鹿港所轄水沙連的埔里等六社請求

❼ 陳盛韶：《問俗錄》（南投：台灣省文獻委員會，1997 年 11 月），頁 3。

❽ 曹士桂，字丹年，號馥堂，雲南文山縣鳴鷲村人。1822 年（道光二年）舉人，歷任江西新安、會昌、信豐、龍南、萬安、南昌等縣知事。1847 年（道光二十七年）抵台任鹿港同知，後受到閩浙總督劉韻珂的賞識，擬提升為台灣知府；然因積勞病，居臺時間約九個月後，於任內病逝。日記為後人所保存，1983 年 9 月由其五世孫曹子錫捐獻給雲南省博物館。曹士桂撰、雲南省文物普查辦公室編校：《宦海日記校注》（雲南：雲南人民出版社，1988 年 8 月），頁 113-115。

內附；後來眉社等八十八社也跟進。清廷於是派曹士桂探訪這些原住民聚落的情形，〈擬稟稿〉即是他實地調查後寫下其經歷與開墾的意見。此文為在他尚未陪同閩浙總督劉韻珂前往各社視察前，負命先前往探察這些原住民八十餘社概況後所寫的奏稿。當時曹士桂即發現有關社丁及通事擾民的社會問題，他以嚴辭批評這群擔任翻譯的人：

> 辯給過人，機巧亦必過人，唯利是圖，罔知事體，竊恐擾來歸，或有不實。即使盡實，而以八十餘社數萬生番投誠、獻地、內附改熟大事，專寄於十數辯給機巧之人，竊慮我以恩擾，彼以威勝；我以誠孚，彼以偽售；傳問易其詞，而所問非所問；述答易其詞，而所答非所答。中多隔閡，兩情難通，辦理稍未浹洽。❾

有關通事的社會問題早在十七世紀即已存在。其產生的緣由多因漢人與原住民的言語不通，所以專賴曾經學過雙方語言的社丁與通事協助溝通。但是到清治中期這群「有辯給之才，往來於衙門、生番間者」卻濫用擔任官府與原住民間溝通橋樑的權力，有時當他們犯過或傷人時，官員卻讓他們「私賞頂戴」而藉此脫罪。所以曹士桂認為在這些社會問題，或有關歸附等實際執行技術尚未解決之前，宜審慎考慮歸附問題。他在〈擬稟稿〉中具體提出「續歸八十餘社

---

❾ 曹士桂撰：《宦海日記校注》（雲南：雲南人民出版社，1988 年 8 月），頁 232。

的經理宜從緩，已勘之社的開墾宜從速」的建議。❿此書最後又附錄曹士桂所撰雜記四則，包括〈台灣鹿港飭知抄後〉、〈制軍夾單〉、〈道光貳拾陸年拾貳月廿九日委采實義倉谷石札〉與〈台灣形勢·風俗雜說〉殘稿。

1847 年（道光二十七年）任台灣道的徐宗幹，所撰《斯未信齋文編》、《斯未信齋雜錄》包括了公文書及日記隨筆。《斯未信齋雜錄》所錄與台灣有關的事，為卷四中的〈丁戊隨筆〉，內容多記 1847-1848 年（道光二十七年－二十八年）攜眷渡海抵達台灣，及任台灣道的見聞；其中又有 1848 年（道光二十八年）所作的〈斐亭隨筆〉，以及〈君子軒偶記〉、〈退思錄〉等文。卷五則錄 1851-1852 年（咸豐二－三年）〈王癸後記〉，以及 1853 年（咸豐三年）〈癸丑日記〉等篇記載較多作者在台灣的論述，書中也收錄非在台灣所作但也論及台灣事的篇章。他又在 1851 年（咸豐元年）彙集科舉制藝作品編成《瀛洲校士錄》共三集，以供學子模效。⓫

丁曰健於 1847-1854 年（道光二十七年－咸豐四年）、1863-1866 年（同治二－五年）來台，曾擔任鳳山知縣、鹿港同知、及淡水臺澎兵備道。1863 年（同治二年）徐宗幹將《治臺必告錄》原稿交予即將赴任分巡台灣道的丁曰健，告知他說：「治臺方略，全在因地制

---

❿ 曹士桂撰：《宦海日記校注》，頁 232。

⓫ 台灣分館藏有《瀛洲校士錄》第三集上卷，封面載有「咸豐辛亥夏鐫，海東書院藏版」。筆者調閱此書的微捲，見目錄共七頁，最末行刊「授業吳敦禮校授業吳敦禮校」木記。鈐「守屋善兵衛氏在臺記念寄附」、「台灣總督府圖書館藏」、「台灣省立台北圖書館藏書」、「台灣省立台北圖書館藏書章」朱印四方，分成上卷論文 27 篇，下卷詩賦 91 首。

宜，名賢往事可師。」⑫丁曰健於是閱覽此手稿，並應用於軍事上，作為治臺方略的參考。當丁曰健於 1866 年（同治五年）十月即將告病還鄉的前一個月，因聽聞徐宗幹驟逝的消息，激起內心思念知音之情，並目睹這些手稿實為「乃公在臺數年參酌搜討，薈萃諸名臣之精華而加以偉論。」⑬於是決定重新彙輯校正後，以雕版刻印以利流傳。這本彙集眾人治臺言論，後三卷則為〈平臺藥言〉等書，丁氏個人的書劄及奏疏。後與陸路提督林文察同定戴變，至五年離任。次年，因並自著〈平臺藥言〉等篇，即在臺所上摺奏附入，合為八卷，校正付梓。總計前五卷係集前人之作，包括藍鼎元《鹿洲文集》、魏源《聖武紀略》、謝金鑾《蛤子難紀略》、鄧傳安《蠡測彙鈔》、周凱《內自訟齋文集》、姚瑩《東溟文集》、《東槎紀略》，達洪阿等《防夷奏疏》、劉韻珂《奏開番地疏》、熊一本《條覆籌辦番社議》、史密〈籌辦番地議〉，徐宗幹〈斯未信齋存稿〉、〈斯未信齋文集〉。後三卷則為丁曰健所撰，有〈平臺藥言〉及書劄、奏疏等五十一篇，合計共一百八十四篇。其自撰奏疏及書劄，多均為「戴案」史料。

丁紹儀於 1847 年（道光二十七年）任職於台灣道幕府，所著《東瀛識略》為廣覽文獻所得及在臺八個月對風土民俗的觀察記錄。〈自序〉提到：「凡臺事之堪資談助者，入耳經目，輒筆識之，並

---

⑫ 丁曰健：《治臺必告錄》（臺北：臺灣銀行經濟研究室，1959 年 7 月），臺灣文獻叢刊 17 種，頁 3-4。

⑬ 丁曰健：《治臺必告錄》，頁 3-4。

附綴管窺所及，竟得八卷。」⓮內容包括文教機構的設置、習尚風俗、兵燹及遺聞等。1871 年（同治十年）丁紹儀又對全書加以增補，然後才付印。全書除抄錄志書文獻外，亦有他個人的觀察記錄，如〈習尚〉一文：

> 如訪有孝子、弟弟、順孫、節婦及鄉里共推善人者，分別請旌給扁；准其製為欽旌特褒某項銜牌，婚喪等事，列於頭踏之前，其人見官長免行長跪禮，用彰殊寵。小民見此，無有不爭相誇羨者。⓯

此即是他觀察社會教化對於風俗的影響，或是價值觀的改變。此外，清治中期的方志藝文志中，如 1831 年（道光十一年）周璽主編的《彰化縣志》、陳淑均《噶瑪蘭廳志》等，也收錄多篇遊宦文人的各類散文。

綜觀清治中期的散文發展，除少數文集中所收錄壽銘墓誌等日常應酬文章外，許多作品常涉及社會教化的題材。例如此期在地士紳擔任書院講席，或參與公共建設、編纂方志，或社會救濟的情形漸普遍。這些在地的科舉社群除了撰寫制藝之文外，也以散文記錄士紳參與社會活動的情形，並表達個人居住在這塊土地上真實體驗的生命感受；同時也以當時民變、械鬥等社會議題作為散文的題

⓮ 丁紹儀：《東瀛識略》（臺北：臺灣銀行經濟研究室，1957 年 9 月），臺灣文獻叢刊 2 種，頁 2。

⓯ 丁紹儀：《東瀛識略》，頁 37。

材。為瞭解這些民變、械鬥的背景，需將事件置於歷史脈絡（historical context）中，始能窺見事件發生的情境。所以本章先分析文人有關社會教化的參與及記錄，再探討文人的械鬥書寫及民變書寫。最後再以分析文人的社會參與，及散文中的儒化規訓與儀式、彰顯政教合一的文化策略等層面，來歸納社會教化書寫與文化變遷的關係。

第二節　文人有關社會教化的參與及記錄

文人有關社會教化的書寫，呈現他們實際參與的情形及對此議題的見解。這些士紳或商業團體所參與的社會公益活動，並非漫無限制的，也非純屬善舉而已。更是為了塑造個人或組織良好的社會形象，提高組織的社會價值，以爭取地方政府與民眾的支持，模糊化他們商業營利行徑。另一方面，一旦組織奠定穩固的社會地位之後，不但更具有號召力，容易吸引新興郊商加入，而且也加強成員持續對組織的向心力。⓰其中竹塹鄭家於 1817 年（嘉慶二十二年）曾提議並捐鉅資修建淡水廳文廟，族人鄭用錫擔任副總理的工作，這是他中進士前所領導的首項公共事務。⓱文廟於 1824 年（道光四年）完成後，鄭家並獻出田租充作學田的經費。鄭用鑑亦倡勸重修文廟、文昌宮、明倫堂，並且親自監督工程的進行，歷兩年才完

⓰ 林玉茹，〈清代竹塹地區的商人團體——類型、成員及功能的討論〉，《臺灣史研究》第五卷一期，1998 年 11 月，頁 77。

⓱ 吳性誠：〈捐造淡水廳學文廟碑記〉，錄於《淡水廳志》，頁 384-386。

工；並曾參與義塚、義渡、義倉等社會救濟活動。⑱來臺流寓官員及文士中，亦不乏具有人文關懷者，為臺灣文教發展奉獻諸多的心力。以下即就文人講學的記錄、方志資料的蒐羅及編纂、參與公共建設及社會救濟為例，分析在地士紳參與社會教化的情形。

一、文人講學的記錄

經世致用思想使來台的文士不務空談，並將所學應用於治理實務上；從政令、奏疏、文移、示諭，及建置之碑記文，可見文士致力於移風易俗之教化思想。清治時期之政教措施，時而以官方諭告之方式，以化民成俗；時而利用祭祀信仰，取信於百姓。一方面藉行政體系之建立，及著重武備等政策，以鞏固統治勢力；另一方面，則以士人推展文教，藉此化民成俗、收服人心。清廷以教化為順利統治之途徑，然儒士塾師則利用官方提供之資源，以實踐儒學之教育理想。鄧傳安在台近十年期間，曾於 1824 年（道光四年）因鹿港缺乏書院，所以與當地商人士紳共同倡建「文開書院」，此書院的籌建影響鹿港文風甚鉅。鄧傳安〈新建鹿港仔港文開書院碑記〉一文先說明此書院得名的由來，是為了紀念沈光文而以「文開」為名，文中提到書院興建的經過：

道光四年，傳安為鹿仔港同知已二年矣。勤於課士，士皆思奮；因文昌宮之左隙地甚寬，請建書院其上。傳安給疏引勸，諭以海外文教，肇自寓賢鄞縣沈斯菴太僕光文字文開

⑱ 鄭鵬雲編修：《浯江鄭氏家乘》，頁 325-326。

者；爰借其字，定書院名，以志有開必先焉。工費既鉅，鳩庀不時。……是役也，閱四歲而竣工，共費白金若干。以歸官閒田為膏火所資，計若干畝。⓳

文中透露出官員課士的使命感，並捐出田畝以資助書院經費的持久。此文分析沈光文、盧若騰、王忠孝、沈佺期、辜朝薦、郭貞一、藍鼎元等人入祀的原因，而突顯藉祭祀以加深教化的用意。在〈重修海東書院碑記〉中又記錄他每至書院，必召集學子加以訓勉，文中所錄講學之詞為：

臺郡被聲教百餘年，人文不讓內地；諸生挾四書、五經以專心於舉業，自謂能學聖人之學矣，抑思學其學者必志其志，豈徒以文辭乎！⓴

他也提到若只埋首於科舉，「恐先有愧於鄉先儒而去聖人之道日以遠」，此即是彰顯書院的功能不應專注於協助學子求取功名，而應以學行兼修作為書院的終極教育目標。

台灣清治時期的教育機構，除了官方主辦的府、縣儒學外，尚有性質介於官學與鄉學之間的書院，及社學、義學、私塾等文教機構。當時書院在地理上的分佈以台南為數最多，其次為彰化，再者

⓳ 鄧傳安：《蠡測彙鈔》，頁 41-42。

⓴ 鄧傳安：《蠡測彙鈔》，頁 39。

為雲林，全台共創了六十三所書院。㉑如淡水廳最早成立的明志書院，初為義學，後擴建為書院。㉒又於 1781 年（乾隆四十六年）移建至竹塹，原書院所在地即成為義塾。至於位在艋舺西南方的「學海書院」，原名「文甲書院」，為 1837 年（光緒十七年）淡水廳同知婁雲所倡建。1862 年（同治初年）淡水廳大龍峒人陳維英曾任學海書院院長，又於 1864 年（同治三年）十月，重修學海書院時，協助勸捐經費，終使書院於隔年五月整建完成。㉓

書院在台灣清治時期肩負培育地方人才的功能，當時各地書院或由官方所建，或由私人籌建，有些為士紳提供學田由官方辦理。鑑於以往研究多廣泛對於書院的緣起、組織、經費及性質等方面加以探討，有關台灣清治時期在地文人擔任書院講席的層面較少論及。故從相關史料中整理歸納成表 4-1，以呈現在地文人對社會教化的參與情況。

㉑ 許世穎：《清代台灣書院之研究》，頁 90。

㉒ 清治時期台灣各地書院可彌補政府學校教育不足，其性質介於官學與鄉學之間。如淡水廳最早成立的明志書院，原設於淡水廳興直堡興直莊山腳下（今泰山鄉明志村），為 1763 年（乾隆二十八年）汀州貢生胡焯猷呈請後所設，初為義學，後經台灣府北路淡防同知印務彰化縣胡邦翰奏請建為書院。1764 年（乾隆二十九年）閩浙總督楊廷璋始命名為「明志書院」。《台灣教育碑記》臺灣文獻叢刊 54 種（臺北：台灣銀行經濟研究室，1959 年 10 月），頁 26、59。

㉓ 1843 年（道光二十三年）同知曹謹續成，1847 年（道光二十七年）閩浙總督劉韻珂巡台時易名為「學海書院」。由當時的同知曹士桂出任書院院長陳培桂，《淡水廳志》，頁 139。又由於此書院設於艋舺泉人分佈區內，因分類械鬥的關係，漳人子弟來此就讀者少。

表 4-1　台灣清治時期在地文人擔任書院講席一覽表

書院名稱	講席姓名	講席原居地	資料出處
崇文書院	金繼美	台灣縣東安坊	王必昌《重修台灣縣志》頁 378
	蔡廷蘭	澎湖雙頭掛	林豪《澎湖廳志》頁 237-239
	林啟東	嘉義縣治衡街	賴子清《嘉義縣志》頁 186-187
	丘逢甲	彰化翁仔社	鄭喜夫《丘倉海先生年譜初稿》頁 22-28
屏山書院	鄭應球	鳳山縣	王瑛曾《重修鳳山縣志》頁 255
海東書院	施瓊芳	台南	施瓊芳《石蘭山館遺稿》頁 1
	施士洁	台南	施士洁《後蘇龕合集》頁 1
白沙書院	陳肇興	彰化縣	吳德功《陶村詩稿・陳肇興先生略傳》頁 3
	施士洁	台南	施士洁《後蘇龕合集》頁 1
	丁壽泉	彰化鹿港	吳德功《彰化節孝坊》頁 5
	蔡德芳	彰化鹿港	吳德功《戴案紀略》頁 15
	蔡壽星	彰化鹿港	《台灣史蹟叢論》頁 25
玉峰書院	丁明燮	嘉義	石萬壽《嘉義市史蹟專輯》頁 37
	張瓊華	嘉義	石萬壽《嘉義市史蹟專輯》頁 37
	徐德欽	嘉義	賴子清《嘉義縣志》頁 48
明志書院	郭成金	淡水廳竹塹	陳培桂《淡水廳志》頁 259
	鄭用錫	淡水廳竹塹	陳培桂《淡水廳志》頁 259
	鄭用鑑	淡水廳竹塹	陳培桂《淡水廳志》頁 260
	陳維英	淡水廳大龍峒	林豪《淡水廳志訂謬》附於《淡水廳志》頁 471
	張金聲	新竹	鄭鵬雲《新竹縣志初稿》頁 4
	陳　芝	新竹	賴子清〈清代北台之考選〉頁 61
	陳朝龍	新竹	鄭鵬雲《新竹縣志初稿》頁 4
文石書院	辛齊光	澎湖奎璧澳	蔣鏞《澎湖續編》頁 25-26
	黃瑞玉	彰化	周璽《彰化縣志》頁 246

	蔡廷蘭	澎湖雙頭掛	林豪《澎湖廳志》頁237-239
	鄭步蟾	澎湖廳	蔡平立《澎湖通史》頁704
	蔡國琳	台南	《台灣列紳傳》頁285
引心書院	蔡廷蘭	澎湖雙頭掛	林豪《澎湖廳志》頁237-239
	韋廷芳	台灣縣	臺灣銀行經濟研究室編《台灣南部碑文集成》頁316
仰山書院	李維揚	台灣縣	姚瑩《東槎紀略》頁62
	黃讚緒	噶瑪蘭廳治北門	《宜蘭鄉賢列傳》頁45
	黃學海	噶瑪蘭廳	《宜蘭鄉賢列傳》頁47
	陳維英	淡水廳大龍峒	林豪《淡水廳志訂謬》附於《淡水廳志》頁471
	李春波	噶瑪蘭廳羅東堡	《宜蘭鄉賢列傳》頁11-12
	楊士芳	噶瑪蘭廳	《宜蘭鄉賢列傳》頁58
	黃鏘	噶瑪蘭廳	《宜蘭鄉賢列傳》頁49
	張鏡光	噶瑪蘭廳	《宜蘭鄉賢列傳》頁53
	李望洋	噶瑪蘭廳頭圍堡	《李敬齋年譜初稿》頁95-107
	黃友璋	噶瑪蘭廳南門街	《宜蘭鄉賢列傳》頁48
鳳儀書院	卓肇昌	鳳山	《台灣省通志》卷七頁291
	陳震曜	嘉義	《台灣省通志》卷七頁291
	盧德祥	鳳山	《鳳山縣采訪冊》頁158、240
興賢書院	邱萃英	彰化永靖	《台灣省通志》卷七頁291
	賴繩武	彰化燕霧下保大莊	《台灣省通志》卷七頁291
文開書院	莊士勳	彰化鹿港	莊太岳〈太岳詩草〉頁109
羅山書院	林啟東	嘉義縣治衡街	賴子清《嘉義縣志》頁186-187
	徐德欽	嘉義	《嘉義縣志》頁48
	丘逢甲	彰化翁仔社	鄭喜夫《丘倉海先生年譜初稿》頁22-28
	徐杰夫	嘉義	鄭喜夫《丘倉海先生年譜初稿》頁22-28

學海書院	陳維英	淡水廳大龍峒	《淡水廳志》頁 123、249
登瀛書院	洪鍾英	彰化北投保頂茄荖莊	〈草屯鎮志〉頁 906
	洪月樵	彰化鹿港	〈草屯鎮志〉頁 693
	陳秀芳	台北	臨時台灣舊慣調查會編，陳金田譯《台灣私法》第一卷頁 531
道東書院	謝孝專	彰化和美縣	《民族學研究所資料彙編》頁 145
	阮鵬程	彰化	王啟宗《台灣的書院》頁 73
蓬壺書院	蔡國琳	台南	《台灣列紳傳》頁 285
宏文書院	丘逢甲	彰化翁仔社	鄭喜夫《丘倉海先生年譜初稿》頁 22-28
	楊馨蘭	台灣縣烏日莊	《神岡鄉土志》頁 49
明道書院	張贊忠	淡水廳	《台灣的書院》頁 78
崇基書院	江呈輝	基隆廳	《台灣的書院》頁 78

資料來源：林文龍：〈清代臺灣書院講席彙錄〉，《臺灣文獻》42 卷 2 期，1997 年 6 月，頁 241-265。並將各書院講席中具有在地文人身分的部分，重新歸納整理。

從在地文人所擔任各地書院講席的一覽表中，可見他們參與推廣各地文風的情形。通常書院的講席或從學者的資格，都必須有一定的標準。《淡水廳志·學校志》提到：「凡書院之長，必選經明行修，足為多士模範者，以禮聘請。」㉔此與院中講習由駐防軍官或幕僚兼任，或入學資格無嚴格限定的學校比起來，更顯得正規書院的慎重其事。當時教育普遍以科舉應試為目的，所以一般生徒求學首重應制之文；然有些書院的講席卻能藉由講學而闡述個人的教

㉔ 陳培桂：《淡水廳志》，頁 121。

育理念。例如鄭用鑑企圖透過經學的傳授引導教化，並融入於每日授課內容中。他在〈立書院學規引〉一文中提到培養「體用兼備」人才的重要，所謂：「不養不可以勸，養之之術，捨學無由焉。書院為諸儒育才之地，……當明令規矩，申行約束，使來修飭而安學焉。」㉕他認為書院是重要的育才場所，如何使學子具有「博文深識」的涵養呢？明志書院所採用的方法為：「擇專經者一人，朝夕講說，每旬日條問大義，間五日則一習舉業，以備程試。」㉖可知鄭用鑑以早晨、黃昏講經及條問大義的方式，務使學生能明白經義。而且此項課程安排尚在舉業練習之先，足見他重視經書的教化意義。鄭用鑑〈誠名務學解〉一文，說明了他認為經由體踐經義可達善學的境界，所謂：「聖賢之道，莫大於務學；學莫大於根誠明之性，而蹈中庸之德也。」㉗他以為「學」要根於誠明之性，懂得存有與生俱來的本心即是「明」，行事依照本心則自然合乎中庸之

㉕ 鄭用鑑：《靜遠堂詩文鈔》（新竹：新竹縣立文化中心），頁58-59。乾隆五年（1740）分巡臺灣道劉良壁立海東書院學規六條，各地書院多所沿襲。白沙書院創建於乾隆十年（1745）當時淡水同知兼攝彰化知縣曾日瑛即曾手定規條。嘉慶十六年（1811）楊桂森任彰化知縣又撰〈白沙書院學規〉九條。整理要點如下：一為以人格教育為該院首要宗旨。二為讀書與作文方法的指導，包括書院生童的一日作息課程表。楊氏所撰能異於傳統深奧的學規，而代以口語化的文字，具體描繪出書院辦學宗旨、課程特色、及對學生在人格與學業上的期許。又如在噶瑪蘭廳治（今宜蘭市）西邊的仰山書院，其學規取乾隆二十四年（1759）覺羅四明的海東書院學規，「敦實行、看書理、正文體、崇詩學」等四條，再加上白沙書院學規「讀書以立品為重、讀書以成物為急」合而為仰山書院的學規。

㉖ 鄭用鑑：《靜遠堂詩文鈔》（新竹：新竹縣立文化中心），頁59。

㉗ 鄭用鑑：《靜遠堂詩文鈔》，頁81。

道。用鑑撰作此文的目的，一方面重新省察經典的意義；另一方面強調書院師生於學習過程中，需務實地學行兼修的教育理念。竹塹明志書院比淡水廳儒學早五十年設立，承擔大甲溪以北興學立教的重任。尤其鄭用錫主講明志書院八年，鄭用鑑主講三十年，日積月累中，影響了北臺學風，造就不少人才，更顯示出家族在文化上的優勢地位。㉘且書院為學術重鎮，參加科舉者常進入書院就讀㉙，眾多在地文人取得功名後，曾擔負台灣各地書院的講席，並盡力推廣文風。

就數量而言，雖然書院遠多於官設的府、縣儒學，但若與社學、義學與私塾的數量比較起來，仍有相當大的差距。台灣清治初期官方所立的社學，具有「教誨窮人子弟」的功用㉚；另外在各地原住民聚落更普遍立有「土番社學」，藉以教化許多平埔族學童，並進一步改變其文化認同。在義學及民間學堂的設立方面，如淡水廳著名的義學為 1840 年（道光二十年）潘永清捐建士林芝山巖的文昌祠義學。㉛ 1863 年（同治二年）板橋林維源、林維讓兄弟捐建大觀義學，此為當時最大的義學。林家曾聘請閩籍文人來台講學，亦有助於淡北文教的傳播。又如同治年間陳維英於大龍峒保安宮內所

㉘ 鄭鵬雲編修：《浯江鄭氏家乘》，頁 217。

㉙ 張仲禮著、李榮昌譯：《中國紳士——關於其在十九世紀中國社會中作用的研究》（上海：上海社會科學院出版社，1992 年），頁 61。

㉚ 高拱乾：《臺灣府志》，頁 121。

㉛ 文昌祠曾由泉州府人傅其偉主其事。傅人偉〈芝山文昌祠碑記〉，錄於《淡水廳志·附錄·文徵》，頁 407-408。

設樹人書院，實際僅相當於義學。㉜至於民間的「學堂」，又稱「私塾」、「書房」，是由士人設帳授徒的基礎教育。清治時期教育機構的探討，多集中在府、縣儒學、或是書院，對於多由在地文人所設立的民間學堂較少論及。以下即舉淡水廳北部在地文人為例，將台灣於道光、咸豐、同治期間科舉文人所設學堂的情形列於表 4-2。

表 4-2　台灣道咸同期間淡北科舉文人所設學堂舉隅

文人姓名	文人身分	文人原居地	學堂設立時間	學堂設立地點
陳維英	舉人	大龍峒	道咸同	大龍峒
曹　敬	生員	芝蘭（今士林）	道咸	大龍峒
陳祚年	生員	艋舺（今萬華）	道咸	大稻埕
黃　敬	生員	關渡	咸同	關渡
黃覺民	生員	關渡	咸同	大龍峒
陳樹蘭	舉人	大龍峒	同光	大龍峒
李秉鈞	生員	艋舺	同光	艋舺
黃中理	生員	艋舺	同治	艋舺
林濟清	生員	艋舺	同光	艋舺

資料來源：整理自賴子清，〈清代北臺之考選〉，《臺北文獻》9、10 期（1969 年 12 月）頁 172-183；11、12 期（1970 年 3 月）頁 43-61。

從表 4-2 可知，清治時期淡北學堂設置較早是從道、咸年間以後；而設學堂地點，則以大龍峒、艋舺為多，顯現出當時文風較盛

㉜ 溫振華，《清代台北盆地經濟社會的演變》（台北：台灣師範大學歷史研究所碩士論文，1978 年 6 月）頁 152。

的地點。《臺北文物》曾登載1953年5月11日所舉辦的〈大龍峒耆宿座談會〉，從座談會的記錄中多提及大龍峒文風興盛的情形。㉝除大龍峒之外，艋舺、大稻埕、芝蘭（士林）、枋橋（板橋）亦漸有若干科舉士人產生，這些文人社群促成了淡北文教圈的形成。

二、參與公共建設及方志編纂

㈠ 倡建城牆與橋樑

清廷為防止有人據城而守，若發生民變官方將難以平定，於是台灣清治前期各官制機構所在地多無城牆。㉞後因多位地方官員建議築城以設防，所以於1733年（雍正十一年）淡水同知徐知民於竹塹三臺山下環莿竹為城，1806年（嘉慶十一年）由於海盜蔡牽倡亂，

㉝ 陳維英的後人陳培漢曾言：「艋舺自頂下郊之後，就衰頹蕭條下去，生意方面由大稻埕漸漸地取而代之，而讀書人因為好靜，所以也就搬到大龍峒來。大稻埕的子弟要讀書的人也都來大龍峒讀。而且維英又極力培養人才，所以大龍峒的科舉才那麼盛。」另一耆老吳朝瑞提到士人設法鼓舞學子讀書，亦可能是原因之一：「譬如，陳維英倡設的樹人書院，目的也是為此，要培養人才，這竟然蔚成一種風氣。」〈大龍峒耆宿座談會〉，《臺北文物》2卷2期，1953年8月，頁70。

㉞ 1701年（康熙四十年）諸羅縣治自佳里興移設於嘉義縣；1704年（康熙四十三年）知縣宋永清繞木柵為城，周邊六百八十丈，設四城門，名之曰「諸羅城」。1723年（雍正元年）知縣孫魯改築土城，擴大周邊七百九十五丈二，寬二丈四，城堞寬一丈四，已有城牆雛型。1727（雍正五年）知縣劉良壁增建城樓，置砲座，命四城門為東襟山、南崇陽、西帶海、北拱辰。1734年（雍正十二年）知縣陸鶴於城外環植莿竹以作保護。林爽文事件後，嘉義城在1788年（乾隆五十三年）改築磚城。1906年（明治三十九年）以嘉義為中心的大地震城毀，僅存東門。

竹塹居民於竹城外加築土圍以為外蔽。1823 年（嘉慶十八年）同知查廷華再將土圍加高鑲寬，城外環植莿竹，其外再加挖濠溝，形成內有竹城、外有土圍的雙重防衛。1826 年（道光六年）地方士紳鄭用錫、鄭用鑑、林平侯、林紹賢、及王奠邦等人聯合向淡水同知籲請建城，鄭用錫即於此年十一月作有關〈鬮建淡水廳城的呈文〉。㉟此篇寫作緣起於作者聯合士紳，向淡水同知李慎彝說明築城為當務之急的民意趨向。當時適逢閩浙總督孫爾準巡視臺灣，李慎彝轉稟士紳奏請而獲准興建。在官方無力籌劃下，此項工程即由地方士紳監督規劃。鄭用錫此文開篇先以「禦暴必藉範圍，安民全資捍衛」點明修城的必要性及迫切性。最後以「俾此土成可大可久之規，而我民得爰居爰處之樂」以歸結築城的動機與主要目的。

用錫在擔任建牆總監之一時，經勘察丈量，將原土牆全拆除，重新劃定四里周圍而築牆。《淡水廳城築城卷》記載了築城時捐款者與店舖的名稱，可知鄭氏家族與此工程的關係密切。鄭用錫所著〈建淡水廳城呈文〉亦透露出在「不動公帑一絲」的原則下，此淡水廳磚造石城能順利完工，在地士紳所扮演的社會功能日益突顯。第一次築城時，用錫曾為此城獨立捐銀四千二百元，又勸捐一萬二千四百二十元。㊱廳城的興築對參與其事的士紳或商號而言，雖然在捐款與派員協助工程上耗費不少心力，但事後不僅可得到一些封

㉟ 此篇《北郭園全集》及方志皆未錄載，但見於《淡水廳築城案卷》道光六年至二十三年輯（臺北：臺灣銀行經濟研究室，臺灣文獻叢刊 171 種，1963 年），頁 1-3。

㊱ 〈淡水同知造送捐貲殷戶紳民三代履歷清冊底〉，《淡水廳築城案卷》，頁 95。

賞，並使他們的產業有較大的保障，並透過築城而增強家族的影響力。鄭用錫即為三位城工總理之一，負責管理經費，核算收支。㊲竹塹的士紳依生活上的實際需求而建城，也因此而有集體合作的機會。倡修淡水廳城，顯示出淡水廳的經濟成長快速，同時也展現了商人士紳化後成為社會領導階層的特性。

至於在津渡與橋樑方面，竹南一堡的津渡在香山鹹水港溪上，為新竹往南必經之地，兩岸相距十餘丈。1838 年（道光十八年）鄭用錫等捐資創義渡田，作為渡夫的經費。1842 年（道光二十二年）捐資建竹塹北二里湳子溝上的萬年橋。同年，又捐款建廳城東門土城外橋。1850 年（道光三十年）又捐資建離廳城東北四十二里的永濟橋，此橋為與淡水同知合建，橫跨頭重溪（即頭前溪）。㊳其他有關鄭家協助造橋鋪路的例子，也是不勝枚舉。清治初期橋樑建造的較少，且多以磚石為材，所以常為夏季大雨沖毀。從前以預防械鬥和盜賊為藉口而無船渡，後來有義渡的設置而趨緩此方面的衝突。㊴其他諸如橋樑的建造、道路的鋪設，對於促進社會的安定，發揮了某些層面的影響。

㈡ 方志資料的蒐羅及編纂

台灣清治中期方志的編纂，延續了前期蒐羅文獻的成果，並加

㊲ 《淡水廳築城案卷》，頁 95。然民間曾流傳鄭用錫掌管經費開支期間，領到銀子預備動工之時，道光皇帝在熱河離宮駕崩，按規定公家工程要停工三年，因此用錫將銀挪用營利，眾人稱羨。林衡道：〈漫談竹塹城〉，《臺灣勝蹟採訪冊》第六輯（臺中：臺灣省文獻會，1981 年），頁 247-248。

㊳ 《新竹縣采訪冊》三，頁 20。

㊴ 《淡水廳志》，頁 71。

以補充。如《台灣縣志》於1720年（康熙五十九年）由陳文達初修，第二次重修則為 1752 年（乾隆十七年）王必昌《重修台灣縣志》，第三次續修則於 1807 年（嘉慶十二年）謝金鑾與鄭兼才《續修台灣縣志》。其中鄭兼才不僅參與纂修，且常在文集中提到編纂方志的理念及相關事宜。如《六亭文選》中的〈上胡墨莊觀察再訂臺邑志稿條記〉、〈上汪制軍論修臺灣縣志書〉為與友人論及修志細節之文；〈續修台灣縣志列傳〉為補陳元恕等八人的傳記之文。又如此書中的〈續修台灣縣志跋〉提到：

> 兼才乃先事籌畫，詳請嘉義學謝教諭總纂修事，並慎選分纂、採訪十有五人，牒縣具聞，各報可。退谷謝丈以今春二月奉道檄入局總其事，有議刪前志載郡治事者。……前志修於乾隆壬申，歲月既久，檔案漸蝕；及今僅得詢諸故老，取信後人。❹⓪

此志編纂當時距《重修台灣縣志》已有五十餘年，許多文獻恐漸散佚，所以邀集多人分別田野採訪耆老，以蒐集取信於後人的徵實史料。在〈申請續修台灣縣志文〉另提到經過林爽文民變事件，且台灣縣為台灣府首邑，許多政令、建置及民風多有變遷，故有續修縣志的必要。❹①在與謝金鑾的往返書信中也多論及修志的事，如〈與退谷〉一文中提到：

---

❹⓪　鄭兼才：《六亭文選．續修台灣縣志跋》，頁 103。

❹①　鄭兼才：《六亭文選．申請續修台灣縣志文》，頁 8-9。

> 若既所志無他，肯以其心為百姓用矣，及一手一足之烈，一土一木之功，安在非治理所關。故臺志一役，兼才以為海外事功在此矣。……孔子作《春秋》，謂託之空言，不如見諸行事。志之修，亦猶是也，固關治理之大，而為閣下見諸行事之書也。㊷

鄭兼才與謝金鑾皆為縣學教諭，鄭兼才認為自己所擔任的學官一職，雖然所負的責任不足以維繫海外的安危，然實有關於邑乘的興廢。這樣的使命感，使他以孔子所說「吾欲託之空言，不如見諸行事之深切著明也。」作為對海外事功的期許。

由於深受現象學及存在主義重要著作的影響，新人文主義地理學者以各種不同的方式來描述「地點感」（sense of place）。「地方」（place）不只是一個客體（an object），它更被每一個個體視為一個意義（meanings）、意向（intentions）或感覺價值（value）的中心；一個動人的，有感情所附著的焦點，一個令人感覺到充滿意義的地方。經由人的住居及某地經常性活動的涉入，形成親密性及記憶的積累過程。此外，或經由意象、觀念及符號等意義的賦予，或經由充滿意義的「真實的經驗」，而逐漸形成個體或社區的認同感、安全感及關懷（concern）的建立。㊸台灣清治時期文人對於所居地史料保存的具體表現，在實際參與方志資料的蒐羅與編纂。以竹塹鄭家

㊷ 鄭兼才：《六亭文選·與退谷》，頁 75。

㊸ Allan Pred（艾倫·普瑞德）、許坤榮譯：〈結構化歷程和地方——地方感和結構的形成過程〉，收錄於《空間的文化形式與社會理論讀本》（台北：明文書局，1988 年 4 月），頁 119-120。

為例，鄭用錫回臺後即參與編纂《淡水廳志》的工作，並得堂弟鄭用鑑的幫助，而能完成初稿。㊹從鄭用錫、鄭用鑑編纂《淡水廳志稿》，戮力保存地方史事、文獻的貢獻上，亦透露出用錫、用鑑以述作信史，作為學術上的重要志業。其寫作前多廣泛收集資料，並將遊歷見聞形之於文字。事前的準備功夫與下筆時的旁徵博引、嚴肅謹慎，顯示出他們在創作時，心中已具有將史志散文流傳於後世的志向。㊺

鄭用錫於〈淡水廳初志稿序例〉提到有關淡水廳的記載，多附列於臺灣府志中；然而從 1764 年（乾隆二十九年）余文儀《續修臺灣府志》之後，臺灣府志未再加以重修，所有增添的史料及新增分類項目未能編入；許多淡水廳的自然環境、人文風土的記載付之闕如。道光中期，清廷令各廳縣設局採訪，用錫奉派採錄淡水廳志的工作時，即言：「敢不其難其慎，小心搜訪，第一人精神有限，耳目難周，今衹就原郡志內所有各款附輯淡廳專條，另為摘採。」㊻於是廣加蒐羅資料，對於早期的史料多參酌舊文，或從文獻中考證，或採錄街談巷聞，重加考訂。1764 年（乾隆二十九年）以後的史

㊹ 陳培桂：《淡水廳志・鄭用鑑傳》（臺北：臺灣銀行經濟研究室，1963年），頁 273。

㊺ 鄭用錫〈北郭園新成八景答諸作〉：「此是平生安樂窩，他時當入淡廳志。」透過土地的書寫，尤其是八景的刻鏤，為台灣尋找可以著根的地標，藉著絕美景物的描寫和群體的吟詠，產生更深厚的土地認同感。藉由這樣的系列書寫，詩歌不再只是具有文學層面的價值，它本身就承載著豐富的文化義蘊，並能夠喚起住民的集體記憶。

㊻ 鄭用錫：《淡水廳志稿・凡例》（臺中：臺灣省文獻委員會，1914 年），頁 1。

事，則「或得諸案牘之考據，或得諸同人之見聞」，而加以採錄。「其間信者錄之，疑者闕之，不敢濫為摭拾，然言之無文，不過據事直書，略有頭緒，惟俟兼總其成者取裁而厘正之。」㊼可見其據事直書的採錄原則。用錫的朋友朱材哲任咸豐年間的淡水同知時，曾評此書為「典章文物，昭昭可考」。日人伊能嘉矩亦稱讚此書能突破以往史傳書寫過於偏向道德的流弊，他以「用錫之灼見，足為後世所效法。」㊽的讚語，多加肯定其記載北臺山川、物產、立教、海防、及典章制度等自然地理與歷史人文的貢獻。

淡水廳的範圍據陳培桂《淡水廳志．封域志》的記載：「淡廳南自大甲溪、北至三貂嶺、東極內山、西底於海。」約為今日的基隆市、台北縣、台北市、桃園縣、新竹縣、苗栗縣及台中縣大甲溪以北地區。㊾鄭用錫《淡水廳志稿》曾提及：「淡廳貨之大者，莫如油、米，次麻、豆，次糖、菁；至茄籐、薯榔、通草、藤、苧之屬，多出於內山，樟腦、茶葉惟淡北內港始有之，商人僱船裝載，擇內地可售之處，本省則運至漳、泉、福州，往北山則運至乍浦、寧波、上海，往南則運至蔗林、澳門等處，幾港路可通者，無不爭相貿易。」㊿此段記載所涉及的範圍雖是整個大甲溪以北地區，然

㊼ 鄭用錫：《淡水廳志稿．凡例》，頁1。

㊽ 伊能嘉矩：〈淡北の偉人鄭用錫〉（四），《臺灣慣習記事》第四卷第五號（臺北：古亭書屋，1969年），頁451-454。

㊾ 陳培桂：《淡水廳志》（臺北：臺灣銀行經濟研究室，1963年），頁23。雍正元年（1723）始設淡水廳，直至光緒元年（1875）始分為新竹縣、淡水縣、基隆廳三區域。即設廳以來，共維持153年不變的管轄區。

㊿ 鄭用錫：《淡水廳志稿》，頁106。

較確切的說，應是道光中葉鄭用錫所住的竹塹地區對外輸出的商品，包含油、米、糖、芝麻、菁（藍靛）、樟腦等出口貨物。此外，樟柴、枸檜、紫荊、楠枋、茄苳以及藨槨等木料，或用來造船，或用作器具，「南北漳、泉多來採買」。[51]而進口商品則為「飲食、衣服及日用必需要物」。[52]這些記載多顯現了當時台灣北部的產業概況。

《淡水廳志稿》中的〈風俗〉更紀錄了台灣當時的文化變遷。如「風俗之移也，十年而小變，二十年而大變。淡水番黎，較臺、嘉、彰為最多，計自乾隆二十九年以前，如舊志採錄諸條，其間所言番俗，類皆有奇奇怪怪，耳所未聞，目所未覩。今自大甲以上，雞籠以下諸社，生齒漸衰，村墟半多零落，即諳通番語者，十不過二三，至飲食、服飾、器用、婚嫁、喪葬之類，採訪者欲即當日所傳，以證今日所見，大都半從漢人風俗。」[53]已覺察早期方志所載平埔族之風俗已多「耳所未聞，目所未覩」，於文中流露出平埔族風俗大幅變遷的感嘆。尤其此書的許多資料，後來多由 1871 年（同治十年）陳培桂編纂《淡水廳志》所採摘、抄錄。[54]所謂：「鄭志稿，開闢榛蕪，功甚不小，山川條例，因襲初稿，節其序例，不沒采輯之苦心焉。」[55]纂修台灣志書本非易事，文獻資料既闕，淡北的實地採訪亦費時費力，用錫撰寫此初稿，當得力於家族、門生

---

[51] 鄭用錫：《淡水廳志稿》，頁 96。

[52] 鄭用錫：《淡水廳志稿》，頁 106-107。

[53] 鄭用錫：《淡水廳志稿》，頁 161-162。

[54] 陳培桂：《淡水廳志》，頁 306。

[55] 陳培桂：《淡水廳志·序》。

等親友的協力完成。《淡水廳志稿》就歷史文獻的傳承而言，實可謂影響深遠。

三、宣揚社會救濟的意義

地方上的士紳以及官員、文人或出於人道關懷、或為增加聲望，故時常參與社會救濟的活動。台灣清治時期的台南文人施瓊芳即曾在所作〈育嬰堂給示呈詞〉一文中，描寫有關籌建「育嬰堂」的題材。施瓊芳（1815-1868），初名龍文，考中舉人後，改名瓊芳。字見田，一字昭德，號珠垣，晚年得召號「星階」。台灣府人（今台南市），生於 1815 年（嘉慶二十年）六月，卒於 1868 年（同治七年）九月，享年五十四歲。[56]其父施泰岩（又名菁華）為國學生，台南人。施瓊芳生長在書香門第，自幼即手不釋卷，十九歲入台灣學政周凱門下，過了三年，1837 年（道光十七年）被舉為拔貢，又協同到福州參加鄉試，考中了舉人。以後連續三次赴京參加五次會試，三十一歲時考取了進士，銓選為候選六部主事，補江蘇知縣缺。然施瓊芳並未赴任，以奉養母親為由，決定回到台灣。回台後曾任海東書院山長，提拔無數後進，對於文風的提倡多有助益。施瓊芳一

[56] 清治時期臺灣文壇盛傳開臺唯一的父子進士，即為施瓊芳與施士洁。施瓊芳於 1845 年（道光二十五年）及第，施士洁為 1877 年（光緒三年），兩人相隔三十二年。黃典權：〈石蘭山館遺稿序〉，《臺南文化》8 卷 1 期，1965 年 6 月，頁 1。施瓊芳的故宅原有花園並四大進宅第，進其府第之街稱「進士街」，今赤崁街 47 巷以南至廣安公廟後，西為新美街至西門路一帶為昔日的「進士府」，惟現已拆除。施瓊芳的墓地位於臺南市中華南路，南區新都段 273 號地的南山公墓。謝碧連〈府城臺南父子雙進士——施瓊芳、施士洁〉，《臺南文化》53 期，2002 年 10 月，頁 43-63。

生淡於仕途，然學識淵博，於家居及書院生活中，勤事著作，留下不少篇章。可惜清治末期的兵災，散佚許多精心之作，只存《春秋節要》及《石蘭山館遺稿》等二部書。其子施士洁將兩書攜至中國大陸，士洁去世後，孫奕疇又將書帶回台南故居。近人黃典權從施氏後裔處發現《石蘭山館遺稿》，並為之抄錄、標點，計有文鈔、詩鈔、試帖共二十二卷。[57]

施瓊芳《石蘭山館遺稿》錄有〈育嬰堂給示呈詞〉甲寅秋所作，此篇著作年代即為 1854 年（咸豐四年）。其寫作動機為當時鑒於地方曾有溺女的事件發生，又因育嬰所費不訾，故呈請籌措長期經營育嬰堂的費用。所謂「欲籌經久之資，必藉眾擎之力」，施瓊芳於此文批評當時溺死女嬰的惡習，故提倡籌建育嬰堂以解決此社會問題。施瓊芳在此文題下曾註明「為石君時榮作」。1854 年（咸豐四年）所設的育嬰堂位於縣治外新街，當年台灣縣士紳石時榮自捐家屋充作設立育嬰堂的建物，並捐五千圓生息作為育嬰堂後續的經費來源。後來另勸紳商捐助，共募集款數千元。[58]而施瓊芳則欲藉文章來呼籲尊重生命的價值，並響應具有社會救濟意義的善行。此文若與施瓊芳的另一篇駢體文〈募建育嬰堂啟〉相對照參看，亦可知他對此議題所透露出的人道關懷。

---

[57] 施瓊芳：《石蘭山館遺稿》（台北：龍文出版社，1992 年 3 月），頁 1。台南市文獻委員會編纂組長黃典權自施瓊芳曾孫施江純處獲見抄本五冊，即予以點校刊載於《臺南文化》第六卷第一期。黃典權後又獲施氏後裔家藏全部遺稿，並將其點校排印，列為《臺南文化》第八卷第一期專輯。

[58] 何健民：《台灣省通志稿》卷三社會篇（台北：台灣省文獻會，1960 年 6 月），頁 54。

清廷鑑於此社會問題日趨嚴重，於是以興辦育嬰堂等具體措施，以抑止惡風的蔓延。[59]育嬰堂需籌建房舍，對嬰兒的哺育若是僱乳婦入堂哺乳的稱為「堂養」；由乳婦領回哺乳的稱「領養」。育嬰堂並為年幼的收養對象安排未來的歸宿，對領養人並有身分的限制。而年長的則施予啟蒙教育，日後或學習才藝，或發給微資以自謀生路；如果殘疾者則轉送養濟院。台灣清治初期女子人口少，較無溺女事件，到了道光、咸豐年間，卻有如此惡習，除了經濟上的因素外，主要是源於「重男輕女」的觀念，尤其以鄉村地區為甚，「一生女孩，翁姑不喜，氣迫於心，而溺女於水。」[60]為消弭這種惡風，台南士紳曾「公捐一文緣金，賣買田業房屋生息，共設育嬰堂於郡城，凡有鄉婦生女不養，准投堂送入。」[61]收養的情形則為延請乳母撫養，每月付給薪資。幼兒撫養數月後，公開讓人領養成為女兒或為媳婦，因此逐漸遏止了溺女的風氣。

---

[59] 清初北京崇文門、廣渠門外曾置辦育嬰堂，後幾個較大的城鎮也相繼設立；到雍正二年以後，各地更奉旨普遍設置育嬰堂。中央還將育嬰堂的置辦情況列為考覈地方官吏政績的標準之一。清代育嬰堂實際收育的對象，不僅是被遺棄於堂外路旁的嬰兒，還包括那些父母無力承擔哺育責任的嬰兒，尤其是為數眾多的女嬰。在民間的育嬰慈善方面，則因各地或受經費限制無法大量收育，而有士紳耆老籌措一筆資金，若有經濟困難者可提出申請，經覈實無誤後，可獲得哺育費的資助，因此也使得眾多嬰兒免於被淹殺的厄運。趙建群：〈清代「溺女之風」與相應措施〉，《歷史月刊》105 期（1996 年 10 月），頁 65-69。

[60] 片山生：〈溺女的陋習〉、鄭瑞明譯，收入台灣慣習研究會：《台灣慣習記事》中譯本 3 卷 11 號（明治 36 年 11 月）（台中：臺中省文獻委員會譯編，1987 年），頁 255-256。

[61] 《台灣慣習記事》中譯本 3 卷 11 號（明治 36 年 11 月），頁 255-256。

台灣清治時期為收養棄兒及孤兒，及家計貧窮難以哺育的嬰兒，並期望矯正溺女的惡習，所以創設育嬰堂。以下將台灣清治時期育嬰堂的相關資料列於表 4-3：

表 4-3　台灣清治時期育嬰堂一覽表

初設年代	所屬縣市	所在地點	主要籌建人	沿革及經費來源	資料出處
1796 年（嘉慶初年）	嘉義縣	縣城內城隍廟左方	陳熙年	1. 由嘉義縣士紳先勸捐建堂。年經費約一千四百元。 2. 後經道光、咸豐而至同治六年，以捐款之經費不敷，再經士紳陳熙年首倡，加捐田業而又興。	伊能嘉矩《台灣文化志》中卷，頁 134
1821 年以後（道光年間）	彰化縣	縣城內	彰化官紳合建	1. 先由彰化縣官民籌建，後因經費短缺而衰廢。 2. 光緒七年知縣朱幹隆洽勸士紳捐獻田業而漸興。	《福建通志台灣府》頁 189
1854 年（咸豐四年）	台灣縣	縣治外新街	石時榮	1. 士紳石時榮自捐家屋充用，並捐五千圓生息。分巡台灣兵備道徐宗幹亦倡捐，官府從出入安平港船舶的公課中給予補助，但後荒廢。 2. 同治年間經分巡臺廈兵備道黎兆棠專由鴉片的釐金中加以補助。 3. 光緒八年分巡台灣兵備道	《臺陽見聞錄》頁 78 《台灣省通志稿·政事志·社會篇》

				劉璈改以培元總局的款項支出千餘元補助經費，使基礎較穩固。	頁 49-50
1862 年(同治元年)	金門	後浦縣丞署西	官紳倡建	1. 1848 年（道光二十八年）金門縣丞李湘洲、金門鎮右營遊擊鍾寶三與紳士林焜熿、蔡師弼、蔡漣清等倡建 2.後經費不繼，經布政銜葉文瀾籌措接濟。	《金門志·規制志》頁 74
1870 年(同治九年)	淡水廳	1.枋橋街 2.竹塹城南門內龍王祠右畔 3.艋舺學海書院後	林維源	1.同治五年淡水廳富紳林維源，自捐五千銀倡建。並勸富戶集款二千元，置田生息以充經費。 2.購汪姓屋改造。1870 年（同治九年）由官民義捐而建。原從船舶的公課及鴉片釐金充作經費。 3.購黃姓地基新造。1870 年（同治九年）官紳倡捐合建。	《淡水廳志·賦役志·卹政》頁 77 《新竹縣志初稿·賦役·卹政》頁 88
1880 年(光緒六年)	澎湖廳	澎湖媽宮城內	士紳捐建、林瓊樹董其事	1.副將蘇吉良及通判李郁階勸倡，由監生林瓊樹專事董理。 2.後歸廳辦理，收店業租息，並每月從鹽課中補助。	《澎湖廳志·規制志·卹政》頁 77

從表 4-3 可知嘉義縣的紳士於 1796 年（嘉慶初年）先行勸捐置業，建堂於縣城內，這是首次創建的育嬰堂。1866 年（同治五年）

淡水廳枋橋街（擺接堡）的富紳林維源，自捐五千銀設立育嬰堂，1870 年（同治九年）再由淡水廳官民義捐，於竹塹城內及艋舺街設立兩所，前者從船舶的公課中，後者從鴉片的釐金中支辦。[62] 1870 年（同治九年）〈艋舺新建育嬰堂碑記〉提到淡水同知陳培桂鑑於艋舺未有照顧孤兒及棄嬰的機構，於是倡建「育嬰堂」，以作為育幼撫孤的社會救濟。嘉慶年間有大山嶼沙港人陳崑山，慷慨好施，嘗作〈戒溺女文〉廣印以勸世。聽聞地方可能有溺女的情況發生，即捐給這戶人家一筆費用，使婦人能繼續哺育自己的親生嬰兒。但這只是個人的捐助，無法全面而長久地達到社會救濟的效果。《澎湖廳志·風俗志》提到：「近時女價愈貴，娶婦亦愈難……且產女者多不育，故見其漸少也。」[63] 1880 年（光緒六年）澎湖立有「萬善堂碑記」，文中記載澎湖南方的八罩島上的溺女風氣仍盛，所以有士紳捐倡資金，對女嬰每年每口給發口錢一千文助其哺育。然而在 1893 年（光緒十九年）編著的《澎湖廳志》卻提到：「溺女之風，近頗有之，或謂時下娶婦甚難，職此之故，丁丑年通守劉家驄，議設育嬰堂，自捐鉅資為倡，事垂成矣，有陰阻

---

[62] 竹塹育嬰堂原每位嬰兒月給洋銀一圓，付予生母自行撫養，以六個月為限，後因 1885 年（光緒十一年）劉銘傳蒞任後廢止船戶抽分及釐金，致未能按例撥款。惟仍有其他遞年徵收的款項，尚能按時收用，所以育嬰堂仍有固定經費如：北門街店一座，年收稅銀六十圓。新庄仔園一所，年收園稅銀十圓。台北八甲莊，年收地基銀二十四圓。育嬰堂左畔厝一間，年稅銀四圓八角。盛德莊田一所，田舍十一間，年收租穀五十石。何健民：《臺灣省通志稿·政事志·社會篇》（台北：台灣省文獻委員會編纂組，1960 年 6 月），頁 50。

[63] 《澎湖廳志》，頁 312。

者，未幾通守解任，竟不果。」[64]澎湖育嬰堂原每名給予賀錢六百文，裙帕二副，皆以原母養育其子，且限於女嬰，給予八個月間的口糧後才截止補助。[65]從清治後期的方志史料看來，育嬰堂或能稍緩溺女的風氣，但澎湖育嬰堂對於遏止溺女惡習的成效仍極為有限。

此外，從有關婦女議題的碑文，更可見當時女性的處境。台灣清治後期仍可見於家中畜養婢女的情形，當時婢女常遭終身禁錮，並服勞役，而不許擇配偶，甚至將其視為貨物，進行交易買賣等各種不人道的行為。官方每立告示，嚴禁將婢女終身禁錮的惡習，蓄婢者多為士紳；但現存示禁錮婢碑文亦常由士紳呈請官府給示而立。臺灣清治前期因不准攜眷赴臺的禁令，以致產生男女比例懸殊的社會結構。後來隨著禁令的解除，婦女人口稍有增加，但原存於中國的養女、養媳風氣流傳至臺，成為解決經濟和繼祀問題的手段。有些收養者視養女為婢女，動輒打罵，甚至還轉售以圖利，導致身體權掌控在他人的厄運。所謂：「台地風俗，婢長不嫁，或畜之於家，或鬻賣他人，終身老役，死而後已……或流入娼家，或賣之越府，致使生為無依之人，死為無托之鬼。」[66] 1889 年（光緒十五年）〈嚴禁錮婢不嫁碑記〉[67]，這些先後頒布嚴禁鬻女及販賣婦

---

[64] 《澎湖廳志》，頁 77。

[65] 伊能嘉矩：《台灣文化志》中冊，頁 134。

[66] 台灣銀行經濟研究室編：《台灣私法人事編》第一冊（台北：台灣銀行經濟研究室編，1961 年 3 月），臺灣文獻叢刊 117 種，頁 115。

[67] 此碑文為：「郡城有等紳富，買用婢女，甚至念歲以上，仍使其市肆往來，遇輕浮之徒，當眾戲調；稍為面熟，即有貪利六婆勾引成姦。所謂姦盡則出殺由，禍害更甚。」

女的諭告，但卻無法有效約束收養者的行為[68]，顯現蓄婢所引發的一連串社會問題仍然存在。

第三節　散文中的械鬥書寫主題

從日治時期到戰後以來學界對械鬥的研究已累積不少成果。[69]本節則就文人所作有關械鬥的散文題材為例，探究作品中的文化意涵。

一、在地文人的械鬥書寫

文學不只是反應寫作當時的文化、或是政治權力關係而已，它還隱含著規範性的暗示，即什麼是理想的生活或政治關係。因此，作品本身的論述就是力量的泉源。[70]嘗試從散文中發掘文人所傳達的顯露或隱晦的訊息，到底作者對當時的文化見解為何？台灣在地文人處在械鬥頻繁的時代，對於械鬥事件有何見解，這樣的經歷將銘刻下哪些集體記憶？在清治時期的械鬥，淡水廳地區佔半數以

[68] 台灣銀行經濟研究室編：《台灣私法人事編》第一冊，頁155-158。

[69] 日治時期的研究如伊能嘉矩、東嘉生〈台灣人に於ける分類械鬪〉等人從經濟角度探討，平山勳、西岡英夫從遊民、社會因素加以分析，竹越與三郎則從官吏無能等角度分析，具有為合理化其殖民政策有關。此外，中村哲〈分類械鬪と復讐〉、〈分類械鬥——臺灣を中心として〉等文。林偉盛〈清代臺灣分類械鬥的研究介紹〉，《臺北文獻》98 期，1991 年 12 月，頁 224-227。

[70] Zuckert, Catherine. 1995. "*Why Political Scientists Want to Study Literature*", Political Science & Politics. Vol.20, No.2, pp.189-190.

上。以下即舉鄭用錫與曹敬兩位淡水廳文人為例，詮釋其作品的內在意涵。

㈠ 鄭用錫〈勸和論〉的械鬥書寫

鄭用錫（1788-1858），字在中，號祉亭，淡水廳竹塹人。出生於1788年（乾隆五十三年）五月七日。[71]祖父自金門浯江遷居來臺[72]，約於乾隆年間居後壠（今苗栗縣後龍鎮）。[73]父親崇和（1756-1827）與國慶之子崇科（1771-1853）遷於竹塹。[74]遷到竹塹後，鄭氏家族因經商而漸富庶；而鄭崇和則因自幼好學，又在竹塹開設學堂授徒。[75]鄭家的家計後來雖已獲改善，但仍保持粗糲如恆的儉樸家風。其子鄭用錫自幼即受父親的薰陶，在四、五歲即隨堂聽課，從六歲到十

---

[71] 《浯江鄭氏家譜》原為鄭用錫所修，1914年再經族人鄭拱辰委託族人鄭鵬雲重修。原始版本為寫本，今中央研究院民族所藏有此由猶他家譜學會拍攝的微縮影片。1914年出版於金門，本文所引用頁碼為文獻會的影印本。鄭鵬雲：《浯江鄭氏家乘》，臺中：臺灣省文獻委員會，1914年），頁1。

[72] 如今金門李洋鄉鄭氏家祠仍保存崇和、用鑑、用鈺、用錦、如蘭等神主牌位，廊前廂房內也保存著「進士」、「崇祀鄉賢」、「文魁」（如松）、「貢元」（用銛）等匾額；然因族人紛紛外移，金門鄭氏家祠今已乏人照料。《新竹市二級古蹟鄭用錫墓調查研究與修護計畫》（新竹：新竹市政府，1991年），頁1-2。

[73] 鄭鵬雲：《浯江鄭氏家乘》（臺中：臺灣省文獻委員會，1914年），頁74-75。

[74] 鄭鵬雲：《浯江鄭氏家乘》，頁172-174。

[75] 學堂即所謂書房、或稱民學、私塾、或書館。書房教育的目的有二：一為培養學生識字讀書的能力，一為使學生獲得科舉考試所需的知識，以為日後應考之準備。書房的設置有讀書人自設者，有鄉里捐資合設者，有宗族經營者。臺灣北部的書房以鄭崇和、黃敬、楊克彰、陳維英等所開設者較為著名。

五歲則正式進入私塾就學。十五歲始至竹塹樹林頭莊受教於王士俊門下，在北門附近的水田福地廟與堂弟鄭用鑑互相切磋論學。[76] 1804（嘉慶九年），正當用錫十六歲，縱橫於東南沿海的蔡牽起事。1806（嘉慶十一年）多數族人自後壟搬遷到竹塹。1810 年（嘉慶十五年）經縣考、府考、學政考後，用錫與用鑑考入彰化縣學。而且用錫中式第四十一名貢士，殿試中三甲第 109 名進士。1834 年（道光十四年）與中港頭份莊黃驤雲進士，一同赴京城為官，任禮部鑄印局員外郎兼儀制司事務。[77] 1837 年（道光十七年）返歸故鄉，繼續任明志書院的主講。1841 年（道光二十一年）八月，中英鴉片戰爭影響到臺灣的安危，鄭用錫當時即曾募集義勇軍以捍衛臺灣，清軍則於雞籠（今基隆市）港擊敗英軍。1842 年（道光二十二年）三月，又有英國艦隊欲侵略大安港[78]，當時大安的防備只有一座舊砲臺，及北路舊右營分駐而已。幸賴鄭用錫等人率領義勇居民，警戒護衛沿岸，英軍終不得進，而轉航向外洋。[79]後英軍又為招募的漁戶誘進土地公港（台中縣大甲鎮），於是擱淺進水而落敗。[80]事後，用錫獲賞戴

---

[76] 鄭用錫：《北郭園全集》（臺北：龍文出版社），頁 96。王士俊為竹塹重要墾首王世傑的五世孫，平生鑽研易學，開啟竹塹研究易學的風氣，為當時有名的塾師，而鄭用錫與鄭用鑑為其高足。

[77] 參見朱材哲為鄭用錫所作的〈墓誌銘〉，收錄於《北郭園全集》頁 27。

[78] 姚瑩：〈查明大安破舟擒夷出力人員奏〉（道光二十二年五月二十八日），收於《東溟奏稿》（台北：台灣銀行經濟研究室，1958 年），臺灣文獻叢刊 49 種，頁 137。

[79] 伊能嘉矩：〈淡北の偉人鄭用錫〉（三），《臺灣慣習記事》第四卷第二號（臺北：古亭書屋，1969 年），頁 169-170。

[80] 陳培桂：《淡水廳志》，頁 270。

花翎；又於土地公港擒獲與英軍勾結的人，於是獎加四品銜。[81]

1853 年（咸豐三年）因漳、泉械鬥擴大，鄭用錫於五月撰〈勸和論〉，而本人則親赴各莊勸解。同年，晉江、南安、惠安三邑人欲與同安人頂下郊拼鬥時，鄭用錫祖籍原為漳州同安，然卻移駐三邑人李姓家中，以顯示未偏袒任何一方的處理態度，因此防止了爭鬥的發生，使不少生命得以保全。此文顯現作者對於當時閩、粵分類械鬥次數頻繁，所以欲藉由此文傳達勸導居民和睦相處的要旨。作者藉由宣揚「一體同仁，斯內患不生，外禍不至」的理念，提醒居住在寶島上的民眾，須有同舟共濟的精神，此即是營造命運共同體集體意識的重要基石。[82]〈勸和論〉除載於《北郭園全集》外，並鐫刻為碑文，置於後壠，又為《淡水廳志・藝文志》所選錄，可說成為傳播較廣的在地文人「典律」作品。

㈡ 曹敬〈問風俗〉的械鬥書寫

清治時期淡水廳發生多起械鬥，除了鄭用錫曾以望族身分為文勸誡外，淡北另一文人曹敬（1817-1859）亦曾寫過類似題材。有關曹敬的生平資料，據「曹氏族譜」記載：曹敬，諱「興欽」，號

---

[81] 鄭用錫：《北郭園全集》，臺灣先賢詩文集彙刊第二輯（臺北：龍文出版社，1991 年），頁 27。

[82] 在淡水廳分類械鬥發生後，地方士紳出面勸息雙方者，又如方志所載：「翁裕佳，字德涵，艋舺人，籍南安。……咸豐四年，閩、粵分類，當軸力圖撫輯，裕佳赴竹塹。單騎入粵莊勸告。環聽千人，悅服立解。」陳培桂：《淡水廳志・紀人》卷十六，附錄三，頁 450。除了勸息之外，亦有以調處之法而避免械鬥的發生：「嘗館二林之鹿寮，閩、粵人糾眾將互鬥，荷戈而從且千人，公聞而亟馳之，卒為散其眾，弭其隙，而民獲安堵。」此亦為地方鄉紳協助調處械鬥的事例。周璽：《彰化縣志。人物志》，頁 245。

「慤民」，官章「敬」。生於 1817 年（嘉慶二十二年）十一月初五丑時，卒於 1859 年（咸豐九年）四月二十三日寅時，得年四十三歲。曹朝泉為曹敬家族來台的第一代始祖。曹家早在第三代起即具有文人身分，更難得的是曹家連續有數代的教學經歷，在台灣清治時期可說是士林一帶頗具代表性的塾師家族。1846 年（道光二十六年）三十歲時中秀才，當時主考官為曹謹。因曹謹與考生同姓，為免眾人揣測考官徇私，故將當年曹敬中秀才的文章公開展示，以呈現其公平性。[83]當年曹敬考中秀才時，陳維英曾寫一首詩勉勵這位優秀門生。[84]曹敬成為清道光年間第一名錄取的秀才後，又於 1847 年（道光二十七年）三十一歲時，由當時的學政徐宗幹取錄為一等一名，正式成為增生。曹敬受到恩師陳維英的器重，長期在大龍峒港仔墘學堂擔任塾師；又於陳維英外出期間，全權代理教職。[85]連橫《臺灣

---

[83] 楊雲萍：〈士林先哲傳記資料初輯〉，《民俗臺灣》第一卷六號，昭和十六年（1941）12 月，頁 3。

[84] 詩題為〈曹生敬甫入泮〉，收錄於維英《偷閒錄》，全詩為：「小試休誇屢冠軍，士先論品後論文，梅因骨動不驚雪，竹以心虛易入雲。」陳維英，〈偷閒錄〉，《臺北文獻》2 卷 2 期，1953 年 8 月，頁 130。此詩不但紀錄曹敬屢屢於試場的卓越表現，更透露陳維英勉勵門生應先著重品德的修養層面，再論及文采的磨練。又以梅樹的勁骨能屹立於嚴寒風雪中，竹的中空象徵虛心而能高聳入雲，作一鮮明生動的形象化比擬，以表達對曹敬深深的期許。

[85] 如陳維英於 1849 年（道光二十九年）至噶瑪蘭（今宜蘭縣）仰山書院擔任山長期間，在港仔墘的學生全委由曹敬代為教育。大稻埕舉人陳霞林名義上是陳維英的及門高弟，實際上多受過曹敬的教導。2004 年 1 月 5、13 日採訪曹永和老師所得。另一舉人張書紳也曾受曹敬的指點，張博雲秀才等人亦是曹敬的門生。蔣秀純，〈士林區耆老座談會紀錄〉《臺北文獻》直字第 77 期，1986 年 9 月，頁 19-20。

通史》、伊能嘉矩《台灣文化誌》提到曹敬與另一位在天妃宮（今關渡宮）設塾的黃敬聚徒講學，於「二敬」門下受教者甚多，對於淡北文風的推展功不可沒。[86]

曹敬不僅從事詩、賦、散文等文學創作，並具書畫及雕刻等藝術涵養。[87]曹敬題為「晚穫歌」的七言古詩是以寫實的表現手法，刻劃台灣農夫在遭逢水災、寒害之後，又須負擔重稅的生活困境，此為文人描繪民間疾苦以表達其對時政批判的人文關懷。又多以客觀刻劃景物的樣態，或描繪人與自然景物的交融，頗富清雅之趣。如〈遊芝山即景〉即以閒適悠然的心境，欣賞居處附近的芝山巖自然景觀。至於參觀古蹟所寫的感懷詩，如「五妃墓」及「安平紅毛城」，為作者融合自然景觀與歷史情境的懷古詩。他又因肩負塾師的重任，故詩作中常有勸學勵志的題材，如〈賦得壯夫不為小技〉、〈擬張茂先勵志詩〉等。就風格而言，曹敬賦作或典重雅麗，或剴切議論，或鋪陳排比，呈現多元的創作嘗試；且經陳維英

---

[86] 連横《臺灣通史》卷三十四〈黃敬傳〉提到：「當是時，曹敬亦聚徒識學，皆以敦行為本。游其門者多達材，人稱『二敬』，北臺文學因之日興。」連横：《台灣通史》，臺灣文獻叢刊 128 種，1962 年 2 月，頁 984-985。伊能嘉矩：《台灣文化志》，東京：刀江書院，1928 年 9 月（台北：南天書局重印，1994 年 9 月），頁 110。又所謂「北部文學界五大宿儒」，即宜蘭李望洋、竹塹鄭用錫、大龍峒陳維英、及「淡北二敬」，亦見曹敬名列其中。曹永和，〈民俗採訪の會——大龍峒三題〉，《民俗台灣》2 卷 6 期，1942 年 6 月，頁 45。

[87] 王國璠《台灣金石木書畫略》中提到曹敬精於書法、繪畫、雕刻，尤其善長人像。當他將作品贈予親友，常讓人有如獲至寶之感。王國璠，《台灣金石木書畫略》（台中：台灣省立台中圖書館，1976），頁 388。

的評改指點後，又別具審美意義。此外，曹敬另有輯錄《周易》的學術筆記一冊留存於世，或因受到當時台灣文人好研周易的學術風潮，以及父親曹元勳善於命理易學的影響，故詳細以硃砂及墨色相間工整抄錄，匯集成易學象數派的筆記手稿，並整理成數種圖表。[88]台灣在地文人不論是應科舉之學或日後創作，留存至今的作品手稿頗為有限，故此十九世紀中葉曹敬的作品別具文獻價值。[89]

現存曹敬手稿中題為〈問風俗〉的古典散文傳達作者對台灣時政的看法，文中主張官員應提倡良善風俗，摒除惡慣陋習，使民眾在潛移默化中受到影響。曹敬一方面雖以充滿自信的口吻形容這塊生於斯、長於斯的土地為：「淡水廳土沃人殷，民風惇厚，固甲於全臺。」同時也提出遠慮所得：「然惇厚之風，難保不替」，甚至恐將導致親人互誘沉淪、暴戾之氣充斥的局面。此風俗敗壞的原因不能歸咎於「世運」，而是不注重「人事」所造成的後果。他並嚴厲批評：「為官者，大抵不酷即貪，不闇即懦」這種直指官吏腐化作為的道德勇氣，實令人再三省思。曹敬除主張官吏應以慈威並重、清廉勤慎來自我要求外，更特別的是他在文中強調書院所擔負教育的功能。他呼籲重建艋舺學海書院，期望能「將見賢智集觀摩之益，自開仁讓之風；庸愚有陶鑄之資，漸化鬪爭之習」。曹敬以

[88] 此易學選輯手稿現仍存於曹家。然因現存手稿封面左上方損毀，未見此書全名為何，只見書名後二字為「萬象」，封面左下方則署名「芝山愨民錄」。林淑慧：〈臺灣清治中期淡北文人曹敬及其手稿的詮釋〉，《臺北文獻》直字第152期（台北：台北市文獻委員會，2005年6月），頁59-94。

[89] 林淑慧：〈臺灣清治中期淡北文人曹敬及其手稿的詮釋〉，《臺北文獻》直字第152期（台北：台北市文獻委員會，2005年6月），頁59-94。

一淡北文人的立場，希冀以普及教育的方式來消弭械鬥之風，實可謂用心良苦。

若就此篇散文的時代背景來看，當時淡水廳行政範圍遼闊，官府常無法兼顧整個管轄區域，更未能協調處理民眾械鬥事件。發生在 1853 年（咸豐三年）為來自泉州府的移民群體間的三邑人與同安人的械鬥。此三邑人又稱「頂郊人」，包括泉州府的晉江縣、惠安縣、南安縣人；而來自泉州府的同安縣人則稱為「下郊人」，故此次械鬥又稱「頂下郊拼」。[90]經過咸豐年間數起激烈的械鬥事件後，更逐漸醞釀以現居聚落為命運共同體的社會意識。清治時期的士紳社群亦體會械鬥之害，故極力倡導文教、積極興學以期消弭械鬥之風。

雖然此文透露出傳統文人對統治階層的影響力寄予過高的期望，且不免受到私塾傳統儒教封建倫理教育的影響。但若與鄭用錫〈勸和論〉一文相參看，則兩文在寫作動機上頗有相似之處，皆呈現出對當時閩、粵分類械鬥次數頻繁而作的省思。〈勸和論〉篇末提到：「一體同仁，斯內患不生，外禍不至」，流露出作者藉文以勸導居民和睦相處的寫作目的。曹敬的「問風俗」篇末則言：「當此時也，誠能重興艋舺之書院，以培淡北之士氣」則強調欲藉淡北文教的推展，試圖改變爭鬥的社會風俗。這類以械鬥所耗損的社會資本的文章，可供台灣這塊寶島上的居民重新思索同舟共濟的意

---

[90] 陳培桂《淡水廳志》（臺北：臺灣銀行經濟研究室，1963 年 8 月），臺灣文獻叢刊 172 種，頁 366；黃啟木，〈分類械鬥與艋舺〉，《臺北文物》1 卷 2 期，頁 57。

義，與營造「命運共同體」意識的價值。

二、遊宦文人的械鬥書寫

從台灣清治時期一些民間諺語中透露了械鬥發生的原因，如「這邊全豬，彼邊全羊；將豬擺過來，將羊擺過去」即記錄了1859 年（咸豐九年）七月十三日龍山寺舉行普渡時，因同音異義的誤解而引起激烈的漳泉械鬥的事蹟。[91]這些關於械鬥的民間諺語，保留了歷史文化的遺跡。有別於以口語化記錄民眾共同記憶，清治時期來台官員則藉由一篇篇的論述，傳達了個人對於械鬥起因的看法。這些來台官員之中，尤其以出身於安徽桐城世家的姚瑩，他的著作數量最為豐碩，如《東槎紀略》、《東溟奏稿》、《中復堂文集》等，對於械鬥的題材有相當多的書寫。所以此處先舉姚瑩的散文為例，再舉丁曰健《治臺必告錄》、丁紹儀《東瀛識略》中有關械鬥的題材，探討官員對械鬥發生的原因、防制、影響的各種論述。

㈠ 姚瑩著作中的械鬥書寫

姚瑩，字石甫，號明淑，晚號展和，生於 1785 年（乾隆五十年），卒於 1852 年（咸豐二年）。1808 年（嘉慶十三年）進士，為清代

---

[91] 當時廟前擺滿了全隻的豬及羊，一群漳州人來參觀時順口說了一句：「這邊全豬，彼邊全羊」。因為「全」和「泉」諧音，泉州人聽了以為是在罵泉州人是豬是羊，立刻反唇相譏說：「將豬擺過來，將羊擺過去」。因為「將」和「漳」亦為諧音，於是雙方便發生口角、繼則動武，並引起激烈的械門。周榮杰：〈從台灣諺語來談分類械鬪〉，《史聯雜誌》15 期，1989 年 12 月，頁 33-50。

古文家姚鼐的侄孫。❾❷他於 1818 年（嘉慶二十四年）春季來台擔任台灣縣知縣，並兼理海防同知。直到 1821 年（道光一年）37 歲時又調任噶瑪蘭通判，之後曾因遭革職而至福州擔任閩浙總督的幕僚。1823 年（道光三年）又因方傳燧擔任台灣知府期間力邀渡台襄助，而於是年十月再度來台擔任台灣府幕僚。此時姚瑩整理以前擔任台灣縣令期間的書信、議論，除篇首起於〈評定許楊二逆〉，篇末以〈陳周全之亂〉兩篇以民變為題的官方觀點的論述外，其餘多是記錄噶瑪蘭的沿革，及對台灣軍事、民生等方面的見解與建議。姚瑩在 1825 年（道光五年）41 歲時離開台灣，又於 1837 年（道光十七年）53 歲時升任台灣兵備道一職。1838 年（道光十八年）第三度抵達台灣，任內曾與台灣鎮總兵達洪阿共同籌畫陸上與海疆的治安。當 1841 年（道光二十一年）八月、九月英國船艦攻擊雞籠港口，即率兵迎擊。英船曾攻擊二沙灣砲台，後由艋舺營參將邱鎮功等人回擊。1842 年（道光二十二年）三月五日又有英船來襲，姚瑩得知後即指示文武官員以計令其擱淺，再設伏以殲擒。❾❸當時俘虜英軍一百多名，並將他們處斬。後來遭英國使者訐控台灣鎮、道妄殺罹難民兵，再加上福建失守文武妒其戰功，於是在訊問證人時多加恐嚇。後來清廷派閩浙總督怡良查辦，1843 年（道光二十三年）將姚瑩、達洪阿革職。❾❹姚瑩後來降為同知的官銜，以六十歲的高齡被派到四

---

❾❷ 有關姚瑩的生平可參閱其子姚濬昌所輯的年譜，收入《中復堂選集》附錄二，頁 231-262。

❾❸ 姚瑩：〈逆夷復犯大安破舟惍俘奏〉，《東溟奏稿》（台北：台灣銀行經濟研究室，1958 年 6 月），臺灣文獻叢刊 49 種，頁 76-78。

❾❹ 姚瑩：〈再與方植之書〉，《中復堂選集》，頁 151-152。

川任職；後來又出使西藏，並將這兩次經歷以日記體形式寫成《康輶紀行》，成為其地理學上的另一本具有特色的著作。太平天國起事時，姚瑩又奉清廷之命出兵，後因日受濕氣侵襲，又憂慮勞頓而病逝，享年六十八歲。[95]

姚瑩的散文創作承繼桐城派的風格，並認為學問有四端：義理、經濟、文章、多聞。此種說法較姚鼐所言多出「經濟」，並將「考證」易為「多聞」，並特別強調文章的功能面。[96]姚瑩不僅在文章中充分發揮重視經世致用的精神，更記錄了他三度來台，前後總計約達十二年之久的觀察所得。當姚瑩於 1838 年（道光十八年）53 歲擔任台灣道期間，曾以社會面分析械鬥的成因，常可見對台灣居民性格的描述，且文本中多充斥負面的形容詞。例如〈答李信齋論台灣治事書〉提到：「今夫逞強而健鬪、輕死而重財者，泉州之俗也；好訟無情、好勝無理、蒲女妓、頑童檳榔、鴉片日寢食而死生之，泉州之所以為俗也；台灣人固兼有之。」[97]形容移民來台的居民為將泉州的惡習全都加以承襲。再者，《東槎紀略·自序》也提到：「然其人蕃庶強悍，易動難靜；歸化百四十年，亂者十數起，械鬪刼掠，比比有之。」此文又說道：

台灣之民，不以族分，而以府分氣類，漳人黨漳，泉人黨

---

[95] 王春美：《姚瑩的生平與思想》，台北：國立台灣師範大學歷史研究所碩士論文，1976 年 6 月，頁 205-230。

[96] 見〈與吳岳卿書〉，《東溟文後集》卷二。桐城派由方苞、劉大櫆等開創，姚鼐衍其後，蔚為近代著名文派。

[97] 姚瑩：《東槎紀略》，頁 110-111。

> 泉，粵人黨粵……眾輒不下數十萬計，匪類相聚，聚千百人則足以為亂。[98]

描繪當時台灣社會是以地緣為中心的聚落型態，這種地域觀念使得移民各分氣類。而在〈台灣地震說〉則描寫：「台灣在大海中，波濤日夕震撼，地氣本浮動而不靜，其人皆來自漳、泉、潮、嘉，尚氣輕而好利。疵之怨，列械而鬥，仇殺至於積世。故自孩幼，即好弄兵，視反亂為故常。」[99]又是以「浮動而不靜」來形容福爾摩莎的海島環境，更將台灣民眾刻劃成天生好鬥的形象。

然而「習尚」非為械鬥的主要導因，械鬥在不同時間、不同地點所展現出來的模式不一定相同，起因也各有差異。[100]姚瑩其實頗知此理，他曾就經濟面來分析械鬥的成因。在〈答李信齋論台灣治事書〉提到台灣常以地緣為分類，同鄉或同時來台者常聚居。有時因早期水利設施未臻完善，只有局部的、各自為政的埤圳可供灌溉，各莊之間為阻水、爭水而相鬥。原同府籍或縣籍而來台合墾的人，與他府或縣民因爭地或爭水而械鬥；此種情形與中國大陸以宗族而鬥者不同。[101]又在《東槎紀略》提到 1799 年（嘉慶四年）、1806 年（嘉慶十一年）於噶瑪蘭（今宜蘭一帶），因擴大墾地所展開慘烈的械鬥為例，描繪粵泉、及漳泉因互爭墾地而引起互傷的情

---

[98] 姚瑩：《東槎紀略·自序》，頁 2。

[99] 姚瑩：《中復堂選集》，頁 116。

[100] 戴炎輝：《清代台灣的鄉治》（台北：聯經出版社，1979），頁 298。

[101] 姚瑩：〈答李信齋論台灣治事書〉，收錄於《東槎紀略》（台北：台灣銀行經濟研究室，1960 年 9 月），臺灣文獻叢刊 83 種，頁 110-111。

形。[102]這些源於日常生活細節衝突的擴大，官府又無法有效管理，民間靠私鬥自行解決問題，極易引發全面性的分類械鬥。[103]

姚瑩以為械鬥為台灣社會的三大患之一，他在〈上督撫請收養游民議狀〉提到：

> 竊見台灣大患有三：一曰盜賊，二曰械鬥，三曰謀逆。三者，其事不同，而為亂之人則皆無業之游民也。[104]

當姚瑩抵達台灣時觀察到游民的數量眾多的現象，又鑑於眾多游民平日滋事不斷，遇有民變發生時又多參與其中，於是提議實施「聯莊養民」之法。姚瑩《東槎紀略》提到：

> 台地口禁雖嚴，而港口紛歧，無業之民，偷渡日多，若輩惰游無根，小不逐意，及或犯法，乃請於督撫，行聯莊收養遊民之法……自七月至九月，所收遊民八千有奇，次年乃至四萬。[105]

---

[102] 姚瑩記載：「是時漳人益眾，分地得頭圍至四圍、辛仔羅罕溪。泉籍初不及二百人，僅分以二圍菜園地，人一丈二尺。粵人未有分地，民壯工食仰給於漳。四、五年間，粵與泉人鬥，泉人殺傷重，將棄地走；漳人留之，更分以柴圍之三十九結、奇立冊二處，人四分三厘。」姚瑩：〈噶瑪蘭原始〉，《東槎紀略》卷三，頁 70-71。

[103] 林偉盛：〈清代淡水廳的分類械鬥〉2000 年 10 月「北台灣鄉土文化學術研討會」宣讀，後收錄於《台灣風物》52 卷 2 期，頁 17-56。

[104] 姚瑩：《中復堂選集》卷三，頁 39。

[105] 姚瑩：〈籌剿三路匪徒奏〉，《東溟奏稿》，頁 1。

此法即是將曾為盜首、大盜、殺人正凶之外的游民，依年籍造冊，由各莊出資，雇其巡守田園，逐捕盜賊，一年之內僅嘉義、彰化兩縣人數由八千增至四萬人。對於械鬥的防制，姚瑩建議「多雇鄉勇」並強調收養游民的成效。他曾書寫有關安頓遊民的策略，如〈會商台灣夷務奏〉他提到：

> 蓋台地人心浮動，游民最多，無事之時，尚圖造謠蠢動，茲值逆夷滋擾，宵小不免生心。是攘外必先靖內，所有廳縣官及陸路弁兵，皆當照常彈壓地方，不可輕動。而水師兵少，不敷分撥，必須多雇鄉勇，既得防夷之用，亦可收養游手，消其不靖之心。[106]

這篇文章中言水師兵少而不夠分撥，所以募集鄉勇。他將遊民編入鄉勇以補充軍事力量，這是積極的治臺政策。游民於械鬥事件發生後，常趁機四處行搶，坐收漁人之利，造成臺灣清治時期的社會治安問題。姚瑩不僅注意到遊民和民變械鬥的關係，更在中英鴉片戰爭期間，顯現他在台灣對英戰略的智謀與收編遊民的效用。有些遊民沒有被編入，就被英軍收買，而來跟姚瑩相對抗。從姚瑩所主張的一些政策措施，可看出他在台灣清治時期頗為盡責的官吏。

姚瑩也對漢人與原住民發生械鬥的情形，親自加以勸解。《東槎紀略·噶瑪蘭厲壇祭文》提到：

---

[106] 姚瑩：〈會商台灣夷務奏〉，《東溟奏稿》，頁30。

> 噶瑪蘭始入版圖，民番未能和輯，時有械鬬，又頻歲多災。瑩鋤除強暴，教以禮讓，民番大和。……瑩乃剴切諭以和睦親上之義，陳說五倫之道，始善番語者逐句傳繹之。環聽如堵，多泣下者！[107]

以禮讓、和睦親上及五倫之道等儒家強調的道德規範，來消弭械鬥之風。類似此文強調官員教化成效的描寫，在清治時期遊宦文人的作品中，俯拾可見。並主張配合「會集三籍漢民、生熟各社番，設厲壇於北郊，祀開蘭以來死者。」藉由祭祀開發噶瑪蘭亡者的儀式，以凝聚當地的集體記憶。

㈡ 其他遊宦文人有關械鬥的書寫

除了姚瑩在眾多著作中書寫有關械鬥題材以外，許多遊宦文人也曾撰寫對這些事件的看法。如丁曰健於 1847 年（道光二十七年）來台擔任鳳山知縣，後調任嘉義，陞署鹿港同知。1854 年（咸豐四年）移調淡水，後因軍功而歷署福建糧道及布政使。1863 年（同治二年）福建巡撫徐宗幹因彰化戴潮春事件情勢緊急，而奏陳丁曰健為台澎兵備道，並統辦軍務。所著《治臺必告錄》前五卷多彙集眾人治臺言論，後三卷如〈平臺藥言〉等文，則為丁氏個人的書劄及奏疏。

丁曰健有關械鬥的論述，在《治臺必告錄》的〈自序〉中曾提到：

---

[107] 姚瑩：《東槎紀略》，頁 87。

> 臺灣一郡，自國朝康熙年間始入版圖。地廣民稠，人心浮動。其民漳、泉、潮、粵與屯番各籍雜處，素不相合，每多分類械鬥、劫奪樹旗之案。習俗頑梗，相沿已久；而最後同治元年春戴萬生之結會，戕害文武員弁，全臺震動，為禍尤烈，實從前逆案之罕見者。官斯土者，為治愈難。[108]

這種統治者的立場的修辭，在清治時期的散文中隨處可見。丁曰健以為械鬥與民變關係密切，又接著言：「然人情勇直，俗可轉移；為上者果能布之以誠、行之以敏、馭之以簡，潔清自矢，先事慎防，臨事鎮定，未始不可化其頑梗、靜其浮動之心也。」[109]也是欲以教化的方式，來改變械鬥的風尚。但如果從文獻上觀察丁曰健在當時實際處理械鬥的情形，將發現其方法並非只是以柔性的勸解或教化。在《治臺必告錄·會擒首逆沿途搜捕凱旋赴郡到任摺》中透露了他的處理方法：

> 據稱南路鳳山屬閩、粵莊民，向來各分氣類，近來械鬥之風益熾。臣恐另生枝節，擬新正即飭隨營帶兵之參將田如松趕赴南路營署任，並將省兵一百名隨帶前往。屆時密看情形，如該處不至滋生事端，即將省兵就近撤退，由旂後口配船至廈門回省；臣酌留勇丁，在郡城巡防彈壓，以備不虞。[110]

---

[108] 丁曰健：《治臺必告錄·自序》，頁3。

[109] 丁曰健：《治臺必告錄·自序》，頁3。

[110] 丁曰健：《治臺必告錄》，頁458-459。

文中提到派遣官兵或勇丁，以便執行巡防彈壓的任務，可見武力的介入亦是官員處理械鬥事件方法之一。此外，1847 年（道光二十七年）來台的丁紹儀，曾擔任台灣道仝卜年的幕僚，居台時間約有八個月，著有《東瀛識略》一書。作者在此書〈習尚〉中則認為台灣居民多從閩之漳州、泉州、粵之潮州、嘉應州遷徙而來，在起居、服食、祀祭、婚喪，與閩粵的風俗未有很大的差異。接著他分析台灣械鬥的成因與過程：

> 惟氣性剛強，浮而易動。緣鄭氏初制，寓兵於農，暇即以戰爭角力為事，一呼並集。今漸仁摩義，幾二百年，而好勇鬬狠之習，迄未盡除。往往睚眥之仇，報而後快。片言不合輒鬬，甚則械鬬，更甚則分類：或閩與粵分，或泉與漳分。分則至親密友，白刃相加不相認，雖富家巨室，亦必出資以助，從而遷徙。其始也，臨以兵戎，悍然弗顧；逮憤氣稍紓，徐以官法繩之，則亦弭耳聽命而已。[111]

他將械鬥的風俗追溯到鄭氏寓兵於農政策，認為是平時聚集練武習尚的流衍。雖然文中仍以倡導仁義教化為書寫的目的，但其生動的形容筆法，證諸當時分類械鬥的情形，的確描繪了部分的實情。這些事件的起因有些剛開始只因微小的偶發事件，或由於兩家的衝突、語言的爭吵，而逐漸擴大到兩村莊的爭鬥，甚至紛紛找人保莊

[111] 丁紹儀：《東瀛識略》（台北：台灣銀行經濟研究室，1957 年 9 月），臺灣文獻叢刊 2 種，頁 32。

或大舉遷移。倘若未及時善加處理，或遇上有人從中造謠，很快就會擴大成全面性的械鬥。[112]

《東瀛識略》又提到官方處理械鬥的方法，在〈兵燹〉一文記載 1826 年（道光六年）五月，閩、粵人分類械鬥，蔓延到淡、嘉、彰三廳縣；提督許松年在臺巡閱，並勸以和解。此時淡水廳居民黃斗奶乘機佔據中港。六月，閩浙總督孫爾準統兵蒞臺，由鹿仔港進駐淡水，檄總兵陳化成攻擊黃斗奶。並且擒獲其同黨二十餘名，而後斬首示眾。他是用「閩人捕閩、粵人捕粵法，化其分類之見，舉報義首，令將匪犯自行縛送。」[113]他藉由推舉各族群間的協力官方者為義民之首，並主張利用同籍人間的矛盾相互擒捕。此文中又提到械鬥擴大的背後原因，所謂：「大抵訟不得直，藉圖報復，奸匪因而肆搶，其憤未息，其鬥不止。」[114]吏治的不公，與官員未能公平處理民間械鬥的事，使民眾的衝突加劇。當代學者對於械鬥發生的原因已多有研究，概括來說，以起因於土地糾紛有關的田土、水利與其他利益的爭執，或因政治上管理的不當，或因災荒所引起的社會動盪等因素為主。回顧官員對於防制械鬥的看法，已不僅限於改變居民習性等移風易俗的說法而已，更注意到官方應加強司法制度的公平性，以及對社會民生的多方瞭解等層面。

---

[112] 林偉盛：〈清代台灣分類械鬥發生的原因〉，收錄於張炎憲等編：《台灣史論文精選》（台北：玉山社，1996 年）；林偉盛：〈清代淡水廳的分類械鬥〉，《台灣風物》52 卷 2 期，頁 17-56。

[113] 丁紹儀：《東瀛識略》，頁 91。

[114] 丁紹儀：《東瀛識略》，頁 93。

三、碑文中的械鬥書寫及其文化意涵

臺灣各地的古碑文為實用性的散文，多具有史料與文化功能。(115)石材因堅硬不易腐朽的特性，常用於銘刻紀事，或作為宣告示眾的功用，故碑文依其內容功能可分為「記事碑」與「示禁碑」兩大類。「記事碑」多具有記錄建物歷史沿革功能；而「示禁碑」則具有官方示禁諭告的功能。台灣碑碣持續的記錄、整理與刊載，首推清治時期的方志。日治時期成立「台灣史料調查室」進行有關石碑及拓片的研究，並將研究成果發表於《南方土俗》所登載松本盛長的〈台灣史料調查室報告〉，戰後台灣各地的採拓人員也持續積累工作成果。(116)民國七十九年（1990）七月國立中央圖書館台灣分館與國立成功大學歷史學系合作，由何培夫執行「採拓整理臺灣地區現存碑碣計畫」，於民國八十八年（1999）六月完成，共採集碑碣

(115) 歷史學者史威廉（William M. Speidel）與王世慶曾於美國亞洲學會（Association for Asian Studies, U.S.A.）研討會中提到民間古文書、及族譜的利用研究價值外，又特別論及碑文的史料價值。史威廉（William M. Speidel）、王世慶：〈台灣民間和田野所存清代史料及其價值〉，《臺北文獻》55-56 期（1981 年 6 月），頁 123-152。

(116) 個人的研究則有石阪莊作《北臺灣の古碑》，山中樵〈台南州官田庄の同文古碑〉等。戰後台灣省文獻委員會陳漢光、蕭宗岱、林淑達等人曾採拓碑文；台南市文獻委員會與台南縣文獻委員會也採錄該地清治時期碑文，並陸續發表於《臺南文化》與《臺南縣志》。以專書形式呈現調查成果者，以劉枝萬所彙編的《台灣中部碑文集成》為代表。其後，黃典權綜合各家，彙編成《台灣南部碑文集成》；邱秀堂綜合方志所載與采訪所見，彙集成《台灣北部碑文集成》。此外，台南市政府也曾出版《台南市南門碑林圖誌》。

拓本 2091 件，並編印《台灣地區現存碑碣圖誌》十七冊。這些辛勤採拓收集的原始資料，為碑文的研究紮下厚實基礎。[117]國家圖書館「台灣記憶」系統中的「史料」資料庫，即將此大型的採拓成果數位化，建置成「碑碣拓片資料庫」。此資料庫不僅將碑文原件一一採拓並掃描影像，且將碑文內容全文重新打字建檔後，再加以簡要說明。每個碑皆詳細登錄基本資料，包括：碑文名稱、類別、年代（中曆、日曆、西曆）、地點（城市、地名、位置）、資料格式、文獻典藏單位、系統號等。

台灣清治時期的碑文中，有關械鬥的題材如苗栗後龍的〈愍善亭碑文〉，即是記載居住於後龍的泉州移民，於 1860 年（嘉慶十一年）因械鬥而造成死亡四百餘人的慘劇。當地的士紳杜明珠具有惻隱之心，協助遍地骸骨的收埋，並籌建「愍善亭」以安慰孤魂。碑記為 1861 年（嘉慶十二年）所立，詳述此次事件及建亭的經過，並藉由碑文的書寫期盼後人能深入省思此亭籌建的意義，因而減少災禍的發生。[118]另一位對械鬥發表看法的官員為淡水同知婁雲，他因感於 1833 年（道光十三年）竹塹北部及桃仔園一帶，閩、粵各莊造謠分類，互相殘殺，於是在 1838 年（道光十六年）立「莊規禁約」以防患未然。此碑文提到各莊設總理、董事、莊正、莊副，由政府頒給札諭戳記，約束莊眾，禁約的第一條即禁止械鬥，「如有違

[117] 有關台灣碑碣的調查及研究成果，可參閱王世慶、陳文達：〈台灣碑碣專著論文資料目錄初編〉，《史聯雜誌》二十期（1992 年 6 月），頁 235-250。

[118] 此碑現存於苗栗後龍鎮東明里下埒尾愍善祠正殿右壁，為高 33 公分、橫 53 公分的黑石，1861 年（嘉慶十二年）十二月所立。

者，兵役圍拏，照例嚴辦。」⑪⑨可惜就實際影響的層面來看，約禁的效果卻不顯著。⑫⓪

因約禁的失效，清治中期械鬥之風仍盛，於是有些遊宦文人在分類械鬥醞釀之初即欲加以勸息。1844 年（道光二十四年）淡水同知曹謹在淡水廳中港、後壠兩地立碑，勸漳、泉兩籍人民和平相處。碑文提到：

> 我中、壠蕞爾為區，泉、漳雜處，前經歷遭變亂，元氣於今尚未盡復。近因漳屬分類，街莊同人恐蹈前轍，互相保結，安堵如常。惟聯盟結好，已成於一日；而康樂和親，須期諸百年。爰勒貞珉，以垂永久。所願：自今以後，爾無我詐，我無爾虞，不惟出入相友，守望相助，共親古處之風行，將睦姻任卹，耦俎無猜，同孚昇平之樂，豈不休哉！⑫①

先提出中港、後龍在歷經爭鬥後，至今尚未完全恢復地方舊觀，民眾也還未休養生息，卻又可能再重蹈覆轍。故於事發之前，以「自今以後爾無我詐，我無爾虞。」作為教化的主題，希望以立碑勸導的方式，減少分類械鬥的社會問題。又如「同住在台亦台人而已

---

(119) 婁雲：〈莊規禁約〉，《淡水廳志》卷十五，附錄一「文徵」（上）（台北：台灣銀行經濟研究室，1963 年 8 月），臺灣文獻叢刊 172 種，頁 390。

(120) 黃秀政：〈清代台灣的分類械鬥事件〉，《文史學報》第九期，頁 135-136。

(121) 邱秀堂編：《臺灣北部碑文集成》（台北：台北市文獻委員會，1986 年 6 月），頁 18。

矣！」[122]呼籲勿太著眼於族群的分類，應致力於和平共處。

從台灣清治時期散文中，時見文人提出以收養游民、訂定禁約、立碑勸息等防制械鬥的看法。同時，地方官也刻碑示禁，以避免衝突；又為了防止陂圳挖孔而截阻水道，有些佃農也訂立合約以自相約束。[123]許多碑文更提到游民所造成的社會問題，如 1858 年（咸豐八年）〈漳泉無分氣類士諭碑記〉提到：「遂見殷實者囊傾橐倒，游民者右有左宜；所謂鷸蚌相持，漁人得利者此耶！」[124]同年大甲也立了〈漳泉械鬥諭示碑〉，記載七月十二日由數位鄉紳以勸導民眾「無分氣類」為主題，請淡水同知恩煜示諭立碑。[125]這些都是台灣清治時期官方或民間對於械鬥的見解，以碑文呈現的另類書寫形式。

台灣清治時期移墾社會的械鬥事件，常造成社會的動盪不安。有些影響層面較大的，規模遍及數地，時間亦長達數年。焚毀村莊，傷及無辜，以致田園荒蕪，民眾生活大受干擾。規模小的，也常造成械鬥雙方傾家蕩產，或傷或亡。如淡水河流域的械鬥中，寺廟常成為指揮中心，三邑人利用龍山寺為大本營，下郊則以大龍峒

---

[122] 邱秀堂編：《台灣北部碑文集成》，頁 18。

[123] 邱秀堂編：《台灣北部碑文集成》（台北：台北市文獻委員會，1986），頁 13。

[124] 何培夫編《臺灣地區現存碑碣圖誌·臺中縣市、花蓮縣篇》，頁 274。

[125] 此碑現仍存大甲鎮貞節坊內，高 160 公分、寬 55 公分，為砂岩的質材。下端字跡剝泐殆盡，上端有以楷書寫的「奉憲漳泉牌記」六大字。《台灣中部碑文集成》（台北：台灣銀行經濟研究室，1962 年 9 月），臺灣文獻叢刊 151 種，頁 106-107。

保安宮為大本營。男女老少參加爭鬥的人，先於家中祈福、求平安，然後到各籍的廟宇集合列陣出發。[126]但是經過數次的械鬥後，卻造成多人的傷亡。不過，台灣各地在經歷慘痛的械鬥事件後，逐漸有些民間組織的產生；又經由族群的再移民、鄉紳與鄉約、石戰等競武活動、民間信仰活動，對於族群敵對意識的緩和，已造成一定的影響。[127]

械鬥對文化的影響也與地方公廟、建城、家族的遷移等問題息息相關。

在廟宇和宅第的備築防禦工事方面，如源於台北盆地及其周圍的古廟，每當分類械鬥事件發生時，往往首遭攻擊，所以大多具有防禦設施。如 1853 年（咸豐三年）所建板橋林本源三落舊大厝，左右大門後有一池塘，形勢宛如城濠，門的兩旁各有銃眼，又彷如碉堡。[128]又如桃園「鎮撫宮」原為奉祀泉州移民的保護神廣澤尊王，而當地漳州籍居民不僅也信奉廣澤尊王，甚至組織民間團體來保護所屬與認同的公廟，這顯示出祖籍群體似乎已經不再是當地居民分類、或維繫認同的主要依據。同時，居民支持地方公廟則是以「靈驗」與否，或認同於所居地的「地緣性認同」為主，不再侷限於「泉州人的神」的分類觀念，象徵著完成了「土著化」或「在地

---

[126] 《臺北文物》「艋舺專號」頁 56、73。

[127] 許達然：〈械鬥和清朝台灣社會〉，《台灣社會研究季刊》23 期，1996 年 7 月，頁 1-81。

[128] 林衡道：〈台灣史譚——分類械鬥與台北盆地〉，《台灣文獻》15 卷 3 期，1964 年 9 月，頁 99。

化」（localization）的社會轉型過程。[129]

雖然械鬥或許會造成地方社會的暫時分裂，但是另一方面地方社會也會在結合地方菁英、地方信仰，以及受到其他械鬥事件的強化之下，促進地方發展。械鬥是由地方發展中的各種力量相互衝突所產生，同時械鬥也是重塑地方發展的重要力量之一。[130]林美容在〈族群關係與文化分立〉一文中，以「兩個血緣相同、言語可以相通的群體長期互相對立」而被造出的文化分立，這種分立表現在與儀式有關的人、事、物之上。以為文化是一種選擇的過程，在選擇中，個人的自主性容許各對文化的接受有程度上的差異。[131]要促成族群間的和諧相處，必須先承認社會存在著族群的多元化，清治時期的械鬥象徵台灣從邊陲移墾社會轉向定居社會的適應過程。

第四節　林豪《東瀛紀事》民變書寫的敘事特性

台灣清治時期民變頗為頻繁，[132]大體而言，已超過徐宗幹《斯

---

[129] 陳世榮：〈近年來國內學者對「械鬥」問題之研究——兼論清代桃園地區械鬥與區域發展之關係〉，《史匯》第三期，1999年4月，頁1-34。

[130] 陳世榮：〈近年來國內學者對「械鬥」問題之研究——兼論清代桃園地區械鬥與區域發展之關係〉，頁25。

[131] 林美容：〈族群關係與文化分立〉，《中央研究院民族所集刊》六十九輯，1990年，頁103-104。

[132] 清治時期的民變統計次數多有不同，如張菼〈台灣反清事件的不同性質及其分類問題〉統計有一百一十六次，參見《台灣文獻》26卷3、4期，1975，頁84-91。劉妮玲指出七十三次，見《清代台灣民變研究》（台北：台灣師範

未信齋文編》所錄俗諺：「三年一小反，五年一大反」的發生頻率。[133]學界對於民變的研究已從分析民變與清廷治臺政策之間的關係等制度史的層面，到對參與民變者的社會背景與意識形態的探討。當閱覽有關民變事件的歷史散文時，若疏於把文本放在時代脈絡中，則對其內在意義將難以領會。以發生於十九世紀中葉台灣中部的戴潮春事件為例，在林豪《東瀛紀事》例言中提到此書撰述條例，他認為戴案牽涉的時間、地點、人物皆甚廣，頭緒極繁；且同一時間，鹿港、淡水、嘉義皆有爭鬥，故作者以紀事本末體分類編次敘述。篇末並以〈論曰〉載錄林豪個人對事件的論斷；另將正文不能備載者，附入〈叢談〉上下兩篇，載錄一些民間傳說並摭拾掌故。清治中期許多文人也曾書寫民變，如姚瑩《東槎紀略》曾描述陳周全事件，[134]但都未有如林豪《東瀛紀事》以長篇敘事作全面性的論述。所以本章即以此書為例，藉以探究敘事文的書寫策略；此部長篇敘事文的代表作，呈現出林豪欲再現（represent）戴潮春事件的意圖。以下即就敘事文所蘊含的情節、人物、觀點和意義的特性，分項加以詮釋。

大學歷史研究所碩士論文，1983 年），頁 109。此外，許雪姬統計 1736 年（乾隆元年至嘉慶二十五年）的八十五年間，史料所載規模較大的動亂有五十二次，平均每 4.1 年就有一次。許雪姬：《清代台灣綠營》（台北：中央研究院），頁 100-111。

[133] 徐宗幹：《斯未信齋文編》（臺北：臺灣銀行經濟研究室，1960 年 10 月），臺灣文獻叢刊 87 種，頁 70。

[134] 姚瑩：〈陳周全之亂〉，收錄於《東槎紀略》（台北：台灣銀行經濟研究室，1960 年 9 月），臺灣文獻叢刊 83 種，頁 117-126。

一、情節編織的安排

在歷史的撰寫中，誠如懷特所說，歷史學家會藉由個性的塑造、主題的重複、聲音和觀點的變化、可供選擇的描寫策略等等寫作技巧，也就是「我們一般在小說或戲劇中的情節編織（emplotment）技巧，才能將歷史『記錄』下來」。[135]形式主義者則認為散文裡的「事序結構」定義為故事內「事件的描寫」，即動作依照時序和因果關係的呈現；而「敘述結構」是語意材料在特定作品範疇中的呈現方式。[136]情節為敘述事件發生順序的安排，不論是內心的還是外在的，它都具有「連貫性」。作為事件的順序，情節必定包含著一個變化的過程；此外，構成情節有關事件的順序，必須用連貫性的方式來安排。就情節的安排而言，通常讀者渴望閱讀到事件發展的訊息：如某個人物將會遭遇到何種情境，某一事件的結局又將如何，危機是否將獲得解決，又是用什麼方法解決。林豪《東瀛紀事》提到清治時期臺灣民間起事的一大案件－戴潮春事件發生的原因、經過、與後續處理，作者欲以簡潔凝鍊的手法再現此一歷史事件。

引發戴潮春事件的成因複雜，就官僚制度而言，此事件將清治時期的吏治問題浮顯出來。當時官員多存有五日京兆的心態，視赴

---

[135] White, Hayden.〈作為文學虛構的歷史文本〉，收入張京媛編譯《新歷史主義與文學批評》（北京：北京大學，1993 年），頁 163-171。

[136] 佛克馬（Douwe Fokkema）、蟻布思（Elrud Ibsch），袁鶴翔等譯：《二十世紀文學理論》（台北：書林出版有限公司，1987 年 11 月），頁 15-17。

台為作客；再加上台灣地處帝國邊陲，許多行政措施不易落實。[137]林豪《東瀛紀事》提到：

> 豈蚩蚩者之樂死哉？且夫入寶山者誰肯空回，過屠門者咸思大嚼，是以碩鼠既肆其貪婪，奸蠹必因而為利；乃至豪猾武斷以噬民之膚，縉紳舞文以絕民之命。至於民膏既竭，民怨方深，一旦乘勢揭竿，聞風響應，始囂然曰：『吾今而後得反之也，而時事可知矣。』嗟夫！嗟夫！使汝賢不為中飽之圖，則潮春終為下走之吏，何至生心不軌，背地為逆，競授兄弟之香，甘為朱（一貴）、林（爽文）之續，使民生蹂躪，文武陷沒，至於三年之久也？[138]

此段以碩鼠比擬官吏貪婪好利的形象，又以「豪猾武斷以噬民之膚，縉紳舞文以絕民之命」的對偶形式，營造日漸積累民怨的氣氛。林豪在此書的開篇就先將長達三年的民變事件的起因，歸於吏治的腐敗，這一段關於「官逼民反」的敘事，亦蘊含了針貶的寓意。

如果另從經濟層面來觀察：台灣清治時期位處邊陲，但若中央需處理戰亂或天災，台灣也很難置身事外。戴潮春事件發生之際，清廷因屢敗於對外戰爭，內部又忙於太平天國事件，於是抽調台灣

---

[137] 藍鼎元：《平臺紀略》，頁5。

[138] 林豪：《東瀛紀事》（臺北：臺灣銀行經濟研究室，1957年12月），臺灣文獻叢刊8種，頁3。

民眾前往作戰，並徵收資源財富援助耗損的中央。清廷軍需費用支出龐大，清廷於是在各地徵收稱為「釐金」的商業稅以應對支付。1861 年（咸豐十一年）台灣知府洪毓琛亦奉飭開徵釐金稅，正由於官方增加稅收，設立對交易的物品都課以 2.5%的釐金稅。[139]丁紹儀《東瀛識略》也提到：「台灣釐金，至咸豐十一年始由府委員設居辦理，章程與內地大略相同。數年來各商之於喁喁而望希冀減免者，當不異內地商情。」[140]清廷的增稅政策影響民生，官方宣稱課征此稅是為鎮壓叛亂而設，增稅仍激起民眾不滿情緒。[141]由於林豪《東瀛紀事》在情節的安排上，多以人物的活動為主線，對於經濟層面所影響事件發生的成因，則無法涵蓋在主要的敘事過程中。

起事者戴潮春原為彰化縣四張犁（今台中市北屯區仁美里）人。祖父戴神保（又名天定，字爾厚），道光年間捐例貢生，為人慷慨好義，曾捐銀一千兩助建廟，修義倉及捐粟三百石。1832 年（道光十二年）因嘉義盜賊問題嚴重，故捐資募集義民，維護莊堡治安，後以軍功獲賞八品。[142]戴家自祖父、到父親戴松江，以至戴萬生三代皆是地方菁英階層，又為富裕的地主。戴天定並曾領軍協助清廷平

---

[139] 鄭鵬雲、曾逢辰：〈賦役志〉，《新竹縣志稿》（一）（臺北：臺灣銀行經濟研究室，1959 年），臺灣文獻叢刊 61 種，頁 82。

[140] 丁紹儀：《東瀛識略》（臺北：臺灣銀行經濟研究室，1957 年 9 月，臺灣文獻叢刊 2 種，頁 25。

[141] James W. Davidson 著，蔡啟恆譯：《台灣之過去與現在》（"*The Island of Formosa: Past and Present*"）（臺北：臺灣銀行經濟研究室，1972 年），頁 65。

[142] 周璽：《彰化縣志》（臺北：臺灣銀行經濟研究室），臺灣文獻叢刊 156 種，頁 261。

定張丙之亂，也因而晉身官階。戴萬生繼承了世襲的北路協稿識，擔任類似衙門科房文案或胥吏的軍中文職。當時台灣中部地區常為保障家族的安危，而以私人武力或集會結黨。戴萬生的兄長戴萬桂即曾聯合地方富豪，組織土地公會以自保；後來又倡八卦會[143]，與地方大戶立約有事相援，以擴張勢力。戴萬生原未加入會黨，但在擔任北路協稿識期間，北路協副將夏汝賢得知戴家為地方富豪，於是刻意勒索。1861 年（咸豐十一年）戴萬生因拒絕向其行賄而遭革職。萬生的兄長逝後，再領導以「天地會」（添弟會或八卦會）為名的組織。當時地方盜賊猖獗，彰化知縣高廷鏡從天地會選拔三百名加入團勇，隨官兵合作捕盜。繼任者雷以鎮也持續與戴萬生合作，共同維護地方秩序，因而得到彰化知縣信任，天地會也勢力漸增。後來欲入會的人眾多，「其黨之上簿者，以多至十餘萬。」「有佈賂巨金始得竄名會中者。」[144]但因會員來源複雜，戴萬生漸無法掌控成員的動向。

1862 年（同治元年）台灣道孔昭慈擔心天地會威脅到地方的治安，所以於三月九日北上到彰化，執殺會黨洪姓總理，並檄文淡水同知秋曰覲剿辦會黨。秋曰覲抵達彰化後，與北路協副將林得成會師，進駐東大墩（今台中市），當時霧峰四塊厝庄的林日成本要協助官方，結果卻倒戈攻陷大墩汛，秋曰覲及林得成雙雙遇難。林日成

---

[143] 林豪：《東瀛紀事》，頁 1。吳德功：《戴施兩案紀略》（臺北：臺灣銀行經濟研究室，1959 年 6 月），臺灣文獻叢刊 47 種，頁 3。蔡青筠：《戴案紀略》（臺北：臺灣銀行經濟研究室，1964 年 11 月），臺灣文獻叢刊 206 種，頁 1。

[144] 林豪：《東瀛紀事》，頁 2。

與戴潮春勢力結合後攻下彰化城，孔昭慈見大勢已去而飲藥自盡。[145]彰化縣城淪陷後，台灣、鳳山、嘉義等縣黨徒紛紛響應，林日成自稱「大元帥」，與戴潮春同稱「千歲」。由於林日成之前與林文察家有嫌隙，因而趁機率眾圍攻阿罩霧林家。而原本與霧峰林家爭奪田地、水源的草屯洪家，他們欲趁機奪回經濟利益，所以也傾至林日成、戴潮春陣營。清廷吏治不良，又濫加增稅，且各家族間的糾葛爭鬥，引發事變持續擴大，大甲、南投、斗六、嘉義、鳳山等地皆有反清勢力形成。清廷窮於應付太平天國之役，直到抗官事件越演越烈，才漸重視此事件的發展。於是派遣丁曰健補台灣道之缺，率領軍隊赴台；與正在中國大陸對太平軍作戰的林文察臺勇會合，並結合地方上與戴黨對立的豪族、士紳與義民，如竹塹士紳林占梅、翁仔社土豪羅冠英，組織團練鄉勇，協助官方作戰方作戰。官兵攻克斗六時，以「得戴逆者官五品翎頂」為懸賞條件[146]，此時戴萬生已逃至石榴班、寶斗仔等莊，投靠七十五莊大姓張三顯，張氏畏懼罪將延己而慫恿戴萬生自首，戴妻也因恐遭連坐誅殺而勸說。戴萬生以保護家小為條件，於 1863 年（同治二年）十二月應允張三顯執送至官軍，丁曰健於北斗親自審問後遭斬殺，張三顯後來亦被殺身亡。[147]

---

[145] 林豪：《東瀛紀事》，頁 3-6。

[146] 林豪：《東瀛紀事》，頁 45。

[147] 林豪：《東瀛紀事》，頁 37-46。傅柯在《規訓與懲罰》描述早期刑罰血淋淋的方式：遭凌遲、馬匹分屍、炮烙、下油鍋……。他利用這些酷刑檔案說明十七、十八世紀人道革新以前，君王、貴族是法律的執行者，牴觸者往往在公共場所被體罰、羞辱，而百姓則必須圍觀，聽取教訓。Michel Foucalt（傅

戴萬生逝後，有些人投效於林日成。林文察因家族恩怨，並欲與丁曰健爭功，於是親領兵勇至林日成的勢力中心四塊厝。當時槍砲如雨，戰情激烈，林日成遭林文察擒斬，同黨多為官軍勦滅。(148) 1864 年（同治三年）初，克復四塊厝，戴潮春、林晟兵敗後，餘黨多相率逃本北勢湳，洪叢遭大砲轟斃，其兄洪璠繼之，是年年底為丁曰健擒斬。事件至此已歷三年，然仍有零星抗官事件，其成員多為對時政不滿，又有因分類而對立者，「漳人得以出入無阻，泉人之出入皆窒礙遭掠。」(149)所以清廷有機會分化漳、泉、粵人，加速會黨的敗亡。林豪《東瀛紀事》即是將牽連甚廣、歷時頗長的民變事件，以若干篇目貫串(150)，呈現出敘事文的時空架構。

二、人物形象的塑造

從清治時期的各種史料中所描述參與民變者，多以市井之民為主。但是戴案與其他民變領導人有所不同，起事者戴潮春具有文士的身分，林豪在《東瀛紀事·北路防剿始末》提到：「在昔朱逆倡亂，有贊禮之老儒；今者戴逆陷城，有賓賢之學士。」記載了戴潮

柯），劉北城、楊遠嬰譯：《規訓與懲罰——監獄的誕生》（台北：桂冠圖書股份有限公司，2003 年 12 月），頁 99-100。

(148) 林豪：《東瀛紀事》，頁 46-47。

(149) 吳德功：〈戴案紀略〉，《戴施兩案紀略》，頁 8。

(150) 《東瀛紀事》的篇目計有：「戴逆倡亂」、「賊黨陷彰化縣」、「郡治籌防始末」、「鹿港防剿始末」、「北路防剿始末」、「大甲城守」、「嘉義城守」、「斗六門之陷」、「南路防剿始末」、「官軍收復彰化縣始末」、「塗庫拒賊始末」、「翁仔社屯軍始末」、「逆首戴潮春伏誅」、「虎晟伏誅」、「餘匪」、「災祥」、「叢談」等。

春事件中有許多文士的參與。不過林豪仍發出「世風至此，可勝慨耶！」[151]的感嘆，而未詳加探究這些知識份子為何干冒危險，參與這些活動的深層動機。在人物形象塑造上，作者描寫戴潮春在會黨日漸擴張勢力之際，即自稱「大元帥」、「東王」，並仿效歷代王朝設官分治。戴潮春在被捕後，與朱一貴當年一樣受審時直立不跪，當他與妻以酒訣別後言：「起事者唯本藩一人，為官所迫，與百姓無與。」流露出領導者的豪氣與不牽連他人的性格。

人物是敘事文中的行動者。人物的刻畫包含福斯特所說的扁平人物及圓形人物，或是韋勒克與沃倫所說的「靜止的」和「發展的」人物。描寫人物最普遍的方法，是通過人物的對話和行動，間或通過其他人物的評論，或從心理學的角度直接展示人物的內心世界。[152]林豪《東瀛紀事》藉一些官員所說的話語來塑造人物的性格，使讀者加深印象。如〈郡志籌防始末〉提到台南知府洪毓琛（字潤堂，山東人）具進士身分，1862 年（同治元年）三月已升任漢黃德道。有人勸他速離臺灣，以免身處戰亂之中。他卻答道：「吾受朝廷厚恩，民情愛戴，一旦有變，委而去之，於心何安！」接著記錄他「修城垣，背器械，抽厘勸捐，調選兵勇，以備戰守。」林豪記載洪毓琛在臺任職時，民間曾稱呼他為「洪菩薩」。[153]至於林豪所描繪事件中其他人物的形象，如嘉義人陳吉生，為陳弄所俘虜，

---

[151] 林豪：《東瀛紀事》，頁 18-19。

[152] 韋勒克、華倫著，王夢鷗、許國衡譯，1976，《文學論》（臺北：志文出版社），頁 56-63。

[153] 林豪：《東瀛紀事》，頁 9-10。1863 年（同治二年）六月按察使司銜分巡臺澎兵備道兼提督學政洪毓琛後卒於任期。

並令他掌理書記事務。沒料到陳吉生竟然暗中與一名投降的蔡姓兵士，謊報彰化已為官方所據。陳弄又命陳吉生覆信，告知王祿拔必堅守顧城，約三更救兵必至。卻被陳吉生修改為：「彰化已失，令各營三更盡撤。」陳弄歸來後，知道為吉生所騙，所以執捉他並嚴格質問。有人問他為何不於改完信後乘機逃離。吉生笑答：「余糾合同志數十人欲於途次執弄以歸，為林鎮報仇；事之不成，天也，何足悔哉！」吉生後來被綑綁，並以數千個燒紅的銅錢遍貼身體，血肉模糊之際，吉生仍「大罵而死，不肯扳一人。」[154]這種藉由人物的行為及其言談，增加閱讀時的臨場感與生動性，並立體地表現出人物的形象。

林豪又是如何塑造與他有知遇之恩的林占梅形象呢？首先從林占梅對局勢的判斷來突顯這位在地士紳的獨特見解，文中不僅客觀記錄 1862 年（同治元年）春二月記錄林占梅設保安總局於淡水廳治，並描寫他動燭機先的眼光：「先是占梅偵戴逆結會，知事在必發，傳集紳商，設局團練，為先事預防計。」然而這些想法與舉動，卻未能為同知秋曰覲所誇讚稱許。一直等到秋曰覲南下時，林占梅才以自己的家財，「備器械，積鉛藥，修城濠，募勇士」，並派人防守城外險要之地，結果部署告成時，警報即響起。在這混亂的情境下，人心浮動，城內外居民正猶豫是否要搬徙他處而舉棋不定。各士紳商賈因感到岌岌可危，故請林占梅募集金錢賄賂將攻城的首領，以延緩他們侵擾的時間；甚至有人請林占梅先暫時出城避難。但是林占梅氏如何回應的呢？他義正言辭的答道：「淡水為該

---

[154] 林豪：《東瀛紀事》，頁 28-29。

賊臥榻之側，行賄後安能必其不來？不如即所賄貲為戰守之費。我能往，賊亦能往，走將安之耶？」所以他和眾人共同約定：

> 當傾囊餉軍，共圖滅賊，幸而獲濟，論功悉歸諸君；倘賊圍城，某以死守，不能守，則以死殉！若今日偽將軍至而賄，明日偽元帥千歲紛至，仍倍索賄，已而內地大兵適至，復問罪賄賊之人，斯時家破身亡，死為不忠、不孝之鬼，何計之左耶！[155]

這些話語得到城內士紳商人的認可，林占梅並率領眾人到城隍廟宣誓集體守城的決心。他每天親自率領精兵巡視，並聲援淡水廳南部，以安定人心。後來奉福建巡撫徐宗幹又另頒給「台北軍務鈐記」，使沿海文武一起遵行。而且排解北門外蘇、黃二姓械鬥糾紛。當時，「小夫、羅漢之徒，一時無所覓食，皆喜賊至。乃令各頭人造名冊，記口給糧，日費不貲，皆破產以應，斥去腴田無算。」[156]林占梅以家財助官方平亂，對家計造成很大的負擔。林豪不僅描繪他率勇善武的領導能力，也記載他不吝惜以家族財產來處理地方事務的氣魄。接著又形容他的文才：「凡軍報、書檄，多出己手；夜輒彈琴、賦詩，若無事然者。於是重心皆倚以為重焉。」[157]最後在「論曰」時再次歸納對他的贊語：

---

[155] 林豪：《東瀛紀事》，頁 17。
[156] 林豪：《東瀛紀事》，頁 17。
[157] 林豪：《東瀛紀事》，頁 17。

> 乃林觀察力排眾議，投袂而前，悉群虜於目中，運全局於掌上，用能毀家紓難，部署從容，率乍合之軍，當方張之寇，屢收要隘，再復堅城。以視夫階下叩頭、羞塹肉眼者，其人之賢不肖何如也！[158]

林豪不僅在〈北路防剿始末〉細加描寫林占梅種種參與防務的事蹟，另外在〈官軍收復彰化縣始末〉提及林占梅對佈防的看法。當時官軍與佔城的起事者僵持一段時日，因雙方兵力不相上下而疲累不已。巡撫徐宗幹仍催林占梅進兵，林占梅於是告知陳大略其心中的想法：

> 賊本烏合之眾，死距孤城，其勢難久。我軍前後進剿，非不能戰，乃迄久未克者，誠以諸軍皆由鹿港進兵，賊已備悉虛實故也。若得省垣遣一大員由淡水登岸，沿途招兵選勇，以壯聲勢，然後某統練勇千，同時南下，一路剿撫並行，賊聞風膽落，將不戰自下矣。兵有先聲而後實者，此也。[159]

於是在十月十六日林占梅率兵進駐「山腳莊」，旗幟上書寫「保順安良」四字，放出宣傳的口號：「歸順者保全，良善者安撫之」，一路上號令軍紀嚴明，引得路旁耕種的農夫都荷鋤觀看，言此趟出兵之旅必能達成任務。除了引用人物所說的言語，以突顯其性格

---

[158] 林豪：《東瀛紀事》，頁 19。

[159] 林豪：《東瀛紀事》，頁 37。

外；有時也以人物處理事件的方式，呈現個別迥異的性格。如當起事者備糧使司蔡茂豬備官方所擒獲，丁曰健即下令予以肢解。接著再詳加描述：

> 時丁曰健所過，被脅賊莊例行剿洗，以振軍威，惟林占梅謂脅從罔治，數為緩頰，全活無算。[160]

如此刻意以丁曰健率軍隊鎮壓村莊的血腥作為，映襯林占梅數度勸說而保全一些民眾的生命，即是以對比手法突顯人物個性。從《東瀛紀事》中林豪大量引林占梅的話語、經歷及處事態度，透露此文不僅有記事的寫作目的，更具有為林占梅提昇地方領導階層士紳形象的策略。綜觀書中藉由人物對話、氣氛的渲染，來塑造人物的形象，實為作者刻意以文學表現技巧所營造的效果。

三、講述觀點的呈現

觀點即故事的講述者講述時所持的立場。作者挑選什麼樣的敘述者，通過誰的眼睛和感覺把故事敘述出來，會對作者想要傳達給讀者和聽眾的作品意義，以及文學效果發生很大影響，此即是藝術中的觀點問題。敘述歷史故事時，常以第三人稱報告者的史家觀點，或如說書者的全知觀點。全知者不僅聽到他人所說的話，見到他人所做的事，更知道他們心裡所想的。林豪《東瀛紀事》多以第三人稱敘事，但在文末的〈論曰〉則以第一人稱記載作者個人的觀

---

[160] 林豪：《東瀛紀事》，頁39。

感。此書寫作時的考證精神，以為戴潮春「粗諳文理」，曾自稱為東王，林日成為千歲。其餘「以逆晟為燕王，逆弄為西王，洪逆為北王，則皆由他人所贈。而非其實矣。予悉心採訪，遲之五、六年，經三、四易稿者，亦欲實事求是耳，何敢略哉？」[161]經過了多年的田野調查，數次改稿，以突顯自己以徵實的態度嚴謹從事史學寫作。不同的語氣使用，也造成作品不同的效果。

林豪應竹塹林占梅之邀來台，後參與《淡水廳志》的編纂，晚年並在澎湖的文石書院講學。[162]若不深究林豪與霧峰林家的關係，將很難釐清當時地方菁英間的衝突，而只見有利於官方的資料。[163]當時經歷戴潮春事件的詩人曾留下相關的作品，如林占梅《潛園琴餘草簡編》，陳肇興《陶村詩稿》，多見文人式的憂國之思，並受到國家與菁英文化的肯定。吳子光也曾於有關戴潮春事件詩前的自序中責難起事民眾為亂臣賊子。然而當揭開權力運作的關係後，將擺脫過去刻板印象的文字操作，並重新評估中央與邊陲菁英的關係。若從民間歌謠、傳說所透露的訊息，則將發現文人書寫的觀點迴然不同。[164]舉例而言，對於孔昭慈平日所作所為，民間歌謠提到

---

[161] 林豪：《東瀛紀事》，頁48。

[162] 林豪：《東瀛紀事》，頁63。

[163] 此外，記載戴潮春事件猶有日治時期成書的吳德功《戴案紀略》、蔡青筠《戴案紀略》。吳德功為彰化的重要士紳，與霧峰林家的關係親善；蔡青筠為鹿港附近的商人之子，曾與霧峰林家的林朝棟合作經營「佬業」（樟腦）的生意。兩位作者亦與林家有關聯。蔡青筠：〈鹿港綠相居主人自述——菜耕紀事〉，《台灣風物》30卷2期，1980年，頁87-98。

[164] 連慧珠：《萬生反——十九世紀後期台灣民間文化之歷史觀察》（東海大學歷史研究所碩士論文，1995年6月），頁99；羅士傑：〈試探清代漢人地方

「孔道台作官貪財利」，對於戴潮春攻入彰化城，「戴萬生入城，要剮官府合民壯，百姓荷老好。」[165]此首唸唱歌謠以鄉村百姓的角度理解戴案的始末，蘊含傳說、軼事，並增加一些個人詮釋，以重現此一歷史事件。作者並未視「戴案」中的人為亂臣賊子，而以「大哥」稱呼他。此外，又稱羅冠英為「羅仔賊」，與官方及林豪等文人所作的書中，以為羅冠英為「義民」首領的觀點，顯然有所出入。

另一首流行於民間的〈新編戴萬生作反歌〉為七言歌謠，用字簡單古樸，屢提及民間耳熟能詳的三國演義故事。在動盪不安的時代，官逼民反的社會環境鼓動了英雄浪漫的色彩；有關反抗舊社會秩序的人，常受到人們的同情與激賞。此首歌謠以鄉民的眼光，描述在豪強之間的鬥爭，導致百姓受到株連之禍，為了生存，最後須投入有利於己的陣營中。蔡青筠《戴案紀略》曾提到：「時內地髮逆未平，政府方駐重大局，以臺灣海外，不暇顧及；故民心愈渙。莊民為自保計，雖非甘心從賊，亦與入會。賊給紅旗，賊來樹之；賊退官到，又揭白旗：其心亦良苦矣。」[166]即道出了居民在當時的

菁英與地方社會——以同治年間戴潮春事件為中心〉，《台灣史蹟》38 期，2001 年 6 月，頁 159-160。

[165] 日治初期文學家賴和，於 1926-1927 年採錄一位遊吟耆老所得的〈辛丑一歌詩〉。到了 1936 年（昭和十一年）賴和這份田野採集的舊稿，由宮安中修正，以談唱者楊清池之名，發表於《台灣新文學》雜誌上。內容以閩南語寫成的民間歌謠，為清治末期於地方傳唱的唸唱歌謠。楊清池：〈辛丑一歌詩〉（二），《台灣新文學》第一卷第九號，1936 年，頁 63。

[166] 蔡青筠：《戴案紀略》（臺北：臺灣銀行經濟研究室，1964 年 11 月），臺灣文獻叢刊 206 種，頁 6。

處境。〈辛丑一歌詩〉與〈新編戴萬生作反歌〉皆代表民間立場的資料，與菁英階層的書寫相比較，顯現對歷史事件的認知方式多有差異。

四、內在意義的傳達

戴潮春事件發生後，文人士紳階層的作品，表現敘事、勸戒、抒懷等的社會功用，反映文人的歷史記憶。林豪自言《東瀛紀事》的寫作目的為：「要必明順逆、存是非，示法戒。」並在篇末仿擬傳統史傳文學寫作模式，藉〈論曰〉表述其勸善懲惡的道德目的。如評論戴潮春的勢力難以擴充至彰化縣一帶，主要原因是大甲以北有林占梅、羅冠英的阻撓，土庫、嘉義以南則有義首陳澄清的協守。林豪以為「義民、烈士、草莽效忠，稽之前史，實未多見」。[167]在地文人從咸豐年間即已開始參與地方團練事宜，《清文宗實錄》提到：「台灣在籍前任禮部員外郎鄭用錫、候補主事施瓊芳、候補道林國華、道職林占梅，皆堪辦理團練勸捐事宜；著該署等諭令該紳士等或捐貲助餉、或出力督團；但使地方肅清，必當優加獎勵。」[168]官方即常透過懸賞、懲勸、分化、動員義民等策略的運用，以強化帝國對邊陲的統治地位。也因此戴案雖然在台灣民變史上歷時最久，但牽涉的範圍卻未像朱一貴、林爽文案蔓延擴大，多少與這些領導階層的參與阻擋有所關聯。

---

[167] 林豪：《東瀛紀事》，頁19。

[168] 《清文宗實錄選輯》（臺北：臺灣銀行經濟研究室，1964年3月），臺灣文獻叢刊189種，頁28。

意義指的是作品中實際體現的總體涵義。就作者來說，意義問題主要是藝術創作問題；就讀者來說，則主要是詮釋問題。歷史不僅羅列一系列事件，並嘗試將種種孤立事件聯繫起來，從混亂而不連貫的往事中，尋覓出某些意義。文學的實用觀是基於為達到政治、社會、道德，或教育目的而形成的概念。[169]《東瀛紀事》藉由敘述或評論女性行為，多以儒家傳統道德為批判的準則，並言「女子而才非難，能明大義為難。」[170]效忠的具體活動更成為教化的題材，如鳳山林有才的母親為原住民，「我家世篤忠義，可不及時報効，一雪先人心跡耶」，並要求有才帶領「番勇」跟隨總兵林向榮，協助約束境內居民「不許從賊」。當起事的群眾請林有才的母親協助供給鉛藥時，林母問：「糧餉何出。」群眾回答：「以各鄉派飯。」她便笑說：「甫舉事而焚取於民，何以能久？」[171]對他們嚴辭斥責並拒絕請求。婦女的節烈事蹟受到儒家道德秩序者極度稱揚，然而對於陳弄、嚴辦、廖談等人的妻子於戰場上叱吒風雲；或如西螺股首廖談的妾蔡邁娘「每臨陣，策馬督戰，不避矢石。」[172]這些與多數傳統婦女不同的行徑，多被林豪形容為「觀其臨敵決戰，有勇有謀；刀臨頸上，至死不悔，可謂之人妖矣。」[173]在父權

---

[169] 「實用理論」為探討讀者和宇宙之間的關係。參見劉若愚著，杜國清譯：《中國文學理論》（*Chinese Theories of Literature*）（臺北：聯經出版事業公司，1981年），頁227。

[170] 林豪：《東瀛紀事》，頁35。

[171] 林豪：《東瀛紀事》，頁35。

[172] 林豪：《東瀛紀事》，頁50。

[173] 林豪：《東瀛紀事》，頁52。

（Patriarchy）的壓制下，女子的日常行徑處處受到限制。(174)尤其當蔡邁娘供稱：「謀逆之事，皆己所為，與夫無異。」並言出資招集眾人的情形後，不僅遭到「駢誅」，並被「暴其屍數日」(175)林豪言蔡邁娘為「王法所必誅」的評論，透露出文人階層對婦女內在規範及外在行為的教化用意。

歷史為各種價值所整理出來的敘述（narratives），它不只是文本的問題，而是書寫的問題，即政治潛意識的敘述問題。文學研究就是要研究其中權力的關係及其運作。(176)權力關係必須與反抗的形式相對照，如此，權力關係的意義就會更清晰。反抗的形式是指「反隸屬化」（deterritorialization），即逃離目的論的死胡同，以尋求自由

(174) 「父權」一詞指涉的是在其中女性利益被屈從、附屬於男性利益的權力關係。這些權力關係採取多種形式，從勞動的性別分工與繁衍後代的社會組織，到藉以生存的女性之內化規範。Chris Weedon 著，白曉紅譯：《女性主義實踐與後結構主義理論》（台北：桂冠圖書股份有限公司，1994 年 8 月），頁 2。

(175) 林豪：《東瀛紀事》，頁 50。

(176) 詹明信在《政治潛意識》的說法，意識形態有三種效應：機械式（mechanical）、表達式（expressive），和結構式（structural）等因果效應。詹明信指出文學與社會具有互動的關係。上層結構（文化、法律、制度、意識形態等）和下層結構（生產方式——包括生產力、生產關係、人際關係、人力組織）是相互影響，而且歷史不是指某一個特別的文本，即大敘述（grand narrative）。相反的，歷史是指各種價值所整理出來的敘述（narratives）。它不只是文本的問題，是書寫的問題，即政治潛意識的敘述問題。Fredric Jameson, *The Political Unconscious: Narrative as a Socially Symbolic Act* (Ithaca: Cornell University Press, 1981), pp.23-29.

的空間。[177]林豪對有助於教化的作品，作了高度的評價，認為藉由寫實的文體，對後世能產生垂警訓誡的作用。從林豪《東瀛紀事》中的〈戴逆倡亂〉、〈北路防剿始末〉等篇名所透露的主旨，即可知作者立於所謂「征討」、「平亂」的觀點，具有鞏固統治政權的效果。此書上承臺灣清治初期史傳文學作品，如藍鼎元《平臺紀略》、楊廷理《東瀛紀事》等，又下啟日治時期成書的吳德功《戴案紀略》、《施案紀略》，蔡青筠《戴案紀略》等書。要旨多在儆勵地方文武官員，當刻刻以吏治、民生為念，並藉文發揮教化的功能。

第五節　社會教化書寫與文化變遷

在社會教化書寫與文化變遷的關係，除了分析文人的社會參與之外，也需留意散文中的儒化規訓與儀式、彰顯政教合一的文化策略。本節先分析文人參與文化活動的意義，再探討古典散文如何呈現其政教合一的思想，並藉由這些散文作者的觀察，分析文本所記載的儒化規訓與儀式。

一、文人參與文化活動的意義

臺灣在清治中期（1796-1870）從拓墾社會逐漸文治化的過程裡，一些家族於社會轉型中不僅具有民間領導階層的關鍵地位，而

[177] 蔡振興：〈典律／權力／知識〉，收錄於陳東榮、陳長房主編：《典律與文學教學》（台北：書林出版有限公司，1995年4月），頁60-62。

且在文教的推廣上亦深具文化意義。就淡水廳而言，在地文人的崛起多集中於清治中期，此地文學創作風氣的日益蓬勃，大體由竹塹鄭用錫、鄭用鑑，竹塹林占梅，大龍峒陳維英，枋橋林維讓、林維源等家族及門人所引領風騷。北臺文風的日益蓬勃，與此地商業活動的發展有密切的關聯；富豪郊商多有鼓勵弟子參與文教活動，以晉身士紳階層的傾向。如北門鄭家以經商所得資助族人就學，從眾多所培養的科舉成員看來，鄭家已蔚然形成一文學家族。[178]家族間的成員中有人從事文學活動，常能影響家人跟進。如鄭景南因見祖父鄭用錫於北郭園中時有文酒盛會，於是也在 1857 年（咸豐七年）與朋儕組織「斯盛社」，藉以切磋詩文。家族中參與文學活動的人愈多，代表文學越受到家族的重視，也促進北臺文風的日漸蓬勃。從在地士紳所撰散文中有關社會教化的書寫，呈現他們實際參與推行的情形及對此議題的見解。且因此期在地士紳參與講學及社會救濟的情形已漸普遍，所以此期社會教化書寫中的文化意涵，頗具深入詮釋的價值。

清治中期階段（1796-1866）因民變、械鬥的頻繁，散文的題材也觸及對這些社會議題的探討。清治時期的械鬥事件，據學者統計以乾隆末年至咸豐年間最為激烈，計 1768 年（乾隆三十三年）以至 1860 年（咸豐十年）的九十三年間，約平均每三年即有一次分類事件。但大約在 1860 年（咸豐十年）以後，卻幾乎少有大規模以祖籍

[178] 有關北臺文風及家族經濟與文學活動的關係，筆者於〈竹塹文人鄭用錫、鄭用鑑散文的文化意涵及其題材特色〉另有探析，《中國學術年刊》26 期，2004 年 9 月，頁 173-204。

人群為分類單位的械鬥事件。此與台灣清治末期的社會意識已逐漸拋棄祖籍觀念，而以現居聚落組織為其主要的認同單位有關。移民社會經過一段時間的定居之後，對移住地台灣本土產生認同感，相對地脫離了早期移民的祖籍意識。從盛行於台灣清治時期的械鬥事件中，可看出這種群體意識認同的轉型過程。[179]當時文人曾藉由散文的書寫，來表達對械鬥的看法，如鄭用錫、姚瑩等文人對這類議題的書寫，更具有宣導的效用。

這些在地文人多接受傳統的儒學教育，有時也受到過於重視倫理教條的侷限。但在當時未有新思想足以取代之際，普遍存在於知識份子心中的儒家思想，可說是當時一種穩定社會的思維模式。在地文人也常藉由書院的教學，或文章的內在意涵中，傳達儒家思想的經世理念。鄭用鑑門生中成為進士的有楊士芳、陳登元，陳樹蘭、李逢時等舉人，林紹唐、潘永清等貢生。又如李春波執教仰山書院，林步瀛主講學海、仰山、明志書院，陳維英任教仰山、學海書院亦長達三十年等例，皆是繼承鄭用鑑教育英才的志業。[180]清治中期曾受教於各書院的眾多門生，或參與科考而獲有功名的家族成員，都是促進北台文風興盛的關鍵人物。此期許多文人的散文作品中也將儒家經世的理念，呈現在說解儒家傳統典籍、編纂地方志

---

[179] 台灣清治時期移民社會（Immingrant）經過一段時間的定居之後，發生土著化（Indigenization）的現象，轉化為「土著社會」（Native Society）。陳其南《傳統制度與社會意識的結構：歷史與人類學的探索》（台北：允晨文化實業股份有限公司，1998年1月），頁172-175。

[180] 張德南：〈學界山斗鄭用鑑〉，《臺北文獻》直93期，1990年9月，頁131-140。

書，或籌建社會救濟機構等文化參與的實際活動中。

二、政教合一的文化策略

漢以後的帝國體系不只是一套帝國的制度結構，更有一套綿密的以儒家為主的政治文化。儒家思想升為國家義理，得以滲透到國家制度中。它的規範理論不僅關係到帝國的君主制的正當性，並且影響到國家政策的制定及統治精英的選拔與任用，成為「制度化的儒學」（institutional Confucianism）。由於帝國政治的形勢，也由於儒家理論本身的制限，並未能建立起儒家理想的政治秩序。[181]如史華慈（Benjamin I. Schwartz）所言，帝國體系的政治——社會秩序觀，除了從道德範疇的「內聖」，及政治範疇的「外王」觀其理念與設計外，亦須注意到這個秩序觀中，普遍的、無所不包的社會政治觀念，是基於宇宙論的普遍王權（universal kingship）為中心的。[182]為台灣清治時期的古典散文常強調移風易俗的必要性，並透顯出統治者政教合一的文化策略。這些策略是為了使民眾在儒學教化的薰陶下，日漸被馴服。台灣清治時期在制度上是兵備道兼任學政使，擔負掌管教育行政的職務，府置府學並委派教授、縣置縣學而任命教諭，使之擔任教學之責。另一方面，通常府、州、廳、縣儒學的興建，多依其稅賦繳納、戶口聚集、文風盛衰等情形而定其名額。然1804 年（嘉慶九年）來臺任台灣縣學教諭的鄭兼才，則於《六亭文

---

[181] 金耀基：《中國社會與文化》（香港：牛津大學出版社，1992），頁 112。

[182] Benjamin I. Schwartz, *The World of Thought in Ancient China* (Cambridge, Mass.: Harvard University Press, 1985), p.413.

選》透露蔡牽事件後的另種訊息：

> 蕩平以來，結晶大憲奏賞獎厲。惟是闔郡出力人數眾多，而疊次優沛恩施，勢難遍及。因思各邑義首既多讀書之人，而全郡人文又值蔚起之日，與其計功論賞，獎厲一時，莫若廣額加恩，垂休萬世。某等家尚儒業，世為良民。稔知文風隆盛之由，與夫慷慨俠義之故，用敢籲懇格外加恩，據情詳准於閩省解額之外，奏廣臺郡中額二名。至五學學額廩、增，倘得一併邀恩，俾環海儒流益加鼓厲，詩書之化既溥，干戈之氣自消；薄海謳歌，千秋頌德。[183]

蔡牽事件後，清廷犒賞協助官方者，故以「廣額加恩」的方式，另外擴加廩生、增生的名額。此種籠絡士子的手法，更具體強化了政教合一的功能。且士人與地方官僚體系結合為一體，透過科舉制度落實為一種普遍的社會與文化價值標準。並將儒生的制度化，抬高成為傳統社會價值的所在。

在信仰與政教關係方面，執政者覺察儒家文化對政治與社會廣泛影響，故有極力提昇孔廟祀典之舉；祭孔作為官方祭祀制度，即具結合「道統」與「治統」之作用。熟悉漢文化的清初君主，深諳孔子之道與治權的密切關聯，因此對孔廟禮敬有加。專制君主透過政教系統的解釋，來操縱孔廟祭祀禮儀，以達到壓制士人集團的實

[183] 鄭兼才：《六亭文選・代臺郡請廣解額及學額第二呈》（臺北：臺灣銀行經濟研究室，1963 年），臺灣文獻叢刊 143 種，頁 11。

質目的。[184]

三、散文中的儒化規訓與儀式書寫

㈠ 散文中的儒化規訓書寫

台灣清治時期的散文有許多屬於行政語言，與文章系統有異，為上層結構的語文工具，表達了統治階層的意識。探索這些文本背後的霸權思想，常會發現權力結構的形成與影響。綜觀台灣清治時期的文化發展，基本上是屬於一個漢字、儒教的文化圈，從儒家文化傳統的深層結構中，藉由儀式與教化的影響力不容小覷。如何鞏固統治權、形塑儒家文化圈的過程，台灣清治時期古典散文的記載常透露大量訊息。官方常透過各級學校、或是政府的諭告、遍及各地的碑文以宣揚統治階層的教化理念，希冀達到移風易俗的目的。清王朝於 1652 年（順治九年）所頒的臥碑文，現有些仍存於孔廟中，台灣方志藝文志亦收錄此文。臥碑文中的第六條末尾提到：「軍民一切利病，不許生員上書諫言，如有一言建白，以違制論，黜革治罪。」第七條：「生員不准糾黨多人，立盟結社，把持官府，武斷鄉曲。所作文字，不許妄行刊刻，違者聽提調官治

---

[184] 有關權力與信仰交互滲透現象之論述，如以皇權與孔廟的關係為例，傳統社會中的孔廟作為一種祭祀制度，即是位於道統與治統之間。孔廟為道統的制度化，但其制度化卻需統治者的支援與認可，故孔廟為傳統社會裡文化力量與政治力量的匯聚之處。參見黃進興：〈道統與治統之間：從明嘉靖九年（1530）孔廟改制談起〉，《歷史語言研究所集刊》61 期，1990 年，頁 917-941。黃進興，〈作為宗教的儒教：一個比較宗教的初步探討〉，《亞洲研究》23 期（香港：珠海書院亞洲研究中心，1997 年 7 月），頁 184-223。

罪。」[185]可見統治者對於士人結社自由、出版自由、言論自由及思想自由採取全面掌控、箝制的策略。台灣清治時期各地書院多立有學規，如 1740 年（乾隆五年）分巡台灣道劉良璧立海東書院學規六條，其他書院多加以參考並沿襲。[186]白沙書院創建於 1745 年（乾隆十年）當時淡水同知兼攝彰化知縣曾曰瑛曾手定規條。[187] 1811 年（嘉慶十六年）楊桂森任彰化知縣又撰〈白沙書院學規〉九條，第一條即以人格教育為該院首要宗旨。[188]各書院學規除勸勉士子致力於知識求取外，更蘊含思想與行為的約束，及訓勉告誡的教化用意。此外，另有一些「示禁碑文」常立在交通要道或人煙稠密的地方，亦具有積極的歷史和社會教化功能。儒學教化的普及，正是統治者與儒生相互為用的結果。

教化是將倫理道德的理念及規範轉化成民眾的研習對象，台灣清治時期政論文、碑記文多含藏儒家教化的規條與訓示。從方志所錄之教育碑文、書院學規、或古典文獻所存之儒學詩，常提及學行兼重之教育內涵，並強調敦實行、重人倫、崇經史等綱目，可見清治時期儒學之教化宗旨。若由讀經風氣及地方教育普及等層面觀

---

[185] 劉良璧：《重修福建臺灣府志》（臺北：臺灣銀行經濟研究室，1961 年 3 月），頁 1-2。

[186] 參閱本文附錄：臺灣清治時期書院學規簡表。

[187] 朱熹於清康熙六年（1667）所定「白鹿洞學規」，揭示書院教育宗旨。台灣書院規制，初受福州鰲峰書院的影響。

[188] 噶瑪蘭廳治（今宜蘭市）西邊的仰山書院，其學規取乾隆二十四年（1759）覺羅四明的海東書院學規，「敦實行、看書理、正文體、崇詩學」等四條，再加上白沙書院學規「讀書以立品為重、讀書以成物為急」合而為仰山書院的學規。

察，則可得知台灣清治時期教化的影響程度。再者，諸多教化諭告，或「戢械鬥」、「懲結黨」等禁制碑文，則呈現官方欲藉諭告碑文之宣導，以達移風易俗之教化目的。至於對原住民的教化，清治時期的散文文本中，多見排斥「他者」的論述，及高下階層化的書寫策略，於是儒化規訓即成為「同化異類」的如何馴化他者的指南了。

對於儒化規訓的傳播，來台官員如武將台灣北路營參將阮蔡文，不僅於整修諸羅縣儒學時，捐俸一百兩；於北路防務巡哨時，亦曾「召社學番童與之語，能背誦《四書》者輒旌以銀布；為之講解君臣父子之大義，反覆不倦。」又如位於台灣南端之恆春知縣、塾師，亦以督導辦學為任。恆春縣義塾定學規，即詳列一日作息及各課程之讀法等細目，知縣並親自考核學生學習成果。[189]清治時期來台文武官員多以教化民眾為宦績，對儒化規訓的推廣常不遺餘力。1766 年（乾隆三十一年）澎湖通判胡建偉在〈文石書院落成記〉提到：「春夏詩書、秋冬禮樂，以砥礪其心性、潤澤其文章。」由此可推知建於澎湖的文石書院的教材以詩書禮樂等儒家典籍為主。楊廷理於蘭陽一地倡建「仰山書院」，即為效法宋儒楊龜山（楊時）以重振儒學。儒教人士透過兩途徑發展，一為士紳階級經科舉考試或捐官，進入政治體制內，並透過祭孔及結社以推廣儒家規訓；另一是往民間社會發展，經由宗教化的儒教——善社、鸞堂等來接近群眾、教化百姓，使儒教得以在民間生根發展。為能使儒家

---

[189] 周鍾瑄：《諸羅縣志》（臺北：臺灣銀行經濟研究室，1962 年），頁 134；屠繼善：《恆春縣志》（臺北：臺灣銀行經濟研究室，1963 年），頁 212-215。

觀念能更有效、更普及的推廣，除了宣講規訓外，並以具體的事例作為眾人表率或楷模，則更能突顯儒教傳播的效果。

㈡ 散文中的儒化儀式書寫

統治者利用祭祀與宗教的儀式，以政教合一的方式影響民眾價值觀的形成。[190]儒家的祭孔、祭天、祭祖的宗教性蘊藏於禮制的運作之中。官建媽祖廟強調具有忠孝節義的教化功能。臺灣許多主祀男神的廟宇，並沒有特別建「聖父母殿」，但臺灣的媽祖香火重鎮——北港朝天宮建有「聖父母殿」，供奉媽祖的父母親，因此也有「謁拜媽祖父母」的儀式和說法，強調的是倫理孝道的實踐。[191]官方介入宗教的例子，最常見的是將媽祖信仰藉由詔封天后的儀式，以加強統治政權的穩固性外；亦藉由祭孔典禮與道統的結合、關公信仰與效法忠義的結合、文昌信仰與科舉制度的結合，而形成一個儒教的霸權運作系統。將民間生成的神明納入國家的統治機器裡，如城隍爺本是民間所信仰的陰間司法官，關公原為民間因其忠義而祭拜。然而在府縣的官治地點，設有府縣城隍，用以輔助司法統治；關公則被褒揚成忠君的神祇，官設有祀典武廟，官僚必須定期朝拜，以作為教化的宣導。

---

[190] 甚至到日治時期載刊於 1910 年「臺灣舊慣調查會」的報告書中記有：「儒教是孔子及孟子所祖述的古代聖王教義，內容包括宗教、道德及政治，三者渾然融合成為一大教系。」即是將儒教定位為宗教。岡松參太郎、陳金田譯，《臺灣私法》第二卷（南投：臺灣省文獻會，1990 年），頁 170。

[191] 黃美英：〈香火與女人——媽祖信仰與儀式的性別意涵〉，漢學研究中心編，《寺廟與民間文化研討會論文集》（臺北：行政院文化建設委員會，1995 年），頁 535。

「風俗」為社會上歷時久遠之風尚習俗，其形成過程與社會發展有密不可分的關係。清官方統治階層以為文昌信仰有助於科舉制度的推行，並具有籠絡士人的功能，故於嘉慶中期將文昌帝君納入國家祀典中。[192]後來更結合敬字信仰，文昌宮裡也奉祀倉頡神位，並築「敬字亭」，盛大舉行送字灰儀式。包括撿拾字紙，焚於敬字亭，收集字灰之後，於文昌帝君誕辰祭畢後恭送入海的儀式。鄭兼才〈捐建敬字堂記〉提到：

> 先是郡中字跡穢褻，人鮮知敬。自創斯舉，而敬字亭之造，及今凡八所；出於街衆自造者凡七所。焚貯字灰，匯歸敬字堂。至期，備鼓敬樂，無分士庶，前送付諸長流，以為常。其相慕成風，自郡城及南北村舍胥倣行焉。[193]

儒學教化以通經為主，一方面在學習的過程中，鼓勵士人為學要立志成聖賢；另一方面在教育制度上建立了「廟學制」，即於學堂中設立儒門聖賢的牌位，學習的過程中非常重視祭祀。如此的教化制度不僅由儒家經典獲得倫理道德的知識，更在對有人格神身分的「聖師」的膜拜中，加強具體的道德踐履活動。《重修臺郡各建築

---

[192] 《史記·天官書》以北斗之上的六星合稱文昌宮。文昌星神原為司命的功用，後被附會為四川梓潼神庇祐士子科考高中，從此文昌信仰與科舉考試聯繫。至今日臺灣仍可見文昌廟常有考生及親友將准考證置於神桌上，祈求考試順利的儀式活動。

[193] 謝金鑾，《續修台灣縣志·藝文志》（臺北：臺灣銀行經濟研究室，1962年），頁519。

圖說》錄有琳瑯滿目的「孔廟禮器」、「文廟樂器」，另外並配圖細說「佾舞」儀式的程序[194]，如此聲容盛大的景象，具有宣揚儒家禮制嚴明的作用。

儒教在民間的傳播方式，是經由若干的教化儀式，使教理易於通曉而普及，進而影響一般民眾的認知。許多士人常於各級學校、或民間公共場合從事推廣儒教義理。[195]徐宗幹《斯未信齋文編·發聖諭廣訓劄》提到作者未至臺灣以前，即曾於任公職時，戮力於各地宣講《聖諭廣訓衍義》，並生動的描繪聚眾宣講的場面與效果，簡直可視為深入民間的盛大傳教儀式。[196] 1847 年（道光二十七年）來臺任臺灣道時曾說：「及巡臺時，土民言語不通，則以土音譯誦。」[197]鄭兼才《六亭文選·上胡道憲》：「為請祀節烈以厲風化事。竊郡城昭忠祠，得疊奉憲示，底於完功；而所祀陣亡文武員弁及兵丁，又蒙飭發卷宗，再查補五十餘人，俾免缺漏。」[198]由官方舉行祭祀陣亡官兵，並從詳加查對名單，以免闕漏的慎重行為看

---

[194] 蔣元樞：《重修臺郡各建築圖說》，臺灣文獻叢刊 283 種，頁 15-20。

[195] 如漢代觀察風俗的政策，樂府之官採集民間歌謠，而使為政者瞭解各地的特色，以利於統治。

[196] 原文提到：「前在山東州縣任內，准藩署刊發《聖諭廣訓衍義》一書。……派禮書聲音高朗者讀一、二條，鄉民環聽如堵。下鄉堪驗事畢，即於集場或鄉村內，令隨行書吏講數條，俗言俚語，婦孺皆能通曉。書院課期及查義學之日，選諸生一人，每期誦三、四條；周而復始，酌加獎賞；書吏給茶資數百文。行之幾及二十年。後至蜀、至閩，亦如之。」徐宗幹：《斯未信齋文編》，頁 117。

[197] 徐宗幹：《斯未信齋文編》，頁 117。

[198] 鄭兼才：《六亭文選》（臺北：臺灣銀行經濟研究室，1963 年），臺灣文獻叢刊 143 種，頁 37。

來，具有將「忠臣」、「忠民」及所謂「閨中弱質亦視死如歸」的女性，也納入國家祭祀的體制。「昭忠祠」在移孝作忠的教條下，亦成為國家機器運轉下的教化場所。

㈢ 社會教化書寫的實用功能

從台灣清治時期的筆記文集中，經常流露文化征服過程的痕跡，探討這些費心構思過的散文，將發現作品中多有「政教合一」的思想。許多官僚文人的修辭策略，與所置身的歷史與其社會經驗有其相關性。從文本中更可見漢移民與平埔族的生活受到儒化的影響；且從社會組織、典章制度、倫理道德，或是藝術與宗教信仰，亦處處可見影響的痕跡。清治中期的志書已覺察早期方志所載平埔族之風俗「多耳所未聞，目所未睹」，並感嘆平埔族風俗變遷幅度之大。可知至十九世紀下半葉，平埔族已「半從漢俗，即諳通番語者亦不過二、三耳」。[199]清治時期政教措施對平埔族風俗變遷之影響，如納餉對生業方式及社會制度之改變、語言傳承之衰微、婚喪禮俗之改變，以及宗教信仰之變遷等方面，此類議題至今仍值得引人深思。

官方的權力不斷透過各種方式滲透到社會的底層，除了以官員管理廳縣維持地方秩序外，更有各種地方教育與教化的設計。除了利用書院的影響力外，又以社區性的「社學」來教化民眾，並推展官方的政令。官方與士紳還組織定期性的聚會方式「鄉約」，對鄉村的百姓演講皇帝聖諭與宗教性的勸善書，對地方民眾的影響較為

---

[199] 陳培桂編纂：《淡水廳志》（臺北：臺灣銀行經濟研究室，1963 年），頁306。

普遍而深遠。清治時期是統治者欲以政教合一的策略同質化台灣的階段。早期研究台灣人類學者有時「將歷史研究簡化成歷史材料而已」，而忽略了歷史之時空，以及整體、結構。[200]本節試圖從文本中所流露的霸權意識，突顯出文學與政治、社會及文化間交互的影響。在文本中所描寫的鎮壓、役使等主題，就在文學與文化的對話中，浮現其歷史脈絡的意涵。

文學研究關注人的意義、價值、語言、感情、與經驗，常牽涉到人類個體與社會的特質、權力與性關係的問題、對於歷史的詮釋、對於當前的看法、以及對於未來的期望等更深廣的信念。從文學研究對象的角度來觀察，主要關注的是這些文本製造出什麼類型的效果，並探討如何製造這些言說。[201]若就台灣清治時期的古典散文而言，如公牘政論、奏疏、碑文、傳、記等，多具有實用的功能性價值，為官員收集各地資訊，以供為政者施政的參考來源。又因作者或編纂者多為來台官員或文士，故閱覽這些台灣清治時期的古典散文時，處處可見作者欲藉文以傳達經世理念的書寫策略，以及諸多治臺政策、實行教化的觀點。從這些散文看來，多為行政語言，與文章系統有異，為上層結構的工具，表達了統治階層的意識。探索這些文本背後的思想，常會發現權力結構的形成與影響。本章即從文人的社會教化書寫中，析論其作品所蘊藏的文學與文化意涵。

---

[200] 黃應貴，〈光復後臺灣地區人類學研究的發展〉，《中研院民族學研究所集刊》55 期，1984 年，頁 124。

[201] Terry Eagleton（泰瑞‧伊果頓）著，吳新發譯：《文學理論導讀》（*Literary theory*）（臺北：書林出版有限公司，1993 年 4 月），頁 243-256。

第五章
清治後期散文的議論時事書寫

第一節　清治後期散文發展大勢

一、清治後期文集的題材特色

台灣清治後期（1867-1895）在政治、經濟、文教等層面多有變遷。自從淡水、基隆、打狗、安平等通商口岸陸續開放以後，各國商船絡繹往來，台灣與世界的關係又愈趨複雜。尤其 1871 年（同治十年）初期牡丹社事件發生以後，引起了一連串的施政變革，也激發文人對於台灣政經局勢轉變的記錄與省思。此期的散文除了延續實用功能的寫作風格外，更因社會的變遷頗為迅速，所以文人常有較具體的議論時事的書寫。這些文集若依主要體裁類別來看，議論類的代表作如吳子光《一肚皮集》中所收錄的多篇論述，曾對當時的文風及政事加以評論。《主津新集》則收錄李春生對牡丹社事件後台灣政經局勢變化及關於夷夏的論述，呈現他與西洋文化交會的情形。在地文人洪棄生於 1893 年（光緒十九年）的《寄鶴齋臺郡觀風稿》、1894 年（光緒二十年）《寄鶴齋觀風稿》，輯錄其參與「觀風試」的部分成果。❶《寄鶴齋文集》收錄有洪棄生於書院所撰的〈吏治議〉、〈弭盜安良策〉、〈防海論〉、〈論西洋〉、〈籌海議〉等，為鹿港文士觀察台灣局勢所提出的個人見解。

在台官員的奏議類文集方面，如 1874 年（同治十三年）來台的沈葆楨《福建臺灣奏摺》、1881-1884 年（光緒七一十年）來台的劉璈《巡臺退思錄》，以及 1884-1891 年（光緒十一十七年）劉銘傳《劉壯肅公奏議》等，皆大量載錄台灣清治末期洋務運動的各種變革。此外，另有一本寫於 1891 年（光緒十七年）的唐贊袞《臺陽見聞錄》承襲傳統筆記體裁，採分目的方式敘述，如在〈通商〉一目之下，列出鐵路的鋪設及營運管理章程等交通環境的改變，又記載電報與電線等現代通訊設備的新增，顯現了清治後期物質文化變遷的情況。〈洋務〉一目羅列教堂被毀、領事署被竊、撫卹英國船隻遭風、洋稅、洋行等簡要史事❷，則描述當時台灣與各國在宗教、外交、商業等國際事務的關係已有明顯轉變。

就連此期所出現數本日記體裁的文集，如 1874 年（同治十三年）來台的羅大春《臺灣海防並開山日記》、1891-1894 年（光緒十七一二十年）來台的池志澂《全臺遊記》，以及 1892 年（光緒十八年）蔣師轍《臺游日記》等書，也受到當時寫作風格的影響。這些

---

❶ 每月的初八、十六日「觀風試」的舉辦目的，為知縣、知府等官員觀察地方文風的情形；亦有考核學生成績，督促學業進步的用意。洪棄生青年時期除於書院準備科考外，亦收門徒，傳授詩文，並曾任登瀛書院院長。今草屯鎮新庄里登瀛書院院前楹柱仍署有「鹿港洪月樵」的楹聯。

❷ 唐贊袞：《臺陽見聞錄》（臺北：臺灣銀行經濟研究室，1958 年），臺灣文獻叢刊 30 種，頁 19-51。

散文不僅止於記載文人在台灣的任職或旅遊的經驗，並呈現作者記錄清帝國在台灣統治二百多年的痕跡，以及對當時政經層面的論述。

清治後期又有一本尚未刊印的《憶臺雜記》，此書為史久龍追憶在台之事，自序作於 1896 年（光緒二十二年）三月，台灣已為日本統治。作者史久龍，字蓮蓀，別號「姚江藕中人」，浙江餘姚人。1892 年（光緒十八年）九月十九日來台擔任支應局襄理文案，1895 年（光緒二十一年）五月二十六日離台，共在台兩年七個月又十日。旅居台灣時曾將見聞與評論作成筆記，《憶臺雜記》即為作者回中國後，以此筆記為底稿再補充撰寫而成書。國立中央圖書館台灣分館以及中央研究院台灣史研究所圖書館藏有一抄錄本❸，書前並附有方豪所撰〈《憶臺雜記》重印小記〉。因此書於作者離台後才完成，所以文中多夾敘夾議，語氣也頗多感慨。

在序跋類的散文，如台南進士施士洁為施瓊芳之子❹，他歷任文石書院及海東書院山長。在〈台澎海東書院課選序〉表達對科舉制義的見解，作品收錄於《後蘇龕合集》，多為日治時期作品。唐景崧曾作〈詩畸序〉，此文是他在 1891 年（光緒十七年）至 1893 年（光緒十九年）任布政使時，曾籌組牡丹吟社，並為刊印文士互相吟

❸ 現存於中央圖書館台灣分館以及中央研究院臺灣史研究所圖書館的《憶臺雜記》，為據方豪購自台北舊書攤的底本所抄錄而成。方豪當時所收藏的為線裝書一冊，分上下卷，上卷二十一葉，包括自序一葉在內；下卷二十四葉，葉分兩面，面各十二行，行二十九字，全書約三萬字。在臺似無第二本。方豪：〈《憶臺雜記》重印小記〉，《憶臺雜記》手鈔本，頁 1。

❹ 《明清進士題名碑錄》記載施士洁中「光緒丙子恩科」三甲第二名進士。

詠的詩集所做的序。除了這些散文以外，此期一些在地文人多作制藝科舉之文，文學作品則多以詩作聞名。如出生在苗栗銅鑼灣的丘逢甲，早年為吳子光門生，中進士後曾返台任教台中宏文書院、台南崇文書院、嘉義羅山書院，其文卻少見流傳。吳子光的弟子中，最令人矚目的當屬呂汝玉、呂汝修、呂汝成三兄弟。他們皆以能文見稱於當時，吳子光故譽之為「海東三鳳」。❺ 1889 年（光緒十五年）呂氏兄弟合著《海東三鳳集》四卷，今只留存為呂氏兄弟學習制藝之作。❻吳子光的從姪吳茂郎，著有《草廬居文稿》，也是收錄科舉制藝之詩文習作。❼台灣清治後期的散文作品留存至今的數量卻不多，若探究其中的原因，或與出版耗資甚鉅，在地文人少有出版的機會；再加上移民社會的戰亂也使得作品遭遇散佚的命運。

雖然在地文人文稿散佚的情形嚴重，但近年來文人後代與學術界或文史工作者合作，將祖先的作品集佚出版，已漸使文人的珍貴資料逐漸出土。例如國史館於 2006 年 11 月出版《林維朝詩文集》，包括《勞生略歷》、《初囀集》、《怡園唱和集》、《壽詩文集附并蒂菊詩》中的《壽文集》等，這部合集的出版即是將藏諸

---

❺ 《台中縣志·藝文志》（台中：台中縣立文化中心，1989 年 9 月），頁 3-5。

❻ 《海東三鳳集》為 1981 年（民國七十年）台灣史蹟研究中心將蒐集的呂氏兄弟殘稿集為一帙，包括光緒年間呂汝玉所撰的《璞山詩卷》、呂汝修所撰的《餐霞子遺稿》。其後並附有光緒七年呂氏兄弟和丘逢甲、傅子亦等人同遊臺南時的唱和之作《竹溪唱和集》，又稱《同人集》，為目前了解呂氏兄弟文學活動的作品。施懿琳、許俊雅、楊翠：《台中縣文學發展史》（台中：台中縣立文化中心，1995 年 6 月），頁 54。

❼ 《台中縣志·藝文志》（台中：台中縣立文化中心，1989 年 9 月），頁 5。

民間的文人作品出版的顯例。林維朝（1868-1934），嘉義新港人，為今雲門舞集創辦人林懷民的曾祖父。林維朝著作中的《勞生略歷》採編年體，敘述年代起自 1868 年（同治七年），迄於 1896 年（光緒二十二年），前後 29 年，所述僅及其前半生之經歷。內容包含台灣士子的漢學養成、台灣的科舉制度、清末社會治安狀況、官紳間的互動關係、日本治臺對台灣人的衝擊、閩台居民的交誼往來等，可供作為研究清末台灣社會史的史料。❽《林維朝詩文集》的出版，不僅使早期文人珍貴史料得以出土供研究之用，亦由於其傳記體的散文書寫，更能了解文人於世變之際的內心感受。

二、史論散文的餘緒

台灣清治時期散文的發展過程中，論史類始終是散文的主要體裁。尤其有關三大民變的主題，時見於文人的論述中。到了清治後期仍有因修史書的實際需求，而以民變為題材的論著出現。其中最具代表性的為吳德功（1850-1924）所著的《戴案紀略》與《施案紀略》。吳德功，字汝能，號立軒，世居彰化。這位跨越清治時期與日治時期的在地文人，授業於從叔吳子超及柯承暉、陳肇興、蔡醒甫等先生，1874 年（同治十三年）中秀才，1894 年（光緒二十年）成為貢生。吳德功在清治時期曾主事彰化育嬰堂、忠義祠、節孝祠的籌

---

❽ 陳素雲，〈動盪事局一儒生——新港前清秀才林維朝其文其詩其事〉，收錄於《林維朝詩文集》（台北：國史館，2006 年 11 月），頁 22-48。《出囀集》是林維朝初試啼聲的第一本詩集。創作年代自光緒十七年（1891）迄大正四年（1915）。有六年的時間與《勞生略歷》相重疊，可達到以詩證史、相互印證的功效。

建，透顯他對社會的具體關懷。❾他一生的作品集有《戴案紀略》、《施案紀略》、《讓臺記》、《瑞桃齋詩話》、《瑞桃齋詩稿》、《瑞桃齋文稿》及《觀光日記》、揚文會策議三篇等，並編有《彰化節孝冊》❿。吳德功的作品不僅橫跨清治時期與日治時期，題材亦顯多元，他的散文多流露知識份子在特殊時代的境遇與因應對策。其中《瑞桃齋詩稿》上卷，以及《戴案紀略》、《施案紀略》初稿多成於清治後期。《瑞桃齋文稿》多錄吳德功於日治時期的古典散文，少數幾篇為 1895 年以前的作品。其中一篇〈擬進臺灣通誌表〉完成於清治後期，作者自言當初編纂臺灣通誌的過程及要旨：

> 爰是徵求俗諺，擇取新聞，博訪遺編，搜尋故帙。名山大川之勝，人物風土之宜，瞭如指掌；吏治沿革所關，戰守兵燹，所係爽若列眉。綱為舉，目為張，歷歷可指；條已分，縷已晰，井井可觀。⓫

---

❾ 日治時期歷任日本彰化辨務署參事、彰化廳及台中廳參事、台灣舊慣調查會及台中法院囑托，又受聘台中農會第一回副長，彰化水道開設副長等職。又與吳汝祥、楊吉臣、李雅歆、施範其等發起創設位於彰化街的彰化銀行，出任該行董事約近三十年之久。台灣省文獻會：《重修台灣省通志·人物志》（南投：台灣省文獻會，1998 年 6 月），頁 465-466。

❿ 台灣省文獻會將《戴案紀略》、《施案紀略》、《讓臺記》、《觀光日記》、《瑞桃齋文稿》、《瑞桃齋詩話》、《瑞桃齋詩稿》以及《彰化節孝冊》共八種作品彙編為【吳德功先生全集】，於 1992 年 5 月出版。

⓫ 吳德功：《瑞桃齋文稿》（南投：台灣省文獻委員會，1992 年 5 月），頁 166-167。

吳德功於 1891 年（光緒十七年）設台灣通志局之時，受聘主修《彰化縣志》；1894 年（光緒二十年）原已完成采訪冊，可惜後來因乙未之役而散佚無遺。他在〈擬進臺灣通誌表〉篇末清楚地提到：「清光緒十九年臺撫劉銘傳採訪全臺通誌，僕亦在采訪委員之列，提調官陳文騄命擬此表。」⓬此篇散文透顯出清治後期臺灣通誌的纂修，不僅具有搜尋古書、輯佚舊籍的功能，吳德功等實際負責編纂的文人，也藉由採錄各地俗諺、傳說，保存了許多史料。

當時臺灣通誌編纂時，官員曾推舉若干采訪委員，吳德功因善於史學，而獲聘撰寫有關戴潮春事件與施九緞事件的部分。後來這兩份稿件在甲午戰後幸得留存，於是得以單獨出版。他在《戴案紀略·序言》中提到戴潮春案前後長達三年，「北至大甲，南至嘉義，地方盜賊蜂起，官軍南、北、中三路進勦，始克蕩平。其害較烈於林爽文。」⓭吳德功認為林豪《東瀛紀事》「未合誌書之體」，故決定以另種體裁重新撰寫。他在〈自序〉中提到《戴案紀略》的撰寫緣於「為修誌而作」，所以採取「仿綱目之例，自作亂以至平定，因年係月、因月係日」的書寫方式。在《施案紀略·自序》中言：「當時署中案卷皆存，瞭如指掌。其人其事，皆耳聞而目見。是以綱舉目張，紀月編年，書官記事皆燦若列眉。」此書除了運用了許多官方的檔案，吳德功也採錄《陶村詩稿》以及丁曰健《治臺必告錄》所記斗六等處殉難人員等文獻，再加以整理而成。

⓬ 吳德功：《瑞桃齋文稿》，頁 167。

⓭ 吳德功：《戴施兩案紀略》（臺北：臺灣銀行經濟研究室，1959 年），臺灣文獻叢刊 47 種，頁 95。

此書分上、中卷載錄史事，下卷則特錄在營病故人員、殉難陣亡兵勇名冊，顯現出作者將這些陣亡人士納入「昭忠祠」的教化用意。吳德功在此書序言中提到：

> 惟九緞明係圍城三日，罪同叛逆，欲大書特書反字，何以成信史。又係清丈激成變端，若不曲筆，如公論何？此中詞語，頗費躊躇。故起筆大書圍城，繼以索焚丈單，明其非故作不軌也。⓮

施懿琳在評論吳德功的作品時，以為此二書呈顯傳統科舉制度下的士人，書寫時多偏向官方立場，雖矜憫戴潮春及施九緞事件中罹難的民眾，但對於被「逼上梁山」的起事者，卻未能有相應的理解。⓯許多在地文人生在傳統儒教社會，多受到漢文獻的影響。他們在未有新思想穩定社會力量之際，亦不得不然擁護舊政權，以倫理鞏固傳統思惟。

另一本吳德功於日治初期完稿的《讓臺記》，內容為 1895 年（光緒二十一年）政權轉移情形，以及民眾在世變中的感受。開首先從清廷甲午戰敗而與日本簽定馬關條約，「台灣民主國」的匆匆成立，到企圖聯絡英國、法國、俄國協助卻遭挫，呈現當時台灣所面臨的艱難處境。唐景崧等人趁夜逃去後，「兵勇乘危搶掠，屍橫遍

⓮ 吳德功：《戴施兩案紀略》，頁 95。

⓯ 施懿琳：〈由反抗到傾斜——日治時期彰化文人吳德功身分認同之分析〉，《中國學術年刊》18 期 1997 年 3 月，頁 319-322。

野，街人閉隘閘為守。」⑯抗日聯絡中樞遂由台北移至台南。中南部的抗日運動以劉永福為領導中心，第一階段是義軍在桃竹苗地區的抵抗，第二階段是彰化地區八卦山等地的會戰，第三階段是雲林、嘉義、台南、高雄、屏東等地。吳德功除了詳細紀錄四月到九月在外援斷絕的情形下，對抗強盛日軍極為不易的歷歷情景，同時也痛心檢討抗日慘敗之因。如抗日過程將領間常有不合，導致軍隊節節敗退，並描寫李烇與吳湯興互相攻訐的情形後，而感嘆「師克在和」。⑰此書也記載吳德功曾應台中知府孫傳衮的邀請，投入參與保衛地方的工作，以書寫自己參與歷史的時代定位。文中提到：

> 功時在局中，聞風令在地局首安頓，即請黎府各派勇百名鎮壓之，卒令鴟喙不張；不然，先搶官租，後搶民租，弱肉強食，其地方不堪設想焉。⑱

在各地局勢混亂之際，吳德功紀錄自己當時參與籌設「聯甲局」，並募練勇、捕盜賊，以維持彰化社會秩序的經過。此書末尾並描寫劉永福與官兵離台後，安平混亂的情形：「紳民挈眷搭船，港口行李堆積如山，爹利士等號火輪俱各滿載。是時人心既亂，或夫妻異船，或新婚一夕即別，或父往而子不及隨，或箱篋遺失，或身無長物而行。每人船稅五、六金，哀哭之聲，人不忍聞。岸上之兵勇肆

---

⑯　吳德功，《讓臺記》，頁138。
⑰　吳德功，《讓臺記》，頁126。
⑱　吳德功，《讓臺記》，頁144。

劫財物，自相爭殺，鋪戶均各閉門。」⑲於是安平的紳商與民眾會談後，決定由英德商牧師到二棧行請日軍大隊入城彈壓。此書涵蓋的時間從1895年（光緒二十一年）四月十四日中日簽約始，到九月二十七日的日本近衛師團長北白川宮親王棺柩返回東京作結。作者逐日記載一百三十餘日民眾參與戰事的情形，並依由北至中、南部的雙方爭戰空間的移轉，可見其化紛雜史事於綱目中的敘事結構。

《讓臺記》又書寫日軍進佔台北後，彰化、台南兩地的上層士紳與有力富豪，協助劉永福籌畫防務、辦理團練及保甲的情形。林文欽等人則主持彰化籌防局並領導練勇，而貢生吳德功與吳景韓、廩生周紹祖主持聯甲局。但當與日軍正面作戰時，文武官員與富豪士紳，多避難內渡，其留臺者或隱匿不出，或轉而協助殖民政權維持秩序。⑳在戰亂戎馬之中，吳德功參考軍書，採以年繫月、以月繫日，仿綱目之例，並依事件順序完成此書。

歷史學者常以客觀的證據為基礎，以重新還原歷史情境；然而如果思考為何要研究歷史，或是以何種方法敘說歷史時，就將發現史傳散文即是透過現在的詮釋觀點和需要，來重新解讀過去的歷史和記憶。《讓臺記》描繪官員潰敗竄逃的情形，也書寫一些奮勇與日軍抵抗的軍官與民眾的作為。吳德功記錄乙未割台的歷史回憶，當在地士紳無法挽回割台命運時，除了「官紳士庶痛哭呼天，飛章乞命，老成烈士拊膺而嘆。」㉑的消極作為之外，更書寫文人思考

---

⑲ 吳德功，《讓臺記》，頁158。

⑳ 黃昭堂，《台灣民主國の研究——台灣獨立運動史の一斷章》（東京：東京大學出版會，1972年），頁13-71。

㉑ 吳德功，《讓臺記》，頁119。

世變對人心的考驗，以及處在新政權統治下的因應之道。此書雖未細究清日談判的情形，如清廷奉派的李鴻章一意求快、態度輕率，而日方所委派的首任台灣總督兼接收大臣樺山資紀慎重其事。或是記錄對台灣民主國策略的檢討，譬如期待他力與外援的介入，企圖訴諸第三國干涉，以改變馬關條約割台條款構想的脆弱性與侷限性。至於其官制與名稱如清制，年號「永清」、國旗為「藍地黃虎」均顯示仍陷於與清朝的關聯。㉒再以今日的制度觀之，「台灣民主國」存續的時間極為短暫，未主張如個人權利與選舉等基本觀念，只是設立總統府和相當於內閣的中央行政機構及議院。㉓雖然《讓臺記》未能就史事的國際面向多加分析，然已承襲傳統史傳文學的書寫方式，透過人物的人格特質，再加上事件的變化，以及刻意選擇的場景，構成了敘事的風格。吳德功以史官自我期許，重視儒家書寫歷史褒貶的功能；在日人治臺的世變悲劇與舉家避難的創傷後，於日治初期完成這段史傳書寫。呈現在官方史書之外，個人記錄對過往歷史文化的認知，也保留了對於台灣歷史的集體記憶。

同樣處於世變之際的林維朝，在其傳記《勞生略歷》中也提到自己負責團練事宜，維持地方秩序的情形：「六月間，以日清戰役，上憲命各地方辦理鄉團，欲以禦外侮而靖內難。鄧邑主旋下札諭，任命余為打猫西堡團練分局長，辦理一堡團練事宜。余以素蒙

㉒ 台灣民主國與 1898 年在菲律賓成立的「菲律賓共和國」，以及 1920 年在西伯利亞成立的「遠東共和國」存續的時間極為短暫，其統治力與戰鬥力亦皆薄弱。黃昭堂：《台灣民主國の研究》，頁 167-168、233-247。

㉓ Harry J. Lamley, *A Shot-lived Republic and War, 1895: Taiwan's Resistance Against Japan, Taiwan in Modern Times*, John's University Press, 1974, p.303.

垂青相待，且值地方有事之秋，不敢辭卻。受命之下，旋即開局辦理。」㉔ 1894 年（光緒二十年）甲午戰後，清廷下令開辦民防，林維朝銜命負責轄防的範圍涵蓋今嘉義縣新港鄉、湖口鄉、以及雲林北港鎮之部分地區。在《勞生略歷》中描述世變當時混亂的情形：

> 五月，基隆陷落，台北撫院中又起兵變，唐撫乃乘夜挈眷，駕英國輪船走廈。眾軍無主，一時譁亂，搶劫庫銀，互相殺戮，紛紛逃竄，被人民戕殺許多，能得逃回內地或奔到台南者寥寥無幾。由是，匪氛日熾，日搶夜劫，雞犬不寧矣！余勵行聯庄革匪之約，極力維持，管內幸得粗安。㉕

1895 年（光緒二十一年）北部隨著兵變及唐景崧乘夜逃離後，社會局勢更加失控。清朝官吏紛紛內渡後，掌握兵權的丘逢甲、林朝棟隨後也倉皇走避中國。當時清朝在台的殘存勢力已漸自削弱，並且在日方海陸進攻重兵壓境下，台灣島民越來越受到日人的軍事武嚇。林維朝雖然盡責聯合村莊鄉勇力量，勵行維持地方治安。但從他記載動盪時期民間常有掠奪、殺戮的事件發生，多流露出傳記字裡行間的感慨萬千。

雖然到了 1895 年（光緒二十一年）政權已轉變，台灣成為日本東亞的殖民地。但文人的生命歷程卻是連續的，散文的創作並不因日

㉔ 《勞生略歷》，光緒二十年記事，《林維朝詩文集》（台北：國史館，2006 年 11 月），頁 73-74。

㉕ 《勞生略歷》，光緒二十一年記事，《林維朝詩文集》，頁 85-86。

本統治而中斷。尤其日治初期文人多以傳統漢文作為表達思想與溝通的工具，古典散文的內涵也因社會的變遷而呈現多元的面貌。如吳德功、李春生與洪棄生等人到日治時期仍以古典散文來傳達理念，賴和也以漢文作為抵抗強權的表達工具。至於台中士紳林獻堂曾廣泛閱讀世界各國書籍，依舊以古典散文來撰寫日記或在報刊發表到各國的旅遊見聞。甚至在日治初期的《台灣日日新報》等報刊的漢文欄上，或是《台灣青年》等文藝雜誌，多可見文人評論史事或愷切激昂的宣揚新思潮。

瀏覽當代學者有關臺灣清治後期臺灣史論著時，常見對於通商港埠開放後經濟貿易的改變，或是種種歷史發展與施政變革的評析。又遍觀臺灣清治後期的散文作品時，發現許多散文作者身處此時代環境中，眼見台灣文化的變遷現象，心有所感而發於文，故其作品常與社會脈動有密切關聯。尤其牡丹社事件後更激發在地文人與來臺官員對文化衝擊的多元思考。究竟此期散文作品所呈現的特色為何？作者觀察到哪些文化變遷現象？本章即藉由分析、詮釋臺灣清治後期散文議論時事的書寫，探討此期散文發展的特質與文化變遷的互動關聯。因此期文人多直率發表對政經局勢的評論，及對文化變遷的省思；故專就議論時事的散文題材，分析這些論述的文化意義。

第二節　清治後期文人對時事的評論

十九世紀中期以後，一些知識份子因緣際會從中國移居到台灣。他們在台灣所面對的環境已與上個世紀有所不同，從一些文人議論時事的書寫中可見文化變遷的記錄。本節舉吳子光與李春生為例，探討這兩位在壯年以後長期定居台灣，且一生筆耕不輟、勤於著述的作者，分析其有關清治後期文化變遷書寫的內涵意蘊。

一、吳子光《一肚皮集》中的台灣紀事

吳子光與其弟子傅于天、丘逢甲、謝道隆、呂氏兄弟及吳子光的侄子吳茂郎等人，皆以台中神岡筱雲山莊為主要活動空間，此文人群體在台灣清治後期中部的文學發展過程中，頗具代表性。[26]然而至今所見這些文人多以詩歌的創作為主，只有核心人物吳子光留下不少散文作品。吳子光，字士興，號芸閣，別署雲壑，晚年自號鐵梅老人或鐵梅道人。生於 1819 年（嘉慶二十四年）五月五日，卒於 1883 年（光緒九年）四月十一日。在廣東嘉應州白渡鄉出生，其父守堂重視子弟的教育，建「啟英書室」，並藏書數萬卷；又往往不惜巨貲，延請數位宿儒教導。[27] 1837 年（道光十七年）十九歲時與父親避債來台，依伯父吳象賢而生。因彰化縣三角莊（今台中縣神岡鄉三角村）呂世芳好文藝、禮遇士人，吳子光與他相談甚歡，常留連呂家。1839 年（道光十九年）21 歲二度來台，僑寓彰化縣屬岸裡社（台中神岡鄉岸裡村）。1842 年（道光二十二年）24 歲三度來台，定居

---

[26] 施懿琳曾評析有關吳子光及其弟子作品的特色。可參閱施懿琳、許俊雅、楊翠編：《台中縣文學發展史》（台中：台中縣立文化中心，1995 年 6 月），頁 49-70。

[27] 吳子光：《一肚皮集·答客問》（台北：龍文出版社，2001 年 6 月）台灣先賢詩文集彙刊第三輯，第二冊，頁 87。

銅鑼灣樟樹村雙峰山（今苗栗縣銅鑼鄉樟樹村），築雙峰草堂以居。㉘34 歲時課徒二湖（今苗栗縣西湖鄉境），1862 年（同治元年）44 歲時，因戴潮春事件而避居淡水廳，依弟侄而居，仍從事教學工作，彭殿珍、劉翶皆為其學生。1865 年（同治四年）47 歲中舉人，並與淡水同知陳培桂相交遊。1876 年（光緒二年）吳子光 58 歲時因故錯過會期，自此放棄應世念頭。曾受聘講學於苗栗文英書院，提攜後進，不遺餘力，1877 年（光緒三年）59 歲於岸裡社文昌祠開館，餘暇則從事創作，栽培不少得意門生。1879 年（光緒五年）患疾時幸由「海東三鳳」呂汝玉、呂汝脩、呂錫圭兄弟親侍湯藥，1883 年（光緒九年）65 歲逝，呂氏兄弟又以師長禮厚葬。

㈠ 有關台灣時事的批評

《臺灣紀事》列入臺灣銀行經濟研究室出版的「臺灣文獻叢刊」第 36 種，此書原選錄吳子光主要著作《一肚皮集》中有關臺灣題材的作品，附錄包括《一肚皮集序》、吳子光等人的傳記資料、評議臺灣政事書札、淡水廳志擬稿等。㉙若以此書與龍文出版社「台灣先賢詩文集彙刊」《一肚皮集》、《芸閣山人集》相對

㉘ 關於吳子光的家世，鄭喜夫曾作吳子光先生的年譜，並附有「廣東嘉慶州白渡堡無適渡臺祖鳴濬公派下世系圖」等附表。可參閱鄭喜夫：《吳芸閣先生年譜初稿》（一）到（五），《台灣風物》第 31 卷第 1、2、3 期，32 卷 1、2 期，1981 年 3、6、9 月，1982 年 3、6 月。陳炎正編：〈吳子光先生年譜〉，《台灣風物》，頁 14-20。

㉙ 吳子光著有《經餘雜錄》十二卷、《三長贅筆》十六卷、《一肚皮集》十八卷、《芸閣山人集》十卷、《小草拾遺》一卷等。王國璠據三角莊呂氏收藏原抄本整理編輯，由中華民國台灣史蹟研究中心影印出版，名之曰《吳子光全書》，分上、中、下三冊。

照，將發現二集之中與台灣有關的散文，有多篇未收錄於《台灣紀事》中。所以本文以吳子光《一肚皮集》、《芸閣山人集》為文本，爬梳其中有關議論台灣時事的書寫，並論析他對於台灣社會風俗變遷的觀察。例如《一肚皮集・與當事書》作於 1875 年（光緒元年）八月十五日，此文批評臺灣的諸多陋習，作者自述寫作動機為：

> 若夫落拓書生，即一身一家未知安插何所，乃敢昂首伸眉議論天下事得失，亦不自量之甚矣。然好善惡惡，人性皆同。手利劍以靖妖魔，欲吐者熱血；借清議以維風化，未死者良心。㉚

吳子光認為統治者應聆聽民眾的聲音，並以白居易、杜牧於作品中寄寓補察時政、洩導人情的用意。此篇文章不僅指出當時台灣社會的弊端，諸如：「絕光棍以肅法紀、禁私刑以培元氣、禁株連以甦民困、廣耳目以防壅蔽、禁需索以安善良、澄侍從以飭關防、嚴反造以遏訟端、速聽斷以寬民力。」㉛等八大要項，並試圖具體提出解決的途徑。以「禁株連以甦民困」條目為例，吳子光寫道：「臺地五方雜處，父子兄弟異居者無數，更多同姓異宗，風馬不及。乃近日訟牒，慣以『房戶』二字為一網打盡之謀。……雖漢之沉命

㉚ 吳子光：《一肚皮集》（台北：龍文出版社，2001 年 6 月）台灣先賢詩文集彙刊第三輯，第一冊頁 73-74。

㉛ 吳子光：《一肚皮集・與當事書》，頁 74-83。

法、明之瓜蔓抄，恐未必有此慘酷也！」㉜他以為當時台灣的第一惡習為古語所謂的「羅織」，諺語所說的「牽扯」，除了鋪敘牽連處置的情形外，更極力倡言官方應禁止此陋習的延續。此外，〈與當事書〉中的「禁需索以安善良」條目下，又多以譬喻之法，刻劃官吏乘「駟馬高車」、狐假虎威的態勢：

> 更糾合游手無賴輩，若而人擾攘一室，索酒肉、索牀榻，甚且索洋烟、索金銀以十數、以百數，更有索至數百金，猶未饜足者。小民飲泣吞聲，欲與絞扦，恐投鼠忌器，官或興問罪之師，一家無噍類矣。此輩人面獸心，幸災樂禍，如宗廟之中唯有事為榮，日肆其梟鴟之吻以搏噬良善，是不待教而誅者也。又此輩甚貪、亦甚詰，其索詐也立氣勢、作威福，專擇善良之家而魚肉之，若惡人則避之惟恐不逮焉。㉝

在台灣清治後期的官僚體系下，吏治猶未能大肆加以整頓，致使一些倚仗官方勢力的基層行政人員，更變本加厲地魚肉人民，呈顯出統治制度下的種種弊端。

吳子光在〈淡水義渡記〉先提到大甲溪的溪水奔騰景象，後又描繪渡溪的險狀及艱難：「然在旱乾石猶可，一遇淋雨之際，兩涯不辨牛馬，溪流灑作十數道，茫茫水國，波浪掀天，或竟月不得

㉜　吳子光：《一肚皮集·與當事書》，頁 76-77。

㉝　吳子光：《一肚皮集·與當事書》，頁 79-80。

渡。」[34]以突顯設置義渡的必要性。篇末更揭露清治後期官吏藉機敲詐的情形：「近聞義渡需費，因染指者眾，遂有名無實。……弗忍令前賢德意啜汁於捉錢令史數人者之手，以為吏治玷。」[35]因行政管理的不當、吏治的鬆散，致使義渡助人的原意蕩然無存。除了對吏治的批評外，吳子光也曾就台灣士風的弊病提出針砭。在〈答客問〉中言：「士類中有包攬詞訟、武斷鄉曲者，羣目之為人豪。號尚若此，可笑可憐。」[36]又說到：

> 今有假名士，峨冠博帶、腹大如五石匏，洵龐然魁偉哉！叩其實，祇挾芝麻志書，與事文類聚等為枕中秘，以欺世盜名，直等之自鄶以下可矣。[37]

此為吳子光對於當時修志書的情況有感而發。當他在 1870 年（同治九年）52 歲時，淡水廳因擬創修廳志而設立志局，吳子光原計畫以三年時間完成，不料當局成書心切，改以福州人楊浚擔任總編纂，

---

[34] 〈淡水義渡記〉開首先描寫：「溪發源自東勢角內山，一路曲折奔騰，以達於海。土產怪石，如虎牙、如仞鍔，與風水相擊撞；舟一葉行石罅中，亂流而渡，稍一失勢，則有性命之虞。比之灩澦堆、羅剎江、惶恐灘等，其奇險尤百倍，乃全臺第一畏塗，行者苦之。」吳子光：《一肚皮集·淡水義渡記》卷六，第二冊，頁 347。

[35] 吳子光：《一肚皮集》，頁 350。

[36] 吳子光：《一肚皮集·答客問》卷二。

[37] 吳子光：《一肚皮集·病愈復書》卷二。吳子光：《一肚皮集·與當事書》第一冊，頁 88-89。張永堂以為此處所指的假名士為楊浚。張永堂：〈一肚皮不合時宜的吳子光先生〉，《臺北文獻》63、64 期，1983 年 6 月，頁 76。

信口應允以六個月草率問世。吳子光在《芸閣山人集》之中，有一篇〈淡水廳修志試筆序〉即為對當時編纂《淡水廳志》有所批評。他以為「修史莫難於志」，若在經費無虞、時間充裕的情況下編纂，修志的品質將大幅提昇。[38]文中並表達對修志方式頗為不滿，雖原列名廳志採訪，但自言：「此事余愧無功」，可知實際上並未參與《淡水廳志》的編纂。[39]後來吳子光因「拂袖後，技癢不已」，所以自撰〈淡水廳志小序〉、〈淡水志稿〉。觀二文所列職官序、典禮序、名宦序、藝文序等包羅萬象的條目[40]，為作者以私修志書的方式呈現他眼中的台灣文化記憶。

在〈淡水廳志小序〉「屯政序」條目下提到：「今徵糧如故，一經官吏染指、酋長侵漁，致屯有籍而無兵，關係豈細故哉？平心而論，與其竭庫藏贏餘以保吏胥之橐，毋寧捐數萬租賦以蘇涸轍之民。」[41]呈現吳子光在籌寫志書時，亦主張改革制度不合理之處，強調施政的規劃必須考量實際狀況，及民眾的需求。又在〈淡水志稿〉「御番」條目下[42]，吳子光問為何「邇來番社為墟，轉徙仳離」？酋長回答：「迨其後，晡社有費、承應官府有費，尤酷者按季領餉，守候無常；衙蠹從中包攬，挖肉醫瘡。明知毒藥殺人，而

[38] 吳子光：《芸閣山人集》（台北：龍文出版社，2001 年 6 月）台灣先賢詩文集彙刊第三輯，附於《一肚皮集》第七冊，頁 147-148。

[39] 吳子光：《芸閣山人集》，頁 148。

[40] 〈淡水廳志小序〉、〈淡水志稿〉收錄於吳子光：《一肚皮集》卷十八，頁 1089-1157。

[41] 吳子光：《一肚皮集·淡水廳志小序》卷十八，頁 1096。

[42] 吳子光：《一肚皮集·淡水志稿》，卷十八，頁 1101-1102。

不得不躬自蹈之者，番獨非人情乎哉，誠有大不得已也。」此即藉由作者與原住民酋長的對話，透露他對時政的批判。然而對面對族群衝突時，吳子光雖能理解酋長所言的復仇心態：「全臺皆番地，乃被漢人割據，偏置吾輩於深崖峭壁之間而不得一安身所，是世讐也，不殺何為？」但卻將原住民視為「人面獸心，比之內地豺虎毒惡尤甚」，不免仍陷於以傳統漢族中心的偏見，透顯評論依準的主觀性。

(二) 有關文風教化的評論

吳子光曾對當時八股盛行的現象加以嚴厲批評，在〈與陳瘦嵐論古文書〉中提到：「近因八股盛行，致古文命脈僅存一線，賴有爾我輩起而樹文壇赤幟。」[43]他立志要「古調獨彈」[44]，並在《一肚皮集》提出〈論文八則〉，以表達他對重振古文的使命感。在1875年（光緒元年）八月十五日在《一肚皮集·序》中形容台灣的自然景觀為：「天風海濤、奇峯邃谷，奧博雄傑之勢甲天下，予得取資之以壯文瀾。自是胸次稍覺空濶，而余之文一變矣。」[45]台灣多樣的地理特色開闊其胸襟，文章風格因而有所變化。後來他又因經歷戴潮春事件，「蓋事勢愈艱虞，閱歷愈廣」，文章風格又再度轉變。[46]吳子光所作古文，說、書、傳、記、序各類文體兼備，敘議相間。「稍長，則涉獵於古文、經、史、諸子百家，以及稗官小說，無不含英咀華，以供作文之用。」他藉由廣泛的閱覽，不拘一

---

[43] 吳子光：《一肚皮集·與陳瘦嵐論古文書》卷三，頁182。
[44] 吳子光：《一肚皮集·寄家以讓孝廉書》卷三，頁124。
[45] 吳子光：《一肚皮集·序》，（台北：龍文出版社，1979年6月），頁1。
[46] 吳子光：《一肚皮集·序》，頁4。

家之說、容納百川的為學態度，奠定了寫作古文、及撰寫古文理論的基礎。

為使士人能參與文學活動並推廣文風，適當的聚會場所、豐富的藏書資源及長期的教學傳承，皆有助於強化實際的效果。台灣清治後期中部的文學群體，即是以岸裡社及筱雲山莊為主要活動範圍的文人社群。吳子光於 1877 年（光緒三年）四月五日撰〈岸社文祠學舍記〉，又在〈筱雲軒藏書記〉、〈筱雲軒記〉、〈筱雲山莊雅集序〉、〈文英社告白〉等文，述及當地的文學活動。筱雲山莊原為呂炳南於 1866 年（同治五年）為奉養章太夫人而建。呂炳南的父親呂世芳因善經營而使家業逐漸昌盛，再加上好客及樂於為人排解困難的性格，於是使呂家成為三角仔庄（今神岡三角村）的望族。呂世芳曾在道光年間組文英社梓童帝君會置學田數百畝，後由呂炳南承繼父志於 1869 年（同治八年）創建「文英書院」。祠的左右為學舍，吳子光於 1877 年（光緒三年）在岸裡文昌祠內長期講學。筱雲山莊建成後，呂家的文化活動更為活躍。吳子光於 1878 年（光緒四年）四月十三日所作〈筱雲軒記〉，為紀念筱雲山莊的藏書室落成，文中所錄「筱環老屋三分水，雲護名山萬卷書」即是他為筱雲山莊所提的對聯。當時文人雅士群集於此，其中一個因素是筱雲軒藏書涵蓋經、史、子、集等類，多達二萬一千三百三十四卷。[47]吳子光〈筱雲軒藏書記〉一文，即頌揚此文化活動。[48]呂家興建的文英書院及筱雲軒，對於台灣中部文風的推廣，具有一定的影響。如

---

[47] 吳子光：《一肚皮集·筱雲軒記》，頁 391。

[48] 吳子光：《一肚皮集·筱雲軒藏書記》，頁 442。

苗栗丘逢甲進士及霧峰林獻堂之父林文欽、清水蔡時超、鹿港施士浩及筱雲呂賡年等四位舉人，皆曾受惠於此。筱雲軒前佈置水池石山，水道蜿蜒於山石之間，頗有流觴曲水的意境，也寓含了「以文會友」的設計理念。

吳子光曾在平埔族聚落中任教，光緒年間通事潘永安即曾受教其門下。因吳子光在岸裡社的教學經驗，使其作品中常呈現他對移風易俗的看法。如〈紀番社風俗〉的序言中說：「余寓岸裡社數年，樂其俗多有在羲皇之上者，泯泯棼棼，安得盡人而效之，以復隆古也。」這些觀察記錄可與官方所主修志書的原住民風俗，相互參看。又如〈社學〉所載：「曩於番設社學，間有聰穎者，長官以其知讀書，思所以振興之，因有佾生之例。今社學已就湮，其中偶有識字者，循例濫竽，輒循護身符為淩轢眾番。社中事無鉅細，必以聞，否則罰無赦；此眞夜郎王習氣，豈得與茂才異等者同科乎？」社學以佾生的頭銜攏絡平埔族學童，有些識字的佾生卻藉此名分為護身符，以霸氣干擾社務、欺壓社民，則為作者批評社學到了清治後期的流弊。吳子光也曾描寫當時婦女的處境，如〈臺事紀略〉提到：

> 今裹足之俗遍天下，好事者喜其狀如竹風搖曳，為嬝娜、為娉婷，爭妍取憐，壹似五官百骸皆屬贅物，惟此處乃大關節目所在也，家家遂學凌波步矣。[49]

---

[49] 吳子光：《一肚皮集·臺事紀略》，卷十六，頁1027。

此文先略述中國纏足的起源，與歷代文人筆下對女子纏足的描寫。以往文人對女子小腳「蓮步娉婷」等讚美，對纏足的風氣實有推波助瀾的效果。然吳子光則關懷女子纏足風氣對於女子身體的影響，並透露女子受制於這種集體社會審美心理所形成的風尚的處境。吳子光不似「好事者」的文人，而是對於當時纏足的風俗，造成纏足的過程漫長而苦痛，女子仍難以脫離此習俗桎梏，發出人道關懷的慨歎。

二、李春生與西洋文化的交會

㈠ 李春生在台灣清治後期文化場域的位置

十九世紀末期台灣文化史的代表人物，他們面對特殊處境有感而發的作品，流露了個人的應世心態及思想特色，蘊含許多值得深入探究的議題。其中李春生為頗具代表性的人物，他不僅具有商人的身分，且在壯年以後的種種經歷，多與台灣的歷史脈絡有密切的關聯。《台灣通志稿·學藝志·哲學篇》收錄曾天從對於李春生十二種著作的介紹，並評論各書中有關時事世務問題的討論、禮教民俗問題的懲辯、基督教教理的闡釋等。[50] 1993 年中央研究院文哲

---

[50] 台北南天書局出版的「李春生著作集」為：《主津新集》（1894）、《東遊六十四日隨筆》（1896）、《民教冤獄解》（1903）、《民教冤獄解續編》（1903）、《民教冤獄解補遺》（1906）、《耶蘇教聖讖闡釋備考》（1906）、《天演論書後》（1907）、《東西哲衡》（1908）、《宗教五德備考》（1910）、《哲衡續編》（1911）、《聖經闡要講義》（1914）。此外，《主津後集》（1898）、《民教冤獄解續編》（1903）、《耶蘇教聖讖闡釋備考》（1906）未收錄於此著作集。

所曾舉辦「李春生思想研討會」，會後將多位學者的論文收錄於《李春生的思想與時代》一書。[51]學界對於李春生生平經歷及其著作中所呈現的思想，已積累一些研究成果；2004 年 8 月台北南天書局出版《李春生著作集》，亦有助於更多想探究相關議題者的參與。其中《主津新集》為李春生的第一本著作，書中蘊含了作者早期的思想歷程，對於了解李春生的書寫策略，留下了第一手的文本。[52]

李春生於 1838 年（道光十七年）1 月 12 日在福建廈門出生，幼時因家境清寒而中輟私塾教育，十四歲時隨父親於廈門英國基督教長老教會竹樹腳禮拜堂受洗成為基督徒，此後用心學習英語。1857 年（咸豐七年）二十歲時，應聘為廈門英商怡記洋行（Elles & Co.）的掌櫃，從事洋貨及茶葉貿易，深得店主 Elles 的器重。1861 年（咸豐十一年）在廈門自營四達商行兼營茶葉。1864 年（同治三年）太平軍至漳州，廈門商業受到波及，李春生的產業經營因而停頓。1865

---

[51] 包括李明輝：〈李春生《東西哲衡》及《哲衡緒編》中的哲學思想〉，吳光明：〈李春生的基督教人生原則〉，黃俊傑〈李春生對天演論的批判及其思想史的定位——以《天演論書後》為中心〉，吳文星：〈清季李春生的自強思想——以臺事議論為中心〉、〈清季李春生的自強思想——以變革圖強議論為中心〉，古偉瀛：〈從棄地遺民到日籍華人——試論李春生的日本經驗〉，黃俊傑、古偉瀛：〈新恩與舊義之間——李春生的國家認同之分析〉等篇論文。李明輝編：《李春生的思想與時代》（台北：正中書局，1995 年 4 月）。

[52] 中央研究院中國文哲研究所圖書館收藏購自日本的《主津新集》微卷，此版本為「靜嘉堂文庫」本。本論文所依據的版本則為台北南天書局於 2004 年 8 月出版的新校本。

年（同治四年）李春生二十八歲時，經 Elles 的介紹，與蘇格蘭商人杜德（John Dodd）結識，成為台灣寶順洋行買辦。杜德原想從事樟腦生意，後來因與李春生至大嵙崁看樟腦時，發現山上有很多野生茶樹，採納李春生的意見才改開發茶產業。當年李春生眼光獨到，認為那些茶葉品質頗佳，於是勸杜德從福建安溪引進茶種，並且貸款給茶農，以改良茶葉的品種。經過了一年，茶葉經採摘後製成烏龍茶後外銷。杜德又在艋舺興建茶葉工廠，1869 年（同治八年）李春生與杜德於淡水試種烏龍茶成功，於是以二艘帆船，載運標記“Formosa Oolong Tea”的二十一萬斤茶葉到紐約銷售，並廣受消費者的喜愛。自此台灣茶葉直銷國際歐美市場，李春生也得有「台灣茶葉之父」的稱名。當時許多洋商已投資茶葉工廠，如寶順洋行本擬在艋舺租屋營業，後來卻因當地紳民排斥洋行、燒毀教堂等劇烈抗爭，只好在 1868 年遷移至大稻埕，並引發許多洋行、商行雲集於此，而艋舺港亦日漸淤積，商業遂轉趨沒落。當時大稻埕是一個非常荒涼的地方，街道尚未開闢，李春生等人出資修建街道，繼續經營茶葉生意，由此可見台灣茶的國際化和李春生的關聯性。[53]

李春生在洋行工作期間，即大量閱讀西洋的報章雜誌與書籍，吸收世界潮流的脈動，並擴大其見聞。1875 年（同治八年）2 月任洋藥釐金總局監查委員、台灣茶葉顧問。1878 年（光緒四年）41 歲時接受台北知府陳星聚的聘請，任台北城建築委員，與板橋林維源共同督造台北城。1882 年（光緒八年）因捐輸建造台北府城，得台灣

[53] 郭崇美：〈李春生與大稻埕茶商發展座談會紀錄〉，臺北文獻直 142 期，2002 年 12 月 25 日，頁 1-25。

巡撫丁日昌薦舉得敘五品同知銜加賞戴藍翎。1886 年（光緒十二年）二月李春生與林維源合資成立建昌公司，興築大稻埕建昌街、千秋街、六館街，並填拓港地，修築河堤，且擔任大稻埕港岸堤防，修築工程監造委員長。十月馬偕（Mackay）於迪化街籌建的枋隙禮拜堂竣工後，李春生不時熱誠參與教會工作。50 歲時則任台北府土地清丈委員，51 歲與林維源共創蠶桑局，並任副總辦，種桑於觀音山麓。52 歲則又擔任清廷台灣鐵道敷設委員，53 歲時則為蠶桑局局長，57 歲時匯集個人於 1873 年到 1895 年的文章而成《主津新集》，於日本橫濱初版發行。[54]李春生於日治初期與多數文人一樣，都得面對世變下的認同問題。後來他以實業家的身分應世，共同與地方紳商倡設保良局、士商公會，以協助台灣總督府維持治安與處理地方公共事務，因而獲敘勳六等，授單光旭日章及紳章。又受任台北縣參事，為地方行政顧問。1922 年復獲延攬擔任台灣史料編纂委員會評議員，1923 年則獲六位勳五等，1924 年 10 月 5 日以八十八歲高齡辭世。[55]

李春生一生勤於著作，在當時的知識份子中頗具獨特風格。這些著作中唯一完成於清治時期的作品為《主津新集》，綜觀此書的寫作背景，正為東西方科技與人文相遇與撞擊的時期，在現代化軍事的震撼之餘，文人常省思異文化所傳達的意義。十九世紀後半

---

[54] 吳文星：〈白手起家的稻江巨商李春生〉，《台灣近代名人誌》（台北：自立晚報社，1987 年），頁 12-23。

[55] 台灣慣習研究會編：〈紳士の半面——李春生氏〉，《台灣慣習記事》第七卷第六號（1907 年 6 月），頁 70。

期，知識份子對於時代的變局不僅十分注意，且議論頻繁。[56]從牡丹社事件到甲午戰爭前夕，也是明治維新後的日本向外進行擴張的時期。李春生目睹世界種種局勢的變化，將所思所感發之於文，尤其他長期經商，並從事海外貿易，如此的工作經驗影響他觀察現代社會的變遷，及撰寫議論體散文關注的面向。先就經濟產業的層面為例來說明：此期產業與貿易的興盛，不僅刺激他對民生及對外貿易的觀察與思考，更引發這位實業家藉由議論文傳達振興產業的具體見解。他曾在〈臺事〉文中提出茶及蠶絲等產業所具開發的價值，並認為竹塹地區天然桑樹數量頗豐，歲產桑白數百擔，頗適合發展蠶絲業。若能延請蠶絲師傅來此傳習，所費不過百千金，將來民間家家戶戶即能自行生產，政府按擔抽徵釐稅，具有一舉兩得之效。所以建議「奏請舊臺設局，延請杭嘉湖之老於養蠶熟絲者，前來試辦。數年之間，絲業可期振興，成效之速必較閩省絲棉局多矣。」[57]此外，在茶產業方面，他更參與指導北台茶農焙製之法，於是民眾競相栽植炒製，於短短十年間由數百擔激增到 1875 年的十五萬箱。並建議以現代化手法經營台灣經濟產業，曾為文提到除了茶、絲、樟腦等產業外，並以為硫磺、煤礦等亦是尚待開發的天然資源。

早在 1874 年（同治十三年）李春生 37 歲時，即於牡丹社事件發生後不久，便連續於中國《中外新報》發表了以〈臺事〉為題的時事評論。前五篇發表於 1874 年，後兩篇發表於 1875 年。值得注意

---

[56] 王爾敏：《中國近代思想史論》（台北：商務印書館，1995），頁 386。

[57] 李春生：《主津新集·臺事其六》，頁 16。

的是，這些議論時事的書寫，不只呈現作者在經濟方面的識見，更在政治、外交、人才的培育、及社會風俗等層面暢所欲言，在當時台灣的文化場域中頗具特色。

此外，在社會風俗方面，從《主津新集·俗》一文中，可看出李春生對於婦女纏足的社會風俗曾有深刻的感受：

> 孰知人性嗜惡，必欲纏足誨淫，豈非怪化工之造次，特不先與人謀乎？無奈此風一行，號疼啼苦之聲，聞於閨闥，忍心害理，莫此為甚。村愚不肖，猶幸半泰半違。若夫紳富大戶，更至家喻戶曉。平心而論，不纏足者，順天之正俗也；纏足者，逆天之邪俗也。[58]

當風俗習慣愈深入人心，想要移風易俗時的阻力就愈大。[59]李春生在〈說兆〉一文也提到對於改變「男人禁嗜鴉，女子廢纏足」等風俗，亦為作者勾畫未來願景重要的一環。[60]日治時期解纏足運動的初期，各地士紳曾發表相關言論，並起而成立宣導團體。1900 年（明治三十三年）二月六日與黃玉階等人發起「天然足會」，李春生

---

[58] 李春生：《主津新集·俗（下）》，頁 207。

[59] 據日治初期台灣總督府於 1905 年的調查，當時台灣纏足者有 800616 人，占台灣女子總數 1406224 人的 56.94%，若總數扣除 5 歲以下未達纏足年齡的幼兒歲，則比率增為 66.6%，可知當時台灣約有三分之二的女子纏足。台灣總督府臨時台灣戶口調查部，《明治三十八年臨時台灣戶口調查記述報文》頁 355-360、《臨時台灣戶口調查結果表》（1908 年），頁 388-391。

[60] 李春生：《主津新集·說兆（上）》，頁 181。

即加入此組織並擔任顧問要職，藉此以矯正婦女纏足弊風。[61]可見他不僅早在清治後期即曾為文批判婦女纏足的風俗，日後更實際在參與移風易俗的社會教化事務，表達知識份子對此議題的關懷。

(二) 媒體提供公共論壇的空間

李春生收錄在《主津新集》的 96 篇文章中，註明刊載報紙名稱及日期的有 47 篇，包括《中外新報》18 篇、《教會新報》1 篇、《萬國公報》25 篇、《畫圖新報》3 篇。[62]這些報紙皆是十九世紀西方傳教士至中國所創辦，其內容不限於教義闡發與道德論說，而是採兼收並蓄，如各國新聞、科學、商業、歷史等。當報紙在通商口岸漸次創辦以後，不僅促進了報業的發展，對於近代思潮亦具有一定程度的影響。現代化的報業在技術上的特徵為定期發行，且具有複製印刷的型態；在政經方面呈現具有企業型態的組織，在政治上則顯現自由議論的觀念，其中尤以《萬國公報》登載當時的政論最受矚目。[63]

---

[61] 李春生於 1896 年 2 月底應樺山資紀總督之邀，與家人至日本參觀旅遊，並安排孫子於日本留學。後來他將這兩個多月的旅遊見聞，陸續刊登在《臺灣新報》。此即是後來由福州華美書局初版的《東遊六十四日隨筆》，書中描述對當時觀察日本女子較台灣纏足婦女活動較自在的情形。

[62] 在 1842 年（道光二十二年）至 1891 年（光緒十六年）五十年間，報章創刊 76 種，教會創辦的佔十分之六。《中外新報》、《教會新報》後易名為《萬國公報》、及《畫圖新報》皆為傳教士所創辦的報刊。參見賴光臨：《新聞史》（台北：允晨文化，1984 年 3 月），頁 23-35。其中有些報紙並非每日發行，如《萬國公報》有時是十日一刊的「旬刊」。

[63] 黃昭弘：《清末寓華西教士之政論及其影響》（台北：宇宙光，1993 年），頁 3-17。魏外揚：《宣教事業與近代中國》（台北：宇宙光，1992 年），頁 93-97。

李春生曾發表數篇探討報紙在公共論壇的特殊價值，如〈圖治策要〉中提到：「設日報於各值省郡邑，任民共獻蒭蕘，俾得廣覽天下抒見。眾好之，必行焉；眾惡之，必革焉。此中自有無限富強之道，任憑采擇。」[64]他認為普辦日報能發揮博採眾議的功能，更有助於達到富強之境。如此的觀點，已初具現代公共論壇的理念。在另一篇〈論日報功用〉則具體舉出報紙作為教化的效用：「堪資正世慈航，扶風寶筏。當此人趨詭譎，世習諂諛，有心以端風勵俗者，尤宜樹道德為藩，遺機日報，以作金聲玉振，俾斯世也，有以藉為中流砥柱，庶幾得以挽回既倒狂瀾」。[65]他又舉英美兩國報紙發揮諷勸消弭戰爭為例，讚賞西方民主國家報紙所發揮的輿論監督功能：「固有國者，政不宜密，而民當使賢，日報不可無，忠言尤不可失。誠如是，則剛忠之氣日彰，詭譎之風日斂，民知趨義，世道自然蒸蒸日上。加之講求天道，則富強之機可期拭目以待。」[66]當代社會學者哈伯瑪斯（Jurgen Habermas）所提出的「公共場域」，除具有社會空間的概念外，也有群體一起建構出公共理念的抽象意義；亦即強調人與他人的互動，透過論述來與別人達成共識。他所指的「公共領域」的概念，可追溯至十八世紀在英國的咖啡館、茶館，以及法國的沙龍、德國的藝文辯論，當時中產階級多在公眾活動空間中面對面討論書籍及新聞資訊。公眾輿論（public opinion）即經由融合各種意見，達成彼此認同的共識，而形成公共政策上的參

---

[64] 李春生：《主津新集・圖治策要》，頁35。
[65] 李春生：《主津新集・論日報功用》，頁27。
[66] 李春生：《主津新集・論日報功用》，頁27-28。

考，此即是延續到十九、二十世紀民主發展過程中的必然現象。十九世紀末因越來越多人想參與公眾事務，且因報章雜誌等傳播媒體的出現，致使公共場域有轉型的趨勢。[67]再檢視李春生當時的處境，一個在清帝國統治下的台灣知識份子，欲將議論時事的文章投稿至報刊上發表的心境。媒體的日漸蓬勃，也激發李春生在清治後期議論時事書寫的動機。因為這種書寫與讀者有更直接的互動，基本上是作者有些理念要訴諸於大眾的寫作心情。

1874 年牡丹社事件爆發後，李春生以為各報輕忽日本經過維新「後生可畏」的勢力，貿然宣揚對日展開作戰，以為報紙應「權衡中外時勢，務秉筆直書，毋或阿諛迴護，以期一視同仁，俾閱者知所趨向。凡事之涉於名益而實損者，尤一緘默為妙。」並期許讀者「勿棄荊棘，采納蒭蕘，庶期不為讒言離間所賣。」[68]又因中法戰爭時各報一味主戰，不顧中國是否有致勝把握，於是作〈輕言〉一文，批判各報「持論不事督責，行文徒求取悅，遇事輒尚血氣，逢機固執因循。彼期隱身租界、遯跡局外者，猶不恤合舟關繫、舉國榮辱，恣意妄談，虛演故事。」[69]又在〈多事〉一篇，痛詆誤用傳播媒體的負面效應：「西人苦苦多事，創行日報，所求在利民益

[67] Jurgen Habermas（哈柏瑪斯）、曹衛東等譯：《公共領域的結構轉型》（台北：聯經，2002 年 3 月），頁 35-67。後來的學者包括內格特（Oskar Negt）、克魯格（Alexander Kluge）等人，則對於哈伯瑪斯有關二十世紀公共場域的發展趨向等說法，提出另類的見解。廖炳惠：〈馬克吐溫《哈克歷險記》與多元文化及公共場域〉。

[68] 李春生：《主津新集·論日報有關時局》，頁 24-25。

[69] 李春生：《主津新集·輕言》，頁 56。

世；一經吾人踵行，則反為賊民弊端。」⓿可見他一方面肯定報紙所能發揮公共輿論的功能；但另一方面也批評所刊登的訊息及評論有多處待斟酌。他甚至舉例批判有時報紙媒體甚至被利用的工具，傳播誤導民眾的訊息。

李春生在〈臺事〉第三篇中所提出遴選奇才、革除陋俗的建言，並具體說明改革的方法。所謂「開礦以取利，禁煙以甦民，練精兵、修武備、添戰艦、習水軍。至於天文、地理、化學、氣機，與夫利國益民的電綫、新報等藝，望速延請西士，藉資教習，以冀變通一新，富強指日。」⓫李春生深知台灣地理位置的特殊性，洞察台灣所面對的國際局勢，所以積極鼓吹建設現代台灣海防的重要性。李春生在《主津新集·變通首務教化》提到：「變者物之即也，通者達之至也。變通之道，為經權旋轉，圖治當務之首要。」⓬又曾言：「吾國亟宜購採外國群書，聘請西士、翻譯華文，似冀增廣學校，其次設日報於各值省郡邑，任民共獻蒭蕘，俾得廣覽天下抒見，眾好之必行焉；眾惡之必革焉，此中自有無限富強之道，任憑采擇。其欲奮發自雄，勵精圖志者，捨此別無良法。能並行斯二者，則英才日見，天下莫不引領佩服，望風生畏，是邦有賢仕，咸服外侮之謂也。反此，雖鐵甲如雲，銳砲堆山，亦將難以威服天下。」⓭他更於 1875 年撰〈變通儲才〉一文中批判科舉制度，指責八股取士之法，「乃盛平之世古人立法以困才，使天下

⓿ 李春生：《主津新集·多事》，頁 195。

⓫ 李春生：《主津新集·臺事其三》，頁 13。

⓬ 李春生：《主津新集》，頁 23。

⓭ 李春生：《主津新集》，頁 30。

英雄皆阻於詩書禮樂之鄉，致百藝不振至於此日」。[74]故率直建言應考慮變通求賢的方法。李春生倡議廢除科舉，重視教育改革的主張，與當時多數人視西方為異端的言論相比較，更可見其見解的特殊性。

㈢《主津新集》中有關夷夏的論述

李春生在《主津新集》中多次提及「夷夏」，顯現他曾深入思考此議題。這些論述的文化意涵可歸納為以下兩點：

1.以現實利益為考量的國際觀

李春生對於有些人受限於傳統的夷夏之防，而未能試著開拓國際視野，多方了解西洋文化在政治教育等方面特色的現象，有頗深的感嘆。在〈翻案一則〉提到對於開放通商口岸後，所觀察到文化現象：

> 其始西人東來者，初見其異，又不知其底細，或可盡人皆悞稱其謂夷狄也。乃時至茲日，沿海一帶，凡有口岸，與之貿易交接，或出洋通使者，猶無人不知其吏治政教，禮義王化，較諸中國，不但無稍或遜，甚有超乎上古。……無奈吾人仍力詆其為夷狄異端。[75]

他並以嚴辭指責那些眼光狹隘的人，有時因不敢批判政策的失當，而未能對執政者有所建言。此文中又提到：「愚謂所謂漢奸者，非

---

[74] 李春生：《主津新集·臺事其六》，頁30-31。
[75] 李春生：《主津新集·翻案一則》，頁95。

必一定待其遞軍信，通敵情也。若夫不知黑白，不辨是非，一味壅蔽政府，貽誤大局，致及喪師辱國者，亦漢奸之與也。其所謂洋犬者，亦非必專指夫僦洋館、受西聘者，若夫遇敵垂頭，逢仇短氣者，何一能免哉？由是觀之，何必胡亂恣意，詛人為漢奸、洋犬？」[76]作者先批駁世人對於「漢奸洋犬」的刻板定義，又因身處「時事多艱，天下爭雄」的社會情勢，而對大部分文士的作為頗有微言，在此文中又加以犀利批評他們「不務鼎革通變」，並「徒以空言無補之諸夏夷狄，與人絜短長，較是非，致實在關繫、利害存亡於不顧」。[77]顯現他對局勢的現實考量面，在於強調通識變革，而非執著於「夷夏」的差異。所以他對當時流行以「避世」的人生觀頗不以為然，並提倡「直言不避」，以為「避猶腐也」，是無益於世的怯懦作為。

在〈說憾〉一文則呼籲應正視拓展國際關係的重要性。李春生認為：「今日者，天使世界畢通，沿海七省，邊疆一帶，犬牙交錯。中外相友，風氣相習，有無相易，文藝相授，得失相示，正為吾民智識宏闢之時。萬一意氣相投，雖中外異族，孰敢保其不有痛癢相濟，休戚相關？當斯之日，相形見異，厚薄競殊，或用夏而變夷，或用夷而變夏，猶未可以限制也。」[78]強調不應再受限於夷夏的區分，而能與異文化相互交流。從李春生善於經營商行、拓展貿易，而成為台灣史上著名的富商，可知他在經濟方面不僅具有國際

---

[76] 李春生：《主津新集・翻案一則》，頁 96。

[77] 李春生：《主津新集・翻案一則》，頁 96。

[78] 李春生：《主津新集・說憾》，頁 54。

視野，且能將理念具體實現在事業上。

近世所稱的「嚴夷夏之防」，為華夏民族掌握了漢字文化及歷史的詮釋權，以中央文明之地來襯托四方野蠻之地；華夏又以高貴的我族對待低賤的他族，為維護獨尊與利益，而必須與夷狄作嚴厲的區隔。若不擺脫「夷夏之防」的思惟模式，就不能保持與人平起平坐的交友之道，那麼必然自閉的陷帝國主義與霸權思想的泥淖之中。[79]《萬國公報》登載〈書道相契〉提到：「子欲居九夷，或曰：『陋。』子曰：『君子居之，何陋之有？』……書記備載天道之學，則無論中國四夷，不能附有區分；矧彼外國亦為禮義王化之邦，焉可夷狄視之？……人之崇天，無分中外，猶子之事父，無分長幼。父視子之順逆為愛憎，不區乎嫡庶，猶天道鑑人之從違為福禍，無分乎華夷。天下有道，則併諸四夷；天下無道，若遼、金、元，則反是也。」[80]李春生不以華夏之地為唯一中心，而將他者全部予以污名化；然而另一方面，他卻仍以儒家的禮義王化作為區分夷夏的標準，「併諸四夷」的霸權思想，仍顯現其論述中存有不少矛盾之處。

2.託上古三代以合理化基督教信仰

李春生能嚴夷夏之辨的標準在於「能行三代之政教」。他認為清廷當時所行並不合於這項標準，反而當時信奉基督教的西方國家「神必專誠昭事上帝，而政亦必以仁愛和平為治，斯皆行中國三代

---

[79] 莊萬壽：〈「夷夏之防」與霸權思想〉，收錄台灣歷史學會編輯委員會編：《認識中國史論文集》（台北：稻鄉出版社，2000年），頁41。

[80] 李春生：《主津新集·書道相契》，頁71-72。

之政教。」但這些國家在士人的眼中「反被誣為夷狄」。他於1877 年（光緒三年）九月二十一日《萬國公報》所發表的一篇文章中提到：

> 今日者，無人不在喬木幽谷之中，而尚曰「恥於用夏變夷」，斯言謬矣。三代之所謂聖帝明王，幾無一不為夷狄。史稱自黃帝至禹，皆同姓而異其國號者。書云：「舜為東夷，文王為西夷。」武王、周公、孔子皆稱聖人之後，豈能免為夷狄之子孫者乎？[81]

李春生特別藉由歷史上的人物，來強化文化多元性的論述。他又遠溯上古時期，刻意突顯以三代作為政教典範的用意。〈權衡倒置〉一文中提到：

> 試問以三代政教為政，而誣謂夷狄，則其自處，豈非不守三代政教，而自詡謂諸夏，讓人獨擅三代政教，而誣謂夷狄，而並勸人變夷用夏者，亦遭其譭，謂誘人變夏用夷。[82]

對於李春生而言，他極力呼籲學習外國長處的理念，不僅為了在增強政治制度、經濟貿易上的實力，更為了達成其宣教的目的。此外，發表在 1875 年 12 月 19 日《萬國公報》中的〈天道滯行〉一

[81] 李春生：《主津新集・拂塵申義》，頁 112。
[82] 李春生：《主津新集・權衡倒置》，頁 130。

文又說道：「在俗眼以謂，吾儕髣髴有似變夏用夷，在吾輩尤洋洋然，自許謂能追三代所未逮者。」[83]這種運用「三代」的理想來為基督教信仰合理化，與儒家知識份子以「三代」為理想世界的做法相仿。當儒士在評斷他們所身處當前情境的諸般問題時，常以美化了的「三代」經驗進行思考，透過「反事實」色彩的三代與「事實」的當前實況加以對比，突顯現實的荒謬性。儒家將回顧性與前瞻性的思維活動完全融合為一體，並將「價值」與「事實」結合，李春生即是運用「三代」作為理想，來拓展宣教的成效。[84]

1872 年（同治十一年）李春生結識到淡水傳教的馬偕牧師，不僅曾協助馬偕宣教，更常常實際為各教會出資出力。在多年的傳教經驗中，讓他感受到傳統士人難以接受來自夷狄化外國家的洋教，激發了他終身戮力筆耕於教理闡釋的使命感。早在《主津新集》第一本文集中，除了以漢籍經典轉化西洋宗教的教理之外，更強調傳教方式需適時彈性改變的重要性。因此他呼籲外來的傳教者要以身作則，虛心學習此地的語言文字，並以民眾熟悉的語言作為溝通的工具。他在〈續論天道滯行〉中提到：「以取令人倡曉易明，雅俗咸悟，俾免因辭害意，因文害理，惹人厭棄，道行遲遲，毋曰非方言戕阻也。」並建議將「神」改為「上帝」，「神理」改為「天道」，而「奉教者」改為「宗天道者」，以免民眾排斥洋教事件的

[83] 李春生：《主津新集·天道滯行》，頁 74。

[84] 黃俊傑、古偉瀛：〈新恩與舊義之間——李春生的國家認同之分析〉（台北：正中書局，1995 年 4 月），頁 230-231。

發生。[85]如此因地制宜、入境隨俗的變通做法，有助於達到宣教的目的。

李春生的哲學思想為東西文化在台灣這塊土地上激盪出的第一個浪花。對於始終處在文化交互影響下並力圖孕育出獨特文化的台灣而言，這是一份頗為可貴的思想遺產。[86]關心台灣局勢的富商李春生也在政論裡流露出對當時社會變遷的看法。

第三節　遊宦官員議論時事的書寫

十九世紀中葉臺灣通商港埠開放後，常見各國商船絡繹而至，商人及傳教者陸續來台，台灣與世界貿易的機會日漸增多。此時外國船隻屢次於臺灣海峽發生海難，然而在臺官員未能及時採取適當的因應措施，以致外交糾紛頻起。1841 年（道光二十年）九月英國軍艦納爾不達號（Nerbudda）進犯基隆港，向二沙灣砲臺轟擊。1842 年（道光二十二年）三月後英艦二度犯臺，阿恩號（Ann）窺伺梧棲外洋而遭擊退。[87] 1867 年（同治六年）美國船羅發號（Rover）船難事

---

[85] 李春生：《主津新集·續論天道滯行》，頁 80-81。又李春生對於漢文化經典的詮釋，代表試圖融合耶教與漢文化的努力，並呈現「轉化」多於「對話」的詮釋視角。李明輝：〈轉化抑或對話？——李春生所理解的中國經典〉，中央大學人文學報 20 期，1999 年 12 月，頁 133-174。

[86] 李明輝：〈李春生〈東西哲衡〉及〈哲衡續編〉中的哲學思想〉，《李春生的思想與時代》（台北：正中書局，1995 年 4 月），頁 34。

[87] 寶鋆等纂修、台灣銀行經濟研究室編：《籌辦夷務始末選輯》（臺北：臺灣銀行經濟研究室，1964 年），臺灣文獻叢刊 203 種，頁 45-63。

件，引發美國出兵臺灣。[88]

歐洲在法國大革命與英國工業革命之後，工商業、教育、藝術以及科學等方面皆有顯著的改變。日本則自 1867 年明治政府成立後，積極吸收西洋文物制度與文化，又從 1868 年以來撤除對基督教的禁令，並以派遣使節團到歐美考察等活動，顯示其改革及參與國際社會的決心。因此當 1874 年（同治十三年）日本派軍隊進駐台灣，清廷漸覺察近在咫尺的日本經過明治維新後的改變。從 1683 年以來，清帝國的勢力一直未及於台灣東部山區，直到清廷處理牡丹社國際事件的過程中，始驚覺海防的空虛，以及台灣在東南沿海地理位置上的重要性。在清治時期的最後二十年間，許多遊宦官員議論時事的散文作品，內容涉及了哪些題材？在作品中又透露哪些文化意涵？以下即就幾位清治後期遊宦的書寫為例加以分析。

一、防務的闕失及其改革

1871 年（同治十年）十二月琉球宮古島民六十九人，於臺灣琅嶠東部的八瑤灣遭遇颶風，造成三人溺死，其餘六十六名登岸誤闖入原住民部落，其中有五十四人遭高士佛社與牡丹社所殺，倖存的十二人後來到保力莊，得莊民楊友旺及其女婿文煜等人護送至鳳山縣衙，翌年返回琉球。[89]日本為確立對琉球的支配，所以於 1873 年（同治十二年）三月派外務卿副使柳原前光告知清廷，卻遭總理衙

---

[88] 臺灣銀行經濟研究室輯：《臺灣對外關係史料》（臺北：臺灣銀行經濟研究室，1971 年），臺灣文獻叢刊 290 種，頁 16-17。

[89] 落合泰藏著、下條久馬一註、賴麟澂譯：〈明治七年牡丹社事件醫誌（上）〉，《台灣史料研究第五號》1995 年 2 月，頁 87。

門以琉球為中國藩屬，並言台灣後山為化外，未便窮治而加以駁覆。當時日本自從實施徵兵制以來，二百餘萬武士階級失去世襲祿位，雖多成為官吏或改業，仍有一些凋零失意者。1874 年（同治十三年）二月為使這些世族向外發展，且欲收併琉球，於是以牡丹社事件為藉口而出兵台灣。日本聘請外國顧問及船隻載運軍兵侵台的行動，引起駐日英使巴夏禮詰問日本政府犯台目的；同時他又考量英國在台商務利益繁巨，所以致電北京英使威妥瑪，預先禁止英人與英船受僱日本參與犯台的舉動。後來駐日的俄、意、西等國公使相繼詰問，美國也撤回人員及船隊的支援。日本政府改暫緩啟航進兵，但官員卻已派遣部隊與軍船，自長崎駛往台灣。五月二十二日登陸恆春琅嶠灣，在石門一地與牡丹社、高士佛社原住民激戰。日軍於六月二日分三路進攻，焚牡丹等社，於龜山設營作長久駐兵的計畫，此即史上所稱「牡丹社事件」。[90]

當時清廷派船政大臣沈葆楨（1820-1879）帶領輪船兵弁，以巡閱為名至台查看；後來又因事機緊急，清廷再授沈葆楨為欽差辦理台灣等處海防兼理各國事務大臣。[91]沈葆楨於 1874 年（同治十一年）六月十七日到達台灣，二十一日會晤日本官員商議退兵之事，然日

---

[90] 藤井志津枝：《近代中日關係史源起：1871-1874 年台灣事件》（台北：金禾，1992 年），頁 116。戴寶村：《帝國的入侵：牡丹社事件》（台北：自立晚報，1993 年），頁 34-39。

[91] 寶鋆等纂修：《籌辦夷務始末》（臺北：文海出版社，1966 年），據故宮博物院抄本影印，同治十三年 11 月 15 日，頁 1-2。沈葆楨先後來台兩次，第一次為 1874 年（同治十三年）六月十七日至十二月二十四日來台處理牡丹社事件。第二次為 1875 年（光緒元年）三月二十日因處理獅頭社事件再度來台，到八月二十二日離台，總計在台期間為一年又半個月。

方未肯撤兵，於是台灣即積極籌備設防事宜。後來日本特派大臣至北京談判不成，各國駐華公使及時出面調停。就在此期間，犯台日軍以疫癘流行，病死五百多人，又自知尚無力與歐美爭衡，遂與清廷簽專約，獲五十萬兩銀子的補償後同意撤兵。❾❷沈葆楨所提出的「防臺四策」，包括「聯外交」、「儲利器」、「儲人材」、「通消息」四者，此為對台灣防務的初步構想。❾❸在「聯外交」方面，他主張將日軍攻台真相，公諸於世，以國際輿論的力量使日軍撤退。在「儲利器」方面，建議清廷購置鐵甲輪船及水雷槍彈，以充實軍備。在「儲人才」方面，調用提督羅大春及前台灣道黎兆棠等會籌一切，強調培養對台灣防務熟悉人才的重要。在「通消息」方面，安設台灣、廈門間的水路電線，以通暢閩台間訊息的傳遞。

沈葆楨在奏報赴台情形摺裡，稱許浙江候補道劉璈（1831-1887），並奏請飭派赴台。❾❹劉璈於 1874 年（同治十三年）九月抵台，為恆春建城擘畫督導，並參與開闢山路及招撫原住民的任務。劉璈第一次來台的時間短暫，1875 年（光緒元年）二月即因守父喪即離台，一直要到 1881 年（光緒七年）八月十日擔任巡臺灣道，才有第二次來台之行。❾❺ 1883 年（光緒九年）法軍侵襲時，劉璈曾負

---

❾❷ 曹永和：〈清季在臺灣之自強活動〉，《臺灣早期歷史研究》（臺北：聯經出版事業公司，1979 年），頁 482-490。

❾❸ 寶鋆等纂修：《籌辦夷務始末》，頁 4-5。

❾❹ 寶鋆等修：《同治朝籌辦夷務始末》（台北：國風出版社，1965 年 6 月），頁 6。

❾❺ 劉璈，字蘭洲，湖南岳陽人。初由附生從軍；曾參與左宗棠出師西域事，後以道員薦。1874 年（清同治十三年）沈葆楨巡視臺灣，劉璈為浙江候補道充營務處。劉璈著作《巡臺退思錄》除首篇〈開山撫番條陳〉作於 1874 年（同

責籌辦沿海戒嚴事宜，並協助居民組織團練以維持治安。因基於台灣府城（即今台南市）有道府餉庫、子藥局、軍裝局，為全台政治、軍事重地，一旦失陷後果慘重等因素，故強調佈防以南路防衛為重心。[96]在他所著的《巡臺退思錄》中常提到加強海防的重要性，並在 1883 年（光緒九年）七月十八日的文書中則提到台營有八弊：包括兵勇嫖賭洋煙、流為乞丐盜匪、犯紀潛逃、偷竊借騙、冒名應點，或是營官私挪軍餉、盤剝勇丁、虛領糧餉等。[97]從他的觀察報告中，可看出他對當時營中的積弊瞭然於胸，且曾提出「存餉驗給」等具體的改革方法，但劉璈的建言卻未獲重視。

當時南、北防務分由台灣道台劉璈，與督辦台灣防務的劉銘傳（1836-1896）負責。[98] 1884 年（光緒十年）八月十四日劉銘傳自基隆撤守，以保滬尾與台北府城之舉，為引起與劉璈之爭的導火線。[99]

治十三年）外，餘均為臺灣道內文稿，但止於十年八月，以下未見編入。臺灣銀行經濟研究室編：《臺灣文獻叢刊提要》（臺北：臺灣銀行經濟研究室，1977 年），頁 14。

[96] 劉璈：《巡臺退思錄》（臺北：臺灣銀行經濟研究室，1958 年），臺灣文獻叢刊 21 種，頁 238。

[97] 劉璈：《巡臺退思錄》，頁 144。

[98] 清廷為處理兵源及糧餉，鼓吹紳民募勇捐資並協助禦敵。霧峰林家自 1870 年（同治九年）林文明遇害後，家運重挫，於是藉此機會積極回應號召，以重建官紳關係。長房下厝林朝棟、頂厝林文欽分別北上支援劉銘傳與南下協助劉璈。由於劉璈與劉銘傳分屬湘軍、淮軍，雙方自恃甚高，水火不容。二劉的關係，甚至影響到清治末期霧峰林家兩房的族運與發展方向。

[99] 劉銘傳，字省三，安徽合肥人。1859 年（咸豐九年）曾募集壯丁投入官方陣營以對抗太平軍。有關二劉之爭，可參看許雪姬：〈二劉之爭與晚清臺灣政局〉，《近代史研究所集刊》第十四期（1985 年 6 月），頁 127-161。郭志

台灣早期的洋務運動（1874-1885）中，官僚體系未做徹底的改革，清廷只令閩府駐台半年來統籌辦理，成效極為有限。但是當 1884-1885 年（光緒十到十一年）中法戰爭擴及到台灣，法軍進攻基隆、滬尾，並封鎖台灣數月，以致通訊受挫、貿易停頓、物價飛騰的情況。[100]清廷才於 1884 年（光緒十年）七月十五日派劉銘傳擔任「巡撫銜督辦台灣軍務」，又直到 1888 年（光緒十四年）台灣始與福建分治。[101] 1874 年牡丹社事件後，僅十年內又有法軍之役，此戰後因左宗棠、醇親王奕肽、李鴻章均力主建省，清廷也漸知台灣戰略地位的重要性，於是在 1885 年（光緒十一年）清廷下詔建省，九月五日任劉銘傳為首任台灣巡撫。[102]《劉壯肅公奏議》即是將劉銘傳在台期間的公牘文書匯集而成，書中可見他對於清治時期台灣鹽務、洋務、海防等方面的見解。

至於在東部的防務方面，清治後期來台的胡傳《臺灣日記與稟啟》中曾記載概況。他曾於 1892-1895 年（光緒十八－二十一年）先後

君：〈劉璈與劉銘傳在臺施政之研究〉，成功大學歷史研究所碩士論文，1996 年，頁 63-68。洪安全：〈劉銘傳與劉璈關係研究〉，《故宮學術季刊》19 卷 1 期，2001 年 10 月，頁 39-94。

[100] 基隆甚至出現「埠中接濟艱難，食物騰貴：每蛋一隻，價值一圓；每雞一頭，價值四、五圓。惟鹹牛肉等尚可多得；然其價值亦倍於平時矣。」〈台灣近聞〉，光緒十年十二月三日，《述報法兵侵臺紀事殘輯》（臺灣文獻叢刊 253 種），頁 156。

[101] 《清德宗實錄選輯》，頁 207。

[102] 後來屬湘軍的左宗棠，終不若淮系李鴻章的勢力，劉銘傳趁機對劉璈展開彈劾活動，奏稱「奸商吞匿釐金，道員通同作弊」，於是道員劉璈即受到撤任查辦的遭遇。台灣銀行經濟研究室編：《清德宗實錄選輯》（臺灣文獻叢刊 193 種），頁 196。

擔任營務處總巡、鹽務總局提調、及台東直隸州知州。所著《臺灣日記與稟啟》即以日記、奏章、與友朋書信混編而成。內容除記作者驗收、校閱全台軍營、堡壘，及辦理鹽務的行程外，亦多記錄擔任台東知州時的見聞。此書曾記載：「復以鴉片能禦瘴，受累者多，疲弱已甚，急應整頓。」[103]描述當時兵士吸食鴉片的陋習，至清治後期依舊尚未完全革除的狀況，顯現軍營的管理仍存有許多弊端。

二、新政的推行及其侷限

十九世紀中葉清政府實施了所謂「自強運動」或「洋務運動」，然民間地方士紳呼籲改革的聲音，撼動不了王朝官僚的勢力；顯示當時的改革運動，已遭遇到若干困境。[104]清廷當時在推行洋務運動時，許多朝野官紳以至士民，多存有「鄙夷」的觀念，面對西洋武力受挫後，僅承認其砲火的威力，所以剛開始多以器物技能的模仿為主，而後始拓展至制度的改革。台灣清治後期多位官員提出加強海防的見解與實施步驟，台灣當時新政改革起步比中國晚，守舊派人士阻力較有限，所以改革的步調較顯著。從沈葆楨的奏摺中，透露了若干新政推行的情形，在「開山」工作方面，當時兵員既無現代化的工具，又乏運輸補給，面臨著「披荊斬棘，冒瘴

---

[103] 胡傳：《臺灣日記與稟啟》（臺北：臺灣銀行經濟研究室，1960 年），臺灣文獻叢刊 71 種，頁 180。

[104] 清代的洋務論者並非從文化思想本源上作徹底改革，因此「中體西用」多堅持在固有的綱常與君主專制上，引進西方科學工藝技術，但終禁不起現實的考驗。當時縱有改革之士的建議，但未能為清廷所採納。

衝烟，顛躓於懸崖荒谷之中，血戰於毒標飛丸之下」的情境下。[105] 這樣的描繪開路者心理感受的同時，也隱含了開山過程中對原住民的干擾。當南路、北路、中路陸續開通時，「深谷荒埔人蹤罕到，有可耕之地，而無入耕之民。」[106]所以沈葆楨建議招募民眾來台開墾，他認為：「今欲開山，而不先招墾，則路雖開而仍塞；欲招墾而不先開禁，則民裹足而不前。」[107]因此建議解除「渡台禁令」及「私入番界」的禁令。並積極籌設招墾局，供給口糧、農具、耕牛及種子等，以鼓勵民眾入山開墾。至於在煤礦的開採方面，他也在文中提出：「墾田之利微，不若煤礦之利鉅；墾田之利緩，不若煤礦之利速。全臺之利，以煤礦為始基。」[108]於是在 1875 年（光緒元年）八月，奏准雇用西洋工程師以機器開採基隆附近的老寮坑等煤礦。

牡丹社事件發生後，另一位由清廷授命來台負責防務的要員羅大春，因與沈葆楨相結識[109]，而獲聘來台。他於 1874 年（同治十三年）六月二十日由泉州臭塗口乘坐「靖遠」輪船，隨帶親勇 108 人，六月二十二日抵台灣府。1874-1875 年（同治十三年－光緒元年）擔任駐台灣北路提督的職務，但是來台一年一個多月後，即因病而返鄉休養。所著《臺灣海防並開山日記》為其親歷台灣北部的紀

---

[105] 沈葆楨：《福建臺灣奏摺》，頁 77。

[106] 沈葆楨：《福建臺灣奏摺．台地後山請開舊禁摺》，頁 11-12。

[107] 沈葆楨：《福建臺灣奏摺．台地後山請開舊禁摺》，頁 12。

[108] 沈葆楨：《福建臺灣奏摺．台煤減稅片》，頁 14。

[109] 羅大春，字景山，貴州施秉縣人，他曾於太平天國作戰時擔任左宗棠的將領。

錄，沈葆楨奏疏內對台北的描述，大都是以羅大春的報告為根據，再加以修飾而成。⑩《臺灣海防並開山日記》所載內容多錄當時台灣「開山」的情形，如記載羅大春率領十三營兵力，北路自蘇澳起至花蓮港之北奇萊一帶，全長二百零五里，於 1874 年 12 月完工的概況。⑪他曾形容領軍開拓山路的感受為：「峭壁插雲，陡趾浸海；怒濤上擊，炫目驚心。軍行束馬捫壁，踏蹜而過；尤深險絕。」⑫此即在今蘇花公路清水斷崖附近一百三十年前的景觀。⑬當時羅大春隨軍隊進入高山地區，有時於文中描繪入南路深山所見：「荒險異常，上崖懸升、下壑眢墜。山街北向，日光不到；古木慘碧，陰風怒號。勇丁相顧失色，只得中止。」⑭文中以蠻荒陰森的景象，反映出官員及兵丁於深山中執行任務，因面對未可知的環境所生的恐懼心態。然而對世居於此的原住民而言，如此的「開山」彷彿是受難的開端，如書中所形容：「乘風縱火，焚其社寮十餘，陣番始散。」⑮藉風縱火焚毀原住民的居住環境，呈現出開拓

⑩ 龐百滕：〈臺灣海防並開山日記弁言〉，收錄於羅大春：《臺灣海防並開山日記》（臺北：臺灣銀行經濟研究室，1972 年），臺灣文獻叢刊 308 種，頁 4。

⑪ 今位在南澳鎮安宮的「羅提督開路碑」（高 204 公分、寬 61 公分、厚 8.8 公分），及蘇澳普安宮前壁上的「羅提督里程碑」（高 97 公分、寬 45 公分），皆紀錄有關當時開路歷程。二碑皆建於 1874 年（同治十三年）。

⑫ 羅大春：《臺灣海防並開山日記》，臺灣文獻叢刊 308 種，頁 46-47。

⑬ 當時除北路外，另有南路集中路的開山計畫。中路自彰化林（圯）埔至璞石閣（玉里），計長二百六十五里，此約為今日玉山國家公園的八通關古道。

⑭ 羅大春：《臺灣海防並開山日記》，頁 34。

⑮ 羅大春：《臺灣海防並開山日記》，頁 36。

者漠視原住民生存權的霸道心態。

來台擔任「駐台督辦防務」、「首任台灣巡撫」的劉銘傳，其治臺藍圖可從《劉壯肅公奏議》的紀錄略知大貌。如在〈條陳台澎善後事宜摺〉中提到：

> 查設防、練兵、清賦三端，皆可及時舉辦。惟撫番須待三者辦成之後，方可議行。其次設電、購輪、造橋、修路，以通南北之郵，理屯、興墾、開礦、取材，以興自然之利。[116]

這些建議涵括了加強防備能力、撫墾的策略、以及財政、軍事、交通及各種產業等層面，都可見他積極建設的施政理念。台灣清治時期官辦產業最盛的時期，為劉銘傳擔任巡撫期間，當時共有硫磺、樟腦、煤炭及鹽等四項貿易為官辦性質。[117]在磺務方面，1886 年十月十六日，清廷批准台灣樟腦硫磺歸辦出口。1887（光緒十三年）設腦磺總局於台北，隸屬巡撫，設分局二所於北投、金包里辦理採買。從山場收稅、收購再交由各分局，並轉由總局及滬尾磺場委員收存，經過商人的運送銷售，磺務頗為興盛。[118]在樟腦方面，1891 年（光緒十七年）正月劉銘傳廢止台灣樟腦官賣，改由腦戶自行覓售，官方不過問價格與數量，惟設局彈壓稽查，按灶抽收防費。腦

---

[116] 劉銘傳：《劉壯肅公奏議·條陳台澎善後事宜摺》，頁 148-149。

[117] 台灣省文獻會：《台灣省通誌·經濟志商業篇》（台北：台灣省文獻會，1971 年），頁 11。

[118] 劉銘傳：《劉壯肅公奏議·官辦樟腦硫磺開禁出口片》，頁 368-371。

戶抗納或拖欠防費者，地方官隨時查封懲辦，並禁止洋商包攬。[119]

至於在交通方面，劉銘傳對於郵政、電報、道路的規劃多有建樹。他曾聘請外國工程師為技術監督顧問，興築了台灣第一條鐵路。在〈覆陳津通鐵路利害摺〉指出：「非一隅之利，乃四海之利；非一時之利，乃萬世之利；非一二人之私利，乃千萬人之公利。」[120]他認為興建鐵路不僅具有海防調兵之便，也有助於省城的發展。在〈擬修鐵路創辦商務摺〉一文中指出：台北至台南六百餘里，中間隔三大溪，每當春夏季交替季節時而漶漫，行人難以通行。尤其大甲、房裏兩溪，歲必淹斃數十人，急須造橋以便於行旅。文中詳言：「統計大小溪橋工必銀三十餘萬兩。今該商等承辦車路，此項橋工二十餘處一律興修，火車巨利暫不必言，公家先省橋工銀數十萬兩。」[121]他也從防禦的觀點來分析建造鐵路的益處，他認為：「若築造鐵路，則調撥軍隊，朝發夕至。」1887 年（光緒十三年）七月，在台北成立全台鐵路商務總局，聘請英、德兩國工程師，開始興築鐵路，至 1891 年（光緒十七年）十一月，台北、基隆間的二十英里通車，1893 年（光緒十九年）二月，台北、新竹間的四十二英里也終於完工。在電報、郵政、航運等建設方面，1886 年（光緒十二年）委託德商泰東洋行架設兩條電報線：一自台北郡治分歧而至滬尾、基隆，一至台南接丁日昌時代完成的舊線。1887

[119] 台灣銀行經濟研究室編：《劉銘傳撫臺前後檔案》，頁 210-211。

[120] 劉銘傳：〈覆陳津通鐵路利害摺〉，光緒十五年二月二十八日《劉壯肅公奏議》，頁 129。

[121] 劉銘傳：〈擬修鐵路創辦商務摺〉，光緒十三年三月二十日，《劉壯肅公奏議》，頁 269-270。

年（光緒十三年）又設淡水、福州間與安平、澎湖間的電報線。1888年（光緒十四年）設郵政局於台北，另在各地設分局，並有郵船往來各港。航運又有斯美與駕時兩艘快輪，航行於香港、廈門、汕頭和台灣各港。這些交通事業除了具有促進產業開發和營利的意義外，也具有迅速傳遞軍情、運送兵員機械的軍事功能。他雖建議採「官督商辦」的方法[122]，然而這些有關鐵路建造的藍圖，實際施行之時卻在經費籌措、建造過程，以及後來通車的營運管理上頻頻發生狀況，無法完全發揮應有功能。[123]

台灣清治時期的政策多趨於消極，所注重主要在維持治安，忽略民生福利、及整體建設。牡丹社事件激發清廷由為防內亂而治臺，調整為防外患而治臺的政策。從清治後期現代化的成效來看，雖已跨出一大步，但所引起的問題卻不盡如人意。如劉銘傳重北輕南的行政措施，再加上土地的增稅及釐金的徵收，造成南部士紳與他之間的隔閡。在清丈方面，原為籌措台灣建設的經費，並由保甲編戶口來進行。但清丈委員素質不齊，又對台灣情況陌生，丈量方法不完備，清丈亦不徹底。[124]再加上如彰化知縣李嘉棠不先計量田地是肥沃或貧瘠，即任意填寫須繳稅額的情況時而發生，引起了施

---

[122] 這種方法粗具現代 BOT 的概念，即由民間集資興建（Build），由官方督辦商人營運（Operate），鐵路最後終歸官方所有的轉移（Transfer）。蘇梅芳：〈李鴻章、劉銘傳與鐵路自強方案〉，《國立成功大學歷史學報》23 號，1997 年 12 月，頁 50-52。

[123] 例如在營運管理上平日經常脫班，節慶日卻停開等狀況。許雪姬：《滿大人最後的二十年——洋務運動與建省》，頁 83-84。

[124] 許雪姬：《滿大人最後的二十年——洋務運動與建省》（台北：自立晚報文化出版部，1993 年 3 月），頁 76-117。

九緞聚集鄉民的抗官事件。[125] James W. Davidson 在《台灣之過去與現在》一書中認為民怨的高漲，使劉銘傳減少至中南部基層巡視，在任內多困守台北府。因為新政規劃與執行尚欠周詳，連帶影響臺灣民眾對巡撫的支持度。[126]就劉銘傳與台灣現代化的關係而言，此時期在某些方面的規劃與建設為現代化的前驅，比起中國同時期現代化嘗試的成果較為顯著。即使實際上在基礎的奠定上有所侷限，但從總體建設來觀察，劉銘傳的新政改革實為清治後期台灣現代化推動的集大成。

三、文教措施的改革

1875 年（光緒元年）沈葆楨奏請添設台北府，1878 年（光緒四年）設府治於艋舺、大稻埕之間，裁撤淡水廳，從此北台灣發展重心自新竹移向台北。台北府轄新竹、淡水、宜蘭三縣，是為台北設府治之始。道光之後隨著移民開墾，經濟能力提高，學術、文化隨之興盛，清代台北兩大望族，一是板橋林家，一是大龍峒陳家，富豪之家在經商提升地方經濟的同時，也帶動文藝風氣。台灣知識份子參加科舉，包括地位較低的生員、例貢、監生和地位較高的官吏、進士、舉人、貢生等等，形成「仕紳」型的文藝領導者。

---

[125] 對於此種大規模的土地調查，日本學者矢內原忠雄曾言：「劉銘傳未曾成功的土地調查事業，在日本佔領台灣之後，乃依明確的意識、周詳的計畫與強大的權力予以實行。」矢內原忠雄、周憲文譯：《日本帝國主義下的台灣》（台北：帕米爾書店，1987 年 5 月），頁 16-17。

[126] James W. Davidson、蔡啟恒譯：《台灣之過去與現在》（臺北：臺灣銀行經濟研究室，1972 年），臺灣文獻叢刊 107 種，頁 176-177。

從遊宦官員的散文中，也多記載文教措施的改革情形。如為了爭取士紳階層的支持，沈葆楨利用福建巡撫來台之際，奏請〈歲科兩試請歸巡撫〉，主張「所有臺屬考試，似應統歸巡撫主政，咨達事件，亦逕由巡撫辦理」[127]，以表達對科舉的慎重。他觀察到因台灣北部未設考棚，而「淡蘭文風為全台之冠，乃歲科童試應考時，淡屬六、七百人，蘭屬四、五百人，而赴道考者不及三分之一」，多是因路途險峻遙遠，士人又因旅途費浩而裹足不前。「淡蘭兩屬道阻且長，不特費鉅身勞，每過淫潦為災，不免有望洋而返者」，沈葆楨主張宜改善北部士子應考的條件，所以奏請「於艋舺地方，准其捐建考棚，巡撫於閱兵台北時，順便按臨考試，益廣朝廷作育之意，以順輿情。」[128]這些措施有助於台灣北部文教的推廣，但另一方面也是官方為藉由科舉考試制度的修訂，以提昇士紳階層對清體制的認同。

在教化政策的改革方面，羅大春觀察到蘇澳當時的情形：「蘇澳為台北偏隅，久為王化所不及；非漬之以詩書之澤，無以作其向上之忱。因倡捐洋銀五百餅，以為義學之費；並咨夏觀察以其前建屋宇，改為學所。」[129]主張應多注重東北部的教化工作。現今仍可見 1875 年（光緒元年）所立的〈羅提督興學碑〉，碑文記載羅大春以五百銀圓託付宜蘭街進士楊士芳保管，並約定每年付息一百銀圓，將該款作為設立蘇澳張公廟的義塾之用的歷史遺跡。[130]劉璈在

---

[127] 沈葆楨：《福建臺灣奏摺》，頁 64。

[128] 沈葆楨：《福建臺灣奏摺·歲科兩試請歸巡撫片》，頁 65。

[129] 羅大春：《臺灣海防並開山日記》，頁 49。

[130] 此碑高 126 公分，寬 59 公分，厚 10 公分。現存於晉安宮旁。

1881 年（光緒七年）九月十八日所寫的〈觀風告示〉，為其在台灣道兼學政任內曉諭在學生員的文告。此篇一千餘言的文章，廣用典故，文采粲然。文中提到「軍幕初張，靡不延訪人才，搜求典籍。」[131]自誇個人對於延訪人才、搜求典籍的政績。

劉銘傳曾於 1890 年（光緒十六年）在台北設立「番學堂」，招收原住民首領子弟入學，開辦第一年招收二十名，次年再收十名。唐贊袞《臺陽見聞錄・西學堂》提到設立西學堂的經過及目的：「臺灣為海疆充要之區，通商籌防，在在皆關交涉。祇以一隅孤陋，各國語言文字輒未知所講求。初因繙繹取材內地，重洋遙隔，往往要挾多端，月薪率至百餘金，尚非精通西學者。因思聘延教習，就地育才。初擬官紳捐集微資，造就一、二聰穎子弟，以資任用。詎一時聞風興起，庠序俊秀接踵而來，情殷入學，不得不開設學堂，以廣朝廷教育人才之意。」[132]當時台北所設西學堂，延請英國人布茂林（Pumnllin）、丹麥人轄治臣（W. D. F. Huchlison）二人為教習，並延漢教習二人積習經史子集，企圖使學生學貫中西。劉銘傳能在台灣推展新政，與台灣民眾能接受新知的性格、與西方新思想的傳入，皆是主要的關鍵。又劉銘傳任內除既有的「番社義學」外，並請各撫墾局積極興設「番學堂」。如 1887 年（光緒十三年）當中路開通，在位於八通關橫斷道路要衝，原住民部落的楠仔腳蔓

---

[131] 劉璈自言生於屈宋之鄉，又具作詩的才氣，且「窮河源已到龍門，知文心之曲折；看終南直連雁塞，識筆陣之縱横。」對於兼具文武的才能頗感自豪。劉璈：《巡臺退思錄》，頁 11。

[132] 唐贊袞：《臺陽見聞錄・西學堂》（臺北：臺灣銀行經濟研究室，1958 年），臺灣文獻叢刊 30 種，頁 88-89。

社設立「番學堂」。此學堂仿照漢人書院建築，門口立有「萬興關」碑。位於台北城內的「番學堂」祇收高山原住民的子弟資質慧敏者三十人，以作為培養人才之用。至 1892 年（光緒十八年）初次畢業成績優越者，特準生員例，給予「番秀才」，以示優獎。此項措施至邵友濂繼任台灣巡撫後始廢。[133]然而這些西學堂、電報學堂、番學堂皆屬於有特殊目的，未能達到教育普及識字率提升的功用。關於在開科取士方面，1890 年（光緒十六年）三月十七日劉銘傳上呈〈增設府縣請定學額摺〉，此摺中擬定台灣各府縣學添設文武生童及廩增名額。[134]統計此清單所開名額，台灣各府縣學文童進額共 224 名，武童 133 名；廩生 202 名，增生 17 名，童生、廩生、增生共 776 名。包括台灣府學、台南府學、台北府學、安平縣學、台灣縣學、彰化縣學、雲林縣學、苗栗縣學、淡水縣學、新竹縣學及宜蘭縣學等名額多有更動，這是劉銘傳鑑於新設府縣，文武學額需重新調整的文教策略。

第四節　經世理念的傳達與議論時事的書寫

十九世紀末期知識份子在接觸現代文明時，因個人經歷及學養的差別，對於異文化的反應也有所不同。當時文人在與異文化互動的過程中，不僅多少會受到原本傳統學術文化的影響；所追尋的道

---

[133] 林秀玲：〈高中教材關於劉銘傳與後藤新平對台灣現代化影響之探討〉，《歷史教育》第七期，2000 年 12 月，頁 54-60。

[134] 劉銘傳：《劉壯肅公奏議·增設府縣請定學額摺》，頁 301-302。

路，又需顧及種種本身所獨具的現實問題。本節以洪棄生、蔣師轍、池志澂、史久龍為例，探討清治末期文人對議論台灣時事的書寫特色。選擇這四位的論述作為分析清末台灣思想的緣由，主要是因這些文人非政策的執行者，而是時政的評論者。台灣清治後期文人的論述現今仍留存的頗為有限，許多散文僅多停留於敘述或記錄的層次，而難以能從評論時事中分析其思想內蘊。然而本節所舉四人的著作中，則多以觀察者的角度對政策提出針砭，其古文或遊記都不同於僅止於記載文人在臺灣生活觀察或旅遊經驗，而是呈現出作者回顧清治時期二百多年的政策，並對政經層面提出各種論述。

一、洪棄生《寄鶴齋文集》的經世觀

㈠ 書院儒生的經世理念

洪棄生（1867-1928）本名攀桂，學名一枝，字月樵；日治時期改名為繻，字棄生，彰化鹿港人。[135]生於 1866 年（同治五年）11 月 11 日，卒於 1928 年（民國十七年）2 月 9 日，得年六十三歲。他少

---

[135] 洪棄生曾使用過的名號頗多，除「洪月樵」較為常用通俗外，又如「一枝」為學名或官章，即參加生員考試時使用讀書名，或取得學位以及仕宦時以此名為官章。1894 年（光緒二十年）台灣知府孫傳衮舉行觀風試時，洪棄生曾以「洪青雲」之名參加考試，此名只見於觀風試稿。日治時期多於書信或著作後自署為「洪棄生繻」、「棄生洪繻」、「洪棄生父」、「棄生父洪繻」等。至於「洪棄父」為至中國遊歷時，將《瀛海偕亡記》、《中東戰紀》委託北京大學出版，為避筆禍時所用之化名。此外，與「月樵」雙聲、疊韻的另一名為「洪曰堯」，這個名字為其日治時期戶簿上所登記，又見於 1930 年（昭和五年）鹿港信昌社發行的《中西戰紀》。

年時就讀白沙書院，參加月課、院考、觀風試，皆名列超等一名，所獲獎銀不僅可以供學費所需，而且曾作為救濟孤寡的用途。但是他參加秀才考試卻三試不中，直到 1889 年（光緒十五年）才獲台南知府羅穀臣（大佑）慧眼拔擢，取為第一名「案首」。[136]他將自己的書齋取名為「寄鶴齋」寓含了孤高自在的生活方式。所謂「寄鶴在高枝」正是自比為棲寄在高枝的鶴鳥，過著如在山林間的逍遙生活。因其嚮往閑雲野鶴般的境界，所以平日即專注於寫作及教書，而不願受到外在的羈絆。洪棄生青年時期除於書院準備科考外，亦收門徒，傳授詩文，並曾任登瀛書院院長。[137]洪棄生的才學曾受到台灣知府陳文騄與孫傳袞的欣賞，並有意將他延攬任用，但他皆未前往謁見並謝絕官聘。1893 年（光緒十九年）台灣省通志總局於台灣縣所設的采訪局，經由洪棄生的友人李雅歆的介紹，想聘請他參加台灣省通志的修纂。洪棄生在〈辭通志采訪局與友人李雅歆君書〉一文中也婉拒擔任此職務。[138] 1895 年（光緒二十一年）台灣知府黎景嵩設有「籌防局」，曾邀請彰化士紳施仁思及洪棄生等人參加，洪棄生也未赴任。1895 年（光緒二十一年）馬關條約簽定後，對於自幼接受儒家教育，著重傳統夷夏之防的洪棄生來說，內心受到莫大的衝擊。他自此斷絕仕進的念頭，並曾響應台灣民主國唐景崧，擔任

---

[136] 洪棄生後來參加舉人鄉試，雖四次赴福州考試，也都考運不濟。有關他求學及應舉的過程，可參閱程玉凰：《嶙峋志節一書生：洪棄生及其作品考述》（台北：國史館，1997 年 5 月），頁 59-111。

[137] 今草屯鎮新庄里登瀛書院院前楹柱仍署有「鹿港洪月樵」的楹聯。

[138] 《寄鶴齋文集·辭通志采訪局與友人李雅歆君書》，頁 299-230。

中路籌餉局委員，投入武裝抗爭活動。[139]事後潛居在鹿港，以著述為終身職志。

洪棄生可說是對傳統漢學下過一番鑽研工夫的士紳[140]，他曾說：「古文雖有所知，則覺其不到，而不敢自信也。」[141]這是謙虛的說法，其實他的散文在質量上皆有可觀之處。現今鹿港民俗文物館仍收藏有洪棄生求學時最早的習作，如 1893 年（光緒十九年）的《寄鶴齋臺郡觀風稿》、1894 年（光緒二十年）《寄鶴齋觀風稿》，為其參與「觀風試」的部分成果。每月的初八、十六日「觀風試」舉辦的目的，為知縣、知府等官員觀察地方文風的情形；亦有考核學生成績，督促學業進步的用意。這些作品後來多收錄在《寄鶴齋古文集》[142]，多是在書院求學時期所撰的〈吏治議〉、〈弭盜安良策〉、〈防海論〉、〈論西洋〉、〈籌海議〉等作品，即是鹿港文

---

[139] 《台灣省通志稿・學藝志・文學篇》（台北：台灣省文獻委員會，1959 年），頁 106。

[140] 方豪以為「洪棄生不光是詩人，同時也是史家。」楊雲萍提到：「近代學人之中，博聞篤學，抱樸守貞，儼然有古大師之風的，當首推洪繻。」楊雲萍：《臺灣歷史上的人物》（臺北：成文出版社，1981 年），頁 273。洪棄生的著作包括未刊行的舊稿、及已刊行的著作，如《寄鶴齋詩集》、《寄鶴齋古文集》、《寄鶴齋駢文集》、《寄鶴齋詩話》、《八州遊記》、《八州詩草》、《中東戰紀》、《中西戰紀》、《瀛海偕亡記》等書。日治時期洪棄生至中國遊歷時，曾將《瀛海偕亡記》改名為《臺灣戰紀》。

[141] 洪棄生：《寄鶴齋函札・與林幼春書》（台北：成文出版社，1970 年），頁 2919。

[142] 本文採用省文獻會所編《寄鶴齋古文集》（南投：省文獻會，1993 年 5 月）的版本。此書將「成文版」的《寄鶴齋古文集》、《寄鶴齋古文集補遺》六卷，以及《寄鶴齋書札》全部編入此書，共 148 篇。

士觀察臺灣局勢所提出的個人見解，呈現他早期有關經世理念的雛型。

道與文，在一向特別重視文字的傳統學人看來，有一體不可分的關係。論道從來不離實踐與日用，所以先討論普遍的道理而後指出其當代意義的寫法，可使道理的價值更為彰顯。洪棄生的文集中，除了可見他對古籍中的諸多史事多有評論外，亦有數篇關於對台灣清治末期時事的觀察。在《寄鶴齋古文集．防海論》提到台灣防務的看法：「今日則自彰化至於淡水，物力充牣、田壤交錯，台北之勢無異台南；則台南之外輔有澎湖、內隘有安平，台北之遠防亦有雞籠、近防亦有滬尾矣。台中既設首府、立省城，則有控制南北之勢，海防尤不可輕。」[143]主張應普遍加強台灣各地海防的迫切性。此文集也常見他對當時施政的諸多批評：

> 或謂臺灣增設機局，添造鐵路，籌費之繁過於軍旅；汰此巨款，則工費無門。不知機器實無益之用，亦可汰也。國家利器，在人而不在物。薄稅斂、寬政事，民悅守固，不啻有磐石、泰山之重；機器亦何為乎！若剝喪元氣，即鐵甲之船滿鹿門、開花之砲及雞嶼，竊恐藩籬洞開耳。[144]

像對當時台灣諸多新政改革的做法多所質疑。又 1887 年（光緒十三年）四月七日「全台觀風雜作」中也提到：「今不學其所以用法，

[143] 洪棄生：《寄鶴齋古文集》（南投：臺灣省文獻委員會，1993 年），頁 93。
[144] 洪棄生：《寄鶴齋古文集》，頁 161-162。

而惟學其法，是亦刻舟求劍之為耳。……第西人之造器，不以畏難而阻，不以小就目安，故能日臻神妙；中國之人則多苟且從事，日以減料偷工為能，稍有不密遇事之敗為敵所侮，流弊不為不深也。」[145]這些都是針對洋務運動多著重於外在器物的改革，卻未徹底改革政治制度、著重民生的種種弊端，提出嚴厲的針砭。

(二) 關懷民生的論述

至於在原住民政策上，雖然洪棄生在〈撫番策〉提到：「今撫番者以撫為名，實則剿之而已。」[146]點出當時「開山撫番」政策的盲點，但此文論述的觀點，仍舊未能超越夷夏之防的立場。在《寄鶴齋文集》的特色之一是作者對於生長地彰化的治安狀況、民情風俗，曾特別加以描述與分析：如〈彰化興利除弊問對〉、〈問彰化民情強悍動輒聚眾搶掠應以何法治之策〉、〈彰化丈田記〉、〈上臬憲雪民冤狀〉等。寫於 1886 年（光緒十二年）的〈彰化興利除弊問對〉即以在地者的觀察，指出種種惡風陋習。首先他描述。他形容一些文人的惡習：「其豪猾，則結交縣令以為主、引文吏以為援、呼役丁以為爪牙；或威脅民間而尋間抵隙，或包攬詞訟而傾產蕩家。其次，則藉豪猾以為主，或嘗借富民、或勒索鄉愿；嘗借、勒索而不遂，則誣詞而訟諸公庭，乃復與吏役共相為姦，不鹽其腦而不已。」[147]以嚴詞批評文人藉結交縣令、地方土豪而狐假虎威、狼狽為奸的諸多擾民情況。而在〈彰化丈田記〉則提到：「縣令委

---

[145] 洪棄生：《寄鶴齋古文集》，頁 100-101。

[146] 洪棄生：《寄鶴齋古文集》，頁 54。

[147] 洪棄生：《寄鶴齋古文集》，頁 163。

員仰承上意，懼田之不廣、賦之不增也。於是短其量度、縮其土壤，而田之增於舊也數倍，牽連混報，不計溝洫、不計岡阜，而田之增於舊也數倍。」[148]中法戰爭後，劉銘傳因傾力於臺灣建設，無暇整頓吏治，故屢有用人不當之處。以清賦政策為例，當時清丈因基層工作人員素質參差不齊，及對臺灣情況陌生，而常發生不應有的錯誤；且測量方式不完備，清丈亦不甚徹底。所以雖較舊額增加 2.1 倍，所增稅收用於支援臺灣的現代化建設，然實質上是加重賦稅，因此遭致民怨。[149]

當時稅則是依照田產多寡而徵，上戶田多，所負稅額亦多。但洪棄生所觀察到實際的情形卻非如此，他在〈問民間疾苦對〉中提到：

> 或因勢力之家，則胥役累年不敢經其戶；而虎狼咆哮之威，恒施於不肥、不瘠之民。或因半畝之田，累及衣食之源，或因數斛之粟，受盡恫喝之事。……台地去年荒歉，民之杼柚已告空；下者有岌岌不終之勢，中者亦有蹙蹙靡騁之虞。行賑恤，雖紓在然眉；速催科，又急在接踵矣。[150]

他見催稅的人橫暴的作為，所以提出「賑濟宜速、催科宜緩」的建言。從此文中作者對時事的批評，除了著重在以實際的稅賦、民生

---

[148] 洪棄生：《寄鶴齋古文集》，頁 223。

[149] 許雪姬：〈邵友濂與臺灣的自強新政〉，《清季自強運動研討會論文集》（臺北：中央研究院近代史研究所，1988 年），頁 430-433。

[150] 洪棄生：《寄鶴齋古文集》，頁 149。

為主外，亦分別就「丁役宜戢、盜賊宜弭、洋教宜防、內教宜敦、農利宜通、蠶桑宜興、兵政宜修、時政可汰」等層面作論述。[151]不僅洋洋灑灑列出十大項標題，更分析問題產生的原因、對社會的衝擊、及對民眾的影響，同時也提出改革之道，表達對為政者的建言。此外，有關賦稅的散文，《寄鶴齋文集》中尚有〈台灣催科記〉描繪收釐員催收稅賦的種種情景。洪棄生以為官吏因畏罪、貪功，或因武官邀賞而以「反逆」妄報，造成民眾慘受株連的遭遇。[152]在〈上臬憲雪民冤狀〉則刻劃當時民眾的諸多困境：

> 今兵勇肆無忌憚，多方凌虐，焚起事之家，並不起事之家而亦焚之。盡村而毀，並不起事之村而亦毀之，兵荒之災，及於百里。……其繼，苦流離之甚慘，被禍之家如鳥獸散，地不得居、田不得食；而兵勇四處搜殺，屋其室、裹其粟、食其狗彘。民一苦於誣「反逆」、二苦於受株連、三苦於流離，而猶未免惴惴乎不能一日之生。[153]

此文描述造成施九緞民變事件的背景成因，及後續處理的不當。當時劉銘傳為了徵充足的稅，對於官員的不法與貪欲並不太在意；且為了新政以致無暇對腐朽的吏治大加整頓，因而為人所詬病。當時臺灣對外貿易已相當興盛，與外國關係亦活絡，雖然洪棄生的部分

---

[151] 洪棄生：《寄鶴齋古文集》，頁 145-162。

[152] 洪棄生：《寄鶴齋古文集》，頁 227-231。

[153] 洪棄生：《寄鶴齋古文集》，頁 229-230。

議論因受限於其經歷，仍不脫為傳統儒生的見解；但他對於官吏素質不良，常有溢收或私蝕賦稅情況等多方面的時政批評，則顯現出文士對於民生層面的人道關懷。

二、蔣師轍《臺游日記》中有關文教的評論

清治後期來台的蔣師轍，曾對台灣當時的文教情形有所評論。蔣師轍，字邵由，江蘇上元人。他於 1892 年（光緒十八年）應臺灣巡撫邵友濂的聘請，於三月二十日抵台，至八月二十一日離去，留臺約六個月。來台初期先擔任襄校台南、台北試務，又於四月間受聘為臺灣通志局總纂約。所著《臺游日記》多記籌備「通志」事宜，擬有「采訪凡例」、撰〈修志八議〉等項。日期起於二月六日啟程赴臺，迄於九月二十五日返鄉。多是記錄於台耳聞目見的史事，可說是具有時代價值的史料。當時「台灣省通志局」緣起於台北知府陳文騄、淡水知縣葉意深的建議，後經巡撫邵友濂批准，於 1892 年（光緒十八年）六月設立。置總局於台北，各州、廳、縣下各置一局，先編成採訪冊。[154]然而，因蔣師轍與通志局提調，兼台北府知府陳文騄有所齟齬，再加上通志局又遲遲未能成立，因此而返鄉。

蔣師轍在準備纂修通志的過程中，曾廣泛瀏覽許多台灣方志及文獻。當他閱讀余文儀主編《續修臺灣府志》後，引發思考當時平

---

[154] 唐景崧、顧肇熙任當時通志局的監修，陳文騄為提調，葉意深為幫提調，邱逢甲曾兼任採訪師。至 1895 年（光緒二十一年），大部分的採訪冊及一部分的縣志已完成，通志稿亦將脫稿，後因甲午戰爭而未完成。

埔族社學所存在的問題：

> 知其時土番社學最夥。台灣四、鳳山八、諸羅十一、彰化十九、淡水六。今或存或廢，蓋同具文矣。台北新塾，聞有番僮十餘人，頗循循就規範，惜所以惠恤之者不至。夏秋疾疫，間有死亡，嚮學之心或因以沮。化頑馴梗，道務推廣，而故常視之，此有司之責也。[155]

平埔族社學原遍設於南北路各社分布地。嘉慶以後，平埔族社學漸廢弛，至道光年間，因平埔族受漢文化影響已深，並有大規模遷徙情形，所以不再另設特殊的教育機構。當平埔族學童多入義塾就讀後，原住民社學制度遂告終止。清治末年在台灣北部的原住民教育，包括 1888 年（光緒十四年）於宜蘭所設學堂，一切經費由官方籌辦，曾招募二十八名學生。但後來因學童多人罹病而漸趨廢絕。另外在 1890 年（光緒十六年）劉銘傳任內於台北所建的「番學堂」，此學堂初設於台北城東門內天后宮，後移於大南門內，最後遷至西門西學堂內。當初設置的兩大要旨，一為期望學生學成後，能返回原居地，協助官方教化的工作；另一為培養取代通事的人才，以擔任與官方溝通的任務。第一年招倈北部大嵙崁、屈尺、馬武督高山族原住民學生二十人，隔年又招收十名學生。招收學生的年齡以十歲至十七歲為限，其來源為頭目或聚落中有勢力的子弟中

[155] 蔣師轍：《臺游日記》（臺北：臺灣銀行經濟研究室，1957 年 12 月），臺灣文獻叢刊 6 種，頁 48。

挑選聰慧者。學堂設有教頭一人、教師三人、通事一人。直到1892年（光緒十八年）已有第一期畢業生，其中成績優秀者，頒予生員資格，即俗稱「番秀才」。⑯蔣師轍在《臺游日記》中曾對原住民參與科舉一事，發表其看法。他以為：「閩粵之外，又有番籍，皆化番之嚮學者，人數寥寥，主試者持甯毋濫之說，恒虛其額。蒙謂化榛狉為文秀，誘掖有漸，宜甯濫勿遺以鼓舞之。」⑰可見他主張採取強力鼓勵的態度，並認為應補足授予原住民功名的基本名額，以達成推廣教化的功效。

至於漢移民的教化方面又呈現何種成果呢？蔣師轍曾於1892年（光緒十八年）到台南批閱生童試卷，在《臺游日記》三月二十九日記載他的觀感：「文都不諳理法，別風淮雨，譌字尤多，則夾帶小本誤之也。應試者分閩、粵籍，其人雖皆鄭氏之遺，然繼世長子孫、沐浴文教已二百有餘歲，而菁莪之化終遜中土者，豈靈秀弗鍾歟？抑亦有司之責也！」⑱他本來以驗收成果的心態，對二百多年來台灣的教化抱持著高度的期望。但是當他考察科舉考試的情形後，卻深覺相關官員必須積極負起教化的重任。《臺游日記》曾描寫科舉放榜的盛況：

---

⑯ 教頭為福建上杭縣生員羅步韓，教師有台北士林吳化龍、板橋簡受禧、大料崁廖希珍等人。當時畢業生中成為「番秀才」的有大料崁的潘蒲靖，及屈尺的潘詩朗。伊能嘉矩：《台灣文化志》下冊，頁322-324。此學堂於1892年（光緒十八年）六月間，在邵友濂繼任巡撫後，因鑑於經費緊縮，所以決定予以裁撤。

⑰ 蔣師轍：《臺游日記》，頁17-18。

⑱ 蔣師轍：《臺游日記》，頁16。

俗以隸籍黌舍為大榮，每覆試牓出，爆竹鼓吹之聲喧闐竟夕。聞謁聖後藍衫肩輿，鼓吹前導，徧拜親故，往往經歲不已。知重名器，自能急公奉上，此亦民心可用之一證也。[159]

科舉制度受到官方及民間的重視，使知識份子難以擺脫功名的利誘，作者認為這正是官方需善加利用之處。《臺游日記》又提到：「所述習尚，大都殷賑而侈，人非土著，故其氣浮，健訟樂鬪，根於天性。今服教化且二百年，而不變者什七。移風易俗，不其難哉！歲時俚俗，閩粵相雜，余簡出，目蓋寡，今昔同異，亦非采訪不能詳也。」[160]他以為移風易俗確有其困難度，所以主張由實際田野調查的過程中，了解族群文化變遷的今昔同異之處，以提供編纂志書及施政的參考。蔣師轍對於志書有其個人的見解，他以為：「當務之急有三：徵文獻、繪輿圖、錄檔冊。」[161]清治時期的台灣方志受到傳統方志的書寫模式所影響，但更值得注意的是在遠離京師的邊陲修纂方志，有其背後的文化意義。地圖為帝國如何布置人文景觀，征服及宰制他人的重要工具。方志的適時編纂重修，對於帝國統治及教化的推行，有其特殊的實用功能。

清廷為了熟諳各地特殊之山川形勢、風土民情，也為增進中央與地方之聯繫與統治，明令各地必須按時編纂方志。尤其方志每隔數年即有續修、重修，反映出特定歷史脈絡下之情境；許多散佚的

[159] 蔣師轍：《臺游日記》，頁 17-18。

[160] 蔣師轍：《臺游日記》，頁 60。

[161] 蔣師轍：《臺游日記》，頁 27。

文獻，也藉方志的收錄而保存隻字片語。[162]蔣師轍曾提及他是如何從閱讀以往的方志記載中，進一步思索當時的社會變遷，如：「閱府志形勝附載《理臺末議》，重鹿耳門而輕上淡水，此自當日形勝，今則雞籠、滬尾為外寇所必爭，防禦之謀，視台南為急矣。」[163]則可見地理形勢的變遷與戰略地位互動的關係。又如對於節慶廟會活動的記載，《臺游日記》記載：「盂蘭會之盛，為內地所罕見，市肆賽神，牽于門外，珍錯酒果，鬪靡無節。平時親故不通有無，至是以賽神故，貸無不獲，蓋慮神怒或迻之殃也。」描寫中元節的盛況，金鼓爆竹的聲音到晚上仍不絕於耳。蔣師轍以為：「今俗之移，殆踵事益增矣。」[164]可見台灣民眾對中元節重視的程度，至清治後期講究排場已呈現奢靡的景況。在臺灣清治後期產業貿易變遷方面，《臺游日記》記載：「茶皆集於大稻埕，每至夏月，開場列肆，柬別精惡，受傭婦女，千百成群，俗幾與上海類。」[165]勾勒了大稻埕的興起及婦女參與產業活動的情景。見證了北部都會中心的形成，與茶產業的密切關係。

---

[162] 如曹永和曾以台灣方志文獻所記載災害之發生，及清廷救災、賑濟之情形，歸納統計出臺灣於清治時期歷年水災及風災之情形。曹永和：《臺灣早期歷史研究》（臺北：聯經出版事業公司，1979年），頁399-476。

[163] 蔣師轍：《臺游日記》，頁33。

[164] 此書並引《赤崁筆談》所言：「盂蘭會數日前，好事者以金為首，延僧眾作道場，陳設餅餌、香櫞、橘子、蕉果、黃梨、鮮薑，堆高二、三尺，並設紙牌、骰子、烟筒等物，至夜分同羹飯施餤口，謂之普渡。」蔣師轍：《臺游日記》，頁122-123。

[165] 蔣師轍：《臺游日記》，頁64。

三、池志澂《全臺遊記》的觀察與議論

池志澂（1854-1937）於 1891 年（光緒十七年）冬天因友人將至台赴任官職，於是受邀同渡來台，直到 1894 年（光緒二十年）始回。[166]作者遊台期間曾撰寫有關原住民風俗的《番社紀聞略》，及記台南北歌樓舞館事的《臺游雪鴻記》二書，但此二書今皆散佚。《全臺遊記》為作者在三十年後遷居時無意中發現舊稿，而得以重現於世。[167]書開首即自言寫作緣由及內容大要：

> 比長好遊，周歷數邦，然仍未至臺灣。辛卯客滬，有同州友人備營北臺，邀余同渡。遂自北而南、而東，三載之間，遍跡全臺。山川之扼要、人物之蕃昌、風俗時候之奇異，以及寮社險阻、民番雜處、古來方輿所未載、人跡所不及者，類皆記之。[168]

---

[166] 台灣銀行經濟研究室所印的《臺灣遊記》收錄清治末期到日治初期池志澂《全臺遊記》、吳德功《觀光日記》、施景琛《鯤瀛日記》、張遵旭《臺灣遊記》等四書。此書封面作者題為池志澂，但目錄及《臺灣文獻叢刊提要》皆誤為池志徵。此書亦為「惜硯樓叢刊」所收錄，序中稱池志澂為臥廬先生。今據中央研究院傅斯年圖書館古籍線裝書室所藏「惜硯樓叢刊」，以及中國文哲研究所藏署名池志澂的另一本著作《滬遊夢影》，而推斷《全臺遊記》的作者應為池志澂。

[167] 池志澂於自序中言：「《全臺遊記》一書，當時相失者亦三十年。直至去歲遷居此屋，忽得諸舊碗廚破柵中，有紅紙裹束，拆而視之，則亡兒錯所書此記正楷，完全毋佚，不禁躍然。」池志澂：《全臺遊記》（臺北：臺灣銀行經濟研究室，1960 年 8 月），臺灣文獻叢刊 89 種，頁 1。

[168] 池志澂：《全臺遊記》，頁 3。

可見此書多載作者遊台時對於山川、人物、風俗、族群關係等層面的觀察記錄。此《全臺遊記》即是依當時的日記刪削而成，為三年之間足跡遍及台灣各處的旅行留下記錄。

關於台灣聚落環境及地理形勢變遷的描述，《全臺遊記》觀察滬美（今淡水）種種特色：

> 滬美民居數千家，皆依山曲折，分為上、中、下三層街，中、下市肆稠密，行道者趾錯肩摩，而上則樹木陰翳、樓閣參差，頗有村居縹緲之意。由街西出二、三里即港，俗所謂淡水港是也。……港口舊有荷蘭砲台。今外口北岸新築西洋砲台，甚雄壯。近又設水雷局、海關焉。[169]

淡水因為是重要的通商口岸，一些建物多受到西方建築風格的影響。又因此城市的發展常與河流相依存，獨特的地形造就景觀與人文，並呈現生活的脈絡。[170]淡水歷經西班牙、荷蘭人、鄭氏、清治時期後，所留下有關淡水當地的社會文化或風土人情的記錄卻極為有限。十七世紀末郁永河自八里坌社越過淡水河到關渡一帶，猶見當時淡水河沿岸荒草沒肩的情形。[171]但到了十九世紀末池志澂所見已多有所異。除了淡水以外，池志澂又曾描寫鳳山的改變：「鳳山城小而形勢甚闊，東、南皆沿海，向稱毒瘴惡地，官其邑者皆不敢

[169] 池志澂：《全臺遊記》，頁 6。

[170] 周宗賢主編：《淡水學術研討會——過去．現在．未來論文集》（台北：國史館，1999 年），頁 317-338。

[171] 郁永河：《裨海紀遊》，頁 22-23。

至；今則民番雜處，商賈雲集，亦台南之屏衛也。」[172]以開發的角度形容此地風土原呈現瘴氣瀰漫，到如今商賈雲集的城鎮景觀。當1893年（光緒十九年）正月，台北商務局總理張經甫轉薦池志澂，至台東統營刺史胡傳幕府處，張氏曾言：「後山多生番巢穴，地僻人稀，風瘴較前山為厲，君願行否乎？」池志澂即答：「當時之前山，亦今日之後山，有官司兵營以守之，何險之有！」[173]台灣風土的變遷與統治機構的陸續成立，實有密不可分的關係。

在人文景觀及社會風俗的觀察上，池志澂《全臺遊記》提到：

> 歌樓舞館，幾乎無家不是。俗重生女，有終其身不嫁以娼為榮者。此風不知何自始耶？嗚呼！地氣溫濕，人性自淫，宜開湖水以洩其菁華，宜栽大樹以收其亢氣。[174]

這些記錄即是作者對異地文化現象、及社會風俗的觀察所得。此段呈現作者對於民眾價值觀的改變，未從城市經濟的發展來探討，而以風土之說來解釋。又如對於軍伍中鴉片煙的氾濫，也提出觀察後的批判：

> 海疆營制，壞不可言，而台灣更甚。良以兵弁皆由內地脫逃而出，非昏眊即流活，無營不缺額，無兵不烟癮。[175]

---

[172] 池志澂：《全臺遊記》，頁12。
[173] 池志澂：《全臺遊記》，頁9。
[174] 池志澂：《全臺遊記》，頁5。
[175] 池志澂：《全臺遊記》，頁15-16。

此處所言烟癮的問題，若從臺灣清治後期受到西方文化的衝擊層面來看，當時民眾流行吸食鴉片的惡習，多是西方帝國主義盛行後將毒品大量傾銷的結果。因鴉片問題引起的商業戰爭，與各種不平等條約的簽訂，使得閉關自守、自給自足的清帝國，漸納入全球性的資本主義網路，和國際性的政治、法律體系。開放通商港口後，各國人漸漸來台，帶來新的商品及宗教、制度。在 1880 年（光緒六年）海關貿易輸入總額 358 萬兩，鴉片就佔了 60% 左右。[176]毒品對人的生理與精神上造成重大傷害，也使社會財富大量流失，可見西方商品傾銷的負面影響。

而在高山陸路的開通方面，1894 年（光緒二十年）二月，為候補知州胡傳聘為幕友的池志徵，履任時曾走過三條崙中的卑南道。他於遊記中的描繪，有助瞭解台灣清治時期連貫東西部唯一能通行的陸路品質。《臺灣遊記》記載：

> 其途凡三出，而總以三條崙為通衢，然亦左山右谿，鳥道一線，側足乃通。余甚怪當時官吏拔山通道，斬棘披荊，縻國家金錢數百萬，僅開此三百里無益之巖疆，亦可為失計較矣。[177]

清治末期南路前後開通道路五條，最後東部對外陸路交通，卻只剩

[176] 東嘉生著，周憲文譯：《臺灣經濟史概說》（臺北：帕米爾書店，1985 年），頁 202-204。

[177] 池志徵：《全臺遊記》，頁 15。

三條崙中的卑南道一路。[178]而此路不僅全線路徑狹小難行，且遇溪無橋，行路處處受阻。官兵對於「開山」一事，常敷衍塞責，實際成效極為有限。

池志澂《全臺遊記》提到距雞籠（今基隆）北十里為七堵、八堵，十里至暖暖、瑞芳，二十里內皆金山的景象。所謂：「山氣磅礴葱厚，左右巖溪，溪水映日，流砂閃耀。每日掏沙者約數千人。溪中時有山人小舟、伐木作薪、載往艋艦者。滿山奇花異草，綠陰繽紛，男女紅辮綠衫，歌唱自樂，真仙境也。」[179]文中也提到竹塹（約今新竹）民生的變遷，如：「境內土地肥饒，人民沃衍，藍鼎元《東征集》所謂台北民生之利無如竹塹，而二百年後竟著其盛焉。」[180]藍鼎元於 1721 年（康熙六十年）因朱一貴事件來臺，當時所見竹塹人口尚少，約一百七十年後，該地已成北台重鎮。池志澂《全臺遊記》的序言中提到：「大凡地之興隆衰敗，非身歷目睹之處，不敢率爾而記。以形勢廣闊，景物森羅，千山萬壑，猝難深究。」[181]此書篇首亦提及他年少時曾讀藍鼎元《平臺紀略》對台灣的敘述，直到友人邀他一同渡臺後，才親身觀察到台灣於 1891-1894 年（光緒十七－二十年）的社會現況及文化特色，已與清治初期的記載呈現顯著的差異。

池志澂在文末有一段綜合性的評論：「然而築礮臺、制水雷、

---

[178] 施添福：〈開山與築路：晚清臺灣東西部越嶺道路的歷史地理考察〉，《國立臺灣師範大學地理研究報告》第 30 期（1999 年 5 月），頁 65-99。

[179] 池志澂：《全臺遊記》，頁 8。

[180] 池志澂：《全臺遊記》，頁 7。

[181] 池志澂：《全臺遊記》，頁 1。

調駐楚月營勇，費已不貲，而禍患仍出於籌防之外，蓋亦治之者不得其本耳。余嘗謂台灣惟東周地瘠無可為無可為，中南民氣忙碌，猶如日之過五未歸食者，而台北山川磅礡、隆隆然如初日之升，苟得其治，未有不日興者也。而其大要在練兵、興學、理財、開況、墾田。」[182]開港後使許多擁有稠密人口或諸多衛星市鎮的分布網，兼具行政中心或港口的功能，並聚集龐大的人口。如茶產業除茶農耕作外，參與茶的加工的人口亦甚多。[183]茶產銷影響城鎮的繁興，如大稻埕原為小城，後因北臺灣最主要的產品——茶葉在此加工、集散，其他產品也跟著在這裡集散，資本匯集於此。池志澂對於臺灣開港以後新興通商口岸都市的觀點，呈現他重視開發效用的價值觀。

四、史久龍《憶臺雜記》的時事評論

《憶臺雜記》為史久龍追憶在台之事，自序作於 1896 年（光緒二十二年）三月，台灣已為日本統治。此書先記錄了台南及安平的景觀，1893 年（光緒十九年）正月又記錄到嘉義考察風俗民情、軍事及田賦等詳情。七月十八日至滬尾、十九日至大稻埕，又陸續記載

---

[182] 池志澂：《全臺遊記》，頁 16。

[183] 因茶一年有六至七個月的採收時間，一更需採七回。據 1905 年的資料，每年山上所雇用的採茶女約有 20 萬人。在加工方面，據 1896 年的資料，約有 2 萬人以上。臨時臺灣舊慣調查會：《臨時臺灣舊慣調查經濟資料報告第二部》（1901-1905 年調查）上卷（東京：三秀舍，1905 年），頁 105。台灣總督府民政局殖產部：《台灣產業調查表》（東京：金城書院，1896 年），頁 34-35。

海關、西學堂與番學堂、板橋林本源家族、艋舺盛況，及機器局、商務總局、鐵路、茶行、礦產等。十月，史久龍任職於滬尾鹽務館，對於淡水的形勢、砲台、中法之役、洋行，以及全台行政設施、防務要塞、官府收入、建築、風俗及特產等皆曾述及。1894年（光緒二十年）正月曾赴基隆，四月撰一革新時政之文。五月調職到埔里集集街腦務局。二十二日乘火車到新竹，再經後龍、彰化、南投而至埔里，對於樟腦相關事宜頗多記載。此書也對北部茶葉、金砂、以及煤礦等產業的發展多有記載。

台灣清治後期北門外設有機器局，工匠約有千人，為道員所負責督辦。《憶臺雜記》中提到：

> 日不夠修理洋鎗，焙製火藥而已。所能者，惟各衙署中，或製一閨閣用物，或修一玩飾小器。各公寓內與局中人有相識者，亦可倩其代作。國家糜以鉅款，上下視為重地，而身居其中者，惟藉此獻其技於大府，飽私囊於一己，誠可笑而可痛者也。[184]

史久龍對「設立多年，並未製造一物」的現象，不僅發出嚴厲的批判；且推想其他的機構，可能也有類似浪費公帑，未能發揮設置之初所達到現代化改革的目標。又如在滬尾砲台的水雷局，原為劉銘傳所創建，中有委員、教師、學生。他對此機構也有犀利的評論：

---

[184] 史久龍：《憶臺雜記》，頁21。

督造水雷，安置海口以防敵舟，立法甚善。嗣以海疆無警，節省經費，裁去教師，惟留學生數人。乃至演放時不知藥線所在。上憲以為毫無實際，遂如告飭知羔羊矣；不過為安置閑散人員之地已耳！噫！中國於自強之道，始欲比埒他人，繼則顧惜小費，終則清於一擲。[185]

這種評論台灣清治後期自強運動的看法，在李春生、池志澂的文集中，也可見類似的言論。1894 年（光緒二十年）四月因台灣改為行省而擬一條陳，雖因奉調而未遞呈，但仍將此公文收錄於書中。此文提出四項具體建議，包括「風俗宜正」、「田賦宜減」、「棉桑宜興」、「兵制宜更」等方面，並就各層面舉例說明。如在「風俗宜正」一項除了提到在教育機構培養士人以外，「然後令其分往各鄉，各立一壇，使其亦將孝悌忠信禮義廉恥之事切實宣講。必使賢愚共曉，婦孺皆喻。」其目的即為了能由長期的耳濡目染而感化日深，成為「聖世之良民」。這種以訓練良民為終極目標的理念，更顯現在關於幼童的教育措施上：

倘再能多籌經費，廣立學塾，養其童蒙，化其愚陋，則幼而習之，壯而行之，其功尤百倍於口舌宣講之教也。[186]

史久龍知曉幼年教育對人的價值觀所造成的深遠影響，所以特別注

---

[185] 史久龍：《憶臺雜記》，頁 25-26。

[186] 史久龍：《憶臺雜記》，頁 35。

重多籌備經費來加強功效。對於「田賦宜減」的主張，則以為台灣原有沃土膏腴、畎畝縱橫的農業環境，也因商業的發達而樓閣連綿。但是自從清丈田畝以後，民眾的生活受到莫大的干擾。《憶臺雜記》提到：

> 彼時以台灣開設行省，需用浩繁，而民間田地復隱匿太多，故不得不一清丈籍，以增錢糧，而杜狡詐。乃奉行之員，徒存一損下益上之心，索賄肥己之念，以少報多，以瘦報腴，比比皆然。而於是臺民困頓矣！甚至秋成所入，尚不足以納賦，兒啼婦號，不可復耐。[187]

這種對清丈及賦稅制度的看法，洪棄生也曾發表雷同的評論。不過史久龍又更進一步提到重新丈量並不能解決這些弊病，如果又因執行官員的不公正，則「富室仍可賄免，而貧民難受實惠」，所以他以為應對於經濟條件不佳的民眾，更需特別予以減免賦稅。在各縣的確實執行之下，「如真係瘦腴倒置，多少參差者，核減更正，即將未報之戶抵入正額。」[188]這樣就無損於公家的收入，而且使清貧之民受惠。史久龍對於有關改革兵制的議題，曾發表抨擊一些人對於侷限於成見的不當，《憶臺雜記》提到：

> 或曰：台灣人性恇怯蠢愚，豈足恃為緩急？不知楚材晉用，

---

[187] 史久龍：《憶臺雜記》，頁 35。

[188] 史久龍：《憶臺雜記》，頁 36。

> 彼其廬墓於斯，室家於斯焉，有捍衛其桑梓，轉不如於防營之保障他鄉乎？昔滬尾敗法人一役，詎非土著所為乎？尚可云土著不可用乎？……尤有可疑者，台灣為東南門戶，何以海口絕無兵輪駐守？此亦大可憂者也。吾知行必將籌及矣。[189]

他提到除了以平時耕作的屯田制改善防營之兵萎靡的習性外，更應改守營制為團兵制。使將領輪流率營兵巡行各處，如此可收互相觀摩之效，調遣時也可熟悉各地的關隘險要；團兵如遇鄰境有事，則可前往支援。

1895 年（光緒二十一年）馬關條約簽定後，當年的 5 月 9 日史久龍的眷屬準備回中國時，北垣城內外兵民已呈紛亂景象。接著他不但批判唐景崧倉皇遁走的情形，又描寫五月中旬台北艋舺、大稻埕的現象：

> 廣勇、淮勇潰散，至北殺人焚屋之事，無處無之。庫款上於二十餘皆被分劫，土匪亦乘之而起，四處蹂躪不堪。[190]

史久龍一方面記錄當時台灣各地有混亂的場景，另一方面也刻劃劉永福等人為防務盡心竭力的表現[191]，為台灣清治後期的局勢留下個

---

[189] 史久龍：《憶臺雜記》，頁 39-40。

[190] 史久龍：《憶臺雜記》，頁 60。

[191] 1895 年（光緒二十一年）十月十九日，日軍又進據臺南城，劉永福也潛回中國，五月二十五日成立的台灣民主國至此瓦解。

人的歷史見證。

第五節　議論時事的書寫與文化變遷

台灣清治後期文人在面對邁向現代化過程中的論述，顯現出個人應世的態度。本節再以數位文人對時事及政策的評論，分析此期散文與文化變遷的關聯。

一、政治教化的論述

㈠ 傳達務實的變革觀

論述一詞首先用於我們談論世界的方式，以及我們所使用的辭藻。在這個層次上，它意味了我們討論議題的方式，也影響我們如何處理這些議題，以及這些議題如何生產。[192]李春生〈臺事〉首篇提及臺灣地理位置的重要性，並抨擊眾人輕忽當時日本的勢力[193]，對於牡丹社事件的處理方式，他主張先以國際法協商或酬款給日本，使其從台灣退兵，再積極加強台灣的整體實力。他觀察到當時日本自明治維新以來，曾派遣使節團到歐美考察觀摩，後又進行君主立憲及產業、教育等改革，顯示其參與國際社會的決心。李春生在〈論日報有關時局〉中又批評有些士人在牡丹社事件後，於報刊上恣意言說日本「國小而勢窮，不足以輕重」，他認為這些意見非

---

[192] Mike Grang 著，王志弘、余佳玲、方淑惠譯：《文化地理學》（臺北：巨流圖書公司，2003 年 3 月），頁 252。

[193] 李春生以為「俗輕其夜郎自大，余獨謂其後生之可畏者。」李春生：《主津新集・臺事其一》，頁 9。

但無益於己，反而可能誤導對局勢的判斷。除了時常喚醒眾人的憂患意識外，更積極就實務層面提出具體的建言。[194]又藉由強調「毋區執古法舊制，以貽國悞民」，表達對變通的迫切性。

關於富強政策的評論，鹿港文人洪棄生（1866-1928）於 1893 年（光緒十九年）〈防海論〉一文中提到加強台灣各地海防的必要性。[195]他又認為應正視「今日門戶處處洞開，防之宜亟、備之宜殷」的局勢變遷，建議應用心訓練海上防務軍隊來加以因應。[196]他又在〈問民間疾苦對〉對當時新政改革的做法多有批評[197]，此即是當時偏重機械效用的洋務運動多所質疑。1887 年（光緒十三年）四月七日〈全台觀風雜作〉也提到：「今不學其所以用法，而惟學其法，是亦刻舟求劍之為耳。」[198]這些都是針對多著重於外在器物，卻未徹底改革政治制度、著重民生的種種弊端，提出嚴厲的針砭。

㈡ 評論吏治管理問題

台灣清治時期大民變皆與吏治的腐敗有關。在文人的論述中，時常可見他們對於吏治管理問題的評論。即使若干官員曾針對吏治問題加以整頓，但是到清治後期仍未有明顯的改善。洪棄生在〈上臬憲雪民冤狀〉曾刻劃當時民眾的諸多困境。[199]他以在地者的觀

---

[194] 李春生：《主津新集·臺事其三》，頁 12。

[195] 洪棄生本名攀桂，學名一枝，字月樵。本文所引《寄鶴齋古文集》為省文獻會於 1993 年所編的版本。此書將「成文版」的《寄鶴齋古文集》、《寄鶴齋古文集補遺》六卷，以及《寄鶴齋書札》全部編入此書，共 148 篇。

[196] 洪棄生：《寄鶴齋古文集》（南投：省文獻會，1993 年 5 月），頁 93。

[197] 洪棄生：《寄鶴齋古文集·問民間疾苦對》，頁 161-162。

[198] 洪棄生：《寄鶴齋古文集》，頁 100-101。

[199] 洪棄生：《寄鶴齋古文集》，頁 229-230。

察，指出種種造成施九緞民變事件的背景成因，及有關此事件後續處理方式的不當。雖然這些說法不脫傳統儒生的見解，但他對於官吏素質不良，常有溢收或私蝕賦稅情況等方面的時政批評，則顯現出文士的人道關懷。有關海疆兵員素質的問題，來台旅遊的池志澂所著的《全臺遊記》有所評論。[200]這些論述透露了當時軍伍紀律管理情況，及鴉片煙氾濫的現象。池志澂的論述，是對於十九世紀中葉清廷面對西洋武力受挫後，所推行的洋務運動，初期僅承認其砲火的威力，而多以器物技能的模仿為主，後來才拓展至制度的改革。但是綜觀一些知識份子呼籲改革的力量，無法對抗王朝官僚體制內保守的勢力，顯現當時內在實質的改革已遭遇到困境。雖然清末台灣新政推行起步比中國晚，但守舊派人士阻力較有限，改革的步調因此較為顯著。然而就政治體制及組織，或是民眾對於政治的參與程度等方面，仍未有大幅度的改革。

㈢ 檢視教化機制

關於教化機制的省思，李春生倡議廢除科舉，重視教育改革的主張[201]，與當時多數士人視西方為異端的言論相比較，顯出他具有變通的思想。另一方面，他也重視教會的社會功能。[202]主張以因地制宜、入境隨俗的變通做法，有助於達到宣教的目的。至於接受傳

---

[200] 池志澂：《全臺遊記》，頁 15-16。

[201] 李春生：《主津新集》，頁 30。

[202] 李春生：《主津新集·續論天道滞行》，頁 80-81。又李春生對於漢文化經典的詮釋，代表試圖融合耶教與漢文化的努力，並呈現「轉化」多於「對話」的詮釋視角。李明輝：〈轉化抑或對話？——李春生所理解的中國經典〉，《中央大學人文學報》20 期，1999 年 12 月，頁 133-174。

統書院教育薰陶的洪棄生，亦重視教化的功能。他以為：「教化為國家之元氣，元氣勝則外賊不入。……教化之事，言之若迂，而行之最有裨。」[203]寄望內政的改革能與教化的推動並行，促使教化普及於各階層，進而充分發揮效用。早在荷治時期 Candidus 等牧師即曾至新港、目加溜灣、蕭壟、麻豆、大目降等社從事教化工作。[204]蔣師轍在《臺游日記》中曾對原住民參與科舉一事，主張應以多方鼓勵的態度，並補足授予原住民功名的基本名額，以達成推廣教化的功效。[205]科舉制度受到官方及民間的重視，使知識份子難以擺脫功名的利誘，作者認為這正是官方需善加利用之處。

二、經濟民生的論述

㈠ 拓展國際貿易的重商思想

影響清末台灣經濟思想的形成，除了個人平日觀察思考所得以外，閱讀古漢籍或同時代文人相議題的論述，也具有對話及觀摩的效果。另一方面，同時也受到西洋經濟思潮的影響，而激發出對國際貿易的另類觀點。如李春生經由閱讀西洋相關書籍、報刊，或直接藉由與各國商人經貿往來時的觀察所得。他在〈臺事其六〉分析台灣當時的政經處境，並提出因應的方法後，又說道：「惟有廣覽

---

[203] 洪棄生：《寄鶴齋古文集》，頁 154。

[204] 村上直次郎著、許賢瑤譯：〈荷蘭人的番社教化〉《國立中央圖書館台灣分館館刊》6 卷 5 期，2000 年 9 月，頁 86-94；原載《台灣文化史說》（台南：台南州共榮會台南支會，1935 年 10 月），頁 93-120。

[205] 蔣師轍：《臺游日記》，頁 17-18。

海上新報，採取及時機要，奏請變通，以其富強臻效。」[206]當時中國沿海各城市報刊的種種論述，曾受到重商主義等世界經濟思潮的影響。[207]與李春生時代相近的鄭觀應（1842-1921）等人，其論述中多具有重商主義的色彩。這些中國十九世紀末期的重商主義者，雖然力主重商，但無抑農的意味存在。他們同時注重農礦等各種富國的方法，重商主義是他們所謀求救國方法中的一部分。[208]李春生所言「富強」一詞的涵意，包括重視發展工商等理念，與傳統「經世濟民」的概念已有些差異。[209]雖然李春生未能全面論述有關經濟體系的議題，但他的經濟思想是從實務經驗出發，並針對台灣這個場域分析其中種種經濟問題。對李春生而言，他致力於改善個體經濟的同時，也思考有關總體經濟的富強問題。在〈臺事〉各篇的論述中，涉及有關經濟層面的範疇包括國際貿易、通訊與交通、加工製

---

[206] 李春生：《主津新集・臺事其六》，頁15。

[207] 清代文人的經濟思潮派別眾多，其中有許多文人曾因出國留學、從事與職務有關的考察，或多與外國人士接觸而受到西洋經濟思想的影響。至於重商主義是十六到十八世紀間，西歐諸國採行的經濟政策的通稱。雖然各國的重商主義內涵各異，但共通的現象是經由工業生產和對外貿易，來累積國家財富的經濟政策。賴建誠：〈西洋經濟思想對晚清經濟思潮的影響〉，《新史學》2卷1期，1991年3月，頁81-113。林鐘雄：《西洋經濟思想史》（台北：三民書局，1979年2月），頁27-89。

[208] 趙豐田：《晚清五十年經濟思想史》（台北：華世出版社，1975年12月）頁98-109。李陳順妍：〈晚清的重商主義〉，《中央研究院近代史研究所集刊》第三期上冊，1972年7月，頁207-221。

[209] 十九世紀的馮桂芬、王韜、鄭觀應等人的有關富強論述的意義，可參閱金觀濤、劉青峰：〈從「經世」到「經濟」——社會組織原則變化的思想史研究〉，《台大歷史學報》32期，2003年12月，頁152-154。

造及開採礦業等各層面，這些經濟議題已初具現代總體經濟建設的雛型。從其所預期達到的效果而言，富裕指數的提升，與國力的增強有密切的關係。

台灣清治時期移民社會，不論從土地的開墾、水利的投資、經濟作物的種植以及商業的發達等方面看來，都顯現出移民謀利冒險的企業精神。這種精神早期表現在稻米商品化；到了中期農業遇到瓶頸時，則由於商業發達而使得企業精神得以延續。而 1860 年以後對外通商口岸的開放，更使這種企業精神再度發揚。[210]台灣清治後期經濟環境的改變，當時中國的洋務運動，多重在武器及練兵，卻忽略加工產業比這兩項更為基本。李春生拓展國際貿易的重商思想，也是台灣企業精神的寫照。

㈡ 重視開發效用的價值觀

李春生長期經商的經驗，使他具有重視開發效用的價值觀。他對於台灣圖象的描繪，呈顯出他對這塊土地的情感，從其論述中所刻劃的台灣地理形勢、風土氣候、物產資源等方面，都是個宜人的居住環境。[211]如此優勢的自然環境，具備了「自立門戶」的海島地理條件。作者為了描述台灣天然資源豐饒的情形，不但羅列多種物產，並以淡水烏龍茶為例做說明。[212]對於清廷的礦產開採政策的消極做法，及治臺政策也提出批判。[213]主張當局應將派眾兵開路的龐

---

[210] 溫振華：〈清代台灣漢人的企業精神〉，收錄於張炎憲等編：《台灣史論文精選》（台北：玉山社，1996 年 6 月），頁 321-355

[211] 李春生：《主津新集·臺事其六》，頁 14。

[212] 李春生：《主津新集·臺事其六》，頁 14。

[213] 李春生：《主津新集·臺事其六》，頁 16-17。

大費用，轉到補助來台開墾移民的生活費，以招徠漳、泉一帶的窮鄉貧民攜眷到台灣山區耕作。對於開港後經濟產業型態的轉變，池志徵也有發表綜合性的論述[214]，呈現他重視開發效用的價值觀。史久龍對於北部茶葉、金砂、樟腦、煤礦等產業的發展，亦多呈現清治後期現代化開發理念的價值觀。

㈢ 批判稅收制度的經世理念

「經世」在社會方面的重點是在正人心、美風俗，因此反對嚴刑峻法的法制，而承繼儒家德治主義的傳統。經世之學提出「通今」、「實用」的思想原則。[215]在文化變遷快速之際，僅講究官僚的道德修養，已不足以濟世，如何健全官僚體制，如何做好軍防、稅務、交通、開墾等實際技術層面的問題，才是文人所關懷的經世主題。如台灣清治後期文人在論述中，曾對賦稅徵收制度有所批判。[216]古文與經世的關係密切，知識份子多藉由議論文或策論，表達他們對當世事務的意見。古文相對於駢文，較不受音韻及句式等格律的約束，而能發揮思想的要旨。洪棄生即常在古文中，提出對公共事務的論述，因而加深了關懷這塊居住地的意義。他在〈籌海議〉中提到：「生，臺人也；為臺灣計。」[217]批判丈量田地制度的不當、執行人員的敷衍，使得新的徵稅制度更加擾民的情況。[218]洪

---

[214] 池志徵：《全臺遊記》，頁16。

[215] 王爾敏：〈經世思想之義界問題〉，《中央研究院近代史研究所集刊》13期，1984年6月，頁27-36。韋政通：《中國十九世紀思想史》，頁61。

[216] 洪棄生：《寄鶴齋古文集》，頁149。

[217] 洪棄生：《寄鶴齋古文集》，頁109。

[218] 洪棄生：《寄鶴齋古文集》，頁223。

棄生認為民眾生計困境的原因是由於官僚機構腐敗，或是統治者沒有實現仁政，導致社會秩序偏離了儒家理想的道德倫理秩序。傳統儒生主張解決生計問題的方法，即是偏重在重整社會道德秩序的過程。雖然已提到對制度面的改革，但卻依舊寄望於行政官員具有仁心，以期協助民眾改善生活。這種觀點，仍是傳統的經世濟民理念。

社會變遷現象與歷史現實間錯綜複雜的關係，常為學術思考的對象。就台灣清治後期的政經層面而言，這個歷史階段產生了許多變革，但仍保留移墾社會的特質，移民富冒險精神，勇於創新並熱衷求富。另一方面也受外在大環境影響，械鬥事件漸趨減少，買辦豪紳日漸興起，文教普遍受到重視。台灣清治後期文人的論述，流露了個人的應世心態及思想特色。作者經世致用的理念呈現其世界觀及欲改變社會的意圖，文學結構和社會結構的對應關係因此更容易顯現在作品中。又作者常預先假設在他寫作之前，即已有一股強烈的意識，要藉由論述的形式表達出來，並且這個意識與他身處的整個社會有密切的關係。這些論述有時是社會面貌的描繪，但大多是蘊含改革的寫作動機。[219]台灣清治後期這些知識份子或旅遊者的論述，不免時而受到作者本身學養經歷的侷限，或漢文化霸權思想的影響。但是這些論述，也呈現知識份子對現實問題產生的原因、對社會的衝擊及對民眾的影響，並試圖提出如何具體改革的方法。人文主義（humanism）是使人解開由心靈打造的枷鎖，讓心靈為了反

---

[219] 何金蘭：《文學社會學》（臺北：桂冠圖書股份有限公司，1898 年），頁154。

省理解與真誠的告白，進行歷史與理性的思考。進而言之，人文主義是由一種社群意識維繫，與其他的詮釋者、社會以及年代聲息相通。」[220]透過詮釋文人作品中的思想，並與社會文化互相對話，亦是闡揚人文精神的途徑之一。清治後期的散文除了延續實用功能的寫作風格外，更因社會的變遷頗為迅速，所以文人常有較具體的議論時事書寫。從此期一群文人的論述中，多顯現當時的知識份子在面對邁向現代化過程中的共同處境，同時也呈現出個人應世的態度。本節即藉由分析文人論述為主軸，探討期政經思想的時代意義，以呈現台灣清治後期議論書寫與文化變遷的關係。

---

[220] 當代學者薩依德（Edward W. Said）在重申人文主義的要義時所言。〈後九一一的省思：為《東方主義》二十五週年版作〉，收錄於 Edward W. Said 著，王淑燕等譯：《東方主義》（台北：立緒文化，1999年），序頁9。

第六章
散文主題與形式的表現策略

散文主題與形式的交相呼應，不僅是散文具備文學美感的關鍵，更強化了作者傳達對文化感受與理念的文字張力。要探究散文主題書寫中的文學性，必須分析作者是以何種形式來彰顯他的表現策略。散文的主題與形式多相互依存，所以在前幾章探討作品所論及的主題之外，本章則試圖從散文的主題藝術性、形式的表達功能、風格的比較等層面，分析這些表現策略與作品之間的關聯，以及作者如何藉由各種形式來表現散文的主題書寫。

第一節　主題與藝術性

敏銳而用心的作者，常透過著重藝術性的表現策略，使散文的主題更得以彰顯。本節從主旨與意象、內容結構的意涵、言說的藝術效果，以探討散文主題與藝術性等文學要素。

一、主旨與意象

表達思維的散文內涵，意象居於關鍵地位，並與作品的主旨融為一體。「意象」（image）是文學作品中的重要質素，指心靈上較具體的形象，有如經驗的再生。當我們心裡有所感觸，亦即由任何一種感覺的印象勾起過去經驗的再現時，就開始意象的活動。意象有廣義與狹義之別，廣義指全篇，屬於整體，可以析分為「意」與「象」；狹義指個別，屬於局部，往往合「意」與「象」為一來稱呼。辭章內容的主要成分，「情」或「理」為核心成分，是一篇的主旨所在，亦即作者所要表達的思想情意，乃合形象思維與邏輯思維為一而成，涉及整體意象。❶意象在散文中所指的是情意思想與物事材料交融而成的有機體。文學作品常由一些凝聚了的意象所組成，這些藝術符號系統，是普遍感情在深層意識中的呈現。王弼所言意與象的關係，有助於對文學研究的思考。他在《周易略例·明象》曾說道：「意以象盡，象以言著。故言者所以明象，得象而忘言；象者所以存意，得意而忘象。」❷若將王弼的說法應用至篇章，知意與象之間，意為本、象為用，有主從之異。❸散文核心成分為作品的主旨，即作者所要表達的思想情意。

意象的形成與表現皆與形象思維有關，作者心中抽象的情思與對事件的見解，常藉由物象與事象來表達。這種主客體聯繫交融的意、象概念，劉勰在《文心雕龍·神思》也提到：「然後使玄解之

---

❶ 陳滿銘：〈論篇章辭章學〉，《國文學報》（台北：國立台灣師範大學國文學系，2004年6月），頁41-46。

❷ 〔魏〕王弼著、〔晉〕韓康伯注：《周易王韓注》（台北：中華書局，1985年3月，五版），頁9。

❸ 王立：《心靈的圖景——文學意象的主題史研究》（上海：學林出版社，1992年2月），頁1-2。

宰，尋聲律以定墨；獨照之匠，闚意象而運斤。此蓋馭文之首術，謀篇之大端。」❹劉勰所指的意象，兼顧了作者內心所構思的形象，以及傳達情意的內涵。他主張為文謀篇應講究的聲律的安排與意象的經營，如此的觀點，突顯了意象在作品構思中的重要地位。再就意、象在作品中的運用來觀察，則可細分為作品核心的「情」或「理」，是源自主體的「意」；而所運用的材料則為外圍成分，包含「物」或「事」，屬於取自客體的「象」。❺心中內在的情感思想是抽象的，所以常透過書寫外在具體的事物或自然景象而表現。

華倫（A. Warren）在與韋勒克（R. Wellek）合著的《文學論》（*Theory of Literature*）中提到：意象是一個兼屬心理學上和文學研究上的課題。在心理學上是指過去的感受或知覺上的經驗，在腦海中的一種重演或記憶。心理學家和美學家對意象的分類，不但有味覺上的、嗅覺上的意象，而且有肌肉感覺的、觸覺的意象。在探討文學本質時，又提到文學意象的特性包括感覺的特性與譬喻，意象的效果是來自意象成為感受的「一種遺跡」（a relict）與一種「再呈演」（representation）。他也認為意象、隱喻、象徵、神話是將文學

---

❹ ［梁］劉勰著、范文瀾註：《文心雕龍註》（台北：學海書局，1990 年），頁 493。

❺ 陳滿銘：〈意象與辭章〉，收錄於《修辭論叢》第六輯，頁 351-375。陶行傳：〈意象的意蘊場——兼論「含不盡之意見於言外」，《文藝理論研究》2002 年 2 期，2002 年 3 月，頁 33。

的形式與內容溝通和連繫起來的要素。❻劉若愚對於意象的定義是：「指喚起心象（mental picture）或者感官知覺的語言表現。」❼他並強調各種感官知覺都可以產生意象，不限於是視覺的。王夢鷗也提到心理學家常用意象來指稱過去的感覺或已被知解的經驗，在心理再現或記起的「心靈現象」。這現象類似佛書所說的由六「根」造成的六「境」，其中有嗅覺的、味覺的、觸覺的、以及潛意識的，動或靜的種種意象。❽正因為意象是藉由客觀物象以表現思想與情感，是知覺經驗在心中的重現或回憶，所以可說是感受的遺跡。美國詩人兼學者的艾茲拉·龐德（Ezra Pound，1885-1972），為現代主義意象派（Imagism）的著名文評家，他主張「意象即是在一剎那間表現出來的理性和感情的集合體」。❾龐德的詩以快速流動的客觀意象，來傳達他在剎那之間的主觀感受。他將巴黎地下鐵人群一張張模糊的臉孔，比喻成雨後濕漉漉的花瓣；而黑色枝幹上猶沾著雨露的花瓣，成了朦朧眼中的群像。在腦海中將花瓣與臉孔相疊而產生新意象，也交疊反映出群眾當時孤寂的心境，更顯現詩人簡潔的表現策略。

人類的審美體驗是因對事物的「表現性」有所感應。主觀的

---

❻ Rene & Wellek、Austin Warren 著，梁伯傑譯：《文學理論》（台北：大林出版社，1985 年），頁 278-290。

❼ 劉若愚著、杜國清譯：《中國詩學》（台北：幼獅文化事業公司，1979 年 1 月再版），頁 151。

❽ 王夢鷗：《中國文學理論與實踐》（台北：時報文化出版公司，1995 年 11 月），頁 164。

❾ 伍蠡甫、林驤華編著，《現代西方文論》（台北：書林出版社，1999 年），頁 259。

「意」與客觀的「象」之所以能結合，多因人對事物所產生的「移情」作用，或是「投射」作用，也就是《詩·大序》中即已提到的「比」、「興」。例如中國古典文學常以「離愁」為主體的「意」，而與「流水」外在的「象」結合，而不斷使人產生移情與聯想。❿如《裨海紀遊》的景物書寫中，郁永河擅長運用各種意象，使讀者也能領會他在十七世紀末的台灣旅行感受的種種遺跡。如四月十二日描寫至大肚社附近「林莽荒穢，宿草沒肩」的原野意象⓫，即是呈現三百年前台灣的自然景觀，以及觀察生態的旅行記錄所具有不可回溯的特質。他藉由各種意象形容這趟森林之旅⓬，如運用風聲簌簌、瀑布潺潺等聽覺意象，以及寒風拂膚刺骨、蛇悄聲爬過腳踝的觸覺意象，營造使人毛骨悚然、內心驚恐的氣氛。作者書寫這些自然意象的目的，即為了呈顯此趟旅程處處充滿驚險的寫作主旨。野草、荒穢、寒風、長蛇等外在景物的「象」，與旅行者內在刻意探奇拓荒的「意」相聯結。

---

❿ 李澤厚在〈審美與形式感〉中提到格式塔心理學家以為審美體驗是外在世界的力（物理）與內在世界的力（心理）在形式結構上的「異質同構」。所謂「異質同構」是指「將這種質料雖異而形式結構相同，它們在大腦中所激起的電脈衝相同，所以才主客協調、物我同一，外在對象與內在情感合拍一致，從而在相應對的對稱、均衡、節奏、韻律、秩序、和諧中，產生美感愉快。」《李澤厚哲學美學文選》（台北：谷風出版社，1987 年 5 月），頁 503-504。舉「知者樂水，仁者樂山」水與知者、山與仁者的對應，就是一種「異質同構」。因人的心理世界與物理世界有如此對應關係，對於文學作品所展現的張力結構，也不會無所感觸。陳滿銘：《章法學綜論》，頁 334-336。

⓫ 郁永河：《裨海紀遊》，頁 19。

⓬ 郁永河：《裨海紀遊》，頁 19-20。

又如陳夢林〈九日遊北香湖記〉，藉由「風從北來，香氣蓊勃，如相迎過。」、「人在香國中，飄乎若出有而入無」等嗅覺意象，或「綠雲委波，紅衣鱗次如畫」、「遠山蒼翠」、「野竹上逼青霄」等色彩意象，「又中土此時菡萏香消，而此地之荷獨與梅菊爭奇吐艷於北風凜烈之際」⑬等溫度意象，呈現秋天至荷香縈繞的湖遊覽，而對於台灣的風土有另一層深刻感受。篇末又讚嘆此湖「足以愧夫趨熱而惡涼、遇霜而先萎者矣」，表現作者藉物論世的寫作主旨。外在景物的「荷」為「象」，於古典文學中多具有「隱逸」的象徵意義；作者形容此佈滿荷花的湖，「埋沒蠻烟瘴雨者幾千百年」，與離鄉遠赴北台而能賞幽的「意」多有相應。

再就藍鼎元的數篇遊記來看，則是藉由山川等景物意象，所隱喻地形的區隔、或自然與人文的特殊性，以傳達他經世理念的寫作主旨。其中〈紀十八重溪示諸將弁〉描繪十八重溪民眾拓墾的人文景觀，及附近山區環境幽深，具有民變起事者藏身之處的地理條件。而〈紀虎尾溪〉、〈紀水沙連〉、〈紀竹塹埔〉、〈紀火山〉、〈紀荷包嶼〉、〈紀台灣山後崇爻八社〉等篇，所描寫的範圍從群山環繞的水沙連，延伸到北部的竹塹。〈紀虎尾溪〉不僅以各種意象描繪虎尾溪的水色及水紋如澎湖文石的樣貌，並鋪敘渡河的險狀；更在文末提到「虎尾溪天然劃塹」，將遊記的書寫歸結到治臺政策的主旨上，所以大書諸羅縣以北應以虎尾溪為界，並在半

---

⑬ 周鍾瑄：《諸羅縣志・藝文志》（臺北：臺灣銀行經濟研究室，1962 年 12 月），頁 259-260。

線（彰化）添設一縣的建議。⓮藍鼎元又在〈紀水沙連〉將所見的水沙連清新脫俗的景觀，比擬為陶淵明所書寫的桃花源烏托邦意象，顯現他具有欣賞自然美感的眼光。然而細觀此文的主旨卻與〈桃花源記〉迥異，藍鼎元在篇末提到：「所望當局諸君子，修德化以淪浹其肌膚，使人人皆得宴遊焉，則不獨余知幸也已。」⓯依舊透露出作者藉由旅遊與巡視的書寫，來表達他對於移風易俗的寄望。

散文的素材除了自然界萬物與人文景觀的「物象」外，還包含描述事件的緣起或歷程的「事象」。散文的主旨是透過整體意象，結合形象思維與邏輯思維而成。寫作時所立下的明確主旨，藉以貫穿全文，才能使所寫的文章產生最大的說服力與感染力。如 1826 年（道光六年）鄭用錫所作〈建淡水廳城呈文〉，即藉由呈請籌建淡水廳城牆的事件，表現心中對「城牆」的物象與居民安危的關聯性。⓰此文開篇先以「禦暴必藉範圍，安民全資捍衛」點明修城的必要性及迫切性。在官方無力籌劃下，此項工程即由地方士紳監督規劃。最後以「俾此土成可大可久之規，而我民得爰居爰處之樂」以歸結築城的動機與主要目的。鄭用錫所著亦透露在「不動公帑一絲」的原則下，此淡水廳磚造石城能順利完工，在地士紳所扮演的社會功能日益突顯。從此文中可見作者發揮題材的內在意蘊，及特定時空背景社會的呼吸脈動。施瓊芳於 1854 年（咸豐四年）所寫的

⓮ 藍鼎元：《東征集》，頁 85。

⓯ 藍鼎元：《東征集》，頁 86。

⓰ 錄於《淡水廳築城案卷》（臺北：臺灣銀行經濟研究室，臺灣文獻叢刊 171 種，1963 年），頁 1-3。

〈育嬰堂給示呈詞〉，即表現呼籲社會大眾及官方主事當局，應尊重幼小稚子生命權的寫作目的。作者藉文以抒懷，育嬰堂的意象成為貫串全文的關鍵，具有聚焦的作用；並強化協助籌措長期經營育嬰堂的費用，積極消弭溺死女嬰事件的發生的寫作主旨。聽聞社會上的溺女事件，文人不禁興起對於生命意識的強烈感受。此文蘊含深厚的生命感受，是由當時社會溺女的社會現象所激發的人道關懷。

審美是與感覺相連接的一種心理反應過程，「感覺」雖屬於感官的職責，還包括在內心的「經驗再生的作用」與「潛意識的作用」。意象是作者的意識與外界的物象相交會，經過觀察、沈思與美的釀造，而成為有意境的景象。⓱意象在審美中的效用，即人的心思對於所能感覺的人、事、物，所形成的一種心靈的圖畫；也就是文人的內在情思與生活的外在物象的有機統一，通過想像及擬人、狀物、誇張、比喻等體現方式的作用，所創造出來的可觸可感的具象。意象的類型最常見的是感官式意象，包括視覺、聽覺、觸覺與嗅覺及味覺等意象。但在意象的系統裡，感官式意象與心理式意象是互相搭配、互相烘托的。就散文而言，最常見作者以摹寫的手法，透過感官意象，表現對周遭景觀的多重感受。郁永河五月至北投硫穴的記錄，更是《裨海紀遊》寫景的菁華段落。例如聽覺意象方面，作者描寫走在深林間，「樹上禽聲萬態，耳所創聞。」顯現山區台灣鳥類物種的多元性，帶給作者前所未聞的感受。且因進

⓱ 黃永武：《中國詩學·設計篇》（台北：巨流圖書公司，1977 年 4 月），頁 3。

入滿佈茅草的山徑，「五步之內，已各不相見」，所以與同行者以此起彼落的「呼應聲」猜測距離的遠近，耳畔也偶爾傳來潺潺流水撞擊尖峭山石的聲音。接著郁永河更細膩刻劃初探硫穴奇景的情形：

> 更進二三里，林木忽斷，始見前山。又陟一小巔，覺履底漸熱，視草色萎黃無生意；望前山半麓，白氣縷縷，如山雲乍吐，搖曳青嶂間，導人指曰：「是硫穴也。」風至，硫氣甚惡。更進半里，草木不生，地熱如炙；左右兩山多巨石，為硫氣所觸，剝蝕如粉。白氣五十餘道，皆從地底騰激而出，沸珠噴濺，出地尺許。余攬衣即穴旁視之，聞怒雷震蕩地底，而驚濤與沸鼎聲間之；地復岌岌欲動，令人心悸。[18]

文中「聞怒雷震蕩地底，而驚濤與沸鼎聲間之」是以擬人化的怒雷聲，間雜著驚險的波濤與水於鍋鼎沸騰的聲響，生動形容硫氣於地底震動的情況。而在色彩意象上，作者又運用溪水與巉石的「藍靛色」、硫穴附近草萎黃無生意，以及遙望前面半山麓所升起的縷縷白氣、如山雲搖曳青幛間，呈現自然意象的色彩變化。

而在抽象的溫度意象上，則從「炎日薄茅上，暑氣蒸鬱，覺悶甚」、到進入林木蓊鬱的深林而感到「涼風襲肌，幾忘炎暑。」途中又以手指試「沸泉」的溫度，越靠近山巔不只是感覺鞋底漸熱，且越往前進越感到「地熱如炙」。又以「沸珠噴濺」、「穴中毒焰

---

[18] 郁永河：《裨海紀遊》，頁25。

撲人」等形容詞加深了溫度的動感。這一連串炎日、暑氣、涼風、沸泉、地熱、硫氣、毒焰等溫度的變化，配合暑氣蒸、硫磺氣味等交雜，構成了硫穴的自然意象。作者運用視覺、聽覺、味覺、嗅覺、觸覺等去描寫景物的形態、顏色、動作、聲音、味道、觸感等，以表現文學美。透過文人細密的觀察力、敏銳的觸角、形容詞的搭配，以及修辭技巧的運用等，將景物的外在形貌做了巧妙而逼真的描寫，讓讀者觀其文如身歷其境，更增添了閱讀十七世紀末台灣探險之旅所帶來的驚奇。

又如曹士桂《宦海日記》於 1847 年（道光二十七年）五月十四日曾描寫他與閩浙總督劉韻珂參觀日月潭的情景。一行人乘「蟒甲」遊湖，又徒步登珠仔山。正當他們在綠草如茵的古樹下品茶煮酒、烹烤鮮魚之際，山中的景色有所變化，曹士桂形容道：

> 風馳雨來，有虹見於半山，尾蟠谷，首注潭，彎環對立如半鏡，光彩射几席間。倏而雨止虹消，山半吐白雲如縷，繽紛四散，虹復見於山頂，籠山映水如圓鏡，中列翠岫，然光彩較前有加。須臾，虹收雲斂，夕照西匿，明月出山上矣。⓳

風雨未擾亂了文人的雅興，在這「青嶂白波，水雲飛動」彷如「蓬瀛」海中仙島的意境中，因彩虹的出現而增添更多色彩。虹為山與水之間搭起了一座橋樑，也鋪陳了日與月之間輪替瞬間的感動，更

⓳ 曹士桂撰、雲南省文物普查辦公室編校：《宦海日記校注》（雲南：雲南人民出版社，1988 年 8 月），頁 203。

成為聯繫白晝與夜晚的時間光廊。這個經過許多文人傳誦的水沙連，經過曹士桂運用視覺意象的描繪，又呈現另一種風貌。

文學作品所以令讀者產生深刻的共鳴與感動，因而可以稱之為「文學美」的性質，包含了三種層次的素質。首先是文字型構的諧律及造句遣辭的靈巧與優美。其次是作品所描寫的經驗歷程中，所蘊含經驗直接意義的變化與豐富。最後則是透過文字型構與經驗歷程，以表達觀照生命的智慧。文學作為呈現生命意識的主要目的與特色，除了自我觀照這一層次外，它的目的就在沉思與觀照人生，並希望對於人生或生命感受的各種可能性以及意義，有一種更為深刻的認識和理解。涉及社會現實或史實的文學作品，如果表現得當的話，並非在於它的反映真實面，而是掌握了受到如此社會現實或史實考驗之中的人性。作品能感動讀者的是塑造了面臨史實考驗的人物，以及這些人物所具現的人性反應。透過人類精神所反映的人性經驗，才是一切「文學」表現的核心。[20]文學所要面對的問題是如何以語言媒介去掌握生命感受，當我們在吸收文學作品裡的認知因素時，即同時產生美學經驗，而美學經驗對作品的社會性又頗具影響力。作品的認知因素假如不透過藝術手法來表達，它將難以為讀者所接納。郁永河《裨海紀遊》與黃叔璥《臺海使槎錄》多藉由平埔族在衣食住行，或是歌謠、舞蹈等「物象」或「事象」的描寫，呈現出作者對台灣原住民的技術文化或表現文化的豐富性。另一方面，作者也用關懷原住民處境的筆調，使讀者對於弱勢族群在

---

[20] 柯慶明：《文學美綜論》（台北：長安出版社，1986 年 10 月再版），頁 75-82。

外來統治下生活上所受到的衝擊，能有更深的體會。

欲探討古典文學與文化的關聯，可從語言與文化如何結合的論述來思考，特別是可從文化意象加以分析。在中國古典文學中，李白的詩「煙花三月下揚州」，揚州是個重要的文化意象，是當年文人筆下風光，而且是文人墨客的書寫空間。當文人書寫台灣的土地、景觀、人文現象時，作品裡面蘊含一些台灣意象，如台灣原住民、古蹟建物等人文意象，或是颱風、地震等自然意象。在台灣清治時期遊宦文人剛踏上這塊土地，在觀看各地的社會現象、風俗文化時，常有異於中國文化意象的書寫。在台灣古典散文中的書寫與表現中，遊宦文人在中國未遇過颱風，對這些來台的文人來說，這些景象可能是個奇景、奇觀，是異地風味的事物。探討台灣清治時期散文中的文化意象，以呈現出這些古典散文作品中的台灣性，是一個值得探討的議題。

思鄉最常見的原型意象是抒情主體自身的登高望遠。「意象是一個既屬於心理學，又屬於文學研究的題目，在心理學中，「意象」一詞表示有關過去的感受上、知覺上的經驗在心中的重現或回憶。」[21]思鄉之情極易找到外界觸發媒介，牽動起昔日意象的重視與回憶。思鄉是人在現實環境中的空間指向，懷故是人在心理世界中的時間指向。文學深層隱義的綿密婉致，比喻寄託的繁富多樣，有時也表達了人情緒起伏的變動性。如蔡廷蘭《海南雜著》中提

---

[21] 韋勒克（Wellek, Rene）、沃倫（Warren Austin）：《文學理論》（北京：三聯書店，1984 年），頁 201。

到：「余感時思親，與家弟終夜零涕，不能成寐。」㉒流落異地的他，巧逢除夕佳節，而異地的習俗「換桃符」、「放爆竹」竟又與故鄉經驗相似，昔日意象的再現，使其倍感悲涼而不能成寐。

二、內容結構的意涵

以邏輯思維為主的篇章內涵就是章法。這種含「篇」在內的章法是建立在陰陽二元對待的基礎之上，處理的是篇章中內容材料的邏輯關係，也就是聯句成節、聯節成段、聯段成篇的一種組織。章法多出自人類共通的理則，由邏輯思維所形成，都具有「秩序」、「變化」、「聯貫」、「統一」等四大原則。第一種「秩序律」是就材料次第加以整齊安排，是作者依空間、時間或事理展演的自然過程做適當的配排。㉓以空間而言，有由近及遠、由遠及近、由小而大、由大而小；以時間而言，有由昔及今、由今及昔；以事理言，有先實後虛、先虛後實、先凡後目、先目後凡等。㉔漢語古典

㉒ 蔡廷蘭：《海南雜著》（臺北：臺灣銀行經濟研究室，1959 年 6 月），臺灣文獻叢刊 42 種，頁 13。

㉓ 第二種「變化律」是將材料的次序加以參差安排的意思。每一章法依循此律，也都可經由「轉位」而造成順、逆交錯的效果。常見的章法如正反法：「正、反、正」，「反、正、反」等。第三種「聯貫律」是就材料先後的銜接或呼應來說的。無論是哪一種章法，都可以由局部的「調和」與「對比」，形成銜接或呼應，而達到聯貫的效果。第四種「統一律」是就材料情意的通貫來說的。辭章要達成統一，皆訴諸主旨（情意）與綱領（大都指材料的統合）。陳滿銘：〈論篇章辭章學〉，《國文學報》（台北：國立台灣師範大學國文學系，2004 年 6 月），頁 46-55。

㉔ 陳滿銘：〈章法四律與邏輯思維〉，《台灣師大國文學報》2003 年 12 月，頁 87-118。

散文講究結構，布局的靈活能使散文更具生命力。如何不使思緒和論述蔓生枝節，主要就是作者對結構的密度、張力與前後邏輯一致的掌控。謀篇布局是散文的骨骼，又是散文內部組織形式，更是文學、思想、情愫的有形媒介。㉕時空順序即隨著時間的推移或空間的轉換為順序而展開的敘寫。時間發展的順序常按時間先後，或事情的發生、發展、結尾的規律安排文章結構。空間順序又稱橫式結構，這類篇章主要根據空間變換，使之結構井然的敘寫。㉖

清代桐城派姚鼐曾論及創作與鑑賞的關鍵問題，《古文辭類纂・序》提到：「神、理、氣、味者，文之精也；格、律、聲、色者，文之粗也。」㉗「神、理」是著重作品的獨特精神與義理內涵，「氣、味」指或文章的氣勢與意境等內容鑑賞理論。而布局結構、文章辭令、音節韻律等，即與格、律、聲、色的形式鑑賞理論有關。鄭用錫〈勸和論〉為說理類的散文，篇幅雖然不長，但布局首尾圓合，條貫統序，可稱為結構嚴謹的作品。此為「先虛後實」的布局法。篇首從引《論語・顏淵》子夏所言「四海之內皆兄弟」的角度切入主題，闡明居民同處於這塊土地上，何需再拘限於其中的區別分類，此為藉由前賢的傳世格言，以作為虛泛的理論基礎，達到加強說服的效果。其次言百姓長久處太平之時，若稍鬆懈防備，則恐招致危機。並以發生在台灣的械鬥事件為實例，將論述的焦點集中在分類械鬥所造成的禍害，使得原本平和的村莊，幾經分

㉕ 馮永敏，《散文鑑賞藝術探微》（台北：文史哲出版社，1998 年），頁 181-204。

㉖ 陳滿銘：《章法學新裁》（台北：萬卷樓，2001 年 1 月），頁 21-53。

㉗ 姚鼐：《古文辭類纂・序》（台北：華正書局，1983 年），頁 31。

類械鬥已「元氣剝削殆盡」，村市也多成「邱墟」的景象。此文是以特定事件為背景，作為實際的教化訴求。結尾並以感性宣導的方式，提出「既親其所親，亦親其所疏，一體同仁，斯內患不生，外禍不至，漳、泉、閩、粵之氣息，默消於無形。」藉由他在民間的聲望地位，以在地人感同身受的表達方式，希冀造成無數居民傷亡的分類械鬥能日漸消弭於無形。

曹敬〈問風俗〉一文先以開門見山的方式破題，強調為政者應肩負起移風易俗的責任。接著提出平日觀察淡水廳民情風俗的思索心得。作者懷有先天之憂，所以苦心孤慮提醒世人，若要使淡水廳純樸敦厚的風氣能長存，則必得建立深厚的基礎。他更進一步批判官僚系統的普遍缺失，所謂：「為官者，大抵不酷即貪，不闒即懦，要皆未知寬猛相濟，廉能並重之道也。」並提出具體移風易俗的方法，主張：「為治今日之風俗計之，慈之中更加以威嚴，不可優柔養奸，而流為婦人之愛；清之中更加以勤慎，不可休閒廢事，而流為老莊之徒。」論及官府應以威嚴與勤慎的態度，積極地化解當地干戈之氣、械鬥之風。最後，主張應重新修建艋舺書院，以培養淡北士氣，使文教興盛。全文呈現出論證有序的層次感。

施瓊芳〈育嬰堂給示呈詞〉則是採「先凡後目」的方式布局。首段即先點明寫作目的及總綱領，所謂：「溺女心殘，僉呈懇禁；育嬰費浩，請示勸捐事。」㉘一方面請官方致力於禁止「溺女」的社會陋習，一方面則是為籌建育嬰堂而宣導勸捐事宜。接著，作者

㉘ 此篇引文出自施瓊芳：《石蘭山館遺稿》（台北：龍文出版社，1992 年 3 月），頁 103-104。

即批判溺女行為的不當，並提到為矯正此種風俗，除懲戒違法者外，更須官方施行仁政，士人注重共襄義舉方能達成。次段則以台灣縣士紳石時榮的善行為例作說明，所謂：「本其樂善之念，倡為育嬰之堂，仿泉郡以立規，相觀而善；行臺邑之創舉，有開必先。」具體提到當時籌備育嬰堂的事實，尤其更以「欲籌經久之資，必藉眾擎之力。」作為勸捐宣言的文眼，點出必藉眾人之力量，才能使此善念具體落實。於是作者又進一步提到他的建議：應著重在收養幼兒的籌畫，並以雙管齊下的方法，強化施行的效果：「嚴故殺子孫之律，狼暴永袪；隆任卹閭黨之褒，鳩貲易集。」不僅呈請以嚴格執行禁殺女嬰的懲誡律法；更對響應贊助育嬰堂的居民，於鄉里舉辦擴大褒獎儀式以茲鼓勵，號召更多人參與資金的募集。最後則以第一人稱言：「芳等以生靈所繫，德政攸關，願輸保赤之誠，獲達垂青之鑒。」道出地方有識之士的殷切期望。綜觀全篇布局，從抨擊溺女惡習的人道關懷角度，映襯勸捐育嬰堂籌建的實踐意義。再以士紳石時榮的義舉為典範，建議官方應積極以懲戒與褒獎並行的方式，以達到社會教化的效果。

空間的秩序的安排大別為三種，一是就「高低」而分的，或由低而高、或由高而低；二是就「大小」而分的，或由大而小、或由小而大；三是就「遠近」來分的，或由近而遠、或由遠而近。㉙先舉「高低」變化來賞析，例如作者在描寫景物時，有時應用仰視或俯觀的視角來呈現空間的布局。當仰視時，由於景物的高大，容易讓我們產生嚮往企慕的感受；至於俯視時，又有登高而小天下的超

㉙ 陳滿銘：《章法學新裁》（台北：萬卷樓，2001年1月），頁323。

越之感。陳夢林〈望玉山記〉是以「望」的關鍵字，全文呈現從山下往山上遠望，欣賞玉山忽隱忽現的美景。開首即以「不可以有意遇之」顯現作者懷著類似陶淵明式的「悠然見南山」的賞景心境。又在文末提到：

> 玉立乎天表，類有道知幾之士超異乎等倫，不予人以易窺，可望而不可即也。㉚

以首尾呼應、鋪寫意境的筆法，表現遙望的距離美感；又藉由仰視角度的描寫，將此台灣第一高山予以神聖化。此文中也時而隱含了以玉山群峰的廣大，映襯山下人物的渺小。如「山莊嚴瑰偉，三峰並列；大可盡護邑後諸山，而高出乎其半。中峰尤聳，旁二峰若翼乎其左右。」㉛不僅比較三峰的相互護持的形勢，也寓含以「大小」的對比，突顯人物對壯偉自然景觀的讚嘆。

藍鼎元《平臺紀略》則呈現「由近及遠」的的空間轉變。羅漢門因朱一貴事件而使得此地在台灣社會文化空間上，具有民間起事原發點的歷史意義。1721 年（康熙六十年）四月十九日，朱一貴率領多人聚集於羅漢門「焚表結盟」正式舉事；當夜他並率眾襲劫岡山塘汛。事變的空間性由羅漢門原發點而漸擴及距離此地越來越遠的岡山等地。後因杜君英等人的加入，事變的空間範域又擴大到下淡

㉚ 周鍾瑄：《諸羅縣志·望玉山記》（臺北：臺灣銀行經濟研究室，1962 年 12 月），頁 259-260。

㉛ 周鍾瑄：《諸羅縣志·望玉山記》，頁 259。

水地區。接連數天，隨著抗清集團的移動，事變的空間從二濫、赤山、春牛埔等台灣中、南二路，直抵下淡水溪，最後鳳山縣、台灣縣、諸羅縣多以成為朱一貴集團掌控的空間範域。㉜事件的結尾即隨清廷調派大量軍兵來台，王忠等人被捕後始告一段落。

有些作者則以「遠近」、「大小」的變化而營造空間的對比效果。例如由遠而近的方式，易使焦點逐漸集中而產生凝聚之感。吳子光《一肚皮集》先描寫村落的景觀，再沿著溪流接近呂家的筱雲軒：

> 村落碁布，竹嫋嫋數百竿，環植左右如圍屏。下有小溪流出，水清淺可涉，有桃花源風味。客至問津者，沿溪行，徑渡板橋，不數武，則義門呂氏筱雲居在焉。㉝

宅四周皆為田園阡陌的自然風光，竹林如屏，並引大甲溪的水環繞，使鍾靈毓秀之氣聚於此地。透過空間的設計，襯托這個文人聚集場所成為後來著名的藏書地，及其在台灣文化史上的空間意義。㉞如吳子光〈雙峰草堂記〉一文中為襯托五指峰的形態，即先由高到低羅列玉山、雪山、雞籠山等群巒，再將取景鏡頭拉向約三千五百公尺的酒桶山（大霸尖山）。藉由山光水色作陪襯，最後將焦

㉜ 藍鼎元：《平臺紀略》，頁 1-19。

㉝ 吳子光：《一肚皮集·義門呂氏厚贈記》卷六（台北：龍文出版社，2001 年 6 月），台灣先賢詩文集彙刊第三輯，第二冊頁 371。

㉞ 黃永武：《中國詩學——設計篇》（台北：巨流圖書公司，1996 年 5 月），頁 56-60。

點集中描寫山腰上的草堂。透過空間的轉向設計，使讀者心中的感覺更加繁複而多變，並藉由空間的移動牽引思緒。空間上遠觀、近觀的變化，有其交錯之美，又會造成空間的凝聚感或是擴張感。

文人的園林空間是依主體人的活動意義來創造的，空間的分隔與景點布置雖極力模仿自然，但其一草一木都蘊含了設計者主體意識的投射。以「人文主義地理學」（Humanistic Geography）的定義來看，園林不只是點線面的「外在性」空間而已，更是一種「存在空間」。「『情境』一詞並不只有說明人我或者人與環境的外在關係而已，它同時能展示人我間更深一層的內在交互性。」㉟文人園林空間彷彿文人個人生命情境的外在投射（projection）。如鄭用錫散文作品〈北郭園記〉即為咸豐元年（1951）北郭園初步完成後所撰，此園前後歷時三年多才大致完成，中有「小樓聽雨」、「歐亭鳴竹」、「陌田觀稼」諸景，與新竹林占梅「潛園」並稱為竹塹名園。㊱當年已六十四歲的用錫建築此園為頤養晚年之用，且此園可作為與來往官紳酬酢之地，並帶有誇耀家族財富與文化修養的意味；另一方面，此園剛好選在「潛園」創建後的兩年開始構築，亦有與「潛園」互別苗頭的意味。北郭園成為當時竹塹地區重要的社交場合，這種園林建築對士紳而言，不單是顯現主人的財富狀況，更透露出其生活型態與品味。《浯江鄭氏族譜》另載錄有〈續廣北

㉟ 鄭金川：《梅洛龐蒂的美學》（台北：遠流出版公司，1993 年），頁 31。

㊱ 北郭園「北郭雨煙」採入新竹縣八景之一。日治時期為改建市區道路，因道路跨越園中，屋宇及多種景觀均被拆毀，僅存北郭園門，復於 1976 年夏拆除，如今已不留片甲。臺灣省文獻會：《臺灣古蹟》第一輯，1977 年，頁 53。

郭園記〉一文，此篇作於咸豐五年（1955），文中先感嘆「嘉木美植，天地之菁華，稍有未備。譬如富家大室，其堂廈雖燦然巨觀，而人材未養，學殖多荒，空諸所有，闃如無人，良足慨矣。」㊲藉此以勉勵家族應著重人才的培養，以維繫家族的社會地位。篇末並憶及此園景觀的變化，四、五年前，多為「畇畇原隰，連阡累陌。」時常可見農夫扶著耕種的耒具，並肩行走於田野中。而今卻成為文人學士騷客游觀的所在。面對景觀更替的變化，故又興起「余安能料盛者之不變為衰，而作於前者即能繼於後也。」經由記錄北郭園興盛之時，以作為後世之鑑。全文情景交融，藉外在的園林空間景色，以抒發對後代子孫的深切期許之情。北郭園的興建，亦具有拓展鄭家與官宦、文人交遊的空間意義。北郭園成為當時竹塹地區的文化地標，鄭用錫並為園中的特色逐一命名。藉著佳景的描寫，與群體的吟詠，產生更深厚的土地認同感，如此文學作品亦承載著豐富的文化義蘊。

再從散文的時間結構藝術來看，散文作品因有過程就蘊含了時間性，如遊記需具有三要件：包括真實的經驗，以記遊為終極目的及呈現作者的心靈活動。隨著行進路線的不同也會發現不同層次的景觀，所以作者活動的時空序列是遊記結構上的一大特色。㊳郁永河《裨海紀遊》為依日期而記的旅行書寫，因全書焦點在來台採硫及旅途中的見聞，結構上仍表現出作者精心布置的成果。從 1697

㊲ 鄭鵬雲編修：《浯江鄭氏家譜》，頁 15-16。

㊳ 鄭明娳：《現代散文類型論》（台北：大安出版社，1987 年 2 月），頁 224-225。

年（康熙三十六年）一月二十四日從福州出發，二月二十五日抵達台灣，因王雲森認為坐船平穩，於是打算坐載貨的船上，郁氏與王氏即分帶兩路人以陸路、海路北上。農曆四月七日郁永河與隨行五十五人從台南出發，乘坐以黃牛拖拉的木輪板車沿西部海岸平原前進。因大甲溪河水暴漲，困居牛罵社（今清水鎮）十餘日，抵台北已是五月二日。二十七日抵達目的地北投。又於十月一日完成採硫任務，四日登舟返回福建，十二日回到福州。但採硫工作進行兩個月後，許多工人感染瘴癘，一一倒臥在床七月的颱風又將工寮吹垮，只好派船將病倒的工匠遣回福州，中秋節過後福建才又派人接續煮硫的工作，直到十月初才煉成五十萬斤硫。整趟行程長達九個多月，如果每日皆記，可能陷於日常瑣事的單調重複記錄，文章亦流於冗長拖沓。所以他考慮剪裁的問題，以擇取代表性的日期與經歷作為記錄。如四月八日由於連夜趕路，所以只以「計車行兩晝夜矣」一句帶過。❸❾五月六日到七月十五日，先以「又數日」交代煉硫的準備階段，然後又以「明日」描述探硫穴的經驗❹⓿，「居無何」以下敘述僕吏染病等事。❹❶八月二十五日至十月一日，終於能進行煉硫之事，所以採「復一夕」、「又一夕」等略筆方式記載。❹❷又各日詳略不一，短如二月一日所載：「二月朔日，宿沙溪」以三字略記。長如二月二十三日除一一詳記澎湖六十四島嶼個

---

❸❾ 郁永河：《裨海紀遊》（臺北：臺灣銀行經濟研究室，1959 年 4 月），臺灣文獻叢刊 44 種，頁 18。

❹⓿ 郁永河：《裨海紀遊》，頁 27。

❹❶ 郁永河：《裨海紀遊》，頁 26。

❹❷ 郁永河：《裨海紀遊》，頁 40。

別的名稱，並略載居民生活型態，也描繪在舟中欣賞海中夜景的情形。作者以長短相間的方式，或略敘、或舖陳，以表現旅程中平淡與炫麗的高潮起伏。

散文呈現時間的變化時，多以順敘的方式，由昔而今，或由今至未來；另外也以逆敘的方式，採取由今及昔的方式敘寫。而遊記多是採取順敘的方式，如章甫〈遊鯽魚潭記〉先描寫「破煙蘿、穿屋舍、過虹橋」等白天出遊的景象，再將時序移到夜晚，描繪「隨流上下，水月天光，一色萬頃。」㊸登船賞夜景的情況。作者記錄從白天到夜晚的旅遊過程，包括遙望岸東一帶幾十戶點點燈火，並以「釣月」形容欣賞水中月影的雅興等情景，表現了鯽魚潭日間與夜晚的不同風情。

鄭用錫〈續廣北郭園記〉作於 1955 年（咸豐五年），文中先感嘆「嘉木美植，天地之菁華，稍有未備。譬如富家大室，其堂廈雖燦然巨觀，而人材未養，學殖多荒，空諸所有，闃如無人，良足慨矣。」㊹藉此以勉勵應著重人才的培養，以維繫家族的社會地位。篇末並憶及外在的園林空間景觀的變化，四、五年前，多為「畇畇原隰，連阡累陌。」時常可見農夫扶著耕種的耒具，並肩行走於田野中。然而今卻成為文人學士騷客游觀的所在。面對景觀更替的變化，所以又興起「余安能料盛者之不變為衰，而作於前者即能繼於後也。」經由記錄家族興盛的景況，以作為後世的殷鑑。全文的時

㊸ 章甫：〈遊鯽魚潭記〉，《半崧集簡編》（臺北：臺灣銀行經濟研究室，1964 年 5 月），臺灣文獻叢刊 201 種，頁 73。

㊹ 鄭鵬雲編修：《浯江鄭氏家譜》，頁 15-16。

間由過去跳接到現在，甚至瞻望到未來可能的變化，情景交融中抒發對後代子孫的殷切期許之情。

林豪《東瀛紀事》提到清治時期臺灣民間起事的一大案件——戴潮春事件發生的原因、經過、與後續處理。此書主要以順敘的方式，分析事件的起因背景，爭戰的經過，又記錄「義民」協助清軍的事宜。結尾以擒殺此事件諸多相關人士的後續處理，並提出控制台灣治安的手段。文末並附錄當時有關戴潮春事件的災祥傳說，及民間軼聞。㊺就文學表現而言，此書兼顧時間的流動性，及空間轉換的敘事意義，作者欲以簡潔凝鍊的手法貫串這一歷史事件。

作者在篇章布局時，運用照應的技巧，使內部文字能構成一個有機體，並達到連貫的效果。郁永河《裨海紀遊》即運用對比的方式，表現探險過程中的張力。例如在溫度的變化上，一方面以「炎日」、「暑氣」描寫前往硫穴的路途中，在五月艷陽的照射下，地氣蒸發悶熱的情形；另一方面，又藉由作者走入深山「林木蓊翳」中，感到「涼風襲肌」，令人「幾忘炎暑」的景象，作一明顯的溫度對比。接著又描寫靠近硫穴附近，不僅逐漸感受到「履底漸熱」地底熱氣的蠢動，逐步前行後，更由鞋底的熱擴散到瀰漫在空氣中的「地熱如炙」。㊻關於硫穴周圍自然環境的描寫也頗特殊，左右

㊺ 全書篇目包含：「戴逆倡亂」、「賊黨陷彰化縣」、「郡治籌防始末」、「鹿港防剿始末」、「北路防剿始末」、「大甲城守」、「嘉義城守」、「斗六門之陷」、「南路防剿始末」、「官軍收復彰化縣始末」、「塗庫拒賊始末」、「翁仔社屯軍始末」、「逆首戴潮春伏誅」、「虎晟伏誅」、「餘匪」、「災詳」、「叢談」。

㊻ 郁永河：《裨海紀遊》，頁25。

兩山的巨石因硫磺氣而「剝蝕如粉」；又從「勁茅高丈餘」的草原景觀，到「草色萎黃無生意」，甚至「草木不生」的描寫，鋪陳一步步接近硫穴所見的生態變化。經過了親身的體驗後，郁永河原不信昔日眾人形容台灣北部「水土害人」的傳聞，後來才由這趟探險而改變想法。㊼這些都是藉由對比的寫作技巧，使文章具有前後互相照應的美學效果。

李春生《主津新集》中所錄的作品，有些採直接鋪陳議論的方式；有些則以虛構對話情境，並徵引漢籍，以形成古今對照的論證效果。例如寫於 1877 年（光緒三年）〈洋藥去留大勢〉一文，即以一問一答穿插的方式，表達作者的反煙立場。文中以「西友曰」提出鴉片與酒對人影響程度的比較，或是以「或曰」提出若禁絕鴉片將造成釐金稅收的減少等問題，經由世人心中的疑問來作為醞釀對話的情境。至於作者的觀點則藉由答話展開層層辯說，如「鴉片為害，始則及其身，繼則及其家，再則及其國，終則沿累天下後世。」㊽或是主張不依賴稅金作為主要的收入，而應積極開拓多方財源；並提出由外交談判管道限制進口、多設勸除鴉片公會等具體措施。這種論述的方式，呈現作者想要藉由形式上的變化，突顯議題的普遍性。

至於在篇章的過渡技巧方面，則是藉由關聯字句與段落，做為上下文的接榫，並注重以首尾呼應、層遞接應等手法來表現。如鄭用錫〈建淡水廳城呈文〉開篇先以「禦暴必藉範圍，安民全資捍

㊼ 郁永河：《裨海紀遊》，頁 24-26。

㊽ 李春生：《主津新集》（台北：南天書局，2004 年 8 月）。

衛」點明修城的必要性及迫切性。㊾最後以「俾此土成可大可久之規，而我民得爰居爰處之樂」以歸結築城的動機與主要目的，表現了首尾呼應的篇章布局。施瓊芳〈育嬰堂給示呈詞〉除讚揚石時榮的善舉外，更以「欲籌經久之資，必藉眾擎之力」為關鍵句，作為上承前文，並銜接下文之用。從此呈顯出台灣縣籌建育嬰堂的意義，並藉此要求官方應以更積極的方式，處理當時的社會問題。

三、言說的藝術效果

當代學者泰瑞·伊格頓（Terry Eagleton）在"*Literary Theory: An Introduction*"一書中主張文學研究的對象，應該是包括文化言說、顯義實踐（signifying practices）言說的領域，此研究特點在於言說製造出什麼類型的效果，以及如何製造。為了瞭解言說如何結構與組織，探討其形構與設計在實際情境中對於特定讀者造成什麼效果，這也許是世界上形式最古老的「文學批評」，亦即所謂的「修辭學」。㊿在文學的創作中，文字之美的追求，是對於作品內容的立場與意蘊更為精確的掌握。透過文字語言的組合，從事這種「經驗歷程」的塑造過程，就是所謂的文學創作活動。例如《裨海紀遊》其中一段乘舟在海上賞夜景的描寫，即呈現作者用字遣詞的功夫：「余獨坐舷際，時近初更，皎月未上，水波不動，星光滿天，與波

㊾ 此篇《北郭園全集》及方志皆未錄載，但見於《淡水廳築城案卷》道光六年至二十三年輯（臺北：臺灣銀行經濟研究室，臺灣文獻叢刊 171 種，1963 年），頁 1-3。

㊿ Terry Eagleton 著，吳新發譯：《文學理論導讀》（台北：書林，1993 年 4 月），頁 255-256。

底明星相映：上下二天，合成圓器。身處其中，遂覺宇宙皆空。露坐甚久，不忍就寢，偶成一律。……少間，星雲四布，星光盡掩。憶余友言君右陶言：『海上夜黑不見一物，則擊水以視。』一擊而水光飛濺，如明珠十斛，傾撒水面，晶光熒熒，良久始滅，亦奇觀矣！夜半微風徐動，舟師理舵欲發，余始就枕。」[51]此日所記呈現作者對自然之景的感受。當郁永河乘坐獨木舟入內北投社後，「緣溪入，溪盡為內北社……轉東行半里，入茅棘中……渡兩小溪……復入森林中」串聯「緣」、「轉」、「入」、「渡」、「復入」數個動詞，頗有〈桃花源記〉的意境。而後來小徑茅草高大濃密，「兩手排之，側體而入，炎日薄茅上」的「排」、「側」與「薄」字的使用頗精確。至大溪，水石皆藍靛色，期間有沸泉湧出，前進二、三里後，林木忽斷，「忽斷」二字所下的力道，將先前景象遽轉入「硫穴」的描寫。[52]對於有些使用語言文字高度自覺而敏銳的作者，如果要研究他們作品的特殊性，必須融入文本分析及表現手法。

有時作者運用各種修辭格，使作品更具文學美感。例如「譬喻」修辭格的廣泛運用，即是藉由喻體的形容，使被比喻的事物更具體或呈現普遍性，為情境感受的表現手法。以郁永河《裨海紀遊》為例，文中運用許多譬喻手法，當他到茂密的平原時，週遭勁韌的草幾乎覆蓋頭頂，有些柔弱的草也遮蔽了肩膀，「車馳其中，

---

[51] 郁永河：《裨海紀遊》，頁7。

[52] 施懿琳選編：《國民文選——傳統漢文卷》（台北：玉山社，2004年6月），頁67-68。

如在地底，草梢割面破項，蚊蚋蒼蠅，吮咂肌體，如飢鷹餓虎，撲逐不去。」[53]這些譬喻修辭使情境的感受更加鮮明生動。陳夢林〈望玉山記〉描寫陽光照耀在這台灣第一高峰時，晶瑩亮眼的景象：「日與山射，晶瑩耀：如雪、如兵、如飛瀑、如鋪練、如截肪」，即是以明喻的修辭及排比的句式，生動形容玉山千姿百態的樣貌。

文字的精確簡練，使文章明晰簡潔；而詞藻的豐富華美，則使文章顯得繁縟典雅。姚瑩為桐城派的後人，桐城之學強調有物有序，「有物」指考據義理而言，「有序」指詞章而言。義理考據皆所謂學問之實，以學問之實合以文章之虛，即是道與藝合。觀姚瑩來台所作的文章，多與他的官宦經歷有關：如〈噶瑪蘭原始〉記錄噶瑪蘭「僻在荒裔」到「游民樂業，群聚室家」的變遷；〈噶瑪蘭颱異記〉也描繪該地由「荒昧」到「今則膏腴沃壤」的景況，這些都是以「映襯」的修辭法，將拓墾前後做一明顯的對比。〈噶瑪蘭颱異記〉也運用「頂真」修辭格：「夫山川之氣，閉塞久而必宣，宣則洩，洩則通，通然後和；天道也。」[54]頂真的修辭法是以上一句的句尾，作為下一句句首的方式。姚瑩反駁颱風等災害的侵襲是鬼神降災的說法，而以為自然災害的發生是天地之氣的宣洩。此處將「宣」、「洩」、「通」等字作為連貫文句之用，如此簡潔有規律的句法具有突顯主題的功能。

---

[53] 郁永河：《裨海紀遊》，頁26。

[54] 姚瑩：〈噶瑪蘭颱異記〉，收錄於《東槎紀略》（臺北：臺灣銀行經濟研究室，1957年11月），臺灣文獻叢刊7種，頁84。

姚瑩擔任台灣兵備道時，經歷了1841年（道光二十一年）八月、九月英國船艦攻擊雞籠港口，官員即率兵迎擊，共生擒英軍一百三十三人、斬首三十二人。[55]九月十三日英船又攻擊雞籠二沙灣砲台，後由艋舺營參將邱鎮功等人回擊。[56]1842年（道光二十二年）三月五日英艦三度來襲，姚瑩得知後即指示文武官員以計令其擱淺，再設伏以殲擒。淡水同知曹謹、鹿港同知魏瀛、護北路副將關桂、彰化知縣黃開基等遵照指示，僱募漁船，假作漢奸，在北路一帶港口偵察。後來英船欲從淡彰交界的大安港進入，兵員義勇馳往堵禦，同時在土地公港設兵埋伏。英軍因攻撲不進，退出外洋並受誘從土地公港駛進，卻因碰觸暗礁而擱淺。其船側入水，埋伏兵勇齊起並施放大礮；兩軍交戰時，英兵多被俘虜。[57]比起當時英國在中國沿海節節逼近的猛烈攻勢，使得清廷一再退讓簽約議和的情勢；姚瑩等人對英國迎戰的策略，格外受到重視。[58]戰後英國要求釋放戰俘，但多數英軍已遭處決。[59]英國使者樸鼎查（Henry Pottinger）訐控台灣鎮、道妄殺遭難民兵；再加上福建失守文武妒其戰功，於是

---

[55] 姚瑩：〈雞籠破獲夷舟奏〉，《東溟奏稿》（台北：台灣銀行經濟研究室，1958年6月），臺灣文獻叢刊49種，頁32-33。

[56] 姚瑩：〈夷船再犯雞籠官兵擊退奏〉，《東溟奏稿》，頁41-42。

[57] 姚瑩：〈逆夷復犯大安破舟擒俘奏〉，《東溟奏稿》，頁76-78。

[58] 姚瑩曾將此戰的情形上奏，《東溟奏稿》錄有道光帝當年得到捷報，欣喜之餘的多句硃批。這些硃批如「能有如此定見，其有不成功之理」、「可稱大快人心」、「全賴爾等智勇兼施，為國宣威，朕嘉悅之懷，筆難罄述。」等語。姚瑩：《東溟奏稿》，頁77-78。

[59] 姚瑩：〈逆夷復犯大安破舟擒俘奏〉，《東溟奏稿》，頁81。

在訊問證人時多加恐嚇，因而使姚、達被革職。[60]澎湖文士蔡廷蘭在〈澎湖廳市民乞留姚石甫廉訪乘上欽差大臣制府怡〉一文中，以「念切恫瘝，勢同指臂；幾度捐廉施賑，活我澤鴻」等詞語，描述姚瑩關切民眾的傷痛疾苦，並將姚瑩與百姓的關係比擬如手指與臂膀般密切。又舉出這位台灣道辦理多次社會救濟，以協助深陷苦境的百姓等事蹟。[61]這樣的官吏竟遭罷黜的處置，蔡廷蘭因而上書給閩浙總督怡良，請求朝廷撤回將免除姚瑩職務的行政命令。此文多運用「反諷」的修辭法，暗寓清廷將良吏免職治罪的不當。

道與文在一向特別重視文字的傳統學人看來，有一體不可分的關係。論道從來不離實踐與日用，所以先討論普遍的道理而後指出其當代意義的寫法，可使道理的價值更為彰顯。一切的書寫或所謂的「文」，都因為它們特定的目的與功能，而有一定美感規範上的要求。[62]論說文的日常應用和現實上的目的關係緊密，以說理為主的論說文，為何可因所具的美感性質，而將其當作「文章」或「文

---

[60] 姚瑩：〈再與方植之書〉，《中復堂選集》，頁 151-152。

[61] 台灣道姚瑩與台灣總兵達洪阿，招募義勇團練以加強海防，曾在淡水、基隆一帶，俘虜並處斬英軍一百多名。1843 年（道光二十三年）正月二十五日，清廷派閩浙總督怡良來臺查辦。

[62] 曹丕在〈典論論文〉所謂的「文」，因為它們特定的目的與功能，而有一定美感規範上的要求。到陸機〈文賦〉認為「論」的特質，是以明白曉暢的話語，表達深奧微妙的意理。劉勰《文心雕龍》對於「論說」提出：「要約明暢，可為式矣」的文體風格上的要求。蕭統〈文選序〉不僅指出了「析理」，即「論」的分析性質與過程；更具突破性的是他強調藝術的表現性，以美感功能為選文的標準。柯慶明：〈「論」、「說」作為文學類型之美感特質的探究——中古文學部分的考察〉，《廖蔚卿教授八十壽慶論文集》，頁 1-24。

學作品」來欣賞？這些書寫都是屬於何種美感特質？出於何種修辭或表現策略？如洪棄生〈問民間疾苦對〉一文化約史事，且以「今日之兵，苦窳不堪言矣；器械不整、技藝不精、營陣不講，坐糜軍餉。」(63)在提出結論前，先以修辭效應取代了實質問題的論證，卻成了論述的主要說服力量，因而發揮了辭采的效果。

「用典」修辭法的運用，是不直接點明文句的要旨，而藉由典故的涵意間接表達，所以使得文章具有典重含蓄的效果。此外，典故的運用使得文章的形式與內容結合，藉古喻今，是對當代事情的反映。如曹敬〈問風俗〉以「冰壺」比喻人心地的光明純潔；而「秦鏡」的典故，則蘊含藉古時斷案清明的良吏，期勉當代台灣官吏判決訴訟案件也能清廉公正。(64)作者在文中插入典故，以鍾鍊字辭。吳子光〈雙峰草堂記〉文中的一句「已無力萬間廣廈，庇寒士以歡顏」(65)，此為引用杜甫〈茅屋為秋風所破歌〉：「安得廣廈千萬間，大庇天下寒士俱歡顏。」的詩句。文末又言：「正不必挾陋巷以窘我顏氏子」(66)，即是借用顏回「居陋巷，回也不改其樂」的典故，來說明作者雖然居住在樸實簡陋的雙峰草堂，但內心感到愉悅。

---

(63) 洪棄生：《寄鶴齋古文集》（南投：省文獻會，1993年5月），頁159。

(64) 傳說秦宮有方鏡，廣四尺、高五尺九寸，表裏有明，能透視照出五臟，知人疾病的所在或心術的邪正，後世故以「秦鏡高懸」形容官吏在公堂上的清廉公正。

(65) 吳子光：《一肚皮集·雙峰草堂記》（台北：龍文出版社，2001年6月），台灣先賢詩文集彙刊第三輯，第二冊，頁422。

(66) 吳子光：《一肚皮集·雙峰草堂記》第二冊，頁423。

古典散文中的節奏感，主要由句型、詞句、字句等長短的有效搭配，及音調強弱、語氣長短的交替出現而造成。由語言的傾洩所體現激昂的感情旋律，形成雄偉豪邁的文章氣勢。明喻、對偶、排比或疊字，具有加強語勢、強化節奏感，增加作品的藝術性或突顯文意。至於駢散相間的筆法，則使散體單行的語句，提升其體勢的縝密度，增加整鍊與謹嚴。其中對偶修辭法是為了形成對稱與均衡的美感，因為是由相對的兩個句子所構成，文字有所差異，但字數、詞性卻又相同，在同異之間達到調和與統一。黑格爾《美學》曾提到：「要有平衡對稱，就須有大小、地位、形狀、顏色、音調之類定性方面的差異，這差異還要以一致的形式結合起來，只有這種把彼此不一致的定性，結合為一致的形式，才能產生平衡對稱。」[67]將此種說法挪用來說明對偶的兩個句子，彼此間的字面差異；而兩句的字數相等、詞性相同的即為一致的形式。結構有對應就會產生節奏。句式是簡單的結構，是屬於語句的結構。韻律是節奏的深化，局部來說是節奏，擴展來說是韻律。

散文藝術形式的特殊功能，顯現在記事或議論多是由語句、音節所組織的文章風調，發揮文學感染力的功能。同時也由於重疊、排比句式所造成的感情旋律，或形成雄偉豪邁的文章氣勢。舉例來說，鄭用錫〈勸和論〉的寫作目的是為使百姓領會此文論述要義，所以行文明白曉暢、口氣平易近人；也為了達到廣加傳播的效果，

---

[67] 〔德〕黑格爾、朱光潛譯：《美學》（台北：里仁書局，1981 年 5 月），頁 189。

所以此文後來刻石於後龍。[68]作者分析械鬥對現實生活的影響，對社會造成的斲傷，是篇說之以理、動之以情、勸之以利的散文創作。因鄭用錫常撰制藝文、試帖詩與律詩，寫作習性亦常用對偶。在這篇文章中也多用對偶句，以呈顯音韻和諧之美，而能收宣導的效用。例如「久享昇平，固已著恬熙之象；克安事業，何可弛禁備之心？」又如「三百餘里之幅員，屹崇未造；數萬餘家之煙火，守禦奚依？」及「果其浪靜波恬，共幸鯨潛巨海；倘使陵升莽伏，何從隼射高墉！此曲突徙薪，倡斯謀者或致蹈杞人之笑；而徹桑綢牖，興斯役者奚至來宋之謳也！」等句，最後篇末也出現：「自來物窮必變，慘極知悔。天地有好生之德，人心無不轉之時。……願今以後，父戒其子，兄告其弟；各革面，各洗心，勿懷夙忿，勿蹈前愆。」上列數句具有對偶句式的美感；而統合字數不等的對偶句則又另有迭盪的效果。施瓊芳〈育嬰堂給示呈詞〉所言：「勝殘去殺，實資官長之施仁；救弊補偏，亦賴士夫之尚義。」也是對偶的句法。對偶句中的對稱與均衡具有心理上的穩定作用，及視覺上的美感；而且由於對偶的句式相似、音律諧和，方便於記憶和傳誦，對於文章的藝術性有深化作用。

當散文多用長句時，節奏較舒緩；短句的排列，則使文章顯得緊湊。偶句使文章凝練，散句使文章流動。排比使文章增加氣勢，重複使文章更富節奏感。所謂「排比」是以結構相似的句法，接二

---

[68] 同治九年楊浚曾提到「〈勸和論〉一作已刊石於後壟鄉，一時傳誦雖密，菁村氓幾於家。有拓本十餘年來，漸移默化，其消弭之功，豈淺鮮哉。」楊浚：〈北郭園文鈔序〉，收錄於鄭用錫《北郭園文鈔集》（臺北：龍文出版社，1992），頁 31。

連三地表出同範圍同性質的意象。[69]接連運用意義相近的語句，所以能加強語意；而且結構上近似，而能強化語勢。排比又因具有語義、語式上的重複，或是使用相同字詞而有語音重複的現象，並富有節奏感。有些散文也常雜揉四字句組的駢文句法，這種駢散相間的寫作特色，與作者本身具有深厚的駢文基礎有關。如洪棄生另有多篇駢文作品，已輯為《寄鶴齋駢文集》。駢散相間的筆法，使文章體勢更為縝密。就曹敬〈問風俗〉句式的變化來看，此文多以駢散相間的句式，造成文章迭盪的效果。文中兩兩相對的對偶句，使散文典重凝鍊；或以連續三個句式相同的排比，以增強議論說理的氣勢。如：「卒至兄誘弟為姦、父教子為暴，眾欺寡、勇威弱、壯凌衰，風俗之敗壞，一至於此。」以及篇末「倘遍採芻蕘，擇善而從，以興文教，以平鬥習，以輯民情。」等句外，在文末結尾處則以「豈不快哉！豈不快哉！」的重複句式，表現作者對倡興文教的殷切期待心情。吳子光《一肚皮集·與當事書》：「更糾合游手無賴輩，若而人擾攘一室，索酒肉、索牀榻，甚且索洋烟、索金銀以十數、以百數，更有索至數百金，猶未饜足者。」則是以排比的句法，鋪陳擾民的情景。鄭用鑑於《靜遠堂文鈔》所錄的諺語[70]，多以對偶或排比句式呈現，這些樸實簡鍊的語句也有流暢平易近人的節奏美。

有些旅遊書寫也穿插各種不同文學體裁，使得散文具有多樣的

---

[69] 黃慶萱：《修辭學》（台北：三民書局，1992 年 9 月，增訂六版），頁469。

[70] 鄭用鑑：《靜遠堂詩文鈔》，頁98-99。

體式變化。如《裨海紀遊》除寫景的散體外，有時也以詩歌搭配表現。文中也以長篇議論，傳達他對台灣平埔族的人文觀察，及對軍事防務及政經文史的意見。作者將此類議論於每日行程中抽離出來，而另以獨立的方式處理，使得以採硫之旅的書寫更具有靈動通暢的效果。至於他夾雜於每卷日記之前的議論，顯現出文人對邊陲台灣的諸多觀感。

第二節　形式的表達功能

本節將以「散文分類的功能」、「詩文對話」、「民間傳說、諺語的運用」三項來說明散文形式的表達功能。

一、散文分類的功能

散文的次文類多具形式的表達功能，不同的文類各有其書寫的特色。魏晉時期曹丕《典論·論文》、陸機《文賦》、摯虞《文章流別論》、李充《翰林論》等著作的陸續出現，初步建立了文體論的架構。曹丕《典論·論文》指出「夫文本同而末異」，認為一切文章雖是作者情感的表現，都具有共同規律；但不同體裁的表現形式各有特色，有其不能相互替代的功能。所以他又接著提到：「奏議宜雅，書論宜理，銘誄尚實，詩賦欲麗。」此種說法已具重視文體特點與區別的眼光。[71]而劉勰《文心雕龍》「論文敘筆」二十

[71] 曹丕：〈典論論文〉，收錄於蕭統：《昭明文選》（台北：華正書局，1984年），頁720。

篇，融會前人論述的大成，建構起文體的理論系統。他所提出的鑑賞「六觀」說，第一就是「觀位體」。[72]徐師曾《文體明辨·序》也提到：「文章之有體裁，猶宮室之有制度，器皿之有法式也。」並強調「文章以體製為先」。[73]因此析論文體為鑑賞散文的要項之一。再就與台灣清治時期相關的清代文體論發展來看，在姚鼐《古文辭類纂》古典散文選集的代表作中，將散文分成十三類。之後，曾國藩所編《經史百家雜鈔》中分為三門十一類包括論著、詞賦、序跋各體的著述門，包括詔令、奏議、書牘、哀祭各體的告語門，傳誌、敘記、典志、雜記各體的記載門。散文的形式多元，若將散文試加分類，則會發現各種體裁之間互有交疊的現象。[74]以下分記敘類、說理類、實用類等加以析論。

記敘類散文包括寫景、敘事、記人、狀物等方面，是最常見的一種文體。台灣清治時期寫景類最富特色的是遊記，文人藉由記錄遊歷，表現出他們對台灣的文化觀察。作者有時則以日記體形式，記錄一天遊覽的見聞感想。這種以寫景為主的單篇記遊作品，多以行蹤或以觀察點為線索，並抒發由景物引起的聯想與感悟。如陳夢

---

[72] 劉勰、范文瀾註：《文心雕龍·知音》（臺北：學海出版社，1991 年 2 月），頁 715。

[73] 徐師曾：《文體明辨·序》（台北：長安出版社，1978 年），頁 77-80。

[74] 本節有關文體的分類及論述，參閱王更生：〈論我國古今散文體類分合之價值原則及方法〉，《孔孟學報》54 期，1987 年 9 月，頁 141-163。陳必祥：《古代散文文體概論》（台北：文史哲出版社，1987 年 10 月），頁 25-34。馮永敏：《散文鑑賞藝術探微》（台北：文史哲出版社，1998 年 2 月），頁 69-140。劉渼：《劉勰《文心雕龍》文體論研究》（台北：台灣師範大學國文研究所博士論文，1998 年 5 月），頁 1-14。

林〈九日遊北香湖觀荷記〉、藍鼎元〈紀水沙連〉、章甫〈遊鯽魚潭記〉皆為記一日之旅的遊記。另一種是積數日甚至數年的經歷而編纂成書，書中多藉寫景而論理。如郁永河《裨海紀遊》、曹士桂《宦海日記》、史久龍《憶臺雜記》等書，多夾論夾敘，除描寫台灣景物外，也著重對所觀察到的文化現象提出批判。

有些作者則藉景以表達哲思，如鄭用錫〈北郭園記〉描繪竹塹的自然景觀，所謂：「塹城背山面海，自東而南而北，層巒疊巘，高出雲霄。」觀其所在地理空間，群山環繞，如翠屏橫列，故文中言此園命題由來，與李白「青山橫北郭」有相映之趣。此文並敘述於北郭附近購地及次子如梁興建的經過，發抒盛衰無常的感觸。此文為 1951 年（咸豐元年）北郭園初步完成後所撰，北郭園前後歷時三年多才大致完成，中有「小樓聽雨」、「歐亭鳴竹」、「陌田觀稼」諸景，與新竹林占梅「潛園」並稱為竹塹名園。[75]當年已六十四歲的用錫建築此園的目的，雖然是有頤養晚年之用，而且此園可作為與來往官紳酬酢之地，並帶有誇耀家族財富與文化修養的意味；另一方面，此園剛好選在「潛園」創建後的兩年開始構築，亦有與「潛園」互別苗頭的意味。北郭園成為當時竹塹地區重要的社交場合，這種園林建築對士紳而言，不單是顯現主人的財富狀況，更透露出其生活型態與品味。《浯江鄭氏族譜》另載錄有〈續廣北郭園記〉一文，此篇作於 1955 年（咸豐五年），文中先感嘆「嘉木

---

[75] 北郭園「北郭雨煙」採入新竹縣八景之一。日治時期為改建市區道路，因道路跨越園中，屋宇及多種景觀均被拆毀，僅存北郭園門，復於 1976 年夏拆除，如今已不留片甲。台灣省文獻會：《台灣古蹟》第一輯，1977 年，頁 53。

美植，天地之菁華，稍有未備。譬如富家大室，其堂廈雖燦然巨觀，而人材未養，學殖多荒，空諸所有，闃如無人，良足慨矣。」[76]藉此以勉勵家族應著重人才的培養，以維繫家族的社會地位。篇末並憶及此園景觀的變化，四、五年前仍為「畇畇原隰，連阡累陌」的景觀，時常可見農夫扶著耕種的耒具，並肩行走於田野中。然而今卻成為文人學士騷客游觀的所在。面對景觀更替的變化，作者又興起「余安能料盛者之不變為衰，而作於前者即能繼於後也。」經由記錄興盛之時的種種，以作為後世之鑑。全文情景交融，藉外在的園林空間景色，以抒發對後代子孫的深切期許之情。

敘事是指以敘述事件為主的記敘文，其中台灣清治時期的歷史散文多顯現與文化變遷的關聯。如藍鼎元《平臺紀略》即是記載朱一貴事件發生的原因、經過與影響。此書主要以順敘的方式，分析事件的起因背景、及描繪清軍節節敗退、官兵棄地奔逃的景象；另一方面則褒揚許雲、李茂吉、游崇功等將領陣亡的事蹟，及林亮等人獨排眾議的謀略。又記錄及溝尾莊、下淡水客家「義民」協助清軍的經過。結尾以擒殺此事件的諸多相關人士的後續處理，並極力鼓勵開發拓墾荒地，作為控制台灣治安的手段。文中插敘當時癘疫盛行、官兵水土不服而亡故及居民遭受風災襲擊的苦境。就文學表現而言，此篇敘事文可說是以簡潔凝鍊的手法，來描述複雜重大的民變事件。

記人的散文是指傳記、雜記等以人物為主的記敘文。傳記包括歷史人物的史傳，以及寫一般民眾的單篇傳記、或是作者的自傳。

---

[76] 鄭鵬雲編修：《浯江鄭氏家譜》，頁15-16。

史傳如陳元圖〈明寧靖王傳〉，以及多篇方志所錄記施琅的〈靖海將軍靖海侯施公記〉，高拱乾《臺灣府志》所錄〈蔣郡守傳〉、〈沈縣令傳〉等皆是。作者的自傳如吳子光〈芸閣山人別傳〉，文中自敘其家世背景及一生的經歷；又從所書「惟文字之緣未斷，譬諸繭室春蠶，直待僵死日絲始盡爾。」[77]得見其鍾情為文的志向。而雜記體則為擇取人物的瑣事，藉以刻劃人物的形象，如洪棄生寫於 1890 年（光緒十六年）〈洪烈女傳〉、〈洪烈女傳後記〉、〈林烈婦施氏傳〉、〈林烈婦傳後記〉，及寫於 1891 年（光緒十七年）〈哭寡姊文〉等文，皆是描繪女性人物的行誼及節操。作者在字裡行間流露對她們的敬意與懷念，但也顯現多數傳統文人仍以禮教評論婦女的價值觀。

說理類散文以論事說理為主，作者以推理論證的方式，表達個人的思考與見解。其中「論」體的寫法，是指闡明事理，對問題作整體的論證。《文心雕龍》指出：「原夫論之為體，所以辨正然否；窮于有數，追于無形，迹堅求通，鉤深取極。」[78]劉勰認為「論」體的作用，應以辨明是非為宗旨。對具體問題要論述透徹，對抽象道理要追究清楚；遇到疑難之處要鑽研求通，對於深刻之處要詳探。如鄭用錫〈勸和論〉為作者對於當時閩、粵分類械鬥次數頻繁，故欲藉此文傳達勸導居民和睦相處的要旨。[79]而鄭用鑑的說理類散文，則偏重讀書心得的論述，學術意義重於文學性，如〈刑

---

[77] 吳子光：《一肚皮集》（台北：龍文出版社，2001 年 6 月）第一冊，頁 114。

[78] 劉勰：《文心雕龍・論說》，頁 328。

[79] 藍鼎元在〈閩粵相仇諭〉中也曾論及有關台灣族群的議題。

期於無刑論〉、〈隋高祖論〉等篇，皆屬據事論理的論文。

「說」類的文體與「論」體大同小異，兩者的差別主要在「說」的表現方式較「論」更為靈活。「說」類著重感染力，並講究文采，不似論體般嚴肅。陸機《文賦》提到：「論」的特色是「精微而朗暢」，「說」則是「煒曄而譎誑」。李善注：「論以評議臧否，以當為宗，故精微朗暢。……說以感動為先，故煒曄譎誑。」[80]「論」是從諸子學術文章而演化來的，而「說」則是從戰國策士遊說之辭發展而來的。關於「說」體的寫作要領，徐師曾言：「說，解也，述也，解釋義理而以己意述之也。」[81]鄭用鑑《靜遠堂詩文鈔》中的〈地理說〉、〈養說〉、〈筆說〉、〈兵說〉、〈雜說〉、〈性習說〉、〈旱說〉等文。如〈養說〉言孝道的真諦不在於口腹之養，而是以尊親為本。對於父母的物質上的奉養宜量力而為，不應以非法手段籌資，而使雙親蒙羞，文末並引歷史人物的孝親的事蹟作為闡發的依據。

吳子光《一肚皮集》則就若干制度提出自己的見解，如〈臺地設頭人說〉提到鄉里小吏的「頭人」制度，以往任職的條件是：「惟家道殷實、素行端謹者，方准舉充。官課以考成之法而賞罰之，故於地方有裨。」但是在清治後期的情況卻已變為：「以官戳為護符，以文檄為奇貨，竭良善之脂膏，適以飽豪強之囊槖。」[82]明白揭露吏治管理的不當。又如〈臺地設屯政說〉、〈臺地籌積貯

---

[80] 陸機：《文賦》，錄於蕭統《昭明文選》，頁241。

[81] 徐師曾：《文體明辨序》（台北：長安出版社，1978年），頁132。

[82] 吳子光：《一肚皮集·臺地設頭人說》第三冊，頁502-503。

說〉等篇，則是針對「設番屯」的缺失，以及「積倉貯」措施執行不利的情形，提出作者自己的見解。如對於積存備糧原是有未雨綢繆的先見之明，但是許多官吏卻虛報儲糧的數量，〈臺地籌積貯說〉提到：「則某也千、某也百字樣活現紙上，公則大喜出望外；殊不知蜃樓海市，宮闕皆在雲霧中也。」吳子光對這種現象批評道：「三代下好談積貯，而興利適以滋弊，所謂有治人、無治法也。專事虛文末節以愚黔首於一時，所謂口惠而實不至也。」[83]這種先說解制度的沿革，再批評當時現狀的方式，顯現出作者的史學修養與經世理念。

姚瑩的〈台灣地震說〉，先以：「臺灣在大海中，波濤日夕鼓盪，地氣不靜，陰陽偶愆，則地震焉。」傳統文人尚無板塊運動等現代地球科學觀念，而以陰陽地氣解釋地震的形成。但姚瑩不以災異附會自然現象，而言：「地常動，非關治亂，為有司者，惟當因災而懼，修省政事耳。若必以為亂徵，非也。」[84]接著一一列舉臺灣府志、縣志所記載地震發生的時間，與各地民變的時間多不相應的實際數據，以破除附會之說。這種以理論說的方式，不僅藉由地震說解觀察台灣自然意象與文獻所得，也透露為官者平日當勤於政事；若遇天然災變，則應「撫卹災民」的另一層意旨。

實用類散文在中國古典散文選集裡，常佔有很大的比例，如蕭統《昭明文選》選錄了大量的詔、令、奏、表、銘、箴、誄、哀等實用文體。台灣清治時期實用類的散文具有特殊功能性，如奏議公

---

[83] 吳子光：《一肚皮集·臺地籌積貯說》第三冊，頁 507-510。

[84] 姚瑩：《中復堂選集·東溟文後集》，臺灣文獻叢刊 83 種，頁 31。

牘傳達政令、序跋所具文獻史價值、碑文所載紀事與禁令以及書信的言志功能等。關於奏議文的寫作要領，曹丕以為「奏議宜雅」，陸機《文賦》則主張「奏平徹以閑雅」，以語言整飭典雅、議論明確透徹為原則。施琅於 1683 年（康熙二十二年）十二月二十二日所撰的〈恭陳臺灣棄留利害疏〉一文，即是他在參與「台灣棄留」的群臣會議後，又「不避冒瀆，以其利害自行詳細披陳。」[85]表明了他寫作此文的目的。不僅描寫台灣在地理及歷史上的時空位置，又鋪陳沃野茂林及人居稠密的景象；並藉以道出如果令居民大量遷徙，將造成「失業流離」的境況。施琅在文中未提及維護個人既得利益的需求，卻處處以軍事及治安為考量，用典雅的修辭策略，明確表明將台灣納入清朝版圖的建議。

實用類中的檄文則多用於軍事方面的聲討、征召或曉諭。《文心雕龍·檄移》開篇即形容此類文體為：「震雷始於曜電，出師先乎威聲。」[86]指的是出兵打仗之前，要先造聲勢，就像雷鳴之前有閃電一樣。檄文的功用廣泛，寫作的要旨是「事昭而理辨，氣盛而辭斷」[87]，應注意事理清楚明白，氣勢磅礡、言辭果斷。為使得文章具有氣勢，須以嚴厲的措辭威嚇對方，激勵己方的威名與氣勢，陳述敵人的惡貫滿盈。有時為了動搖敵方的意志，影響一些人的倒戈，或使強大的勢力為檄文所摧垮，則於文中採取兵家的權術。如

---

[85] 施琅：《靖海紀事》，頁 62。

[86] 劉勰：《文心雕龍·檄移》，頁 377。

[87] 劉勰：《文心雕龍·檄移》，頁 379。又「檄移」是在詔令與奏議之外的平行公文，為各級機關的往來公文。移文即公務相移，因兩者性質有相似之處而連稱。

藍鼎元〈檄諸將弁大搜羅漢門諸山〉、〈檄下加冬李守戎〉、〈檄查大湖崇爻山後餘孽〉等文，即表現了所謂「譎詭以馳旨，煒曄以騰說」[88]，用言辭宣揚己方，而以誇飾的手法來懾服敵方。檄文當中的「露布」，則是不加封蓋，將文辭外露使人明瞭的文體稱呼。如藍鼎元所著〈六月丙午大捷攻克鹿耳門收復安平露布〉一文中，以「巨砲雷轟震疊而山崩地圻，輕舟鶩擊奮揚而瓦解灰飛。白刃雜以火攻，烏合因而獸散。」等營造高昂的氣勢。[89]此外，《東征集》中的〈鯤身西港連戰大捷遂克府治露布〉、〈擒賊首朱一貴等遂平南北二路露布〉等文亦為鏗鏘有聲的軍事實用文。

書信是平常應用極廣的文體，有些私人書信能自由抒寫個人情懷，又重文采，因而具有較高的文學性。如洪棄生〈與呂汝玉書〉、〈與邱仙根進士書〉、〈辭通志採訪局與友人李雅歆君書〉，文中多呈現作者處世的態度。書信的內容有時則是作者對某個議題的說理論述，姚瑩《東槎紀略》載有〈覆笛樓師言台灣兵事書〉提及他所觀察到的台灣兵吏的核心問題，並提出如何「嚴罰信賞」的具體改善意見。〈答李信齋論台灣治事書〉則為與剛從泉州晉江調到台邑的李信齋，論及台灣民性及治理的要領。〈與鹿春如論料匠事〉詳言宜蘭為提供軍工大廠所需土料木件而引起的種種糾紛，及對處置事宜的見解。書信因為是寫給特定對象，彷彿向收信人吐露心聲、傾訴志向般，所以從中可見作者個人的風采與敘事議論特色。

---

[88] 劉勰：《文心雕龍・檄移》，頁378。

[89] 藍鼎元：《東征集》，頁6-7。

日記是作者記錄平日生活所思、所見、所聞、所感的文類，且因是以自我為書寫主體，故特具個人風格。又標以日為單元，所以更具有真實性。如胡傳《臺灣日記與稟啟》形容道：

> 颱風挾大雨自東北橫空捲地而來，勢甚猛烈。而大雨自七月二十四、五日連日夜不止；至初一日稍霽。山水正漲，海潮外湧，互相抵擊，漫溢泛濫，遍地皆水；而新街、寶桑之間，遂淘成一溝。寶桑民居圮入水者三家。昭忠祠被風吹倒；州署營房被倒者十六間，民房吹壞十一間。[90]

此段日記即是描寫 1893 年（光緒十九年）八月初二日，台東遭颱風侵襲的情景，其中寶桑地區受災狀況，如在目前。

序跋文具有評介作品的功能，如黃叔璥《臺海使槎錄·序》提到台灣早期缺乏足可考信的文獻，所以引起他寫作此書的動機；而且若方志中已詳細記載山川、人物，在此書就不復備列，也因此突顯《臺海使槎錄》的采風特色。[91]姚瑩《東槎紀略·序》則提到：「目睹往來論議區畫之詳實，能明切事情，洞中機要；茍無以紀之，懼後來者習焉不得其所以然。設有因時損益，莫能究也。」[92]此篇為作者於 1829 年（道光九年）所寫，說明此書不僅詳載區域開

---

[90] 胡傳：《臺灣日記與稟啟》（臺北：臺灣銀行經濟研究室，1960 年 3 月），臺灣文獻叢刊 71 種，頁 181。

[91] 黃叔璥：《臺海使槎錄·自序》，1736 年（乾隆元年）傳刻本、南海孔氏嶽雪樓抄本、文淵閣四庫全書本皆錄有此序。

[92] 姚瑩：《東槎紀略·自序》，頁 3。

拓的經過及典章制度，並將平日所觀察到的臺灣政治局勢，採錄重大事件加以評論。其寫作用意，主要是為後來的官員提供經營台灣策略的參考。鄭用錫〈本族譜序〉收錄於《浯江鄭氏家乘》，為1810年（嘉慶十五年）考中秀才後完成。文中敘述家族遷徙的經過，以及當時與父親蒐尋舊譜、追本尋根的苦心，此文可謂簡潔明晰的族譜序言。鄭用鑑亦作有〈浯江鄭氏家譜序〉，提到「謹就家譜所詳證，以耳目所及而著於篇」，以期望能沿流溯源，編成浯江李洋鄉遷居以前及至臺淡北的家族史。另一篇〈初志稿序例〉為鄭用錫中進士返鄉後與鄭用鑑修淡水廳志，此文即為《初志稿》完成時所作，大抵言編輯原則及撰寫方式，多能呈現此志書既有考據的深度，又能依照據事實直書的編撰原則。〈汪韻州少尉昱閩游詩草序〉一文，是鄭用錫為竹塹巡檢汪昱的詩集〈閩游詩草〉所作的序文。[93]此文樸實流暢，顯現鄭用錫與文人交遊的情形，並透顯其文學理念是主張詩以言志，認為詩歌宜「本原於學問，兼通於治術」，顯現其經世致用的詩觀。

哀祭文包括哀辭、祭文、弔文、誄等形式。「哀辭」原指哀悼夭折的文辭，「祭文」主要用以祭奠已故親友。祭文與哀辭的不同是祭文在祭祀時要宣讀，希望亡靈能來享用祭品，所以常有祭饗的書寫模式。[94]如施琅於1683年（康熙二十二年）七月所寫的〈祭澎湖

---

[93] 汪昱字韻舟，於1831年（道光十一年）、1833-1834年（道光十三年到十四年）、1841-1842年（道光二十一年到二十二年）五任竹塹巡檢，鄭用錫於1841年（道光二十一年）為其詩稿題序。

[94] 但後來哀辭與祭文的應用範圍已擴大，如韓愈〈祭十二郎文〉不以駢儷文寫成，而以直抒胸臆、文情並茂的方式表現對亡者的哀悼。「弔文」則多弔古

陣亡將士文〉，具有告慰已逝亡魂，亦有穩定軍心的作用。此文以嗟嘆的語句開首，末尾則以「靈其有知，來嘗尚饗」的祭文書寫模式作結。[95]《諸羅縣志》所錄阮蔡文〈祭淡水將士文〉，是以楚辭體的筆調寫成，不僅哀悼淡水亡逝的將士，也為官兵適應清治時期北部特殊風土的情形，留下文學的見證。

立於各地碑文中的「記事碑」，如關帝廟、天后宮、文廟、武廟、龍山寺等廟宇的籌建經過及宗教功能；或是各級教育機構及書院等創始理念與後續修建情形。此外，〈淡水廳城碑記〉、〈永濟義渡碑記〉等文，亦具有記錄建物歷史沿革功能。在「示禁碑」方面，則具有官方示禁諭告的功能，如〈勘定民番地界碑〉、〈筏夫勒索示禁碑〉、〈漳泉械鬥諭示碑〉、〈遷善社番勒索示禁碑〉等，多以碑文論述有關治臺政策、族群關係的議題。這些碑文的用語多典雅樸實，並以短句為主，少用虛字，藉以產生凝重的修辭效果。

二、詩文對話

詩與散文雖屬不同形式的文體，但詩文並置得體，往往能達到互補互濟的效果。古典詩的精鍊與韻律，為散文增添描寫同一題材及情感的另類美感；散文則能更細膩地彌補詩體敘事不足之處。這種詩文對話、並置的內容，很明顯地呈現於朱仕玠《小琉球漫誌》

傷今，或用來憑弔古蹟。「誄辭」則先敘述死者的家族世系、生平事蹟，後表達悲哀追悼之情。陳必祥：《古代散文文體概論》（台北：文史哲出版社，1987年10月），頁200-203。

[95] 施琅：《靖海紀事》，頁38-39。

中的〈泛海紀程〉及〈海東紀勝〉。朱仕玠於乾隆二十八年（1763）轉任臺灣鳳山縣學時，在《小琉球漫誌》的〈泛海紀程〉中，描寫他當年下午渡過黑水溝的散文描寫：

> 海水橫流，為渡臺最險處，水益深黑，必藉風而過。《臺灣雜記》云：「溝中有蛇，皆長數丈，通身花色，有梢向上，如花瓣六七出，紅而尖，觸之即死」。舟過溝，水多腥臭，蓋毒氣所蒸。予以驚怖，未敢出視。舵工云：「常下鉛筒棕繩，盡百數十尋，未及底，莫測淺深。」……及暮，風益烈，濤浪如山，倏聞船底喧囂，聲如地中萬道鼓角，意加怖。詢諸舵工，云：「黃花魚因風起趨附船底，呴沫竟夕，噞喁有聲。」[96]

朱仕玠用寫實的筆法，以視覺、嗅覺、聽覺摹寫他所感受到的景象，並加入《臺灣雜記》所載奇異的民間傳說，更加深了文本的驚駭感。如此以散文記述的景象，可謂相當鮮活生動，使人如臨其境。〈泛海紀程〉是先以散文描寫一日途中所見特殊景物、情感，末再以詩體呈現散文中所描寫的題材。詩文並置，雖然記錄的題材相同，但不同的體裁卻能使讀者有不同的感觸。作者以一段渡過黑水溝的散文書寫之後，又是如何以詩體呈現的呢？散文之後的〈由黑水溝夜泛小洋詩〉如是詠嘆：

---

[96] 朱仕玠：《小琉球漫誌》（台北：台灣銀行經濟研究室，1958年6月），臺灣文獻叢刊3種，頁12。

舟過黑水溝，舵工顏如墨。畏驚驪龍睡，檣艣快掀擊。
回瞻黑奔渾，弱膽尚餘惕。行旆颯飄颺，颿張迅弩激。
便堪瀛壺遊，卻恐銀潢逼。夜久風更怒，崩濤恣淜渿，
何得萬鼓角，號呶閧深黑。蒼茫神鬼集，哀傷天地窄。
始知潛鱗介，噞喁伸臆臆。茲行固留滯，肝腸已結塞。
宵征太蒼黃，履險更迷適。誰能鞭羲車，光展陽烏翼。[97]

相較於散文體的鮮活寫實手法，詩體的呈現方式，已不再著重於驚駭景象的描寫，從此詩中，更多的感觸是作者自己心情的書寫，就像是朱仕玠相當自然地唱出心中渡海經驗的感受。「詩言志」正代表著詩體是一種抒發內心情感最佳的文學體裁，於是在這首詩中，寫實與傳說的內容已非作者所欲呈顯的重點。表現出內心情感的複雜糾結，以及面對自然力量時人所感到的無助、哀傷，正是呈現此詩補足散文未竟書寫之處。

同樣的詩文對話也展現在郁永河的《裨海紀遊》中，在《裨海紀遊》裡著名的土番竹枝詞前，郁永河已對原住民的風俗文化，以散文作一整體的概括描寫，最後才以土番竹枝詞來呈現，例如在《裨海紀遊》中，描寫原住民釀酒文化的散文如下：

竹筒數規，則新醅也。其釀法，聚男女老幼共嚼米，納筒中，數日成酒，飲時入清泉和之。客至，番婦傾筒中酒先

[97] 朱仕玠：《小琉球漫誌》，頁12。

嘗，然後進客；客飲盡則喜，否則慍。[98]

竹枝詞則如此描寫：

誰道番姬巧解釀？自將生米嚼成漿；竹筒為甕頭掛，客至開筒勸客嘗。[99]

詩文並置，使讀者所感受到更為豐富的題材。從這兩段不同型式的文字，便可發現其中細膩之處的落差，例如單從竹枝詞看來，可能會以為原住民中釀酒的為女性（番姬）；而若單從散文來看，則無法瞭解「竹筒為甕郑頭掛」這樣一個原住民文化習俗。關於原住民的釀酒文化，黃叔璥《臺海使槎錄》〈番俗六考〉也提到：

酒凡二種：一舂秫米使碎，嚼米為　，置地上，隔夜發氣，拌和藏甕中，數日發變，其味甘酸，曰姑待。婚娶、築舍、捕鹿，出此酒，沃以水，群坐地上，用木瓢或椰　汲飲之；酒酣歌舞，夜深乃散。一將糯米蒸熟，拌麯，入篾籃，置甕口，津液下滴，藏久，色味香美；遇貴客始出以待，敬客必先嘗而後進。[100]

---

[98] 郁永河：《裨海紀遊》，頁 35。

[99] 郁永河：《裨海紀遊》，頁 44。

[100] 黃叔璥：《臺海使槎錄》（台北：台灣銀行經濟研究室，1958 年 6 月），臺灣文獻叢刊 4 種，頁 95。

黃叔璥這一段文字中，可以更清楚地瞭解到原住民釀酒的方法，其中的「沃以水」或「飲時入清泉和之」，以及同樣地描寫到原住民好客的禮俗，相似性很高，而從描寫的細膩度來看，黃氏的文字比郁永河深刻入神許多。

另外，再從洪棄生的七言古體詩〈蒿目行〉及古文〈臺灣催科記〉來作一對照。[101]此一詩一文的共同描寫主題為劉銘傳所施行的清賦政策，及其干擾百姓生活的情景。〈蒿目行〉作於 1888 年（光緒十四年），後於 1890 年（光緒十六年）作者又撰寫〈臺灣催科記〉一文。後作的這篇散文，作者的見聞感受以及對社會實際情形的瞭解，大體上比先作之詩〈蒿目行〉來得深刻。〈蒿目行〉表達洪棄生對於社會現實不滿的最初反應，此詩提到：

> 新令之條行者誰，劉公銘傳來撫守。自請住臺過十年，剪除荊榛使財阜。去歲勦番勦不成，遂向民間增稅畝。一方田園十數弓，丈量比前長八九。累錙積銖算不遺，官乃與民爭利藪。不為朝廷培本根，斲喪元氣焉能久。區區彈丸何足言，坐使皇朝傷高厚。農夫商賈不聊生，紛紛痛心又疾首。[102]

清賦的新令施行，丈量卻不確實，使人民賦稅倍增，甚至引起施九緞事件起，更使百姓無所依歸。對此擾民的政策，洪棄生提出相當

[101] 洪棄生：《寄鶴齋選集》（台北：台灣銀行經濟研究室，1972 年 12 月），臺灣文獻叢刊 304 種，頁 16。作者於題後自注：「庚寅梅月十四夜作。」

[102] 洪棄生：《寄鶴齋選集》，頁 235。

嚴厲的批判，詩末甚至還提到：「古人不畜聚斂臣，此言真堪銘鼎卣。」將聚斂臣暗指劉銘傳，使得這首社會寫實詩增添一層批判的強度。而到了〈臺灣催科記〉，洪棄生對於人民百姓疾苦的認知，更進一步地探討造成百姓困苦的原因。所以在〈臺灣催科記〉一開始就說明臺灣地區社會所有的「耕夫」、「田主」、「業戶」、「官府」間層層相連的輸稅關係，加上丈量及賦稅過程的不明確，造成百姓的種種疾苦。在〈臺灣催科記〉中呈現以理性分析社會現實情景，而在寫完此篇後的隔天，洪棄生又作一篇〈彰化丈田記〉，不僅延續前篇的主題，更進一步地闡述丈田所造成社會疾苦之深層原因，洪棄生於最末段提到：

> 吾觀今日之事，有數失焉。狃於清丈，廣用委員；官有冗費，民有逼抑：一也。事出於紛更，民震於新令；誠信未孚，勞困交作：二也。政多騷擾，事無紀律；積賦日久，催科令峻：三也。[103]

此文分析清賦丈量的政策之缺失面，並且提出若干建議，洪棄生以為倘若能夠「增賦而不丈田，田分等地，賦以類升……。」便或許不會引起禍亂。說理論述，於散文中是較容易發揮的形式，如〈臺灣催科記〉、〈彰化丈田記〉皆呈現了作者分析事理的深刻處；而描寫社會現實的諷刺詩，則是古體詩的傳統之一，在〈蒿目行〉也

---

[103] 洪棄生：《寄鶴齋選集》（台北：台灣銀行經濟研究室，1972 年 12 月），臺灣文獻叢刊 304 種，頁 16。

完整體現出來。不同的文體形式，在文學傳統上有其特殊的風格，對於同一題材的描寫，也就往往能展現出不一樣的風貌，使得讀者更能領悟作者所欲表現的時空意義。

三、民間傳說、諺語的運用

除了台灣方志載錄許多台灣民間文學的素材外，許多文集的作者也將台灣民間文學融入於作品中，增添了古典散文的台灣質性。如郁永河《裨海紀遊》、江日昇《台灣外記》、黃叔璥《臺海使槎錄》、朱仕玠《小琉球漫誌》、吳子光《一肚皮集》、林豪《東瀛紀事》、唐贊衮《臺陽見聞錄》等，多藉由傳說、諺語、歌謠等的涵攝，豐富了古典散文的書寫。舉例而言，江日昇《台灣外記》提到鄭成功的感生傳說，這些「東海長鯨投生」或「騎鯨巡弋」的典故，都為他日後揚威海上埋下了伏筆。[104]《台灣外紀》記載鄭成功攻臺時，傳說荷蘭人曾望見一人戴著高峨的頭冠，騎鯨魚從鹿耳門而入。後來鄭成功的船隊果然從港口攻進。[105]這個傳說即成了有關台灣海洋文學上所引用的典故。黃叔璥《臺海使槎錄・赤嵌筆談》「紀異」在描寫這個傳說時，則改為「鯨首冠帶乘馬」，由鯤身東入於海外；且言鯨魚向東出海，即應驗黃蘗寺隱元禪師所言的「歸東即滅」的預言。黃叔璥並記錄鄭成功的子孫都是鯨種的民間傳

---

[104] 龔顯宗：〈論《台灣外記》中的神話、傳說與謠讖〉，收錄於《台灣文學研究》（台北：五南圖書出版公司，1998 年 12 月），頁 25-26。

[105] 江日昇：《台灣外紀》（台北：台灣銀行經濟研究室，1958 年 6 月），臺灣文獻叢刊 49 種，頁 405。

聞。[106]後來，乾隆年間的巡台御史范咸〈再疊台江雜詠原韻〉吟詠道：「鯨魚冠帶海門過」，也是引用這個傳說。直到清治後期吳子光《一肚皮集·鄭事紀略》又提到：「忽夜夢一偉人盛服騎鯨魚入鹿耳門，侍衛甲兵甚眾，道無阻者。及寤，異之。未幾，報鄭兵至矣。」[107]吳子光以為「東海長鯨」的夢境雖是「鑿空無據」，但卻又以為鄭成功每到險要的地方，湖水漲高數尺，使大船得以停泊是真實的奇蹟。[108]這些有關鄭成功的傳說，即成為文人引用的典故。

有些散文自台灣歷史故事中取材，如殉節的五妃常為文人引為詩文的典故。范咸主編《重修臺灣府志·雜記》收錄有張湄〈五妃墓詩〉、六十七〈弔五妃墓〉詩、范咸〈弔五妃墓〉十二絕句等詩。[109]有關五妃的散文如 1829 年（道光九年）七月鄧傳安〈勸捐置五妃墓守祠義田疏引〉中記載道：「明肆甯靖王遯荒海外，值王師平臺，從容就義。其妃五人，如志書所載，袁、王二氏及秀姑、梅姐、荷姐者皆從死如歸；擬之古烈士，何異齊二子之從田橫、秦三良之從穆公也！妃墓在城南魁斗山；有司多士莫不矜其節烈。」[110]此文為鄧傳安捐助義田經費，並倡議眾人響應勸捐事宜，以彰顯五妃精神。丁紹儀《東瀛識略·遺聞》也提到五妃墓的由來：當寧靖王說道：「時逢大難，遠濳海外，今死期至矣，汝輩聽自便。」他的五個妃子袁氏、王氏、秀姑、梅姊、荷姊回應：「王能全節，妾

---

[106] 黃叔璥：《臺海使槎錄》，頁 79。

[107] 吳子光：《一肚皮集·鄭事紀略》第五冊，頁 1058-1059。

[108] 吳子光：《一肚皮集·鄭事紀略》第五冊，頁 1060。

[109] 范咸：《重修臺灣府志》，頁 551-552。

[110] 鄧傳安：《蠡測彙鈔·勸捐置五妃墓守祠義田疏引》，頁 31。

等願從！」並且「先同縊於室。甯靖書絕命詩畢，亦自經。」[111]這些文人所引用歷史故事的典故，呈顯出寓含褒貶的教化用意。

「傳說」為民間文學的文類之一，通常指的是描寫歷史時代與歷史人物，因此具有紀念性的功能。傳說也具有鮮明的地方性，如地名或特產傳說等；描寫的事情發生於實有的地方，且流傳於某些特定的地區。[112]以民變為背景的民間傳說，如朱一貴傳說最常見。朱一貴原名朱祖，於岡山養鴨為業，因而有「鴨母王」的傳說。[113]民間傳說多以各種徵兆說明朱一貴具有天授神權的命運：第一是朱一貴在岡山溪飼鴨時，到溪邊洗臉見到臉龐像自己的水面倒影，此人頭戴通天帽，身穿黃色龍袍，與戲臺上的明朝皇帝一樣。第二是溪上的鴨群，似乎聽懂他的命令，排成一字形，又能上岸排隊，如同受過訓練。第三是他所養的鴨母每天生下兩顆蛋。這消息傳遍各地，而使他受到敬重。此外，跟朱一貴有關的歌謠、諺語、說唱文學與民間戲曲都以這些傳說為底本。范咸〈再疊臺江雜詠十二首〉中提到「堪笑揭竿稱鴨母，空嗤海外夜郎多」，此句作者自註為：「朱一貴素飼鴨，土人稱為鴨母」。以夜郎形容起事之人，又結合朱一貴俗稱「鴨母王」的傳說，流露士人對事變的譏諷。[114]唐贊袞

---

[111] 丁紹儀：《東瀛識略·遺聞》，頁105。

[112] 李福清，《從神話到鬼話》（台中：晨星出版社，1998 年 1月 ），頁 33-42。

[113] 今所見鴨母王的民間故事有二：一為朱鋒所蒐集整理，收錄於李獻璋編著《台灣民間文學集》；二為王詩琅所蒐集整理，收錄於張良澤《王詩琅全集》中的「台灣民間文學卷一」。曾子良：〈與朱一貴抗清事件有關的俗文學作品〉，《國文天地》13 卷 4 期，1997 年 9 月，頁 34-39。

[114] 范咸：〈再疊臺江雜詠十二首〉，收錄於六十七：《使署閒情》，頁 43。

《臺陽見聞錄》也提到「鴨行皆成列，眾異之。」的傳說。[115]這些民間故事多以台灣這塊土地為舞臺。

有些作者藉由流傳在民間樸質的諺語，使散文的描寫更貼近民眾的生活情境。如朱士玠《小琉球漫誌》提到澎湖種植受地質所限，主要倚賴捕魚維生。並指出：「丈夫出漁，婦女佐之，備盡勞瘁。諺云：『澎湖婦人台灣牛』，哀其瘁同也。」[116]即是適當地應用諺語與譬喻的手法，而使得文章更具生命力。至於鄭用鑑於《靜遠堂文鈔》中，以為研《易》可察天象萬物的變化，故對於民間謠諺的文化意義亦頗為重視。如文集中有一篇〈先儒言易，詳於觀變、玩占之說，即後世謠諺所由起也。因觀田家四時占候諺語，有不可不知者，今錄之如左〉[117]，這些諺語多為民間農家觀察四季天候的方法，也保存了清代台灣鄉土文學的資料。例如「魚鱗天（ian）、不雨也風顛（ian）」，此句諺語若以現代氣象學來詮釋，可說是藉由觀察雲狀來分辨晴雨情況。[118]此句語尾「天」、「顛」

---

[115] 唐贊袞：《臺陽見聞錄·人物》，頁 131。

[116] 朱仕玠：《小琉球漫誌》（臺北：臺灣銀行經濟研究室，1957 年 12 月），臺灣文獻叢刊 3 種，頁 10。

[117] 鄭用鑑：《靜遠堂詩文鈔》，頁 98-99。

[118] 雲的形狀如魚的鱗片是因地面暖空氣上升，四周冷空氣輻合形成漩渦，這漩渦攪動高空空氣，向四周散開，產生波動起伏，凸起之處，空氣往上流，裡面水氣過冷凝結成雲；凹下的部分，則水氣不會冷卻。因此，高空就分布了如魚鱗般的雲。接著伴隨有層狀雲或雨層雲，由於熱空氣沿著冷空氣上升，熱空氣裡的水氣凝結而下起雨來，即使未下，由於四周冷空氣輻和，亦會刮風。陳正改：〈與雲霧有關的諺語〉，《科學研習》35 卷 7 期，1996 年 11 月，頁 38-39。

同韻，宜於民間流傳，此類諺語多流露出農民經驗累積的智慧結晶。另一句，「日沒臙脂紅（ong），無雨也有風（ong）」，「紅」與「風」同韻，呈現出傍晚日落時刻天空一片紅彩，是因天空水氣含量多，經由陽光折射所造成的景象。一般的雲雨系統多由西往東移，所以當雲雨系統離不遠時，這些水氣移到上空，快則當天晚上，慢則明天早上，極可能會出現風雨的天候。這些清治中期所記載的諺語，如今少見於其他文獻中，可見口傳民間諺語若未記錄下來，極易失傳。

此外，十九世紀台灣旅外文人蔡廷蘭漂流至越南時，不只於旅途中與官員、文人相互唱和，也留心民間口傳文學的在地特性。《海南雜著．炎荒紀程》收錄一些早期越南傳說、諺語，再現文人眼中的民間文學素材。越南古早歷史與「同仁社二女廟」的傳說，是以「他者」的眼光，記敘有關越南古早歷史的集體記憶。蔡廷蘭紀錄道：「至同仁社，觀二女廟（東漢光武中，女子徵側、徵貳反，馬援來平，二女死於月德江。其屍流回富良江，土人為立廟宇）。返宿如琛園中，興懷憑弔，吟答終宵；覺觀覽之餘，別深寄託。」[119]徵側、徵貳姊妹，本姓駱，徵是別姓，為交阯麊冷縣駱將之女。此事件起因於漢交趾太守蘇定橫徵暴斂，朱鳶縣（東安縣）雒侯子詩索撰寫〈古今為政論〉諷喻時政，得罪蘇定而被誅。詩索的妻子徵側、以及其妹徵貳，為交州雒降（今文江縣）人。因此率眾起義反抗，攻占州治、定奔還、南海、九真、日南、合浦皆應之，略定嶺南大小城池 65 座，自立為王。東漢光武帝於是立馬援為伏波將軍，征討兩

---

[119] 蔡廷蘭：《海南雜著》，頁 19。

年始平定。此傳說即以徵側、徵貳死於月德江，遺骸漂流到富良江畔，當地人士建「二女廟」來祭拜為背景。越南人為哀慕徵女王，於福祿縣喝江社立祠奉祀，並訂每年農曆二月初六為二徵女王節以為紀念。當年馬援追其餘眾至居封縣，降之，立銅柱為界，云「銅柱折，交州滅」。[120]蔡廷蘭對於二徵女王事件，則以官逼民反的角度來敘述。《海南雜著》也結合『蘇和鳴，唐船返』諺語，以及「蘇和鳥」傳說，以人變鳥的類型傳說，描寫到越南貿易的船隻「冬到、夏還」的情景。[121]

第三節　風格的比較

「主旨」是核心的「意」，而「風格」是以主旨統合各意象的形成、表現與排列、組合所產生的一種抽象力量。一篇作品的風格，就是結合內容與形式，及寫作者的形象思維與邏輯思維而形成

[120] 梁錦文，《越南簡史》（南投：暨南大學東南亞研究中心，2003 年 6 月），頁 17-118。〈徵王傳〉，《天南雲籙》收錄於陳慶浩、鄭阿財、陳義主編：《越南漢文小說叢刊》，第 2 輯，神話傳說類（台北：臺灣學生書局，1992 年）卷一，頁 212-214；武瓊著〈貞伶二徵夫人傳〉，《嶺南摭怪列傳》／陳慶浩、鄭阿財、陳義主編：《越南漢文小說叢刊》第 2 輯，神話傳說類 1，卷三續類，頁 122。

[121] 蔡廷蘭《海南雜著》提到：「俗云：『孔雀徙，唐船來；蘇和鳴（昔有一繼母所生子名蘇和，以事逃安南不返。次年，母遣繼子往尋之；繼子至安南，訪弟無音耗，不敢歸，病死，魂化為鳥，四處呼蘇和，唐船將回，悲鳴尤甚，因名蘇和鳥。今此鳥甚多，其聲宛然蘇和也），唐船返』。」蔡廷蘭：《海南雜著》，頁 39。

整體的審美風貌。[122]清代姚鼐將各種不同風格的稱謂，高度概括為陽剛與陰柔兩大類；又以為陰陽交錯所造成風格的不同變化，而承認風格的多樣化。風格可從作者境遇、內容情意或一些技巧方面切入探討。[123]風格是總體的，台灣散文有台灣風格，與同一個時期中國的散文，有共性，也有台灣的特性，與台灣文化的生成是密切相關的。所謂的漢語風格（style）包括題材的選擇、主題的提煉、人物的塑造、情節與結構的安排、以及體裁、語言、藝術手法等的綜合。[124]風格是一般中的個別、共性中的個性、普遍性中的特殊性。意象、布局、修辭都涵蓋在風格中。要突出共性中的個性、普遍中的特殊，才是風格。以下即分成旅遊巡視書寫、社會教化書寫、議論時事書寫的風格加以比較。

一、旅遊巡視書寫風格的比較

台灣古典文學史上的數本遊記，多呈現文人對異地的記憶，並

---

[122] 曹丕〈典論論文〉、劉勰《文心雕龍·體性》、司空圖「二十四詩品」等，皆曾探討作家、作品或文章風格。文論中常以體、體性、體式、文體、品等表示風格的概念。黎運漢：《漢語風格學》（廣州：廣東教育出版社，2000年2月），頁2-3。

[123] 陳滿銘以為談章法風格的形成，就必須從章法本身與章法結構的陰陽、剛柔加以探討。有關章法學與文章風格的系統化論述，可參考陳滿銘：《章法學綜論》（台北：萬卷樓圖書股份有限公司，2003 年 6 月），頁 298-328。周振甫《文學風格例話》（上海：上海教育出版社，1989 年 7 月），頁 1-290。

[124] 英語的風格指的是藝術表現的方式，如用詞、句子、段落的組織、藝術手法的運用等。

透露文化論述的特殊質性。不同文類的選擇內含著不同的書寫期待。就清治初期的旅遊書寫來說，季麒光《臺灣雜記》以誇飾或怪誕的手法，呈現旅行者對世界的觀念。古漢籍《山海經》的記錄，部分是實存的地理歷史資料，某些被視為神話傳說的內容，則呈現了古人及旅行者的想像。卡西勒（Cassirer）在《人論》中提到神話中的典型特點或突出特性即是變形，這也是支配整個神話的、感性的思惟法則。[125]《臺灣雜記》中曲折透露台灣居民在面對大自然的狀況，例如描寫金山：「其水甚冷，番人從高望之，見有金，捧沙疾行，稍遲寒凍欲死矣。」在形容火山的傳說則寫到：「有大鳥自火中往來，番人見之多死。」記錄淖泥島的情境時又言：「其攤皆濕爛，人至泥上即陷沒。」刻劃暗洋的險狀時則提到：「黑時俱屬鬼怪，其人遂漸次而亡。」描繪鴉猴林時寫到：「路徑錯雜，傀儡番常伏於此截人，取頭而去。」有關黑水溝的情境時則形容：「水中有蛇，皆長數丈，通身花色，尾有梢向上，如花瓣六、七出，紅而尖；觸之即死。」這些死亡意象，象徵早期台灣居民的生活環境是異常艱辛的，他們必須面對溫度的劇烈變化、泥地的險惡環境，以及威脅生命的大鳥、鬼怪、毒蛇的侵襲。但另一方面，作者也描寫水沙連在即將降雨之際，潭中發出聲響，水變渾濁並溢出潭外，原住民「以此驗陰晴」。這即是呈現居民由觀察自然現象，逐漸適應環境的寫照。文中有一段先提到「台灣多蛇，而內山尤大」的生

---

[125] Ernst Cassirer（恩斯特·卡西勒）、甘陽譯：《人論》（台北：桂冠圖書，1997 年 11 月），頁 121。

態，又記錄原住民以標鎗射中，及以咒語儀式征服巨蛇的情景。[126]這些觀察自然現象的變化、及與生物搏鬥的書寫，則是象徵適應自然、或征服自然的力量。《臺灣雜記》未有如《山海經》夸父追日、精衛填海與大自然競勝的不屈不撓意志力的描寫，而是以雅麗的文筆，呈現作者觀察台灣人文精神的表現。

其他清治前期的旅遊書寫，如林謙光《台灣紀略》、徐懷祖《台灣隨筆》、吳桭臣《閩遊偶記》等，篇幅多較為簡短，且以地誌筆記的形式呈現。與郁永河所著長篇遊記相比較，《裨海紀遊》無論在景物的描繪、人物內在意識流動、或是對台灣文化的觀感等，多以較細膩筆法的表現方式有明顯的不同，所引起的文學美感也有所差異。郁永河以兼具旅客及紙上導遊的身分，將探訪奇景勝地時明確記錄日期、經過的村社、沿途路徑、當地氣候及同行的友人；如此巨細靡遺的書寫風格，能使讀者在欣賞作品時，更有歷歷在目的實際感受。因親身經歷由台南到台北北投的過程，故以第一人稱口吻陳述，一些未先預想到的場景與事件，隨著作者的回憶記錄而映入讀者眼簾，而依書中人物在異地的遊歷，探險各種充滿未知的可能。再以池志澂《全臺遊記》的寫作風格來比較，池志澂比郁永河晚到台灣將近 195 年，所描寫臺灣土地的開闢及社會文化，已有明顯的變遷。又池志澂約停留五百六十日，足跡已不僅於從北到南，甚至到達沿海及東部山區，然卻以簡約的書寫風格來表現。

---

[126] 季麒光：〈臺灣雜記〉，收錄於台灣銀行經濟研究室編：《台灣輿地彙鈔》（台北：台灣銀行經濟研究室，1965 年 9 月），臺灣文獻叢刊 216 種，頁 2-3。

清治前期許多來台官宦的作品，如藍鼎元《東征集》、《平臺紀略》，及黃叔璥《南征記程》、《臺海使槎錄》多蘊藏實用的寫作目的，作者希望將在台灣的治績報告給皇帝，或傳達旅台見聞供技術官僚作治理的參考；所以文中多呈現經世思想及其文化論述的價值觀。這種重徵實的寫作風格，一直延續到乾隆年間的散文表現手法。例如朱士玠《小琉球漫誌》、董天工《臺海見聞錄》以及朱景英《海東札記》等，對於制度、物產、風俗等常以考證的方式呈現所見所聞，作品的風格也受到乾嘉學術風潮的影響。

早期中國南方文學的代表作楚辭，多以「楚地、楚物、楚聲、楚事」等當地自然與人文事物的書寫，來呈顯作品的特色。風格是形式與內容的總體表現，台灣散文與同一個時期中國的散文比較，有共性，也有台灣的特性。例如藍鼎元、黃叔璥等人在遊記中常提到「水沙連」，他們除了描寫日月潭的山光水色外，並對「浮田」也對紹族的風土民情等人文意象充滿好奇。這些文學中一方面透顯台灣性，另一方面也呈顯文人對樸實、自然山林生活的嚮往。另外，在「山」的文化意象方面，陳夢林所描寫的「玉山」，呈顯文人眼中對台灣聖山的形象，並藉由台灣第一高峰來突顯台灣自然景觀的特殊性。

許多清治時期的日記或遊記，常描寫作者對台灣的經驗，如對於台灣各類型的文化現象的觀察、對台灣土地的體驗以及為官的內心感受，有時也對文化現象提出批判。例如郁永河、黃叔璥等人對平埔族處境的刻劃與論述，顯現出作者對於人道關懷有深刻的感受。作品題材及表現手法所呈現的特殊風格，有時與台灣文化的生成是密切相關的。而藍鼎元對台灣肥沃土地開發價值的肯定、對當時社會富裕現象的描寫，或是胡傳於《臺灣日記與稟啟》描繪他「馳驅於炎蒸瘴毒之中」的記憶，也慨嘆至東部後山的「絕地」之旅。[127]這些遊宦文人在遊記中呈顯了在台灣所感受到特殊風土的經驗，但同時也反映帝國眼中邊陲之地的統治面向。

旅行書寫常吸引世界各地民眾的閱讀興趣，及研究者的關注。旅行文學研究者波特（Dennis Porter）曾指出其中的關鍵，他在《心念之旅：歐洲旅行書寫的欲求與踰越》（*Haunted Journeys: Desire and Transgression in European Travel Writing*）一書中說道：

> 從十八世紀環航世界的年青旅人的描述與日誌，到十九世紀美學家的印象派畫或是當代文化調查學者的田野研究，對於異域與異地人民書寫的敘述，一向興致盎然，理由不一。這些資料傳統上皆透過作家的認知中介，再現異域事物。[128]

在十九世紀台灣旅外遊記中，蔡廷蘭《海南雜著》為極具代表性的作品。1835-1836 年（道光十五－十六年）年的意外旅程，讓此位澎湖文人因緣際會見識到越南的自然景觀及人文風俗。《海南雜著》牽

---

[127] 胡傳於 1892 年（光緒十八年）來台，後來於 1893 年（光緒十九年）6 月 1 日任職台東直隸州代理知州。其《臺灣日記與稟啟》收錄按日記載當時任職紀要，可見清治末期台灣東部的行政官僚的歷史書寫。當 1895 年 6 月 2 日清朝官員大舉渡海返鄉之際，胡傳因較晚才接獲撤離的公文，故延至 6 月 25 日始從台東出發，那時他的身體已出現不適。胡傳：《臺灣日記與稟啟》（臺北：臺灣銀行經濟研究室，1960 年 3 月），臺灣文獻叢刊 71 種，頁 266。

[128] Poter, Dennis. *Haunted Journeys: Desire and Transgression in European Travel Writing*. Princeton: Princeton UP, 1991. p.1.

涉到跨越疆界的書寫，而成為清治時期台灣人著作譯成多國語文的特例；今日也因此書的流傳，加深作者在家鄉或異地的象徵性社會地位。在行文過程中，蔡廷蘭採用兩主線交叉進行旅行敘事。如居住在廣義五十餘日後，他於遊記中一面描繪外在的景物，另一面則是作者內在心情起伏的過程。[129]蔡廷蘭意外被浪濤襲捲到海外而歸家不得，又遇到連日陰雨綿綿的天氣，及熱帶潮濕的環境，彷彿壓在心頭上的陰霾。即使偶有晴霽，依舊紓解不了鬱結煩悶的心情。直到乘風歸去的冀望將實現，作者的心情彷彿衝出樊籠的鶴鳥，自由自在振翼飛入雲霄，與長途歸鄉的具體行動相映襯。旅外與歸鄉鮮明的意象對比，更呈顯作者記憶中的心態轉變。

蔡廷蘭於《海南雜著》中多處引用越南民間傳說及諺語，這些書寫是以「他者」的眼光，記敘有關越南古早歷史的集體記憶。蘊含了底層民眾的記憶，也再現異地事物，因而能引起讀者的閱讀興趣。周凱曾如此評論：「寫外藩，據事直書，而夷情自見。抑揚處皆得體。」[130]早在漂流越南之前，蔡廷蘭於 1829-1832 年（道光九－十二年）間，為了協助蔣鏞纂修而有編纂志書的經驗，如《澎湖續編》中的〈天文紀〉、〈官師紀〉、〈人物紀〉、〈藝文紀〉多載錄其參考文獻及田野調查的成果。他與澎湖文人曾踏訪島民，並記

[129] 蔡廷蘭寫到：「計余居廣義五十餘日，多陰雨，烟嵐障盛，地上泥濘，足不能展一步；衣履牀席，琳琳出水，日夜蚊蠅籠匝。偶值晴霽，周旋大官及枉顧人不暇；又無山水園林可消遣。以此徘徊悵結，情鬱鬱不得舒。忽歸程一發，余兄弟如困鶴出樊籠，振翼青霄，不慮前途尚有萬里也。」蔡廷蘭：《海南雜著》，頁 10。

[130] 蔡廷蘭：《海南雜著》，頁 41。

錄一些官員的列傳、以及節孝、節烈等傳統價值觀下的女性。蔡廷蘭於以往的田野調查基礎上，結合史志撰寫的舊經驗，於《海南雜著》中呈現了文人於十九世紀上半葉北越社會的實地觀察記錄。這與林謙光、徐懷祖、吳振臣等未有田野調查經驗作者所撰寫的作品，亦呈現出散文不同的書寫風格。與清治時期來台文人的遊記雷同之處為皆以「他者」的眼光，有關異地古早歷史的集體記憶。旅行是跨越空間與時間的經驗書寫，過程中有時會將其他文化作刻板的再現，或以距離的方式來重新想像。〈越南紀略〉即是藉由編綴史籍與田野訪查所記錄的越南歷史文化，呈現漢文化的傳播成果及儒家文化圈的教化情形，更透露出以漢族中心意識建構而成的越南史論述。

二、社會教化書寫風格的比較

修辭學是公認的一種批評分析，研究的是建構言說的方法，目的在於獲致某些效果。它的眼界是整體社會中的言說實踐，而其具體的興趣則在將這類實踐視為權力與執行的形構加以掌握。它研究這些設計，是根據具體的執行——它們是辯護、說服、煽動等等的手段－研究人們對言說的反應，根據的是語言的結構、與它們在其中發揮功效的具體環境。它不把口語與書寫僅僅看成需要審美觀照或不斷解構的文本對象，而是視為活動（activity）的形態，而且脫離植根的社會目的與環境。[131]審美的特點就在於讓感覺本身充分地

---

[131] Terry Eagleton 著、吳新發譯：《文學理論導讀》（台北：書林，1993 年 4 月），頁 255-256。

享受對象的形式，並將主觀方面的各種心理因素如感情、想像、意念、願望、期待等，自覺或不自覺投入其中。[132]而文學與社會之間的聯繫，大部分是透過一種表現語義材料的美學功能而建立的；而語義材料的表現，則又透過誇張、反駁等等方法而觸及社會的規範，或稱為個別社會階層的「關聯結構」。[133]

重視文字的傳統文人認為道與文具有一體難分關係，若以雄健高古的文字，所表達的道理自然加強了宣傳效果。就械鬥的書寫而言，1853 年（咸豐三年）因漳、泉械鬥擴大，鄭用錫於五月撰〈勸和論〉，而本人則親赴各莊勸解。散文以正反相生的手法，產生開闔抑揚、波濤起伏的變化效果。曹敬〈問風俗〉傳達作者對台灣時政的看法，文中主張官員應提倡良善風俗，摒除惡慣陋習，使民眾在潛移默化中受到影響。但若與鄭用錫〈勸和論〉一文相參看，則兩文在寫作動機上頗有相似之處，皆呈現出對當時閩、粵分類械鬥次數頻繁而作的省思。〈勸和論〉流露出作者藉文以勸導居民和睦相處的寫作目的。曹敬的「問風俗」則強調欲藉淡北文教的推展，試圖改變爭鬥的社會風俗。這兩篇文章與姚瑩《東槎紀略》、《東溟奏稿》、《中復堂文集》等文中有關械鬥的評論相比較，在敘述的角度上有所不同；再者，姚瑩對械鬥發生的原因、防制、影響的論述層面較為廣泛。此外，就文章在當時的效用來說，姚瑩因任重要官職，所寫的論述較能將理念應用在政策的執行面，並實際發揮

---

[132] 李澤厚：《美學四講》（天津：天津社會科學院出版社，2001 年 11 月），頁 158-159。

[133] 佛克馬（Douwe Fokkema）、蟻布思（Elrud Ibsch），袁鶴翔等譯：《二十世紀文學理論》（台北：書林出版有限公司，1987 年 11 月），頁 165。

文章的宣傳功能。鄭用錫因是當時有名的士紳，僅能以個人的呼籲與具體的行動，宣傳他的勸和理念；而曹敬為作育英才的塾師，又因作品在當時未能刊印成書、鐫刻成碑文，或收錄於藝文志中，所以影響層面自然僅限於私塾的教學中。

再就現存鄭用錫與鄭用鑑的散文風格來比較，因兩人的學養及對文字的敏感度，使作者能以理性的筆法傳達內在意旨，並具有氣勢暢達，簡潔確切的效果。兩者說理類散文題材的最大差異處，在於鄭用錫所留存的數篇科舉制藝文，多是就經書中的關鍵句或篇章要旨，做進一步的引申與詮釋。而鄭用鑑則以讀書札記為主，多是經書、史籍、義理、醫書、及詩文集等類的閱讀所得；尤其從篇幅較長的歷史評論、文學批評之作，更呈顯出與鄭用錫的作品關懷層面的迥異。雖然在題材上鄭用錫、鄭用鑑取捨的角度迥異，但兩人散文風格不論是樸實明快、或典雅莊重，多能保持流暢通順的氣勢，不致有艱澀隱晦的感受。有些駢散夾雜的文章，不僅具有散文的靈活生動，又有駢文對仗與音韻之美；而傳達意念或記敘史事的文章，則呈現素樸簡鍊的面貌。但兩人的散文皆較少以犀利的筆鋒，針砭清廷施政的缺失，亦未能藉文發揮所謂「補察時政，洩導人情」的社會使命。雖然鄭用錫有〈建淡水廳城呈文〉進策獻議之作，但因未見對於諷刺吏治腐敗的評論，或指陳時政缺失的散文，故難以從中看出兩位作者對當時臺灣政局批判的見解。相較於清治末期社會變遷迅速之際，鄭用錫與鄭用鑑所處的時代尚未受到全面受到開放通商口岸後的經濟衝擊，或是日本等國勢力的侵擾、諸多新政的施行及西洋文教傳播等層面的影響。故在鄭用錫、鄭用鑑以及那時代的散文集中，較少見如清治後期知識份子於文中呈現對世變的觀察與見證的題材。

敘事文若要達到寓褒貶於敘事之中，即是不直接說出心中的意旨，而將要說明的道理寄託在敘事之中。例如林豪《東瀛紀事》是作者以敘事文的形式，意圖再現戴潮春事件，所用的書寫策略多與教化思想有關聯。《東瀛紀事》除了以紀事本末體敘述史事外，作者並在每篇末附上作者的「論曰」，以表達對史事的評論。而吳德功《戴案紀略》為了 1893 年（光緒十九年）全台修通誌所作，而採綱目體的形式書寫。但作者在此書〈自序〉中提到：「是編後加以論斷，亦欲表忠臣義士，並推原致亂之由，亦稗史一種也。若收入誌乘，不必加論斷。」[134]此書初稿在一些綱目下附有吳德功對史事的評論，這種「吳立軒曰」的書寫，即是承襲傳統漢籍的史論形式；同時也透露作者在通誌的紀史之外，期望藉由史論的書寫以寄寓教化的深意。

三、議論時事書寫風格的比較

社會變遷現象與歷史現實間錯綜複雜的關係，常為學術思考的對象。就台灣清治後期的政經層面而言，這個歷史階段產生了許多變革，但仍保留移墾社會的特質，如移民富冒險精神，勇於創新並熱衷求富。另一方面也受外在大環境影響，械鬥事件漸趨減少，買辦豪紳日漸興起，文教普遍受到重視。台灣清治後期文人的論述，流露了個人的應世心態及思想特色。作者經世致用的理念呈現其世

---

[134] 吳德功：《戴施兩案紀略》（臺北：臺灣銀行經濟研究室，1959 年），臺灣文獻叢刊 47 種，頁 2。

界觀及欲改變社會的意圖，文學結構和社會結構的對應關係因此更容易顯現在作品中。又作者常預先假設在他寫作之前，即已有一股強烈的意識，要藉由論述的形式表達出來，並且這個意識與他身處的整個社會有密切的關係。這些論述有時是社會面貌的描繪，但大多是蘊含改革的寫作動機。[135]台灣清治後期這些知識份子或旅遊者的論述，不免時而受到作者本身學養經歷的侷限，或漢文化霸權思想的影響。但是這些論述，也呈現知識份子對現實問題產生的原因、對社會的衝擊及對民眾的影響，並試圖提出如何具體改革的方法。

台灣清治後期文人的論述中，李春生因具有對外貿易的經歷，及個人閱讀書籍報刊的習慣，使他思考牡丹社事件後台灣政經局勢的變化，並顯現其富強的變革觀。而洪棄生則代表當時書院教育下的文人典型，他的論述多蘊含傳統儒生經世理念，對於吏治及稅收等攸關民生議題，多表達個人的見解。清治後期來台文人蔣師轍及池志澂在旅行過程中，提出相關的官員需負起教化的重任，並透過對異地的記憶及其教化思想，呈現他們的政經思想。再就歷史縱深而言，李春生關於台灣政經的論述，多因對當時牡丹社事件的因應，而激發他產生有關富強變革的價值觀。同時，在論述中也批判沈葆楨等官員的「開山撫番」政策，並質疑其實效。而時代稍晚的洪棄生，則針對劉銘傳的稅收制度多所批評，又分析施九緞事件背後的成因。至於來台的蔣師轍與池志澂為長達二百多年的清帝國統治作文化性的回顧，並呈現教化機制的內涵義蘊。

---

[135] 何金蘭：《文學社會學》（臺北：桂冠圖書股份有限公司，1898 年），頁154。

《主津新集》中的篇章，顯現出李春生縱橫議論的寫作特色。[136]他常藉由「或曰」及「應之曰」這種一問一答的方式，以虛擬或泛稱的方式，連續就相關議題不斷提問，再以論理切要的應答形式闡釋個人的看法。此外，《主津新集》所錄多篇作品，是李春生投稿到各報的文章。其中有些是他平日的思考心得，有些則是回應報刊上的公共輿論，這種互動式的對話論述，與台灣清治前、中期公文書或碑文的散文風格迥然不同。李春生所言「富強」一詞的涵意，包括重視發展工商等理念，與傳統「經世濟民」的概念已有些差異。[137]若比較與李春生時代相近的言論，如鄭觀應（1842-1922）等人的論述多具有重商主義的色彩。中國十九世紀末期的重商主義者，雖然力主重商，但無抑農的意味存在。他們同時注重農礦等各種富國的方法，重商主義是他們所謀求救國方法中的一部分。[138]鄭觀應以為商使國家富足，而向外通商則以國家的武力為後盾。約在1884-1892 年之間提出「商戰」這個概念，目的是為喚醒當權者徹底改變洋務運動致力的方向。[139]他以為西方政府所作種種有利於商

---

[136] 中西牛郎以「巧譬奇喻，間雜諧謔，有使人解頤之妙。」評論李春生的著作。中西牛郎：《泰東哲學家李公小傳》，收錄於《李春生著作集》（台北：南天書局，2004 年 8 月）附冊，頁 57。

[137] 十九世紀的馮桂芬、王韜、鄭觀應等人的有關富強論述的意義，可參閱金觀濤、劉青峰：〈從「經世」到「經濟」——社會組織原則變化的思想史研究〉，《台大歷史學報》32 期，2003 年 12 月，頁 152-154。

[138] 趙豐田：《晚清五十年經濟思想史》（台北：華世出版社，1975 年 12 月），頁 98-109。李陳順妍：〈晚清的重商主義〉，《中央研究院近代史研究所集刊》第三期上冊，1972 年 7 月，頁 207-221。

[139] 鄭觀應：《增訂盛世危言正續編・商戰》，頁 35。

務的措施：包括商務政策的策劃與制定，國內生產與進出口的統計，培養並獎勵商務人才，減輕出口稅，並將這些措施立法而能制度化。雖然李春生未能全面論述有關經濟體系的議題，但他的經濟思想是從實務經驗出發，並針對台灣這個場域分析其中種種經濟問題。李春生致力於改善個體經濟的同時，也思考有關總體經濟的富強問題。在〈臺事〉各篇的論述中，涉及有關經濟層面的範疇包括國際貿易、通訊與交通、加工製造及開採礦業等各層面，這些經濟議題已初具現代總體經濟建設的雛型。從李春生所預期達到的效果而言，富裕指數的提升，與國力的增強有密切的關係。這些記事或議論，多以簡潔的語句組織見功力，具有文學感染力的功能。此外，鄭觀應談及貿易時，其基本立場多以維護中國本體為考量，並以經濟活動不致於對傳統文化造成衝擊為先決條件。鄭觀應以為當時中國與外國通商其實是「彼通而我塞」、「彼受商益，而我受商損」，所以主張「習兵戰不如習商戰」[140]；他的一些論述也是在中國道統的基礎上，吸收西方的形器之學，提供變法思想理論的根據。[141]李春生基督教的信仰，再加上以自由貿易為考量的觀點，因而呈現出兩人不同的書寫風格。

議論時事的書寫亦為「綴文者情動而辭發」的創作，如果深度賞析論述的形式與內容的話，則將有「觀文者披文以入情，沿波討

[140] 鄭觀應：《增訂盛世危言正續編·商戰》，頁35-36。他又主張吸收西學不可偏廢中學，必須在「中國之學」的基礎之上，以「中學其本也，西學其末也」為主要原則。鄭觀應：《增訂盛世危言正續編·西學》，頁15。

[141] 鄭柏林：〈鄭觀應〉，《中國近代著名哲學家評傳》上冊（山東：濟南齊魯書社，1982年），頁348。

源，雖幽必顯；世遠莫見其面，覘文輒見其心」[142]的感觸。洪棄生有些篇章在論述中所提出對弱勢的關懷，內容已不僅是單純議論，而是具有對於人類命運的觀照，所以引人深思。他曾對賦稅徵收制度有所批判，當時稅則是依照田產多寡而徵，上戶田多，所負稅額亦多；但實際所觀察到實際的情形卻非如此。洪棄生在 1893 年（光緒十九年）所作〈問民間疾苦對〉[143]所涉及的議題為中法戰爭後，劉銘傳（1831-1887）因傾力於臺灣建設，無暇整頓吏治，故屢有用人不當之處。以清賦政策為例，當時清丈因基層工作人員素質參差不齊，及對臺灣情況陌生，而常發生不應有的錯誤；且測量方式不完備，清丈亦不甚徹底。所以雖較舊額增加 2.1 倍，所增稅收用於支援臺灣的現代化建設；然實質上是加重賦稅，因此遭致民怨。[144]洪棄生當時見催稅的人橫暴的作為，所以提出「催科宜緩」的建言。又如他所提「賑濟宜速」的建言，是因「台灣頻年凶歉，去歲尤甚。或失水利、或遭颶颺、或苦旱潦，膏腴之壤十收二、三，瀕海之居赤地百里；台南、台北，無不皆然。」[145]即針對天然災害使民眾生活陷入困境，應盡速以社會救濟的方式協助。從文章的主題結構上是分析事理，但在字句上仍是修辭的表現，這也呈現了論述與文辭之美並行的可能性。

---

[142] 劉勰：《文心雕龍・知音》，頁 715。

[143] 洪棄生：《寄鶴齋古文集》，頁 149。

[144] 許雪姬：〈邵友濂與臺灣的自強新政〉，《清季自強運動研討會論文集》（臺北：中央研究院近代史研究所，1988 年），頁 430-433。

[145] 洪棄生：《寄鶴齋古文集》，頁 146。

第七章　結　論

散文是表達思想與情感的一種文學形式，又因為這種文體不受格律及押韻的限制，在日常生活中具有廣泛的實用功能性。台灣清治時期散文的種類與內容龐雜豐碩，並含涉了歷史文化發展的軌跡，是值得開拓的學術領域。鑑於以往有關台灣清治時期文學的研究，多專注於區域文學、遊宦文人或詩歌的分析，對於散文所蘊含的社會意義較少涉及。所以本書擇取散文中有關文化的主題，探討散文的多元題材及其文化意涵，並應用各領域的研究成果，以加深作品內涵的詮釋。同時著重分析清治中期在地文人崛起的現象，例如在史料既闕、實地採訪亦費時費力的情況下，他們如何成為纂修地方志書的重要成員，為台灣文獻貢獻心力；又如何倡捐義塚、義渡、義倉的設置，或是參與設置育嬰堂、養濟院等社會救濟活動。探討散文實用功能，即呈現文本中有關文人對教育理念、公益活動、或是對於族群間的械鬥等議題的論述，填補十九世紀在地文人社群及其散文作品研究的不足。

將台灣清治時期的散文置於複雜社會網絡中，可試圖觀察作者在社會文化活動中所扮演的角色及功能。有些文士常為某些特定的、擁有權勢的讀者寫作，在此預設讀者的情況下，作者便要考慮到對方的需求、慾望、價值觀等，並透過作品與特定讀者產生互動。探究作者究竟是在何種環境與心態下創作這些散文，是期望能深入理解作者當時所處的環境及其思維方式。作為官員，其散文不同於有些文人附庸風雅、吟詠風月的表現。他必須考慮具體的場景，及說話的身分、閱讀的對象等，以撰寫出得體的作品。由於這些散文多是在特定時空背景下的產物，寫作尚有因應場合的需要；若不了解當時的文化及思維方式，即難以了解他們為何要如此寫。如何釐清作者在文本中的價值理念，進而論證浮面表象與真實底層間，互為表裡又虛實掩映的糾葛關係，即是研究者所需面對的議題。故本書擬以台灣清治時期散文為主要文本，從作者書寫時的情境、所用文類形式等方面，分析其書寫理念與書寫方式；藉以檢視如何運用文字來記錄所見所聞，探討文本與台灣清治時期居民實際活動情況之間的關係。

台灣清治時期散文的發展與外緣因素有所關聯，本書先就治臺政策的制定與調整、農業拓墾與商業發展兩層面探討政經環境。再分析臺灣清治時期科舉文教的變遷，如府學、縣儒學，及書院、社學、義學等科舉文教機構的設立，並探究傳統教學方式與散文書寫的關係，以及科舉社群對文風的推廣等是促進散文發展的因素。最後就方志藝文志典律與文學生產這一層面，探討方志藝文志輯錄散文的典律作用，以及散文的刊刻與生產等議題。從方志藝文志所選錄的篇章看來，或是官員宣揚政令或致力於移風易俗的教化策略；或是文人對生命的感發，及文人對於台灣文化的論述。在台灣清治時期散文難有刊刻機會且保存不易的情況下，許多作品已散佚。若就現存的散文看來，多受到時代的塑造及影響，無法將它和文化歷史條件，以及作者對歷史文化的認同感分開來談。所以由散文創作背景的分析，來展現當時社會的特色，藉以分析散文的發展條件。

從目前留存的散文作品中，歸納近代台灣古典散文發展的脈絡，將從陳第《東番記》的采風筆記散文，即顯現親身經歷的書寫風格。而清初記錄鄭氏時期事蹟的楊英《從征實錄》之「諱而不言」的表現方式，與阮旻錫《海上見聞錄》頗多直筆的書寫風格多有差異。此外，鄭成功與鄭經的《延平二王遺集》、鄭經又有《東壁樓集》、王忠孝《王忠孝公集》、徐孚遠《釣璜堂存稿》，盧若騰為明崇禎十三年進士，他的詩文作品今人集佚彙編成《留庵文集》，多錄記述史事的散文。另一位跨越鄭氏時期與清治時期的文人沈光文所撰〈東吟社序〉記載詩社成立的緣由、社員名單及聚會的時間及地點，流露他在台灣難遇知音的孤寂情境，曾感嘆詩社成立之時，明亡後的鬱結心情，終因文友間的吟詠而得以抒發。他共居台三十餘年，著有《文開文集》等作品。雖然部分作品已散佚，但就所存的內容看來，不僅吐露了流寓文人內在細微的情感，並廣泛記錄了台灣自然山川、物產資源及風土習俗等多元面向，呈現早期來台文人觀看台灣的視角。

1683 年（康熙二十二年）清廷將台灣納入帝國版圖，陸續有一些文人渡海來台，以散文體裁所描繪的台灣，已由傳聞中的海上仙島，一變為具體而實在的「邊陲」之地。在這清治前期（1683-1772）康、雍、乾年間，遊宦或在地文人的散文作品，多賴方志藝文志而得以保存。這些志書所收錄的文章，包括告示、奏議等公文書，記事或政令宣導的碑記，以及序跋、祭文等應用文。此類沿襲傳統寫作模式的散文，多是來台文人基於職務上的需要而作。藝文志以有助於治理及教化為取材文章的主要標準，使得目前所見清治前期的個人筆記文集及藝文志中的單篇散文，也呈現著重實用功能的文學思潮。此期在地文人章甫的詩文幸由門人刊印為《半崧集》，收錄遊記及抒情文及一些應用文。高拱乾主編的《臺灣府志·藝文志》都是有關初期治臺政策、族群關係、社會救濟以及經濟措施的官方文章。周元文主編的《重修臺灣府志·藝文志》則是有關緩徵或蠲免農人及平埔族稅收，或是減輕民眾勞役等呈請的文章。有關序跋類的散文，如夏之芳輯刊的《海天玉尺編》以及張湄編纂《珊枝集》，六十七、范咸《番社采風圖》皆題序表達編纂的內在意涵。碑文則展現陳璸等人的文教理念，示禁碑則多具官方示禁諭告的功能。施琅《靖海紀事》呈現官員面對甫從鄭氏時期過渡到清治時期的思考面向。季麒光《東寧政事集》記錄鄭氏時期官佃情形、跨海貿易，並批判社商、重稅制度、以及勞累平埔族群等行政措施。同時，對於賭博、結盟、竊盜、販賣人口等社會現象，亦多以禁令等公文表達個人看法，並透露十七世紀末期軍事、經濟、教化等帝國統治的面向。陳璸則以文教的倡興、風俗的觀察、經濟民生的措施、及治安吏政的改革等，作為散文題材的來源。

清治前期具有特色的散文作品，應屬眾多以旅遊書寫形式來表現的筆記文集。季麒光《臺灣雜記》、徐懷祖《台灣隨筆》、郁永河《裨海紀遊》以及吳桭臣《閩遊偶記》等作品，因作者職務的差異，及寫作年代背景的不同，於字裡行間顯現敘事者對異地的認知，並透露與觀察對象的權力關係。如都具有深入詮釋的價值。藍鼎元《東征集》、《平臺紀略》，及黃叔璥《南征記程》、《臺海使槎錄》則透顯敘事者與觀察對象的關係、及理想情境的外顯等方面的意義。藉由法國學者布爾迪厄（Bourdieu）在文化場域的理論，分析兩人在當時的文化場域裡所佔的特殊位置，實與台灣清治初期的政策息息相關。至於朱士玠《小琉球漫誌》則具有書寫南台灣的特色。

董天工《臺海見聞錄》、翟灝《臺陽筆記》、朱景英《海東札記》等乾隆年間的筆記文集，多承襲黃叔璥、朱士玠等人的寫作模式，亦是台灣風土的觀察筆記。而陳倫炯《海國聞見錄》是參酌前人的文獻並親歷詢考，以外洋諸國疆域、民風物產、商賈貿遷之地而備為圖誌並加文字說明，呈現作者的人文空間概念。

臺灣清治中期（1796-1870）在地科舉社群的人數漸增，如新竹鄭用錫《北郭園全集》及《淡水廳志稿》等文獻中，蘊涵文人參與社會活動及抒發日常感受的內涵。而鄭用鑑《靜遠堂詩文鈔》多為據事說理類的散文。士林曹敬為陳維英的得意門生，作品今輯成《曹愨民先生詩文集》，多為描繪景物古蹟、記載風俗民情、及勸學勵志等題材，此書手稿保留曹敬潤飾文句的資料，及陳維英批閱後的評語，故別具文獻價值。台南的施瓊芳《石蘭山館遺稿》內容涵蓋了學額的增廣、敬字信仰、文昌信仰以及公共建設等；而〈育嬰堂給示呈詞〉則呼籲鄉親共同響應籌建育嬰堂的善行，並宣揚尊重生命的意義。澎湖文士蔡廷蘭《海南雜著》描繪越南人文景觀及社會風俗的觀察，多呈現文人想像越南政教風俗受漢文化影響的程度。金門人林豪《東瀛紀事》為長篇歷史散文，其他如《誦清堂文集》等書，則呈現他對於史學與文學的見解。

清治中期遊宦文人的散文作品，如楊廷理《東瀛紀事》、《噶瑪蘭記略》記載林爽文民變等史事，及當地歷史沿革。謝金鑾〈蛤仔難紀略〉及《二勿齋文集》、鄭兼才的《六亭文選》多因作者職務的關係，對於政策及教化的題材多有著墨。姚瑩為桐城派中頗具史才者，也是來台著作最豐碩的官員。鄧傳安《蠡測彙鈔》，陳盛韶《問俗錄》多書寫其任職之地的風俗。周凱《內自訟齋文選》則收錄一篇有關張丙民變事件之文。曹士桂《宦海日記》記述巡視鹿港及水沙連原住民聚落的情形，並於奏稿中提出具體建議。徐宗幹《斯未信齋文編》、《斯未信齋雜錄》多錄任台灣道的見聞。丁曰健《治臺必告錄》彙集眾人治臺言論，其自撰奏疏及書劄為「戴案」史料。丁紹儀《東瀛識略》為觀察社會教化對於風俗的影響，或是價值觀的改變的書寫。此外，周璽主編的《彰化縣志》、陳淑均《噶瑪蘭廳志》等，也收錄多篇遊宦文人的各類散文。

綜觀清治中期的散文發展，除少數文集中所收錄壽銘墓誌等日常應酬文章外，許多作品常涉及社會教化的題材。例如此期在地士紳擔任書院講席，或參與公共建設、編纂方志，或社會救濟的情形漸普遍。這些在地的科舉社群除了撰寫制藝之文外，也以散文記錄士紳參與社會活動的情形，並表達個人居住在這塊土地上真實體驗的生命感受；同時也以當時民變、械鬥等社會議題作為散文的題材。為瞭解這些民變、械鬥的背景，需將事件置於歷史脈絡（historical context）中，始能窺見事件發生的情境。所以本書分析文人有關社會教化的參與及記錄，探討文人的械鬥書寫及民變書寫。又以分析文人的社會參與，及散文中的儒化規訓與儀式、彰顯政教合一的文化策略等層面，來歸納社會教化書寫與文化變遷的關係。

台灣清治後期（1867-1895）在政治、經濟、文教等層面多有變遷。自從淡水、基隆、打狗、安平等通商口岸陸續開放以後，各國商船絡繹往來，台灣與世界的關係又愈趨複雜。尤其 1871 年（同治十年）初期牡丹社事件發生以後，引起了一連串的施政變革，也激發文人對於台灣政經局勢轉變的記錄與省思。此期的散文除了延續實用功能的寫作風格外，更因社會的變遷頗為迅速，所以文人常有較具體的議論時事的書寫。議論類如吳子光《一肚皮集》中所收錄的多篇論述，曾對當時的文風及政事加以評論。《主津新集》則收錄李春生對牡丹社事件後台灣政經局勢變化及關於夷夏的論述，呈現他與西洋文化交會的情形。在地文人洪棄生《寄鶴齋臺郡觀風稿》、《寄鶴齋觀風稿》，為鹿港文士觀察臺灣風俗與局勢所提出的個人見解。在臺官員的奏議類文集方面，如沈葆楨《福建臺灣奏摺》、劉璈《巡臺退思錄》，以及劉銘傳《劉壯肅公奏議》等，皆大量載錄台灣清治末期洋務運動的各種變革。另有唐贊袞《臺陽見聞錄》顯現了清治後期物質文化變遷，及當時台灣與各國在宗教、外交、商業等國際事務的關係已有明顯轉變。此期數本日記體裁的文集，如羅大春《臺灣海防並開山日記》、池志澂《全臺遊記》，以及蔣師轍《臺遊日記》等書，呈現作者記錄清帝國在台灣統治二百多年的痕跡，以及對當時政經層面的論述。

又有尚未刊印的《憶臺雜記》為史久龍為作者離台後才完成，文中多夾敘夾議，語氣也頗多感慨。施士洁為施瓊芳之子，在〈台澎海東書院課選序〉表達對科舉制義的見解。國史館於 2006 年 11 月出版《林維朝詩文集》，其中《勞生略歷》由於其傳記體的散文書寫，更能了解文人於世變之際的內心感受。此書包含臺灣士子的漢學養成、臺灣的科舉制度、清末社會治安狀況、官紳間的互動關係、日本治臺對臺灣人的衝擊、閩臺居民的交誼往來等，可供作為研究清末臺灣社會史的史料。

台灣清治時期散文的發展過程中，論史類始終是散文的主要體裁。尤其有關三大民變的主題，時見於文人的論述中。到了清治後期仍有因修史書的實際需求，而以民變為題材的論著出現，其中吳德功《戴案紀略》與《施案紀略》上承臺灣清治初期史傳文學作品，如藍鼎元《平臺紀略》、楊廷理《東瀛紀事》，以及林豪《東瀛紀事》等，又下啟蔡青筠《戴案紀略》等書。《讓臺記》書寫清廷甲午戰敗而與日本簽定馬關條約，到「台灣民主國」的匆匆成立，以及當時台灣所面臨的艱難處境，呈現個人記錄對過往歷史文化的認知，也保留了對於台灣歷史的集體記憶。吳德功的數本散文作品不僅跨越清治時期與日治時期，題材亦顯多元，多流露知識份子在特殊時代的境遇與因應對策。同樣處於世變之際的林維朝，在其傳記《勞生略歷》中記錄其聯合村莊鄉勇力量，勵行維持地方治安的實際行動，但也對於這段動盪時期民間常有掠奪、殺戮的事件發生，多流露出傳記字裡行間的感慨萬千。

近來學界興起對於文本與再現議題的討論熱潮，當知識被視為是文本策略與書寫方法的產物時，修辭與論述於是成為首要的分析對象。克里佛（James Clifford）在《書寫文化》（*Writing Culture*）中認為可以將人類學的文本相對化，視其為一種創造性的，甚至是虛構的書寫形式。他們關注的焦點，從「部落」向內轉移到「文本」，特別強調專家藉以構築其權威的比喻和敘述工具。並以為民族誌所呈現的，僅僅是對於正在進行事物的特殊觀點，它永遠無法超越作者的文化偏見。不論書寫的成果如何，民族誌作者只能呈現出對於實在的特殊詮釋，其中充斥著排除、闕漏，以及修辭選擇。此種觀點的要旨是認識論的轉移，它力求更具對話性理解研究與書寫的過程。文化不再是等待眾人去記錄，而是由民族誌作者主動建構出來的。❶本文也運用這種著重探討文本書寫策略的觀點，除了初探散文的發展軌跡外，並論及文本中蘊含對於環境的感受與互動、族群的關係、社會參與及評論等議題的記錄與思考，並且分析他們如何製造出這些書寫。

本書為了突顯散文題材與文化對話的特色，故從廣泛的閱讀文本中，選擇能與各階段的文化現象相呼應的散文主題加以詮釋。在清治前期階段（1683-1795），考量清廷初將台灣納入版圖，許多文人懷著想像與好奇的心態，對台灣這個新的「邊陲」之地，多以旅遊書寫的形式來表現，所以藉由分析此階段大量出現的旅遊巡視題材，來呈顯清治前期的特色。其次，在清治中期階段（1796-1866）因在地士紳參與講學及社會救濟的情形已漸普遍；又因民變、械鬥的頻繁，散文的題材也觸及對這些社會議題的探討，所以就社會教化的層面來詮釋此期散文的文化意涵。最後，則就清治後期階段（1867-1895）通商港埠陸續開放後，各國商船絡繹往來，台灣與世界的關係又愈趨複雜。此期文人多直率發表對政經局勢的評論，及對文化變遷的省思；所以專就議論時事的散文題材，分析這些論述的文化意義。

在詮釋台灣清治前期旅遊書寫的多重文化意涵方面，沈光文曾倡組台灣第一個詩社「東吟社」，其作品多吐露流寓文人內在細微

---

❶ Philip Smith 著，林宗德譯：《文化理論的面貌》（台北：韋伯文化，2004 年 1 月），頁 259-260。

的情感，並廣泛記錄台灣自然風土。清初來台作者多描繪渡海冒險歷程，至海島型自然生態的環境中，又因民情風俗的差別，而使作品呈現與傳統漢語遊記迥異的書寫風格。如季麒光《臺灣雜記》曾載黑水溝的特徵，又如徐懷祖《台灣隨筆》、吳桭臣《閩遊偶記》記錄台灣在海洋的方位、居民的生活概況及特殊物產的記錄。陳夢林〈望玉山記〉則將此高山加以神聖化。《臺灣雜記》、《台灣隨筆》若與後期的旅遊書寫相比較，前二書在史志資料缺乏的時期，所能參考的資料較為有限。再加上作者亦未能離開台南府城至台灣各地探訪，所記多較為簡略；對於傳聞資料亦未細加核對證實。在異文化接觸的書寫與想像方面，一方面承襲陳第《東番記》實地見聞的地理誌寫作方式；另一方面，仍不免受到漢籍對邊陲的記載方式所影響，多以類似志怪描寫的手法及記錄傳說的方式寫作。這種以固定化、模式化的風俗內容書寫模式，與污名化、概念化的修辭技巧，亦為清治初期的方志及遊記所普遍使用。閱覽台灣清治初期的旅遊巡視書寫，常見文學系統與文化系統交互涵攝，呈顯清帝國治理台灣的態度。如陳瑸〈條陳經理海疆北路事宜〉一文也提到當時平埔族的若干困境。接著，再探討《裨海紀遊》這部清治前期遊記的代表作，分別從作者的心態投射及情感反應，及此書的表現手法與民情風俗的參照，詮釋郁永河採硫之旅異地記憶的內涵。

又從旅行巡視書寫中帝國之眼的觀點，分析藍鼎元《東征集》、《平臺紀略》，及黃叔璥《南征記程》、《臺海使槎錄》所透顯敘事者與觀察對象的關係、及理想情境的外顯等方面的意義。藉由法國學者布爾迪厄（Bourdieu）在文化場域的理論，分析兩人在當時的文化場域裡所佔的特殊位置，實與台灣清治初期的政策息相關。探究兩人渡海來台的目的與任務，當更能對他們的寫作習性（habitus）有所掌握。正因黃叔璥身為巡台御史的職責所在，所以常留心民眾的生活狀況；此與藍鼎元所負職責有異，因而觀察的重心亦有些許不同。至於朱士玠《小琉球漫誌》則具有書寫南台灣的特色。在乾嘉學風的影響下，文人旅遊書寫內容也多著重於考據。例如朱仕玠已經觀察到平埔族在衣飾、生產方式等物質文化，及婚姻制度等社群文化的改變。本章最後從中心與邊陲關係的透顯、台灣原住民文化的再現、台灣風土書寫的承襲與影響等三個層面，探討臺灣如何成為來台文人閱讀、想像或田野調查的特殊空間，以呈現清治前期旅遊巡視散文的文化功能。

在台灣清治中期社會教化書寫的主題分析，則著重於在地士紳參與社會教化的情形，分從在地士紳講學的記錄、方志資料的蒐羅及編纂、參與公共建設及社會救濟等層面來加以分析。在地文人在此期擔任各地書院講席已漸普遍，如鄭用鑑企圖透過經學的傳授引導教化，並融入於每日授課內容中。竹塹鄭家曾倡勸重修文廟、文昌宮、明倫堂，並曾參與義塚、義渡、義倉等社會救濟活動。鄭用錫曾作闢建淡水廳城的呈文，為聯合士紳向淡水同知李慎彝說明築城為當務之急的民意趨向。此外，鄭用錫《淡水廳志稿》的纂修實非易事，文獻資料既闕，淡北的實地採訪亦費時費力，此書當得力於家族、門生等親友的協力完成，在台灣文獻史上頗具特色。而在淡水同知陳培桂主編的《淡水廳志》中，亦可見當時有許多在地文人參與採訪工作，如張書紳等科舉社群包括舉人、廩生及生員，對於北台實地的採訪及史傳散文的撰寫，貢獻不少心力。在宣揚育嬰堂社會救濟的意義方面，台南文人施瓊芳〈育嬰堂給示呈詞〉批評當時社會溺死女嬰的惡習，並讚揚 1854 年（咸豐四年）台灣縣士紳石時榮自捐家屋充作設立育嬰堂的建物，並捐五千圓生息作為後續經費來源的善舉。同時他也藉此文呼籲鄉親共同響應這具有社會救濟意義的善行，並闡揚尊重生命的價值。

有關械鬥的散文主題，如鄭用錫〈勸和論〉與曹敬〈問風俗〉兩位淡水廳文人的書寫為例，詮釋其作品的內在意涵。雖然這類文章不免流露出傳統文人受到儒教倫理教育的影響，但仍可供台灣這塊寶島上的居民重新思索同舟共濟的意義，與營造「命運共同體」意識的價值。此外，也從姚瑩對械鬥成因的觀察、姚瑩對械鬥防制的見解，探討他對械鬥書寫的特色。最後延伸分析械鬥的影響及其文化意涵，若要促成族群間的和諧相處，必須要先承認社會存在著族群的多元化，清治時期的械鬥即是象徵台灣從邊陲移墾社會轉向定居社會的適應過程。又因清治時期的民變頻繁，需將事件置於歷史脈絡（historical context）中，始能窺見事件發生的情境。林豪《東瀛紀事》大抵是作者以敘事文的形式，意圖再現（represent）戴潮春事件。本書就敘事文所蘊含的情節編織的安排、人物形象的塑造、講述觀點的呈現、內在意義的傳達加以詮釋。在社會教化書寫與文化變遷的關係，除了分析文人的社會參與之外，也需留意散文中的儒化規訓與儀式、彰顯政教合一的文化策略。臺灣清治時期古典散文常透露霸權思想在臺灣社會的滲透力，以及如何鞏固統治權、形塑儒家文化圈的過程。這些散文多為行政語言，與文章系統有異，為上層結構的語文工具，表達了統治階層的意識。探索這些文本背後的思想，常會發現權力結構的形成與影響。

清治後期散文的議論時事書寫方面，吳子光《一肚皮集》中記載有關台灣時事的批評，以及對文風與教化的評論。文中也常描述清治後期中部的文學社群，及岸裡社與筱雲山莊的文學活動。另一位勤於著述的李春生，從他在清治末期文化場域的位置、日報提供公共論壇的空間、《主津新集》中有關夷夏的論述中，探討他與西洋文化交會的情形。關於遊宦官員議論時事的書寫，先從防務的闕失及其改革來看，沈葆楨提出「聯外交」、「儲利器」、「儲人材」、「通消息」對牡丹社事件後臺灣防務的構想。在新政的推行及其侷限方面，從《劉壯肅公奏議》略知劉銘傳對於郵政、電報、道路的規劃多有建樹。雖然他在台灣所推動的自強運動，比起中國同時期的成果較為顯著；但因清丈不當及賦稅不公等問題，曾引起了施九緞民變事件。在文教措施的改革方面，羅大春主張應多注重東北部的教化工作，而劉銘傳設立西學堂、電報學堂、番學堂皆屬於有特殊目的，但未能達到教育普及識字率提升的功用。

清治後期文人洪棄生《寄鶴齋文集》的經世觀，是針對洋務運動多著重於外在器物的改革，卻未徹底改革政治制度、關注民生的種種弊端提出針砭。蔣師轍《臺游日記》認為應補足授予原住民功名的基本名額，以達成推廣教化的功效。池志澂《全臺遊記》就議論時事的書寫與文化變遷的關聯性，為了詮釋此期關於政治教化的論述，所以從傳達富強的變革觀、評論吏治管理問題及檢視教化機制等方面加以探討。另外又從拓展國際貿易的重商思想、重視開發效用的價值觀、批判稅收制度的經世理念等層面，來探討關於經濟民生的論述。

探究散文主題書寫中的文學性，必須分析作者是以何種形式來彰顯他的表現策略。散文主題與形式的交相呼應，不僅是散文具備文學美感的關鍵，更強化了作者傳達對文化感受與理念的文字張力。在主題與藝術性方面，分從主旨與意象、內容結構的意涵、言說的藝術效果，以探討散文主題與藝術性等文學要素。又如郁永河運用視覺、聽覺、味覺、嗅覺、觸覺等意象，細膩表現景物的形態、顏色、動作、聲音、味道、觸感，發揮了意象於散文中的審美效用。在內容結構的意涵分析，舉吳子光透過空間的設計，突顯筱雲軒在台灣文化史上的空間意義；時間的變化上，章甫〈遊鯽魚潭記〉表現了鯽魚潭日間與夜晚的不同風情。言說的藝術效果的分析，則就陳夢林〈望玉山記〉以明喻的修辭及排比的句式，形容玉山千姿百態的樣貌。又以「散文分類的功能」、「詩文對話」、「民間傳說、諺語的運用」三項來說明散文形式的表達功能。如藍鼎元的檄文運用言辭宣揚己方，而以誇飾的手法來懾服敵方的手法，以達威嚇的目的。許多文集的作者也將台灣傳說、諺語、歌謠等民間文學融入於作品中，增添了古典散文的台灣質性。如「東海長鯨投生」或「騎鯨巡弋」、殉節的五妃、「鴨母王」等傳說，皆豐富了古典散文的書寫面向。朱士玠《小琉球漫誌》、鄭用鑑《靜遠堂文鈔》則引民間諺語，而使文章更具親切感。

從比較不同主題的書寫風格中，歸納出清治初期的旅遊書寫篇幅多較為簡短，且以地誌筆記的形式呈現。而郁永河《裨海紀遊》則無論在景物的描繪、人物內在意識流動、或是對台灣文化的觀感等，多以較細膩的筆法表現文學的美感。許多清治時期的日記或遊記，常描寫作者對台灣的經驗，如對於台灣各類型的文化現象的觀察、對台灣土地的體驗以及為官的內心感受，有時也對文化現象提出批判。在社會教化書寫方面，鄭用錫〈勸和論〉流露出勸導居民和睦相處的寫作目的；曹敬〈問風俗〉則欲藉淡北文教的推展改變爭鬥的社會風俗。至於姚瑩對械鬥發生的原因、防制、影響的論述層面較為廣泛，且以官方的視角加以敘述。又如鄭用錫的應用文及科舉制藝，與鄭用鑑讀書札記、歷史評論與文學批評等作品取材迥異，但兩人皆較少以犀利的筆鋒，針砭清廷施政的缺失，故難從文中看出兩位作者對當時臺灣政局的批判。另外在議論時事書寫方面，李春生因對外貿易的經歷及閱讀報刊的習慣，使他思考牡丹社事件後台灣政經局勢的變化，並顯現其富強的變革觀。而洪棄生則以書院教育儒生經世理念，對於吏治及稅收等攸關民生議題，表達人道關懷。清末來台文人蔣師轍及池志徵的論述中，透過對異地的記憶及其教化思想，呈現他們的政經思想。若將李春生與時代相近的鄭觀應比較，更突顯出前者著力分析台灣這個場域中的國際貿易、通訊與交通、加工製造及開採礦業等各層面的經濟議題，並初具現代總體經濟建設的雛型。

隨著在地文人的崛起，與書寫發言機會的增多，使得台灣散文書寫史，形成一種由他者到在地自我書寫的過程。台灣清治時期的散文與文化的關聯性，值得再開拓的空間甚廣。例如碑文與文化的研究：如台南縣的石碑，經過全面的探查與蒐集，多收錄於何培夫所編《南瀛古碑志》（2001）。近年在全台碑文採拓的浩大基礎工程完成後，❷不僅出版了各縣市碑文集成的書籍，甚至將全文及碑

---

❷ 民國七十九年（1990）七月國立中央圖書館台灣分館與國立成功大學歷史學系合作，由何培夫執行「採拓整理臺灣地區現存碑碣計畫」，於民國八十八年（1999）六月完成。

文寫真輸入於國家圖書館的資料庫中。檢索時可選擇地區、或關鍵詞查詢，有助於研究者蒐集基礎資料。但是目前除了曾國棟《清代台灣示禁碑之研究》（1996），及何培夫〈臺灣碑碣的文學資料〉（1999）、〈臺灣的碑碣史料〉（2000、2001）等研究成果外，仍有數量眾多的碑文尚待深入分析與詮釋。此套《台灣地區現存碑碣圖誌》十七大巨冊，共收錄採集碑碣拓本 2091 件。研究者可擇取其中篇幅較長的作為文本取材的依據，以分析台灣清治時期碑文所具有的歷史和社會教化功能。例如可從廟宇學府、津渡交通、歷史事件等層面，析論「記事碑」所具有的記錄歷史沿革功能。或以治安管理、教化規範、族群關係、社會救濟等層面，以分析「示禁碑」所具官方示禁諭告的功能。如此對於台灣的碑文與文化變遷的關聯，當有更深一層的瞭解。也可運用日治時期成立的「台灣史料調查室」，及當時所進行有關石碑及拓片的研究，如《南方土俗》所登載松本盛長等人在〈台灣史料調查室報告〉的研究成果，作為深化詮釋的參考。除了碑文的分析與詮釋之外，另可發掘民間所珍藏家族資料的價值，從在地文人的後代所留存的手稿，分析作品與文化的關聯。至於目前臺灣文獻叢刊、詩文集中，所錄單篇散文所蘊含的主題，或散文與政教風俗等糾葛的關係，及作品表現手法與書寫策略，亦有多處學術空白尚待開拓。

散文是我們日常接觸最頻繁的文類；就當代出版業的統計來看，散文也是創作和出版最多的文類。在這方面來說，散文是現代人表達思想和感情最常採用的文類，也是讀者親近文學最自然的門徑。台灣的白話散文大約在二十世紀初期逐漸成形。在不同年代、不同言論空間以及不同文學理念下，展現了不同的散文風華。❸學者曾提出有關現代散文承襲古典散文許多既有的類型，如小品文、序跋、日記、遊記等，皆可看出文類承接的相關痕跡。❹台灣散文史的研究，除了早期散文雛型的嘗試外，或可從以鄭氏、清治時期的古典散文書寫的探討，跨越到日治時期的古典、現代交錯的時代，再延續到戰後散文書寫多元面貌的探討。

在現代散文吸納各種文類形式的同時，更開啟了多樣性的豐盈內涵。例如旅行散文在時空交錯、文化交會中風行不墜，生態散文自科技與原野的推移下貼近環保，論評散文從文化思索、政治社會針砭中持續建言；又如特定時空人物的書寫等，皆在參差映照中呈現主題內涵寬廣的諸多面貌。❺這些作品是如何藉由文學的表現技巧，來呈現作者對生命的關懷，傳達他們內心潛在的情感？作者又是如何將個人的理念化為文字？作品所透顯出哪些與台灣文化變遷的關聯性？研究散文與社會文化脈動的議題，有助於了解台灣清治時期與日治初期古典文學史的銜接問題；也對於十九、二十世紀之交在文化觀念與思想上的連鎖或斷裂的探討，並顯現出在不同歷史情境中人物的應世之道。本書期望經由文本的爬梳及歷史脈絡的對話，能增進對台灣文學與文化關聯的理解；同時藉由主體性的詮釋，以加深對這塊土地的情感。台灣文學與文化的研究，非自然原

---

❸ 陳萬益編：《國民文選：散文選》（台北：玉山社，2004 年 8 月）導讀，頁 11。

❹ 鄭明娳：《現代散文類型論》（台北：大安出版社，1987 年 2 月），頁 14。

❺ 張春榮：《現代散文廣角鏡》（台北：爾雅出版社，2001 年 5 月），頁 6-7。

始的存在，而是經由踏實積累的結晶。也期待更多的研究者參與灌溉這個學術領域，在過去與現在不斷的對話中，逐漸開出辛勤耕耘的成果。

附 錄

附錄一 台灣清治時期文集一覽表

姓名	字號	居台時間	在籍	文集	科名	重要事蹟
沈光文	字文開號斯菴自號寧波野老	1651-1688（永曆5年-康熙27年）	浙江鄞縣	文開詩文集	恩貢	曾於目加灣社（今台南善化）行醫並教授生徒，創東吟詩社
施琅	號琢公	1683-1696（康熙22-35年）	福建晉江	靖海紀事		水師提督、靖海將軍
季麒光	字昭聖號蓉州	1684-1688（康熙23-27年）	江南無錫	臺灣雜記、台灣郡志稿、蓉洲文稿、海外集	1676（康熙15年）進士	首任諸羅縣知縣
林謙光	號芝嵋	1687（康熙26年）	長樂縣	台灣紀略	1672年（康熙十一年）副貢生	台灣府儒學教授
徐懷祖	號燕公	1695-1696（康熙34-35年）	華亭	台灣隨筆		遊幕
郁永河	字滄浪	1697（康熙36年2-10月）	浙江仁和	裨海紀遊		至淡水採硫
陳璸	字文煥號眉川	1702-1703（康熙41-42年） 1710-1715（康熙49-54年）	廣東海康	陳清端公文選	1694（康熙33）進士	任台灣知縣 任分巡台灣道

		1717(康熙56年)				任福建巡撫巡臺
吳桭臣		1713-1715(康熙52-54年)	吳江	閩遊偶記		隨台灣知府馮協一渡海來台。
陳夢林	字少林	1716(康熙55年) 1721(康熙60年) 1723(雍正1年)	福建漳浦	台灣後游草		來台纂修《諸羅縣志》 藍廷珍的幕僚 遊歷台灣數月
陳倫炯	字次安號資齋	1721-1728(康熙60年-雍正5年)	福建同安	海國聞見錄	蔭生	台灣南路參將 澎湖副將、安平水師協鎮、台灣總兵
藍鼎元	字玉霖號鹿洲	1721-(康熙60年-雍正年間)	福建漳浦縣萇谿	東征集、平臺紀略	1703年(康熙四十二年)縣試第一	任藍廷珍幕僚
黃叔璥	字玉圃號篤齋	1722-1723(康熙61-雍正1年)	順天府大興縣	臺海使槎錄	1709年(康熙四十八年)進士	首任巡台御史
夏之芳	字荔園號筠莊	1728-1729(雍正6-7年)	江南高郵	(主編)海天玉尺編	1723年(雍正元年)進士	巡台御史兼理學政
張湄	字鷺洲	1741-1743(乾隆6-8年)	浙江錢塘	(主編)珊枝集	1733年(雍正11)進士	巡台御史兼理學政
六十七	字居魯	1744-1747(乾隆9-12年)	滿州	使署閒情		巡台御史
董天工	字典齋	1746-1750(乾隆11-15年)	福建崇安	台海見聞錄		彰化教諭
朱仕玠	字璧峰號筠園	1763-1764(乾隆28-29年)	福建建寧	小琉球漫誌	拔貢	鳳山縣教諭

朱景英	字幼芝、梅冶號研北	1769（乾隆34年）-1772（乾隆37年） 1774（乾隆39年）-1777(乾隆42年)	湖南武陵	海東札記	1750（乾隆15年）解元	任台灣海防同知 調北路理番同知
章甫	字申友號半崧	1755-1816（乾隆20年-嘉慶21年）	福建泉州	半崧集	1799（嘉慶4年）歲貢	設帳課徒
楊廷理	字雙梧號甦齋、更生	1786-1791（乾隆51年8月-56年5月） 1806-1807（嘉慶11年12月-12年10月） 1809-1811（嘉慶14年8月-16年12月）	廣西柳州馬平	東瀛紀事	1747年（乾隆12年）拔貢	台灣府海防同知、台灣知府 二度來台任知府 三度來台調北路理候補知府駐辦開蘭委員
翟灝	號笠山	1792-1805（乾隆57年-嘉慶10年）	山東淄川縣	臺陽筆記		嘉義縣令、台灣典史、彰化、南投縣丞
柯�	字瞻莪	1799（嘉慶4年） 1801（嘉慶6年）	福建晉江	淳庵詩文集	舉人	嘉義訓導 彰化教諭
謝金鑾	字巨廷退谷	1804（嘉慶9年）	侯官	二勿齋文集 蛤仔難紀略	1788（乾隆53年）舉人	嘉義縣教諭
鄭兼才	字文化號六亭	1804（嘉慶9年） 1820（嘉慶25年）	福建德化	六亭文集	1789（乾隆54年）拔貢 1798（嘉慶3年）解	台灣縣學教諭 台灣縣學教諭

					元	
鄭用錫	字在中號祉亭	1788-1858(乾隆53-咸豐8年)	淡水廳竹塹	北郭園全集	1823(道光3年)進士	主講明志書院
鄭用鑑	字明卿號藻亭、人光	1789-1867(乾隆54年-同治6年)	淡水廳竹塹	靜遠堂詩文鈔	1825(道光5年)拔貢	主講明志書院
施瓊芳	初名龍文，字見田、昭德，號珠垣、星階	1815-1868(嘉慶20-同治7年)	臺南安平	石蘭山館遺稿	1845(道光25年)進士	海東書院山長
曹敬	諱興欽號愨民	1818-1859(嘉慶23-咸豐9年)	淡水八芝蘭	曹愨民先生詩文略集	1847(道光27年)增生	淡北大龍峒港仔墘塾師
姚瑩	字石甫號明叔晚號展和	1819(嘉慶24年) 1821-1822(道光元年-道光2年) 1823-1825(道光3-5年) 1838-1843(道光18-23年)	安徽桐城	東槎紀略 東溟奏稿 東溟文集 東溟文後集 台北道里記	1808(嘉慶十三年)進士	台灣知縣兼南路海防同知 噶瑪蘭通判 任台灣知府方傳穟幕僚 台灣道
彭培桂	字遜蘭	道光年間-1859(咸豐9年)	福建同安	竹裡館詩文集	1856(咸豐6年)恩貢	新竹潛園林占梅家西席
呂世宜	字可合號西村(西邨)	道光年間-1858(咸豐8年)	金門西村	愛吾廬文鈔	1822(道光二年)舉人	板橋林家西席

彭廷選	字雅夫 升階	1826-1868（道光6年-同治7年）	淡水廳竹塹	傍榕小築詩文稿	1849（道光29年）拔貢	教諭
鄧傳安	字鹿耕 號盱原	1822-1832（道光2-10年）	江西浮梁	蠡測彙鈔	嘉慶十年進士。	台灣北路理番同知、道篆
陳盛韶	字灃西	1828-1838（道光8-18年）	河南	問俗錄	1823年（道光三年）進士	噶瑪蘭廳通判、北路理番同知兼鹿港海防
林豪	字嘉卓、卓人 號次逋	1831-1918（道光11年-民國7年）	金門後浦	東瀛紀事 誦清堂文集	1818（咸豐9年）舉人	寓潛園，奉聘纂修《淡水廳志》、《澎湖廳志》，主講澎湖文石書院
周凱	字仲禮 號芸皋 又號撈蝦齋	1833-1836（道光13-16年）	浙江富陽	內自訟齋文集	1811（嘉慶16年）進士	分巡台灣兵備道
蔡廷蘭	字香祖、號鬱園，人稱秋園先生	1834-1893（道光14-光緒19年）	澎湖	海南雜著 惕園詩文集	1844（道光24年）進士	主講引心書院、台南崇文書院、澎湖文石書院
曹士桂	字丹年 號馥堂	1847（道光27年）	雲南文山縣鳴鷲村	宦海日記	1822（道光2年）舉人	鹿港同知
丁曰健	字述安	1847-1854（道光27-咸豐4年） 1863-1866（同治2-5年）	安徽懷寧	治臺必告錄	舉人	鳳山知縣 鹿港同知 移淡水 臺澎兵備道
徐宗幹	字樹人	1847（道光27年）	江蘇	渡海前記	1820（嘉	台灣兵備道，兼管

	、柏楨，號杶園，謚清惠		南通	斯未信齋文編 斯未信齋雜錄	慶25年）進士	教化
丁紹儀		1847（道光27年）來臺八個月	江蘇無錫	東瀛識略		臺灣道幕府
陳樹藍	字春綠號植柳		臺北大龍峒	望海閣詩文集	1873（同治12年	陳維英之姪
吳德功	字汝能號立軒	1850-1924（道光29-大正13年）	彰化	戴施兩案紀略、讓臺記、瑞桃齋文集	1874（同治13年）秀才	1891（光緒17年）受聘主修《彰化縣志》
施士洁	又名應嘉、字澐舫，號芸況、耐公	1855-1922（咸豐5-民國11年）	臺南安平	後蘇龕合集	1876（光緒2年）進士	主持崇文、白沙書院，任海東書院院長
張麟書	名仁閣號孟仁焦庵、澀谷老人	1856-1933（咸豐6年-昭和8年）	淡水廳竹塹	麟鳳閣文集		日治時期任新竹公學校漢文教師
陳朝龍	字子潛號臥廬	1859-1895（咸豐9-光緒21年）	淡水廳竹塹	十癖齋詩文集	1881（光緒7年）新竹縣學廩生	編新竹縣採訪冊
鄭樹南	字擎甫又名拱辰、晚	1860-1923（咸豐10年-大正12年）	淡水廳竹塹	水田逸叟詩文稿	監生	日治時期任新竹保甲局長等職

	號水田逸叟					
魏紹吳	字篤生	1862-1917（同治元年-大正6年）	淡水廳竹塹	啟英軒文集	光緒年間生員	北門設書房啟英軒
吳子光	字士興號芸閣別署雲壑，晚年自號鐵梅老人或鐵梅道人	1837（道光17年） 1839（道光19年） 1842-1883（道光22-光緒9年）	廣東嘉應州白渡鄉	一肚皮集 三長贅筆 小草拾遺 台灣紀事		講學於苗栗文英書院、1877年（光緒三年）59歲於岸裡社文昌祠開館
李春生		1865-1924（同治4年-大正13年）	福建廈門	主津新集		臺灣茶葉顧問、臺北城建築委員等職
洪棄生	本名攀桂，學名一枝，字月樵。改名為繻字棄生	1867-1929（同治6年-昭和4年）	彰化鹿港	寄鶴齋詩文集	1789年（光緒15年）生員	登瀛書院院長
鄭家珍	字伯璵號雪汀	1868-1895（同治7年-光緒21年） 1919-1928（大正8-昭和3年）	淡水廳東勢	倚劍樓詩文存	1894（光緒20年）舉人	設帳於東勢。
楊浚	字雪滄健公號冠悔道人	1868（同治7年）	福州侯官	冠悔堂詩文鈔	1852（咸豐2年）舉人	應同知陳培桂修《淡水廳志》

沈葆楨	字翰宇一字幼丹	1874(同治13年)	福州	福建臺灣奏摺	進士	巡視台灣兼辦各國通商事務
羅大春	字景山	1874(同治13年)	貴州施秉縣	臺灣海防並開山日記		駐台灣北路
吳茂郎	字心泉	同治、光緒年間	台中	草廬居文稿	1875(光緒初年)生員	吳子光之姪
劉璈	字蘭洲	1881-1885(光緒7-11年)	湖南岳州府臨湘縣	巡臺退思錄	以附生從軍	分巡台廈道
劉銘傳	字省三	1884-1891(光緒10-17年)	安徽合肥	劉壯肅公奏議	五品頂戴	駐台督辦防務、台灣巡撫
陳衍	字叔伊號石遺	1886-1887(光緒12-13年)	福建侯官	石遺室詩文集	1882(光緒8年)舉人	協助劉銘傳撫墾事務
池志澂	臥廬先生	1891-1894(光緒17-20年)	浙江	全台遊記		來台遊幕
唐贊袞	字韡之	1891(光緒17年)	湖南善化	臺陽見聞錄	1873(同治12年)舉人	臺澎道兼按察使、臺南知府
蔣師轍	字紹由少穎、號遯庵	光緒18年(1892)	江蘇上元	臺游日記	拔貢	校台南、台北試務
胡傳	字鐵花號鈍夫	1892-1895(光緒18-21年)	安徽績溪	台灣日記與稟啟	1878(光緒4年)廩生	台東直隸州知州
史久龍	字蓮蓀	1892年9月19日-	浙江	憶臺雜記		支應局襄理文案

	別號姚江藕中人	1895（光緒18-21年）	餘姚			

附錄二　台灣清治時期散文發展繫年表

「台灣清治時期散文發展繫年表」編排原則：

1. 年代以文集最早刊行的時間為主，作為探討文學傳播所具社會影響力的參考。
2. 單篇散文以作者自註寫作時間為主要依據；文集初稿的完成，則以文集自序為參考的年代。
3. 若作品年代不詳，則以作家來台時間，或作家卒年為作品編年的參考。

年代	文集名或篇名	作者	散文題材	社會記事
1683 康熙22	⊙〈恭陳台灣棄留利害疏〉（12月22日）	施琅	⊙以資源、軍事及治安為考量，建議將台灣納入清朝版圖。	⊙7月18日鄭克塽降清。清廷官員討論台灣棄留問題。 ⊙清廷為加速對台灣全面的掌控，將鄭氏官民遣回中國。
1684 康熙23	⊙《臺灣雜記》	季麒光	⊙觀察自然現象的變化及與生物搏鬥的書寫，象徵適應或征服自然的力量。	⊙清廷設台灣府，下轄台灣、諸羅、鳳山縣。並建台灣縣、鳳山縣儒學。
1685 康熙24	⊙〈東吟社序〉 ⊙《台灣紀略》	沈光文 林謙光	⊙記載詩社成立的緣由、社員名單及聚會的時間及地點。 ⊙台灣自然風土及與原住民風俗文化的書寫。	⊙沈光文與季麒光等人倡組台灣第一個詩社「東吟社」。 ⊙蔣毓英《臺灣府志》初稿。 ⊙台灣府儒學建立。

1696 康熙35	⊙《臺灣府志・藝文志》刊本 ⊙《台灣隨筆》	高拱乾主編 徐懷祖	⊙收錄高拱乾等人有關治臺政策、族群關係、社會救濟以及經濟措施文章。 ⊙記述作者個人的渡海經驗。	⊙七月諸羅縣新港發生吳球事件，為民眾抗清事件的首役。
1697 康熙36	⊙《裨海紀遊》抄本	郁永河	⊙記錄採硫之旅及對平埔族風土民情的論述。	⊙郁永河四月七日率領一行共五十六人從台南出發，乘坐牛車沿西部海岸平原北上，直到十月四日離台。
1709 康熙48	⊙《靖海紀事》刊本	施琅	⊙收錄施琅有關海防制度建立及善用鄭氏遺臣人才等題材的奏疏。	⊙興建西定坊書院。 ⊙諸羅知縣劉作楫奉巡撫張伯行之命，興建教漢學童的社學八所。
1712 康熙51	⊙《重修臺灣府志・藝文志》刊本	周元文主編	⊙收錄周元文等人有關緩徵或蠲免農人及平埔族稅收，或減輕民眾勞役等呈請的文章。	⊙臺廈道陳璸建朱文公祠於郡學左側。 ⊙靈山廟建於淡水干豆門，主祀天妃。落成之日，原住民亦聚集廟前。
1715 康熙54	⊙《閩遊偶記》	吳振臣	⊙記述各地風土人情，其書寫模式多與方志相仿。並具體描繪對官僚及通事的壓榨作為。	⊙周鍾瑄捐俸建諸羅城隍廟，位於縣署之左。 ⊙諸羅知縣周鍾瑄建諸羅山社、打貓社、哆囉嘓社、大武壠社四所社學，

				以教平埔學童。
1716 康熙55	⊙〈諸羅縣城隍廟碑記〉 ⊙〈九日遊北香湖觀荷記〉(9月9日)	周鍾瑄 陳夢林	⊙蘊含著官員常藉由民眾對敬神祭典等信仰，來維持社會治安的寫作目的。 ⊙記與友人至諸羅縣觀荷情景。	⊙岸裡社土官阿穆請墾台中貓霧捒荒地。
1717 康熙56	⊙《諸羅縣志·藝文志》刊本	周鍾瑄主編	⊙收錄諸羅縣文教建置、自然景觀與民情風俗等文。	⊙周鍾瑄募眾建天后廟，位於縣署左。 ⊙明訂臺灣產米不許私運出洋販賣的規定。至漳、泉、廈門等處米少價貴，有船從臺灣帶米至該處者，准其照時價糶賣。
1719 康熙58	⊙〈新建城隍廟記〉(7月1日)	李丕煜	⊙鳳山縣令記述鳳山縣城隍廟籌建的意義與經過。	⊙建鹿耳門聖母廟，亦稱鹿耳門天后宮。
1720 59	⊙《台灣縣志·藝文志》 ⊙《鳳山縣志·藝文志》	陳文達主編 陳文達主編		⊙建海東書院，原位於府學西。 ⊙位於臺南府的施將軍祠，因此年地震而圮毀。
1721 康熙60	⊙《東征集》	藍鼎元	⊙有關治台機要的文書合輯。	⊙五月十八日朱一貴於羅漢內門起事，此為台灣三大民變之一。地點涵蓋鳳山、台灣、諸羅三

				縣。
1722 康熙61	⊙《南征記程》	黃叔璥	⊙按日載錄渡海經歷，並描繪鹿耳門沙岡及祭媽祖的文化意象。	⊙六月二日首任滿、漢巡台御史吳達禮與黃叔璥抵台處理朱一貴事件後續事宜。
1723 雍正1	⊙《平臺紀略·自序》刊本	藍鼎元	⊙按日期記載朱一貴事件發生的原因、經過與影響。	⊙諸羅縣虎尾溪以北、大甲溪以南增設彰化縣；大甲溪以北設淡水廳。澎湖也擬升格為廳。
1724 雍正2	⊙《臺海使槎錄》初稿完成，〈自序〉寫於二月。	黃叔璥	⊙自序言及撰寫《臺海使槎錄》的動機及著述要旨。	⊙設金門社學，為書院之權輿。 ⊙約講生恭捧本年所訂的聖諭廣訓，高聲對眾人講解。
1728 雍正6	⊙〈經理台灣疏〉〈陳治臺十事〉 ⊙《海天玉尺編》	藍鼎元 夏之芳主編	⊙藍鼎元歸鄉後又條奏治臺之策。 ⊙督辦台灣學政之時，曾取歲試之文，輯刊《海天玉尺編》初集。	⊙夏之芳來台擔任巡台御史兼理學政，著有〈巡行詩〉十二首。
1729 雍正7	⊙《海天玉尺編》第二集	夏之芳主編	⊙因科試又刊第二集。	⊙巡台御史另負兼理學政職務。
1730 雍正8	⊙《海國聞見錄·自序》	陳倫炯	⊙自序提到個人經歷，及寫作目的。全書記載沿海形勢、民風物產以及商賈貿易概況。	⊙淡水營守備改為都司。
1732	⊙《裨海紀遊》	郁永河		⊙添設竹塹巡檢；駐

雍正10	刊本 ⊙《東征集》刊本	藍鼎元	⊙有關治台機要的文書合輯。	竹塹，兼司獄事。 ⊙滿、漢巡台御史原一年一易，改為二年更易。
1736 乾隆1	⊙《臺海使槎錄》刊本	黃叔璥	⊙分成〈赤嵌筆談〉記錄觀察台灣漢人社會的面貌；〈番俗六考〉、〈番俗雜記〉則記錄觀察原住民社會文化。	⊙彰化縣普濟堂、育嬰堂、養濟院在縣東門外，知縣秦士望建。
1741 乾隆6	⊙《珊枝集》	張湄	⊙承續輯錄課藝習作的編纂目的。	⊙張湄著《瀛儒百詠》
1742 乾隆7	⊙《重修福建臺灣府志・藝文志》刊本	劉良璧主編	⊙收錄有關治臺政策、族群關係、社會救濟以及經濟措施文章。	⊙臺南三山國王廟建成。
1747 乾隆12	⊙《使署閑情》 ⊙《重修臺灣府志・藝文志》刊本	六十七 六十七 范咸主編	⊙將未納入府志的詩文，及六十七的作品合編而成的選集。	⊙六十七著《臺海采風圖考》、《番社采風圖考》 ⊙范咸著《婆娑洋集》
1752 乾隆17	⊙《重修台灣縣志・藝文志》	王必昌主編	⊙收錄彰化縣政教風俗等文。	⊙滿、漢巡台御史，改為三年一易。廢漢御史兼學政制，仍歸臺灣道兼攝。
1753 乾隆18	⊙《臺海見聞錄》刊本	董天工	⊙書中的〈漢俗〉呈顯在臺觀察風土的特色。	⊙於斗六門建龍門書院。
1764 乾隆29	⊙《重修鳳山縣志・藝文志》	王瑛曾主編	⊙兩書〈藝文志〉收錄奏疏、序、傳、	⊙禁福建士人入台冒籍考試。

	刊本 ⊙《續修臺灣府志·藝文志》刊本	余文儀主編	記等文。 ⊙收錄有關治臺政策、族群關係、社會救濟以及經濟措施文章。	⊙淡水廳最早成立的書院，初為義學，原設於興直堡(今泰山鄉)，後始改為書院。閩浙總督楊廷璋為其命名為「明志書院」。
1765 乾隆30	⊙《陳清端公文集》 ⊙《小琉球漫誌·自序》	陳璸	⊙呈現在臺約九年對於文教倡興、風俗觀察、經濟民生措施、及治安吏政改革的理念。	⊙明志書院移竹塹南門內。 ⊙台灣知府蔣允焄籌建海東書院
1766 乾隆31	⊙《小琉球漫誌》傳抄本	朱士玠	⊙記錄在台灣一年的見聞，並多描述台灣府治及鳳山縣治的教化情形。	⊙澎湖通判胡建偉建文石書院。
1769 乾隆34	⊙《澎湖紀略·藝文紀》	胡建偉主編	⊙收錄有關澎湖的疏、書、議、序、引、記等文。	⊙由民變而成閩粵械鬥的黃教案，主事黃教遭擒獲。
1772 乾隆37	⊙《海東札記·自序》(10月1日)	朱景英	⊙分方隅、巖壑、洋澳、政紀、氣習、土物、叢璅、社屬等八類，筆記在台三年多的見聞。	⊙七月水災，鐲免水沖田園計十頃五十七畝。 ⊙無論商、漁船照，一年一換；如有風信不順，餘限三月·如逾限不赴原籍換照，不准出洋，拏家屬聽比。
1790 乾隆55	⊙《東瀛紀事·自序》	楊廷理	⊙以時間先後為次，論述1786年(乾隆	⊙六月六日澎湖颶風，水暴溢，廬舍

			51年）林爽文事件發生的原因並記錄事件的後續發展。	多陷，賑恤受災民戶。
1804 嘉慶9	⊙《海東札記》刊本 ⊙《蛤仔難紀略》	朱景英 謝金鑾	⊙記錄平埔族文化變遷的現象。 ⊙彙集宜蘭沿革歷史的〈蛤仔難紀略〉及數篇人物傳記。	⊙彰化平埔族由潘賢文率領，遷至蛤仔難。
1807 嘉慶12	⊙《續修台灣縣志・藝文志》	謝金鑾與鄭兼才主編	⊙收錄台灣縣文教建置、自然景觀與民情風俗等文。	⊙海盜蔡牽的黨羽朱濆襲佔蘇澳，台灣知府楊廷理、南澳總兵王得祿率軍擊退。
1813 嘉慶18	⊙《臺陽筆記》刊本	翟灝	⊙觀察風土的記載	⊙移民湧至噶瑪蘭。
1816 嘉慶21	⊙《半崧集》（三月自序）	章甫	⊙收錄〈遊鯽魚潭記〉等短篇遊記、〈哭翔兒文〉等抒情文及一些應用文。〈自序〉言好文藝的心志。	⊙官府將違法開墾埔里的郭百年等人驅逐出山，即所謂郭百年事件。
1824 道光4	⊙《問俗錄》 ⊙〈新建鹿仔港文開書院碑記〉	陳盛韶 鄧傳安	⊙記錄建陽縣及鹿港廳等六個任職之地的風俗，如台地「螟兒」、「頭家」、「分類械鬪」等。 ⊙記錄因鹿港缺乏書院，所以與當地商人士紳共同倡建文開書院的過程與意	⊙八里坌正式開港通商後，艋舺的商業貿易與台灣府治、鹿港等地成為鼎足三分的局勢，而有「一府、二鹿、三艋舺」的稱譽。 ⊙四月北路理番同知兼鹿港海防同知鄧

			義。	傳安於鹿港倡建文開書院。
1826年 道光6	⊙〈闢建淡水廳城的呈文〉	鄭用錫	⊙作者於十一月聯合士紳，向淡水同知李慎彝說明築城為當務之急的民意趨向。	⊙1826年（道光二十六年）鹿港所轄水沙連的埔里等六社請求內附。 ⊙彰化縣人曾維楨舉進士。 ⊙嘉義李黃二姓因竊豬案引起械鬥，並蔓延至鳳山、彰化、淡水。
1829 道光9	⊙《東槎紀略》刊本（冬自序） ⊙《澎湖續編·藝文志》	姚瑩 蔣鏞	⊙論述械鬥等社會問題，台民性格及治臺政策。 ⊙補錄《澎湖紀略》未收有關澎湖的文章。	⊙八月竹塹城改建完成。 ⊙鳳山縣人黃驤雲舉進士。
1830 道光10	⊙《蠡測彙鈔》	鄧傳安	⊙收錄〈台灣番社紀略〉、〈水沙連紀程〉、〈番社近古說〉等關於原住民的題材，及考史事等文。	⊙禁種植鴉片。 ⊙鳳山紳民捐建鳳岡書院。 ⊙噶瑪蘭林瓶爭奪挑運利益而引起械鬥。
1832年 道光12	⊙〈請急賑歌〉 ⊙《澎湖續編·	蔡廷蘭 蔣鏞主	⊙周凱勘查澎湖鬧饑荒後的賑災情形時，蔡廷蘭以此文表達知識份子對民生的關懷。	⊙九月嘉義店仔口（今臺南白河）人張丙聚眾起事，並引起閩粵械鬥，影響範圍包括嘉義、台灣、鳳山、淡水。

	藝文紀》刊本	編		⊙淡水廳南崁、龍潭陂閩、粵械鬥。
1836 道光16	⊙《海南雜著》 ⊙《彰化縣志》 ⊙《二勿齋文集》刊本	蔡廷蘭 周璽 謝金鑾	⊙〈滄溟紀險〉敘遭風歷險十晝夜抵達越南的情景，〈炎荒紀程〉篇為按日記載於越南及歸途的經過，〈越南紀略〉篇記述越南史事及其典章衣物與風土人情。 ⊙收錄彰化縣政教風俗等文。 ⊙彙集散文、詩歌、像贊、題辭等，並錄有關台灣的事蹟。	⊙嘉義沈知以歉收搶糧起事。
1837 道光17	⊙《噶瑪蘭志略·藝文志》抄本	柯培元	⊙收錄噶瑪蘭政教風俗等文。多襲陳淑均《噶瑪蘭廳志》。	⊙位在艋舺西南方的「學海書院」，原名「文甲書院」，為淡水廳同知婁雲所倡建。
1840 道光20	⊙《六亭文集》 ⊙《內自訟齋文集》	鄭兼才 周凱	⊙收錄公文奏議、書信序跋等雜文，因作者職務的關係，對於修志細節及教化的題材多有著墨。 ⊙錄任台灣兵備道的周凱所作涉及台灣	⊙潘永清捐建士林芝山巖的文昌祠義學，此為淡水廳著名的私學。 ⊙福建分巡台灣道姚瑩訂〈台灣十七口防狀〉，以調度台灣內外防務。

			的應用文及有關張丙事件之文。	⊙清英鴉片戰爭時，姚瑩於基隆二沙灣山上建造砲台，城門懸海門天險石刻方匾，派兵駐守派兵駐守。
1843 道光23	⊙《東溟奏稿》 ⊙〈澎湖廳市民乞留姚石甫廉訪乘上欽差大臣制府怡〉	姚瑩 蔡廷蘭	⊙收錄〈會商台灣夷務奏〉等在臺奏稿 ⊙蔡廷蘭上書給閩浙總督怡良，請求朝廷撤回將免除姚瑩職務的行政命令。	⊙清廷派閩浙總督怡良查辦英軍俘虜遭殺害事件，後奏請將姚瑩、達洪阿革職。 ⊙曹謹於艋舺捐建「文甲書院」，倡興北臺學風。 ⊙嘉義洪協集眾起事。
1847 道光27	⊙《宦海日記》	曹士桂	⊙記述巡視鹿港及水沙連的見聞；並在探察原住民八十餘社的生活及風俗後，寫下宜審慎處理歸附的奏稿。	⊙閩浙總督劉韻珂來台巡視，並將文甲書院更名為「學海書院」。
1849 道光29	⊙《中復堂全集》	姚瑩	⊙收錄姚瑩經世文章與詩集。	⊙四月二十一日美國東印度艦隊司令派遣船隻駛臺，五月五日抵達雞籠港，取得優質煤炭樣品，於是建議美國與中國交涉建置儲煤站於雞籠。

1851 咸豐1	⊙〈北郭園記〉 ⊙《瀛洲校士錄》共三集	鄭用錫 徐宗幹	⊙記敘竹塹北郭園的地理空間與命名由來，及歷經三年多的興築過程。 ⊙彙集科舉制藝作品編成。	⊙三至六月，澎湖風霾大作，降鹹雨，毀農作，民無以為生。 ⊙清廷重申台灣煤礦、硫礦禁止開採之令。 ⊙嘉義人林鬧因地方清莊無處容身之際，糾眾起事。
1853 咸豐3	⊙〈勸和論〉（5月） ⊙〈問風俗〉 ⊙《噶瑪蘭廳志·藝文志》刊本（1831年定稿1849年補訂）	鄭用錫 曹敬 陳淑均主編	⊙作者對當時閩、粵分類械鬥次數頻繁，所以欲藉此文傳達勸導居民和睦相處，凝聚命運共同體集體意識。 ⊙以一淡北文人的立場，希冀以普及教育的方式來消弭械鬥之風。 ⊙收錄噶瑪蘭政教風俗等文。	⊙淡水發生漳、泉州民械鬥，泉民失利，移居大稻埕。 ⊙咸豐帝頒台灣府天后廟（臺南媽祖廟）御書匾額。 ⊙宜蘭平埔族移居花蓮。 ⊙林恭趁太平軍起事之時，豎旗集眾起事。地點涉及鳳山、台灣、嘉義、彰化四縣。
1854 咸豐4	⊙〈育嬰堂給示呈詞〉	施瓊芳	⊙鑒於地方曾有溺女事件發生，又因育嬰所費不訾，故呈請籌措長期經營育嬰堂的費用。呼籲	⊙士紳石時榮倡捐台灣縣育嬰堂。 ⊙美東方艦隊司令培理（M.C. Perry）遣阿布特（Cap.

			鄉親共同響應籌建育嬰堂的善行，並宣揚尊重生命的意義。	Abbot)上校率艦抵台調查礦產資源，測繪台灣海岸地圖，力主佔領台灣。 ⊙福建小刀會船駛入雞籠，為官軍擊敗，林文察在此役中立功，霧峰林家因此步入仕宦。
1859 咸豐9	⊙《曹愨民先生詩文略集》抄本	曹敬	⊙描繪景物古蹟、記載風俗民情、及勸學勵志等題材	⊙龍山寺舉行普渡時，因誤解而引起淡水漳、泉械鬥，為台灣北部傷亡最慘重的械鬥。 ⊙台北大稻埕霞海城隍廟落成。
1862 同治1	⊙《斯未信齋文編》、《斯未信齋雜錄》	徐宗幹	⊙包括了公文書及日記隨筆，並多錄擔任台灣道時的見聞。	⊙天地會戴潮春攻佔彰化，後來北至淡水，南到鳳山多有人響應。此事件前後長達三年，是台灣歷時最久的民變事件。 ⊙滬尾（淡水）設海關，正式置稅務司徵稅。
1867 同治6	⊙《東瀛紀事·自序》 ⊙《中復堂全集》	林豪 姚瑩	⊙記述撰作此書動機與方法。 ⊙姚瑩子濬昌重刻，	⊙美國商船羅發號(Rover)觸礁，生還人員遭琅嶠土著

	重刻本 ⊙《靜遠堂詩文鈔》 ⊙《治臺必告錄》成書	 鄭用鑑 丁曰健主編	並附傳記、墓志及年譜。 ⊙多為讀經、論史與評詩的讀書心得及據事說理類的散文，並有與評詩。 ⊙集藍鼎元、魏源、謝金鑾、鄧傳安、周凱、姚瑩、達洪阿、劉韻珂、熊一本、史密，徐宗幹及丁曰健所撰書劄、奏疏及政教論述，並多含「戴案」史料。	襲擊，引起羅發號事件。 ⊙美駐廈門領事李仙得（Le Gendre）抵台，照會台灣道總兵劉明燈與兵備道吳大廷查辦羅發號事件。 ⊙九月十三日李仙得入瑯嶠社，與頭目卓杞篤議和。 ⊙德記洋行在安平開設分店。
1868 同治7	⊙《石蘭山館遺稿》 ⊙《冠悔堂詩文鈔》鈔本	施瓊芳 楊浚	⊙當地的文化記錄，內容涵蓋學額的增廣、敬字信仰、文昌信仰以及公共建設、社會救濟等。	⊙英國領事吉必勳（John Gibson）不滿樟腦貿易被壟斷，率艦砲轟安平。 ⊙英商寶順洋行原擬在艋舺租屋營業，因紳民抗爭而遷至大稻埕，並引發眾商雲集於此。 ⊙杜德於艋舺創設精製茶廠，為台灣精製烏龍茶的肇端。
1870 同治9	⊙《北郭園全集》刊本	鄭用錫	⊙記敘興建園林、勸說和睦相處之理，以及詩稿題序、誄	⊙淡水廳官紳倡建兩間育嬰堂。一位於竹塹城南門內龍王

			文等應用文，另有科舉制藝之文。	祠右畔，另一則在艋舺學海書院後方。
1871 同治10	⊙《淡水廳志·文徵》刊本	陳培桂主編	⊙收錄淡水廳政教風俗等文。	⊙11月6日六十九名琉球人漂流至台灣西南八瑤灣，為牡丹社原住民所弒。 ⊙英設臺海航線，通行安平、淡水、廈門、汕頭、香港。 ⊙英國長老教會派甘為霖(William Campbell)到台灣南部傳教。加拿大長老會派神父馬偕來台。
1873 同治12	⊙《東瀛識略》刊本	丁紹儀	⊙廣覽文獻所得及觀察社會教化對於風俗的影響，或是價值觀改變的記錄。	⊙日命全權大臣副島種臣與清廷交涉琉球人為牡丹社民所弒之事。 ⊙日本水野遵奉命至台探險，乘海軍春日艦偵查台灣近海。 ⊙板橋林家大觀學舍改名為大觀義學。
1874 同治13	⊙〈臺事〉(第一至第五篇)	李春生	⊙牡丹社事件發生後，將經濟、政治、外交的改革、人才的培育、及社會風俗等意見，投	⊙日軍3月12日於琅嶠登陸，以牡丹社事件為藉口入侵台灣。 ⊙清廷命沈葆楨為辦

			稿到《中外新報》。	理台灣海防兼理各國事務大臣。
	⊙《臺灣海防並開山日記》	羅大春	⊙多錄當時台灣「開山」的情形，如率領十三營兵力，北路自蘇澳到花蓮港北奇萊一帶，全長二百零五里，12月完工的情況。	⊙籌備後山開墾事宜，令羅大春開建蘇澳至花蓮道路，吳光亮開建林圯埔（竹山）至璞石閣（玉里）的八通關道路，袁文柝開建赤山(萬巒至卑南(台東）的南部越嶺路。
1875 光緒1	⊙《一肚皮集》刊本 ⊙〈奏請琅嶠築城設官摺〉 ⊙〈臺事〉(第六、七篇)	吳子光 沈葆楨 李春生	⊙涵括史論、文論、雜考等內容，並錄有關台灣時事、風俗教化的採錄與評論。 ⊙因見琅嶠氣候，議將新建縣城取名為恆春。	⊙沈葆楨於二月十三日抵台。 ⊙琅嶠設恆春縣，設四城門與城牆。
1877 光緒3	⊙《愛吾廬文鈔》刊本	呂世宜	⊙收錄史評、傳、記、及祭周凱等應用文。	⊙艋舺人士與教徒意見不合，糾眾拆毀教堂。
1880 光緒6	⊙《東瀛紀事》刊本	林豪	⊙將親身見聞及田野訪查所得，參酌相關檔案文獻，以敘事文手法表現戴潮春事件。	⊙台北知府陳星聚籌建台北儒學及登瀛書院。 ⊙朝陽書院建於鳳山縣潮州莊。
1887	⊙《台灣小志》	龔柴	⊙記述法軍攻佔基隆	⊙台灣巡撫改為福建

光緒13	刊本		的相關事蹟。	台灣巡撫。 ⊙劉銘傳籌建澎湖西嶼東臺，為四座海防砲台之一。 ⊙創西學堂。 ⊙建苗栗英才書院。
1889 光緒15	⊙《巡臺退思錄》刊本	劉璈	⊙論及加強海防、吏治改革、佈防等治臺之策。	⊙春季建宏文書院於台灣府。 ⊙八月，台灣府興工。 ⊙十二月，全台土地清丈完成。
1891 光緒17	⊙《劉壯肅公奏議》 ⊙《臺陽見聞錄·自序》 ⊙《臺游日記》	劉銘傳 唐贊衮 蔣師轍	⊙在臺期間的公牘文書匯集而成，書中可見他對於清治時期臺灣鹽務、洋務、海防等方面的見解。 ⊙多記籌備通志局事宜，及臺灣見聞與史事。	⊙設台灣通志局。吳德功受聘主修《彰化縣志》。 ⊙彰化籌建興賢書院。
1892 光緒18	⊙《臺陽見聞錄》刊本	唐贊衮	⊙記錄有關西學堂、鐵路、電報、教堂、領事署、洋行等事蹟。描述當時台灣的宗教、外交、商業等國際事務已明顯轉變。	⊙設金砂總局於基隆。
1893 光緒19	⊙《戴案紀略·自序》	吳德功	⊙為修誌而作，以綱目與編年的書寫方	⊙台北建明道書院。 ⊙基隆建崇基書院。

			式，詳記戴潮春民變事件的經過。	⊙十一月，台北至新竹鐵路竣工。
	⊙《施案紀略·自序》(12月)	吳德功	⊙載施九緞民變事件，並錄病故人員、殉難陣亡兵勇名冊。	⊙板橋林家興建林本源園邸。
	⊙《寄鶴齋臺郡觀風稿》	洪棄生	⊙書院「觀風試」的成果，為鹿港文士觀察臺灣局勢的見解。	
	⊙《詩畸·序》(2月)	唐景崧	⊙籌組牡丹吟社並為刊印文士吟詠的詩集題序。	
	⊙《苗栗縣志·文藝志》	沈茂蔭(主編)	⊙收錄苗栗縣政教風俗等文。	
1894 光緒20	⊙《寄鶴齋觀風稿》	洪棄生	⊙書院「觀風試」的成果。	⊙吳德功完成《彰化縣志》採訪冊。各廳縣采訪冊陸續編成。
	⊙《全台遊記》	池志澂	⊙載遊臺時對於山川、人物、風俗、族群關係等層面的觀察記錄。	⊙八月劉永福率廣勇兩營駐台北，增募六營，稱黑旗軍。臺紳林朝棟守獅球嶺，丘逢甲率義勇守彰化、新竹。
	⊙《澎湖廳志·藝文志》刊本	林豪(主編)	⊙收錄澎湖、恆春文教建置、自然景觀與民情風俗等文。	
	⊙《恆春縣志·藝文志》刊本	屠繼善(主編)		
	⊙《主津新集》初稿(1896年在日本橫濱出版)	李春生	⊙彙集自1873年至1895年投稿於《中外新報》、《萬國公報》等文，而成《主津新集》，內	⊙台北至新竹鐵路通車。

			容論及時務、宗教與風俗教化等議題。	
1895 光緒21	⊙《台灣日記與稟啟》 ⊙《讓臺記》手抄本 ⊙《憶臺雜記》	胡傳 吳德功 史久龍	⊙記作者校閱全臺軍營、堡壘、鹽務及擔任台東知州的見聞。 ⊙記載民眾參與戰事的情形，及中日和議已定時，籌設「聯甲局」，並募練勇、捕盜賊，以維持彰化社會秩序的經過。 ⊙追憶在台之事，並評論洋務運動後的行政、防務等改革。又為馬關條約簽定後的局勢作歷史見證。	⊙四月十七日馬關條約簽署。 ⊙五月二十五日台灣民主國成立，唐景崧為總統。六月二日清李經方與日樺山資紀在基隆港交割台澎。六月十二日台灣民主國潰散，日軍入台北城。 ⊙倪贊元主編《雲林采訪冊》、盧德嘉主編《鳳山縣采訪冊》、胡傳主編《台東州采訪冊》、陳朝龍主編《新竹縣采訪冊》初稿遺存。

附錄一「台灣清治時期文集一覽表」、附錄二「台灣清治時期散文發展繫年表」主要參考文獻：

1. 中央研究院臺史所「漢籍電子文獻」中的「臺灣文獻叢刊資料庫」。（包含台灣方志、台灣檔案、台灣文獻共 310 種）
2. 吳幅員：《臺灣文獻叢刊提要》（台北：台灣銀行經濟研究室，1977 年）。

3.廖漢臣：〈台灣文學年表〉，《台灣文獻》15 卷 1 期，1964 年 3 月。
4.林瑞明：〈明清台灣文學史簡表（1652-1895）〉，錄於葉石濤：《台灣文學史綱》（高雄：文學界雜誌社，1987 年 2 月），頁 183-201。
5.吳福助主編：《台灣漢語傳統文學書目》（台北：文津出版社，1999 年 1 月），頁 4-96。
6.林礽乾、莊萬壽、陳憲明、張瑞津、溫振華等主編：《台灣文化事典》（台北：台灣師範大學人文教育研究中心，2005 年）。
7.許雪姬等編：《台灣歷史辭典》（台北：遠流出版事業股份有限公司，2004 年 5 月），附錄冊。
8.林熊祥、陳世慶等編：《台灣省通志稿》第一冊大事記（台北：台灣省文獻委員會，1950 年 12 月），頁 18-57。
9.遠流台灣館編、吳密察監修：《台灣歷史年表》（台北：遠流出版事業股份有限公司，2001 年）。
10.張季琳、古偉瀛編：〈李春生相關大事年表〉，收錄於《李春生著作集》附冊（台北：南天書局有限公司，2004 年 8 月），頁 221-264。

附錄三　台灣古典文學博士學位論文一覽表

研究生	論文名稱	學校名稱	系所名稱	指導教授	學年度
廖雪蘭	臺灣詩史	私立中國文化大學	中國文學研究所	林尹 成軒	72
施懿琳	清代台灣詩所反映的漢人社會	國立臺灣師範大學	國文研究所	王熙元 黃得時	80
廖振富	櫟社三家詩研究——林癡仙、林幼春、林獻堂	國立臺灣師範大學	國文研究所	莊萬壽	84
林玉茹	清代竹塹地區在地商人及其活動網路	國立臺灣大學	歷史研究所	黃富三	86
黃美玲	連雅堂文學研究	國立中山大學	中國文學研究所	龔顯宗	87
李世偉	日據時代台灣儒教結社與活動	私立中國文化大學	歷史研究所	王吉林 宋光宇	87
黃美娥	清代臺灣竹塹地區傳統文學研究	私立輔仁大學	中國文學研究所	曹永和 沈謙	87
翁聖峰	日據時期台灣新舊文學論爭新探	私立輔仁大學	中國文學研究所	陳萬益	90
川路祥代	殖民地臺灣文化統合與臺灣傳統儒學社會(1895-1919)	國立成功大學中國文學系	博士	宋鼎宗	90
張靜茹	以林癡仙、連雅堂、洪棄生、周定山的上海經驗論其身分認同的追尋	國立臺灣師範大學	國文研究所	許俊雅	91
楊若萍	台灣與大陸文學關係之歷史研究	私立中國文化大學	中國文學研究所	皮述民	91

	(1652年-1949年)				
陳光瑩	洪棄生詩歌研究	國立高雄師範大學	國文研究所	龔顯宗	91
徐慧鈺	林占梅園林生活之研究	國立政治大學	中國文學研究所	黃志民	91
吳盈靜	清代臺灣紅學初探	國立中央大學	中國文學系	康來新	91
林淑慧	臺灣清治時期散文發展與文化變遷	國立臺灣師範大學	國文研究所	莊萬壽	93
王惠鈴	丘逢甲、「詩界革命」及其與日治時期台灣傳統詩界的關係	私立東海大學	中國文學研究所	魏仲佑	93
王幼華	清代台灣漢語文獻原住民記述研究	中興大學	中國文學系	陳器文	93
謝貴文	姚瑩的經世思想與在臺事功	國立高雄師範大學	國文研究所	蔡崇名	94

附錄四　台灣古典散文碩士論文一覽表

編號	研究生	論文名稱	校院系所名稱	學位類別	指導教授	學年度
1	陳美妃	日據時期臺灣漢語文學析論	私立輔仁大學中國文學研究所	碩士	王靜芝	70
2	張翠蘭	連雅堂學述	國立政治大學中國文學研究所	碩士	簡宗梧	80
3	程玉凰	洪棄生及其作品考述	國立中正大學中國文學研究所	碩士	謝海平	83
4	謝志賜	道咸同時期淡水廳文人及其詩文研究：以鄭用錫、陳維英、林占梅為對象	國立臺灣師範大學國文研究所	碩士	李鍌	84
5	李毓嵐	徐宗幹在臺施政之研究（1848～1854）	國立中央大學歷史學系	碩士	張勝彥	85
6	曾國棟	清代臺灣示禁碑之研究	國立成功大學歷史語言研究所	碩士	何培夫	85
7	鄭淑文	寄鶴齋古文研究——以史評為範疇	私立逢甲大學中國文學研究所	碩士	崔成宗	86
8	賀幼玲	《臺灣外記》之人物與思想研究	國立中山大學中國文學研究所	碩士	龔顯宗	87
9	曾鼎甲	論《臺灣省通志稿》之纂修——以革命、學藝、人物三志為例	國立中興大學歷史學系	碩士	黃秀政	87
10	李泰德	文化變遷下的臺灣傳統文人——黃得時評傳	國立臺灣師範大學國文研究所	碩士	莊萬壽	87
11	陳虹如	郁永河《裨海紀遊》研究	國立臺灣師範大學國文研究所	碩士	莊萬壽	88

12	葉連鵬	澎湖文學發展之研究	國立中央大學中國文學研究所	碩士	李瑞騰	88
13	洪博文	日治時期文學作品所反映的臺灣民主國形象	國立臺南師範學院鄉土文化研究所	碩士	呂興昌	88
14	林淑慧	黃叔璥及其《臺海使槎錄》研究	國立臺灣師範大學國文研究所	碩士	莊萬壽	88
15	顧雅文	八堡圳與彰化平原人文自然環境變遷之互動	臺灣大學歷史學研究所	碩士	劉翠溶	88
16	蘇秀鈴	日治時期崇文社研究	國立彰化師範大學國文研究所	碩士	施懿琳	89
17	郭侑欣	憂鬱的亞熱帶：郁永河《裨海紀遊》中的臺灣圖像及其衍異	私立靜宜大學中國文學研究所	碩士	陳萬益	89
18	陳佳妏	清代臺灣記遊文學中的海洋	國立政治大學中國文學研究所	碩士	黃志民 呂興昌	89
19	張清萱	連橫《臺灣通史・列傳》研究	國立中興大學中國文學研究所	碩士	吳福助	89
20	陳明仁	東臺灣歷史再現中的族群與異己——以胡傳之《臺東州采訪冊》的原住民書寫為例	國立花蓮師範學院鄉土文化研究所	碩士	康培德	90
21	徐千惠	日治時期臺人旅外遊記析論——以李春生、連横、林獻堂、吳濁流遊記為分析場域	國立臺灣師範大學國文研究所	碩士	莊萬壽	90
22	楊永智	明清臺南刻書研究	私立東海大學中國文學研究所	碩士	吳福助	90
23	謝瓊怡	濁水溪相關傳說之研究	私立逢甲大學中國文學研究所	碩士	陳兆南	90

24	趙俊祥	臺灣古蹟的歷史形成過程——以清代志書「古蹟」為探討	國立中央大學歷史研究所	碩士	張炎憲	91
25	高麗敏	桃園縣文學史料之分析與研究	私立東吳大學中國文學研究所	碩士	陳明台	91
26	洪惠燕	鹿港文化人施文炳先生研究	國立中興大學中國文學研究所碩士在職專班	碩士	賴芳伶	91
27	林惠源	嘉義藝文發展的歷史觀察	國立成功大學歷史學系	碩士	蕭瓊瑞	91
28	蔡翔任	張純甫「是左」、「非墨」思想研究——以古史辨運動為背景	國立中正大學中國文學研究所	碩士	謝大寧	91
29	陳珮羚	清代臺灣中部「筱雲山莊」呂家的發展	私立東海大學歷史學系	碩士	張炎憲	91
30	吳麗珠	《四庫全書》收錄臺灣文史資料之研究	私立東吳大學中國文學研究所	碩士	吳哲夫	92
31	江昆峰	《三六九小報》之研究	私立銘傳大學應用中國文學研究所	碩士	徐麗霞	92
32	郭麗琴	西螺地區文學發展研究	國立中正大學中國文學研究所	碩士	陳益源	92
33	陳琬琪	張純甫儒學思想研究	國立政治大學中國文學研究所	碩士	陳逢源	92
34	蔡幸君	桃竹地區傳統藝文研究——1920～1945年間活動的考察	私立中國文化大學史學研究所	碩士	陳清香	92
35	吳梨華	從文獻資料解讀清代臺灣平埔族的社會文化	國立臺南師範學院臺灣文化研究所	碩士	蔡志展	92

36	薛建蓉	清代台灣士紳角色扮演及在地意識研究——以竹塹文人鄭用錫與林占梅為探討對象	國立成功大學臺灣文學研究所	碩士	施懿琳 黃美娥 游勝冠	93
37	吳青霞	臺灣三大民變書寫研究——以古典詩文為主	國立成功大學臺灣文學研究所	碩士	施懿琳	94

參考文獻

一、臺灣鄭氏時期、清治時期文集與方志

陳　第

1959　《東番記》收錄於沈有容《閩海贈言》，臺北：臺灣銀行經濟研究室，臺灣文獻叢刊 56 種。

（以下若由臺灣銀行經濟研究室出版的「臺灣文獻叢刊」，簡稱為「臺灣文叢」，並註明出版年及該書於叢刊的編號。）

楊　英

1958　《從征實錄》，台灣文叢 32 種。

施　琅

1958　《靖海紀事》，臺灣文叢 13 種。

季麒光

1965　《臺灣雜記》，收錄於臺灣銀行經濟研究室編《臺灣輿地彙鈔》，臺灣文叢 216 種。

2004　《東寧政事集》，收錄於【臺灣文獻匯刊】第四輯「臺灣相關詩文集」第 2 冊，廈門：廈門大學出版社、北京：九州出版社。

林謙光

1966　《臺灣紀略》，收錄於《叢書集成簡編》，臺北：臺灣商務印書館，據龍威祕書本排印，第 797 冊。

徐懷祖

1965　《臺灣隨筆》，收錄於《臺灣輿地彙鈔》。

郁永河

1959 《裨海紀遊》，臺灣文叢 44 種。

陳　璸

1961 《陳清端公文選》，臺灣文叢 116 種。

吳桭臣

1965 《閩遊偶記》，收錄於《臺灣輿地彙鈔》，臺灣文叢 216 種。

藍鼎元

1951 《東征集》，臺灣文叢 12 種。

1951 《平臺紀略》，臺灣文叢 14 種。

黃叔璥

1996 《南征記程》臺南：莊嚴出版社影印清華大學圖書館藏清乾隆四年黃氏刻本，收錄於《四庫全書存目叢書》（二）史部傳記類第128 冊。

1957 《臺海使槎錄》，臺灣文叢 4 種。

陳倫炯

1958 《海國聞見錄》，臺灣文叢 26 種。

六十七

1961 《使署閒情》，臺灣文叢 122 種。

《番社采風圖考》，臺灣文叢 90 種。

朱仕玠

1957 《小琉球漫誌》，臺灣文叢 3 種。

朱景英

1958 《海東劄記》，臺灣文叢 19 種。

董天工

1961 《臺海見聞錄》，臺灣文叢 129 種。

章　甫

1958 《半崧集簡編》，臺灣文叢 20 種。

楊廷理

1965　《東瀛紀事》，臺灣文叢 213 種。

翟　灝

1958　《臺陽筆記》，臺灣文叢 20 種。

鄭兼才

1963　《六亭文選》，臺灣文叢 143 種。

鄭用錫

1991　《北郭園全集》（臺灣先賢詩文集彙刊第二輯），臺北：龍文出版社。

1992　《淡水廳志稿》，南投：臺灣省文獻委員會。

鄭用鑑

2000　《靜遠堂詩文鈔》，新竹：新竹縣立文化中心。

施瓊芳

1992　《石蘭山館遺稿》，臺北：龍文出版社。

抄本五冊及遺稿收錄於《臺南文化》第六卷第一期、第八卷第一期。

丁紹儀

1957　《東瀛識略》，臺北：臺灣文叢 2 種。

姚　瑩

1957　《東槎紀略》，臺灣文叢 7 種。

1958　《東溟奏稿》，臺灣文叢 49 種。

1960　《中復堂選集》，臺灣文叢 83 種。

陳盛韶

1997　《問俗錄》，南投：臺灣省文獻委員會。

蔡廷蘭

1959　《海南雜著》，臺灣文叢 42 種。

丁曰健

1959　《治臺必告錄》，臺灣文叢 17 種。

徐宗幹

1960　《斯未信齋文編》，臺灣文叢 87 種。

吳子光

1958　《臺灣紀事》，臺灣文叢 36 種。

2001　《一肚皮集》（雙峰草堂藏板），臺北：龍文出版社。臺灣先賢詩文集彙刊第三輯，第二冊。

2001　《芸閣山人集》，收錄於《一肚皮集》第七冊。

陳維英

1953　《偷閒錄》，收錄於《臺北文獻》2 卷 2 期，臺北：臺北市文獻委員會。

曹　敬

曹敬手稿及抄本（曹家珍藏）。

1971　《曹敬詩文略集》收錄於《臺北文獻》15、16 期合刊

林　豪

1957　《東瀛紀事》，臺灣文叢 8 種。

施士洁

1992　《後蘇龕合集》，臺北：龍文出版社，臺灣先賢詩文集彙刊第一輯。

沈葆楨

1959　《福建臺灣奏摺》，臺灣文叢 29 種，。

羅大春

1972　《臺灣海防並開山日記》，臺灣文叢 308 種。

劉　璈

1958　《巡臺退思錄》，臺灣文叢刊 21 種。

胡　傳

1960　《臺灣日記與稟啟》，臺灣文叢 71 種。

劉銘傳

1958　《劉壯肅公奏議》，臺灣文叢 27 種。

洪棄生

1970　《寄鶴齋函札》，臺北：成文出版社。

1993　《寄鶴齋古文集》，南投：臺灣省文獻委員會。收錄於「洪棄生先生全集」。

池志澂

1960　《全臺遊記》，臺灣文叢 89 種。

蔣師轍

1957　《臺游日記》，臺灣文叢 6 種。

唐贊袞

1958　《臺陽見聞錄》，臺灣文叢 30 種。

李春生

2004　《主津新集》，臺北：南天書局。收錄於「李春生著作集」。

吳德功

1959　《戴施兩案紀略》，臺灣文叢 47 種。

1959　《讓臺記》，台灣文叢 57 種。

1992　《瑞桃齋文稿》，南投：台灣省文獻委員會。

蔡青筠

1964　《戴案紀略》，臺灣文叢 206 種。

陳素雲主編

2006　《林維朝詩文集》，台北：國史館。

鄭鵬雲

1914　《浯江鄭氏家乘》，臺中：臺灣省文獻委員會。

1981《師友風義錄》，臺北：廣文出版社

臺灣史蹟研究中心編

1981　《海東三鳳集》，臺北：臺灣史蹟研究中心。

蔣毓英主編

1993　《臺灣府志》，南投：臺灣省文獻會。

高拱乾主編

1960　《臺灣府志》，臺北：臺灣銀行經濟研究室。

陳文達主編

1963　《鳳山縣志》，臺北：臺灣銀行經濟研究室。

1961　《臺灣縣志》，臺北：臺灣銀行經濟研究室。

周元文主編

《重修臺灣府志》，臺北：臺灣銀行經濟研究室。

周鍾瑄主編

1962　《諸羅縣志》，臺北：臺灣銀行經濟研究室。

劉良璧主編

1961　《重修福建臺灣府志》，臺北：臺灣銀行經濟研究室。

范咸主編

1961　《重修臺灣府志》，臺北：臺灣銀行經濟研究室。

王必昌主編

1961　《重修臺灣縣志》，臺北：臺灣銀行經濟研究室。

余文儀主編

1962　《續修臺灣府志》，臺北：臺灣銀行經濟研究室。

王瑛曾主編

1962　《重修鳳山縣志》，臺北：臺灣銀行經濟研究室。

謝金鑾主編

1962　《續修臺灣縣志》，臺北：臺灣銀行經濟研究室

陳培桂主編

1963　《淡水廳志》，臺北：臺灣銀行經濟研究室。

林豪主編

1963　《澎湖廳志》，臺北：臺灣銀行經濟研究室。

周璽主編

1962　《彰化縣志》，臺北：臺灣銀行經濟研究室

倪贊元主編

1959　《雲林縣采訪冊》，臺北：臺灣銀行經濟研究室

屠繼善主編

1963　《恆春縣志》，臺北：臺灣銀行經濟研究室。
臺灣銀行經濟研究室輯
1959　《安平縣雜記》，臺北：臺灣銀行經濟研究室。
鄭鵬雲、曾逢辰主編
1959　《新竹縣志稿》，臺北：臺灣銀行經濟研究室。

二、古籍與史料

蕭統編〔梁〕、李善注〔唐〕
1987　《文選》新校胡刻宋本，台北：華正書局。
劉勰著〔梁〕、范文瀾註
1991　《文心雕龍注》，臺北：學海出版社。
顧炎武〔明〕
《原鈔本日知錄》，臺北：明倫出版社。
姚鼐〔清〕
1966　《古文辭類纂》，臺北：藝文印書館。
尹健餘編〔清〕
1997　《北學編》，收錄於《續修四庫全書·史部·傳記類》，上海：上海古籍出版社。
崑崗〔清〕
1953　《欽定大清會典事例》，臺北：啟文出版社。
紀昀主編〔清〕
《欽定四庫全書總目》，臺北：臺灣商務印書館影印四庫全書本，卷六十八，史部地理類序，冊二。
李桓〔清〕
1966　《國朝耆獻類徵初編》，臺北：文海書局。
海東書院輯〔清〕
1851　《瀛洲校士錄》，中央圖書館臺灣分館藏。（線裝書及微捲）
嵇璜〔清〕
1936　《清朝文獻通考》，上海：商務印書館。

寶鋆等纂修〔清〕

1966 《籌辦夷務始末》，臺北：文海出版社據故宮博物院抄本影印。

中央研究院歷史語言研究所

1972 《明清史料戊編》，臺北：維新書局。

故宮博物院

1977 《宮中檔雍正朝奏摺》，臺北：國立故宮博物院，第二輯。

1976 《宮中檔乾隆朝奏摺》，第四十六輯，臺北：故宮博物院。

1995 《清宮月摺檔臺灣史料》，臺北：國立故宮博物院。

朱保炯、謝沛霖編

1981 《明清歷科進士題名碑錄》，臺北：文海出版社。

趙爾巽等編

1981 《清史稿》，臺北：鼎文書局。

臺灣銀行經濟研究室編

1963 《淡水廳築城案卷》，臺北：臺灣銀行經濟研究室，臺灣文叢 171 種。

《臺灣對外關係史料》，臺北：文海出版社，近代中國史料叢刊續編第五十一輯）。

《述報法兵侵臺紀事殘輯》，臺灣文叢 253 種。

1959 《臺灣教育碑記》，臺灣文叢 54 種。

1961 《臺灣私法人事編》，臺灣文叢 117 種。

1977 《臺灣文獻叢刊提要》，臺北：臺灣銀行經濟研究室。

《清聖祖實錄選輯》，臺北：臺灣銀行經濟研究室。

《清世宗實錄選輯》，臺北：臺灣銀行經濟研究室。

1964 《清文宗實錄選輯》，臺北：臺灣銀行經濟研究室。

《清德宗實錄選輯》，臺北：臺灣銀行經濟研究室。

邱秀堂編

1986 《臺灣北部碑文集成》，臺北：臺北市文獻委員會。

黃典權

1988 《臺灣南部碑文集成》，臺北：臺灣銀行經濟研究室。

劉枝萬

1962 《台灣中部碑文集成》，臺北：臺灣銀行經濟研究室。

侯中一主編

1977 《沈光文斯菴先生專集》，臺北：寧波同鄉月刊社。

蔣元樞

《重修臺郡各建築圖說》，臺灣文叢 283 種。

臺灣總督府臨時臺灣戶口調查部

1908 《明治三十八年臨時臺灣戶口調查記述報文》，臺北：臺灣總督府。

《臨時臺灣戶口調查結果表》，臺北：臺灣總督府。

鄭觀應

1965 《盛世危言增訂編》，臺北：臺灣學生書局。

鄭鵬雲主編

1941 《浯江鄭氏家乘》，臺中：臺灣省文獻委員會。

連　横

1962 《臺灣通史》，臺北：臺灣銀行經濟研究室。

林熊祥主編

1964 《臺灣省通志稿》，南投：臺灣省文獻會。

李汝和主編

1980 《臺灣省通志》，臺北：眾文圖書公司。

1989 《臺中縣志・藝文志》，臺中：臺中縣立文化中心。

何培夫編

1993 《臺灣地區現存碑碣圖誌》，臺北：中央圖書館臺灣分館。

2001 《南瀛古碑志》，臺南：臺南縣文化局。（南瀛文化研究叢書 26）

三、現代學者專著

中央研究院近代史研究所編

1984 《近世中國經世思想研討會論文集》，臺北：中央研究院近代史研究所。

1988 《清季自強運動研討會論文集》，臺北：中央研究院近代史研究所。

方　豪

1994 《臺灣早期史綱》，臺北：學生書局。

王　立

1992 《心靈的圖景——文學意象的主題史研究》，上海：學林出版社。

王更生

1991 《文心雕龍讀本》，台北：文史哲出版社。

王明珂

1997 《華夏邊緣——歷史記憶與族群認同》，臺北：允晨文化。

王靖宇

1999 《中國早期敘事文論集》，中央研究院中國文哲研究所籌備處

王爾敏

1995 《中國近代思想史論》，臺北：商務印書館。

王國璠

1976 《臺灣金石木書畫略》，臺中：臺灣省立臺中圖書館。

王鎮華

1986 《書院教育與建築》，臺北：故鄉出版社。

尹章義

1989 《臺灣開發史研究》，臺北：聯經出版公司。

石萬壽

2000 《臺灣的媽祖信仰》，臺北：臺原出版社。

田啟文

2003 《臺灣古典散文選讀》，臺北：五南出版社。

江樹生譯註

1999　《熱蘭遮城日誌》第一冊。臺南：臺南市政府。

江寶釵

1988　《嘉義地區文學發展史》。嘉義：嘉義市立文化中心。
《台灣古典詩面面觀》。

朱世英

1995　《中國散文學通論》。合肥：安徽教育出版社。

史　明

1998　《臺灣人四百年史》，臺北：草根文化出版社。

余英時

1983　《歷史與思想》，臺北：聯經出版社。

宋文薰等編

1992　《臺灣地區重要考古遺址初步評估第一階段研究報告》，行政院文化建設委員會。

吳文星

1987　〈白手起家的稻江巨商李春生〉，收錄於《臺灣近代名人誌》，臺北：自立晚報社。

吳福助主編

1999　《台灣漢語傳統文學書目》，臺北：文津出版社。

吳瀛濤

1983　《臺灣諺語》，臺北：臺灣英文出版社。

東海大學中國文學系編

1999　《臺灣古典文學與文獻》，臺北：文津出版社。

2002　《明清時期的臺灣傳統文學論文集》，臺北：文津出版社。

李明輝編

1995　《李春生的思想與時代》，臺北：正中書局。

李　喬

2004　〈文學主體性的建構〉，收入李永熾編：《臺灣主體性的建構》，臺北：群策會。

李澤厚

2001　《美學四講》，天津：天津社會科學院出版社。

李豐楙主編

2002　《文學、文化與世變》。臺北：中央研究院文哲研究所

李豐楙、劉苑如主編

2002　《空間、地域與文化》。臺北：中央研究院文哲研究所

杜正勝

1995　《中國文化史》，臺北：三民書局。

1998　《番社采風圖題解——以臺灣歷史初期平埔族之社會文化為中心》，臺北：中央研究院歷史語言研究所

何金蘭

1898　《文學社會學》，臺北：桂冠圖書公司。

辛廣傳

2000　《臺灣出版史》，石家庄：河北教育出版社。

東嘉生著，周憲文譯

1985　《臺灣經濟史概說》，臺北：帕米爾書店。

金耀基

1992　《中國社會與文化》，香港：牛津大學出版社。

林文龍

1999　《臺灣的書院與科舉》，臺北：常民文化出版。

林滿紅

1997　《茶、糖、樟腦業與臺灣之社會經濟變遷》，臺北：聯經出版公司。

林淑慧

2004　《臺灣文化采風：黃叔璥及其臺海使槎錄》，臺北：萬卷樓出版社。

林衡道

1981　《臺灣勝蹟採訪冊》第六輯，臺中：臺灣省文獻會。

林偉盛

1993 《羅漢腳：清代臺灣社會與分類械鬥》，臺北：自立晚報社文化出版部。

林鐘雄

1979 《西洋經濟思想史》，臺北：三民書局。

周宗賢主編

1999 《淡水學術研討會——過去·現在·未來論文集》，臺北：國史館。

周振甫

1989 《文學風格例話》，上海：上海教育出版社。

若林正丈、吳密察主編

2004 《跨界的台灣史研究——與東亞史的交錯》，台北：播種者文化有限公司。

柯慶明

1986 《文學美綜論》，臺北：長安出版社（再版）。

2000 《中國文學的美感》，臺北：麥田出版社。

2003 〈「論」、「說」作為文學類型之美感特質的探究——中古文學部分的考察〉，收錄於《廖蔚卿教授八十壽慶論文集》，台北：里仁書局。

柯慶明、林明德編

1978 《中國古典文學研究叢刊——散文與論評之部》，臺北：巨流出版社。

施懿琳、許俊雅、楊翠

1993 《台中縣文學發展史田野調查報告書》，台中：台中縣立文化中心。

1995 《臺中縣文學發展史》，臺中：臺中縣立文化中心。

施懿琳、楊翠

1993 《彰化地區文學發展史》。彰化：彰化縣立文化中心。

施懿琳

2000 《從沈光文到賴和——臺灣古典文學的發展與特色》。高雄：春暉出版社。

2004 《國民文選——傳統漢文卷》，臺北：玉山社。

洪波浪、吳新榮

1980 《臺南縣志》，臺南：台南縣政府。

胡曉真主編

2000 《世變與維新——晚明與晚清的文學藝術》。臺北：中央研究院文哲研究所。

韋政通

1992 《中國十九世紀思想史》，臺北：東大圖書公司。

張炎憲、陳美蓉、黎中光主編

1996 《臺灣近百年史論文集》。臺北：吳三連史料基金會。

張炎憲主編

1988 《歷史文化與臺灣》，臺北：臺灣風物出版社。

張炎憲、李筱峰、戴寶村主編

1996 《台灣史論文精選》（上、下冊），台北：玉山出版社。

張京媛編

1993 《新歷史主義與文學批評》，北京：北京大學。

1995 《後殖民主義與文化認同》，臺北：麥田出版社。

張勝彥

1993 《清代臺灣廳縣制度之研究》，臺北：華世出版社。

張漢良編

1993 《東西文學理論》。臺北：中華民國比較文學學會、國立臺灣大學。

張世賢

1978 《晚清治臺政策》，臺北：東吳大學。

張春榮

2001　《現代散文廣角鏡》。臺北：爾雅出版社。

張勝彥等

1996　《臺灣開發史》，臺北：國立空中大學。

張耀錡

1979　《平埔族社名對照表》，南投：臺灣省文獻會

莊萬壽

1995　《台灣論》，臺北：玉山社。

1996　《中國論》，臺北：玉山社。

2003　《臺灣文化論：主體性之建構》，臺北：玉山社。

莫渝、王幼華

2000　《苗栗縣文學史》。苗栗：苗栗縣立文化中心。

陸傳傑

2001　《裨海紀遊新注》，臺北：秋雨文化事業股份有限公司。

陳必祥

1995　《古代散文文體概論》。臺北：文史哲出版社。

陳明台

1999　《台中市文學史初編》，台中：台中市立文化中心。

陳滿銘

2001　《章法學新裁》，臺北：萬卷樓圖書股份有限公司。

2002　《章法學論粹》，臺北：萬卷樓圖書股份有限公司。

2003　《章法學綜論》，臺北：萬卷樓圖書股份有限公司。

陳捷先

1996　《清代臺灣方志研究》，臺北：學生書局。

陳秋坤

1994　《清代臺灣土著地權——官僚、漢佃與岸裡社人的土地變遷，1700-1895》，臺北：中央研究院近代史研究所。

陳其南

1987　《臺灣的傳統中國社會》，臺北：允晨文化實業股份有限公司。

1998 《傳統制度與社會意識的結構：歷史與人類學的探索》，臺北：允晨文化公司。

陳東榮、陳長房主編

1995 《典律與文學教學》，臺北：書林出版有限公司。

陳俊宏

2002 《李春生的思想與日本觀感》，臺北：南天出版社。

陳　杜

1987 《中國散文史》，臺北：臺灣商務印書館。

陳紹馨

1981 《臺灣的人口變遷與社會變遷》，臺北：聯經出版公司。

陳植鍔

1992 《詩歌意象論》，北京：中國社會科學出版社。

許俊雅

1994 《臺灣文學散論》，臺北：文史哲出版社。

許俊雅編

2004 《講座 FORMOSA：台灣古典文學評論合集》，台北：萬卷樓圖書有限公司。

許雪姬

1986 《清代臺灣的綠營》，臺北：中研院近史所專刊 54 期。

1993 《滿大人最後的二十年——洋務運動與建省》，臺北：自立晚報文化出版部。

莫渝、王幼華

2000 《苗栗縣文學史》，苗栗：苗栗縣立文化中心。

曹永和

1985 《臺灣早期歷史研究》，臺北：聯經出版公司。

2000 《臺灣早期歷史研究續集》，臺北：聯經出版公司。

黃永武

1996 《中國詩學——設計篇》，臺北：巨流圖書公司。

黃美娥

2004 《重層現代性鏡象：日治時代台灣傳統文人的文化視域與文學想像》，臺北：麥田出版社。

黃昭堂

1972 《台灣民主國の研究——台灣獨立運動史の一斷章》，東京：東京大學出版會。

黃昭弘

1993 《清末寓華西教士之政論及其影響》，臺北：宇宙光。

黃朝進

1996 《清代竹塹地區的家族與地域社會——以鄭、林兩家為中心》，臺北：國史館。

黃應貴主編

1995 《時間、歷史與記憶》，臺北：中央研究院民族學研究所。

《空間、力與社會》，臺北：中央研究院民族學研究所。

黃慶萱

2002 《修辭學》，增定三版，臺北：三民書局。

馮永敏

1997 《散文鑑賞藝術探微》，臺北：文史哲出版社。

程玉凰

1997 《嶙峋志節一書生：洪棄生及其作品考述》，臺北：國史館。

葉石濤

1993 《臺灣文學史綱》，高雄：文學界雜誌社。

葉連鵬

2001 《澎湖文學發展之研究》，澎湖：澎湖縣文化局。

新竹市政府編

1991 《新竹市二級古蹟鄭用錫墓調查研究與修護計畫》，新竹：新竹市政府。

楊雲萍

1981　《臺灣史上的人物》，臺北：成文出版社。

楊　民

2001　《萬川一月——中國古代散文史》，北京：清華大學出版社。

廖炳惠

1994　《回顧現代：後現代與後殖民論文集》，臺北：麥田出版公司。

2000　《另類現代情》，臺北：允晨文化。

2003　《關鍵詞 200：文學與批評研究的通用詞彙編》，臺北：麥田出版公司。

趙豐田

1975　《晚清五十年經濟思想史》，臺北：華世出版社。

趙義山、李修生

2001　《中國分體文學史——散文卷》，上海：上海古籍出版社。

賴光臨

1984　《新聞史》，臺北：允晨文化。

賴芳伶

1994　《清末小說與社會政治變遷（1895-1911）》，臺北：大安出版社。

輔仁大學中國文學系、中國古典文學研究會

2002　《建構與反思——中國文學史的探索學術研討會論文集》，臺北：臺灣學生書局。

臺灣銀行經濟研究室編

1959　《臺灣教育碑記》，臺北：臺灣銀行經濟研究室。

1965　《淡水廳築城案卷》，臺北：臺灣銀行經濟研究室。

樊開印

1993　《中國境內各民族細說》，臺北：唐山出版社。

劉若愚著，杜國清譯

1981　《中國文學理論》，臺北：聯經出版事業公司。

劉登翰等主編

1991　《臺灣文學史》，福州：海峽文藝出版社。

劉　禾

2002　《跨語際實踐：文學，民族文化與被譯介的現代性》，北京：三聯書店。

黎運漢

2000　《漢語風格學》，廣州：廣東教育出版社。

魏外揚

1992　《宣教事業與近代中國》，臺北：宇宙光。

盧建榮主編

2001　《性別、政治與集體心態：中國新文化史》，臺北：麥田出版。

酈柏林

1982　《中國近代著名哲學家評傳》，山東：濟南齊魯書社。

蕭一山

1963　《清代通史》，臺北：商務印書館。

戴炎輝

1979　《清代臺灣之鄉治》，臺北：聯經出版公司。

謝水順、李珽

1997　《福建古代刻書》，福州：福建人民出版社。

謝崇耀

2000　《清代臺灣宦遊文學研究》，臺北：蘭臺出版社。

鄭明娳

1987　《現代散文類型論》，臺北：大安出版社。

鄭翼宗

1992　《歷劫歸來話半生：一個臺灣人教授的自傳》，前衛出版社。

鄭祖安、蔣明宏

1994　《徐霞客與山水文化》，上海：上海文化出版社。

劉麗卿

2002　《清代臺灣八景與八景詩》，臺北：文津出版社。

戴寶村

1993　《帝國的入侵：牡丹社事件》，臺北：自立晚報。

簡炯仁

1995　《臺灣開發與族群》，臺北：前衛出版社。

龔顯宗

1997　《臺灣文學家列傳》，臺南：臺南市立文化中心。

1998　《沈光文全集及其研究資料彙編》，臺南：臺南縣立文化中心。

1998　《臺灣文學研究》，台北：五南圖書出版公司。

龔顯宗、許獻平

2004　《臺南縣文學史》，臺南：臺南縣文化局。

福建師範大學中文系編

1996　《中外散文比較與展望》，福州：福建教育。

漢學研究中心

1995　《寺廟與民間文化研討會論文集》，臺北：行政院文化建設委員會。

上野專一

2002　〈與劉銘傳、林維源對談——臺灣視察手記〉，收錄於楊南郡譯註：《臺灣百年花火——清末日初臺灣探險踏查實錄》，臺北：玉山社。

子安宣邦著、陳瑋芬譯

2004　《東亞儒學：批判與方法》，台北：台灣大學出版中心。

片山生著、鄭瑞明譯

1987　〈溺女的陋習〉，收入臺灣慣習研究會：《臺灣慣習記事》中譯本 3 卷 11 號，臺中：臺中省文獻委員會譯編。

中西牛郎

2004　《泰東哲學家李公小傳》收錄李明輝等編：《李春生著作集》附冊。

矢內原忠雄著、周憲文譯

1987 《日本帝國主義下的臺灣》，臺北：帕米爾書店。
伊能嘉矩，王世慶、江慶林等譯
1985 《台灣文化志》，南投：臺灣省文獻會。
岡松參太郎、陳金田譯
1990 《臺灣私法》第二卷，南投：臺灣省文獻會。
東嘉生著，周憲文譯
1985 《臺灣經濟史概說》，臺北：帕米爾書店。
增田福太郎、古亭書屋編譯
1999 《臺灣漢民族的司法神——城隍信仰的體系》，臺北：眾文圖書股份有限公司。
藤井志津枝
1992 《近代中日關係史源起：1871-1874 年臺灣事件》。
艾倫·普瑞德（Allan Pred），許坤榮譯
1988 〈結構化歷程和地方——地方感和結構的形成過程〉，收錄於《空間的文化形式與社會理論讀本》，臺北：明文書局。
江樹生譯註
2001 《熱蘭遮城日誌》第一冊，臺南：臺南市政府。
程紹剛譯註
2000 《荷蘭人在福爾摩莎》，臺北：聯經出版公司。
張仲禮著，李榮昌譯
《中國紳士——關於其在十九世紀中國社會中作用的研究》，上海：上海社會科學院出版社。
黑格爾，朱光潛譯
1981 《美學》，臺北：里仁書局。
韋勒克、華倫著，王夢鷗、許國衡譯
1976 《文學論》，臺北：志文出版社
馬偕著、Macdonld J.A.（馬克勒諾編），周學普譯
1960 《臺灣六記》，臺北：臺灣銀行經濟研究室。

〔英〕馬凌諾斯基著，費孝通譯

2001 《文化論》，北京：華夏出版社。

Adam Kuper，賈士蘅譯

1988 《英國社會人類學：從馬凌諾斯基到今天》，臺北：聯經出版事業公司。

Claude Levi-Strauss（李維史托），王志明譯

1989 《憂鬱的熱帶》，臺北：聯經出版事業公司。

C.E.S.，周學普譯

1956 《被遺誤之臺灣》，收錄於《臺灣經濟史三集》，臺北：臺灣銀行經濟研究室。

Chris Jenks 著，王淑燕、陳光達、俞智敏譯

1998 《文化》，臺北：巨流圖書公司。

Chris Weedon 著，白曉紅譯

1994 《女性主義實踐與後結構主義理論》，臺北：桂冠圖書公司。

Douwe Fokkema（佛克馬）、Elrud Ibsch（蟻布思），袁鶴翔等譯

1987 《二十世紀文學理論》，臺北：書林出版公司。

Edward W. Said，王淑燕等譯

1999 《東方主義》，臺北：立緒文化公司。

Edward W. Said 著，蔡源林譯

2001 《文化與帝國主義》，臺北：立緒文化公司。

Edward J. Mayo, Lance P. Jarvis，蔡麗伶譯

1990 《旅遊心理學》，臺北：揚智文化。

Eric J. Hobsbawm（艾瑞克·霍布斯邦）

1997 《帝國的年代：1875-1914》，臺北：麥田出版公司。

G. Taylor，劉克襄譯

1992 《後山探險：十九世紀外國人在臺灣東海岸的旅行》，臺北：自立晚報文化出版社。

Habermas，曹東衛等譯

2002　《公共領域的結構轉型》，臺北：聯經出版公司。

James Joll（詹姆斯·約爾）著，黃丘隆譯

1989　《葛蘭西》，臺北：結構群。

James W. Davidson，蔡啟恆譯

1972　《臺灣之過去與現在》，臺北：臺灣銀行經濟研究室。

Julian H. Steward，張恭啟譯

1955　《文化變遷的理論》，臺北：遠流出版公司。

Lawrence E. Harrison，Samuel P. Huntington

2003　《為什麼文化很重要》，臺北：聯經出版公司。

Loan M. Lewis，黃宣衛、劉容貴譯

1985　《社會人類學導論》，臺北：五南圖書公司

R. Keesing，張恭啟、于嘉雲譯

《文化人類學》，臺北：巨流出版社。

Rene Wellek, Austin Warren，梁伯傑譯

1981　《文學理論》，臺北：大林出版社。

Robert Bocock（波寇克），田心喻譯

1991　《文化霸權》，臺北：遠流出版公司。

Raymond Williams，彭淮棟譯

1985　《文化與社會：1780-1950 年英國文化觀念之發展》，臺北：聯經出版公司。

Terry Eagleton（泰瑞·伊果頓），吳新發譯

1994　《文學理論導讀》，臺北：書林出版社。

Michel Foucault（傅柯），王德威譯

1993　《知識的考掘》，臺北：麥田出版社。

Mike Grang 著，王志弘、余佳玲、方淑惠譯

《文化地理學》，臺北：巨流圖書公司。

伊能嘉矩

1928　《台灣文化志》，東京：刀江書院。

多賀秋五郎編

1970 《近世東アジア教育史研究》，東京：學術書出版會。

李獻璋

1979 《媽祖信仰の研究》，東京：泰山文物社。

溝口雄三等編著

《漢字文化圈の歷史と未來》，東京：大修館書店。

臺灣慣習研究會編

1907 〈紳士の半面——李春生氏〉，《臺灣慣習記事》第七卷第六號。

臺灣教育會編

1933 《芝山巖志》。臺北：臺灣教育會。

1973 《臺灣教育沿革志》，臺北：古亭書屋。

Benedict Anderson

1991 *Imagined Communities: Reflections on the Origin and Spread of Nationalism*, New York: Verso.

Campbell, W.M.

1992 *Formosa under the Dutch*, Taipei: SMC Publishing Inc.

Frances A. Yates

1966 *The Art of Memory*, Chicago: The University of Chicago Press.

Mary W. Helms

1988 *Ulysses' Sail: an ethnographic odyssey of power, knowledge, and geographical*, New Jersey: Princeton University Press.

Shepherd, John R.

1993 *Statecraft and Political Economy on the Taiwan Frontier, 1600-1800*. Stanford California: Stanford University Press.

Pierre Bourdieu

1993 *The Field of Cultural Production*, Columbia University Press.

Pratt, Mary Louise.

1992 *Imperial Eyes: Travel Writing and Transculturation*, New York: Routledge.

Teng, Emma Jinhua

1997 *Travel Writing and Colonial Collecting: Chinese Travel Accounts of Taiwan from the Seventeenth through Nineteenth Centuries*, a thesis presented to the Department of East Asia Languages and Civilizations of Harvard University for the degree of doctor of philosophy, Massachusetts: Harvard University.

2004 *Taiwan's imagined geography: Chinese colonial travel writing and pictures, 1683-1895*, Massachusetts: Harvard University Press.

W. A. Pickering

1994 *Pioneering in Formosa*, Taipei: SMC Publishing Inc.

四、學位論文

王文顏

1979 《臺灣詩社之研究》，政治大學中國文學研究所碩士論文。

王春美

1976 《姚瑩的生平與思想》，台灣師範大學歷史研究所碩士論文。

何孟興

1989 《清初巡台御史制度之研究》，東海大學歷史語言研究所碩士論文。

施懿琳

1991 《清代臺灣詩所反映的漢人社會》，臺灣師範大學國文研究所博士論文。

張隆志

1989 《清代臺灣平埔族群史的重建和理解》，臺灣大學歷史學研究所碩士論文。

連慧珠

1995 《萬生反——十九世紀後期臺灣民間文化之歷史觀察》，東海大學歷史研究所碩士論文。

陳虹如

2000 《郁永河《裨海紀遊》研究》，台灣師範大學國文研究所碩士論文。

陳珮羚

2003 《清代台灣中部「筱雲山莊」呂家的發展》，台中：東海大學歷史研究所碩士論文。

郭志君

1996 《劉璈與劉銘傳在臺施政之研究》，成功大學歷史研究所碩士論文。

曾國棟

1996 《清代台灣示禁碑之研究》，成功大學歷史語言研究所碩士論文。

黃美娥

1998 《清代臺灣竹塹地區傳統文學研究》，輔仁大學中文研究所博士論文。

溫振華

1978 《清代臺北盆地經濟社會的演變》，臺灣師範大學歷史研究所碩士論文。

楊永智

2002 《明清臺南刻書研究》，臺中：東海大學中國文學研究所碩士論文。

蔡淵絜

1980 《清代臺灣的社會領導階層（1684-1895）》，臺灣師範大學歷史研究所碩士論文。

劉妮玲

1982 《清代臺灣民變研究》，臺灣師範大學歷史研究所碩士論文。

廖雪蘭

1983　《臺灣詩史》，中國文化大學中文研究所博士論文。

詹素娟

1986　《清代臺灣平埔族與漢人關係之研究》，臺灣師範大學歷史研究所碩士論文。

翁聖峰

1992　《清代臺灣竹枝詞之研究》，淡江大學中國文學研究所碩士論文。

謝志賜

1993　《道咸同時期淡水廳文人及其詩文研究——以鄭用錫、陳維英、林占梅為對象》，臺灣師範大學國文研究所碩士論文。

張鈺翎

2003　《清代台灣方志中藝文志之研究》，政治大學中文研究所碩士論文。

五、期刊論文

王明珂

1993.11〈集體歷史記憶與族群認同〉，《當代》91 期：6-19。

王文進

1997.11〈中國自然山水文學的三部曲——以南朝「山水詩」到「徐霞客遊記」的觀察〉，《中外文學》26 卷 6 期：78-80。

王怡方

2001.5〈朱一貴事件之背景分析〉，《地理教育》27：17-32。

王淑榮

1979.1〈清末臺灣自強運動的研究〉上，《臺北師專學報》第七期：73-195。

1980.1〈清末臺灣自強運動的研究〉下，《臺北師專學報》第八期：131-156。

王國璠

1970.6〈淡北詩論〉上，《臺北文獻》直字 11/12 期：205-228

1970.12〈淡北詩論〉下，《臺北文獻》直字 13/14 期：129-133。

王爾敏

1984.9〈經世思想之義界問題〉，《中央研究院近代史研究所集刊》13 期：27-36。

方美芬

2001.3〈有關台灣文學研究的博碩士論文分類目錄（1960-2000）〉，《文訊月刊》185：53-66。

田啟文

2004.1〈吳子光古文理論分析〉，《台灣文學評論》4(1)：108-129。

李伯壎

1976.12〈朱一貴事件淺探〉，《臺北文獻》38：269-281。

李陳順妍

1972.7〈晚清的重商主義〉，《中央研究院近代史研究所集刊》第三期上冊：207-221。

何培夫

1999.12〈臺灣碑碣的文學資料〉，《國立中央圖書館臺灣分館館刊》6 卷 2 期：99-106。

2000.6〈臺灣的碑碣史料〉，《國立中央圖書館臺灣分館館刊》6 卷 4 期：107-113。

何素花

2002.3〈清初大陸文人在台灣之社會觀察——以郁永河《裨海紀遊》為例〉，《台灣文獻》53(1)：167-199。

宋美瑋

1997.9〈自我主體、階級認同與國族建構：論狄福、菲爾定和包士威爾的旅行書〉，《中外文學》26 卷 4 期：4-28。

吳　槐

1953.8〈大龍峒聞見雜錄〉，《臺北文物》2 卷 2 期：58-59。

金觀濤、劉青峰

2003.12〈從「經世」到「經濟」——社會組織原則變化的思想史研究〉，《臺大歷史學報》32 期：152-154。

林文龍

1992.6〈台灣中部古碑雜記〉，《史聯雜誌》20 期：224-234。

1997.6〈清代臺灣書院講席彙錄〉，《臺灣文獻》42 卷 2 期：241-265。

林玉茹

1998.11〈清代竹塹地區的商人團體——類型、成員及功能的討論〉，《臺灣史研究》5(1)：47-89。

林美容

1990.6〈族群關係與文化分立〉，《中央研究院民族所集刊》六十九輯：103-104。

林敏勝

1997.5〈吳子光與「一肚皮集」〉，《臺北文獻》直 63/64 期：63-77。

林淑慧

2004.6〈日治時期臺灣婦女解纏足運動及其文化意義〉，《國立中央圖書館臺灣分館館刊》10 卷 2 期：76-93。

2004.12〈台灣清治時期遊記的異地記憶與文化意涵〉，《空大人文學報》13 期：53-81。

2004.9〈竹塹文人鄭用錫、鄭用鑑散文的文化意涵及其題材特色〉，《中國學術年刊》26 期：173-204。

2005.3〈清末台灣政經思想——以文人論述為主軸〉，台灣師大台灣文化及語言文學研究所主辦「第四屆台灣文化國際學術研討會」。

2005.3〈台灣清治前期旅遊書寫的文化義蘊〉，《中國學術年刊》27 期：245-249+292。

2005.6〈台灣清治中期淡北文人曹敬及其手稿的詮釋〉，《臺北文獻》152 期：59-94。

2006.10〈日治時期台灣醫生作家的散文書寫策略〉，《台灣學研究通訊》，第 1 期創刊號：20-36。

2007.3〈資料庫於台灣文學史教學與研究的應用〉，《國立台北大學中文學報》第 2 期：209-244。

2007.5〈世變下的書寫——吳德功散文的文化論述〉，《台灣史學研究學報》第 4 期：9-40。

林莉莉

1998 〈清代淡水廳磚石城牆營建過程的探討——以《淡水廳城案卷》為中心，《竹塹城學術研討會論文集》：119-133。

林偉盛

1991.12〈清代臺灣分類械鬥的研究介紹〉，《臺北文獻》98 期：224-227。

2002.6〈清代淡水廳的分類械鬥〉，《臺灣風物》52 卷 2 期：17-56。

林瑞明

2002.11〈兩種文學史——台灣 vs.中國〉，發表於「台灣文學史書寫國際學術研討會」，2002 年 11 月 22 日舉辦。

林衡道

1964.9〈臺灣史譚——分類械鬥與臺北盆地〉，《臺灣文獻》15 卷 3 期：99。

1981 〈漫談竹塹城〉，《臺灣勝蹟採訪冊》第六輯，臺中：臺灣省文獻會：247-248。

邱麗娟

1996.6〈清末臺灣南北基督長老教會傳教事業的比較研究（1865-1895）〉，《臺南師院學報》29 期：99-120。

周宗賢

1993.9〈大龍峒陳悅記小史〉，《臺北文獻》直字 105 期：29-44。

周榮杰

1989.12〈從臺灣諺語來談分類械鬪〉，《史聯雜誌》15 期：33-50。

洪安全

2001.10〈劉銘傳與劉璈關係研究〉，《故宮學術季刊》19 卷 1 期：39-

94。

范勝雄

1998.12〈「開臺進士」說〉，《臺南文化》46 期：31-40。

施添福

1999.5〈開山與築路：晚清臺灣東西部越嶺道路的歷史地理考察〉，《國立臺灣師範大學地理研究報告》第 30 期：65-99。

施懿琳

1997.3〈由反抗到傾斜——日治時期彰化文人吳德功身分認同之分析〉，《中國學術年刊》18 期：319-322。

2003.8〈從《臺灣府志》〈藝文志〉看清領前期臺灣散文正典的生成〉，《台灣文學學報》第四期，臺北：政治大學中國文學系：1-36。

翁聖峰

1993.9〈論日據時期台灣新舊文學之研究不宜偏廢〉，《台灣文學觀察雜誌》8 期：3-27。

莊吉發

1995.6〈故宮文獻檔案與清代臺灣史研究，《臺灣史研究》2(1)：161-175。

2000.10〈鴨母王朱一貴事變的性質〉，《歷史月刊》153：64-70。

莊金德

1966.6〈藍鼎元的治臺讜論〉，《臺灣文獻》17(2)：1-27。

莊雅仲

1993.9〈裨海紀遊：徘迴於自我與異己之間〉，《新史學》四卷三期：61-66。

莊萬壽

1995.6〈中國上古霸權主義思想〉，《國文學報》24 期：183-192。

2000〈「夷夏之防」與霸權思想〉，收錄臺灣歷史學會編輯委員會編：《認識中國史論文集》，臺北：稻鄉出版社。

曹永和

1941.12〈士林の傳說〉，《民俗臺灣》1 卷 6 期：24。

1942.6〈民俗採訪の會——大龍峒三題〉，《民俗臺灣》2 卷 6 期：45。

許俊雅

1992.4〈陳第與東番記〉，《中國學術年刊》13 期：237-261。

1997.10〈台灣文學與國文教學〉，《人文及社會學科教學通訊》8 卷 3 期：47-59。

2003.8〈日治時代台灣文學史料的蒐羅與應用——以報紙、雜誌為對象〉，《文訊月刊》214 期：29-36。

許雪姬

1978.6〈首任巡台御史黃叔璥研究——試論其生平、交友及著述〉，臺北文獻（直 44 期）

1985.6〈二劉之爭與晚清臺灣政局〉，《近代史研究所集刊》第十四期：127-161。

許達然

1996.7〈械鬥和清朝臺灣社會〉，《臺灣社會研究季刊》23 期：1-81。

陳文達

1992.6〈乾隆年間「崁頂街庄禁掘沙土護塚約碑」〉，《史聯雜誌》二十期：207-213。

陳正改

1996.11〈與雲霧有關的諺語〉，《科學研習》35 卷 7 期：38-39。

陳長房

1998.10〈疆域越界：論後現代英文旅行文學〉，《中外文學》27 卷 5 期：6-39。

陳世榮

1999.4〈近年來國內學者對「械鬥」問題之研究——兼論清代桃園地區械鬥與區域發展之關係〉，《史匯》第三期：1-34。

陳炎正

1979.6〈吳子光年譜〉，《台灣風物》29(2)：14-20。

陳培漢

1953.8〈先曾叔祖維英公事蹟〉，《臺北文物》2卷2期：92-93。

陳俊榮

2004.1〈新歷史主義的臺灣文學史觀〉，《中外文學》32卷8期：35-53。

陳萬益

2000〈現階段區域文學史撰寫的意義和問題〉，收於何寄澎主編《文化、認同、社會變遷——戰後台灣文學國際學術研討會論文集》，台北：文建會。

2003〈論台灣文學的主體性〉，收於張德麟編《台灣漢文化之本土化》，台北：前衛出版社，243-254。

陳瑞崇

2003.9〈論政治思想史的用處：序言〉，《東吳政治學報》17期：170-171。

陳運棟

1986.9〈鄭用錫進士取進入學的一篇八股文〉，《臺北文獻》77：319-331。

2001.3〈山城文獻初祖——芸閣山人吳子光舉人〉，《苗栗文獻》1(15)：80-82。

陳墇津

1975〈文化霸權：觀念與反省〉，《中國論壇》333期：38-48。

1992.10〈傅珂的權力哲學〉，《東亞季刊》24卷2期。

陶行傳

2002.2〈意象的意蘊場——兼論「含不盡之意見於言外」，《文藝理論研究》2002年2期：33。

張永堂

1983.6〈一肚皮不合時宜的吳子光先生〉，《臺北文獻》直63/64期：

63-77。

張炎憲

1985 〈臺灣新竹鄭氏家族的發展型態〉，《中國海洋發展史論文集》，中研院三民主義研究所：199-217。

1990.4 〈開臺第一位進士——鄭用錫〉，《國文天地》5(11)：52-55。

張明雄

1985.12〈康熙年間清廷治臺政策及其檢討〉，《臺北文獻》直 74：68-77。

張家銘

1985.12〈農產品外貿與城鎮繁興——以清末臺灣北部地區的發展為例〉，《東海大學歷史學報》：169-187。

張　菼

1975.6 〈臺灣反清事件的不同性質及其分類問題〉上，《臺灣文獻》26 卷 2 期：83-102。

1975.9 〈臺灣反清事件的不同性質及其分類問題〉下，《臺灣文獻》26 卷 3 期：4-13。

張雄潮

1964.3 〈清循吏姚瑩治臺事蹟及其經世文章〉，《台灣文獻》15 卷 1 期，頁 197-214。

張德南

1990.9 〈學界山斗鄭用鑑〉，《臺北文物》直 93：131-139。

1993.2 〈地方歷史在教學上的運用——以竹塹北門鄭氏為例〉，《人文及社會學科教學通訊》3(5)：159-170。

張隆志

1999.6 〈臺灣平埔族的歷史重建與文化理解——讀《景印解說番社采風圖》〉，《古今論衡》2：18-31。

盛清沂

1974.12〈朱景英與海東札記〉，《台灣文獻》25 卷 4 期：54-68。

郭伶芬

1993.6〈清代臺灣知識份子在社會公益活動中的角色〉，《靜宜人文學報》5：109-139。

1999.3〈清末臺灣門戶開放與社會變遷〉，《臺灣人文生態研究》1 卷 2 期：29-42。

郭崇美

2002.12〈李春生與大稻埕茶商發展座談會紀錄〉，《臺北文獻》142 期：1-25。

曾子良

1997.9〈與朱一貴抗清事件有關的俗文學作品〉，《國文天地》13(4)：34-39。

1999.9〈「臺灣朱一貴歌」考釋〉，《臺灣文獻》50(3)：87-123。

曾國棟

1999.11〈從示禁碑探討清代臺灣的社會現象〉，《史聯雜誌》35：59-92。

彭賢林

1976.9〈林爽文事件後的清廷治臺措施〉，《臺灣文獻》27 卷 3 期：183-199。

黃秀政

1975.9〈清初臺灣的社會救濟措施〉，《臺北文獻》33：143-154。

1975.9〈朱一貴的傳說與歌謠〉，《臺灣文獻》26(3)：149-151。

1977.6〈論藍鼎元的積極治臺主張〉，《臺灣文獻》28(2)：109-120。

黃典權

1965.6〈石蘭山館遺稿序〉，《臺南文化》8 卷 1 期：1。

黃美娥

1997.10〈明志書院的教育家——鄭用鑑〉，《竹塹文獻》5：53-74。

1997.6〈新竹地區傳統文學史料存佚現況〉（清朝－日據時代），《國家圖書館館刊》1：117-137。

1997.7〈一種新史料的發現——談鄭用錫《北郭園詩文鈔》稿本的意義與價值〉，《竹塹文獻》4 期：31-56。

2005.3〈台灣古典文學史概說（1651-1945）〉，《臺北文獻》151：215-269。

黃得時著、葉石濤譯

1996.8〈臺灣文學史序說〉，收錄於葉石濤編譯《台灣文學集 1》，高雄：春輝出版社，頁 3-19。譯自《台灣文學》3 卷 3 號，1943 年（昭和 18 年 7 月）

1999.2〈台灣文學史——第一章明鄭時代〉，收入葉石濤編譯《台灣文學集 2》，高雄：春暉出版社，頁 19-40。譯自《台灣文學》4 卷 1 號，1943 年（昭和 18 年）春季特輯號。

1999.2〈台灣文學史——第二章康熙雍正時代〉，收入葉石濤編譯《台灣文學集 2》，高雄：春暉出版社，頁 41-92。譯自《台灣文學》1943 年（昭和 18 年 12 月）終刊號。

黃啟木

1953.4〈分類械鬥與艋舺〉，《臺北文物》2 卷 1 期：57。

黃進興

1990.12〈道統與治統之間：從明嘉靖九年（1530）孔廟改制談起〉，《歷史語言研究所集刊》61：917-941。

1997.7〈作為宗教的儒教：一個比較宗教的初步探討〉，《亞洲研究》23 期：184-223。

黃應貴

1984.6〈光復後臺灣地區人類學研究的發展〉，《中研院民族學研究所集刊》55 期：105-146。

湯熙勇

1988.3〈清代臺灣文官的任用方法及其相關問題〉，中央研究院三民主義研究所專題選刊 80。

詹素娟

1988 〈從中文文獻資料談平埔族研究〉，收入《臺灣平埔族研究書目彙編》，中央研究院民族所。

1999.6 〈文化符碼與歷史圖像——再看《番社采風圖》〉，《古今論衡》2：16。

楊清池

1936.11〈辛丑一歌詩〉(二)，《臺灣新文學》第一卷第九號：63。

楊雲萍

1941.12〈士林先哲傳記資料初輯〉，《民俗臺灣》第 1 卷 6 號（昭和十六年十二月五日）：3。

楊麗中

1993.8 〈傅柯與後殖民論述：現代情境的問題〉，《中外文學》22 卷 3 期：51-72。

溫振華

1989.12〈清代後期臺北盆地士人階層的成長〉，《臺北文獻》90：1-31。

葉大沛

1996.12〈曹士桂《宦海日記》述略〉，《台灣文獻》47 卷 4 期。

臺北市文獻會

1953.8 〈大龍峒耆宿座談會〉，《臺北文物》2 卷 2 期：70。

蔡淵洯

1986.9 〈清代臺灣的望族——新竹北郭園鄭家〉，收於國學文獻館編：《第三屆亞洲族譜學研討會會議記錄》，臺北：國學文獻館：545-546。

1995.4 〈清代臺灣的學術發展〉，《第一屆臺灣本土文化學術研討會論文集》：553-566。

蔡青筠

1980.6 〈鹿港綠相居主人自述——菜耕紀事〉，《臺灣風物》30 卷 2 期：87-98。

蔣秀純

1986.3〈士林區耆老個別訪問記〉，《臺北文獻》77 期：19-20。

賴子清

1970.6〈清代臺灣考選〉（下），《臺北文獻》直字 11、12 期合刊：43-61。

賴維菁

1997.9〈帝國與遊記——以三部維多利亞時期作品為例〉，《中外文學》26 卷 4 期：70-82。

賴建誠

1991.3〈西洋經濟思想對晚清經濟思潮的影響〉，《新史學》2 卷 1 期：81-113。

賴鶴洲

1959.6〈臺灣古代詩文社〉(一)，《臺北文物》8(2)：80-87。

1960.2〈臺灣古代詩文社〉(三)(四)(五)(六)，《臺北文物》8(4)：140-147；9(1)：129-135；9(2)(3)：137-144；9(4)：137-142。

廖炳惠

2003.3〈旅行、記憶與認同〉，《當代》175 期：84-105。

趙建群

1996.10〈清代「溺女之風」與相應措施〉，《歷史月刊》105 期：65-69。

鄭喜夫

1977.9〈季麒光在臺事蹟及其遺作彙輯〉，《臺灣文獻》28(3)：11-39。

1981.3、6、9、1982.3、6〈吳芸閣先生年譜初稿〉，《臺灣風物》第 31 卷第 1、2、3 期，32 卷 1、2 期。

鄭淑蓮

1999.4〈清末臺灣基督教女子教育的發展——以臺南長老教女學之設立為例〉，《弘光學報》33 期：283-306。

薛化元

1983.12〈開港貿易與清末臺灣經濟社會變遷的探討（1860-1895）〉，《臺灣風物》33 卷 4 期：1-24。

謝碧連

2002.10〈府城臺南父子雙進士——施瓊芳、施士洁〉，《臺南文化》53 期：43-63。

羅士傑

2001.6〈試探清代漢人地方菁英與地方社會——以同治年間戴潮春事件為中心〉，《臺灣史蹟》38 期：135-160。

羅運治

1991.7〈鴉片戰爭時姚瑩防台措施的探討〉，《中國歷史學會史學集刊》23：93-120。

蘇梅芳

1997.12〈李鴻章、劉銘傳與鐵路自強方案〉，《國立成功大學歷史學報》23 號：377-434。

龔顯宗

1996.9〈鄭用錫田園擊壤〉，《鄉城生活雜誌》32 期：11-15。

1997.5〈正直菩薩盧若騰〉，《鄉城生活雜誌》40、41 期：45-47。

山中樵

1933 〈台南州官田庄の同文古碑〉，《南方土俗》2 卷 4 號：1-6。

伊能嘉矩

1903 〈淡水の偉人鄭用錫〉《臺灣慣習記事》3：12，4：1，4：2，4：5，4：6。南投：臺灣省文獻委員會。

村上直次郎著、許賢瑤譯

2000.9〈荷蘭人的番社教化〉《國立中央圖書館臺灣分館館刊》6 卷 5 期，頁 86-94；原載《臺灣文化史說》（臺南：臺南州共榮會臺南支會，1935 年 10 月），頁 93-120。

松本盛長

1936 〈台灣史料調查室報告第一〉，《南方土俗》4 卷 2 號：52-57。

1937 〈台灣史料調查室報告第二〉，《南方土俗》4 卷 3 號：51-55。

1938 〈台灣史料調查室報告第三〉，《南方土俗》4 卷 4 號：32-34。

落合泰藏著、下條久馬一註、賴麟徵譯

1995.8 〈明治七年牡丹社事件醫誌（上）〉，《臺灣史料研究》第五號，頁 107-129。

島田謹二、葉笛譯

1995.4 〈臺灣文學的過去、現在和未來〉（上）《文學臺灣》22：159-169。

1997.7 〈臺灣文學的過去、現在和未來〉（下）《文學臺灣》23：174-192。

清水純

1988 〈平埔族の漢化〉，東京：《文化人類學》第 5 期。

森田明

1973 〈清代臺灣中部の水利開發について〉，福岡大學研究所報，18 期：2-5。

臺灣史料調查室

1936 〈台灣史料調查室の設立〉（有關石碑調查及拓片），《南方土俗》4 卷 2 號：51-52。

Thompson, Laurence G.

1969 Formosan Aborigines in the early Eighteenth Century: Huang Shu-Ching's FAN-SU LIU-K'AO", *Monumenta Serica*, No.28, University of Southern California.

Zuckert, Catherine.

1995 "Why Political Scientists Want to Study Literature", *Political Science & Politics*. Vol.20, No.2, pp.189-190.

索 引

一肚皮集, 27, 85, 86, 257, 270-278, 358, 370, 373, 378-380, 391, 392, 417, 422
丁日昌, 59, 60, 282, 304
丁曰健, 25, 45, 49, 175, 176, 211, 217, 218, 232, 233, 238, 263, 416
丁明燮, 182
丁紹儀, 49, 176, 177, 211, 219, 220, 230, 392, 393, 416
丁壽泉, 72, 182
二勿齋文集, 30, 172, 415
人文主義地理學, 359
人論, 191, 340, 375, 398
人類學, 12, 13, 17-19, 154, 246, 256, 418
入泮, 74, 207
八里坌社, 121, 323
八瑤灣, 58, 295
下郊, 188, 206, 210, 224
下澹水社, 136
上澹水社, 136
上野專一, 64, 65
大甲, 24, 51, 121, 146, 194, 195, 205, 224, 232, 233, 241, 263, 304, 358, 363
大甲社, 121
大甲溪, 65, 72, 118, 121, 186, 194, 273, 361
大目降, 335
大洲溪, 120
大稻埕, 47, 63, 187, 188, 207, 281, 282, 306, 321, 327, 331
大龍峒, 12, 47, 168, 181, 186-188, 207, 208, 224, 245, 306
大雞籠, 145
大觀書社, 50
小品文, 15, 94, 427
小琉球漫誌, 24, 42, 48, 100, 102, 109, 147-152, 385-394, 400, 415, 421, 424
山長, 72, 85, 196, 259
山海經, 76, 89, 106, 163, 398

中州金石考, 135
中復堂文集, 211, 404
中港, 205, 220, 223
中港社, 121
互文性, 1
互動, 2, 18, 22, 31, 35, 39, 40, 43, 61, 116, 153, 161, 243, 261, 269, 286, 309, 321, 408, 412, 417, 419
五妃, 29, 208, 392, 424
內自訟齋文集, 25, 176
內自訟齋文選, 173, 416
六十七, 24, 42, 48, 84, 95, 156, 157, 392, 393, 414
六亭文選, 172, 191, 192, 248, 254, 415
公文書, 90, 94, 175, 408, 413
公共事務, 178, 282, 338
公共場域, 286, 287
公共論壇, 285, 286, 423
公共輿論, 288, 408
公檄, 24, 42, 48
公牘, 23, 24, 133, 155, 256, 299, 381
分期, 31-34, 48
反隸屬化, 243
天地會, 231
孔昭慈, 231, 239
心理學, 234, 343, 345, 352
心理機制, 119
心態投射, 117, 119, 420
手稿, 4, 7, 15, 27-29, 47, 51, 81, 169, 176, 209, 415, 426
文化, 1-24, 31-53, 60, 63, 65, 67, 72, 76, 87-89, 100, 103, 105, 110-112, 118, 119, 123-132, 140, 142, 144, 149, 151-153, 157-165, 169, 170, 178, 186, 192, 193, 197, 203, 211, 215, 221, 225, 226, 239, 243-249, 255, 256, 267, 269, 270, 277, 287, 289, 291-295, 306, 309, 318, 323-326, 332, 334, 339, 341, 351, 352, 357, 359, 365, 370, 375, 376, 387, 388, 399, 400, 401, 403, 407, 409, 411, 412, 415, 416, 418-420, 422, 424, 425, 427
文化中心, 7, 8, 14, 53, 151, 260
文化分期, 31
文化史, 1, 2, 20, 21, 34, 36
文化局, 7, 8, 27, 47
文化批判, 41, 123
文化系統, 19, 36, 113, 420
文化活動, 33, 34, 47, 244, 277, 411
文化差異, 9, 21, 119, 126, 159
文化圈, 151, 249, 403, 422
文化理論, 17, 36, 111, 419
文化場域, 43, 44, 100, 132, 279, 284, 414, 420, 423
文化意象, 352, 400
文化意義, 2, 8, 11, 26, 34, 51, 152,

154, 245, 269, 320, 394, 419
文化論述, 3, 7, 14, 143, 398, 400
文化變遷, 1-3, 16, 18-20, 22, 24, 32-34, 47, 103, 120, 151, 152, 154, 161, 178, 195, 244, 258, 269, 270, 320, 332, 338, 340, 377, 416, 417, 419, 422, 423, 426
文本, 1-4, 11, 13-15, 20, 22, 30, 36, 39-41, 44-46, 80, 88, 103, 119, 127, 130, 131, 143, 162, 213, 227, 228, 243, 244, 249, 251, 255, 256, 272, 280, 366, 374, 386, 403, 411, 412, 418, 419, 422, 426, 427
文甲書院, 71, 181
文石書院, 97, 170, 171, 182, 239, 251, 259
文昌信仰, 155, 169, 252, 253, 415
文社, 14, 81
文英書院, 271, 277
文書, 53, 114, 133, 142, 298, 299, 385
文教圈, 4, 28, 47, 65, 168, 188
文移, 133, 171, 179
文開書院, 73, 172, 179, 183
文集, 7, 9, 11, 12, 14, 19, 24, 27, 29, 30, 34, 43, 48, 85, 91-94, 97, 98, 102, 167, 168, 172, 176, 177, 191, 257, 258, 260, 271, 293, 313, 329, 333, 391, 394, 405, 413, 416, 417, 424
文學史, 2, 7, 8, 11, 31, 32, 37, 38, 45, 48, 84, 91, 427
文學史料, 8, 48, 52
文學生產, 55, 76, 412
文學社團, 9
文學活動, 8, 43, 65, 87, 245, 260, 277, 423
文學理論, 13, 36, 41, 228, 242, 256, 344, 352, 365, 403, 404
文獻會, 4, 8, 97, 168, 197, 204, 252, 262, 303, 312, 333, 359
斗六, 136, 232, 263
斗六門, 61, 136, 145, 233, 363
斗六門社, 136
方志, 7, 10, 23, 26, 44, 48, 49, 51, 55, 67, 76, 77, 80, 81, 90, 92-94, 98, 101, 108, 111, 112, 120, 140, 147, 162, 167, 177, 179, 188-190, 192, 195, 202, 206, 221, 247, 250, 255, 320, 365, 378, 383, 411-413, 416, 420, 421
方豪, 30, 259, 312
日記, 14, 16, 87, 118, 119, 142, 158, 162, 170, 173, 175, 213, 258, 266, 269, 300, 302, 319, 321-323, 374, 375, 383, 400, 401, 417, 424, 427
比較文學, 11
比較研究, 9, 124, 165
水沙連, 145, 146, 172, 173, 346, 351,

376, 398, 400, 416
父權, 243
牛罵社, 118, 121, 129, 361
王必昌, 69, 182, 191
王石鵬, 14
王忠孝, 92, 180, 413
王忠孝公集, 92, 413
王敏川, 15
王奠邦, 189
王弼, 79, 342
王雲森, 117, 121, 164, 361
王璋, 79
王權, 247
世變, 14, 61, 261, 264, 267, 282, 406, 417, 418
丘逢甲, 86, 87, 182-184, 260, 268, 270, 278
主津新集, 4, 28, 30, 257, 279, 280, 282-294, 332-334, 336, 337, 364, 408, 417, 423
主題, 1-10, 12, 19, 32, 33, 45, 46, 49, 51, 203, 223, 224, 228, 256, 261, 338, 341, 342, 354, 367, 389, 390, 397, 410, 411, 418, 419, 421-424, 426, 427
主題學, 2
主體, 20, 42, 77, 158, 343, 345, 359, 383
主體性, 1, 15, 127, 427
他者, 39, 130, 158, 162, 251, 291, 395, 402, 425
功能性, 16, 256, 380, 411
北投, 120, 122, 125, 303, 348, 361, 366, 399
北郭園, 10, 193, 245, 359, 362, 372, 376
北郭園全集, 27, 28, 167, 189, 205, 206, 365, 415
半崧集, 30, 94, 362, 414
半縣, 145
古文書, 26, 73, 221, 276
古典散文, 2, 4, 7-9, 13-16, 42, 48, 75, 126, 209, 244, 247, 249, 256, 262, 269, 352, 354, 371, 375, 380, 391, 422, 424, 427
古典散文史, 2, 75
司法制度, 220
史久龍, 30, 259, 310, 327-331, 338, 376, 417
史傳, 29, 75, 90, 168, 194, 241, 244, 266, 377, 418, 421
台中, 7, 8, 53, 65, 87, 121, 136, 142, 194, 205, 230, 231, 260, 262, 265, 269, 270, 313
台北, 4, 12, 25, 47, 60, 63, 65, 67, 70, 87, 118, 120, 122, 165, 184, 194, 201, 225, 236, 265, 266, 268, 280, 281, 298, 302-304, 306-308, 313,

317-319, 324, 326, 327, 331, 361, 399, 410
台北府學, 66, 71, 309
台東, 47, 61, 300, 324, 383, 401
台南, 4, 7, 8, 26, 47, 61, 66, 81, 84, 87, 91, 92, 94, 96, 110, 117, 118, 120, 136, 148, 164, 169, 170, 180, 182-184, 196-198, 221, 234, 259, 260, 265, 266, 268, 298, 304, 309, 311, 313, 317, 319, 321, 322, 324, 327, 331, 361, 399, 410, 415, 420, 421, 425
台灣文化, 6, 13, 15, 22, 58, 134, 168, 199, 202, 208, 269, 275, 319, 397, 399, 400, 412, 424, 427
台灣文化史, 2, 22, 279, 335, 358, 424
台灣文化論, 13
台灣文社, 15
台灣文學, 1, 4, 7, 8, 14, 15, 19, 31, 32, 37, 38, 52, 53, 77, 391, 427
台灣文學史, 31, 32, 33, 37, 38, 48, 51, 52
台灣文獻, 3, 5, 13, 30, 22, 48, 49, 53, 57, 102, 147, 155, 184, 225, 226, 231, 411, 421
台灣方志, 3, 22, 23, 28, 39, 48, 77, 78, 139, 249, 317, 320, 321, 391
台灣日日新報, 15, 269
台灣古典文學, 1, 2, 4, 8-10, 14, 27, 30, 41, 45, 51-53, 82, 85, 140
台灣古典文學史, 8, 397
台灣古典散文, 1, 2, 4, 9, 13, 15, 31, 35, 164, 352, 413
台灣外記, 391
台灣民報, 15
台灣青年, 15, 269
台灣紀略, 90, 110, 111, 139, 399
台灣散文, 1, 4, 8, 22, 30, 75, 77, 397, 400, 425, 427
台灣歷史文化地圖, 35, 52, 53, 137
台灣縣, 55, 61, 72, 79, 96, 99, 113, 172, 182-184, 191, 197, 199, 212, 247, 309, 356, 358, 365, 422
台灣隨筆, 100, 106, 107, 110, 140, 399, 414, 420
平台紀略, 244, 418
平埔文化, 41
平埔族, 13, 24, 53, 57, 61, 89, 95, 99, 104, 111, 112, 114, 120, 124, 127-129, 138, 140, 143, 149-153, 159-161, 164, 186, 195, 255, 278, 318, 351, 374, 400, 414, 420, 421
平臺紀略, 100, 131-134, 136, 138-140, 163, 229, 244, 326, 357, 358, 377, 400, 414, 418, 420
打狗, 62, 165, 257, 416
正典, 8, 42, 77, 80
正典化, 77

民間文化, 12, 239, 252
民間文學, 38, 391, 393, 395, 424
民間傳說, 109, 227, 374, 386, 391, 393, 402, 424
民變, 5, 12, 25, 34, 45, 49, 50, 56, 61, 131, 172, 177, 188, 191, 212, 215, 216, 218, 226, 229, 233, 241, 245, 261, 316, 333, 346, 377, 380, 393, 415, 416, 418, 419, 422, 423
永濟橋, 190
玉山, 101, 108, 302, 357, 358, 367, 400, 420, 424
生員, 50, 66, 69, 70, 74, 79, 87, 168, 187, 249, 306, 308-310, 319, 421
田野訪談, 44, 79
田野調查, 8, 35, 38, 47, 105, 239, 320, 402, 421
白沙書院, 72, 74, 182, 185, 250, 311
目加溜灣, 92, 335
石時榮, 197, 199, 356, 365, 422
石蘭山館遺稿, 27, 82, 169, 182, 196, 197, 355, 415
示諭, 51, 97, 179, 224
伊能嘉矩, 13, 58, 168, 194, 199, 202, 203, 205, 208, 319
仰山書院, 183, 185, 207, 246, 250, 251
全臺詩, 51-53
全臺遊記, 163-165, 258, 322-327, 334, 338, 399, 417, 423
再現, 21, 45, 119, 120, 157, 162, 227, 228, 342, 344, 353, 395, 401, 402, 406, 418, 421, 422
列子, 154
地理, 31, 33, 44, 76, 103, 104, 107, 109, 110, 116, 118, 133, 135, 154, 158, 162, 165, 167, 194, 213, 276, 288, 295, 321, 323, 326, 332, 337, 346, 379, 398, 420
地景, 44, 147
地圖, 153, 154, 320
地震, 81, 87, 168, 188, 214, 352, 380
在地, 4, 28, 34, 44, 65, 68, 70, 71, 76, 77, 79, 89, 110, 167, 177, 179, 189, 226, 235, 245, 265, 266, 314, 333, 347, 355, 395, 415, 416, 419, 421, 425
在地文人, 2, 4, 5, 7, 10, 20, 28, 34, 35, 61, 65, 70, 72, 80, 94, 167, 168, 181, 182, 184, 186, 187, 203, 206, 209, 241, 245, 246, 257, 260, 261, 264, 269, 411, 413, 414, 417, 421, 425
夷夏, 257, 289-291, 311, 314, 417, 423
安平, 7, 29, 62, 81, 102, 116, 148, 165, 199, 208, 257, 265, 305, 309, 313, 327, 382, 416

朱一貴, 104, 131, 140, 141, 234, 241, 357, 382, 393
朱一貴事件, 24, 25, 33, 49, 56, 102, 109, 116, 131-136, 141, 326, 377
朱士玠, 24, 42, 48, 100, 102, 109, 147, 148, 150-152, 163, 394, 400, 415, 421, 424
朱子學, 97, 155
朱仕玠, 109, 147-151, 385-387, 391, 394, 421
朱景英, 24, 101, 102, 152, 166, 400, 415
江日昇, 391
江呈輝, 184
池志澂, 11, 163-165, 258, 310, 322-327, 329, 334, 338, 399, 407, 417, 423
污名化, 111, 142, 291, 420
竹枝詞, 123, 159, 387, 388
竹塹, 9, 24, 66, 70, 72, 121, 145, 164, 165, 168, 171, 178, 181, 186, 188, 190, 192, 195, 200, 201, 204-206, 208, 222, 232, 239, 245, 283, 326, 346, 359, 376, 384, 421
考證, 10, 45, 89, 105, 193, 213, 239
自強運動, 12, 59, 64, 300, 315, 329, 410, 423
西洋文化, 257, 279, 289, 417, 423
西學堂, 308, 318, 328, 423
西螺, 121, 242
余文儀, 69, 77, 80, 94, 156, 193, 317
兵農合一, 91
吞霄社, 121
吳子光, 27, 85, 86, 239, 257, 260, 270, 271-279, 358, 370, 373, 378-380, 391, 392, 417, 422, 424
吳茂郎, 87, 260, 270
吳楨臣, 100, 108, 112, 113, 399, 403, 414, 420
吳達禮, 146
吳德功, 14, 182, 231, 233, 239, 244, 261-266, 269, 322, 406, 418
呂世芳, 270, 277
呂汝玉, 86, 87, 260, 271, 382
呂汝成, 260
呂汝修, 86, 87, 260
呂汝誠, 86
呂炳南, 85, 277
宏文書院, 184, 260
序跋, 16, 94, 95, 172, 259, 375, 381, 383, 413, 427
技術文化, 19, 20, 351
投射, 44, 345, 359
李秉鈞, 187
李春生, 12, 14, 27, 28, 30, 257, 269, 270, 279-294, 329, 332-337, 364, 407, 408, 417, 423, 425
李春生著作集, 4, 28, 30, 279, 280,

408
李春波, 183, 246
李郁階, 200
李望洋, 183, 208
李逢時, 246
李湘洲, 200
李維揚, 183
李聯英, 168
李騰芳, 168
杜甫, 370
杜明珠, 222
沙轆社, 121, 136
沈光文, 8, 14, 90, 92, 93, 179, 180, 413, 419
沈佺期, 92, 180
沈葆楨, 25, 58, 60, 258, 296, 297, 300, 301, 306, 307, 407, 417, 423
汪大淵, 89
牡丹社, 35, 58, 257, 295, 332, 407, 417
牡丹社事件, 5, 58, 257, 269, 283, 287, 295, 296, 299, 301, 305, 332, 407, 417, 423, 425
私塾, 65, 66, 73, 180, 186, 204, 205, 210, 280, 405
育嬰堂, 50, 169, 196-201, 261, 348, 355, 365, 372, 411, 415, 421
言說, 39, 256, 332, 341, 365, 403, 424
赤嵌城, 148
身體權, 152, 202
身體觀, 9
辛齊光, 182
巡台御史, 24, 33, 42, 48, 49, 83, 95, 98, 100, 135, 138, 155-157, 392, 421
巡臺退思錄, 25, 258, 297, 298, 308, 417
防夷奏疏, 176
阮旻錫, 91, 92, 413
阮蔡文, 67, 251, 385
阮鵬程, 184
並時, 31
佳里興, 120, 188
典律, 21, 35, 41, 42, 48, 55, 76-78, 80, 81, 84, 140, 141, 206, 244, 412
典章制度, 19, 26, 194, 255, 384
卓肇昌, 183
周元文, 77, 80, 95, 414
周凱, 25, 169, 173, 176, 196, 402, 416
周鍾瑄, 67, 69, 95, 109, 145, 163, 251, 346, 357
周璽, 24, 69, 74, 75, 79, 81, 101, 177, 182, 206, 230, 416
命運共同體, 49, 206, 210, 211, 422
奇冷山, 108
季麒光, 30, 90, 92, 98, 100, 106, 108-110, 139, 163, 398, 399, 414, 420
宗教信仰, 19, 111, 128, 255

宜蘭, 50, 60, 61, 70, 172, 183, 185, 207, 208, 214, 250, 306, 307, 309, 318, 382
岸裡社, 270, 277, 278, 423
府儒學, 50, 66, 79
延平二王遺集, 92, 413
怡記洋行, 280
怡園唱和集, 260
招墾局, 301
拓墾開發, 6, 13
易學, 28, 205, 209
明志書院, 71, 72, 181, 182, 185, 205, 246
明治維新, 283, 295, 332
枋橋, 67, 168, 188, 200, 201, 245
東西洋考, 90
東吟社, 90, 92, 93, 413, 419
東征集, 24, 42, 48, 100, 131, 133, 139-146, 165, 326, 347, 382, 400, 414, 420
東番記, 89, 104, 110, 413, 420
東溟文集, 30, 176
東溟奏稿, 25, 205, 211, 212, 215, 216, 368, 404
東寧王朝, 90
東寧政事集, 30, 98, 414
東槎紀略, 25, 176, 183, 211, 213-217, 227, 367, 382, 383, 404
東瀛紀事, 25, 34, 45, 171, 172, 226-244, 263, 363, 391, 406, 415, 418, 422
東瀛識略, 49, 176, 177, 211, 219, 220, 230, 392, 393, 416
林文察, 176, 232, 233
林日成, 231, 233, 239
林占梅, 10, 168, 171, 232, 235-239, 241, 245, 359, 376
林平侯, 189
林幼春, 14, 312
林本源, 225, 328
林向榮, 242
林汝梅, 168
林步瀛, 246
林英, 168
林晟, 233
林得成, 231
林啟東, 182, 183
林爽文, 50, 56, 172, 191, 241, 263, 415
林爽文事件, 25, 50, 56, 57, 140, 188
林紹唐, 168, 246
林紹賢, 189
林朝棟, 239, 268, 298
林焜熿, 200
林維朝, 261, 267, 268, 418
林維朝詩文集, 260, 261, 268, 417
林維源, 65, 168, 186, 200, 201, 245, 281

林維讓, 168, 186, 245
林豪, 25, 34, 45, 77, 170, 171, 182, 183, 226-244, 263, 363, 391, 406, 415, 418, 422
林濟清, 187
林謙光, 90, 110, 111, 399, 403
林璽, 72
林瓊樹, 200
林獻堂, 14, 15, 269, 278
治臺, 25, 55-57, 95, 133, 140, 141, 175, 217, 261, 267, 303, 305, 416, 417
治臺必告錄, 25, 49, 175, 176, 211, 217, 218, 263, 416
治臺政策, 5, 7, 13, 23, 55, 60, 61, 95, 131, 145, 216, 227, 256, 337, 346, 385, 412, 414
社商, 20, 99, 414
社會文本, 112
社會參與, 4, 35, 178, 244, 416, 419, 422
社會救濟, 12, 34, 44, 49, 50, 95, 97, 177, 179, 196, 197, 201, 245, 247, 369, 410, 411, 414, 416, 419, 421, 426
社會教化, 5, 12, 34, 49, 167, 177, 178, 181, 244, 245, 250, 255, 256, 285, 356, 397, 403, 416, 419, 421, 422, 424, 426
社會經濟, 12, 62, 63, 72
社群文化, 19, 20, 111, 151, 421
社樂舞, 150
社學, 24, 65-67, 138, 144, 180, 186, 251, 255, 278, 318, 412
空間, 12, 15, 31, 35, 44, 49, 75, 103, 116, 120, 127, 154, 192, 244, 266, 270, 285, 286, 352, 353, 356-359, 362, 363, 376, 403, 415, 421-425, 427
空間論述, 9
臥碑, 50, 249
芝山巖, 67, 186, 208
芝蘭, 67, 187, 188
花蓮港, 302
芸閣山人集, 27, 271, 275
虎尾溪, 121, 145, 146, 346
初轉集, 260
表現策略, 5, 341, 344, 370, 423
表意作用, 44
表達文化, 19, 20, 22
近思錄集朱, 135
邵友濂, 59, 64, 309, 315, 317, 319, 410
邱萃英, 183
邱鎮功, 58, 212, 368
采訪, 221, 263, 311, 317, 320
采訪冊, 23, 26, 76, 160, 190, 263
金包里, 303

金門, 23, 97, 117, 171, 200, 204, 415
金砂, 328, 338
金繼美, 79, 182
長老教會, 82, 280
保甲, 145, 266, 305
保安總局, 235
保留, 29, 55, 128, 169, 211, 267, 339, 406, 415, 418
冒籍, 67, 68
南投, 60, 172, 232, 328
南征記程, 100, 131, 400, 414, 420
南崁社, 121
奏疏, 80, 97, 176, 179, 217, 256, 302, 416
奏章, 300
奏開番地疏, 176
姚瑩, 25, 30, 45, 49, 85, 172, 176, 183, 205, 211-217, 227, 246, 367-369, 380, 382, 383, 404, 416, 422, 425
姚鼐, 16, 212, 213, 354, 375, 397
宣教, 285, 292, 293, 334
宣講, 144, 252, 254, 329
宦海日記, 173-175, 350, 376, 416
帝國, 3, 12, 14, 20, 21, 36, 41, 42, 80, 93, 99, 103, 111, 113, 130, 131, 143, 152-154, 157, 229, 241, 247, 259, 287, 291, 295, 296, 320, 325, 401, 407, 413, 417, 420
帝國之眼, 43, 100, 130, 420
帝國主義, 36, 111, 112, 130, 143, 152, 153, 306, 325
帝國體制, 3
後殖民, 9, 41
後龍, 121, 204, 222, 223, 328, 372
後壠, 204, 206, 223
後壠社, 121
思想, 5, 9, 12, 17, 22, 39, 40, 46, 60, 75, 102, 141, 143, 152, 179, 213, 244, 246, 247, 249, 255, 256, 264, 269, 279, 280, 283, 291, 294, 308, 310, 334, 336, 338, 339, 342-344, 354, 400, 406-409, 411, 422, 425-427
政令, 80, 94, 97, 135, 179, 191, 255, 412, 413
政教, 24, 25, 47, 67, 138, 244, 248, 289, 291, 292
政教合一, 155, 178, 244, 247, 248, 252, 255, 256, 416, 422
政教風俗, 7, 24, 25, 42, 48, 170, 415, 426
政教措施, 20, 152, 179, 255
政經思想, 39, 340, 407, 425
政論, 23, 24, 250, 256, 285, 294, 395
施九緞事件, 263, 264, 389, 407
施士洁, 47, 72, 84, 182, 196, 197, 259, 417
施士浩, 278

施案紀略, 244, 261-263, 418
施泰岩, 196
施琅, 55, 56, 66, 94, 97, 98, 102, 378, 381, 384, 385, 414
施瓊芳, 27, 47, 82, 169, 182, 196, 197, 241, 259, 347, 355, 365, 372, 415, 417, 421
春秋節要, 169, 197
柯廷樹, 79
泉州, 82, 94, 148, 186, 210, 211, 213, 219, 222, 225, 301, 382
洋務, 60, 258, 299, 300
洋務運動, 5, 59, 258, 299, 300, 305, 314, 333, 334, 337, 408, 417, 423
洋商, 281, 304
洪月樵, 184, 258, 310, 311
洪成度, 79
洪棄生, 10, 14, 258, 269, 310-316, 330, 333, 335, 338, 370, 373, 378, 382, 389, 390, 407, 410, 417, 423, 425
洪毓琛, 230, 234
洪璠, 233
洪鍾英, 184
洪叢, 233
珊枝集, 83, 95, 98, 156, 414
科際整合, 3, 13, 31, 35
科舉, 20, 21, 28, 30, 55, 66, 68, 70, 72, 73, 82, 87, 95, 98, 114, 169, 175, 180, 184, 187, 188, 204, 209, 245, 251, 253, 259, 289, 306, 307, 319, 334, 405, 412, 417, 425
科舉制度, 66-68, 75, 248, 252, 253, 261, 264, 288, 320, 335, 417
科舉社群, 44, 67, 70, 72, 167, 168, 177, 412, 415, 416
秋曰覲, 231, 235
紀昀, 76
胡建偉, 73, 97, 251
胡傳, 25, 299, 300, 324, 325, 383, 401
范咸, 69, 77, 80, 84, 93-96, 139, 156, 157, 392, 393, 414
苗栗, 7, 65, 70, 121, 194, 204, 222, 260, 271, 278, 309
苑里社, 121
迪化街, 282
郊商, 178, 245
郁永河, 12, 24, 42, 48, 90, 100, 104, 108, 116-130, 153, 158-160, 162, 164, 165, 323, 345, 348, 349, 351, 360, 361, 363, 364, 366, 367, 376, 387-389, 391, 399, 400, 414, 420, 424
重商思想, 335, 337, 423
重稅, 99, 208, 414
韋廷芳, 183
風土, 23, 34, 76, 89, 93, 100, 102-104, 108, 110, 112, 122, 123, 126, 128,

140, 143, 146, 151, 153, 157, 162, 164, 170, 176, 193, 262, 323, 324, 337, 346, 385, 401, 413, 415, 420, 421

風土民情, 2, 4, 23, 24, 42, 48, 101, 102, 135, 147, 156, 320, 400

風俗, 23-25, 35-37, 42, 48, 61, 63, 76, 84, 95, 99, 100, 105, 110, 123, 126, 128, 135, 144, 152, 154, 156, 158, 161, 163, 169, 170, 173, 175, 177, 195, 202, 206, 209, 210, 219, 253-255, 272, 278, 279, 284, 314, 322-324, 327, 329, 338, 352, 355, 356, 370, 373, 387, 400, 401, 404, 414-417, 420, 422, 425

風俗志, 111, 201

風俗習慣, 17, 57, 147, 284

風格, 75, 83, 89, 98, 100, 104-106, 120, 122, 128, 132, 154, 163, 169, 208, 213, 257, 258, 267, 276, 282, 323, 340, 341, 369, 383, 391, 396, 397, 399, 400, 403, 405, 406, 408, 413, 417, 420, 424

修辭, 111, 116, 127, 130, 131, 151, 157, 218, 343, 350, 366, 367, 369, 370, 371, 385, 397, 410, 418, 420, 424

修辭策略, 130, 255, 381

修辭學, 365, 373, 403

原住民, 8, 21, 24, 41, 42, 48, 107, 110, 113, 115, 116, 118, 122-125, 128, 135, 140-143, 146, 149, 150, 157, 158, 160, 161, 163, 172-174, 186, 216, 242, 251, 276, 278, 295, 297, 301, 302, 308, 314, 318, 322, 335, 351, 352, 387-389, 398, 416, 421, 423

唐景崧, 84, 87, 259, 264, 268, 311, 317, 331

唐贊袞, 25, 258, 308, 391, 394, 417

哲學思想, 280, 294

埔里, 173, 328

夏之芳, 83, 95, 98, 156, 414

夏汝賢, 231

孫傳袞, 265, 310, 311

孫爾準, 189, 220

家族, 4, 9, 10, 28, 35, 47, 132, 134, 168, 186, 189, 195, 204, 207, 225, 231-233, 236, 244-246, 328, 359, 362, 376, 384, 385, 421

家族資料, 7, 426

島夷誌略, 89

差異性, 116, 127

徐孚遠, 92, 413

徐宗幹, 25, 83, 84, 168, 175, 199, 207, 217, 226, 227, 236, 237, 254, 416

徐杰夫, 183

徐德欽, 182, 183

徐霞客, 105
徐懷祖, 100, 106-108, 110, 139, 399, 403, 414, 420
旅行書寫, 35, 43, 130, 143, 157, 360, 401
旅遊文學, 11
旅遊巡視, 33, 89, 100, 104, 113, 130, 152, 158, 397, 419-421
旅遊書寫, 4, 5, 10, 33, 42, 43, 100, 103, 105, 109, 110, 112, 116, 122, 147, 164, 373, 398, 399, 414, 419, 421, 424
書房, 47, 72, 82, 187, 204
書信, 16, 158, 172, 191, 212, 300, 310, 381, 382
書院, 13, 24, 49, 66, 71, 73, 74, 84, 85, 87, 97, 133, 168, 170, 179-186, 188, 197, 200, 208-210, 246, 250, 251, 254, 255, 258, 259, 277, 309, 310-312, 335, 355, 385, 407, 412, 425
書院講席, 44, 177, 181, 182, 184, 416, 421
書稟, 24, 42, 48
書寫策略, 7, 23, 35, 131, 142, 227, 251, 256, 280, 406, 419, 426
桐城派, 75, 172, 213, 354, 367, 416
海上見聞錄, 91, 92, 413
海天玉尺編, 83, 95, 98, 156, 414
海東三鳳集, 86, 87, 260
海東札記, 24, 101, 102, 152, 166, 400, 415
海東書院, 29, 74, 83-85, 175, 180, 182, 185, 196, 250, 259, 417
海東隨筆, 171
海南雜著, 170, 352, 353, 395, 396, 401, 402, 415
海國聞見錄, 102, 103, 116, 415
烏托邦, 128, 143, 158
烏托邦意象, 347
琉球, 58, 147, 148, 150, 295, 386
留庵文集, 92, 413
茶, 12, 62, 64, 280, 283, 286, 321, 327, 328, 337, 350
茶葉, 63, 194, 280, 281, 327, 328, 338
記, 16, 23, 50, 75, 76, 80, 93, 95, 97, 101, 103, 105, 116, 154, 163, 171, 172, 173, 179, 180, 191, 201, 202, 224, 236, 251, 253, 256, 273, 276, 277, 314, 316, 325, 346, 357-359, 362, 367, 370, 375, 376, 380, 385, 389-392, 405, 424, 425
記事文, 75
記事碑, 49, 95, 221, 385, 426
記憶, 53, 119, 126, 127, 153, 164, 192, 211, 222, 241, 266, 275, 343, 372, 397, 401, 402, 407, 425
託喻, 118

貢生, 70, 71, 79, 181, 230, 246, 261, 266, 306
馬廷對, 79
馬援, 395
馬關條約, 34, 264, 267, 311, 331, 418
高士佛社, 295
高廷琛, 168
高拱乾, 77-80, 90, 92, 94, 99, 111, 186, 378, 414
浯江鄭氏家乘, 167, 179, 186, 204, 384
浯江鄭氏族譜, 359, 376
區域文學, 6, 8, 13, 411
區域文學史, 7, 8, 38
問俗錄, 172, 173, 416
國際貿易, 335, 337, 409, 423, 425
國際關係, 290
基隆, 59, 60-62, 65, 118, 165, 184, 194, 205, 257, 268, 298, 299, 301, 304, 326, 328, 369, 416
婁雲, 71, 181, 222, 223
寄鶴齋文集, 258, 310, 311, 314, 316, 423
寄鶴齋古文集, 312-316, 333, 335, 338, 370, 410
寄鶴齋臺郡觀風稿, 257, 312, 417
寄鶴齋駢文集, 312, 373
寄鶴齋觀風稿, 257, 312, 417
崇文社, 14, 15
崇文書院, 67, 170, 182, 260
崩山, 121
張三顯, 232
張丙, 416
張丙之亂, 231
張丙事件, 173
張金聲, 182
張書紳, 168, 207, 421
張紹茂, 79
張湄, 83, 95, 98, 156, 392, 414
張僊客, 79
張銓, 79
張燮, 90
張瓊華, 182
張贊忠, 184
張鏡光, 183
從征實錄, 29, 90, 91, 413
情感反應, 126, 129, 420
採硫, 24, 42, 48, 117, 118, 125, 360, 374, 420
教化, 12, 19, 23, 26, 32, 42, 49, 67, 79, 84, 94, 95, 99, 114, 128, 144, 146, 148, 153, 154, 160, 172, 178, 179, 180, 185, 186, 217-219, 223, 242, 244, 245, 247, 249-256, 264, 276, 286, 288, 307, 318-320, 332, 334, 335, 355, 393, 403, 406, 407, 412, 413, 416, 421, 423, 425
教化規範, 50, 97, 426

教諭, 30, 66, 79, 100, 147, 151, 172, 191, 192, 247
敘事, 16, 21, 35, 45, 46, 100, 107, 127, 141, 142, 163, 226, 227, 229, 230, 238, 241, 266, 267, 363, 375, 377, 382, 385, 402, 406, 414, 420, 422
敘事文, 41, 45, 157, 171, 227, 233, 234, 377, 406, 422
敘事體, 158
敘述, 1, 8, 16, 21, 36, 38, 43, 46, 108, 109, 112, 116, 119, 120, 145, 160, 227, 228, 238, 242, 243, 258, 261, 310, 326, 361, 376, 377, 384, 385, 396, 401, 404, 406, 418, 425
敘述立場, 42, 130
族群, 24, 42, 48, 101, 111, 160, 220, 224-226, 276, 320, 351, 378, 411, 414, 419, 422
族群關係, 6, 13, 35, 50, 95, 97, 226, 323, 385, 414, 426
族譜, 10, 26, 47, 57, 206, 221, 384
曹士桂, 71, 173-175, 181, 350, 351, 376, 416
曹永和, 4, 10, 23, 28, 47, 59, 89, 161, 207, 208, 297, 321
曹敬, 4, 28, 29, 45, 47, 168, 187, 204, 206-210, 355, 370, 373, 404, 415, 422, 425
曹慤民先生詩文集, 168, 415
曹謹, 58, 71, 168, 181, 207, 223, 368
械鬥, 5, 12, 25, 34, 45, 49, 51, 57, 61, 71, 177, 181, 190, 203, 204, 206, 210, 211, 213-226, 236, 245, 251, 339, 354, 355, 372, 378, 385, 404, 406, 411, 416, 419, 422, 425
條覆籌辦番社議, 176
淡水, 50, 51, 61, 62, 67, 69, 70, 71, 90, 114, 117, 121, 145, 147, 150, 165, 168, 175, 181, 185, 187-195, 201, 204, 217, 220, 222-224, 227, 231, 235, 237, 250, 257, 271, 273-275, 281, 293, 305, 306, 313, 317, 318, 321, 323, 328, 337, 347, 355, 358, 368, 369, 377, 385, 416, 421
淡水縣學, 66, 70, 309
淡水廳, 10, 45, 50, 58, 66, 67, 70, 71, 72, 146, 168, 178, 181-184, 186, 189, 193, 194, 196, 200, 201, 203, 204, 206, 209, 210, 215, 220, 223, 235, 236, 245, 271, 275, 306, 347, 355, 364, 385, 405, 421, 422
淡水廳志, 49, 69, 71, 72, 168, 171, 178, 181-184, 186, 190, 193-195, 200, 205, 206, 210, 223, 239, 255, 271, 275, 384, 421
淡水廳志訂謬, 171, 182, 183
淡水廳志稿, 167, 193-195, 415, 421
淡水廳築城案卷, 167, 189, 190, 347,

365
淡北, 28, 47, 65, 66, 70, 168, 186, 187, 194, 195, 205, 206, 208-210, 355, 384, 404, 421, 425
淡南, 65
清丈, 64, 264, 282, 305, 315, 330, 390, 410, 423
清水純, 13
清賦, 64, 303, 315, 389, 390, 410
琅嶠, 35, 58, 61, 295
現代, 1, 3, 11, 13, 14, 20, 31, 39, 103, 127, 128, 153, 164, 258, 283, 286, 288, 305, 306, 309, 337, 344, 360, 380, 394, 409, 425-427
現代化, 3, 20, 35, 59-61, 64, 282, 285, 300, 305, 309, 315, 328, 332, 338, 340, 410
異文化, 4, 100, 110, 116, 123, 127, 151, 153, 282, 290, 309, 420
異地, 4, 100, 116, 119, 120, 122, 123, 126-128, 141, 154, 158, 170, 324, 352, 353, 397, 399, 401, 402, 407, 414, 425
異地記憶, 123, 126, 420
異類化, 125
硫磺, 101, 117, 283, 303, 350, 364
祭祀, 96, 110, 132, 179, 180, 217, 248, 249, 252-254, 384
移墾社會, 10, 56, 71, 224, 226, 339, 406, 422
符號, 17, 21, 192, 342
符碼, 153
莊士勳, 183
莊子, 128, 154
荷蘭, 3, 104, 116, 120, 123, 151, 158, 161, 323
荷蘭人, 89, 120, 150, 323, 335, 391
規訓, 155, 178, 232, 244, 249, 251, 416, 422
通志, 8, 23, 28, 147, 183, 197, 199, 201, 262, 279, 311, 312, 317, 382
通志局, 164, 263, 317
通事, 20, 24, 60, 112-114, 153, 159, 174, 278, 305, 318
通商, 5, 34, 63, 102, 166, 258, 269, 285, 289, 294, 308, 323, 325, 327, 337, 405, 408, 419
連横, 14, 207, 208
郭成金, 182
郭貞一, 180
釣璜堂存稿, 92, 413
陳芝, 182
陳大略, 237
陳文達, 27, 69, 79, 191, 222
陳吉生, 234
陳弄, 234, 242
陳秀芳, 184
陳周全事件, 227

陳星聚, 281
陳倫炯, 102, 103, 116, 415
陳祚年, 187
陳培桂, 50, 69, 71, 72, 168, 181, 182, 184, 193-195, 201, 205, 206, 210, 255, 271, 421
陳崑山, 201
陳淑均, 69, 161, 177, 416
陳盛韶, 172, 173, 416
陳第, 11, 89, 104, 110, 413, 420
陳朝龍, 26, 182
陳登元, 246
陳逸, 79
陳經, 99, 114, 168, 420
陳夢林, 109, 145, 346, 357, 367, 376, 400, 420, 424
陳熙年, 199
陳維英, 10, 28, 29, 47, 168, 181-188, 204, 207-209, 245, 246, 415
陳肇興, 182, 239, 261
陳震曜, 183
陳樹蘭, 187, 246
陳霞林, 168
陳璸, 24, 42, 48, 82, 83, 96, 98, 99, 113-115, 154, 414, 420
陳鷟升, 168
陶村詩稿, 182, 239, 263
章甫, 30, 94, 362, 376, 414, 424
頂郊, 210
鹿耳門, 107, 108, 117, 148, 321, 382, 391
鹿洲文集, 176
鹿港, 72, 95, 172, 173, 175, 179, 217, 227, 233, 237, 239, 258, 278, 310-312, 333, 363, 368, 416, 417
麻豆, 120, 124, 160, 335
麻豆社, 120, 124, 127, 128
傅以揚, 168
勞生略歷, 260, 261, 267, 268, 417, 418
場域, 9, 35, 78, 100, 132, 162, 287, 336, 409, 415, 420, 425
媒體, 285, 287
揚文會策議, 262
散文史, 4, 34, 90
散文發展, 1, 2, 6, 16, 19, 20, 31, 33, 39, 43, 62, 72, 76, 89, 167, 177, 257, 269, 412, 416
斯未信齋文編, 84, 175, 227, 254, 416
斯未信齋雜錄, 175, 416
曾天從, 28, 279
殖民, 3, 10, 15, 32, 41, 43, 104, 116, 203, 266, 268
港尾溪, 120
游民, 215, 216, 224, 367
渡台禁令, 56, 57, 61, 131, 301
番秀才, 309, 319
稅賦, 19, 115, 247, 315, 316

策論, 75, 338
筆記, 24, 28, 89, 94, 101, 103, 107, 111, 116, 118, 126, 138, 163, 209, 258, 259, 399, 413-415, 424
筆記文集, 42, 43, 90, 100, 102, 120, 151, 255, 414, 415
結盟, 99, 357, 414
結構, 3, 6, 12, 13, 18, 20, 21, 38, 43, 46, 57, 73, 104, 111, 119, 151, 161, 192, 202, 228, 243, 246, 247, 249, 256, 266, 287, 339, 341, 345, 353, 354, 360, 365, 371, 372, 397, 403, 407, 410, 422, 424
絲, 283
善社, 251, 385
蛤子難紀略, 176
視角, 41, 93, 127, 131, 141, 294, 334, 356, 357, 413, 425
象徵, 17, 35, 46, 154, 159, 207, 225, 226, 343, 346, 398, 402, 422
越南, 170, 395, 396, 401, 402, 415
辜朝薦, 92, 180
郵政, 60, 304, 423
郵政局, 305
鄉約, 225, 255
開港, 62, 166, 327, 338
開發論, 138, 139, 142
集體記憶, 193, 203, 217, 267, 395, 402, 418
雲林, 136, 181, 265, 268, 309
馮士煌, 79
馮協一, 108, 112, 113
黃中理, 168, 187
黃友璋, 183
黃叔璥, 11, 13, 24, 49, 90, 100, 102, 111, 131-136, 138, 141, 143, 144, 146, 152, 155, 163, 164, 166, 351, 383, 388-392, 400, 414, 415, 420
黃得時, 32, 33, 37, 38
黃開基, 368
黃敬, 168, 187, 204, 208
黃瑞玉, 182
黃學海, 183
黃鏘, 183
黃覺民, 187
黃巍, 79
黃讚緒, 183
黃驤雲, 205
黑水溝, 106, 148, 163, 386, 387, 398, 420
傳, 16, 23, 59, 60, 76, 78, 80, 90, 92, 182-184, 191, 193, 195, 208, 256, 276, 375, 377, 396, 403, 418
傳記, 16, 25, 26, 49, 101, 134, 135, 143, 172, 207, 261, 267, 268, 271, 377, 417, 418
傳說, 8, 31, 75, 79, 110, 147, 163, 170, 239, 240, 263, 363, 370, 387, 391,

393, 395, 396, 398, 420, 424
媽祖信仰, 252
意象, 20, 108, 128, 168, 192, 341-349, 351, 352, 373, 380, 396, 398, 400, 402, 424
想像, 1-3, 19, 21, 33, 46, 103, 104, 109, 110, 118, 119, 122, 123, 125, 128, 129, 153, 154, 157, 158, 162, 163, 170, 348, 398, 403, 404, 415, 419, 420, 421
搭樓社, 136
敬字信仰, 169, 253, 415
新人文主義地理學者, 192
新竹, 10, 26, 47, 60, 65, 70, 121, 167, 182, 190, 194, 200, 204, 230, 304, 306, 309, 326, 328, 359, 376, 415
新港, 120, 121, 124, 127, 160, 261, 268, 335
新港社, 120, 121, 124, 128
楊士芳, 183, 246, 307
楊廷理, 172, 244, 251, 415, 418
楊英, 29, 90, 91, 413
楊浚, 274, 372
楊馨蘭, 184
溺女, 197-199, 201, 348, 355
煤礦, 283, 301, 328, 338
瑞桃齋文稿, 262, 263
瑞桃齋詩話, 262
瑞桃齋詩稿, 262
碑文, 7, 9, 23, 25, 26, 47, 49-51, 68, 87, 95, 97, 99, 113, 202, 206, 221-224, 249, 250, 256, 307, 381, 385, 405, 408, 414, 425
碑記文, 179, 250
禁錮婢, 202
經世, 78, 132, 139, 143, 144, 147, 246, 256, 309, 310, 313, 336, 338, 346, 380, 400, 407, 408, 423, 425
經世致用, 2, 179, 213, 339, 384, 406
經濟社會, 12, 187
經濟思想, 12, 335, 336, 408, 409
義民, 95, 101, 220, 230, 232, 240, 241, 363, 377
義勇, 205, 368, 369
義倉, 175, 179, 230, 411, 421
義渡, 50, 179, 190, 273, 274, 385, 411, 421
義塚, 179, 411, 421
義學, 24, 50, 65, 66, 71, 144, 168, 180, 181, 186, 254, 307, 308, 412
聖武紀略, 176
董天工, 100, 101, 151, 152, 400, 415
詩社, 52, 92, 93, 413, 419
資料庫, 31, 48, 49, 51-53, 222, 426
遊民, 203, 215, 216
遊記, 9, 11, 15, 24, 42, 48, 94, 100, 103, 105, 108, 110, 116-120, 122, 123, 126-128, 130, 131, 141-147,

151, 153, 154, 157, 161-164, 310, 312, 322, 325, 326, 346, 360, 362, 375, 397, 399-403, 414, 420, 424, 427
道德救贖感, 128
達洪阿, 176, 212, 369
雷以鎮, 231
電報, 60, 258, 304, 309, 423
靖海紀事, 56, 94, 97, 98, 381, 385, 414
馴化, 251
筱雲山莊, 85, 86, 270, 277, 423
筱雲軒, 277, 358, 424
嘉溜灣, 120, 124, 127, 128, 160
嘉義, 7, 30, 101, 120, 172, 182, 183, 188, 191, 199, 200, 216, 217, 227, 230, 232-234, 241, 260, 261, 263, 265, 268, 327, 363
團練, 68, 171, 232, 235, 241, 266, 267, 298, 369
圖象, 19, 154, 157, 337
壽文集, 260
寧靖王, 90, 148, 378, 392
實用性, 26, 221
實學, 144
對話, 1, 2, 4, 6, 14, 15, 19, 20, 35, 45, 46, 123, 158, 234, 238, 256, 276, 294, 334, 335, 340, 364, 374, 385, 387, 408, 419, 424, 427
廖春波, 72
廖談, 242
彰化, 7, 14, 15, 24, 50, 61, 66, 69, 70, 71, 72, 86, 100, 121, 136, 144, 146, 151, 172, 180-185, 199, 205, 216, 217, 230, 231, 233, 235, 237, 239-241, 250, 261, 262, 264-266, 270, 302, 305, 309, 310, 313, 314, 318, 328, 347, 363, 368, 390
彰化縣志, 24, 69, 74, 75, 79, 81, 101, 177, 182, 206, 230, 263, 416
歌謠, 31, 111, 239, 240, 254, 351, 391, 393, 424
漳州, 108, 206, 211, 219, 225, 280
漢化, 13, 161
漢語散文, 75, 89, 104
熊一本, 176
福建臺灣奏摺, 25, 258, 301, 307, 417
福斯特, 234
種族, 21, 38, 41, 77, 134, 161
翟灝, 101, 110, 140, 152, 172, 415
臺北文物, 3, 12, 188, 210, 225
臺北文獻, 12, 26, 28, 187, 203, 207, 209, 221, 246, 274, 281
臺南文化, 3, 27, 196, 197, 221
臺南縣志, 7, 27, 87, 88, 221
臺海見聞錄, 101, 152, 400, 415
臺海使槎錄, 12, 24, 49, 90, 100, 102, 111, 131, 134-140, 143, 144, 152,

163, 166, 351, 383, 388, 391, 392, 400, 414, 420
臺游日記, 25, 87, 164, 258, 317-321, 335, 423
臺陽見聞錄, 25, 199, 258, 308, 391, 394, 417
臺陽筆記, 101, 110, 139, 140, 152, 172, 415
臺灣文獻匯刊, 30, 98, 99
臺灣文獻叢刊, 3, 7, 14, 22, 29, 30, 48, 51, 53, 56, 59, 68, 69, 71, 73, 77, 80, 83, 84, 87, 91-94, 96-98, 101, 102, 106-109, 112, 113, 116, 117, 133, 142, 147, 148, 150, 152, 156, 157, 163, 164, 168, 170, 171, 176, 177, 181, 189, 202, 205, 208, 210, 212, 214, 219, 223, 224, 227, 229-231, 240, 241, 248, 254, 258, 263, 271, 294, 295, 298-300, 302, 306, 308, 318, 322, 347, 353, 361, 362, 365, 367, 368, 380, 383, 386, 388-391, 394, 399, 401, 406, 426
臺灣日記與稟啟, 25, 299, 300, 383, 401
臺灣府志, 8, 42, 48, 56, 69, 77-80, 83, 84, 90, 92-96, 98, 99, 105, 111, 139, 146, 156, 157, 186, 193, 250, 378, 380, 392, 414
臺灣海防並開山日記, 25, 258, 301, 302, 307, 417
臺灣通誌, 262, 263
臺灣雜記, 98, 100, 106, 108-110, 163, 386, 398, 399, 414, 420
艋舺, 50, 58, 71, 168, 181, 187, 188, 200, 201, 206, 209, 210, 212, 225, 281, 306, 307, 328, 331, 355, 368
裨海紀遊, 12, 24, 42, 48, 90, 100, 104, 116-119, 121-129, 153, 159, 160, 162-165, 323, 345, 348, 349, 351, 360, 361, 363-367, 374, 376, 387, 388, 391, 399, 414, 420, 424
誦清堂文集, 171, 415
誦清堂詩集, 171
語言系統, 17, 37
認同, 14, 15, 19, 32, 38, 88, 153, 158, 164, 186, 192, 193, 225, 246, 264, 280, 282, 286, 293, 307, 360, 412
閩遊偶記, 100, 108, 112, 113, 399, 414, 420
颱風, 109, 118, 126, 170, 352, 361, 367, 383
鳳山, 69, 147, 148, 150, 175, 183, 217, 218, 232, 242, 318, 323
鳳山縣, 50, 56, 58, 79, 144, 147, 148, 182, 183, 295, 358, 386
儀式, 37, 47, 144, 178, 217, 226, 244, 249, 252-254, 356, 399, 416, 422
價值觀, 5, 17, 21, 39, 40, 116, 150,

177, 252, 324, 327, 329, 337, 378, 400, 403, 407, 411, 416, 423
劉永福, 265, 266, 331
劉壯肅公奏議, 25, 59, 258, 299, 303, 304, 309, 417, 423
劉良璧, 74, 80, 83, 95, 98, 105, 146, 156, 185, 188, 250
劉銘傳, 25, 59, 60, 64, 65, 201, 258, 263, 298, 299, 303-306, 308, 309, 315, 316, 318, 328, 389, 390, 407, 410, 417, 423
劉璈, 25, 59, 199, 258, 297-299, 307, 308, 417
劉韻珂, 71, 173, 174, 176, 181, 350
增田福太郎, 13
寫作習性, 100, 132, 138, 168, 372, 421
廟學制, 253
廣字義, 135
徵側, 395
徵貳, 395
樟腦, 12, 62, 64, 194, 239, 281, 283, 303, 328, 338
毆王, 124, 160
澄臺, 148
潛園, 171, 359, 376
潛園琴餘草簡編, 168, 239
澎湖, 7, 55, 73, 97, 102, 103, 106, 116, 117, 145, 148, 164, 169, 182, 183, 200, 201, 239, 251, 305, 313, 346, 361, 369, 385, 394, 401, 402, 415
澎湖續編, 182, 402
澎湖廳志, 77, 170, 171, 182, 183, 200-202
潘永清, 168, 186, 246
蔣師轍, 25, 87, 164, 258, 310, 317-321, 335, 407, 417, 423, 425
蔣渭水, 15
蔣毓英, 56, 66, 90, 98
蔣鏞, 182, 402
蔡廷蘭, 169, 170, 182, 183, 352, 353, 369, 395, 396, 401, 402, 415
蔡青筠, 231, 239, 240, 244, 418
蔡師弼, 200
蔡國琳, 183, 184
蔡牽, 188, 205
蔡牽事件, 248
蔡壽星, 72, 182
蔡漣清, 200
蔡德芳, 72, 182
蔡邁娘, 242
諸羅, 67, 69, 95, 99, 106, 109, 114, 120, 146, 188, 318
諸羅縣, 30, 50, 62, 67, 68, 79, 90, 95, 98, 144, 145, 188, 251, 346, 358
諸羅縣志, 67, 69, 95, 109, 145, 163, 251, 346, 357, 385
論史, 2, 167, 261, 269, 418

論述, 2-5, 7, 9, 11, 13-15, 17, 19, 21, 23, 31, 33-35, 38, 39, 45, 49, 78, 79, 84, 95, 118, 128, 138, 141-143, 153, 154, 158, 159, 162, 164, 167, 175, 203, 211, 212, 217, 227, 249, 251, 257, 259, 261, 269, 286, 289, 291, 292, 310, 314, 316, 332, 333, 335-339, 352, 354, 364, 370, 371, 375, 378, 382, 385, 390, 397, 403, 404, 406-409, 411, 412, 417-419, 423, 425
賦, 9, 16, 28, 29, 31, 73, 76, 84, 93, 156, 168, 175, 200, 208, 230, 236, 369, 374, 379, 381
鄭化南, 168
鄭氏, 3, 10, 32, 51, 55, 90, 92, 98, 99, 102, 120, 123, 131, 189, 204, 219, 319, 323, 360, 362, 377, 384, 413, 414, 427
鄭氏時期, 8, 26, 29, 31, 32, 51, 57, 61, 66, 90-92, 98, 107, 120, 123, 124, 145, 160, 413, 414
鄭用錫, 10, 27, 28, 45, 47, 49, 72, 167, 168, 178, 182, 186, 189, 190, 193-195, 204-206, 208, 210, 241, 245, 246, 347, 354, 359, 362, 364, 371, 372, 376, 378, 384, 404, 405, 415, 421, 422, 424
鄭用鑑, 10, 167, 168, 178, 182, 185, 189, 193, 205, 245, 246, 373, 378, 379, 384, 394, 405, 415, 421, 424, 425
鄭如梁, 168
鄭成功, 29, 55, 90-92, 391, 413
鄭步蟾, 183
鄭秉經, 168
鄭兼才, 24, 85, 172, 191, 192, 247, 248, 253, 254, 415
鄭崇和, 204
鄭經, 90, 92, 413
鄭蕚達, 79
鄭應球, 182
鄭觀應, 336, 408, 409, 425
鄧傳安, 172, 176, 179, 180, 392, 416
鴉片, 63, 101, 199-201, 205, 213, 216, 300, 324, 325, 334, 364
黎兆棠, 199, 297
儒化, 68, 155, 178, 244, 249, 251, 252, 255, 416, 422
儒教, 21, 144, 210, 249, 251, 252, 254, 264, 422
儒學, 24, 50, 65-70, 72, 74, 79, 128, 170, 179, 180, 186, 246, 247, 250, 251, 253, 412
噶瑪蘭, 69, 161, 172, 183, 185, 207, 212, 214-217, 250, 367
噶瑪蘭記略, 172, 415
噶瑪蘭廳志, 69, 161, 177, 416

墾殖, 91
學政, 66, 74, 79, 83, 84, 95, 98, 114, 149, 155, 168, 196, 205, 207, 234, 247, 308
學海書院, 71, 87, 168, 181, 184, 209, 246
學規, 67, 74, 185, 250, 251
學額, 66, 68-70, 74, 169, 248, 309, 415
憶臺雜記, 30, 259, 327-331, 376, 417
歷史, 1-3, 7, 12, 20, 23-26, 31, 35, 38, 39, 41, 43-47, 50, 52, 53, 61, 63, 75, 77, 80, 88, 95, 97, 103, 107, 111, 119, 123, 125, 127, 135, 139, 140, 142, 153, 161-164, 167, 171, 172, 194, 196, 208, 211, 221, 227, 228, 238, 239, 241-243, 246, 250, 255, 256, 265, 266, 269, 285, 291, 292, 297, 307, 309, 312, 321, 326, 332, 339, 357, 377, 379, 381, 385, 392, 393, 395, 398, 401, 402, 405-407, 411, 412, 415, 418, 425-427
歷史事件, 20, 33, 46, 50, 95, 228, 240, 363, 426
歷史脈絡, 15, 23, 35, 44, 45, 178, 256, 279, 320, 416, 422, 427
歷史條件, 43, 88, 412
歷史意識, 127
歷史經驗, 35, 47
歷時, 25, 31, 56, 72, 233, 241, 253, 359, 376
盧若騰, 92, 180, 413
盧德祥, 183
盧賢, 79
糖, 12, 62, 64, 194
蕭壟, 120, 335
諺語, 31, 211, 273, 373, 374, 391, 393, 394, 395, 402, 424
諭告, 78, 97, 179, 203, 221, 249, 251, 385, 414, 426
貓霧捒, 136
賴和, 8, 14, 15, 240, 269
賴繩武, 183
錯置, 125
靜嘉堂文庫, 4, 28, 30, 280
靜遠堂詩文鈔, 167, 185, 373, 379, 394, 415
鴨母王, 393, 424
廩生, 86, 168, 248, 266, 309, 421
戴天定, 230
戴松江, 230
戴案紀略, 182, 231, 233, 239, 240, 244, 261-263, 406, 418
戴萬生, 218, 230, 232, 233, 240
戴潮春, 171, 227, 230, 232, 233, 239, 241, 263, 264, 363
戴潮春事件, 12, 25, 34, 45, 56, 171,

217, 227-229, 234, 239, 240, 241, 263, 271, 276, 363, 406, 422
檔案, 5, 25, 39, 48, 52, 53, 87, 90, 104, 171, 191, 232, 263, 304
環境, 3, 18, 19, 20, 35, 37, 38, 43, 44, 55, 58, 61, 63, 73, 76, 83, 88, 104, 105, 124, 129, 154, 161, 163, 193, 214, 240, 258, 269, 302, 323, 330, 337, 339, 346, 352, 359, 363, 398, 402, 403, 406, 412, 419, 420
聯甲局, 265, 266
舉人, 70, 79, 86, 134, 168, 173, 187, 196, 207, 246, 271, 306, 311, 421
講席, 72, 170, 182, 184
謝孝專, 184
謝金鑾, 30, 77, 94, 172, 176, 191, 192, 253, 415
輿論, 286, 297
鍾寶三, 200
瞿灝, 110, 139
翻譯, 13, 24, 44, 151, 153, 158, 163, 174, 288
藍廷珍, 24, 109, 133, 140, 141
藍鼎元, 11, 24, 42, 48, 100, 131-146, 164, 165, 176, 180, 229, 244, 326, 346, 347, 357, 358, 376, 377, 378, 382, 400, 414, 418, 420, 424
釐金, 64, 199-201, 230, 281, 299, 305, 364
雙峰草堂, 27, 85, 86, 271, 358, 370
雙寮社, 121
雞籠, 61, 90, 117, 146, 195, 205, 212, 313, 321, 326, 368
雞籠山, 108, 358
顏回, 370
魏源, 60, 75, 176
魏瀛, 368
瀛洲校士錄, 28, 29, 83, 175
瀛海客談, 171
羅大春, 25, 258, 297, 301, 302, 307, 417, 423
羅山書院, 183, 260
羅冠英, 232, 240, 241
羅發號, 58, 294
羅發號（Rover）, 35, 58, 294
藝文志, 7, 8, 23, 26, 42, 48, 51, 55, 76-81, 86, 87, 90, 94, 95, 98, 105, 109, 140, 167, 177, 206, 249, 253, 260, 346, 405, 412, 413
辭格, 31, 366, 367
邊陲, 33, 36, 80, 94, 110, 117, 143, 152-154, 157, 226, 229, 239, 241, 320, 374, 401, 413, 419-422
關公信仰, 252
關係, 2-7, 18, 33-38, 40, 43, 46, 55, 56, 58, 62, 66, 71, 73, 78, 80, 85, 100, 111, 118, 141, 144, 152-154, 157, 158, 172, 178, 181, 189, 203, 216,

218, 226-228, 239, 242-249, 253, 256-258, 261, 275, 295, 296, 298, 299, 306, 313, 316, 321, 324, 337-339, 342, 345, 353, 359, 369, 390, 404, 406, 409, 412-420, 422, 426
關桂, 368
鯨魚, 391
嚴辦, 223, 242
寶順洋行, 281
蘇吉良, 200
蘇衮榮, 168
蘇章榮, 168
蘇澳, 302, 307
覺羅四明, 147, 185, 250
覺羅滿保, 95
議會, 150
纏足, 152, 279, 284, 285
續修台灣縣志, 77, 94, 101, 172, 191, 253
續修臺灣府志, 69, 77, 80, 94, 156, 193, 317
蠡測彙鈔, 172, 176, 180, 392, 416
鐵路, 60, 258, 304, 305, 313, 328
霸權, 41, 141, 142, 249, 252, 256, 291, 339, 407, 422
顧炎武, 75
權力, 18, 21, 42-44, 78-82, 127, 154, 155, 174, 239, 243, 244, 249, 255, 256, 306, 403, 422
權力關係, 33, 38, 100, 141, 154, 160, 203, 243, 414
龔自珍, 75
鬻女, 202
讓臺記, 262, 264-267, 418
觀光日記, 262, 322
觀看, 3, 4, 93, 116, 124, 162, 237, 352, 413
觀照, 39, 41, 44, 143, 351, 403, 410
觀點, 17, 18, 25, 35, 38, 45, 47, 61, 75, 95, 100, 107, 125, 126, 130, 139, 143, 164, 212, 227, 228, 238, 239, 244, 256, 266, 286, 304, 314, 327, 335, 339, 343, 364, 409, 418, 420, 422
鸞堂, 251

Ann（阿恩號）, 58, 294
Anthony Trollope（璀洛普）, 131
Bronislaw Malinowski（馬凌諾斯基）, 36, 37
Cassirer（卡西勒）, 398
Dennis Porter（波特）, 158, 401
Edward H. Carr（愛德華·卡爾）, 46
Edward W. Said（薩依德）, 36, 111, 153, 340
Eric J. Hobsbawm（霍布斯邦）, 12

G.W.F. Hegel（黑格爾）, 371
George Leslie Mackay（馬偕）, 282, 293
Gerard Genette（傑哈・簡奈特）, 31
Henry Pottinger（樸鼎查）, 368
Hippolyte A. Taine（泰納）, 37
James S. Duncan（鄧肯）, 162
John Dodd（杜德）, 281
Jurgen Habermas（哈伯瑪斯）, 286, 287
Lames W. Davidson（戴維生）, 12
Makatao（馬卡道）, 138
Mary Louise Pratt（普拉特） , 43
Michel Foucault（傅柯）, 45, 232
Nerbudda（納爾不達號）, 58, 294
Papora（巴布拉族）, 136
Pierre Bourdieu（布爾迪厄）, 43, 100, 414, 420
Pumnllin（布茂林）, 308
Siraya（西拉雅）, 104, 138
Teng, Emma Jinhua（鄧津華）, 10, 11, 125, 142
Terry Eagleton（泰瑞・伊格頓）, 365
Trevor J. Barnes（巴恩斯）, 162
W.D.F. Huchlison（轄治臣）, 308
Warren Austin（沃倫）, 352
Wellek Rene（韋勒克）, 234, 343, 352
White, Hayden（懷特）, 46, 228

國家圖書館出版品預行編目資料

台灣清治時期散文的文化軌跡

林淑慧著. － 初版. － 臺北市：臺灣學生，2007[民 96]
面；公分
參考書目：面
含索引
ISBN 978-957-15-1380-5(精裝)
ISBN 978-957-15-1379-9(平裝)

1. 散文 2. 台灣散文史 3. 台灣文化 4. 清領時期

863.095　　96011139

台灣清治時期散文的文化軌跡

著 作 者：林淑慧
主 編 者：國立編譯館
10644 臺北市和平東路一段一七九號
電話：(02)33225558
傳眞：(02)33225598
網址：www.nict.gov.tw
著作財產權人：國立編譯館
出 版 者：臺灣學生書局有限公司
10610 臺北市和平東路一段一九八號
郵政劃撥帳號：00024668
電話：(02)23634156
傳眞：(02)23636334
E-mail：student.book@msa.hinet.net
http：//www.studentbooks.com.tw
本書局登記證字號：行政院新聞局局版北市業字第玖捌壹號

定價：精裝新臺幣六八〇元
　　　平裝新臺幣五八〇元

西元二〇〇七年十一月初版

86302　ISBN 978-957-15-1380-5(精裝)
　　　ISBN 978-957-15-1379-9(平裝)
GPN：精裝 1009603178　平裝 1009603174